U0641181

内容简介

本书主要研究唐前主要小说史料，除综合条理旧说、指示原始史料和研究史料外，时发一孔之见。如，考论《冲波传》为两晋之作；证孔慎言乃唐人，绝非孔氏《志怪》作者等。又随文辑录唐前小说300多条佚文，可补鲁迅《古小说钩沉》等论著之缺。书末附录关于20世纪以来（至2007年）唐前小说研究中外论著索引，计5000余条。

作者简介

李剑锋，1970年生，山东沂水人。1998年山东大学文学院博士毕业后留校任教至今。2003年破格提升为教授，2009年始任博士研究生导师。发表论著《元前陶渊明接受史》、《陶渊明及其诗文渊源研究》、《蒲松龄与魏晋风流》和《源于行业传说的志怪小说〈千日酒〉》等百余部、篇。

丛书主编 马瑞芳

中国古代小说发展研究丛书

唐前小说史料研究

李剑锋 著

山东教育出版社

图书在版编目(CIP)数据

唐前小说史料研究/李剑锋著. —济南:山东教育出版社,2015
(中国古代小说发展研究丛书/马瑞芳主编)
ISBN 978-7-5328-9090-3

Ⅰ.①唐… Ⅱ.①李… Ⅲ.①古典小说—小说研究—中国—唐代 Ⅳ.①I207.41

中国版本图书馆CIP数据核字(2015)第235137号

中国古代小说发展研究丛书

马瑞芳　主编

唐前小说史料研究

李剑锋　著

主　管: 山东出版传媒股份有限公司
出版者: 山东教育出版社
(济南市纬一路 321 号　邮编:250001)
电　话: (0531)82092664　传真:(0531)82092625
网　址: www.sjs.com.cn
发行者: 山东教育出版社
印　刷: 山东临沂新华印刷物流集团有限责任公司
版　次: 2016 年 4 月第 1 版第 1 次印刷
规　格: 710mm×1000mm　16 开本
印　张: 35 印张
字　数: 493 千字
书　号: ISBN 978-7-5328-9090-3
定　价: 93.00 元

(如印装质量有问题,请与印刷厂联系调换)
印厂电话:0539-2925659

总　序

2005年我担任山东大学古代文学学科学术带头人后，考虑到学科自身优势和发展需要，拟组织本学科教授撰写一套中国古代小说发展研究丛书。山东教育出版社对此选题很感兴趣，并申报国家“十一五”规划出版重点项目，获得批准。我们特别邀请山东师范大学王恒展教授加盟。历经十年，这套丛书的九部书稿终于集体亮相于读者面前。

为什么选择撰写这样一套丛书？因为此前学术界对于中国古代小说的研究多侧重于“史”、“论”，侧重于思想艺术分析，对小说作为中国古代文学重要文体，如何萌芽、产生、发展、壮大，直到蔚为大观，对各类小说的发展过程、阶段、特点，研究得似乎还不太够。有必要采用多角度、多侧面对中国古代小说发展脉络做一下梳理和开掘，总结出一些可以称之为规律性或中国特色的东西。

那么，这套丛书涉及并试图总结出中国古代小说发展过程中哪些规律和特色？

一曰中国古代小说的概念、范围、分类。今存文献中，“小说”这个词语最早见于《庄子·杂篇·外物论》：

“饰小说以干县令，其于大达亦远矣。”①小说研究者早就认识到这里的“小说”是指琐屑的言论，指与“大达”形成对比的小道，还不具备文体“小说”的含义。小说在汉代之前尚缺乏独立的文体意义。在漫长的文学发展长河中，随着小说题材的拓展和小说创作艺术的渐渐成熟，“小说”才成为以散文叙述虚构故事的文学体裁的专称。中国古代“小说”一词内涵、外延都相当复杂，既有文学性文体部分又有非文学性文体部分。各朝各代学者对小说做出了各种分类。16世纪胡应麟《少室山房笔丛》将小说分为六类：志怪、传奇、杂录、丛谈、辩订、箴规。后三类就属于非文学性文体。后世学者对文学性小说文体的分类通常按语言形式做文言和白话之分；按篇幅做长篇和短篇之分（中篇小说通常被包含在短篇小说之内）；按内容做志怪和传奇之分，还有更具体的历史演义、英雄传奇、人情小说之分……不一而足。本丛书着眼于文学性文体小说的研究和分门别类的细致考察。

二曰中国古代小说的起源、孕育、滋养过程。考察哪些文体、哪些因素对小说的产生起作用，这一研究较多地集中在先秦两汉语言文学中。先秦两汉并没有产生典型的小说文体，但此时的多种文体如神话传说、历史散文及诸子散文、史传文学甚至《诗经》、《楚辞》都给小说的产生以或大或小、或远或近的影响。其中，神话的原型人物、典故、构思，史传文学的叙事笔法和杂史杂传，诸子中的“说体”故事和寓言故事……对中国古代小说的产生起到决定性作用。本丛书对中国古代小说产生做了全面深入探讨，提出一系列新见解。如庄子对中国古代小说家的决定性影响，《诗经》、《楚辞》对小说创作的开宗作祖意义等。

三曰中国古代小说唐前史料学探究。研究中国古代小说，史料是基础，是理清小说产生年代、成就、特点的必备资料，是进行理论分析的前提。汉前小说史料依附于历史、诸子，从魏晋南北朝开始，小说作为独立的文体跻身于众多文体之中，产生大量小说作品。程毅中先生在《古小说史料简论》一书中提出：小说作品本身和版本、目录、作者生

① 《庄子集解》，《诸子集成》本，第177页，上海书店出版社，1986。

平、评论等，都是重要的小说史料。本丛书在对中国古代小说各种发展阶段的重要作品进行探究时，注重考证，注重重要作家生平对小说创作影响的考察，注重第一手资料的收集和剖析，力求“言必有据”、“知人论事”。需要说明的是，唐后小说史料十分繁富，由于小说是“小道”的观念，唐后一些极其重要的作家如兰陵笑笑生、曹雪芹的生平往往不易弄清。因而对作家生平的考订应该成为小说史料学重要内容，如与红学并列的曹学，就是专门研究《红楼梦》作者曹雪芹及其祖辈的学问。而用一本书探讨整部小说史史料问题几乎不可能，故本丛书对唐后小说史料的必要性、兼顾性研究体现在有关书中，小说史料的专门性探究暂时截止于唐前，唐后小说史料的专门性探究，留待此后有条件时增补。

四曰文言小说和白话小说的发展轨迹和写作特点。中国古代两类最主要的小说文言小说和白话小说都经历了萌芽、成长、繁荣、鼎盛、衰落阶段，并在各阶段产生了彪炳史册的名著。我们采用通常意义的文言和白话区分法，其实严格地说，不能用“文言或白话”截然区分中国古代许多小说，典雅的《聊斋志异》里有许多生动活泼的民间口语，通俗的《金瓶梅》中也出现台阁对话，《三国演义》则采用既非纯粹文言亦非纯粹白话的浅显文言。中国古代文言小说如《搜神记》、《幽明录》、唐传奇、《聊斋志异》等，具有明显诗化和写意性特点，人物描写带一定类型化、“扁平”性，故事叙述、情节结构较为简约明快。中国古代白话小说，不管是短篇小说《三言二拍》，还是长篇小说《三国演义》、《水浒传》、《金瓶梅》、《西游记》、《红楼梦》、《儒林外史》，重在描写情节完整、曲折生动、感人悦人的故事，或着眼悲欢离合，或着眼社会问题，人物栩栩如生，风貌复杂多样，长篇小说更具有一定的史诗品格。文言小说以志怪成就最著，白话小说描写人生成就最高。不管文言还是白话小说，在人物描写、情节布局、构思艺术上，在诗意化和寓意性上，既借力于古代文化特别是古代文学其他样式如诗词辞赋散文戏剧，小说之志怪和传奇、文言与白话，又互相融汇、互相补充、互相借鉴，共同构成中国小说特有的人物创造、构思方法、描写格局、民族特点。

五曰对小说民俗的选择性考察。中国古代小说是中国民俗文化的重要载体，而民俗具有鲜明的地域性、民族性、时代性特点。因为中国古代小说所反映的民俗太复杂，涉及面太广，时间跨度太大，难以专门用一本书进行既细致又全面的研究。本丛书在剖析中国小说发展若干问题时，顺带对小说中的民俗进行综合考究，并选择跟山东有明确关系的几部名著如《水浒传》、《金瓶梅》、《聊斋志异》、《醒世姻缘传》等，对小说所反映的民间信仰、饮食服饰、祭祀占卜、婚嫁丧葬、灵魂狐妖迷信、神佛道观念……进行专门考察，研究这些人生礼俗对刻画人物、组织情节起到的重要作用。作为与汉族民俗的对照，选择《红楼梦》作为对小说满族民俗的载体进行研究。除与汉族类似的饮食服饰、神佛观念外，侧重考察《红楼梦》反映的满族游艺习俗、骑射教育以及满族的蓄奴风俗和与汉族不同的姑娘为尊的重女风俗。通过这个新角度对几部古代小说名著的解读，说明古代小说特别是明清小说中表现的民族风俗是其他任何文学作品和文化典籍都不能替代的。

六曰对小说传播的选择性考察。文言小说的主要传播途径不外乎史家和目录家的著录、读者传抄、类书和丛书收录、戏剧改编。白话小说的传播途径要广泛得多，在传播上也更有代表性和广泛性。印刷取代传抄成为主要传播方式，为嘉靖本《三国志通俗演义》作“引”的修髯子、刻印《水浒传》的武定侯郭勋等是小说印刷传播先驱。书坊为降低成本、扩大印刷推出的“简本”小说和短篇小说的选本如《今古奇观》，成为推动小说传播的重要因素。明清两代的文人士大夫成为白话小说的重要接受和传播者，“评点”变成自娱悦人兼推动小说销售的手段，白话小说改编成戏曲也很多见，三国戏、水浒戏、西游戏、封神戏、杨家将戏等广受欢迎。而与广泛传播形成强烈对比、引起尖锐矛盾的是统治者的“禁毁”。其实，中国古代小说很早就传播到欧洲引起世界文豪的赞誉。《歌德谈话录》多次谈到在中国只能算做二流的小说《好逑传》、《玉娇梨》等，歌德说：在他们（中国人）那里一切都比我们这里更明朗、更纯洁，也更合乎道德。值得注意的是，歌德对中国古代几部二流小说跟《红与黑》等欧美名著持类似欣赏态度。拉美文学两位当代文学巨匠马尔克斯和博尔赫斯都崇拜曹雪芹和蒲松龄，博尔赫斯曾给阿根廷版《聊斋志异》写序并大加赞扬。

七曰古代小说理论发展研究。刘勰《文心雕龙》被认为是非常重要的文艺理论著作，偏偏没有关于小说的内容，这固然因为当时小说还处于萌芽时期，也说明小说从产生伊始，就没法取得与传统文学如诗词散文平起平坐的地位。小说被列入“子”部，算做“杂家”。“小说”者，小家珍说，雕虫小技也。小说长期处于被歧视的地位，在强大的传统文化笼罩下，小说家总想羽翼信史、向历史学家靠拢，蒲松龄自称“异史氏”，就是司马迁“太史公”的模仿秀。中国古代没有独立的小说理论，也没有系统的小说理论著作，小说理论常以序跋或评点形式依附于小说本身，主要起诱导和愉悦读者的作用，不像经学家说经，诗词学家说诗词，起到写作指导作用。因此中国古代小说评点家对小说创作经验的总结常是“捎带性”的副产品，且多需后世学者加以进一步综合阐释。古代小说理论极力与散文理论、史传文学理论相对接，以取得合法性，其核心理念、内在思路、观念表述多借鉴经史理论，特别是“文以载道”、“良史之才”等观念经常被运用。金圣叹、毛宗岗、张竹坡、脂砚斋等古代小说评点家对小说具体人物、情节东鳞西爪的评点有鲜明的中国特色，部分吉光片羽的观点甚至可与20世纪文论家媲美。

八曰中国古代小说构思特点。中国古代小说从萌芽到繁荣，经历两千多年，无数作家付出辛勤劳动，它们形成了哪些富有中国特色的构思方法？哪位作家是哪类构思方式的开创者？哪位作家是哪类构思的集大成者？这些构思方法是如何萌芽、成长，并长成一株株小说名作的参天大树？这些形态各异的参天大树又如何共居华夏一园，形成中国古代小说构思千姿百态、摇曳生风的美景？……

这套丛书的写作目的，既想尽古代文学研究者职责，在古代小说研究中拓出新路子，完成新命题，又想古为今用、研以致用，希望通过对中国古代小说发展研究的比较全面的检视，使得中国古代小说与西方小说学概念、理论在纸面上接轨、“比武”，让辉煌的古代小说以崭然如新的面貌走向读者，走向世界，引导当代读者阅读，给当代小说创作者参考。

因为文出众手，每位作者都是此方面默默耕耘多年的专家，各有自认为必须说明之处，故可能本丛书对某些话题和观念，如“小说”词语的历史演变，或有重复涉及，乃或有此书与彼书抵牾之处，读者方家慧眼鉴识之。

古代文化典籍版本复杂，本丛书择善而从，所引用经、史、诗词、小说原文，基本采用权威通行本并在页下加以详注。

众擎群举，十年搏书，敬请读者方家指点。

马瑞芳

2015 年 6 月 12 日于山东大学

目　录

综论
唐前小说史料的主要特点

小说一词最早见于先秦时期的《庄子》。《庄子·外物》在陈述完"任公子为大钩巨缁"的寓言之后云:"夫揭竿累(细绳),趣灌渎,守鲵鲋,其于得大鱼难矣!饰小说以干县令(高名美誉),其于大达亦远矣!"[①]庄子巧设譬喻,用"任公子为大钩巨缁"以明得大道之方,用寻常人"揭竿累,趣灌渎,守鲵鲋"以喻守小求大之难。这里以"小说"与"大达"对举,意谓"小说"乃浅薄琐碎,无关大道宏旨的言论。与"小说"类似的说法还有"小道"[②]、"小家珍说"[③]等。现代学者鲁迅等人以为《庄子》"小说"一词"与后来所谓小说者固不同"[④],然而"'小说'说明的是一个小道理的这个内容,却也被汉代小说家接受了下来"[⑤]。事实上,汉代小说家接受下来的还有用以"饰小说"的"饰"的特点,即被人们忽视的用来修饰、论述"小家珍说"的形式特点。汉代桓谭《新论》和班固《汉书·艺文志》有两段论述小说的经典性言论就表明了这种继承关系:

---

① 〔清〕郭庆藩撰、王孝鱼校点:《〈庄子〉集释》下册,第925页,北京,中华书局,2004。

② 杨伯峻译注:《〈论语〉译注》,第200页,北京,中华书局,1980。

③ 〔唐〕杨倞注:《荀子》卷一六,《四部丛刊》影印《古逸丛书》本。

④ 鲁迅:《中国小说史略》第一篇《史家对于小说之著录及论述》,第15页,济南,齐鲁书社,1997。

⑤ 侯忠义:《中国文言小说史稿》上册,第2页,北京,北京大学出版社,1990。

若其小说家合丛残小语，近取譬论，以作短书，治身理家，有可观之辞。①

小说家者流，盖出于稗官，街谈巷语，道听涂说者之所造也。孔子曰："虽小道，必有可观者焉，致远恐泥，是以君子弗为也。"然亦弗灭也。闾里小知者之所及，亦使缀而不忘。如或一言可采，此亦刍荛、狂夫之议也。②

"小说"形式特点是"合丛残小语，近取譬论，以作短书"，并非是单纯的议论，而是如言说大的道术一样，需要众多的以类相从的言论，需要巧设譬喻。这与《庄子》一书的做法很相似，与《韩非子》中《说林上》、《说林下》等八篇以"说"名题的"说体"文字论述问题的形式也很相似。儒、墨、道等"大说"为了便于被人接受使用了以类相从、巧设譬喻的形式，"小说"当然也会使用这种便于听者接受的形式。说道理是"小说"和"大说"的共同目的，它们的言说形式也就存在一致之处。所以桓谭、班固对"小说"形式特点的论述既是基于汉代"小说"的实际，也是对先秦"小说"观念的继承。除了"小说"的特点，桓谭和班固还论及小说的源头和功用，"功用论"明显继承了先秦儒家关于"小道"的论点，"源头论"与先秦"小说"的产生也有一定关系。

桓谭、班固对"小说"概念的发展之处主要在于把它作为众家学说中的一家独立出来并初步对其源头、特点和功用做了言简意赅的归纳。二人对"小说"的论述显然不是从"小说"文体的角度来说的，而是从"小说家"的角度观察的。而"小说家"也不是文学意义上的小说作家，而是诸子百家之一家，实质上是其中最为末流的一家，因此《汉书·艺文志》列之诸子之末，于儒、道、阴阳、法、名、墨、纵横、杂家、农家九家后方列第十家"小说家"。小说家下面所列的十五家小说也就不全是文学意义上的小说，而多具有诸子百家言论的性质，也就是说，正如不能把儒、道家的著作归为"儒家文体"或者"道家文体"一样，这些非严格文体意义上的"小说"也不能完全归于文体上的小说。这些

---

①《文选》卷三一江淹《拟李都尉陵从军》李善注引桓谭《桓子新论》，见南朝梁萧统编《文选》，第三册，第1453页，上海古籍出版社，1986。以下引用该书原文，均据此版本。

②〔汉〕班固：《汉书·艺文志》第六册，第1745页，北京，中华书局，1962。以下引用该书原文，均据此版本。

“小说”只是“稗官”、“待诏”之类的士人用以宣传自己主张的言论，这些言论与诸子百家的不同之处是：“丛残小语”、“街谈巷语，道听涂说者之所造”。当然这些小说与文体意义上的小说也有相通之处，甚至有些言论，如果独立出来看，显然就是文体义上的小说；值得重视的是，班固的言论把“小说”的生活源头定位在民间的口头传说，把小说文本的最初写定者统称为“稗官”，这对探讨小说的生活源头和文本作者源头具有开山之功。

关于小说起源的探索，之所以众说纷纭，关键是论者各执一端，没有分清源头的层次性，或者说，没有把小说看作一个有生命的整体来探索，而是将小说机械地肢解为某种特点，如“虚构性”、“故事性”等。如果把小说视作一个萌生、成长的生命，那么小说的源头也就可以免除许多争端。文学的构成是一个系统的构成。根据 20 世纪美国著名文艺批评家艾布拉姆斯(M. H. Abrams)的观点，“每一件艺术品总要涉及四个要点”①，文学是由世界、艺术家(作家)、作品和欣赏者(读者)四要素构成的，现代文学理论应当研究四要素所构成的文学系统，而不是像过去一样单纯地研究某一方面。这种开放的文学观念越来越为人们所接受。从理论上来说，研究文学对象的渊源应当全面考察世界、作家、作品和读者四要素的渊源。研究小说的源头，就应该研究小说“世界、作家、作品和读者”四个方面的源头。小说世界的源头当然来自民间生活和历史；小说作家的源头应当是“小说家”，那些与诸子百家一样把他们的言论记录下来的“稗官”；小说作品的源头，尤其是它的艺术渊源，应当是包括神话、历史、寓言、辞赋、诗歌等在内的一切文学艺术，当然其中有远近亲疏之别；小说的读者之源，既然小说本是“刍荛、狂夫之议”(《汉书・艺文志》)，那么最初的“读者”应当也是“刍荛、狂夫”，是下层的民众，为了遣宾娱兴，包括皇帝在内的贵族也成为“读者”。这样，小说就其源头而言，如果综合考虑四方面的因素，小说摆脱胎孕阶段，逐渐成形，大致在小说写成文本的时代，也就是“稗官”盛行的时代。因此，小说的源头就与稗官密切相关。班固所云“小说家者流，盖出于稗官”是说到点子上的话。

① 〔美〕艾布拉姆斯：《镜与灯——浪漫主义文论及其批评传统》，第 5 页，北京，北京大学出版社，1989。

余嘉锡对“小说家者流，盖出于稗官”有所阐释和发明。《隋书·经籍志》子部“小说家”类云：“小说者，街说巷语之说也。《传》载舆人之诵，《诗》美询于刍荛。古者圣人在上，史为书，瞽为诗，工诵箴谏，大夫规诲，士传言而庶人谤。孟春，徇木铎以求歌谣，巡省观人诗，以知风俗。过则正之，失则改之，道听涂说，靡不毕纪。《周官》：诵训‘掌道方志以诏观事，道方慝以诏辟忌，以知地俗’；而训方氏‘掌道四方之政事，与其上下之志，诵四方之传道而观衣物’是也。”①余嘉锡《小说家出于稗官说》一文②通过将古籍中“士传言”之类的记载，与《汉书·艺文志》的稗官之说、《隋书·经籍志》所引《周官》诵训、训方氏所掌之职联系起来详加考察后，认为古代政治生活中存在采言传语的制度，而稗官正担当这一职责，稗官在周代乃传达民语之士。说稗官在周代乃传达民语之士很有道理，但也不能排除“稗官”乃一专门官职。1989年出土的云梦冈六号墓秦简第一八五号曾经出现“稗官”一词：“取传书乡部稗官。”③有学者推断“稗官”是与《汉书百官公卿表》所列的乡部三老、有秩、啬夫、游徼等“并列而称的乡里专职人员”④。余嘉锡进而认为“汉时列士，不闻有传达民语之事，稗官之名存而实亡”。说汉代没有传达民语的士有些绝对，而实际上，汉代的“待诏以及较低级的郎官正如周代的士，他们继续扮演着‘士传言’的角色”⑤。待诏以及较低级的郎官都是俸禄低微，为六百石以下小官或者等待皇帝不时顾问的“候补”官员，《汉书·艺文志》所著录的小说家中，像“待诏臣饶”、“待诏臣安成”就是这样的小官。在汉代，稗官不是具体的官职，而是小官，《汉书》如淳注曰：“《九章》：‘细米为稗’。街谈巷说，其细碎之言也。王者欲知闾巷风俗，故立稗官使称说之。”颜师古注曰：“稗官，小官。《汉名臣奏》：‘唐林请省置吏，公卿大夫至都官、稗官，各减什三’是也。”⑥看来，古人认为，周代设立“稗官”，而汉代已经没有这个名目，

① 〔唐〕魏徵、令狐德棻：《隋书》第四册，第1012页，北京，中华书局，1973。以下引用该书均用此版本。

② 收入《余嘉锡论学杂著》，北京，中华书局，1963。

③ 《云梦龙岗秦简》，第23页，北京，科学出版社，1997。

④ 曹道衡、刘跃进：《先秦两汉文学史料学》，第529页，北京，中华书局，2005。

⑤ 罗宁：《小说与稗官》，《四川大学学报》1999年第6期，第59页。

⑥ 〔汉〕班固：《汉书》第六册，第1745页，北京，中华书局，1962。

此处所言“稗官”，只是借古称对小官的通称和雅称，并非专门官职之名。稗官正是代指小官。《周礼》卷三《冢宰治官之职》曰：“（宰夫）掌小官之戒令。”注云：“小官，士也。”①《春秋左传·襄公十四年》云：“史为书，瞽为诗，工诵箴谏，大夫规诲，士传言，庶人谤，商旅于市，百工献艺。”②又《国语·晋语六》曰：“吾闻古之言，王者政德既成，又听于民，于是乎使工诵谏于朝，在列者献诗使勿兜，风听胪言于市，辨祆祥于谣，考百事于朝，问谤誉于路，有邪而正之，尽戒之术也。”③“在列者”，指公卿至于列士。风，采也。胪，传也。“风听胪言于市”就是于市井采听商旅民众所传之言。在周代政治制度中，小官“士”传达的正是平民百姓的意见和心声（“士传言”），也就是《汉书·艺文志》所谓的“街谈巷语，道听涂说”。因此，小说口头文本的“作者”实际上主要是下层民众，小说的书面文本“作者”才是小官。小说要等文人意义上“小说家”出现，才真正以文体意义的形式而诞生。

鉴于如上见解，我们认为，小说在汉代以前（包括汉代）尚缺乏独立的文体意义，也就是说小说与其他文体和学术纠缠在一起，其本身的价值有赖于他者的衡定，有很大的依附性；以小说而名家的作者大多缺名或者伪托，缺少严格意义上的作家从事小说创作，作家并不以创作小说为荣；小说作品大多停留在口头传闻，并没有形成经典性的阅读文本，真正意义上的小说读者群也难以形成。因此，胡应麟《少室山房笔丛》卷二九《九流绪论下》云：“《汉艺文志》所谓小说，虽曰街谈巷语，实与后世博物志怪等书迥别。盖亦杂家者流，稍错以事耳。如所列《伊尹》二十七篇、《黄帝》四十篇、《成汤》三篇，立义命名，动依圣哲，岂后世所谓小说乎？又《务成子》一篇，注称尧问；《宋子》十八篇，注言黄老；《臣饶》二十五篇，注言心术；《臣成》一篇，注言养生：皆非后世所谓小说也。……又《青史子》五十七篇，杨用修所引数条，皆杂论治道，殊不类今小说。”④但毋庸置疑，汉前又是小说发展的重要阶段，

---

① 《周礼》，见《汉魏古注十三经》（上册），第30页，北京，中华书局，1998。

② 《春秋左传经传集解》，见《汉魏古注十三经》（下册），第240页，北京，中华书局，1998。

③ 鲍思陶点校：《国语》，第200页，济南，齐鲁书社，2005。

④ 〔明〕胡应麟：《少室山房笔丛》，第371页，北京，中华书局，1958。“汉艺文志”，原作“汉艺文字”，据台湾“商务印书馆”影印《文渊阁四库全书》本《少室山房笔丛》改。以下引用该书正文引文不注明版本者皆据《文渊阁四库全书》本。

我们不妨笼统地称之为小说的“前自觉时期”，这一时期为小说的普遍盛行奠定了基础，这主要表现在：(1)“小说”一词定型；(2)“小说”的众多源头为小说的产生提供了多元的艺术滋养；(3)《汉书·艺文志》著录了小说的初始文本，虽然没有经典传世文本，却标志着小说的初生。汉前小说的这些特点，也决定了汉前小说史料的特点。

首先，汉前小说史料具有明显的依附性。这主要表现在小说史料主要依附历史而存在，小说史料的价值主要依赖儒家讽谏观念而获得承认和保存，小说史料作者大多依托儒、道等名家而自高。刘向是在汉代小说史上具有里程碑式重要意义的学者，他的目录学著作《别录》为班固《汉书·艺文志》所本，因此，《汉书·艺文志》所录小说家实本刘向；对小说发展更为重要的是，刘向编订了三部类似于小说的著作，它们是《新序》、《说苑》和《列女传》。这三本书都明显地具有历史而杂糅小说的特点。它们本于历史①，又有作者的重新编排演说之功。如《新序》中的故事可以在《战国策》、《晏子春秋》、《吕氏春秋》、《韩诗外传》等书中找到原委。②《说苑》和《列女传》亦然。它们所分门别类辑录的历史故事对后世的影响也深有意味，比如《说苑·贵德》篇中所收于定国父于公事，班固采用在《汉书·于定国传》中，而干宝小说《搜神记》也从中采录了“东海孝妇”的传说。③ 就刘向诸书的编纂目的而言显然不是审美娱乐，而是有益风化。所以，刘向《说苑叙录》称：“所校中书《说苑杂事》及臣向书，……除去与《新序》复重者，其余者浅薄不中义理，别集以为百家后，令以类相从，一一条别篇目，更以造新事十万言以上，凡二十篇七百八十四章，号曰《新苑》。”④看来，《说苑》(即《新苑》)的素材乃《新序》所余，《说苑》的严肃性不及《新序》，因其“浅薄不中义理”，所以要重加整理，“更以造新事”。这显然不是小说创作

---

①《汉书·楚元王传》：“(刘向)采传记行事，著《新序》、《说苑》凡五十篇，奏之。”(第 1958 页，中华书局，1962)

② 其故事原本，可参看赵善诒《〈新序〉疏证》(华东师范大学出版社，1989)在相关条目下的辑录。

③ 二书之校勘，可参阅赵善诒《〈说苑〉疏证》(华东师范大学出版社，1985)、向宗鲁《〈说苑〉校证》(中华书局，1987)和张涛《〈列女传〉译注》(山东大学出版社，1990)、刘晓东校点《列女传·高士传》(辽宁教育出版社，1998)。《列女传》的版本情况可参看张涛《刘向〈列女传〉的版本问题》(《文献》1989 年第 3 期)一文。

④《说苑》卷首，《四部丛刊》所收上海涵芬楼影印明抄本。

的态度，而是实用的功利态度。然而小说的史料也因此得以保存。

其次，汉前小说史料具有难辨性。这主要表现在诸多托名汉人小说真假难辨、小说的文体难辨（神话、历史、寓言还是小说）、所谓汉人小说的真实作者难辨、学者对所谓汉人小说的研究争议甚多等问题上。下面仅就小说文体问题略作论说。如东汉赵晔的《吴越春秋》和袁康的《越绝书》，鲁迅《中国小说史略》第二篇《神话与传说》云其“虽本史实，并含异闻”①。许多学者也注意到它的小说性质，一个主要原因就是它吸收了大量民间传说、怪异神话传说，体现了小说的夸张性和虚构性。但是，它们的内容叙述春秋末年吴越争霸的历史，史实主要根据《国语》，兼采《左传》、《史记》；就其体例而言，也显然是历史，是人物传记史，而非小说。《吴越春秋》的目录如下：吴太伯传第一，吴王寿梦传第二，王僚使公子光传第三，阖闾内传第四，夫差内传第五，越王无余外传第六，勾践入臣外传第七，勾践归国外传第八，勾践阴谋外传第九，勾践伐吴外传第十。《越绝书》亦然，其目录如下：外传本事第一，荆平王内传第二，外传记吴地传第三，吴内传第四，计倪内经第五，请籴内传第六，外传纪策考第七，外传记范伯第八，内传陈成恒第九，外传记地传第十，外传计倪第十一，外传记吴王占梦第十二，外传记宝剑第十三，内经九术第十四，外传记军气第十五，外传枕中第十六，外传春申君第十七，德序外传记第十八，叙外传记第十九。② 至于每一传记之内又按编年记述传主经历事迹。很显然，这是《史记》所开创的列传的体例。《吴越春秋》和《越绝书》都是介于历史和小说之间的文体。

再次，从汉前小说对后世的影响来看，汉前小说史料具有基因性，其母题为后世小说所承续，形式为后世小说之先基，汉人的小说观念也规约着后世小说的发展路向。《山海经》是后代志怪小说的始祖，它从题材、形象到体例、叙述方式都对后世志怪小说，尤其是博物类志怪小说（如张华《博物志》）产生了直接影响。《穆天子传》中的西王母形象也成为后世与汉武帝相关的托名汉代小说《汉武故事》、《汉武内传》，以及明清神怪小说《西游记》等小说中“王母”形象的原始形象。

---

① 鲁迅：《中国小说史略》，第 11 页，北京，人民文学出版社，1958。

② 二书目录分别据：周生春《吴越春秋辑校汇考》，上海，上海古籍出版社，1997；《越绝书》，《四部丛刊初编》影印明双柏堂本。

兼有历史与小说特性的杂传《新序》、《说苑》、《列女传》、《吴越春秋》、《越绝书》等更是后世小说和其他文体内容和艺术上的渊薮。就母题而言，最典型的例子，除了上面提到的《新序》所记于定国父于公事外，《列女传》所记秋胡戏妻事也是一个。这个富于戏剧性和道德意味的故事对后代文学影响甚大，成为诗歌、小说和戏剧共同关注的一个焦点性原型故事，不断被以诗性的智慧歌咏着，被戏剧舞台演出着。如魏晋南北朝文人多有对此故事的咏叹，隋杜宝《水饰》有"秋胡妻赴水"①，元代石君宝以之为题材演写成《秋胡戏妻》的杂剧。就形式而言，《新序》、《说苑》、《列女传》分类写传的做法，对晋、宋以还《语林》、《世说新语》等小说的体例产生了直接影响。桓谭《新论》和班固《汉书·艺文志》论述小说的经典性言论代表了汉前的基本小说观念，这一小说观念是儒家视角的综合评价，小说特性可以概括为"作为经典补充的非经典性"。"非经典性"一方面使小说长期处于正统文人士大夫关注的边缘地位，在相当程度上妨碍了小说的迅速发展，另一方面也使小说保持了自身文体的特性，不淹没于其他文体之中。而"经典补充性"则一方面为小说的合理存在赢得了不可忽视的理由，另一方面也最终使小说承担起文学应当承担的社会责任，而不流于纯粹的游戏。汉代之后的小说理论资料大都在这个概念厘定的张力下存在。如曹植说"街谈巷说，必有可采"②，刘勰说小说"盖稗官所采，以广视听"③，他们都是在经典与非经典之间寻找小说的位置。

汉前小说的传播上也有自己的特点，即小说传播寓于其他文体的文本传播中，或者也可以说小说的传播经历了一个由口头传播到文本传播的变化。小说传播的寓托性从先秦小说资料多存在于散文中的情况可以推知。先秦诸子和历史散文中包含着明显的小说因素。其中主要的有四点：一是，散文中存在着多姿多彩的寓言故事，情节生动、形象鲜明，如果独立出来显然就是小说。二是，散文中记录了众多历史人物、思想家及其门徒的言论和逸事，如《论语》就是孔子及其弟子的言论和逸事的汇总，虽然是实录，但颇能见出著名人物的个性风

① 鲁迅：《古小说钩沉》，第 79 页，济南，齐鲁书社，1997。

② 〔三国魏〕曹植：《曹子建集》卷九，《四部丛刊》影印双鉴楼藏明活字本。

③ 陆侃如、牟世金：《〈文心雕龙〉译注》，第 233 页，济南，齐鲁书社，1995。

采；又如在先秦历史散文中就有偏于记言的一类，《国语》、《战国策》等史书所记人物的言论很见人物的思想个性。三是，先秦史书所开创的重视刻画人物的叙事传统。史家的叙事方式、结构方式等对小说的形成产生了直接影响，史家虽重实录，但《左传》等史书为了叙事的逼真和人物的刻画，难免对事件的情节和细节做出合理的想象。四是，散文中杂有的怪异传说成为后世志怪小说的直接源头，如《搜神记》卷一六《秦巨伯斗鬼》一条明显本于《吕氏春秋·疑似篇》黎丘丈人事。至于先秦两汉时期《汲冢琐语》、《吴越春秋》、《越绝书》等杂记杂史更是将历史与传说糅合得难分难舍，有些片段直接目为小说也未尝不可。比如，汲冢竹书《古文周书》中记载了周穆王的越姬死而复活后，承认自己生前用"涂以彘血"的玄鸟换走姜后刚出生的王子的事；1986年甘肃天水放马滩出土的秦简中有一篇《墓主记》，记述一个名字叫丹的人死而复活的事。这些故事带有民间传说的性质，很有后世志怪小说的特点。但若据此推断这是"最早期的志怪小说"①，说服力尚嫌不足，因为"《墓主记》乃下层官吏作为'奇特之事'而写给上级的汇报"②，它仍然属于实用文体中的志怪内容。所有这些带有小说性质的史料都依赖散文文体而留存下来，至于"小说"性质的文本却散佚了。《庄子·逍遥游》曾云："齐谐者，志怪者也。谐之言曰：'鹏之徙于南冥也，水击三千里，抟扶摇而上者九万里，去以六月息者也。'"③"齐谐"不管是"志怪"的"人"还是"书"，都说明"齐谐"曾经将"鹏之徙于南冥"之类的怪异传说写成文本，可见先秦战国时期小说性质的文本有可能存在书面传播的形式。但从小说"街谈巷语，道听涂说"的特点来看，它最初主要是以口头传播的形式存在的，文本只是"小说家"为了某种功利目的才写定的，最初写定的文本离民间传说和文体小说也存在相当的距离。据《汉书·艺文志》，到班固的时代，儒、道、名、法等十大流派共有著述四千三百二十四篇，而其中"小说家者流"就有一千三百九十篇，占四分之一还多。这些"小说家者流"的著作，完整的虽然一本也没有流传下来，但从这个统计数字上可以想见那时"小说"的传播活动是非

① 李学勤：《放马滩简中的志怪故事》，载《文献》1990年第4期。

② 伏俊琏：《战国早期的志怪小说》，载2005年8月26日《光明日报》。

③〔清〕郭庆藩撰、王孝鱼校点：《〈庄子〉集释》上册，第4页，北京，中华书局，2004。

常兴盛的。小说的传播也进入了一个口头传播与文本传播争衡并存的时代，直到战乱频仍的汉末，小说的文本形式仍然传播甚多，曹植年轻时能够诵俳优小说数千言就很能够说明问题，①因为曹植所诵的小说当不是口头流传的，而是有文本形式的作品。

中国小说初具规模、获得相当的文体意义，走过了一个长期的历史发展过程。如上所论，小说在先秦两汉尚不具备文学文体的意义，它主要附着于其他文体。班固《汉书·艺文志》"小说家者流"一段话从儒家的角度对小说有所肯定也有所否定，谈到了小说的来源、特点和功用，类似的小说观念影响了小说的发展，也影响了魏晋南北朝人对小说的态度，如前引曹植、刘勰言论即是。但从魏晋南北朝时期的小说创作实际情况来看，小说作为一种文体已经隐然跻身于众多文体之林。魏晋南北朝人格外喜欢小说，许多文人染指小说创作，也爱好阅读小说。小说发生了很大的变化。

首先，这个时期的小说获得了独立的品格，从子书、史书的寄生状态中脱离出来，俨然自成一体。众多优秀作家从事小说的编纂和创作，产生了大量作品。许多小说家同时也是那个时期著名的作家，如邯郸淳、曹丕、张华、葛洪、干宝、陶潜、王嘉、刘义庆、吴均、任昉、陶弘景、颜之推等；②据不完全统计，魏晋南北朝时期的小说有八十多种，③这个数量是《汉书·艺文志》著录十五家小说数量的六倍。从《隋书·经籍志》的归类来看，这些作品，即使有许多当时仍被作为史传的附庸，被目为符合当时"小说"观念的作品也有二十余部，它们都是后世小说文本的源头。

其次，小说记事不全为了真实性，也重趣味，注意到了小说"游心

---

① 曹植见到写过《笑林》的小说家邯郸淳时"诵俳优小说数千言"(《三国志·王粲传》注引《魏略》，第603页，北京，中华书局，1982)。

② 关于汉代与魏晋南北朝小说作者队伍的变化情况，可参看王枝忠《汉魏六朝小说史》结束语第二部分"关于小说的作者"一节，浙江古籍出版社1997年版，第298～301页。

③ 据《隋书·经籍志》著录统计有八十多种。据程毅中《古小说简目》(中华书局，1981)统计有九十五种，据朱一玄、宁稼雨、陈桂声编著《中国古代小说总目提要》(人民文学出版社，2005)统计有一百一十五种(不含名称重复的条目和出自小说集的单篇小说条目)，据宁稼雨《中国文言小说总目提要》(齐鲁书社，1996)统计有一百二十四种。

寓目”的审美功能，这是作家的创作初衷，也是读者实际阅读态度的反应。《晋书·干宝传》所录干宝《〈搜神记〉序》云：“群言百家不可胜览，耳目所受不可胜载，今粗取足以演八略之旨，成其微说而已。幸将来好事之士录其根体，有以游心寓目而无尤焉。”[①]这是希望自己的《搜神记》即使不能实现“足以演八略之旨，成其微说”的功利目的，如果能够“游心寓目”也有被后来读者宽容的存在理由。而事实上，《搜神记》等小说中不全是寄寓严肃意义的古今故事，也多有游戏解颐的笔墨。如卷一八所记“猪臂金铃”一事：

> 晋有一士人姓王，家在吴郡。还至曲阿，日暮，引船上，当大埭，见埭上有一女子，年十七八，便呼之，留宿。至晓，解金铃系其臂，使人随至家，都无女人。因逼猪栏中，见母猪臂有金铃。[②]

这则故事与同卷獭化妇人媚惑少年的故事如出一辙，是带着浓郁乡土气息的幽默传闻，主要目的在于娱乐。如果非要说“告诫人们不要贪恋非礼之色”是它的严肃意义，那就有些勉强了。至于《笑林》等笑话类作品虽然不乏“颇益讽诫”的作品，但也难以避免“空戏滑稽”的游戏文字了，[③]所以《隋书·经籍志》直接就把它归于小说家类了。读者阅读《山海经》、《穆天子传》一类的奇书，也采取“泛览”、“流观”的审美态度，[④]说明这些特殊的“史部”作品具有浓厚的小说意味。

再次，这个时期的小说有一部分具有浓郁的时代生活气息，显示了小说与社会现实和民众心理的密切关系。这样的故事往往来自民间，具有浓郁的生活、行业甚至特有的地理环境气息。《搜神记》中有一部分就是“采访近世之事”[⑤]，而《幽明录》、《宋拾遗》等南朝小说更是以采录现实传闻为主。这些故事不仅被记载在志怪小说集中，而且被记载于同时期的其他典籍中，《水经注》、《洛阳伽蓝记》等书的记载中就有不少类似的传说。《洛阳伽蓝记》写洛阳大市四市十“里”时，穿插

---

① 〔唐〕房玄龄等：《晋书》，第2151页，北京，中华书局，1974。以下引用该书原文，均据此版本。

② 汪绍楹校注：《搜神记》，第225页，北京，中华书局，1979。

③ 〔南朝梁〕刘勰：《文心雕龙·谐隐》，见陆侃如、牟世金《〈文心雕龙〉译注》，第236页，济南，齐鲁书社，1995。

④ 〔晋〕陶渊明：《读〈山海经〉十三首》之一：“泛览《周王传》，流观《山海图》。”

⑤ 〔晋〕干宝：《〈搜神记〉序》，见〔唐〕房玄龄等《晋书》，第2150页，北京，中华书局，1974。

着与之相关的传闻异说，如“市北有慈孝、奉终二里，里内之人以卖棺椁为业，赁辆车为事。有挽歌孙岩，娶妻三年，妻不脱衣而卧。岩因怪之，伺其睡，阴解其衣，有毛长三尺，似野狐尾，岩惧而出之。妻临去，将刀截岩发而走。邻人逐之，变成一狐，追之不得。其后京邑被截发者，一百三十余人。初变为妇人，衣服靓妆，行于道路，人见而悦近之，皆被截发。当时有妇人着彩衣者，人皆指为狐魅。熙平二年四月有此，至秋乃止。”①这个交织着怪异与现实的传说，如果独立出来，显然就是一则志怪小说。它的产生与行业环境密切相关，也与民间狐狸的传说一脉相承。《搜神记》就有狐狸变化为美妇人迷惑男子的故事，卷一八中还写到一条“作好妇形”的狐狸阿紫。从“当时有妇人着彩衣者，人皆指为狐魅”这种情况也可以窥探当时民众对于那些足以迷惑人的本性的妖艳妇女的复杂心态。至于《世说新语》这样的小说，多是魏晋时代的名士轶事，更明显地表明其反映现实生活和时尚的文体品格。

但是，魏晋南北朝时期的小说观念还是有局限的，没有像诗赋那样走向完全的自觉，这主要表现在作者还不是有意创作小说，而是搜集记录异闻，②与唐传奇有意为小说是有所区别的。此外小说还与历史纠缠在一起，如小说名多含“记”、“传”、“志”等字样，大多采用了史传的形式和惯例，创作动机也明显存在补充史书之缺的实用性质。有许多还是为了自神其教，如：两晋之际葛洪《神仙传》、后秦王嘉《拾遗记》是宣传神仙道教的；南朝宋刘义庆《幽明录》、《宣验记》，南齐王琰《冥祥记》，北齐颜之推的《冤魂志》等主要是宣扬佛教的。有些作品集难以辨明其问题归属，如嵇康《圣贤高士传》虽记高士，然材料取舍有度，多记传闻，难免小说性质。③ 当时文体观念中也不以小说入文学之流，如代表当时雅文学观念的《文选》就没有专列小说一类。

与魏晋南北朝小说的文体独立性相联系，这个时期的小说史料也有自己的特点。如：（一）小说家的史料相对独立和清晰，或者说出现了真正意义上的小说家，大多数小说成为署名小说，加以小说家同时

---

① 周祖谟：《〈洛阳伽蓝记〉校释》，第159～160页，上海，上海书店出版社，2004。

② 鲁迅《中国小说的历史的变迁》云：“须知六朝人之志怪，却大抵一如今日之记新闻，在当时并非有意做小说。”（《中国小说史略》，第355页，济南，齐鲁书社，1997）

③ 山东大学文学与新闻传播学院2007届中国古代文学专业硕士研究生张瑜毕业论文《广陵已绝响，犹存高士魂——嵇康〈圣贤高士传〉研究》第二章第四节略有论述。

是诗文作家，因此这个时期的小说家史料基本摆脱了汉前的不确定、无署名状态。（二）小说作品史料走向独立。小说基本是独立结集的。至《隋书·经籍志》就已经不能忽视小说的存在，专列“小说家”一类，这种体例上的独立虽然继承了《汉书·艺文志》的做法，但显然不是着眼于思想特点，而主要还是出于现实书籍的分类需要。（三）读者喜欢阅读，并有可观的评论言论。曹植的言行是一个典型的例子，他首先在《与杨德祖书》中肯定了“街谈巷说，必有可采”。之后，小说家干宝在《〈搜神记〉序》中从小说的严肃意义和娱乐功能上为小说争取生存的空间。刘勰《文心雕龙·谐隐》汇集前说，就杂有小说因素的两种特殊文体“谐”和“隐”的本质特点、源流意义详加论析；萧绮附着王嘉《拾遗记》展开具体的小说批评，开辟中国小说评点之先河。① （四）在传播上，与汉前小说基本寓于其他文体的文本传播、汉代小说口头传播与文本传播争衡的特点相比，魏晋南北朝小说的传播具有文本传播引领口头传播的特点。口头传播是小说传播的先天特点，一直到汉代才有一定规模的典型文本出现，到魏晋南北朝，伴随着小说创作的繁荣，小说的文本传播也在与口头传播并存的同时，开始引领并影响着口头传播。可以作为例证的一个典型现象是：同一个故事被多次重复地记载到不同的小说集中。后出的志怪小说、志人小说多有采自前出的同类小说集的故事，如《搜神记》之于《列异传》，《世说新语》之于《裴启语林》等。具体小说如“谈生妻鬼”的故事既见于《列异传》，也见于《搜神记》；“洞窟遇仙女”的故事既见于《搜神后记》，也见于《幽明录》，只不过前者遇仙的是袁相、根硕，后者是刘晨、阮肇。这不但表明小说文本间相互影响的可能存在，也表明文本传播对口头传播影响的可能存在（如果此种故事不是文本间的传承，而是直接采自传闻，则存在此传闻本于已出小说文本的可能）。随着时间的流逝，口头传播的故事的具体形态从原生态的意义上来说被无情地抛进了历史的黑暗，而文本传播的故事形态却走入了未来的黎明，传播的文本成为经典，文本传播也成为中国小说史上的典型传播方式之一。

阅读和研究小说，小说史料是基础，它是我们厘清小说真伪、产生

---

① 可参看张侃：《试谈萧绮对〈拾遗记〉的整理和批评——从小说批评史的角度加以考察》，载《复旦学报》1995年第2期。

年代、流传与影响状况等基本史实所必备的材料，也是进行审美阅读和理性阐释的基本前提。小说史料的内容非常广泛，程毅中先生在《古小说史料简论》中指出："小说作品就是最主要的小说史料，然而光有作品还不够，还需要参考其他书，包括作家传记、作品的目录、版本和考证、评论、编辑等各方面的资料。"①从20世纪以来的小说研究史来看，自小说史家鲁迅始，唐前的小说史料便受到重视，他的《古小说钩沉》和《中国小说史略》可谓奠基之作；之后，开拓研究者不乏其人，而倾注全力、整体上卓有成效者不能不推台湾王国良先生和大陆李剑国先生。20世纪70年代末，两人几乎同时着手唐前小说研究，并在同一年(1984年)出版了他们富有影响的学术著作《魏晋南北朝志怪小说研究》和《唐前志怪小说史》，以后在漫长的三十多年间，他们一如既往地关注这个时期的小说研究，并共同重视小说史料的爬梳和考订。他们不但从整体上考订了唐前志怪小说的史料，而且选取《搜神记》、《搜神后记》(此两种奠基于汪绍楹先生)、《神异经》、《汉武帝洞冥记》、《列异传》、《冥祥记》、《续齐谐记》、《冤魂志》等典型个案进行艰苦深入的资料考订；此外，唐前小说史料得到类似青睐而焕然一新的还有《世说新语》(如余嘉锡笺疏本)等，这是对鲁迅《古小说钩沉》所做工作的继续和发扬。据笔者统计，20世纪以来(截至2007年底)，涉及唐前小说的中外(主要是日本)研究论著至少有五千多部篇，它们不但涉及小说史料，其本身也属于小说史料的范围。面对如此庞杂的史料丛林，如何拨开遮蔽，寻找通往目的地的通途，是一位学者进入这个领域首先要思考的。这方面的向导虽然已经有专门的小说史(如侯忠义《汉魏六朝小说史》)、目录学(如程毅中《古小说简目》、宁稼雨《中国文言小说总目提要》)和断代综合史料学(如穆克宏《魏晋南北朝史料述略》、刘跃进《中古文学文献学》)方面的著作，但限于体例难以有系统的指陈。面对前贤时哲积累的丰富史料和研究成果，去寻找一条通达唐前小说美丽风景的小径将不会是一件徒劳无益的工作。

按照小说史料产生的先后时间性，兼顾史料的重要性，唐前小说史料可以分为四类。一是具有文本性质的所谓先秦、汉代小说和魏晋

---

① 程毅中：《古代小说史料简论》，第1页，太原，山西人民出版社，2005。

南北朝小说，主要有《山海经》、《穆天子传》、《燕丹子》、《汉武故事》、《汉武内传》、《神异经》、《十洲记》以及《汉书·艺文志》所著录的十五家小说等；二是小说所寓托的历史、杂传、杂记类文献，如《史记》、《新序》、《说苑》、《列女传》、《吴越春秋》、《越绝书》、《风俗通义》等；三是，小说文论资料，对汉前小说史料来说，主要是关于小说起源、价值和初始特点的批评资料，如《庄子·外物》和《逍遥游》关于"小说"、"志怪"的言论，汉代桓谭《新论》、班固《汉书·艺文志》论述小说的言论等；四是，汉代以后关于唐前小说的研究史料，主要包括后代读者的序跋评论、汇编引述和现代读者的研究成果。大致而言，前二者是文本（还应当包括作者）史料，后二者是读者史料。

从小说史料的具体存在形态出发，唐前小说的研究史料可主要分为著录考订类、资料汇编整理类、现代研究类等。

（1）著录考订类。如《隋书·经籍志》、《旧唐书·经籍志》、《新唐书·艺文志》、宋王尧臣《崇文总目》、宋晁公武《郡斋读书志》、宋陈振孙《直斋书录解题》、宋郑樵《通志·艺文略》、元马端临《文献通考·经籍考》、明胡应麟《少室山房笔丛》、清纪昀等《四库全书总目提要》、清姚振宗《隋书经籍志考证》、余嘉锡《四库提要辨证》和《中国丛书综录》等。此外，还有今人书目提要、辞典等。书目提要，如程毅中的《古小说简目》（中华书局 1981 年版），袁行霈、侯忠义编著的《中国文言小说书目》（北京大学出版社 1981 年版），宁稼雨的《中国文言小说总目提要》（齐鲁书社 1996 年版），朱一玄、宁稼雨、陈桂声的《中国古代小说总目提要》（人民文学出版社 2005 年版）。辞典，如侯忠义《中国历代小说辞典》第一卷，先秦—五代部分（云南人民出版社 1986 年版）；中国古代小说百科全书编辑委员会、中国大百科全书出版社编辑部编《中国古代小说百科全书》（中国大百科全书出版社 1993 年版）；刘叶秋、朱一玄等《中国古典小说大辞典》（河北人民出版社 1998 年版）。

（2）汇编整理类。如宋李昉等编《太平广记》，鲁迅《古小说钩沉》，上海古籍出版社编《汉魏六朝笔记小说大观》（上海古籍出版社 1999 年版），侯忠义《中国文言小说参考资料》（北京大学出版社 1985 年版），李剑国《唐前志怪小说辑释》（上海古籍出版社 1986 年版），汪绍楹校注《搜神记》（中华书局 1979 年版），王齐洲、毕彩霞编著《〈新唐

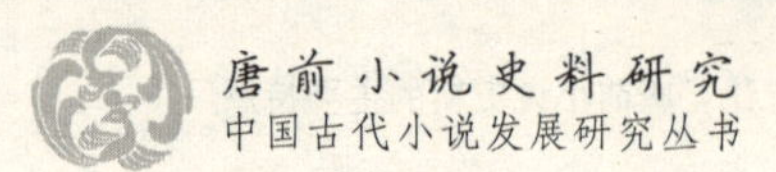

书·艺文志〉著录小说集解》(岳麓书社 2009 年版)等。

(3) 论述研究类,又包括小说史、专题著作、专题论文等。

小说史,如鲁迅《中国小说史略》,王枝忠《汉魏六朝小说史》(浙江古籍出版社 1997 版),侯忠义《汉魏六朝小说简史》(山西人民出版社 2005 年版),李剑国《唐前志怪小说史》(南开大学出版社 1984 年版,天津教育出版社 2005 年修订版),宁稼雨《中国志人小说史》(辽宁人民出版社 1991 年版)等。

专题著作,如王国良《魏晋南北朝志怪小说研究》(台北:文史哲出版社 1984 年版),小南一郎《中国的神话传说与古小说》(孙昌武译,中华书局 1993 年版),袁珂《袁珂神话论集》(四川大学出版社 1996 年版),张庆民《魏晋南北朝志怪小说通论》(首都师范大学出版社 2000 年版),刘苑如《身体·性别·阶级:六朝志怪的常异论述与小说美学》(台北:"中央研究院中国文哲研究所"2002 年版),王青《西域文化影响下的中古小说》(中国社会科学出版社 2006 年版),陈洪《中国小说理论史》(天津教育出版社 2005 年修订版)等。

专题论文,如叶岗《〈汉志〉"小说"考》(《文学评论》2004 年第 4 期),李剑国《干宝考》(《文学遗产》2001 年第 2 期)等。

对于以上所言四类唐前小说史料,本书关注的中心是"具有文本性质的所谓先秦、汉代小说和魏晋南北朝小说"的研究史料,即以小说作品(包括著录、版本、佚文等)为中心的文本史料,这也是本书首先所重点介绍的内容;有关作者、读者等方面的史料则在相应章节据情况做详略不同的兼顾。

第一章

汉代及以前小说史料

第一节 《山海经》

《山海经》全书三万多字，记载了约四十个方国，称名的山近五百座，河流近五百条，动物约三百种，植物约一百六十种，[①]一百多个历史人物，四百多神怪畏兽。其所记内容十分广博，涉及地理、方物（矿产、动植物）、氏族、民俗、工艺、原始神话等，尤为古代神话传说之渊薮。从小说的角度而言，《山海经》乃是现存最早的一部志怪小说集。

《隋书·经籍志》地理类序言称："汉初，萧何得秦图书，故知天下要害，后又得《山海经》，相传以为夏禹所记。"[②]然《山海经》一书，其名不见于今存先秦典籍，一般

① 参郭郛：《〈山海经〉注证·后记》，第991～992页，北京，中国社会科学出版社，2004。

② 〔唐〕魏徵等：《隋书》，第987页，北京，中华书局，1973。

认为始见于司马迁《史记·大宛列传》，[①]旧说以为"出于唐、虞之际……禹别九州，任土作贡，而益等类物善恶，著《山海经》"（刘歆后改名秀《上〈山海经〉表》），[②]作者为禹、益二人。如王充《论衡·别通篇》云："禹主治水，益主记异物……以所闻见，作《山海经》。"[③]《吴越春秋·越王无余外传第六》云："（禹）遂巡行四渎，与益、夔共谋。行到名山大泽，召其神而问之山川脉理、金玉所有、鸟兽昆虫之类，及八方之民俗、殊国异域、土地里数：使益疏而记之，故名之曰《山海经》。"[④]其后，张华《博物志》、郦道元《水经注·浊漳水注》、颜之推《颜氏家训·书证》、魏徵等《隋书·经籍志》等皆承其说。因其所记史事有发生在禹、益之后者，后人多疑之，朱熹、胡应麟等认为乃是"战国好奇之士，本《穆天子传》之文与事……杂傅以《汲冢纪年》之异闻，《周书·王会》之诡物，《离骚》、《天问》之遐旨，南华、郑圃之寓言，以成此书"[⑤]。清人梁玉绳《史记志疑》卷三五赞同明人杨慎意见云："似非一时一手所为也。"[⑥]现代学者多从之，如袁珂等认为成书于战国至汉初，作者非一人，各篇产生年代有早有晚，一般认为《山经》部分最早，《海经》次之，《大荒经》最晚。[⑦] 李剑国认为"《山海经》包括《五藏山经》五篇、《海外经》四篇、《海内经》四篇、《大荒经》四篇，另又有《海内经》一篇，凡五部分，均产生在战国。其中《山经》的风格相对平实一些，含神话较少……产生时代大

---

① 《史记·大宛列传》："至《禹本纪》、《山海经》所有怪物，余不敢言之也。"（第 3179 页，中华书局，1982）按，王充《论衡·谈天》引《史记》此语"《山海经》"作"《山经》"，因此，有的学者认为："在西汉景、武之际（公元前 2 世纪），《海经》和《山经》还是分别流行的。"是刘向父子"把《山经》和《禹本纪》合编在一起，改题新名为《山海经》，这就是这个书名首见于《艺文志》，也是《艺文志》不再著录《山经》和《禹本纪》的原因。"（何琦《〈海经〉新探》，中国《山海经》学术讨论会编辑《山海经新探》〈论文集〉，第 73 页，四川省社会科学院出版社，1986）然从刘歆《上〈山海经〉表》明确提及《山海经》书名来看，《山海经》一名应不始于刘向、刘歆。

② 《山海经》，《四部丛刊》据明成化庚寅刊本影印。

③ 《论衡》卷一三，《四部丛刊》据上海涵芬楼藏明通金草堂本影印。

④ 周生春：《〈吴越春秋〉辑校汇考》，第 105 页，上海，上海古籍出版社，1997。

⑤ 〔明〕胡应麟：《少室山房笔丛·四部证讹下》，第 412 页，北京，中华书局，1958。

⑥ 梁玉绳：《〈史记〉志疑》，上海文澜书局 1902 年石印本。

⑦ 可参袁珂《〈山海经〉写作的时地及篇目考》，《中华文史论丛》第七辑，中华书局 1978 年版；后收入其《神话论文集》，上海古籍出版社 1982 年版。蒙文通《略论〈山海经〉的写作时代及其产生地域》认为产生于西周至战国时期，其文见《中华文史论丛》1962 年第一辑，中华书局 1964 年版；又见：《巴蜀古史论述》，四川人民出版社 1981 年版；《蒙文通文集》第一卷《古学甄微》，巴蜀书社 1987 年版。

约在战国中期，即公元前 4 世纪间。有人以为在战国初期或战国之前，似非。”[①]郭郛引申毕沅《〈山海经〉新校正·序》“《山海经》作于禹、益，述于周、秦，其学行于汉，明于晋，而知之者魏郦道元也”的观点[②]，认为“禹、益以前已有资料积累，夏商周秦已形成稿本，西汉刘向、刘歆父子编订而成”，赞同“秦代博士们亦有总结整理之功”。[③]

《山海经》一书的性质，自古至今认识颇有变化。班固《汉书·艺文志》列入“数术略”之“形法类”，云“《山海经》十三篇”。《隋书·经籍志》录于史部地理类，云“《山海经》二十三卷，郭璞注”。《旧唐书·经籍志》录于地理类，云《山海经》十八卷、《〈山海经〉图赞》二卷、《〈山海经〉音》二卷，并为郭璞撰。《新唐书·艺文志》录于地理类，云“郭璞注《山海经》二十三卷”，又有《〈山海经〉图赞》二卷、《〈山海经〉音》二卷。《宋史·艺文志》列入五行类。明清以后一般目之为小说，胡应麟称之为“古今语怪之祖”[④]，纪昀《四库全书总目提要》称之为“小说之最古者”[⑤]。鲁迅先生称《山海经》“盖古之巫书”[⑥]。关于《山海经》的性质，在 20 世纪的研究中逐渐形成了有影响的派别，主要有地理派、历史派和文学神话派。“地理学派认为《山海经》是一部主要记述地理事物的著作，历史学派认为《山海经》是反映中国上古时代的史籍，文学神话派认为此书是神话汇集。”[⑦]《山海经》所反映的时代无所谓学科划分，其所记内容综杂不分，后人视角不同，遂有成岭成峰之争。

今所见《山海经》的古近代重要版本有：

《〈山海经〉传》十八卷，晋郭璞传，有宋淳熙七年（1180 年）池阳郡斋尤袤刻本（藏国家图书馆，有《中华再造善本》第一辑影印本）、《四部丛刊》本（据上海涵芬楼借江安傅氏双鉴楼藏明成化庚寅刊本影印）、明成化元年吴宽抄本、黄丕烈和周叔弢校明万历十三年（1585 年）吴琯

① 李剑国：《唐前志怪小说史》（修订本），第 96 页，天津，天津教育出版社，2005。

② 〔晋〕郭璞注、〔清〕毕沅校：《山海经》，第 1 页，上海，上海古籍出版社，1989。

③ 郭郛：《〈山海经〉注证》，第 9 页、第 8 页，北京，中国社会科学出版社，2004。

④ 〔明〕胡应麟：《少室山房笔丛·四部证讹下》，第 412 页，北京，中华书局，1958。

⑤ 台湾“商务印书馆”影印《文渊阁四库全书》本。

⑥ 鲁迅：《中国小说史略》，第 22～23 页，济南，齐鲁书社，1997。

⑦ 张步天：《20 世纪〈山海经〉研究回顾》，载《青海师专学报》1998 年第 3 期。

刻《山海经·水经》合刻本、《古今逸史》本、毛扆校明刻本、王念孙校注清康熙五十三年(1714年)至五十四年项䌹群玉书堂刻本、日本前川文荣堂刻本、日本明治三十五年(1902年)尾阳书肆文光堂印蒋应镐绘图本等。① 今知《山海经》最早版本为班固《汉书·艺文志》依据刘向《七略》所录"十三篇"本,此本与今传《山海经》十八篇本不同,清人毕沅《〈山海经〉新校正》卷首《〈山海经〉古今本篇目考》与郝懿行《〈山海经〉笺疏》认为刘向所谓"十三篇"指的是今本所传《山海经》的前面十三篇,即包括《五藏山经》五篇、《海外经》四篇和《海内经》四篇。汉哀帝建平元年(前6年),刘向之子刘秀(原名刘歆)校订《山海经》成,上奏皇帝表称:"侍中奉车都尉光禄大夫臣秀领校、秘书言校、秘书太常属臣望所校《山海经》凡三十二篇,今定为一十八篇,已定。"②此"一十八篇"当为郭璞注本所据之蓝本。

《道藏》之《山海经》十八卷本。宋代《道藏》有《山海经》十八卷,据张金吾《爱日精庐藏书续志》载宋人尤袤跋语,此本始为尤袤所得,然此本今已失传。明代重编《道藏》,其中有正统十年(1445年)所刊十八卷本《山海经》,此本虽缺第十四、十五卷,然极受重视,清人毕沅、郝懿行注《山海经》多据此本,1923年至1926年间,上海涵芬楼据北京白云观所藏明正统《道藏》本加以影印发行。今所见有1987年文物出版社、上海书店和天津古籍出版社三家联合重版《道藏》本。

《〈山海经〉补注》,明杨慎补注,有清光绪元年湖北崇文书局刻《百子全书》本。明李蕃曾予笺释,有民国山东省立图书馆抄本,收入《山东文献集成》第二辑第十三册,山东大学出版社2007年版。

《〈山海经〉释义》十八卷,《图》一卷,明王崇庆释义,有明万历二十五年(1597年)蒋一葵尧山堂刻本等。

《〈山海经〉广注》十八卷,《图》五卷,清吴任臣广注,有清康熙六年(1667年)崇文书院刻本、乾隆五十一年(1712年)金阊书业堂刻本、《四库全书》通行本等。该本以注释详博,资料丰富著称。

《〈山海经〉新校正》一卷,《古今本篇目考》一卷,清毕沅校正,孙星

---

① 此两种日本刻本据王宝平《中国馆藏和刻本汉籍书目》,第362页,杭州,杭州大学出版社,1995。前者藏于华东师范大学、中山大学图书馆,后者藏于辽宁、大连和杭州大学图书馆。

② 袁珂校注:《〈山海经〉校注》,第540页,成都,巴蜀书社,1996。

衍校，清乾隆四十六年（1781年）毕沅灵岩山馆刻《经训堂丛书》本。又有上海古籍出版社影印浙江书局《二十二子》本。该本前有毕沅《〈山海经新校正〉序》，后有孙星衍《〈山海经新校正〉后序》，正文注解、校勘详尽精细，于地理、版本考证卓绝新颖。

《〈山海经〉笺疏》十八卷，《图赞》一卷，《订讹》一卷，郝懿行笺疏，清嘉庆九年（1804年）仪征阮氏琅嬛仙馆刻本，嘉庆十四年（1809年）重刻。又有光绪十二年（1886年）还读楼校刻本、郝氏遗书本、龙溪精舍丛书本、《四部备要》本、巴蜀书社1985年6月影印还读楼校刊本、中国书店1990年影印《海王村古籍丛刊》本等。卷前附录清人游百川《上〈山海经笺疏〉奏折》及上谕、尔康《校刊〈山海经笺疏〉序》、江标《重刻〈山海经笺疏〉后序》、懋庸《校刊〈山海经笺疏〉序》、阮元《刻〈山海经笺疏〉序》、刘秀《上〈山海经〉表》、郭璞《注〈山海经〉叙》等。阮元《刻〈山海经笺疏〉序》云："郭景纯（按即晋人郭璞）注，于训诂、地理未甚精彻，然晋人之言，已为近古。吴氏《广注》（按即清人吴任臣《〈山海经〉广注》），征引虽博，而失之芜杂。毕氏（按指清人毕沅）校本，于山川考校甚精，而订正文字尚多疏略。今郝氏（按即本书作者郝懿行）究心是经，加以笺疏，精而不凿，博而不滥，粲然毕著，斐然成章，余览而嘉之，为之刊版以传……嘉庆十四年夏四月扬州阮元序。"①今有四川大学古籍整理所、中华诸子宝藏编纂委员会编《诸子集成补编》本，四川人民出版社1997年版。

《〈山海经〉汇说》，陈逢衡汇说，清道光二十五年（1845年）刻本。

《〈山海经〉地理新释》六卷，清吴承志新释，1922年南林刘氏求恕斋刻本。

现代重要重版和整理本有：

郭璞注、毕沅校《山海经》，上海古籍出版社1980年版。

袁珂校注《〈山海经〉校注》，上海古籍出版社1980年初版，巴蜀书社1996年重版。是书校订精审，广征博引，出以己见，为作者多年研

---

①〔清〕郝懿行：《〈山海经〉笺疏》卷前附录，巴蜀书社1985年据光绪十二年上海还读楼校勘印行本影印。

究积累之作；校注虽有些争议，①但不失为当前学界公认之优秀整理本。附录有刘歆《〈山海经〉叙录》、《西汉刘秀上〈山海经〉表》、《东晋郭璞注〈山海经〉叙》、《旧本〈山海经〉目录》、《郝懿行〈山海经〉笺疏叙》、《所据版本及诸家旧注书目》、《〈山海经〉校注引用书目》、《〈山海经〉索引》等八种。在此基础上，袁珂先生又出版了两种著作：《〈山海经〉校译》，上海古籍出版社 1985 年版；《〈山海经〉全译》，贵州人民出版社 1991 年版。

徐显之《〈山海经〉浅注》，黄山书社 1994 年版。本书从社会氏族学和图腾说角度解释《山海经》，多发新意。

张步天《〈山海经〉解》，香港天马图书有限公司 2004 年版。该本以汪绂光绪二十一年（1895 年）立雪斋印本《〈山海经〉存》为底本，参以吴任臣、毕沅、郝懿行诸本。末附《〈山海经〉地图解》二卷、《〈山海经〉校勘》一卷。正文有经有解，引证繁富，论解注意吸收新的研究成果。书前陈桥驿《陈序》云："《〈山海经〉解》显然已经是具有新观念的成果，是我见到的《山海经》的最佳版本。"

《〈山海经〉注证》，郭郛注证，中国社会科学出版社 2004 年版。本著作最富于创新之处在于吸收徐显之《〈山海经〉探原》等论著的观点，系统地运用图腾学的观点来解释《山海经》，同时用自然史博物学、科学技术发展史的观点对《山海经》重新加以注解和论证，认为："《山海经》是中国图腾崇拜的专书，中国博物学类书，中国古老民族活动、迁移、分布的类书，中国生物、医药和矿物资源的全书，中国人文地理专书，实乃中国科学技术文化的典籍。"②全书一百五十余万字，《前言》和《后记：中国科学技术发展源流史综述》等系统论述了作者的《山海经》观。注证部分将《山海经》正文、《山海经图》和《山海经图赞》搭配融合在一起，在采择毕沅、郝懿行等注释基础上，续以己注；间或引陶潜《读〈山海经〉诗十三首》作注，有时也自作诗歌、韵文入注。

---

① 如，《大荒东经》所记因民国的"仆牛"，袁珂不同意郭璞"人姓名"之说，认为是体形很大的一种牛，或以为不妥，认为"仆牛"乃女子名称，该条中的"取仆牛"也就不是霸占大牛，而是强娶仆牛。于是该条的意思与袁珂解释相比，面目全非。可参宫玉海、胡远鹏《关于〈山海经〉的注释及上古语言问题——兼评袁珂先生〈山海经校译〉的神话导向》，王善才主编《〈山海经〉与中华文化》，第 118 页，武汉，湖北人民出版社，1999。

② 郭郛：《〈山海经〉注证·自序》，北京，中国社会科学出版社，2004。

此外，关于《山海经》的佚文，清郝懿行辑有《〈山海经〉逸文》四十八条，见其《〈山海经〉笺疏》所附《订讹》卷末；清王仁俊辑有《〈山海经〉佚文》一卷，收于《经籍佚文》。清王谟《重订汉唐地理书钞》、清钱熙祚等辑《指海》第十八集、郝懿行《〈山海经〉笺疏》附录等皆收郭璞《〈山海经〉赞》一卷，严可均《全晋文》卷一二二至一二三收郭璞《山海经赞》二卷、卷一五四收晋张骏《〈山海经〉赞》二节。① 孙诒让《札迻》卷三就毕沅、郝懿行刊本《〈山海经〉郭璞注》补正十三条，就郝懿行刊本《山海经图赞》补正四条。今人沈海波有《〈山海经〉校札》（见其《〈山海经〉考》）以上海古籍出版社版袁珂《〈山海经〉校注》为底本，校订《山海经》一百七十三条。徐显之就《山海经》文字之“增损错乱”有所考论。②

关于《山海经》的版本论述有：清周中孚《山海经》七种题要（槐荫草堂刊本《山海经》十八卷、明刊本王崇庆《〈山海经〉释义》十八卷、函海本明杨慎《〈山海经〉补注》一卷、原刊本清吴任臣《〈山海经〉广注》十八卷图五卷、经训堂丛书本清毕沅《〈山海经〉校正》十八卷、阮氏琅嬛仙馆刊本清郝懿行《〈山海经〉笺疏》十八卷、郝氏山海经笺疏附刊本《山海经图赞》一卷），载其《郑堂读书记补逸》卷一六；傅增湘《藏园群书经眼录》（中华书局 1983 年版，卷九子部三著录《山海经》四种刊本）；贺次君《〈山海经〉之版本及关于〈山海经〉之著述》（《禹贡》1934 年第 1 卷第 10 期）；金荣权《〈山海经〉的流传与重要古本考评》（《安庆师院社会科学学报》1996 年第 4 期）；周士琦《论元代曹善抄本〈山海经〉》（《历史文献集刊》1980 年 9 月第 1 辑）等。

关于《山海经》的主要研究著作有：

凌纯声等《〈山海经〉新论》（《北京大学民俗丛书》第八辑第 142 号），台北：东方文物供应社 1951 版；又有台北：东方书局 1970 年版。

高去寻、王以中《〈山海经〉研究论集》，香港：中山图书公司 1974 年版。

杜而未《〈山海经〉神话系统》，台湾：学生书局 1976 年版。

李丰楙编撰《神话故事的故乡：〈山海经〉》，台北：时报文化出版公

---

① 《山海经》及赞的逸文情况，可参孙启治、陈建华编《古佚书辑本目录》，第 218 页，北京，中华书局，1997。又改题为《中国古佚书辑本目录解题》，上海，上海古籍出版社，2009。

② 徐显之：《〈山海经〉探原》，第 314 页，武汉：武汉出版社，1991。

司 1981 年版。

中国《山海经》学术讨论会编辑《〈山海经〉新探》(论文集)，四川省社会科学院出版社 1986 年版。

〔日本〕伊藤清司《〈山海经〉中的鬼神世界》，刘晔原译，中国民间文艺出版社 1990 年版。

徐显之《〈山海经〉探原》，武汉出版社 1991 年版。

扶永发《神州的发现：〈山海经〉地理考》，云南人民出版社 1992 年版。

宫玉海《〈山海经〉与世界文化之谜》，吉林大学出版社 1995 年版。

张岩《〈山海经〉与古代社会》，文化艺术出版社 1999 年版。

王善才主编《〈山海经〉与中华文化》，湖北人民出版社 1999 年版。

周光华《〈山海经〉探华夏源》，远方出版社 2000 年版。

高有鹏、孟芳《神话之源：〈山海经〉与中国文化》，河南大学出版社 2001 年版。

邱宜文《〈山海经〉的神话思维》，台北：文津出版社 2002 年版。

〔马来西亚〕丁振宗《破解〈山海经〉——古中国的 X 档案》，台北：昭明出版社 2002 年版。

张步天《〈山海经〉概论》，香港：天马图书有限公司 2003 年版。

沈海波《〈山海经〉考》，文汇出版社 2004 年版。

叶舒宪、萧兵、〔韩国〕郑在书《〈山海经〉的文化寻踪——"想象地理学"与东西文化碰触》(上、下册)，湖北人民出版社 2004 年版。

胡远鹏《〈山海经〉及其研究》，香港：天马图书有限公司 2004 年版。

张春生《〈山海经〉研究》，上海社会科学出版社 2007 年版。

黄懿陆《〈山海经〉考古：夏朝起源与先越文化研究》，民族出版社 2007 年版。

《山海经》是一部有图有文的书，晋代《山海经》尚有图，陶渊明《读〈山海经〉》有"流观《山海图》"的诗句，郭璞曾作《山海经》图赞，在给《山海经》作注时提到"图亦作牛形"、"在畏兽画中"、"今图作赤乌"

等。[①] 陶、郭所见到的《山海经》古图并没有流传下来。

唐代张彦远在《历代名画记》中列举的九十七种所谓“述古之秘画珍图”中，就有“山海经图”和“大荒经图”。[②] 宋姚宽在《西溪丛语》卷下云：“《山海经·大荒北经》：‘有神衔蛇，其状，虎首人身，四蹄长肘，名曰强良。’‘亦在畏兽书中’，此书今亡矣。”[③]“畏兽书”当是指郭璞所云“畏兽画”，这种图文相配的《山海经》，宋人已看不到了。

历代注家对《山海经》图的介绍，以清代注家毕沅和郝懿行的论述最详。毕沅《〈山海经〉古今本篇目考》云：

> 沅曰：《山海经》有古图，有汉所传图，有梁张僧繇等图。十三篇中《海外》、《海内经》所说之图，当是禹鼎也；《大荒经》已下五篇所说之图，当是汉时所传之图也，以其图有成汤，有王亥、仆牛等知之，又微与古异也。据《艺文志》，《山海经》在形法家，本刘向《七略》，以有图，故在形法家。又郭璞注中有云：“图亦作牛形”，又云“亦在畏兽画中”。又郭璞及张骏有图赞。陶潜诗亦云“流观《山海图》”。[④]

郝懿行在《〈山海经〉笺疏叙》云：

> 古之为书，有图有说，《周官》地图，各有掌故，是其证已。《后汉书·王景传》云：“赐景《山海经》、《河渠书》、《禹贡图》。”是汉世《禹贡》尚有图也。郭注此经，而云：“图亦作牛形”，又云：“在畏兽画中”；陶征士读是经，诗亦云“流观《山海图》”，是晋代此经尚有图也。《中兴书目》云：“《山海经图》十卷，本梁张僧繇画，咸平二年校理舒雅重绘为十卷，每卷中先类所画名，凡二百四十七种。”是其图画已异郭、陶所见。今所见图复与繇、雅有异，良不足据。然郭所见图，即已非古，古图当有山川道里。今考郭所标出，但有畏兽、仙人，而于山川脉络，即不能案图会意，是知郭亦未见古图

---

① 分见《山海经》之《南山经第一·鹊山》注、《西山经第三·羭次之山》注、《海外南经第六·狄山》注，《四部丛刊》本。

② 〔唐〕张彦远：《历代名画记》，第42页，浓阳，辽宁教育出版社，2001。

③ 〔宋〕姚宽撰、孔凡礼点校：《西溪丛语》，第91页，北京，中华书局，1993。

④ 〔晋〕郭璞注、〔清〕毕沅校：《山海经》，第8页，上海，上海古籍出版社，1989。

也。今《禹贡》及《山海图》遂绝迹,不复可得。①

由毕沅、郝懿行之注跋可以看出,《山海经》图至少有下列三种:1. 古图。包括禹鼎图、汉所传图和郭璞注《山海经》、陶潜写诗时见到的图。2. 张僧繇(南朝梁画家)、舒雅(宋代校理)绘画的《〈山海经〉图》。据《中兴书目》,梁张僧繇曾画《〈山海经〉图》十卷,宋代校理舒雅于咸平二年重绘为十卷。3. "今所见图",即明、清时期出现与流传的《〈山海经〉图》。据毕沅、郝懿行的意见,传说中的禹鼎图、汉所传图、汉世之图和晋代陶潜、郭璞所见之"山海图"均已亡佚;张僧繇、舒雅画的十卷本《〈山海经〉图》也没有流传下来。

目前所能见到的最早的《〈山海经〉图》是《永乐大典》卷九一〇中的两幅插图,一幅是《海外东经》的奢比尸图,一幅是《海内北经》的据比尸图。明、清、近代绘画与流传的《山海经》图本,据马昌仪统计,可见到十六种版本:

1. 明《〈山海经〉图绘全像》十八卷,广陵蒋应镐、武临父绘图,李文孝镌,聚锦堂刊本,二册,明万历二十五年(1597 年)刊行。共七十四幅图。

2. 明《〈山海经〉释义》十八卷,一函四册,王崇庆释义,董汉儒校,蒋一葵校刻,明万历二十五年(1597 年)始刻,万历四十七年(1619 年)刊行,第一册《图像〈山海经〉》。共七十五幅图。有《四库全书存目丛书》子部第二百四十五册影印清华大学图书馆藏明万历大业堂刻本。

3. 明《山海经》十八卷,日本刊本,四册,有杨慎《山海经图序》。共七十四幅图。(此书未见出处,据小南一郎先生《和刻本汉籍分类目录》第 146 页载,日本刻印的《山海经》汉籍图本有五种,均为蒋应镐绘本。)

4. 明《〈山海经〉图》,胡文焕编,《格致丛书》本,明万历二十一年(1593 年)刊行,为郑振铎藏书,见《中国古代版画丛刊二编》第一辑,上海古籍出版社 1994 年。共一百三十三幅图。

5. 清《〈山海经〉广注》(附图全五卷),吴任臣(志伊)注,康熙六年(1667 年)版。共一百四十四幅图。

---

① 〔清〕郝懿行笺疏:《〈山海经〉笺疏》卷前附录,巴蜀书社 1985 年据光绪十二年上海还读楼校勘印行本影印。

6. 清《增补绘像〈山海经〉广注》，吴任臣（志伊）注，金阊书业堂藏版，乾隆五十一年（1786 年）夏镌。图五卷，共一百四十四幅。

7. 清《增补绘像〈山海经〉广注》，仁和吴任臣注，佛山舍人后街近文堂藏版。图五卷，共一百四十四幅。

8. 清《增补绘像〈山海经〉广注》，吴任臣注，成或因绘图，四川顺庆海清楼版，咸丰五年（1855 年）刻印。共七十四幅图。

9. 清《山海经》，光绪十六年（1890 年）学库山房仿毕（沅）氏图注原本校刊。图一册，共一百四十四幅。

10. 清《〈山海经〉笺疏》，郝懿行撰，六册线装，光绪十八年（1892 年）五彩公司三次石印本。共一百四十四幅图。

11. 清《〈山海经〉存》，汪绂释，光绪二十一年（1895 年）立雪斋印本，图九卷。剑锋按：书末时氏跋云："考其图，较吴氏、郝氏本为尤详，顾缺六七两卷，明经（指是书藏者余家鼎）……与其友查子圭绘以补之。"①共一百九十幅图（四百六十九种神怪畏兽）。

12. 清《古今图书集成・禽虫典》中的异禽异兽部。

13. 清《古今图书集成・神异典》中的山川神祇。

14. 清《古今图书集成・边裔典》中的远方异民。

15. 民国《〈山海经〉图说》（校正本），上海锦章图书局 1919 年印行。共一百四十四幅图。此书以毕沅图本为摹本。

16. 日本江户时代《怪奇鸟兽图卷》，有日本文唱堂株式会社 2001 年版本。共七十六幅图。②

今人马昌仪研究《山海经》图成果甚丰，专著有：《古本〈山海经〉图说》（山东画报出版社 2001 年版，内含一千幅图与二十五万字的图说）、《全像〈山海经〉图比较》（共七册，学苑出版社 2003 年版。收图二千五百幅，包括明清两代胡文焕、蒋应镐、吴任臣、汪绂等四个绘图珍本的全图以及战国前后考古文物上的相关图画和日本国《怪奇鸟兽图卷》的图像）。关于《山海经》图的研究论文主要有：马昌仪《〈山海经〉图：寻找〈山海经〉的另一半》（载《文学遗产》2000 年第 6 期）、《明清〈山

① 〔清〕汪绂释：《〈山海经〉存》后跋，杭州古籍书店 1984 年据光绪二十一年立雪斋印本影印。

② 参马昌仪：《明清山海经图版本述略》，载《西北民族研究》2005 年第 3 期。

海经〉图版本述略》(《西北民族研究》2005 年第 3 期)、《明刻〈山海经〉图探析》(《文艺研究》2001 年第 3 期)、《明代中日〈山海经〉图比较——对日本〈怪奇鸟兽图卷〉的初步考察》(《中国历史文物》2002 年第 2 期),沈海波《略论山海图的流传情况》(《上海大学学报》2000 年第 5 期)和《〈山海图〉的亡佚及后人的补绘之作》(见其《〈山海经〉考》,第 123 页,文汇出版社 2004 年版),张祝平《宋人所论〈山海经图〉辩证》(《中国历史地理论丛》2001 年第 4 期),朱玲玲《从郭璞〈山海经图赞〉说〈山海经〉"图"的性质》(《中国史研究》1998 年第 3 期),伊藤清司《日本的山海经图——关于〈怪奇鸟兽图卷〉的解说》(《中国历史文物》2002 年第 2 期)等。此外,今人也有新的《山海经》绘图,如王红旗、孙晓琴合著有《新绘神异全图〈山海经〉》(昆仑出版社 1996 版),又有《经典图读〈山海经〉》(上海辞书出版社 2003 年版)等。

《山海经》是神话的渊薮、志怪的源头,也是文学的祖母,其对后世志怪小说、诗歌等影响甚深。

魏晋南北朝时期是志怪小说兴盛的时期,这个时期产生的大量志怪小说从形式结构到内容观念等都留下了《山海经》的明显印记。如佚名《括地图》,托名东方朔的《神异经》、《十洲记》,张华的《博物志》等地理博物类小说述殊方异物多直接模仿《山海经》。《神异经》"仿《山海经》,然略于山川道里而详于异物"①,如《西北荒经》云:"西北有兽焉,状似虎,有翼能飞,便剿食人……"②这里的食人兽与《山海经·海内北经》提到的"穷奇"很相似:"穷奇状如虎,有翼能食人,食人从首始。"③故事的语言和叙述方式也明显继承了《山海经》。张华在《博物志序》云:"余视《山海经》,及《禹贡》、《尔雅》、《说文》、《地志》,虽曰悉备,各有所不载者,作略说。出所不见,粗言远方。陈山川位象,吉凶有征,诸国境界,犬牙相入。春秋之后,并相侵伐,其土地不可具详,其山川地泽,略而言之,正国十二。博物之士,览而鉴焉。"④张华明确说明自己的《博物志》是补《山海经》的不足的。曹丕《列异传》、葛洪《神

---

① 《鲁迅全集》第 3 卷,第 2 页,北京,人民文学出版社,1982。
② 《汉魏六朝笔记小说大观》,第 55 页,上海,上海古籍出版社,1999。
③ 袁珂校注:《山海经校注》,第 364 页,成都,巴蜀书社,1993。
④ 范宁:《博物志校证》,第 7 页,北京,中华书局,1980。

仙传》、任昉《述异传》等所记民间故事、神话传说等多有继承《山海经》者。如《述异记》所记“帝女雀”云:“昔炎帝女溺死东海中,化为精卫。其鸣自呼。每衔西山木石,以填东海,怨溺死故也。海畔俗说:精卫无雄,耦海燕而生,生雌状如精卫,生雄状如海燕。今东海畔精卫誓水处犹存,溺于此川,誓不饮其水。一名誓鸟,一名冤(当为怨)禽,又名志鸟,俗呼为帝女雀。”①其事显然是《山海经》精卫填海和魏晋南北朝时期民间传说糅合而成的。

诗歌中借助《山海经》里的神话典故,继承神话精神的现象,层出不穷。如陶渊明喜欢读《山海经》、欣赏《山海经图》,曾经写过《读〈山海经〉十三首》,其中多借《山海经》神话抒情言志,尤以“精卫衔微木”、“夸父诞宏志”等篇最为脍炙人口。岑参、顾炎武《精卫》诗等也倍受称道。

第二节 历史与神话杂糅的小说:《穆天子传》与《燕丹子》

一、《穆天子传》

《穆天子传》,又名《周王游行记》。共五篇,主要记述周穆王游行四海的故事。故事写周穆王好巡游,得宝马盗骊、騄耳,命造父御车,观乎四荒,北绝流沙,西登昆仑,见西王母;文辞古朴,风格奇丽,行文叙事,有法可观,是今见最早的历史事实和神话传说杂糅的“小说滥觞”②。《春秋正义》引王隐《晋书·束皙传》:“《周王游行》五卷,说周穆王游行天下之事,今谓之《穆天子传》。”③晁公武《郡斋读书志》:“郭璞

---

① 〔宋〕李昉等编:《太平御览》卷九二五,北京,中华书局1960年影宋本。

② 〔明〕胡应麟:《少室山房笔丛·三坟补逸下》,第456页,北京,中华书局,1958。

③ 〔日〕山井鼎、物观撰:《七经孟子考文补遗》卷一一二《春秋左传注疏》第六〇“哀公二十七年”注引王隐《晋书》;又见〔宋〕王应麟撰《玉海》卷四七,引文“周穆王”三字无“周”字。皆据台湾“商务印书馆”影印《文渊阁四库全书》本。“说周穆王游行天下之事,今谓之《穆天子传》”二句似是注文,故《九家旧晋书辑本》(《丛书集成初编》本第3808册,第389页,中华书局1985年新一版)以小字双行排印。

注本谓之《周王游行记》。"①陶渊明《读〈山海经〉十三首》之一云："泛览《周王传》，流观《山海图》。"《周王传》就是《穆天子传》。渊明既称"《周王传》"，则所读书名当为《周王游行记》。

《穆天子传》乃西晋发现的奇书。其出土时间主要有三说。一为太康二年（281年）说。《晋书》卷五一《束皙传》云："太康二年，汲郡人不准盗发魏襄王墓，或言安釐王冢，得竹书数十车……《穆天子传》五篇，言周穆王游行四海，见帝台、西王母。"②荀勖《穆天子传序》、《太平御览》卷七四九、《北堂书钞》卷五七引王隐《晋书》、《初学记》卷一二引傅畅《诸公赞》、太康十年汲令范阳卢无忌立石的《齐大公吕望碑》③等持此说。二为咸宁五年（279年）说，《晋书·武帝纪》、张怀瓘《书断》持此说。三为太康元年（280年）说，《晋书·律历志上》、《晋书·卫恒传》、杜预《春秋经传集解后序》及孔颖达《正义》引王隐《晋书·束皙传》持此说。

《穆天子传》出土后，曾经得到荀勖、和峤、张宙、傅瓒、束皙、王接、卫恒、王庭坚、潘滔、挚虞、谢衡等著名学者的校订。其中荀勖、束皙、郭璞三人的校订最为知名。荀勖校订完《穆天子传》后，序云：

> 序古文《穆天子传》者，太康二年，汲县民不准盗发古冢所得书也。皆竹简素丝编，以臣勖前所考定古尺度，其简长二尺四寸，以墨书，一简四十字。汲者，战国时魏地也。案所得《纪年》，盖魏惠成王子今王之冢也。于《世本》，盖襄王也。案《史记·六国年表》，自今王二十一年至秦始皇三十四年燔书之岁八十六年，及至太康二年初得此书，凡五百七十九年，其书言周穆王游行之事，《春秋左氏传》曰："穆王欲肆其心，周行于天下，将皆使有车辙马迹焉。"此书所载，则其事也。王好巡守，得盗骊、騄耳之乘，造父为御，以观四荒，北绝流沙，西登昆仑，见西王母，与太史公记同。汲郡收书不谨，多毁落残缺，虽其言不典，皆是古书，颇可观览。谨以二尺黄纸写上，请事平，以本简书及所新写，并付秘书缮写，

---

① 《昭德先生郡斋读书志》卷二（下），《四部丛刊》本。下文如不特别注明，皆据此本。
② 〔唐〕房玄龄等：《晋书》，第1432～1433页，北京，中华书局，1974。
③ 〔清〕严可均辑《全晋文》卷八六据拓本收录此碑全文。

藏之中经，副在三阁。谨序。①

王隐《晋书·束皙传》云汲冢蝌蚪文古书被发现后，晋武帝诏令“荀勖、和峤以隶字写之”②。元人杨奂《山陵杂记》云：“太康元年，汲郡民盗发魏王墓，或言安釐王冢，得竹书数十车，皆简编蝌蚪文字。束皙为著作，随宜分析，皆有冥证。”③此说当本前代史书。《晋书》卷五一《束皙传》云：“武帝以其书（《穆天子传》等汲中竹书）付秘书校缀次第，寻考指归，而以今文写之。（束）皙在著作，得观竹书，随疑分释，皆有义证。”④后来郭璞“又注……《穆天子传》”流传于世⑤。

《穆天子传》出土以后，流传甚广，对其性质的认识颇有变化。王隐《晋书·束皙传》云：“《穆天子传》世间偏多。”⑥郦道元《水经注》已经多次征引，唐宋类书如《艺文类聚》、《初学记》、《太平御览》等皆有征引。经郭璞校注以后，历代书目均有著录。《隋书·经籍志》史部起居类载：“《穆天子传》六卷，汲冢书，郭璞注。”《旧唐书·经籍志》、《新唐书·艺文志》皆著录于起居类，云：“《穆天子传》六卷”，郭璞注。《穆天子传》原为五篇，当为五卷，郭璞将汲冢竹书中归入“杂书十九篇”之一的“周穆王美人盛姬死事”附于卷末，遂成六卷通行本。《宋史·艺文志》列之“别史”类，宋晁公武《郡斋读书志》卷二下⑦、宋王尧臣等编《崇文总目》卷二等列之“传记”类，宋尤袤《遂初堂书目》列之“杂传”类。宋人郑樵《通志·艺文略第三》“起居注”云：“《穆天子传》，六卷。汲冢

---

① 〔晋〕郭璞注、〔清〕洪颐煊校：《穆天子传》，《丛书集成初编》本，第3436册，北京，中华书局1985年新1版。

② 〔宋〕王应麟：《玉海》卷四七，台湾“商务印书馆”影印《文渊阁四库全书》本。

③ 台湾“商务印书馆”影印《文渊阁四库全书》本《说郛》卷二七下。此段引文，《九家旧晋书辑本》据《艺文类聚》卷一〇和卷四〇谓出王隐《晋书·束皙传》，然查《艺文类聚》（汪绍楹校注，上海古籍出版社1999年新2版）卷一〇未见，查卷四〇文字作：“太康元年，汲县民盗发魏安釐王冢，得竹书漆字古书。有《易卦》，似《连山》、《归藏》文；有《春秋》，似《左传》。”不及束皙。束皙，字广微，《晋书》“皙”作“晳”，当误。

④ 〔唐〕房玄龄等：《晋书》，第1433页，北京，中华书局，1974。

⑤ 〔唐〕房玄龄等：《晋书》，第1910页，北京，中华书局，1974。

⑥ 〔日〕山井鼎、物观撰：《七经孟子考文补遗》卷一一二《春秋左传注疏》第六十“哀公二十七年”注引王隐《晋书》。

⑦ 《四部丛刊》本。

古文，郭璞注。”①宋人王楙《野客丛书》卷一五云：“《隋志》谓晋时得汲冢书，有《穆天子传》，体制与今起居注正同，盖周时内史所记，王命之副也。《周官》‘内史掌王之命，遂书其副而藏之’，是其职也。”宋人陈振孙《直斋书录解题》卷四著录《穆天子传》六卷，也说：“其体制与起居注正同。”②是知宋元以前多目之为史书。

明清以来开始怀疑《穆天子传》作为史书的真实可靠性，于是有伪书、小说之说。清代初期学者姚际恒《古今伪书考》中的意见可为代表，其言曰：其事“本《左传》‘穆王欲肆其心，周行天下，将皆有车辙马迹焉’，又本《史（记）·秦纪》：‘造父为穆王得骥、温骊、骅骝、騄耳之驷，西巡狩，乐而忘归’诸说，以为之也。多用《山海经》语，体制亦似起居注——起居注者，始于明德马皇后——故知为汉后人作。”③黎光明《〈穆天子传〉研究》云：“今之《穆天子传》一书，其中有一部分的材料，或系从汲冢中得来者，而其中大部分的材料，则为荀勖、郭璞之所依附上去的，而尤以郭璞的依附为最多。”④童书业《穆天子传疑》云：“疑《穆天子传》为晋人杂集先秦散简，附益所成。其间固不无古代之材料，然大部分皆晋人杜撰之文。”⑤《穆天子传》伪书之说盛行之时，其小说性质也得到普遍认同。纪昀等《四库全书总目》卷四七史部编年类总按云：“《穆天子传》虽编次年月，类小说传记，不可以为信史。”又卷一四二该书提要云：“书所纪虽多夸言寡实。然所谓西王母者，不过西方一国君；所谓县圃者，不过飞鸟百兽之所饮食，为大荒之圃泽，无所谓神仙怪异之事；所谓河宗氏者，亦仅国名，无所谓鱼龙变见之说。较《山海经》、《淮南子》犹为近实。”⑥旧皆入起居注类，《四库全书》将之退置于小说家类。

---

① 〔宋〕郑樵：《通志》，第775页，中华书局1987年影印《万有文库》十通本。以下引用该书原文，均据此版本。

② 〔宋〕陈振孙著，徐小蛮、顾美华点校：《直斋书录解题》，第122页，上海，上海古籍出版社，1987。以下所引本书原文，版本同此。

③ 〔清〕姚际恒：《古今伪书考》，有《丛书集成初编》本。此据顾颉刚主编《古今考辨丛刊》第一集本，第284页，北京，中华书局，1955。

④ 见《国立中山大学语历所周刊》1928年4月第2卷，第23～24期。

⑤ 童书业：《汉代以前中国人的世界观念与域外交通的故事》附录《穆天子传疑》，《中国古代地理考证论文集》，北京，中华书局，1962。

⑥ 《钦定四库全书总目》，台湾“商务印书馆”影印《文渊阁四库全书》本。

与目《穆天子传》为伪书之说、小说之说相对，又有目《穆天子传》为西周文献之说和成书战国之说。西周文献之说当自该书出土之日就已经开始。此从荀勖等人的言论不难推知。又《隋书》卷三三《经籍志二》史部类云："起居注者，录纪人君言行动止之事。《春秋传》曰：'君举必书。书而不法，后嗣何观?'《周官》：内史掌王之命，遂书其副而藏之，是其职也。汉武帝有《禁中起居注》，后汉明德马后撰《明帝起居注》，然则汉时起居，似在宫中，为女史之职。然皆零落，不可复知。今之存者，有汉献帝及晋代已来《起居注》，皆近侍之臣所录。晋时，又得《汲冢书》，有《穆天子传》，体制与今起居正同，盖周时内史所记，王命之副也。"①元人王渐谓："太史公记穆王宾西王母事，与诸传说所载多合。则此书(《穆天子传》)盖备记一时之详，不可厚诬也。"②明人胡应麟云："《穆天子传》六卷，其文典则淳古，宛然三代范型，盖周穆王史官所记。虽与《竹书纪年》、《逸周书》并出汲冢，第二书所载，皆讫周末，盖不无战国语参之。独此书东迁前，故奇字特多，缺文特甚，近或以为伪书，殊可笑也。"③洪颐煊也在《〈校正穆天子传〉序》中说：《穆天子传》"其文字古雅，信非周秦以下人所能作"④。近现代学者刘师培、顾实、卫挺生、岑仲勉、于省吾、王天海等皆以为《穆天子传》成书于西周。其中顾实《〈穆天子传〉西征讲疏》⑤、《黄荛圃手校〈穆天子传〉跋》⑥可为代表。

《穆天子传》成书战国之说，亦不乏其人。清人王谟于《〈穆天子传〉后识》中疑此书为"战国时人因《列子》书《周穆王篇》有驾八骏宾西王母事，依托为之，非当日史官起居注也"⑦。顾颉刚撰长文《〈穆天子传〉及其著作年代》⑧认为《穆天子传》的著作背景即是赵武灵王西北略

---

① 〔唐〕魏徵等：《隋书》，第 966 页，北京，中华书局，1973。

②④《丛书集成初编》本《〈穆天子传〉旧序》、《校正〈穆天子传〉序》，分见《穆天子传》前附本序第 1 页，北京，中华书局，1985。

③ 〔明〕胡应麟：《少室山房笔丛·四部证讹下》，第 411 页，北京，中华书局，1958。

⑤ 有《民国丛书》三编本，第 63 册，上海书店，1989；又有中国书店 1990 年版。

⑥ 发表于山东省省立图书馆馆刊，《一九一一——一九八四影印善本书序跋集录》(中华书局 1995 年版)、郑杰文《〈穆天子传〉通解》"附录二"收录此跋。

⑦《赠订汉魏丛书》。转引自郑杰文《〈穆天子传〉通解》，第 274 页，济南，山东文艺出版社，1992。

⑧ 原刊《文史哲》1951 年第 1 卷第 2 期，后收入《顾颉刚民俗学论集》。

地的战国时期。其后许多学者赞同顾说。如王贻樑认为:“《穆传》最终的成书年代是在战国中、晚期,但不晚于魏襄王二十一年(公元前二九八年)。”①

《穆天子传》对后世小说、诗文、戏曲影响甚多,如《汉武故事》等直接受其影响;唐人赋玄宗与贵妃之事,暗用《穆天子传》穆天子会西王母故事,李白《清平调》“若非群玉山头见,会向瑶台月下逢”用是书之典;金院本《瑶池会》、《蟠桃会》,宋元明戏曲《王母蟠桃会》、《西王母祝寿瑶池会》、《群仙庆寿蟠桃会》等皆源于此。

今传明清以来《穆天子传》主要版本和研究论著有:

1.《穆天子传》六卷,涵芬楼《道藏举要》影印明正统(1436—1449年)《道藏》本。原在《道藏》洞真部纪传类,有元至正十年(1350年)王渐序。②

2.《穆天子传》六卷,晋郭璞注、明范钦订,有《四部丛刊初编》据上海涵芬楼景印天一阁范氏嘉靖(1522—1566年)刊本。前录王渐序、荀勖序。

3.《穆天子传》六卷,明吴琯《古今逸史》逸记纪本。

4.《穆天子传》六卷,晋郭璞注,明程荣辑《汉魏丛书》史籍类本。天津图书馆藏有清黄丕烈校跋本及其影印本,影印本有王献唐跋,可参李国庆《王献唐先生与黄氏校跋本〈穆天子传〉》,载《山东图书馆季刊》2009年第3期。

5.《穆天子传》六卷,晋郭璞注,明何允中辑《广汉魏丛书》别史类本。

6.《穆天子传》六卷,晋郭璞注,清王谟辑《增订汉魏丛书》别史类本。

7.《穆天子传》六卷,《四库全书》本;有周光培、孙进己主编《历代笔记小说汇编·汉魏六朝笔记小说》影印《四库全书》本,辽沈书社1990年版。

8.《校正〈穆天子传〉》七卷,清洪颐煊嘉庆五年(1800年)校,有

---

① 王贻樑:《〈穆天子传〉汇校集释前言》,第2页,上海,华东师范大学出版社,1994。

② 傅增湘:《藏园群书经眼录》,中华书局1983年版,卷九子部三著录的三种《穆天子传》中,“至正十年北岳王渐玄翰序”的明写本当抄于此本。

《平津馆丛书》本、潮州郑重刊本、《丛书集成初编》本、《四部备要》本等。

9.《覆校〈穆天子传〉》，清翟云升覆校，有《五经岁遍斋校书三种》，道光十二年(1822 年)刊。

10.《穆天子传》一卷，《五朝小说大观》本，有上海扫叶山房 1926 年石印本，中州古籍出版社 1991 年该石印本影印本等。

11. 清陈逢衡《〈穆天子传〉补正》，收入《江都陈氏丛书》，清道光二十三年(1843 年)刻本。

12. 清檀萃《〈穆天子传〉注疏》，收入《碧琳琅馆丛书》，清宣统元年(1909 年)刊本。

13. 清丁谦《〈穆天子传〉地理考》，载杭州书局 1915 年刻《浙江图书馆丛书》。

14.〔日〕小川涿治《〈穆天子传〉地名考》，载江侠庵编译《先秦经籍考》(下)，商务印书馆 1931 年版；又有上海文艺出版社 1990 年影印本。

15. 顾实《〈穆天子传〉西征讲疏》，有商务印书馆 1934 年排印本、中国书店 1990 年影印本。《民国丛书》第三编收录。顾实本地理学专家，是书耗其半生精力，证明穆天子西征见西王母诸事皆为史实，考其游辙所至，殆至欧洲。全书依次分“读穆传十论”、“穆传西征年历”、“穆传西征地图”、“新校定穆天子传”、“穆天子传西征讲疏”及“附录穆天子传知见书目提要”等几部分，其中“附录穆天子传知见书目提要”中分四类内容：一、列朝著录及刊本抄本校本(其中列朝著录三十七种，刊本抄本校本三十五种)；二、近代诸家注本及学说(计二十种)；三、关于穆王及西王母之文件(计二十四种)；四、日英法德译《穆传》及关于穆王西王母之文件(计十六种)。如果算上补遗中的二种，其所附知见书目提要共计一百三十四种。

16. 卫挺生《〈穆天子传〉今考》，有台湾中华学术院 1970 年版本、“国防研究院”1971 年版本。是书分三册三编：外篇、内篇和时地篇，考释全书有关地理、历日、物产诸种问题，认为《穆天子传》乃历史实录。附录有日历谱、一览表、地图册等。

17. 郑杰文《〈穆天子传〉通解》，山东文艺出版社 1992 年版。该书分上、下编，上编以嘉庆丙寅平津馆刊洪颐煊所校《竹书穆天子传》为底本，参校类书征引和其他三十五种版本（见其《例言》）而成。校释中先校后释，先引旧注，后述己意，兼及学术性与普及性。下编主要收录六部分考论文字，论及该书的产生、意义、性质、成就、特点等。最后为《附录》二种，一种是该书佚文及旧注异文，一种是历代著录和序跋题识辑录。该书从《北堂书钞》、《太平御览》、《开元占经》、《太平寰宇记》、《集古录》、《一切经音义》、《水经注》等古籍中辑录佚文十条。①

18. 王贻樑、陈建敏合选的《〈穆天子传〉汇校集释》，华东师范大学出版社 1994 年版。该书以明范钦订本和清洪颐煊校本为底本，对古人、今人研究成果广加采择，资料翔实，多所发现。书正文前首列方诗铭短序，次列作者王贻樑长篇《整理前言》就《穆天子传》的真伪、文献价值、西征地理、校释概况等问题精加考论，凡例之后列《〈穆天子传〉校释据引书文简称表》，罗列六十一种主要参考资料。正文之后附录五种：一、"《穆天子传》历代著录"，列三十七种；二、"《穆天子传》版本及注疏、研究文著"，列一百二十五种；三、"《穆天子传》序跋选录"，依次收王渐、洪颐煊、陈逢衡、翟云升、刘师培、小川琢治、顾实、卫挺生等八人序跋；四、"《穆天子传》地名、人名、官名、国名、族名索引表"；五、"《穆天子传》物品产有、使用、赠物情况表"。

19. 王天海《〈穆天子传〉全译》，贵州人民出版社 1997 年版。

此外，明邵闇生编《藿古介书前集》收录郭璞注《穆天子传》一卷。今在《四部丛刊初编》本《穆天子传》基础上辑佚如下：

1. 穆天子登赞皇（一有山字）以望临城，置坛此山，遂以为名。（宋欧阳修撰《集古录》卷一）

2. 观临钟山，乃为铭迹于平圃之上，以诏后世；纪名迹于弇山之石曰："西王母之山。"登赞皇山以望临城，一作春山。（宋王应麟撰《玉海》卷三一）②

---

① 其中，"良马十驷"（《一切经音义》卷九）一条见于今本《穆天子传》。所引《集古录》"登赞皇（山）"两条当为重出。"穆王猎于北山，雪霁，见赤霞耀天，寒光尽散，乃叹曰：'天其警我以三军之寒冻乎？'因大溥德泽兵，果如挟重纩。"原注出《开元占经》卷九七，然查台湾"商务印书馆"影印《文渊阁四库全书》本唐瞿昙悉达撰《唐开元占经》卷九七，未见此条。

② 《穆天子传》原文作："天子遂驱升于弇山，乃纪丌迹于弇山之石，而树之槐，眉曰'西王母之山'。"

3. 癸丑(仅《畿辅通志》有此二字),至房子,登赞皇山。(唐李吉甫撰《元和郡县志》卷二一、宋乐史撰《太平寰宇记》卷六〇、《畿辅通志》卷一九)

4. 河伯示汝黄金之膏。(宋姚宽撰《西溪丛语》卷上)①

5. 鄘,伯綮之后。鄘国,在虞、芮之间。(宋邓名世撰《古今姓氏书辩证》卷二八)

6. 西出龙门,九州之蹬。(宋林之奇撰《尚书全解》卷一〇)

7. 外事翔行。(唐虞世南撰《北堂书钞》卷一六)②

8. 自密山以至钟山,四百六十里,其间尽泽,多怪兽奇鱼。(《太平御览》卷三八)③

9. 雪盈数尺,年丰。(唐瞿昙悉达撰《唐开元占经》卷一〇一)

10. 天子称骏马百匹。(唐释慧琳撰《一切经音义》卷三四)④

11. 鹤舞、马舞。《竹书》、《穆天子传》亦有之。⑤ (宋王应麟撰《玉海》卷一〇七)

二、《燕丹子》

《燕丹子》是“秦汉之际集体创作的一篇杰出的轶事小说”⑥。

《燕丹子》敷衍荆轲刺秦王的故事,是今见汉代小说中,小说意味最浓的一种。小说三千字左右,《汉书·艺文志》未载《燕丹子》,最早

---

① 〔明〕杨慎撰《升庵集》卷五六:“《穆天子传》:示汝黄金之膏。束皙曰:金膏可以续骨。”《四部丛刊初编》本《穆天子传》作:“乃披图视典用观天子之瑶器,曰:天子之瑶、玉果、璇珠、烛银、黄金之膏。”

② 〔唐〕虞世南编:《北堂书钞》,天津古籍出版社 1988 年影印清光绪十四年(1888 年)刊孔氏三十三万卷堂影钞本。下面引文若据此版本,不再注出。《北堂书钞》本条原注云:“平津馆本及汉魏丛书本古文篇有‘东南翔行’句。”《四部丛刊》本《穆天子传》亦有“东南翔行”句。

③ 〔宋〕李昉等著:《太平御览》,第 183 页,中华书局 1960 年影宋本,版本下同,不再注出。此条亦见《山海经》卷二《西山经西次三经》:“自峚山至于钟山,四百六十里,其间尽泽也,是多奇鸟怪兽奇鱼。”

④ 〔唐〕释慧琳:《一切经音义》,据〔唐〕释慧琳、〔辽〕释希麟撰《正续一切经音义》,上海古籍出版社 1986 年影印日本狮谷本。

⑤ 《穆天子传》卷五记有鹤舞:“仲秋丁巳,天子射鹿于林中,乃饮于孟氏,爰舞白鹤二八。”但不见马舞记述。查今本(明人所辑)、古本(清后人所辑)《竹书(纪年)》不见有马舞记载。可参张玉春译注《竹书纪年译注》,黑龙江人民出版社 2003 年版。

⑥ 侯忠义主编:《中国历代小说辞典》第一卷,第 9 页,昆明,云南人民出版社,1986。

见录于《隋书·经籍志》小说家类，一卷，不题撰人姓名，注曰："丹，燕王喜太子。"《旧唐书·经籍志》著录三卷，题"燕太子丹撰"，《新唐书·艺文志》著录作："《燕丹子》一卷，燕太子。"据司马迁《史记》有关燕丹子生平记述，燕丹子实乏著述《燕丹子》之可能。宋尤袤《遂初堂书目》杂家类著录有《燕丹子》。其书明初犹存。清乾隆时，四库馆臣于《永乐大典》中发现《燕丹子》上、中、下三卷，辑出成书，列入小说家类存目。

关于《燕丹子》的成书年代，主要有三说。一、汉前说。元马端临《文献通考·经籍考》引《周氏涉笔》，认为《燕丹子》"似是《史记》事本也"。明宋濂《诸子辩》认为"其辞气颇类《吴越春秋》、《越绝书》，决为秦汉间人所作无疑"①。明人王达最早附和云："宋公以为秦汉间人，理或然也。不然，丹以儿女之计，挑强秦之怒，以丧其身，以灭其国，又安知著书以自饰哉？"②但未推测产生的具体情况。清周中孚《郑堂读书记》卷六三具体推测说："当由六国游士哀太子之志，综其事迹，加之缘饰"而成。③ 清人孙星衍在《燕丹子》校勘叙中认为："其书长于叙事，娴于词令，审是先秦古书，亦略与《左氏》、《国策》相似，学在纵横、小说两家之间。"④是燕太子丹死后其宾客所撰。鲁迅在《中国小说史略》第二篇中也推测，可能是"汉前"所作。霍松林撰文《〈燕丹子〉成书的时代及在中国小说发展史上的地位》则明确说"它应该是秦并天下以后，至覆亡以前十余年间的产物"⑤。二、汉末说。明胡应麟以为当是汉末文士所为，他在《少室山房笔丛·四部正讹下》中推测道："余读之，其文彩诚有足观，而词气颇与东京类。盖汉末文士因太史《庆卿传》增益怪诞为此书。"⑥《四库全书总目提要》则进而说出于应劭、王充之后。⑦

---

① 〔明〕宋濂撰、顾颉刚校点：《诸子辩》，第 33 页，北京朴社，1927。

② 〔明〕王达：《翰林学士耐轩王先生天游杂稿》卷三，明正统胡滨刻本，据《四库全书存目丛书》集部别集类第 27 册，齐鲁书社影印本。

③ 〔清〕周中孚：《郑堂读书记》，第 313 页，北京，中华书局，1993。以下所引本书原文，皆据此本。

④ 《汉魏六朝笔记小说大观》，第 33 页，上海，上海古籍出版社，1999。

⑤ 《文学遗产》1982 年第 4 期，收入《中国古典文献论丛》，北京，中国社会科学出版社，2004。

⑥ 〔明〕胡应麟：《少室山房笔丛·四部证讹下》，第 415 页，北京，中华书局，1958。

⑦ 〔汉〕应劭：《风俗通义·正失第二》、〔汉〕王充《论衡·书虚篇》记述到"天雨粟，乌白头，马生角"等有关燕太子丹的传说。

侯忠义《汉魏六朝小说史》(春风文艺出版社 1989 年版)赞成此书成于东汉末。马振方据张华《博物志》"燕太子丹"条与《燕丹子》文字几乎相同,推论"《燕丹子》成书时代的下限不当晚于三国时期"①。三、南朝宋齐说。清人李慈铭《越缦堂读书记》称《燕丹子》:"要出于宋、齐以前高手所为。"②罗根泽《〈燕丹子〉真伪年代考》认为《燕丹子》"其时代上不过宋,下不过梁,盖在萧齐之世"③。

《燕丹子》不论成书于何时,其所敷衍的故事在汉代已经定型当为事实。按《燕丹子》全书记燕太子丹复仇、荆轲刺秦王事,与《战国策・燕策》、《史记・刺客列传》大体相符,应劭在《风俗通义・正失第二》加按语说:"谨按,《太史记》:燕太子质秦,始皇遇之益不善,丹恐而亡归;归求勇士荆轲、秦武阳,函樊於期之首,贡督亢之地图,秦王大悦,礼而见之,变起两楹之间,事败而荆轲立死。始皇大怒,乃益发兵伐燕,燕王走保辽东,使使斩丹以谢秦,燕亦遂灭。丹畏死逃归耳,自为其父所戮,手足圮绝,安在其能使雨粟其余云云乎!原其所以有兹语者,丹实好士,无所爱吝也,故闾阎小论饬成之耳。"④足见《燕丹子》故事在汉代流传甚广,当时已基本定型。《史记・刺客列传》载:"世言荆轲,其称太子丹之命,'天雨粟、马生角'也,太过。"⑤书中所述"乌白头"、"马生角"、"黄金投蛙"、"决秦王耳"等事为史家所不取,而这正是"闾阎小论"和《燕丹子》所保留的内容。

关于《燕丹子》一书的性质,自《隋书・经籍志》以来,大多归入小说家,明人胡应麟《少室山房笔丛》卷三二《四部正讹下》称之为"古今小说杂传之祖"⑥。《四库全书总目》列于子部小说类,认为:"其文实割裂诸书燕丹荆轲事杂缀而成,其可信者已见《史记》,其他多鄙诞不可信。"今人多目为小说,称之为"历史传奇小说开山之作"⑦、中国最早的

① 马振方:《〈燕丹子〉考辨》,《浙江大学学报》2010 年第 1 期。

② 李慈铭:《越缦堂读书记》,第 923 页,北京,中华书局,1963。

③ 发表于《语历所周刊》1929 年 4 月第 7 卷第 78 号,后更名为《〈燕丹子〉真伪年代之旧说与新考》,收入罗根泽编辑《古史辨》第六册,有上海开明书店 1938 年版,上海古籍出版社 1982 年重版。此据罗根泽《诸子考索》,第 421 页,北京,人民文学出版社,1958。

④ 吴树平校释:《〈风俗通义〉校释》,第 69 页,天津,天津人民出版社,1980。

⑤〔汉〕司马迁:《史记》,第 2538 页,北京,中华书局,1982。

⑥〔明〕胡应麟:《少室山房笔丛・四部证讹下》,第 415 页,北京,中华书局,1958。

⑦ 王天海:《〈燕丹子〉简论》,载《贵州民族学院学报》1997 年增刊。

一篇武侠小说。孙犁先生《读〈燕丹子〉——兼论小说与传记文学之异同》一文中对比了《燕丹子》与《史记·荆轲列传》说两书写法之异点，赞其为“古代小说之翘楚”、“真正小说佳品”。①

霍松林在《〈燕丹子〉成书的时代及在中国小说发展史上的地位》中认为《燕丹子》是“一部艺术上接近成熟的古小说”，其区别于历史著作的小说特点主要有二：一、“在真人真事基础上汲取民间传说，进行艺术虚构”；二、“从特定的历史环境里、从人与人的关系中描写人物；不仅写出了人物的言行，而且通过不同人物的不同言行、表现了各有特点的精神风貌；而这各有特点的精神风貌，又都体现着时代特征。这是《燕丹子》作为古小说所取得的最突出的艺术成就。”即小说人物具有典型性。②

今传《燕丹子》版本系孙星衍从纪昀处所得《永乐大典》抄本刊刻而成，此抄本“先后刻入《岱南阁丛书》、《问经堂丛书》、《平津馆丛书》。《平津馆丛书》问世最晚，有详细校勘。现在通行的几种版本都是从孙星衍刻本传播出来的”③。如《四部备要》本、《丛书集成初编》本即据《平津馆丛书》本排印，此本有孙星衍题叙和详细的校勘整理，孙诒让《札迻》卷七补订其中三条。《燕丹子》版本还有《永乐大典》(卷四九○八)本、《丛书集成初编》本、《子书百家》本、《百子全书》本、《子书四十八种》本、《续修四库全书》第一二六○册本、《诸子集成补编》(四川人民出版社 1997 年版)本、《四库全书存目丛书》子部第二三九册本(据《问经堂丛书》本影印)等。今人程毅中有《燕丹子》校本，中华书局 1985 年版。此本据清孙星衍校本刊刻的《平津馆丛书》本校点，用台湾世界书局影印本《永乐大典》卷四九○八核校，既保留了孙星衍校勘成果，又另出校记纠正底本错误，兼有所据两本之长；并辑唐前荆轲刺秦王史料及前人序跋附录书后，实为后出之善本。另有王天海《穆天子传全译·燕丹子全译》，贵州人民出版社 1997 年出版；曹海东《新译燕丹子》，台湾三民出版社 1995 年版，可供参考。

---

① 孙犁：《孙犁书话·耕堂读书记》，第 68 页，北京，北京出版社，1996。

② 霍松林此文载《文学遗产》1982 年第 4 期，收入其《唐音阁论文集》，石家庄，河北教育出版社，2000。

③ 程毅中：《〈燕丹子〉校本前言》，《程毅中文存》，第 147 页，北京，中华书局，2006。

此辑敦煌遗书“伯二六三五号”《类林》引《燕丹子》佚文一则：

高渐离者，齐人也。善击筑，与燕人荆轲为友，见荆轲刺秦始皇不中而死，渐离于是毁形改姓，入秦国，于市中击筑而乞，市人观之，无不美者。以闻始皇，始皇召渐离于前，令使击筑。始皇善之，心犹疑焉，瞽其两目，置于帐中，使遣作乐。始皇耽之，日日亲近。渐离望始皇叹息之声，举筑撞之，中始皇膝。［始］皇怒，遂诛渐离也。①

第三节　《汉书·艺文志》所著录的小说

《汉书·艺文志》著录小说十五家，一千三百九十篇。② 其十五家依次为：

《伊尹说》二十七篇。

《鬻子说》十九篇。

《周考》七十六篇。

《青史子》五十七篇。

《师旷》六篇。

《务成子》十一篇。

《宋子》十八篇。

《天乙》三篇。

《黄帝说》四十篇。

《封禅方说》十八篇。

《待诏臣饶心术》二十五篇。

《待诏臣安成未央术》一篇。

《臣寿周纪》七篇。

---

① 王三庆：《郭煌本〈类林〉校笺及其研究》（上），《敦煌学》第十六辑，第 123 页，台北：新文丰出版公司，1990。《太平御览》卷六九九：“燕太子丹曰：‘秦始皇置高渐离于帐中击筑。’”（第 3120 页，中华书局影宋本）

②《汉书·艺文志》原来统计为一千三百八十篇，或以为有误，但在逻辑上也不能排除诸家小说篇数统计有误，而非总篇数有误。

《虞初周说》九百四十三篇。

《百家》百三十九卷。

这十五家小说除零星佚文，皆已散佚。依据时代可分为先秦小说和两汉小说。

自《伊尹说》至《黄帝说》，凡九家，皆先秦以前书。它们分别为：《伊尹说》、《鬻子说》、《周考》、《青史子》、《师旷》、《务成子》、《宋子》、《天乙》、《黄帝说》。

一、《伊尹说》

《伊尹说》二十七篇，班固原注："其语浅薄，似依托也。"《史记·殷本纪》之《正义》引《帝王世纪》云："伊尹名挚，为汤相，号阿衡，年百岁卒，大雾三日，沃丁以天子礼葬之。"①其言论与生平传说多见先秦典籍，如《尚书》、《墨子》、《庄子》、《孟子》、《文子》、《孙子》、《竹书纪年》等，出土的甲骨文中也有"伊尹"字样的零星词句。清文廷式辑有《伊尹事录》一卷，见其《道希先生手稿十三种》本，国家图书馆有藏；又有余嘉锡校抄《小勤有堂杂钞》丛书本。马国翰《玉函山房辑佚书》辑有《伊尹书》一卷，②严可均辑《全上古三代秦汉三国六朝文·全上古三代文》卷一辑有伊尹遗文十一则，"马辑十一节，其中采自《别录》、《齐民要术》、《尸子》、《韩诗外传》、《说苑》各一节，为严所未采。严辑……从《汉书·律历志》、《尧典正义》等采得《伊训》四节，为马所无"③。《说文解字》"栌"字下引述《伊尹》曰："果之美者，箕山之东，青凫之所，有栌橘焉，夏孰也。"④"秏"字下又引《伊尹》曰："饭之美者，玄山之禾，南海

---

① 〔汉〕司马迁：《史记》，第99页，北京，中华书局，1982。

② 〔清〕马国翰辑：《玉函山房辑佚书》，有上海古籍出版社1990年据光绪九年琅嬛仙馆本影印本。

③ 孙启治、陈建华编：《古佚书辑本目录》，第209页，北京，中华书局，1997。《古佚书辑本目录》统计严可均辑文为"十节"，误，应为十一节。

④ 〔汉〕许慎撰、〔宋〕徐铉校定、王宏源新刊：《说文解字》卷六，第309页，北京，社会科学出版社，2006。按，本书《说文解字》引文皆据此本，同时参阅网络"龙语翰堂典籍数据库"（http://demo.dragoninfo.cn）电子影像版。按，本条《史记·司马相如列传》中《索隐》注《上林赋》"于是乎卢橘夏孰"引"应劭曰：《伊尹书》'果之美者，箕山之东，青鸟之所，有卢橘，夏孰。'"（第3029页，中华书局，1959）。

之秏。"[①]应劭《汉书音义》中注"果之美者"数句，亦称《伊尹书》。《吕氏春秋·本味篇》记"伊尹生空桑"和"说汤以至味"传说"文丰赡而意浅薄"[②]，据此，梁玉绳《吕子校补》、翟灏《四书考异·条考三十一》认为《本味篇》当出自小说家《伊尹说》。伊尹为庖说汤事，战国时人已耳熟能详，诸子多有引述。《伊尹说》虽假托伊尹之言，然传说由来已久，"当是六国时人合此丛残小语，托之伊尹而为"[③]。《汉书·艺文志》道家类另著录有《伊尹》五十一篇，注云"汤相"，而不称"依托"。《史记·殷本纪》记载伊尹"言素王及九主之事"[④]，马王堆汉墓帛书有《伊尹·九主》篇[⑤]，不知是否即《汉志》所录《伊尹》五十一篇内容。世又传《伊尹汤液经》六卷，卷首一卷，卷末一卷，附录一卷；原题商伊尹撰，汉张机（仲景）广论，杨师伊（尹绍）考次，刘复（民叔）补修。[⑥] 宋李恕编撰《资治通鉴外纪》卷二于伊尹事有记述，元郑德辉撰有《立成汤伊尹耕莘》杂剧一卷（四折二楔子，今存）。清李锴撰《尚史》卷二四有《伊尹传》。

今在严可均辑佚之外，辑录与伊尹传说相关文字三十三条如下以备参考：[⑦]

1. 汤问伊尹曰："寿可为耶？"伊尹曰："王欲之，则可为；弗欲，则不可为也。"（《艺文类聚》卷一八引《尸子》）[⑧]

2. 有殷之时，谷生汤之廷，三日而大拱。汤问伊尹曰："何物也？"

---

① 〔汉〕许慎撰、〔宋〕徐铉校定、王宏源新刊：《说文解字》卷七，第 376 页，社会科学出版社，2006。本条又见《吕览·本味篇》。

② 鲁迅：《中国小说史略》，第 28 页，济南，齐鲁书社，1997。

③ 朱一玄、宁稼雨、陈桂声：《中国古代小说总目提要》，第 3 页，北京，人民文学出版社，2005。

④ 〔汉〕司马迁：《史记》，第 94 页，北京，中华书局，1982。

⑤ 可参凌襄（李学勤）《试论马王堆汉墓帛书〈伊尹·九主〉》，载《文物》1974 年第 11 期。

⑥ 据《中医图书联合目录》1948 年一钱阁曾福臻铅印本。南宋王应麟《汉书艺文志考证》卷一〇"《汤液经法》三二卷"下考云："《内经·素问》有《汤液醪醴论》。《事物记原》云：《汤液经》出于商伊尹。《汉书·郊祀志》：莽以方士苏乐言，起八风台于宫中，作乐其上，顺风作《汤液》。皇甫谧曰：仲景论广《伊尹汤液》为十数卷。"（台湾"商务印书馆"影印《文渊阁四库全书》本）马继兴《敦煌古医籍考释》内有梁陶弘景撰《辅行诀脏府用药法要》一卷，曾经提到："商有圣相伊尹，撰《汤液经法》三□，为方亦三百六十首。"第 129 页，南昌，江西科技出版社，1989。

⑦ 伊尹事迹见于《尚书》、司马迁《史记》卷三《殷本纪》者，一般不再辑录。所辑文字，先列近于小说者。

⑧ 据上海古籍出版社 1999 年新 2 版。下文如不特别注明，皆据此版本。

对曰："谷树也。"汤问："何为而生于此？"伊尹曰："谷之出泽，野物也，今生天子之庭，殆不吉也。"汤曰："奈何？"伊尹曰："臣闻：妖者，祸之先；祥者，福之先。见妖而为善，则祸不至；见祥而为不善，则福不臻。"汤乃斋戒静处，夙兴夜寐，吊死问疾，赦过赈穷，七日而谷亡，妖孽不见，国家昌。诗曰："畏天之威，于时保之。"(《四部丛刊》本《韩诗外传》卷三)①

3. 昔者桀为酒池糟堤，纵靡靡之乐，而牛饮者三千，群臣皆相持而歌："江水沛兮！舟楫败兮！我王废兮！趣归于亳，亳亦大兮！"又曰："乐兮乐兮！四牡骄兮！六辔沃兮！去不善兮善，何不乐兮！"伊尹知大命之将去，举觞造桀曰："君王不听臣言，大命去矣，亡无日矣。"桀相然而抃，盍然而笑曰："子又妖言矣。吾有天下，犹天之有日也，日有亡乎？日亡，吾亦亡也。"于是伊尹接履而趋，遂适于汤，汤以为相。可谓适彼乐土，爰得其所矣。诗曰："逝将去汝，适彼乐土；乐土乐土，爰得我所。"(《四部丛刊》本《韩诗外传》卷二)

4. 夏人饮酒，醉者持不醉者，不醉者持醉者，相和而歌曰："盍归于亳，盍归于亳上(《太平御览》无"上")，亳亦大矣。"故伊尹退而闲居，深听乐声，更曰："觉兮较兮，吾大命格兮，去不善而就善何乐兮。"伊尹入告于桀曰："大命之亡有日矣。"桀哑笑曰："天之有日，犹吾之有民也，日亡，吾亦亡矣。"是以伊尹遂去夏适汤。(《艺文类聚》卷一二、《太平御览》卷八三、宋罗泌撰《路史》卷二三引《尚书大传》)

5. 帝桀淫虐，有才力，能伸钩索铁，手搏熊虎。② 多求美女以充后宫，为琼室、瑶台、金柱三千，始以瓦为屋，以望云雨。大进侏儒、倡优，为烂熳之乐，设奇伟之戏，纵靡靡之声。日夜与妹喜及宫女饮酒，常置妹喜于膝上，妹喜好闻裂缯之声，桀为发裂缯，以顺适其意。以人驾车，肉山、脯林，以为酒池。一鼓而牛饮者三千余人，醉而溺水。以虎入市，而视其惊。伊尹举觞造桀，谏曰："君王不听群臣之言，亡无日矣。"桀闻折然③，哑然叹曰："子又袄言矣。天之有日，由吾之有民，日亡，吾乃亡也。"两日斗蚀，鬼呼于国，桀醉不寤。汤来伐桀，以乙卯日，

---

① 《四部丛刊》据上海涵芬楼藏明沈氏野竹斋刊本影印本。

② 手搏熊虎，台湾"商务印书馆"影印《文渊阁四库全书》本《太平御览》作"手能搏虎"。

③ 折然，台湾"商务印书馆"影印《文渊阁四库全书》本《太平御览》作"言析"。

战于鸣条之野。桀未战而败绩，汤追至大涉，遂禽桀于焦，放之历山。乃与妹喜及诸嬖妾同舟浮海，奔于南巢之山而死。（《太平御览》卷八二引《帝王世纪》）①

6. 伊尹之母居伊水之上，孕，梦有神告之曰："臼出水而东走，无顾。"明日，视臼出水，告其邻，东走，顾其邑，尽为水。身因化为桑。有侁氏采桑，得婴儿空（空，《御览》卷九五五作"于"）桑之中，献之于君，君令乳之，命（《御览》卷九五五多"之"）曰"伊尹"。（《艺文类聚》卷八八、《太平御览》卷九五五引《吕氏春秋》。《太平御览》卷三六〇作："《吕氏春秋》曰：有侁氏女子采桑，得婴儿于空桑之中。献之其君，察其所以然。曰：其母居伊水之上，孕，梦有神告之曰：臼出水而东走，毋顾。明日视臼水，告其邻，东走十里而顾其邑，尽为水。身因化为空桑。"）

7. 汤欲伐桀，伊尹曰："请阻乏贡职，以观其动。"桀怒，起九夷之师以伐之。伊尹曰："未可。彼尚犹能起九夷之师，是罪在我也。"汤乃谢罪，请服，复入贡职。明年，又不供贡职。桀怒，起九夷之师，九夷之师不起。伊尹曰："可矣。"汤乃兴师，伐而残之，迁桀南巢氏焉。（汉刘向撰《说苑》卷一三《权谋》）②

8. 昔者，汤将往见伊尹，令彭氏之子御。彭氏之子半道而问曰："君将何之？"汤曰："将往见伊尹。"彭氏之子曰："伊尹，天下之贱人也。若君欲见之，亦令召问焉，彼受赐矣。"汤曰："非女所知也。今有药〔于〕此，食之，则耳加聪，目加明，则吾必说而强食之。今伊尹之于我国也，譬之良医善药也。而子不欲我见伊尹，是子不欲吾善也。"因下彭氏之子，不使御。（《墨子》卷一二《贵义》）③

9. 汤将伐桀，因卞随而谋，卞随曰："非吾事也。"汤曰："孰可？"曰："吾不知也。"汤又因瞀光而谋，瞀光曰："非吾事也。"汤曰："孰可？"曰："吾不知也。"汤曰："伊尹何如？"曰："强力忍垢，吾不知其他也。"汤遂与伊尹谋，伐桀，克之。（《庄子·让王篇》）④

---

① 本条，唐孔颖达《尚书正义》卷一〇有略引。

② 《四部丛刊》据明抄本影印本。版本下同。

③ 〔清〕孙诒让：《〈墨子〉间诂》，《诸子集成》第四册，上海，上海书店 1986 年影印世界书局本。

④ 〔清〕郭庆藩撰、王孝鱼校点：《〈庄子〉集释》下册，北京，中华书局，1961。

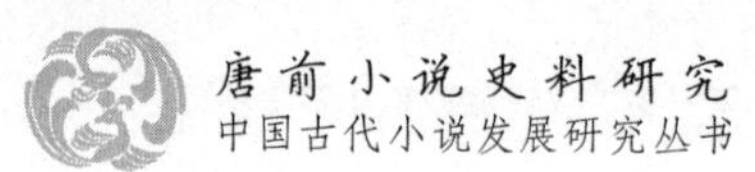

10. 伊尹,有莘氏媵臣也,负鼎俎,调五味,而佐天子。则其遇,成汤也。(汉刘向撰《说苑》卷一七《杂言》)

11. 伊尹酒保,立为世师。(《艺文类聚》卷三五引《鹖冠子》。《史记·荆轲列传》之《索隐》注"高渐离变名姓为人庸保"只引"伊尹酒保"四字)

12. 五就汤、五就桀者,伊尹也。(汉刘向撰《说苑》卷一七《杂言》、《孟子·告子下》①)

13. 伊尹,故有莘氏之媵臣也,汤立以为三公,天下之治太平。(汉刘向撰《说苑》卷八《尊贤》)

14. 伊尹谓汤曰:"请以玳瑁为献。"(《艺文类聚》卷八四、《太平御览》卷八〇七引《周书·王会》)

15. 汤命伊尹作为《大濩》、歌《晨露》。(《艺文类聚》卷四三引《吕氏春秋》)

16. 昔伊尹辍耕。(《艺文类聚》卷二八引魏应璩《与从弟君胄书》)

17. 昔夏桀伐有施,有施人以妹喜女焉。妹喜有宠,于是乎与伊尹比而亡夏。(《国语》卷七《晋语一》)②

18. 汤举伊尹于庖厨之中,授之政,其谋得。(《尚贤上》)……伊挚,有莘氏女之私臣,亲为庖人,汤得之,举以为己相,与接天下之政,治天下之民。(《尚贤中》)……昔伊尹为莘氏女师仆,使为庖人,汤得而举之,立为三公,使接天下之政,治天下之民。(《尚贤下》)(《墨子》卷二《尚贤》)③

19. 昔(据《御览》补)汤有旱灾,伊尹作为区田,教民粪种,负水浇稼,收至亩百石(五字据《御览》补)。(后魏贾思勰撰《齐民要术》卷一《种穀第三》引《氾胜之书·区种法》④,《太平御览》卷八二一引作"氾胜之奏")

20. 伊尹语汤云:"爰造我正。"(永青文库藏敦煌本《文选注》笺订钟士季《檄蜀文》"拯其将坠,造我区夏"注,据"龙语翰堂典籍数据库"

---

① 杨伯峻:《〈孟子〉译注》,北京,中华书局,1960。
② 《国语》,《四部丛刊》据明金李刊本影印本。
③ 〔清〕孙诒让:《〈墨子〉间诂》,《诸子集成》第四册,上海书店1986年影印世界书局本。
④ 缪启愉校释、缪桂龙参校:《〈齐民要术〉校释》,北京,中国农业出版社,1982。

影像版）

21.〔帝癸，桀〕十七年，商使伊尹来朝。二十年，伊尹归于商，及汝鸠、汝方，会于北门。（清徐文靖撰《竹书统笺》卷四）①

22. 汤在亳，能修其德。伊挚将应汤命，梦乘舟过日月之旁。（清徐文靖撰《竹书统笺》卷五）

23.〔外丙〕元年己亥即位，居亳，命卿士伊尹。（清徐文靖撰《竹书统笺》卷五）

24.〔仲壬〕元年丁丑，王即位，居亳，命卿士伊尹。（清徐文靖撰《竹书统笺》卷五）

25.〔太甲〕元年辛巳，王即位，居亳，命卿士伊尹。（清徐文靖撰《竹书统笺》卷五）

26. 伊尹放太甲于桐，乃自立。七年王〔太甲〕潜出自桐，杀伊尹。天大雾三日，乃立其子伊陟、伊奋，命复其父之田宅，而中分之。（清徐文靖撰《竹书统笺》卷五）

27. 昔殷之兴也，伊挚在。（《孙子·用间第十三》）②

28. 伊尹相汤以王于天下。汤崩，太丁未立，外丙二年，仲壬四年，太甲颠覆汤之典刑，伊尹放之于桐。三年，太甲悔过，自怨自艾，于桐处仁迁义。三年，以听伊尹之训已也，复归于亳。（《孟子·万章上》）③

29. 万章问曰："人有言'伊尹以割烹要汤'，有诸？"孟子曰："否，不然；伊尹耕于有莘之野，而乐尧、舜之道焉。非其义也，非其道也，禄之以天下，弗顾也；系马千驷，弗视也。非其义也，非其道也，一介不以与人，一介不以取诸人。汤使人以币聘之，嚣嚣然曰：'我何以汤之聘币为哉？我岂若处畎亩之中，由是以乐尧、舜之道哉？'汤三使往聘之，既而幡然改曰：'与我处畎亩之中，由是以乐尧、舜之道，吾岂若使是君为尧、舜之君哉？吾岂若使是民为尧、舜之民哉？吾岂若于吾身亲见之哉？天之生此民也，使先知觉后知，使先觉觉后觉也。予，天民之先觉者也；予将以斯道觉斯民也。非予觉之，而谁也？'思天下之民，匹夫匹

---

①〔清〕徐文靖：《竹书统笺》，台湾"商务印书馆"影印《文渊阁四库全书》本。以下引用该书原文均据此版本。

② 李兴斌、杨玲注译：《〈孙子兵法〉新译》，济南，齐鲁书社，2001。

③ 杨伯峻译注：《〈孟子〉译注》，北京，中华书局，1960。

妇有不被尧、舜之泽者，若已推而内之沟中。其自任以天下之重如此，故就汤而说之以伐夏救民。吾未闻枉己而正人者也，况辱己以正天下者乎？圣人之行不同也，或远或近，或去或不去，归洁其身而已矣。吾闻其以尧、舜之道要汤，未闻以割烹也。《伊训》曰：'天诛造攻自牧宫，朕载自亳。'"(《孟子·万章上》)①

30. 伊尹善通移轻重，开阖决塞，通于高下徐疾之策，坐起之费时也。(《管子》卷二三《地数篇》)②

31. 昔者桀之时，女乐三万人，端噪晨乐闻于三衢，是无不服文绣衣裳者。伊尹以薄之游女工文绣，纂组一纯，得粟百钟于桀之国。夫桀之国者，天子之国也，桀无天下忧，饰妇女、钟鼓之乐，故伊尹得其粟而夺之流，此之谓来天下之财。(《管子》卷二三《轻重甲篇》)③

32. 九主者，有法君、专君、授君、劳君、等君、寄君、破君、国君、三岁社君，凡九品，图画其形。(《史记·殷本纪》"言素王及九主之事"《集解》引刘向《别录》)

33. 伊挚丰下兑上，色黑而短，偻身而下声。年七十而不遇。汤闻其贤，设朝礼而见之，挚乃说汤致于王道。(《后汉书·冯衍传》注引皇甫谧《帝王记》)④

二、《鬻子说》

《鬻子说》十九篇，《汉书·艺文志》著录的十五家小说之一，"道家类"另著录《鬻子》二十二篇，原注："(鬻子，)名熊，为周师，自文王以下问焉。周封为楚祖。"《史记·楚世家》有鬻子传。《隋书·经籍志》道家类、《旧唐书·经籍志》小说家类、《新唐书·艺文志》道家类都著录为"《鬻子》一卷"。从以上著录情况来看，班固时似有两种与鬻熊相关的书，一种是小说《鬻子说》，另一种是道家学说《鬻子》；刘勰《文心雕龙·诸子》云："至鬻熊知道，而文王咨询，余文遗事，录为《鬻子》。子自肇始，莫先于兹。"⑤是刘勰所见名为《鬻子》，乃关于鬻熊的"余文遗

---

① 杨伯峻译注：《〈孟子〉译注》，北京，中华书局，1960。
② 戴望：《〈管子〉校正》，《诸子集成》第五册，上海书店 1986 年影印世界书局本。
③ 戴望：《〈管子〉校正》，《诸子集成》第五册，上海书店 1986 年影印世界书局本。
④ 〔南朝宋〕范晔：《后汉书》卷二八下《冯衍列传》，北京，中华书局，1965。
⑤ 陆侃如、牟世金：《〈文心雕龙〉译注》，第 213 页，济南，齐鲁书社，1995。

事”，归为“诸子”之始。唐前史志在“道家类”和“小说类”所录皆为“《鬻子》一卷”，而不及“说”字，实在难以考证此《鬻子》是《汉书·艺文志》所著录的哪一种，或者本来《汉书·艺文志》所著录的两种就是一书，至少两书在内容上有联系。唐马总撰《意林》卷一首列《鬻子》一卷，并解题曰：“《(汉书)艺文志》云：名熊，著子二十二篇，今一卷六篇。”①接着引录《鬻子》两条，其一为：“发政施令天下福谓之道，上下相亲谓之和，不求而得谓之信，除天下之害谓之仁。信而能和者帝王之器，圣王在位，百里有一士犹无有也；王道衰，千里一士则犹比肩也。知善不信谓之狂，知恶不改谓之惑。”其二为：“昔文王见鬻子，年九十，文王曰：‘嘻，老矣。’鬻子曰：‘若使臣捕虎逐麋，臣已老矣；坐策国事，臣年尚少。’”独立地看，前条陈述论点为道家言，后条叙说传闻为小说家言。然而，如果用汉人“小家珍说”观念衡量，陈述论点与叙说传闻并不矛盾。所以，鉴于难以区分《汉志》所谓《鬻子说》和《鬻子》，②对于后世所称“鬻子”言论与传闻皆可归入小说史料考察。因为关于鬻熊的言论本身就具有传说性质，班固当时就认为《鬻子说》乃“后世所加”(《汉书·艺文志》“《鬻子说》十九篇”下注文)；明胡应麟撰《少室山房笔丛·九流绪论下》云：“王长公读诸子云：‘《鬻熊》，伪书也。’考‘班志’《鬻子》注，道家下以为鬻熊，小说下以为后人所加，则孟坚固以小说之《鬻子》为伪。长公之言益信，而余说亦不诬矣。”③胡应麟、杨慎等以为后世所传十四篇本《鬻子》(详下)不是鬻熊所作，而是假托鬻熊；

---

① 〔唐〕马总：《意林》，《四部丛刊》上海涵芬楼影印武英殿聚珍本。以下引用该书原文均据此版本。

② 〔明〕胡应麟《少室山房笔丛》卷二九谓：“载读《汉志》小说家，有《鬻子》一十九篇，乃释然悟曰：此今所传《鬻子》乎？盖《鬻子》道家言者，汉末已亡。而小说家尚传于后。人不能精核，遂以道家所列当之，故历世纷纷，名实咸爽。”(第371页，中华书局，1958)说《汉志》著录于道家类的《鬻子》“汉末已亡”，后世流传全为著录于小说家类的《鬻子(说)》，难免武断。

③ 〔明〕胡应麟：《少室山房笔丛》，第372页，北京，中华书局，1958。

又认为该书产生当在“秦汉前”，①是汉前小说，此说比较允当。② 严可均《铁桥漫稿》卷五《鬻子序》进一步猜测云：“《鬻子》盖康王、昭王后周史臣所录，或鬻子子孙记述先世嘉言，为楚国之令典。”③有学者撰文主张《鬻子》当是鬻熊所撰，尚是猜测之辞。④

据唐人马总《意林》、南朝梁代庾仲容《子抄》，《鬻子》一书在南朝至唐代似已只有六篇。《文献通考》卷二一一云：“石林叶氏曰：世传《鬻子》一卷，出祖无择家，⑤汉《艺文志》本二十二篇，载之道家；鬻熊，文王所师，不知何以名道家。而小说家亦别出十九卷，亦莫知孰是，又何以名小说？今一卷止十四篇，本唐永徽中逢（应为逄）行珪所献，其文大略。古人著书不应尔。庾仲容《子抄》云六篇，马总《意林》亦然，其所载辞略与行珪先后差不伦，恐行珪书或有附益云。”⑥宋高似孙撰《子略》卷一云：“《艺文志》叙鬻子，名熊，著书二十二篇。今一卷六篇，唐贞元间柳伯存尝言：‘子书起于鬻熊’⑦，此语亦佳，因录之。永徽中逢（应为逄）行珪为之序曰：‘《汉志》所载六篇，此本凡十四篇，予家所

---

① 《少室山房笔丛》卷二九《九流绪论下》：“《鬻子》章次篇名，前人论者，咸以残缺不可晓，余初读尤漫然，载阅之觉其词颇质奥，虽非真出熊手，要为秦汉前书。”（第 372 页）《少室山房笔丛》卷三一《四部正讹中》：“《鬻子》，前辈去取殊不一，宋太史谓其文质、其义弘，余读之信然。第如王长公所称七大夫，其名姓诚有可疑者，決匪商末周初文字。黄东发以战国依托，近之。”（第 397 页，中华书局，1958。）

② 《鬻子》归属道家还是小说，自古至今众说纷纭。今人王齐洲以为“现传逄行珪注本《鬻子》为道家《鬻子》残本，其成书当在秦汉以前”，可参其《〈汉志〉著录之小说家〈伊尹说〉〈鬻子说〉考辨》一文，载《武汉大学学报》2006 年第 5 期；陈自力亦认为“逄本《鬻子》与《新书》所引之书并非小说家《鬻子说》，而是道家《鬻子》”，可参其《逄本〈鬻子〉考辨》，载《广西大学学报》2000 年第 1 期。

③ 〔清〕严可均：《铁桥漫稿》，清道光十八年（1838 年）刻本。

④ 可参刘建国《〈鬻子〉伪书辨正》，载《长白学刊》1994 年第 2 期；又见其《先秦伪书辨正》第六章，西安，陕西人民出版社，2004。

⑤ 〔明〕陈士元：《江汉丛谈》（台湾商务印书馆影印《文渊阁四库全书》本）卷一亦谓：“今世所传者出祖择之（无择）所藏，止十四篇，其文质，其义弘，实为古书无疑。近时沈子（津）《百家类纂》则以《鬻子》属之杂家云。”

⑥ 〔元〕马端临：《文献通考》，第 1729 页，中华书局 1986 年影印《万有文库》十通本。

⑦ 唐人“子书起于鬻熊”的观点，实本刘勰《文心雕龙·诸子》。这种观点在唐代不是唯一的，《隋书·经籍志》就把它归入道家类，据称是吴筠或者罗隐撰的《祝融子两同书》云：“祝融者谓《鬻子》为诸子之首。”（宋陈振孙撰《直斋书录解题》卷一〇）

传乃篇十有二。'"[①]"《汉志》所载六篇"实是误记，其本意当是说，古本《鬻子》有六篇本；但"予家所传乃篇十有二"当不误，逄行珪注本即使有所"附益"，因尚近古，必有所据，不会是像《四库全书总目》该书提要等所说的是唐人伪书。[②]

而《鬻子》实际有十二篇本，除唐人柳伯存家藏本外，明人亦有所藏。如陈第藏并撰《世善堂藏书目录》就著录"《鬻子》一卷十二篇"[③]。

《鬻子》又有十五篇本，陈振孙《直斋书录解题》卷九于《鬻子注》之外别录《鬻子》一卷，云："《汉志》云，尔书凡二十二篇，今书十五篇，陆佃农师所校。"又于《鬻子注》下解题云："止十四篇，盖中间以二章合而为一，故视陆本又少一篇。此书甲乙篇次，皆不可晓。二本前后亦不同，姑两存之。"看来陈振孙见到的《鬻子》和《鬻子注》在篇数、卷次排列和条目内容上都有所不同，所以才"姑两存之"。

今本《鬻子》十四篇，有《道藏》本、《守山阁丛书》本、《说郛》本、明周子义编《子汇》本、明刻《十子》本、《四库全书》本、清张海鹏编《墨海金壶》本、《五子全书》本[④]、《诸子集成补编》本[⑤]等。今本《鬻子》多为唐人逄行珪注本，《新唐书》卷五九《艺文志》道家类著录《鬻子》一卷，又著录"《逄行珪注鬻子》一卷，郑县尉"；《宋史》卷二〇六《艺文志》著录："逄行珪《鬻子注》一卷"。《崇文总目》卷五、《郡斋读书志》卷五

---

① 〔宋〕高似孙：《子略》，台湾"商务印书馆影印《文渊阁四库全书》本。以下引用该书原文均据此版本。

② 〔明〕杨慎：《丹铅总录》卷一二称："《鬻子》……今其存者十四篇，皆无可取，似后人赝本无疑也。按贾谊《新书》所引《鬻子》七条，如云……今之所传有是乎？又《文选》注引《鬻子》武王率兵车以伐纣……今本亦无。知其为伪书矣。"（台湾"商务印书馆"影印《文渊阁四库全书》本，下同）对于逄本《鬻子》为唐后人赝品说，今人陈自力《逄本〈鬻子〉考辨》（《广西大学学报》2000 年第 1 期），列举七条理由予以辩驳，可参看。

③ 〔明〕陈第藏并撰：《世善堂藏书目录》二卷，长塘鲍氏乾隆十六年（1795 年）刻本；据林夕主编《中国著名藏书家书目汇刊》第八册，第 258 页，商务印书馆 2005 年影印本。

④ 台湾"商务印书馆"影印《文渊阁四库全书》本《钦定天禄琳琅书目》卷九："《五子全书》一函三册：《鬻子》一卷，唐逄行珪注，前行珪序，并进书表。"今存明弘治九年（1496 年）李瀚编《新刊五子书》本、明嘉靖二十三年（1544 年）欧阳清编《五子书》本等皆录《鬻子》，不知是否即上云《五子全书》。

⑤ 《诸子集成补编》，四川大学古籍整理所、中华诸子宝藏编纂委员会编，四川人民出版社，1997。以下引用该书原文均据此版本。

上①、《直斋书录解题》、《通志》卷六七、《百川书志》卷七子部道家类等对此十四篇本皆有著录。

严灵峰《周秦汉魏诸子知见书目》(有中华书局1993年版本)所列《鬻子》历代校订注评版本三十余种，此略作修订，罗列如下：

《鬻子》，明万历三十年(1602年)绵眇阁刊、冯梦祯辑《先秦诸子合编》本，清乾隆三十年(1765年)《四库全书》抄本。

〔唐〕魏徵《鬻子治要》(在《群书治要》内，节录《鬻子》佚文四则)。

〔唐〕逄行珪《鬻子注》二卷。(剑锋按，此目下列举《五子书》、《子书十二种》、《十二子》、《子汇》、《诸子褒异》、《墨海金壶》、《子书百家》等二十一种版本。)

〔唐〕马总《意林·鬻子》一卷(摘录六条，在《意林》内)。

〔宋〕王观《鬻子注》一卷(据《江南通志艺文志》著录)。

〔元〕陶宗仪《鬻子节抄》一卷，有《说郛》本。

〔明〕郑子龙、方疑《鬻子批点》一卷，有《十二子》丛书本。

〔明〕方疑《辑校鬻子注》一卷(在《十二子》书内)。

〔明〕欧阳清《辑校鬻子注》一卷(在《五子书》内)。

〔明〕杨慎《评注鬻子》一卷，有明张懋寀辑、明天启刊《杨升庵先生评注先秦五子全书》本，明天启武林坊刻《合诸名家批点诸子全书》本，明末方疑编《十三子全书》本。

〔明〕沈津《鬻子类纂》一卷(在《百家类纂》内)。

〔明〕潜庵子《校订鬻子注》一卷(在《子汇》内)。

〔明〕谢汝韶《鬻子校订》一卷(在《二十家子书》内)。

〔明〕陈继儒、王衡《鬻子类语》(在《诸子类语》内)。

〔明〕陈继儒《鬻子粹言》(在《古今粹言》内)。

〔明〕归有光《评点鬻子》(见《诸子汇函》卷一)。

〔明〕李元珍《鬻子类编》(在《诸子纲目类编》内)。

〔明〕陈仁锡《鬻子奇赏》(在《诸子奇赏》前集内)。

〔明〕汪定国《鬻子褒异》一卷(在明末刻《诸子褒异》九种内)。

〔明〕李云翔《鬻子拔萃》(在《新镌诸子拔萃》内)。

---

① 〔宋〕赵希弁《郡斋读书志附志》卷五上著录为："《鬻子》十四篇"，而其《昭德先生郡斋读书后志》卷二却著录为："《鬻子》十卷"，当是"一卷"之误。此皆据《四部丛刊》影印本。

〔明〕杨之森《鬻子补》，《养素轩丛录第三集》、《二十二子全书》、《子书百家》、《百子全书》本、《合诸名家批点诸子全书》本所收《鬻子》附录。①

〔清〕任兆麟《鬻子述记》，录《傅政》一篇，前有《鬻子传略》。

〔清〕张海鹏《校定鬻子注》一卷（在《墨海金壶》内）。

〔清〕严可均《辑鬻子》一卷，见其所辑《全上古三代文》卷九，又有《子书六种》本。

〔清〕王纕堂《鬻子》一卷，附《鬻子补》一卷（在《二十二子全书》内）。

〔清〕钱熙祚《校定鬻子注》一卷（依逄本校注，末附校勘记与佚文一卷，收入《守山阁丛书》一百十二种本）。

〔清〕钱熙祚《逄行珪鬻子注校勘记》一卷，有《守山阁丛书》本。

〔清〕钱熙祚《鬻子逸文》一卷，《守山阁丛书》子部所收《鬻子》附录。

〔清〕宋翔凤《鬻子》（在《过庭录》内）。

〔清〕俞樾《鬻子平议》一卷（在《诸子平议补录》内）。

〔清〕陆心源《读鬻子》（在《仪顾堂集》内）。

〔清〕李宝淦《鬻子文粹》（在《诸子文粹》内）。

〔清〕叶德辉《辑鬻子》二卷，《观古堂所著书》第二集、《郎园先生全书》收录。②

〔民国〕张文治《鬻子治要》（在《诸子大纲》内）。

〔民国〕张心澂《鬻子通考》一卷（在《诸子通考》内）。

〔日本〕冈村保孝《校订鬻子》（《静嘉堂文库汉籍分类书目》续集著录）。

又有清抄本《鬻子》一卷，唐逄行珪注，清黄丕烈校，藏国家图书馆。今人钟肇鹏有《鬻子校理》，“对《鬻子》书作全面的整理，包括校注、今译、《鬻子》佚文及附录、序跋、版本、考辨等”③；据悉，已纳入中华书局《新编诸子集成续编》丛书出版计划；《国学研究》第二十卷所载

① 《鬻子补》，严灵峰书目原作《鬻子订补》，又录金堡、杨之森《鬻子》一种，孙启治、陈建华：《古佚书辑本目录》，中华书局 1997 年版，第 209 页作：“《鬻子补》一卷，〔明〕杨之森辑。”今从《古佚书辑本目录》。

② 孙启治、陈建华：《古佚书辑本目录》，第 209 页，北京，中华书局，1997。

③ 钟肇鹏：《鬻子》考，《国学研究》卷二〇，第 225 页，北京，北京大学出版社，2007。

《鬻子考》为《鬻子校理》序言，论及鬻熊其人、《鬻子》版本和思想。

《列子》之《天瑞》、《黄帝》、《力命》、《杨朱》诸篇及贾谊《新书·修政语下》、《艺文类聚》、《太平御览》、清人马骕撰《绎史》等多引《鬻子》佚文，有今本所未载者。严可均《全上古三代文》卷九辑录十四条，前有叙云："今本逢行珪注十四篇，以《群书治要》校之，实三篇见存。不录，录其佚文。"今在《四库全书》逢行珪注本《鬻子》十四篇和严可均十四条佚文之外辑佚二条如下：

1. 鬻子曰："十万为亿。"(《史记》卷一一七《司马相如列传》之《索隐》)

2.《鬻子》曰："禹治天下，朝廷之间，可以罗雀也。"(《文选》卷三〇注谢灵运《斋中读书》"虚馆绝诤讼，空庭来鸟雀"引)①

三、《周考》《青史子》

关于《周考》和《青史子》，清人章学诚在《文史通义》云："小说家之《周考》七十六篇，《青史子》五十七篇，其书虽不可知，然班固注《周考》云：'考周事也。'注《青史子》云：'古史官纪事也。'则其书非《尚书》所部，即《春秋》所次矣。观《大戴礼·保傅篇》引《青史氏之记》，则其书亦不侪于小说也。"②鲁迅在《中国小说史略》第三篇《〈汉书·艺文志〉所载小说》中也说："遗文今存三事，皆言礼，亦不知当时何以入小说。"③然三条佚文分言胎教、居行和用鸡之礼义，与宏重的"三礼"相比，属于古代礼法之轻小者，正小说家言，故刘勰《文心雕龙·诸子篇》云："青史曲缀以街谈。"④《青史子》，《隋书》卷三四《经籍志三》小说家类《燕丹子》题下附注："梁有《青史子》一卷，……亡。"据《大戴礼记》卷三《保傅篇》："《青史氏之记》曰古者胎教"⑤诸语，知其书名又称《青史氏之记》；据汉应劭《风俗通义》卷八"雄鸡"条引录，书名又称《青史子书》。郑樵《通志》卷二八"青史氏"条下注引《英贤传》云："晋太史董狐

① 《鬻子·上禹政第六》："禹之治天下也以五声听。……是以禹当朝廷间也可以罗爵。"
② 〔清〕章学诚著、叶瑛校注：《〈文史通义〉校注》(下册)，第1049页，北京，中华书局，1985。
③ 鲁迅：《中国小说史略》，第29页，济南，齐鲁书社，1997。
④ 陆侃如、牟世金：《〈文心雕龙〉译注》，第255页，济南，齐鲁书社，1995。
⑤ 〔汉〕戴德：《大戴礼记》，《四部丛刊》据明袁氏嘉趣堂刊本影印本。

之子受封青史之田，因氏焉，《汉书·艺文志》：青史子著书。”①青史系复姓，青史子，汉代以前史官。

马国翰《玉函山房辑佚书》子编小说家类辑录《青史子》二条，前附马氏题跋一则；清王仁俊编《玉函山房辑佚书续编》辑录《青史子》一卷；清丁晏辑录本见其《佚礼扶微》卷二（有《南菁书院丛书第三集》本）；鲁迅《古小说钩沉》从《大戴礼记》卷三《保傅篇》、贾谊《新书》和《风俗通义》卷八辑录三条。

明杨慎撰《丹铅余录》卷五及《升庵集》卷四六、明胡应麟撰《少室山房笔丛》卷二九②、明陈耀文撰《天中记》卷五一引《青史子》云：“古礼（《天中记》作‘五方古礼’）：男子生而射天地四方。”按，此条当是明人对贾谊《新书》卷一〇“胎教”所引一条有关内容的概括语。

四、《宋子》

《宋子》十八篇，班固注称：“孙卿道宋子，其言黄老意。”先秦诸子著作中，所称宋钘、宋荣、宋牼，皆指宋子一人；③郭沫若有《宋钘尹文遗著考》。宋子的学说“其言黄老意”，却未入《汉志》道家类，余嘉锡推测道：“意者宋子‘率其群徒，辩其谈说，明其譬称’，不免如桓谭所谓‘合丛残小语，近取譬论，以作短书’欤。盖宋子之说，强聒而不舍，使人易厌，故不得不于谈说之际，多为譬喻，就耳目之所及，摭拾道听涂说以曲达其情，庶几上说下教之时，使听者为之解颐，而其书遂不能如九家之闳深，流而入于小说矣。”④其书久佚，《隋书·经籍志》已不著录，马国翰《玉函山房辑佚书》子编小说家类自《庄子·杂篇》辑录五条，前附马氏题跋一则，后附《孟子·告子》、《荀子·非十二子》和《韩非子·显学》篇等论宋子言论。

五、《师旷》

《师旷》六篇，班固《汉书·艺文志》原注云：“见《春秋》，其言浅薄，

---

① 〔宋〕郑樵：《通志》，第468页，中华书局1987年影印《万有文库》十通本。

② 〔明〕胡应麟：《少室山房笔丛》，第371页，北京，中华书局，1958。

③ 参俞樾：《〈庄子〉人名考》，载其《春在堂全书·俞楼杂纂》，有光绪二十三年（1897年）重订石印本。

④ 余嘉锡：《余嘉锡文史论集·小说出于稗官说》，第255页，长沙，岳麓书社，1997。

本与此同，似因托之。”又兵阴阳家类著录《师旷》八篇，班固原注云：“晋平公臣”，亦已散佚。师旷，春秋晋国乐师，名旷，字子野，唐陆德明《经典释文》卷二七“师旷”注引《史记》云：“冀州南和（今河北省南部）人，生而无目”①。其言论见于《春秋左氏传》、《逸周书》、《国语》、《韩非子》、《吕氏春秋》、《史记》、《新序》等。上海古籍出版社 1985 年曾出版卢文晖辑本一册。该书前言简介师旷生平、分析了《师旷》佚文所塑造的师旷形象及其艺术技巧等，正文分正编、附录两部分；正编部分辑录佚文轶事，并加以简注，附录部分有三，一为历代关于《师旷》的著录和辨证资料，二为师旷传记及遗迹资料，三为历代论及师旷和题咏之作。全书计七万余言，资料翔实。

《师旷》在流传的过程中又出现《师旷占书》和《禽经》二书，两者与小说家的《师旷》密切相关。②

《汉书·艺文志》著录《师旷》之后，《隋书》卷三四《经籍三》“历数类”著录“《师旷书》三卷”，又于《杂占梦书》一卷下注云：“梁有《师旷占》五卷，亡”，不知《隋书》所云《师旷书》是小说家的《师旷》还是阴阳家的《师旷》，抑或是两者的杂糅；从将其归入“历数类”来看，其内容当与《汉书》所云阴阳家类《师旷》相近。范晔《后汉书》卷三〇上《苏竟杨厚列传》云：“猥以《师旷杂事》，轻自炫惑，说士作书，乱夫大道，焉可信哉？”李贤注云：“《师旷杂事》，杂占之书也。《前书》曰阴阳书，十六家有《师旷》八篇也。”③《旧唐书》卷四七《经籍志下》、《新唐书》卷五九《艺文志》都著录：“《师旷占书》一卷。”唐宋类书《艺文类聚》、《开元占经》、《太平御览》等于此书多有征引。《后汉书》卷一一二上《方术列传》李贤于《师旷之书》下注云：“占灾异之书也，《今书七志》有《师旷》六篇。”《今书七志》为南朝王俭所撰，《册府元龟》卷六〇八云：“南齐王俭为秘书丞，……又撰《今书七志》：一曰经典志，纪六艺小学史记杂传；二曰诸子志，纪今古诸子；三曰文翰志，纪诗赋；四曰军书志，纪兵书；五曰阴阳志，纪阴阳图纬；六曰术艺志，纪方技；七曰图谱志，纪地域及图

---

① 〔唐〕陆德明：《经典释文》，台湾“商务印书馆”影印《文渊阁四库全书》本。当为今本《史记》佚文。

② 〔清〕王仁俊：《玉函山房辑佚书续编》据《稽瑞》辑录《师旷纪》一卷一节。

③ 〔南朝宋〕范晔：《后汉书》，第 1043 页，北京，中华书局，1965。以下引用该书原文均据此版本。

书，其道佛附见合九条。贺踪注。”①由此推测，《今书七志》中第五类“阴阳志”著录的《师旷之书》就是两唐志著录之《师旷占书》，当来源于《汉书》之道家类《师旷八篇》。宋王应麟撰《汉艺文志考证》卷八云：“《今书七志》有《师旷》六篇，占灾异。《淮南子》曰：苌弘、师旷，先知祸福，言无遗策。又小说有《师旷》六篇。”王应麟还力图区分小说家与阴阳家的《师旷》，只是很可能他根本没有读到从隋代史志就已经不著录的小说家《师旷》，而是依据《汉书·艺文志》的推测罢了。可见，《师旷》在流传过程中更被人们重视的还是“阴阳类”的性质。今天看来，《师旷占书》的内容颇符合“街谈巷说”的小说概念，只是内容更加专门化为阴阳占卜了，《搜神记》中就多有灾异占卜内容，因此，《师旷占书》不妨看作初始状态的特殊小说作品。

《宋史》卷二〇六《艺文志》著录：“《师旷禽经》一卷，张华注。”《四库全书总目》于“《禽经》一卷”下解题云：“旧本题师旷撰，晋张华注，汉、隋、唐诸志及宋《崇文总目》皆不著录。其引用自陆佃《埤雅》始，其称师旷亦自佃始，其称张华注则见于左圭《百川学海》所刻考书中。”除宋左圭编《百川学海》本外，今尚传明胡文焕编《百家名书》、《格致丛书》本《新刻师旷禽经》一卷，亦并云张华注。王谟称：“陈氏《书录解题》始列其目。称张华注，冯(当为马)氏《文献通考》因之。”②四库馆臣认为时传《禽经》为伪书，并考论说：“则其伪当在南宋之末流。”王谟认为“盖唐、宋间人所作而托名师旷”，并说张华注也不可信。③ 今传《禽经》虽有伪作，但不能排除也有流传久远的古小说。因此，“马骕《绎史》全录此书，而别取《埤雅》、《尔雅翼》所引，今本不载者，附录于末，谓之《古禽经》”(《四库全书总目》该书提要)。此“《古禽经》”当出小说家《师旷》。东汉许慎《说文解字》鸟部释“鹫”云：“《师旷》曰：南方有鸟，名曰羌鹫，黄头赤目，五色皆备。”可见，《师旷》中本有关于鸟类的言说，《禽经》虽然不见史志著录，但实际上本于《师旷》，或者就是后人

---

① 〔宋〕王钦若等：《册府元龟》第二册，第 1868 页下，中华书局 1989 年影印宋刻残本。

② 《古今说部丛书》(一)，上海译文出版社 1991 年影印国学扶轮社 1915 年版，著录《禽经》原文并注一卷，卷末附录王谟题跋。

③ 《古今说部丛书》(一)，上海译文出版社 1991 年影印国学扶轮社 1915 年版，著录《禽经》原文并注一卷，卷末附录王谟题跋。

从小说《师旷》中摘录出来独立成书也未可知。[①] 元陶宗仪撰《说郛》卷一〇七录张华注《禽经》不分卷，末附宋王楙《补禽经说》；明钟人杰、张遂辰编《唐宋丛书》录晋张华注《禽经》一卷；清姚东升撰《佚书拾存》辑《禽经》三卷四十三条，每条末偶或注明出处。[②]

此在卢文晖辑本《师旷》之外辑录佚文如下：

1. 师旷鼓琴，百兽率舞。（汉桓宽撰《盐铁论》卷五）

2.《地镜经》，凡出三家：有《师旷地镜》，有《白泽地镜》，有《六甲地镜》，三家之经，但说珍宝光气。（梁孝元皇帝撰《金楼子》卷五）[③]

3. 河精者，人头鱼身。师旷时所受谶也。阙。（梁沈约撰《宋书》卷二九《符瑞下》）[④]

4.《瑞应图》曰：玉䍃者，师旷时来至，杂紫绶。（唐瞿昙悉达撰《唐开元占经》卷一一四）

5. 师旷《禽经》：白凤谓之鹔。（宋吴仁杰撰《两汉刊误补遗》卷七）

北京大学图书馆藏明抄本《师旷占荒熟应验历》一卷，未及寻阅。清人洪颐煊辑有《师旷占》一卷十六条，收入其《问经堂丛书·经典集林》，今在陈氏慎初堂 1926 年影印本基础上辑录如下。按，原辑无校文，今校出；出处亦有变动：

1.《师旷占》曰：春夏一日有霜雪者，君父治政大殿（《御览》卷八九七作"大严"，《御览》卷一四作"大严刻"，《唐开元占经》多出"大苦"二字），大杀天以示之。何以言之？霜威杀万草，坐大杀也，见变如此，宜损威杀，重人之命也。（《太平御览》卷二二、卷一四、卷八七八，唐瞿昙悉达撰《唐开元占经》卷一〇一）

2.《师旷占》曰：春雷始（《御览》作"初"）起，其音柏博格（"柏博格"，《容斋三笔》作"格格"；《御览》作"恪恪"），其（《御览》无"其"）霹雳者，所谓雄雷，旱气也；其鸣依音（"依音"《御览》作"依依"），音不大霹雳者，所谓（"所谓"《御览》作"谓之"）雌雷，水气也。（唐释道世撰《法

① 按，《宋史》卷二〇六《艺文志五》著录："《师旷择日法》一卷"，《崇文总目》卷八亦加著录，并注云："阙"，可见，此书宋时已不见。《师旷择日法》亦可能是从《师旷》摘录而成。

② 殷梦霞、王冠选编：《古籍佚书拾存》（全八册）第一册《佚书拾存》，第 271～276 页，北京图书馆出版社 2003 年据道光间稿本影印。所辑三卷，其中第一卷七条，第二卷二十一条，第三卷十五条。

③ 按，宋曾慥编《类说》卷二四《博异志》记唐人曾见"师旷第七镜"。

④ 据中华书局，1974。以下引用该书原文均据此版本。

苑珠林》卷七、《太平御览》卷一三、《容斋三笔》卷一一)①

3. 初(《事类赋注》无"初"②)雷从金门起,上田("田"从《初学记》,《御览》作"旬")旱,下田熟;(《事类赋注》上二句作:"上旬者田熟",引录至此为止)一曰:岁中兵革起也。(《太平御览》卷一三、《初学记》卷一、《事类赋》卷三注)

4. 候月知雨多少,入(《广博物志》作"八")月一日二日三日,月色赤黄者(此句《广博物志》作"凡月色黄者"),其月少雨;月色青者,其月多雨。常以五卯日候西北,有云如群羊者,即有雨至矣。冬戊巳春辰巳日,雨蝗虫,食禾稼。立春日雨,伤五木。立秋日雨,害五谷。常以戊巳日日入时出,时欲雨,日上有冠云大者即多("多",据《广博物志》补)雨。云小者少雨。(《太平御览》卷一〇、明董斯张撰《广博物志》卷三)③

5.《师旷占》曰:正月七日,风从西北来,起荆地;弱来,人民霖,变讼,六畜贵,谷亦贵过度,岁不善。(唐瞿昙悉达撰《唐开元占经》卷一一一)

6. 五谷贵贱法:常以十月朔日占春粜贵贱:风从东来,春贱;逆此者贵。以四月朔占秋粜:风从南来、西来者,秋皆贱;逆此者贵。以正月朔占夏粜:风从南来、东来者,皆贱;逆此者贵。(后魏贾思勰撰《齐民要术》卷三)④

7. 师旷占五谷曰:正月甲戌日,大风东来折树者,稻熟;甲寅日,大风西北来者,贵;庚寅日,风从西、北来者,皆贵。二月甲戌日,风从南来者,稻熟;乙卯日,稻上场,不雨晴明,不熟。四月四日雨,稻熟;日月珥,天下喜。十五日、十六日雨,晚稻善;日月蚀。(后魏贾思勰撰

---

① 按,此条又见引于明陈耀文撰《天中记》卷二、明冯复京撰《六家诗名物疏》卷七、明董斯张撰《广博物志》卷三、清陈元龙撰《格致镜原》卷三、清马骕撰《绎史》卷一五一、吴景旭撰《历代诗话》卷十八、清《钦定授时通考》卷三、清《御定月令辑要》卷四、清《御定佩文韵府》卷一〇一之四等,文字大同小异。

② 〔宋〕吴淑:《事类赋注》,中华书局1989年以明秦汴本为底本排印本,同时参考台湾"商务印书馆"影印《文渊阁四库全书》本。

③ 〔宋〕吴淑:《事类赋》卷三注节录此条。〔明〕董斯张:《广博物志》,岳麓书社1991年影印明万历四十五年(1617年)高晖堂刻本,版本下同。

④ 据缪启愉校释、缪桂龙参校:《〈齐民要术〉校释》,中国农业出版社,1982。以下引用该书原文均据此版本。

《齐民要术》卷三）

8. 师旷占五谷早晚曰：粟米常以九月为本；若贵贱不时，以最贱所之月为本。粟以秋得本，贵在来夏；以冬得本，贵在来秋。此收谷远近之期也，早晚以其时差之。粟米春夏贵去年秋冬什七，到夏复贵秋冬什九者，是阳道之极也，急粜之，勿留，留则太贱也。（后魏贾思勰撰《齐民要术》卷三）①

9.《师旷占》曰：常以正月一日迄十二日以占十二月，以日易月，每岁黄气，其气为差。岁风从西来，西南来，皆为谷贵；从东，即谷贱。（唐瞿昙悉达撰《唐开元占经》卷一一一）

10.《师旷占》曰：黄帝问师旷（《齐民要术》无"师旷"）曰：吾欲知（《齐民要术》作"占"）苦乐善恶（恶，《颜氏家训》作"尽心"），可知否（《御览》九九四作"不"）？对曰：岁欲丰，甘草先生，甘草，荠也；（"甘草，荠也"，《齐民要术》作"荠"、《颜氏家训》作"荠是也"）岁欲苦（《御览》九九四作"俭"），苦草先生，苦草，葶苈也；（"苦草，葶苈也"《齐民要术》作"葶苈"、《颜氏家训》作"葶苈是也"）岁欲恶，恶草先生，恶草（《御览》九九四多"者"），水藻也；（《齐民要术》、《颜氏家训》无"岁欲恶"以下三句，而多出"岁欲雨，雨草先生，藕"——《颜氏家训》"藕"后多"是也"）岁欲旱，旱草先生，旱草（《御览》九九四多"者"、《齐民要术》、《颜氏家训》无"旱草"二字），蒺藜（《齐民要术》、《颜氏家训》多"是"字）也；岁欲潦，潦草先生，潦草者，蓬也（"岁欲潦"以下据《太平御览》九九四补）；岁欲疫，病草先生，病草，艾也。（"岁欲疫"以下《齐民要术》作"岁欲流，流草先生，蓬；岁欲病，病草先生，艾"、《颜氏家训》作"岁欲流，流草先生，蓬是也；岁欲病，病草先生，艾是也"）（文渊阁四库本《艺文类聚》卷八一、《太平御览》九九四、后魏贾思勰撰《齐民要术》卷三、宋曾慥编《类说》卷四四引《颜氏家训》）②

11.《师旷占（术）》曰：杏多实不虫者，来年秋禾善；五木者，五谷之先，欲知五谷，但（《海录碎事》作"先"）视五木。择其木盛者，来年多种

① 〔宋〕曾慥：《类说》卷四四、《颜氏家训》、《钦定授时通考》卷五亦有节引。

② 《太平御览》卷一七、宋朱胜非撰《绀珠集》卷一三、宋陈元靓撰《岁时广记》卷一、宋潘自牧撰《记纂渊海》卷九四、明唐顺之撰《稗编》卷五九等皆有征引，文字略有异同。宋陈景沂撰《全芳备祖后集》卷一〇、明彭大翼撰《山堂肆考》卷二〇二、清《御定佩文斋广群芳谱》卷九一和卷九六引作《博物志》。今归《师旷占》。

之，万不失一也（《尔雅翼》无“也”）。（后魏贾思勰撰《齐民要术》卷一、宋罗愿撰《尔雅翼》卷一〇、宋叶廷珪撰《海录碎事》卷一七①、《钦定授时通考》卷二）②

12.《师旷占》曰：梅桃杏实多者，来年谓之穰。（《艺文类聚》卷八七、宋陈景沂撰《全芳备祖后集》卷五、《御定渊鉴类函》卷四〇二）

13.《师旷占》曰：黄帝问师旷曰：“欲知牛马贵贱？”“秋葵下（《齐民要术》多“有”）小葵生（‘小葵生’《御定渊鉴类函》作‘生小葵’），牛马贵（‘牛马贵’《齐民要术》作‘牛贵’）。大葵不虫，牛马贱。”（《艺文类聚》卷八二、《太平御览》卷九七九、后魏贾思勰撰《齐民要术》卷三、《御定渊鉴类函》卷三九八）③

14.《师旷占》曰：长吏乘车出入，行步道上，有鸡飞集车上者，雄迁雌去。（《太平御览》卷九一八）

15. 师旷问天老曰：人家忌腊日杀生，于堂上有血光，一不祥；井上种桃，花落井中（《御览》无“中”），二不祥（《御览》多“也”）。（《初学记》卷七、《太平御览》卷一八九）④

16.（此条以下补遗）《师旷占》曰：春分雨雷（《御览》无“雨雷”）有音，如雷非雷，音在地中，其所住者，兵起其下（《御览》作“主”）。无云（云，四部丛刊景明本《法苑珠林》等皆作“雷”）而雷，名曰天狗，行不出三年，其国凶（《御览》作“亡”）。（唐释道世撰《法苑珠林》卷七、《太平御览》卷一三）

17. 韩子曰：师旷鼓琴，一奏之，有玄鹤二自南方来，集于郭门之

---

①〔宋〕叶廷珪撰、李之亮校点：《海录碎事》，第 804 页，北京，中华书局，2002。本书所引《海录碎事》原文皆据此版本，不再注出。

②《艺文类聚》卷八五、卷八七，《太平御览》卷一七、卷八三七、卷九六八，吴淑撰《事类赋》卷二六，元司农司撰《农桑辑要》卷二，元王祯撰《王氏农书》卷二，《永乐大典》（残卷）卷一三一九四，明徐光启撰《农政全书》卷一一，明陈耀文撰《天中记》卷五二等皆有征引。文字略有多寡异同。《太平御览》卷一七作：“黄帝问子野曰……子野对曰……”按，子野传为师旷的字：《左传》昭公八年：“叔向曰：‘子野之言君子哉！’”杜注：“子野，师旷字。”

③〔宋〕曾慥编：《类说》卷四四引《颜氏家训》有节引；台湾“商务印书馆”影印《文渊阁四库全书》本。

④〔唐〕徐坚等：《初学记》，第 154 页，北京，中华书局，2002；版本下同，一般不再注出。〔宋〕潘自牧撰《记纂渊海》卷八、《御定渊鉴类函》卷三四亦有节引；皆台湾“商务印书馆”影印《文渊阁四库全书》本。

邑。(宋吴淑撰《事类赋》卷一一)①

六、《务成子》

《务成子》十一篇，班固原注云："称尧问，非古语。"又五行家类著录《务成子灾异应》十四卷，房中家类著录《务成子阴道》三十六卷，均散佚。务成系复姓，名昭，一说名附(一作跗)②。《吕氏春秋》、班固《白虎通义》卷上《辟雍》、王符《潜夫论·赞学》、《韩诗外传》卷五等皆谓务成子是尧的老师。《荀子·大略篇》、《新序·杂事篇》等又谓："舜学于(乎)务成昭(跗)。"宋王应麟撰《汉艺文志考证》卷七于"《务成子》十一篇"引《注尸子》曰："务成昭之教舜曰：'避天下之逆，从天下之顺，天下不足取也；避天下之顺，从天下之逆，天下不足失也。'"王嘉《拾遗记》卷四谓："黄帝时务成子游寒山岭，得黑蚌在高崖之上。"《风俗通义》卷二谓东方朔尧时为务成子、宋张君房《云笈七签》卷二《太上老君开天经》等谓"尧之时，老君下为师，号曰务成子，作《政事经》"云云，《云笈七签》卷一二所载《太上黄庭外景经》所谓务成子注等，乃后世传闻，道士伪托自神其教。

七、《天乙》

《天乙》三篇，班固原注云："天乙谓汤，其言殷时者，皆依托也。"已佚。《史记·殷本纪》："主癸卒，子天乙立，是为成汤。"《尚书》、《荀子·大略篇》、《新书·修改语上》、《史记·殷本纪》等记有商汤语，其中可能有《天乙》内容。《宋书》卷二七《符瑞志上》云："主癸之妃曰扶都，见白气贯月，意感，以乙日生汤，号天乙；丰下锐上，皙而有髯，句身而扬声，身长九尺，臂有四肘，是曰殷汤。"此事又见引于王符《潜夫论》卷八《五德志》、《晏子春秋》卷一《谏上》，《艺文类聚》卷一〇引作《河图》、卷一二引作《春秋元命苞》，此类传说当属小说《天乙》内容。

八、《黄帝说》

《黄帝说》四十篇，班固原注云"迂诞依托"，已佚。除《黄帝说》外，

---

① 〔宋〕吴淑：《事类赋注》，第236页，中华书局1989年以明秦汴本为底本排印本。

② 务成子名跗，可参明凌迪知撰《万姓统谱》卷一三五、清陈厚耀撰《春秋战国异辞》卷五。

《汉书·艺文志》所录以"黄帝"字样见题者尚有十九种，依次为《黄帝四经》四篇、《黄帝铭》六篇、《黄帝君臣》十篇、《杂黄帝》五十八篇、《黄帝泰素》二十篇、《黄帝》十六篇(图三卷)、《黄帝杂子气》三十三篇、《黄帝五家历》三十三卷、《黄帝阴阳》二十五卷、《黄帝诸子论阴阳》二十五卷、《黄帝长柳占梦》十一卷、《黄帝内经》十八卷、《泰始黄帝扁鹊俞拊方》二十三卷、《神农黄帝食禁》七卷、《黄帝三王养阳方》二十卷、《黄帝杂子步引》十二卷、《黄帝岐伯按摩》十卷、《黄帝杂子芝菌》十八卷、《黄帝杂子十九家方》二十一卷等。世传古籍如《六韬兵道》、《文子》、《淮南子》、《吕氏春秋》、《新书》、《汉书》、《风俗通义》、《意林》等多存黄帝言说和神话传说，已经很难确定哪些出自《黄帝说》了。

《汉书·艺文志》所录汉代小说有六家：《封禅方说》、《待诏臣饶心术》、《待诏臣安成未央术》、《臣寿周纪》、《虞初周说》、《百家》。

九、《封禅方说》

《封禅方说》十八篇，班固注曰"武帝时"，已佚。据《史记·封禅书》记载："上(汉武帝)念诸儒及方士言封禅人人殊，不经，难施行"，遂罢而不用。其内容当为神仙方士关于封禅的言论。有学者认为它是"汉武帝时所言神仙故事的汇编，是一部仙话式的早期志怪作品"①。

十、《虞初周说》

《虞初周说》九百四十三篇，为《汉志》所载小说中篇幅最大者，已佚。班固原注曰："(虞初，)河南人，武帝时以方士侍郎，号黄车使者。"应劭注曰："其说以《周书》为本。"颜师古注曰："《史记》云：虞初，洛阳人。即张衡《西京赋》'小说九百，本自虞初'者也。"②又据《史记·封禅书》说："(武帝)予方士传车及间使求仙人以千数。"又说："(太初元年，)西伐大宛，蝗大起。丁夫人、洛阳虞初等，以方祠诅匈奴、大宛焉。"③张衡《西京赋》有："匪惟玩好，乃有秘书；小说九百，本自虞初；从

---

① 陈自力：《一部仙话式的早期志怪作品——〈封禅方说〉考辨》，载《广西大学学报》2002年第1期，第82页。

② 〔汉〕班固：《汉书》第六册，第1745页，北京，中华书局，1962。

③ 〔汉〕司马迁：《史记》第四册，第1397—1398页、第1402页，北京，中华书局，1959。

容之求，实俟实储。”薛综注云：“小说，医巫厌祝之术，……持此秘术，储以自随，待上所求问，皆常具也。”①《虞初周说》乃方士“秘书”，所记不外“医巫厌祝之术”，以备皇帝顾问。

宋王应麟撰《玉海》卷三七云：“汉小说家《虞初周说》，应劭谓以《周书》为本，《说文》、《尔雅》注引《逸周书》，杨赐修德修政之言，②《冯衍传》注《小开篇》③，《司马相如传》注王季宅郢，《唐大衍历议》④：维元祀二月丙辰朔，武王访于周公；又《竹书》十一年庚寅，周始伐商；《文选》注周史梓阙之梦，⑤皆是书也。”⑥又《山海经》卷一六郭璞注云：“《周书》云：天狗所止地尽倾，余光烛天为流星，长十数丈，其疾如风，其声如雷，其光如电。吴楚七国反时，吠过梁国者是也。”《文选》卷一四唐李善注颜延年《赭白马赋》云：“《古文周书》曰：穆王田有黑鸟若鸠，翩飞而跱于衡，御者毙之以策，马佚不克止之，蹶于乘，伤帝左股。”此二条，清人朱右曾《逸周书集训校释》卷一一以为与《逸周书》不类，疑出《虞初周说》。鲁迅《中国小说史略》第三篇《汉书·艺文志所载小说》云：“晋唐人引《周书》者，有三事如《山海经》及《穆天子传》，与《逸周书》不类，朱右曾（《逸周书集训校释》十一）疑是《虞初说》。”⑦并引《太平御览》卷三云：“岎山，神蓐收居之。是山也，西望日之所入，其气圆，神经光之所司也。”以为出《虞初周书》。朱一玄等《中国古代小说总目提要》第七页亦误承此说。查《太平御览》卷三，此为引《山海经》语，非引《周书》者。今人王齐洲《〈汉书·艺文志〉著录之〈虞初周说〉》一文认为：“称《周说》者，除《尚书》之《周书》和《逸周书》外，尚有唐宋人所引来历不明的所谓《周书》，而其内容或多解释性和知识性；或具传奇性和故事性之短篇。皆符合汉人对《虞初周说》的注释和方士小

---

① 〔南朝梁〕萧统：《文选》，第 68 页，上海，上海古籍出版社，1986。

② 〔南朝宋〕范晔：《后汉书》卷五四《杨震列传》载杨赐上书曰：“《周书》曰：‘天子见怪则修德，诸侯见怪则修政，卿大夫见怪则修职，士庶人见怪则修身。’”（第 1780 页，中华书局，1965）

③ 〔南朝宋〕范晔：《后汉书》卷二八下《冯衍列传》，第 1001 页，中华书局 1965 年版，注引《周书·小开篇》。

④ 〔宋〕陈振孙撰：《直斋书录解题》卷一二著录《唐大衍历议》。

⑤ 《竹书纪年》卷下：“文王之妃曰太姒，梦商庭生棘，太子发植梓，树于阙间，化为松柏棫柞，以告文王，文王币率群臣，与发并拜吉梦。”

⑥ 〔宋〕王应麟：《玉海》，第 700 页，南京，江苏古籍出版社，1987。

⑦ 鲁迅：《中国小说史略》，第 30 页，济南，齐鲁书社，1997。

说的特点，故这些引文（按，该文认为至少有二十余事）很可能就是《虞初周说》的佚文。”①

十一、《待诏臣饶心术》

《待诏臣饶心术》二十五篇，已佚。班固注曰：“武帝时。”颜师古注云：“刘向《别录》云：‘饶，齐人，不知其姓。武帝时待诏，作书，名曰《心术》。’”《汉书》卷二二《礼乐志第二》云：“夫民有血气、心知之性，而无哀乐喜怒之常，应感而动，然后心术形焉。”颜师古注云：“言人之性感物则动也，术，道径也；心术，心之所由也。”《管子》卷二《七法》云：“实也，诚也，厚也，施也，度也，恕也，谓之心术。”唐房玄龄注曰：“凡此六者，皆自心术生也。”②清人姚振宗《汉书艺文志条理》据此认为《待诏臣饶心术》可能是据此六事推演为书，如后世道德报应劝诫之说。

十二、《待诏臣安成未央术》

《待诏臣安成未央术》一篇。安成应与饶一样，都是方士。未央术当是长生不死之术。清人姚振宗《汉书艺文志条理》怀疑此书所记与房中术相类。

十三、《臣寿周纪》

《臣寿周纪》七篇。班固注云：“项国圉人，宣帝时。”

十四、《百家》

《百家》一百三十九卷，今存佚文两则。（1）《艺文类聚》卷七四、《太平御览》卷一八八、卷七五〇等录《风俗通义》所引《百家书》，言公输般见蠡事；（2）《艺文类聚》卷八〇、卷九六、《太平御览》卷八六九、卷九三五等录《风俗通义》所引《百家书》，言城门失火，祸及池鱼事。《说苑》卷首录刘向《说苑序奏》云：“除去与《新序》复重者，其余者浅薄不中义理，别集以为《百家》后，令以类相从，一一条别篇目，更以造新事十万言，以上凡二十篇七百八十四章，号曰《新苑》。”（《四部丛刊》本）

---

① 王齐洲：《〈汉书·艺文志〉著录之〈虞初周说〉》，载《南开学报》2005年第3期，第40页。
② 〔唐〕房玄龄注：《管子》，《四部丛刊初编》影印宋刊本。

据此，或以为《百家》乃刘向所作，①大误。“别集以为《百家》后”者，是指把《新序》之外的剩余材料归附于《百家》一书之后，这剩余材料编成的书就是《说苑》（即《新苑》），刘向是把《说苑》比附于《百家》，则《百家》实非刘向所作。

第四节　旧题汉人小说《神异经》与《十洲记》

旧题汉代小说大多难以辨清真伪，其创作年代大致可以推定，但许多问题一时难以厘清，下面介绍其中《神异经》与《十洲记》。

一、《神异经》

《神异经》与《十洲记》，《隋书·经籍志》皆题东方朔撰，体例皆仿《山海经》，“载神仙珍异之迹”②，叙述山川异物奇闻等，属地理博物类志怪小说。

东方朔，班固《汉书》卷六五有传。字曼倩，平原厌次（今山东陵县）人，武帝初入仕，为人博学，滑稽多智。《汉书·东方朔传》云：“朔之文辞，此二篇（按指《答客难》和《非有先生之论》）最善。其余有《封泰山》、《责和氏璧》及《皇太子生禖》、《屏风》、《殿上柏柱》、《平乐观赋猎》，八言、七言上下，《从公孙弘借车》，凡刘向所录朔书具是矣。世所传他事皆非也。”③不见关于《神异经》与《十洲记》的著录。又《汉书·东方朔传赞》曰：“刘向言少时数问长老贤人通于事及朔时者，皆曰朔口谐倡辩，不能持论，喜为庸人诵说，故令后世多传闻者……朔之诙谐，逢占射覆，其事浮浅，行于众庶，童儿牧竖莫不眩耀。而后世好事者因取奇言怪语附著之朔。”④如《论衡》、《风俗通义》等书多载此类附会故事。故后人多以为《神异经》与《十洲记》非东方朔所著。

---

① 参朱一玄、宁稼雨、陈桂声编著：《中国古代小说总目提要》，第 10 页，人民文学出版社，2005。

② 〔宋〕王应麟撰《玉海》卷一五“左传疏服虔用山海经”注，台湾“商务印书馆”影印《文渊阁四库全书》本。

③ 〔汉〕班固：《汉书》，第 2873 页，北京，中华书局，1962。

④ 〔汉〕班固：《汉书》，第 2373 页、第 2374 页，北京，中华书局，1962。

《神异经》又被称作《神异记》、《神异录》、《神异传》等，始著录于《隋书·经籍志》史部“地理类”，作一卷，题为“汉东方朔撰，晋张华注”；《旧唐书·经籍志》“地理类”著录作“《神异经》二卷，东方朔撰”。《新唐书·艺文志》列入道家类，到《直斋书录解题》始入小说家类。唐前，人们一般认为此书为东方朔所著；唐后，除了《汉书·东方朔传》颜师古注、南宋《中兴馆阁书目》卷四及高似孙《史略》卷六等仍认为是东方朔撰外，大多怀疑非出东方朔之手，南宋陈振孙《直斋书录解题》卷一一、明胡应麟《少室山房笔丛》续甲部《丹铅新录一》“古书不知名考”条、清纪昀等《四库全书总目提要》、周中孚《郑堂读书记》卷六六等都因其词藻缛丽而认为是六朝文士假托之作。如周中孚《郑堂读书记》云：“《汉志》及本传皆不载朔有是书，即《晋书》华传亦不言其注是书，则其均为后人所依托矣。……而文格雅近齐、梁间人所为，故辞采过于缛丽。”①然《左传·文公十八年》孔颖达疏引服虔按语实出《神异经》，②许慎《说文解字》六上木部释“枭”字云：“不孝鸟也”，用《神异经》名目。而服虔、许慎皆为东汉中期人。因此，段玉裁《古文尚书撰异》卷一《尧典·帝曰畴咨若予采兜曰》条、胡玉缙《四库全书总目提要补正》卷四二、陶宪曾《灵华馆丛稿·神异经辑校》、余嘉锡《四库提要辨证》卷一八《子部九·神异经》、李剑国《唐前志怪小说史》第三章“两汉志怪小说”等认为此书虽非东方朔作，却是汉人作品。王国良《〈神异经〉研究》于此提出疑问，以许慎《说文解字》未引东方朔言论，未收录《神异经》所载罕见名物字词；服虔释《左传》浑敦、穷奇、饕餮援用《山海经》，而不引《神异经》，引《神异经》释梼杌仅是孤证；张华《博物志》所记“率然”蛇等，左思《三都赋》、郭璞《江赋》用“海童”典等皆与《神异经》相承。由此认为：《神异经》“并非西汉时代的作品，而是魏、晋时期的产物。作者是一位见闻广博，对当世之习俗风尚多所感慨的一位文士或者方士。此书在西晋末、东晋初，稍见流通，文人学者开始援引；南北朝时，则甚通行，著书撰文，并以之为典据。”③有学者从《神异经》

① 〔清〕周中孚：《郑堂读书记》，第 328 页，北京，中华书局，1993。

② 《左传·文公十八年》孔颖达疏曰：“服虔按，《神异经》云：梼杌，状似虎，毫长二尺，人面、虎足、猪牙，尾长七八尺，能斗不退。”（《春秋左传注疏》卷二〇，《文渊阁四库全书》影印本）服虔，《后汉书》卷七九下有《服虔传》。

③ 王国良：《〈神异经〉研究》，第 36 页，台北：文史哲出版社，1985。

所写东王公形象在东汉中后期方出现立论，进而推测《神异经》当在公元2到3世纪成书，①此与王国良推断有相近之处。

《神异经》辑本有宛委山堂《说郛》本、《广四十家小说》本、《汉魏丛书》本、《广汉魏丛书》本、《格致丛书》本、《百家名书》本（明胡文焕编）、明万历刊《陈眉公家藏广秘笈》本、《五朝小说》本、《四库全书》本、《增订汉魏丛书》本、《龙威秘书》本、《汉魏小说采珍》本（清马俊良编）、清陶宪曾《神异经辑校》本（清光绪三十一年陶氏刊）、《说库》本、《百子全书》本、《古今说部丛书》本、《五朝小说大观》本②、《汉魏六朝笔记小说》本（据《四库》本影印）③、《诸子集成补编》本（四川人民出版社1997年版）、《汉魏六朝笔记小说大观》本、《说集》明抄本、《惜寸阴斋丛钞八集》清抄本等，其中收录条目从四十余条（如《四库全书》本四十八条）到六十余条（《五朝小说大观》本、《汉魏丛书》本六十一条）不等，然皆非足本，且条目有分合、重复等情况。清王仁俊《玉函山房辑佚书续编》辑录《神异经》佚文一卷，陶贤曾《灵华馆丛稿·神异经辑校》辑录佚文九条。可参考的研究论著有：（1）周次吉《〈神异经〉研究》（台湾：日月出版社1977年版；又台北：文津出版社1986年版）；（2）王国良《〈神异经〉研究》（台北：文史哲出版社1985年版），此书就《神异经》诸本之优劣有简要考订，以《广汉魏丛书》本为优，在对此六十三条本探微考察基础上撰成《神异经校释》，并辑佚十条；（3）陈建梁《〈神异经〉的成书年代平议》（《古籍整理研究学刊》1995年第3期）。

此在《广汉魏丛书》本基础上辑佚如下：④

1.《神异经》曰：南方（裴注、《太平御览》卷八二〇作“南荒之外”）有火山，长四（“四”，裴注作“三”）十里，广五十（“五十”，《太平御览》卷八六九作“四五”）里，其中（“广五十里，其中”六字，据裴注、《太平御

---

① 金军华：《也谈〈神异经〉之成书年代——兼与李剑国先生商榷》，载《南阳师范学院学报》2009年第10期。

② 按，《五朝小说大观》是在明代文言小说丛书《五朝小说》基础上稍加抽换而成，最初由上海扫叶山房1926年石印出版，后又有上海文艺出版社和中州古籍出版社1991年据石印本影印本。

③ 周光培、孙进己主编：《汉魏六朝笔记小说》，辽沈书社，1990。以下提到该书均据此版本。

④《太平广记》卷二六八引《神异经》一条云：“来俊臣、侯思止、王弘义、郭霸等数十人”，此系唐人事，非《神异经》原文，不录。宋李昉等《太平广记》，台湾“商务印书馆”影印《文渊阁四库全书》本，本辑佚引《太平广记》原文，皆据此版本。

览》卷八二〇补）生不烬之木，昼夜火然（“然”，裴注、《太平御览》卷八二〇作“烧”、卷八六九作“燃”），得暴风不炽（“炽”，《太平御览》卷八二〇漏字，裴注作“猛”），猛雨不灭，（上二句，《太平御览》卷八六九作“得暴风雨，火不灭”）火中有鼠，重百斤，毛长二（“二”，《太平御览》卷八六九作“七”）尺余，细如丝，可以作布（据裴注、《太平御览》卷八二〇补），恒（裴注作“常”）在（《太平御览》卷八二〇作“居”）火中，色洞赤（据裴注、《太平御览》补），时时（二字从裴注、《太平御览》卷八二〇，《艺文类聚》作“不”）出外而色白，以水逐（裴注、《太平御览》卷八二〇多出“而”）沃之，即死。（以下裴注作“续其毛织以为布”，《太平御览》作“织以为布”）取其毛，织以作布，（《太平御览》以下缺）用之若垢污，以火烧之，即清洁也。（《艺文类聚》卷八五、《三国志·魏志》卷四裴松之注，《太平御览》卷八二〇、卷八六九。按，《五朝小说大观》析为二条，《广汉魏丛书》本已收而简略。）①

2.《神异经》曰：北海有大鸟，其高千里。头文曰“天”，胸文曰“鸡”，左翼文曰“鹥”，右翼文曰“勤”。左足在海北崖，右足在海南崖。其毛苍，其喙赤，其脚黑，名曰天鸡，一名鹥勤。头河东，止海央（三字《天中记》作“身止海北”），唯捕鲸鱼，死（《天中记》作“鱼”）则北海水流利。不犯触人，不干（《广博物志》、《天中记》多“于”）物。或时举翼飞，其两羽相（《太平御览》无“相”）切，如雷如风（此句，《广博物志》、《天中记》作“如雷风”），惊动天地。（张茂先曰：北海多鲸鱼，而产子多，北海屯塞。故鸟食此鱼，海水通流。）（《太平御览》卷九二七、明董斯张撰《广博物志》卷四八、明陈耀文撰《天中记》卷五六。按《广汉魏丛书》本已收而简略。）②

3. 东方朔《神异经》曰：西南有银山焉（《太平御览》作“南方有银山”），长五十余里，广四五里，高万余丈（此句，《太平御览》作“高百余

---

① 《初学记》引此条云：“东方朔《神异经》曰：南荒之外有火山，昼夜火燃。火中有鼠，重百斤。毛长二尺余，细如丝，可以作布。恒居火中，时时出外，而白色。以水逐而沃之，乃死。取缉其毛，织以为布。”此条又见宋祝穆撰《古今事文类聚续集》卷二一、宋周密《齐东野语》卷一二、明陈禹谟《骈志》卷一一等。

② 《五朝小说大观》本《神异经》引此条甚简略而无张注：“北海有大鸟，其高千尺（尺，《太平广记》作‘里’），头纹曰天，胸纹曰候。左翼文曰鹥，右翼纹曰勒。头向东，正海中央捕鱼。或时举翼而飞，其羽相切，如风雷也。”（《北荒经》）此条与《太平广记》卷四六三所引类同。

丈”），皆悉白金（“金”，《太平御览》作“银”），不杂土石，不生草木。（《艺文类聚》卷八三，《太平御览》卷八一二。按《广汉魏丛书》本已收而简略，无“广四五里”及末二句。）

4.《神异经》曰：西荒有人（“有人”卷六九作“有一人”）不读《五经》而意合，不观天文而心通，不诵礼律（此句，卷六九〇作“不能礼拜”）而精当。天赐其衣，男朱衣、缟带、委貌冠，女碧衣、戴（卷六九〇多“金”）胜，皆无缝。（《太平御览》卷六八五、卷六九〇）

5.《神异经》……又曰：西方有人焉，不饮不食，被发东走，已往覆来。其妇恒追擎录之，不肯听止。妇头亦被发，名曰狂，一名颠，一名覆。此人夫妻与天地俱生，狂走东西，以投昼夜。（《太平御览》卷三七三。《太平御览》卷七三九作：“《神异经》曰：西方有人，饮食，被发东走，其妇追之，不止。怒，亦被发，名曰狂，一名颠，一名狷，一名风。此人夫妻与天俱生，狂走东西，没昼夜。”）

6.《神异经》……又曰：东南方海中烜（“烜”，卷九三七作“恒”）洲，上有湖（“湖”，卷六六作“温胡”、卷九三七作“温湖”），其中惟有鲫鱼（卷六六多“焉”；本句卷九三七作“鲋鱼生焉”），长八尺，食之宜暑而辟风（“辟风”，卷六六作“避寒”、卷九三七作“避风寒”）。（寻阳有林湖，鲫鱼大二尺余，食之肥美，可以已寒）（《太平御览》卷三四、《太平御览》卷六六、卷九三七。剑锋按，“寻阳”以下为原注，《广汉魏丛书》本无此注。）

7.《神异经》曰：西北金阙，北荒有百屋，齐长四十丈，画以五色。（《太平御览》卷一八一）

8.《神异经》曰：西北荒有石室，有二十人（“二十人”《太平御览》作“二二人”）同居，齐寿千二百岁。（《艺文类聚》卷六四、《太平御览》卷一七四）

9.《神异经》曰：西北荒，有人饮甘露，食茯苓。（《太平御览》卷九八九）

10.《神异经》曰：东北荒中有兽焉，其状如羊，（以上二句，卷八九〇作“东北荒中有兽，如牛，”）一角，毛青，四足，似熊。性忠而直，（此句，卷八九〇作“忠直”）见人斗则触不直，闻人论（卷八九〇多“则”）咋不正。名曰獬豸，一名任法，（“一名任法”及其下，卷八九〇作：“一名

任法兽。[张华曰：今御史法冠曰獬豸]”）今御史用法冠，俗曰：“獬豸冠”也。（《太平御览》卷四九六、卷八九〇，末二句为注文。）

11. 八荒之中有毛人焉，长七八尺，皆如人形，身及头上皆有毛，如猕猴，毛长尺余。毦毦，见人则瞑目，开口吐舌。上唇覆面，下唇覆胸，喜食人舌鼻，牵引共戏，不与即去。名曰髯公，俗曰髯丽，一名髯狎小儿，髯狎可畏也。毦毦，字未详。（《文渊阁四库全书》本《神异经》，末五字为注文。）①

12. 东方朔《神异经》曰：八方之荒有石鼓（“鼓”，《太平御览》卷五八二作“鼓”。《太平御览》卷五八二等三处多“焉”，此后皆作“蒙之以皮，其音如雷。”），其径千里，撞之，其音即雷也。天以此为喜怒之威。（《太平御览》卷一三、《太平御览》卷五八二、宋潘自牧撰《记纂渊海》卷七八、明陈耀文撰《天中记》卷四三）②

13.《神异经》曰：昔有夫妇将别，破镜，人（《天中记》、《广博物志》作“各”）执半以为信。其妻与人通，其镜化鹊飞至夫前，其夫乃知之。后人因铸镜为鹊安背上，自此始也。（《太平御览》卷七一七、明陈耀文撰《天中记》卷四九、明董斯张撰《广博物志》卷三九）

14. [金牛渚在县西北十里]东方朔《神异记》云：有铜，与金相似。又云：昔有金牛起于此山，入牛渚。坎穴犹存。（宋乐史撰《太平寰宇记》卷一〇五）

15. 东方朔《神异经》：揖金母，拜木公。（宋黄庭坚撰、史季温注《山谷别集诗注》卷上注）

16. [厔乌山在县南二十里]旧经引东方朔《神异经》：此山是亚父割断萧山南岭，将厔于乌江也。江东以掷为厔。（宋施宿等撰《会稽志》卷九）③

17. 东方有人焉，人形而身多毛，自解水土，知通塞，为人自用，欲为欲息，皆曰是鲧也。（《史记·武帝纪正义》从王国良《神异经佚文》

---

① 按，此条《太平御览》卷三七三、卷七九〇有部分征引，文字稍异。《太平广记》卷四八〇引此“毛人”条，注出《酉阳杂俎》。

② 按，此条亦见梁任昉《述异记》卷上：“八方之荒有石鼓，其径千里，撞之，其音即成雷也。天之申威于此。”（台湾“商务印书馆”影印《文渊阁四库全书》本）

③ 此说又见宋王十朋撰《会稽三赋》卷上注、《钦定大清一统志》卷二二六、《浙江通志》卷一五等引东方朔《神异经》。

辑录）

18. 西荒中有兽焉，其状如鹿，人面，有牙，猴手、熊足，纵目、横鼻，反踵，饶力，很恶，名曰恶物。（此即鬼类也）（《一切经音义》卷一二，从王国良《神异经佚文》辑录）

19. 西方有兽焉，长短如人，羊头、猴尾，名曰罣屰，健行。（《集韵》卷一〇，从王国良《神异经佚文》辑录）

按，《神异经》佚文甚多，且多与流传至今的版本文字互有同异，如《五朝小说大观》本"东南荒经"第三条云："东南隅大荒之中有朴父焉，夫妇并高千里，腹围自辅"。而《初学记》卷一九引作："东南隅大荒中有林父焉，其高千里，腹围百辅"。《太平御览》卷三七七引作："东南隅大荒之中有朴父焉，夫妇并高千里，腹围百辅（百辅，围千里也）"，联系下文"男露其势，女露其牝"（《五朝小说大观》本）等描述，其中神人名字当以"朴父"为胜，"林父"讹误；从"百辅，围千里也"的注文来看，"自辅"与"百辅"二异文，似以后者为是。《神异经》他处数用"自辅"，且《说郛》卷六所引作"自辅"，注云："自辅，亦千里也。"王国良以为用"自辅"为是，"谓周围宽度与本身的高度成适当此（比）例"①。

又有数条为古籍误引者：

1.《太平御览》卷四一引"《神异经》曰：余姚人虞洪，入山采茗，遇一道士"云云。此条，《太平御览》卷八六七引作"王浮《神异记》"，唐陆羽《茶经》卷下、宋乐史《太平寰宇记》卷九八皆引作"《神异记》"，不及撰者姓名。详味此条实属"记"体，与《神异经》不类，当是《太平御览》卷四一误"记"为"经"。故鲁迅《古小说钩沉》辑入王浮《神异记》，是。

2.《太平广记》卷四〇〇注出《神异经》云："汉时，翁仲儒家贫，力作，居渭川。一旦，天雨金十斛于其家，于是与王侯争富。今秦中有雨金（"雨"原作"两"，"金"字原缺，据明抄本《太平广记》改补）翁，世世富。"按，此条与《神异经》风格不类。《太平御览》卷八一一引作《述异记》、明陈耀文撰《天中记》卷五〇引作《拾遗记》。当以出《述异记》为是。

3.《太平广记》卷四八二注出《神异经》云："堕婆登国在林邑东，南

---

① 王国良：《〈神异经〉研究》，第60页，注解二，台北：文史哲出版社，1985。

接诃陵，西接述黎。种稻，每月一熟。有文字，书于贝多叶。死者口实以金缸，贯于四支，然后加以婆律膏及檀沉龙脑，积薪燔之。"此条实出《旧唐书》卷一九七《堕婆登国传》。

4. 又宋朱胜非撰《绀珠集》卷五、宋曾慥编《类说》卷三七、明董斯张撰《广博物志》卷二引东方朔《神异记》云："郭翰尝遇织女降其室，衣玄霄之衣，霜罗之帔，戴（《广博物志》无"戴"）翘凤金之冠，蹑（《绀珠集》作"履"）琼文九章之履，张霜雾丹縠之帱，施九晶玉华之簟，转会风之扇，有同心龙枕。翰曰："牵牛郎何在？"曰："河汉阻隔不复相闻。"（据《类说》补）翌日，丹铅书青缣一幅以寄翰。"按，此条风格不类《神异经》，似是王浮《神异记》之误。

5. 明代谢肇淛《五杂组》卷九・物部一《神异经》谓："东海之大鱼，行者一日逢鱼头，七日逢鱼尾。"按，此条实出郭氏《玄中记》，《太平御览》卷九三六、《太平广记》卷四六四等皆征引作《玄中记》。

二、《十洲记》

《十洲记》又名《海内十洲记》、《十洲三岛记》、《海内十洲三岛记》等，有时误"洲"为"州"；《隋书・经籍志》、《旧唐志・经籍志》、《宋史・艺文志》、《崇文总目》均著录为一卷，入史部地理类，《新唐书・艺文志》亦著录为一卷，入道家类。此后，一般著录为一卷，《郡斋读书志》卷二（下）列入"传记类"，《直斋书录解题》卷一一列入"小说家"类。与《山海经》相比，《神异经》略于山川地理而详于奇事异人，而《十洲记》则多记神仙异闻，"皆言神仙境"①。故有人称之为"道家之小说"②、"道教小说"③。小说记"十洲"（祖洲、瀛洲、玄洲、炎洲、长洲、元洲、流洲、生洲、凤麟洲、聚窟洲）及沧海岛、方丈洲、扶桑、蓬丘（蓬莱山）、昆仑山等诸岛神山神仙异物。宋黄希原本、黄鹤补注《补注杜诗》卷一注杜甫"方期拾瑶草"引东方朔《与友人书》曰："不可使尘网名缰拘锁，怡

---

① 〔宋〕郭知达编：《九家集注杜诗》（台湾"商务印书馆"影印《文渊阁四库全书》本）卷二五《玉台观》二首其二注云："洙（按，宋王源叔名洙）曰道书中有《十洲记》，皆言神仙境。"

② 陆绍明：《月月小说发刊词》，见《晚清文学丛钞・小说戏曲研究卷》，北京，中华书局，1960。

③ 宁稼雨：《妙笔生花的神仙世界—读道教小说〈十洲记〉》，载《文史知识》2000年第2期。

然长啸，脱去十洲三岛，相期拾瑶草、吞日月光华、共轻举尔。”①可见《十洲记》署名东方朔撰，事出有因。

但后代读者多以为此书乃六朝赝作，“当与《神异经》为六朝人一手所假托”(周中孚《郑堂读书记》卷六六)。如《四库全书总目》卷一四二《海内十洲记》提要云：“考刘向所录朔书无此名。书中载武帝幸华林园射虎事，案《文选》应贞、晋武帝《华林园集》诗李善注引《洛阳图经》曰：华林园在城内东北隅，魏明帝起名芳林园，齐王芳改为华林。武帝时安有是号？盖六朝词人所依托。观其引卫叔卿事，知出《神仙传》。后引五岳真形图事，知出《汉武内传》后也。然自《隋志》已著于录，李善注张衡《南都赋》，宋玉《风赋》，鲍照《舞鹤赋》，张衡《思玄赋》，曹植《洛神赋》，郭璞《游仙诗》第一首、第七首，江淹《拟郭璞游仙诗》，夏侯玄《东方朔画赞》，陆倕《新刻漏铭》并引其文为证，足见其词条丰蔚，有助文章。陆德明《经典释文》亦于《庄子》‘北冥’条下引此书曰：水黑色谓之冥海，无风洪波百丈。则通儒训诂，且据其文矣。唐人词赋，引用尤多，固录异者所不能废也。诸家著录，或入地理，循名责实，未见其然。今与《山海经》同退置小说家焉。”②王国良以《三国志》裴注未引而《水经注》方引为据，认为《十洲记》可能出现在南朝宋、齐之间。③ 李剑国批驳六朝说，认为《十洲记》“当出汉世，殆为东汉末期作品，最晚亦不可能出自魏后”④。主要理由有：从《十洲记》所记异香、猛兽与张华《博物志》对照来看，前书实为后书取材依据之一；《太平御览》卷五九、卷三四四引汉代纬书《龙鱼河图》所记玄洲、流洲西海异物与《十洲记》相同。然亦难成定论，对比《十洲记》与张华《博物志》所记异香、猛兽，足见前书踵事增华，安得令人不疑乃六朝人所为？采访旧籍本是魏晋小说创作方式之一，《搜神记》等采集先秦事，不当证其为非晋代干宝所作。又，《十洲记》在《世说新语・惑溺》(“韩寿美姿容”条)刘孝标注、《水经注》中已经被征引，《文选》李善注、《后汉书》李贤等注中也多有征引，其出不在六朝以后，是为事实，当在东晋与南齐之

---

① 〔宋〕黄希原本、黄鹤补注：《补注杜诗》，台湾“商务印书馆”影印《文渊阁四库全书》本。

② 〔清〕永瑢等：《四库全书总目》，第 1206 页，北京，中华书局，1965。“思玄赋”原作“思元赋”，“夏侯玄”原作“夏侯元”，此避玄烨讳，今改回。

③ 王国良：《〈海内十洲记〉研究》，第 8 页，台北：文史哲出版社，1993。

④ 李剑国：《唐前志怪小说史》(修订本)，第 165 页，天津，天津教育出版社，2005。

间。

《十洲记》辑本甚多，有《续谈助》本、《说郛》本、《云笈七签》本、《道藏》本、《顾氏文房小说》本、《古今逸史》本、《增定古今逸史》本、《汉魏丛书》本、《广汉魏丛书》本、《宝颜堂秘笈》本、《陈眉公家藏广秘笈》本、《五朝小说》本、《四库全书》本、《增订汉魏丛书》本、《龙威秘书》本、《汉魏小说采珍》本、《艺苑捃华》本（清顾之逵辑）、《鲍红叶丛书》本、《五朝小说大观》本、《说库》本、《百子全书》本、《古今说部丛书》本、《景印元明善本丛书十种》本、《历代小说笔记选》（江畬经选）本、《汉魏六朝笔记小说》本（辽沈书社 1990 年版）、《诸子集成补编》本（四川人民出版社 1997 年版）、明抄本（藏国家图书馆。明《天一阁书目》中曾著录"蓝丝阑抄本"一卷①）、《说集》六十种明抄本等。Thomas Smith 1990 年有英文译本。

今人王国良有《海内十洲记研究》（台北文史哲出版社 1993 年版），其下编以《顾氏文房小说》本为底本对《十洲记》详加校释，值得重视。其上编"综论"列"疑似佚文的考察"一节，"从诸书辑出引作《十洲记》的十二段文字，确定'七宝堂'（《太平御览》卷八〇八）、'广寒宫'（《类说》本、《绀珠》本、《集注分类东坡诗》卷一、《锦绣万花谷》前集卷一）二条可能是本书佚文"②。

今在《顾氏文房小说》本《十洲记》基础上辑佚如下：

1.《十洲记》曰：临海兴安县东界去郡八十里，县边（《白孔六帖》无"界去郡八十里县边"）有平石，其上有石栉（《白孔六帖》无此句）。俗云：越王渡溪堕栉于此。（《艺文类聚》卷七〇，唐虞世南撰、明陈禹谟补注四库本《北堂书钞》卷一三六③，唐白居易原本、宋孔传续撰《白孔六帖》卷一四。）

2.《十洲记》：东海有山，名度索山。有大桃树，屈盘数（数，《天中记》作"三"）千里，曰蟠桃。（《艺文类聚》卷八六、宋李刘撰《四六标准》卷一二《代卫参帅回谢秘校（耘）投诗》注、明陈耀文撰《天中记》卷五

---

① 〔明〕范钦藏，〔清〕范邦甸等编：《天一阁书目》，扬州阮氏文选楼嘉庆十三年（1808）刻本；据林夕主编《中国著名藏书家书目汇刊》第三册，第 151 页，商务印书馆 2005 年影印本。

② 李剑国：《唐前志怪小说史》（修订本），第 161 页，天津，天津教育出版社，2005。

③ 本条，清光绪十四年刊孔氏三十三万卷堂影钞本《北堂书钞》引作《荆州记》，又《太平御览》卷七一四引作盛弘之《荆州记》。引文略异。

二）

3.《十洲记》曰：昆仑铜柱下，有回屋焉。壁方丈，上有鸟，名曰希（《太平御览》多“有”），左翼覆东王公，右翼覆西王母。其肉若醢（“醢”，原作“醯”，此从《太平御览》），仙人甘之，（《太平御览》、《广博物志》引文止此）追复与天消息，不仙者食之，其肉若如醷（音薏）。（《初学记》卷二六、《太平御览》卷八六三、明董斯张撰《广博物志》卷四八）

4.《十洲记》：冬至月，伏于（《东坡诗集注》无“于”）广寒之宫，养魄于广寒之地（“地”，《云笈七签》卷一一引《洞真经》作“池”）。（宋施元之原注、清邵长蘅删补《施注苏诗》卷二二，宋王十朋撰《东坡诗集注》卷一《正月一日雪中过淮谒客回作二首》其一注。）①

5.《十洲记》曰：瀛州金峦观中有青离玉儿，覆以云纨之素，刻水碧为倒龙之状。（《太平御览》卷六七七）

6.《十洲记》曰：昆仑山上有红碧颇黎宫，名“七宝堂”是也。（《太平御览》卷八〇八）

7. 黄（《说略》作“董”）偃设紫琉璃帐。（宋谢维新撰《古今合璧事类备要外集》卷六三、明顾起元撰《说略》卷二三引《十洲记》）

8. 黄帝时码磁瓮（此句，《山堂肆考》作“黄帝时丹丘国献甘露”），尧时犹（犹，《山堂肆考》作“尚”）存。甘露在其中，盈而不竭，（《山堂肆考》无以上二句）谓之宝露，颁赐群臣。至舜时露（《山堂肆考》无“露”）渐减，时淳则露满，时浇（浇，《山堂肆考》作“漓”）则露竭。（宋谢维新撰《古今合璧事类备要外集》卷六三引《十洲记》、明彭大翼撰《山堂肆考》卷五）②

9. 以玉釜煮返（《六帖补》作“反”）魂榆。（宋杨伯嵒撰《六帖补》卷一九、宋朱胜非撰《绀珠集》卷一二）③

---

① 按，宋潘自牧撰《记纂渊海》卷二、宋谢维新撰《古今合璧事类备要前集》卷一、宋朱胜非撰《绀珠集》卷五、宋曾慥编《类说》卷五、明彭大翼撰《山堂肆考》卷三、明顾起元撰《说略》卷一、《锦绣万花谷前集》卷一等皆引作：“冬至后月，养魄于广寒宫。”皆据台湾“商务印书馆”影印《文渊阁四库全书》本。

② 元阴劲弦、阴复春编《韵府群玉》卷一三、明顾起元撰《说略》卷二三亦有节引。

③《顾氏文房小说》本作：“山多大树，与枫木相类，而花叶香闻数百里，名为反魂树。”（《北京图书馆藏古籍珍本丛刊》第八十四册影印明正德嘉靖间顾庆元刻本）

10.《十洲记》曰：榑桑植于碧津。（宋吴淑撰《事类赋》卷六）①

11.《十洲记》：苑囿之中白鹿、白鹤皆在焉。（唐骆宾王撰、明颜文选注《骆丞集》卷二《和王记室从赵王春日游陁山寺》注，《文渊阁四库全书》影印本。）

12. 青精君登紫空之山，化玉室之内。（明董斯张撰《广博物志》卷三六引《十洲记》）

又有误引出《十洲记》者：

1. 宋人谢维新撰《古今合璧事类备要外集》卷六三“縻竺家有伏尸”条被误引为《十洲记》，实出晋王嘉《拾遗记》。

2. 明彭大翼撰《山堂肆考》卷三“唐明皇八月望日游月宫”条被误引为《十洲记》，实出唐郑处诲《明皇杂录》。

3.《文选》卷二七李善注沈约《新安江水至清浅深见底贻京邑游好一首》、宋叶庭珪撰《海录碎事》卷三上并引《十洲记》云：“桐庐县新安东阳，二水合于此，仍东流为浙江。”此条不类《十洲记》文字。《御选唐诗》卷一二注许浑《严陵钓台泊贻行侣》引此条出《水经注》。

4.《文选》卷四六任昉《王文宪集序》李善注“出入礼闱”引“《十州记》”云：“崇礼闱，即尚书上省门；崇礼东建礼门，即尚书下舍门。然尚书省二门名礼，故曰礼闱也。”《初学记》卷一一引作：“《十洲记》”，文字略异。《太平御览》卷二一〇职官部八引此条出《世说》，然不见今本《世说》，当是其佚文。②

5.《太平广记》卷四一四云：“荆州菊潭，其源傍芳菊被涯澳，其滋液极甘，深谷中有三十余家，不得穿井，仰饮此水，上寿二三百，中寿百余，其七十、八十犹以为夭。菊能轻身益气，令人久寿，有征。出《十洲记》。”宋杨伯嵒撰《六帖补》卷一〇引《十洲记》作：“荆州有菊潭，其中皆干菊，潭旁民家饮之，皆至上寿。”文字与《十洲记》不类，宋祝穆《方舆胜览》卷二七、《天中记》卷五三、《湖广通志》卷一一九等皆引作《十道记》；按郑樵《通志》卷六六《艺文略第四》、《宋史》卷二〇四《艺文志》皆著录《十道记》一卷，《太平御览》、宋乐史撰《太平寰宇记》、明曹学佺

---

① 据《事类赋注》，中华书局1989年以明秦汴本为底本排印本。

②《太平御览》卷二一〇职官部八：“《世说》曰：崇礼闼在东掖门内，路西即尚书省崇礼门；东建礼门内，即是尚书令下舍之门。”

撰《蜀中广记》等于《十道记》多有征引。则此条实出《十道记》。

第五节 旧题汉人小说《汉武故事》与《汉武内传》

《汉武故事》与《汉武内传》是旧题汉人小说中两种以汉武帝为题材的小说。

一、《汉武故事》

《汉武故事》，记汉武帝一生遗闻逸事，尤详于叙述其求仙之事，如写东方朔为木帝精、西王母会武帝等传说，富于情趣，幻想奇异，文笔简雅。《隋书·经籍志》史部旧事类、《新唐书》卷五八《艺文志》史部故事类、郑樵《通志》卷六五《艺文略第三》著录皆题作《汉武帝故事》，二卷，不题撰人；《旧唐书·经籍志（上）》题作《汉武故事》，二卷，列入史部故事类，亦不题撰人。《汉武故事》二卷本外，又有五卷本：宋王尧臣等撰《崇文总目》卷三杂史类上、《宋史》卷二〇三《艺文志二》皆著录《汉武故事》五卷，并题班固撰。宋王应麟撰《玉海》卷五一《艺文》引《崇文总目》云："（《汉武故事》）本题二篇，今世误析为五篇。"知五卷本实从二卷本而来。《遂初堂书目》杂传类著录《汉武故事》，不注撰人和卷篇数。

关于《汉武故事》的作者主要有三说。

一说为班固作，此说当始于宋人。宋晁公武撰《郡斋读书志》卷二下称《汉武故事》："世言班固撰"，官修史志亦自《宋史》始言班固撰。又有"班周"之说，当为"班固"之误。宋刘弇撰《龙云集》卷二九《书汉武帝故事后》云："撰人班周，世出、官次不他见。故事中言仪君传方朔术，至今上元延中，已百三十七岁。元延，成帝年号也。则周者其成、哀间人欤？及其后言迎神、说鬼神事，与浮屠相类。则予又疑后人托为之。然其间敷叙精致，虽多诞谩不经，要不与《外戚》、《郊祀志》相表里者。盖鲜以为非西汉人文章不到此。予从里人王夔玉得是书，因为之雠正非是十二三，既传之别本，则辄以此本归王，而附所识周者。元

祐乙丑孟夏庐陵刘弇跋。”①宋王庭珪撰《卢溪文集》卷四八《书汉武帝故事后》辨正云：“《汉武帝故事》，班周撰。刘伟明（按，刘弇字伟明）跋以周为成、哀间人，又以故事中言迎神君、说鬼神事，疑后人托为之。余观《汉书》，武帝初即位，尤敬鬼神之事，长陵女子神君之说及李少君、文成、五利相缀以鬼神方见上，能使物、却老，夜致王夫人及窦鬼之貌，其事异甚，既久，言方者亦衰，天子始怠厌方士之怪迂语。然犹羁縻弗绝，冀遇其真。则武帝之庸陋，溺于怪物，始终不移。二史可以概见，伟明何为而疑之？且其文雄深简古，类西汉书，非班固不能作也。固父彪在西京时已好述作，采前史遗事，其间指成帝元延年号谓之今上者，亦当时所记之语如此，意班固缵其父书，踵而成之，后人流传，误写‘固’作‘周’尔。设或成、哀间别有班周，能为此书，其人必暴耀于当时而决不泯绝于世，曷为姓名不少见于他书，而古今学者未尝道哉？”②准此，是书则始记于班彪，继成于班固。

一说为六朝人作，晁公武《郡斋读书志》卷二下传记类引唐人张柬之《书洞冥记后》云“王俭造”。今本《汉武故事》记曰：“长陵徐氏号仪君，善传朔术，至今上元延中已百三十七岁矣，视之如童女。”③元延为汉成帝年号，即称“今上”，则作者非为班固。又班固《汉书》所载与《汉武故事》所记多有抵牾，古人已经注意及此，如宋王应麟撰《通鉴答问》卷四云：“乃若（汲黯）贤才将尽之谏，盖出《汉武故事》，《史（记）》、《汉（书）》不书”。明胡应麟撰《少室山房笔丛》卷二九《九流绪论下》论《汉武故事》云：“《汉武故事》，称班固撰，诸家咸以王俭造。考其文颇衰苶，不类孟坚，是六朝人作也。《史记》：公孙弘谏征伐，不从，自杀；而钩弋夫人以病终，非武帝杀之。皆与史大异。吾以弘断不能自杀，知钩弋之说为六朝之妄无疑也。”④《四库全书》列入小说家类异闻之属，其提要虽并列班固、王俭二说，然倾向于六朝齐、梁间王俭所作。周中孚《郑堂读书记》卷六六说：“窃谓柬之尚属初唐人，其言王俭撰，当有

① 〔宋〕刘弇：《龙云集》，《豫章丛书》第 133 册，南昌古籍书店、杭州古籍书店 1985 年影印本。

② 〔宋〕王庭珪：《卢溪文集》，据台湾“商务印书馆”影印《文渊阁四库全书》本，第 1134 册，第 330 页。

③ 《汉武故事》，据《丛书集成初编》据《古今说海》本排印本，第 4 页，北京，中华书局，1991。

④ 〔明〕胡应麟：《少室山房笔丛》，第 377 页，北京，中华书局，1958。

所受之，或不误也。”[①]余嘉锡《四库提要辨证》卷一八云：“（张柬之）指此书为王俭造，自必别有据依，断非凭虚立说。”[②]鲁迅也说：“《汉武故事》，《汉武帝内传》，则与班固别的文章，笔调不类，且中间夹杂佛家语，——彼时佛教尚不盛行，且汉人从来不喜说佛语——可知也是假的。”[③]要之，此说一般认为《汉武故事》不是班固所作，而是佛教流行时期的六朝人所作。

一说《汉武故事》作者为晋葛洪。姚振宗《隋书经籍志考证》卷一六谓：“按此书为葛稚川家所传，而诸家著录皆不考其所始。六朝人每喜抄合古书，而王俭有《古今集记》。疑王俭抄入《集记》中，故张柬之以为王俭造，殆亦不探其本意为之说欤？”[④]王俭只是抄录了《汉武故事》，并非自己撰作，撰作之人当推至葛洪。按葛洪《〈西京杂记〉跋》云：“洪家复有《汉武帝禁中起居注》一卷，《汉武故事》二卷，世人希有之者，今并五卷为一帙，庶免沦没焉。”[⑤]孙诒让《札迻》卷一一据此跋推测为葛洪依托之作。

关于《汉武故事》的成书年代也见解不一。除以上确指作者的年代外，尚有以下二说：一为西汉末成帝、哀帝间说，如黄廷鉴《跋重辑汉武故事》（见《第六弦溪文抄》卷三）推测此书为成帝、哀帝间成书，班固修《汉书》已作采录，后人又有所附益。今人亦有赞成是说者，认为此书：“原本应为西汉成帝时文人所为，在西汉末年、东汉初年有文人对其进行了增补和续书”。[⑥] 二为东汉建安以后人说。《文史》第五辑所载游国恩《居学偶记》以为“潘岳《西征赋》已用汉武帝微行柏谷事，远在王俭之前，此书即不出班固手，至晚当亦建安、正始间人所作”[⑦]。刘文忠《〈汉武故事〉写作时代新考》一文据此书“汉有六七之厄，法应再受命。宗室子孙，谁当应此者？六七四十二，代汉者，当涂高也”等谶

---

① 〔清〕周中孚：《郑堂读书记》，第328页，北京，中华书局，1993。

② 余嘉锡：《四库提要辨证》，第956页，昆明，云南人民出版社，2004。

③ 鲁迅：《中国小说的历史的变迁》，见《中国小说史略》，第352页，济南，齐鲁书社，1997。

④ 《二十五史补编》第4册，第5303页，中华书局，1956。

⑤ 成林、程章灿：《〈西京杂记〉全译》，第225页，贵阳，贵州人民出版社，1993。

⑥ 刘化晶：《〈汉武帝故事〉的作者与成书时代考》，载《沈阳师范大学学报》2006年第2期。

⑦ 孙猛：《郡斋读书志校证》卷九，第363页，上海，上海古籍出版社，1990。又，孙猛称《汉武故事》著录于“两《唐志》起居类”，误。

纬言论，考索推论认为“《汉武故事》中杂入产生于建安末年而又广为流传的时事谶语，这说明小说写于建安末年”①。又据潘岳《西征赋》用到《汉武故事》的典故，推论它不会是晋代以后的伪托之作。

今传《汉武故事》中的确夹杂佛家语，汉代佛教也不流行，但佛教传入汉朝至少可以推到西汉武帝时期。《史记》卷一一〇《匈奴列传》云：“汉使骠骑将军去病……千余里击匈奴，得胡首虏骑万八千余级，破得休屠王祭天金人。”《索隐》引崔浩云：“胡祭以金人为主，今浮图金人是也。”《正义》按云：“金人即今佛像，是其遗法，立以为祭天主也。”②所以，宋人罗璧撰《识遗》卷六云：“《后汉西域传》云，明帝时佛始入中国。按《汉武故事》：昆邪王杀休屠王，以其众来降，得其金人之神，武帝置之甘泉宫。祭不用牛羊，惟烧香礼拜，帝使依其国俗祀之。又：时作昆明池，掘得黑灰，东方朔曰：可问西域道人。则前汉时佛流中国矣。况帝事四夷，枸酱、竹杖犹入玉府，又方事神仙，佛以超度为术，张骞等肯贱佛书乎？刘向《列仙传序》言：仙者一百四十六人，而七十四人见佛经。向，成、哀时人，其言如此，则前汉有佛经矣。”③其说有道理，又《汉武故事》说佛事者，皆专注奇异之事，正是佛教初传时的反映，因此，以《汉武故事》夹杂佛家语推论其不是汉代人的作品，而是晋后人伪托之作，未免失察。

实际上关于《汉武故事》的写作年代还有进一步思考的余地。宋人以为班固所撰当不是传闻之辞，或者有所依据也未可知。引述《汉武故事》所记遗事作典故并不始于西晋潘岳《西征赋》，④据我们考察，是始于张衡《西京赋》和《思玄赋》，《艺文类聚》卷六一“居处部一”、《文选》卷二皆引录张平子《西京赋》云：“卫后兴于鬒发，飞燕宠于体轻（‘体轻’，《艺文类聚》作‘轻体’）。”李善注曰：“《汉书》曰：孝武卫皇后，字子夫。《汉武故事》曰：子夫得幸，头解，上见其美发，悦之。”《文选》

---

① 文章原载《中华文史论丛》第二辑，上海，上海古籍出版社，1984。引文见其《中古文学与文论研究》，第45页，北京，学苑出版社，2006。

② 〔汉〕司马迁：《史记》，第2908页、第2909页，北京，中华书局，1982。

③ 〔清〕曹溶辑录：《学海类编》第7册，第4115页，杨州广陵书社，2007。

④ 刘文忠先生言：历代征引《汉武故事》，“当以西晋潘岳的《西征赋》为最早”。见《中古文学与文论研究》，第46页，北京，学苑出版社，2006。晋后人征引者又见《水经注》、《世说新语·政事第三》梁刘孝标注等。

卷一五李善注张衡《思玄赋》“尉龙眉而郎潜兮，逮三叶而遘武”引《汉武故事》曰：“颜驷，不知何许人，汉文帝时为郎，至武帝，尝辇过郎署，见驷龙眉皓发。上问曰：‘叟何时为郎，何其老也?’答曰：‘臣文帝时为郎，文帝好文而臣好武；至景帝好美，而臣貌丑；陛下即位，好少而臣已老。是以三世不遇，故老于郎署。’上感其言，擢拜会稽都尉。”①班固(32年—92年)撰写《汉书》，“永平(58年—75年)中始受诏”，“至建初(76年—83年)中乃成”。② 张衡(78年—139年)是班固下一辈人，他既然已经熟悉《汉武故事》中的故事，那么《汉武故事》即使没有成书，其中有些故事也已经广为流传。如果假设是班固编定，那么此书当在完成《汉书》前后，主要利用的是《汉书》取材之余的素材。

宋王应麟撰《困学纪闻》卷一〇云：“又按《汉禁中起居注》，即《西京杂记》所谓葛洪家有《汉武帝禁中起居注》一卷、《汉武故事》二卷，《通典》云：汉武帝有《禁中起居注》，马后撰《明帝起居注》，则汉起居似在宫中，为女史之任。荀悦《申鉴》曰：先帝故事，有起居注，动静之节必书焉。”③看来，葛洪《〈西京杂记〉跋》所提到的《汉武帝禁中起居注》不会是葛洪伪造的，而可能是汉武帝“女史”所作；《汉武故事》也未必是葛洪伪造的，它很可能是汉代人在《汉武帝禁中起居注》之类史料基础上的编选改造之作，“故事”二字也非今义，而是指帝王发凡起例的言行；④“事”不当读轻声，而是应当读四声。至于编选改造“故事”者是谁虽然已经很难确定了，但编选改造者不会是班固所说的“小说家”，即不是道听途说者，而是专门职事人员，如王应麟所猜测的“女史”之类，所以，《隋志》将它归入“史部旧事类”；其所编定的年代至少可以推到班固、张衡所生活的东汉章帝、和帝时代。至于刘文忠所言其中掺杂汉末建安时期的谶语，当是后人增益之辞。

---

① 〔梁〕萧统：《文选》，第79页、第662～663页，上海，上海古籍出版社，1986。

② 《后汉书》卷四〇上《班彪传》，第1334页，北京，中华书局，1965。

③ 〔宋〕王应麟：《困学纪闻》，《四部丛刊三编》据傅氏双鉴楼藏元刊本影印本。

④ 《礼记·玉藻篇》云：“(天子)动则左史书之，言则右史书之。”这不但是先秦史官的职责，也是后世史官遵循的法式，《北史》卷六四记柳虬上疏云：“古者人君立史官，非但记事而已，盖所谓鉴诫也。动则左史书之，言则右史书之，彰善瘅恶，以树风声。”宋张观《上太宗乞体貌大臣简略细务》云：“帝王之道，动则左史书之，言则右史书之，列于缃素，垂为轨范，不可不谨也。”(宋赵汝愚编《宋名臣奏议》卷八)“故事”类著作史志著录甚多，如《旧唐书·经籍志上》著录“列代故事四十二家”。

《汉武故事》现存《古今说海》本、《历代小史》本、《古今逸史》本(为《四库全书》本所据)、《增定古今逸史》本、《四库全书》本、《问经堂丛书》本(《经典集林》本出此)、《粤雅堂丛书》本、《十万卷楼丛书》本、《说库》本、《丛书集成初编》本、《诸子集成补编》本(四川人民出版社1997年版)、清昭文黄慕庵抄本、黄廷鉴跋清抄本等。唐宋典籍《艺文类聚》、《太平御览》、《乐府诗集》等多有征引，晁载之《续谈助》卷三抄十六条[①]，曾慥《类说》卷二一录《汉武帝故事》十四条。清王仁俊辑《玉函山房辑佚书补编》辑录一卷；关德栋辑录《汉武故事的佚文》(载上海《大晚报》1948年1月26日第2版《通俗文学》周刊第64期)；鲁迅《古小说钩沉》辑有五十三条，人称完备，然与今传《古今说海》本、《四库全书》本等对读，发现鲁迅所辑实多有遗漏，今补遗如下：

1. 槐里王仲女也，名姝儿，母臧氏，臧荼孙也。初为仲妻，生一男两女，其一女即后也；仲死，更嫁长陵田氏，生二男。后少孤，始嫁与金王孙，生一男矣。相工姚翁善相人，千百弗失，见后而叹曰："天下贵人也，当生天子。"田氏乃夺后归。(该段位置原在鲁迅所辑第一条首句"汉景帝王皇后"与"纳太子宫"之间。明陆楫编《古今说海》卷一一七《汉武故事》[②]，《四库》本《汉武故事》同。)

2. 太子年十四即位，改号建元，长主伐其功，求欲无厌，上患之，皇后宠亦衰。皇太后谓上曰："汝新即位，先为明堂，太皇太后已怒，今又忤长主，必重得罪。妇人性易悦，深慎之!"上纳太后(《四库》本作"皇")戒，复与长主和，皇后宠幸如初。建元六年，太皇太后崩，上始亲政事，好祀鬼神，谋议征伐。长主自伐滋甚，每有所求，上不复与。长主怨望，愈出丑言，上怒，欲废。皇后曰："微长公主弗及此，忘德弗祥，且容之。"乃止。然皇后宠遂衰，骄妒滋甚。女巫楚服自言有术，能令上意回。昼夜祭祀，合药服之。巫著男子衣冠帻带，素与皇后寝居，相爱若夫妇。上闻，穷治侍御，巫与后诸妖蛊咒诅(《四库》本作"咀")，女而男淫，皆伏辜，废皇后，处长门宫。后虽废，供养如法，长门无异其宫

① 商务印书馆1939年版《丛书集成初编》本《续谈助》将周亚夫条和董仲舒条二条合为一条，误。

② 〔明〕陆楫编：《古今说海》，上海文艺出版社1989年据集成图书公司1909年版影印本，以下引用该书原文均据此版本。

也。长主以宿恩，犹自亲近。后置酒主家，见所幸董偃，上为之起。偃能自媚于上，贵宠，闻于天下，尝宴饮宣室，引公主及偃。东方朔、司马相如等并谏上，不听。偃既富于财，淫于他色，与主渐疏。主怒，因闭于内，不复听交游。上闻之，赐偃死，后卒，与公主合葬。（明陆楫编《古今说海》卷一一七《汉武故事》）

3. 上愈益想之，乃作赋曰："美联娟以修嫮兮，命夭绝而弗长；饰庄宫以延伫兮，泯不归乎故乡。惨郁郁其闷感兮，处幽隐而怀伤。税余马于上椒兮，掩修夜之不阳。"云云。少翁者，诸方皆验，唯祭太乙积年无应，上怒诛之。文成被诛，后月余，使者籍资从关东还，逢于渭亭，谓使者曰："为吾谢上，不能忍少日而败大事乎？上好自爱，后四十年，求我于蓬山。方将共事，不相怨也。"于是上大悔，复征诸方士。（明陆楫编《古今说海》卷一一七《汉武故事》。《四库》本《汉武故事》同。）

4. 弘（剑锋按，指公孙弘）谓其子曰："吾年已八十余，陛下擢为宰相，士犹为知己死，况不世之君乎？今陛下微行不已，社稷必危，吾虽不逮史鱼，冀万一能以尸谏。"（本节在鲁迅所辑"上微行"一节"上弗从"与"因自杀"之间。明陆楫编《古今说海》卷一一七《汉武故事》。《四库》本《汉武故事》同。）

5. 于上林凿昆明池，又起柏梁台以处神君。神君者，长陵女子也，先嫁为人妻，生一男，数岁死；女子悲哀悼痛（"四"字，《四库》本作"悲痛"）之，亦死。死而有灵，其姒宛若（宛若，姒之名也）祀之。遂关（通也）言语，说人家小事，颇有验。上遂祠神君，请术。初，霍去病微时，数自祷于神君，神君乃见其形。自修饰，欲与去病交接，去病不肯，乃责之曰："吾以神君清洁，故斋戒祈福，今觋（《四库》本作"规"）欲为淫，此非神明也。"因绝，不复往，神君亦惭。及去病疾笃，上令为祷于神君，神君曰："霍将军精气少，寿命弗长，吾尝欲以太一精补之，可以延年。霍将军不晓此意，遂见断绝。今病必死，非（《四库》本作"不"）可救也。"去病竟薨。上造神君请术，行之有效，大抵不异容成也。神君以道授宛若，亦晓其术，年百余岁，貌有少容。卫太子未败一年，神君亡去，自柏台烧后，神稍衰。东方朔娶宛若为小妻，生三子，与朔同日死。时人疑化去，未死也。自后贵人公主慕其术，专为淫乱，大者抵

罪，或夭死，无复验云。（明陆楫编《古今说海》卷一一七《汉武故事》）①

6. 乐成侯上书言："方士栾大，胶东人，故曾与文成侯同师。"上召见，大悦。大乃敢为大言，处之无疑。上乃封为乐通侯，赐甲第僮奴千人，乘舆车马、帷幄器物，以充其家。又以女公主妻之，送金千斤，更号当利公主，连年妖妄滋甚而不效，上怒，收大，腰斩之。（明陆楫编《古今说海》卷一一七《汉武故事》。《四库》本《汉武故事》同。）

7. 上愈恨，召朔问其道，朔曰：陛下自当知。上以其神人，不敢逼也。乃出宫女希幸御者二十人以赐之，朔与行道，女子并年百岁而死。惟一女子，长陵徐氏，号仪君，善传朔术，至今上元延中已百三十七岁矣，视之如童女。诸侯贵人更迎致之，问其道术，善行交接之道，无他法也。受道者皆与之通，或传世淫之，陈盛父子皆与之行道。京中好淫乱者争就之。翟丞相奏坏风俗，请戮尤乱甚者。今上弗听，乃徙女子于炖（四库本作"燉"）煌。后遂沦没（"沦没"，四库本作"入胡"），不知所终。（明陆楫编《古今说海》卷一一七《汉武故事》。《四库》本《汉武故事》同。）

8. 筑通天台于甘泉，去地百余丈，望云雨悉在其下，望见长安城。武帝时祭泰乙，上通天台，舞八岁童女三百人，祠祀招仙人祭泰乙，云：令人升通天台，以候天神。天神既下祭所，若大流星，乃举烽火而就竹宫望拜。上有承露盘，仙人掌擎玉杯，以承云表之露。元凤间，自毁椽桷，皆化为龙凤从风雨飞去。（此条归属鲁迅所辑"上于长安作飞帘观"条。《三辅黄图》卷五引作《汉武故事》。）②

9.《汉武故事》曰：帝作铜承露盘，上有仙人，掌擎玉盘，以承云表

---

① 按，此条鲁迅辑自《太平御览》卷九八一、九五四、七三九和《续谈助》，又见《太平广记》卷二九一、《史记正义》卷一二等，然文字皆有疏漏，故重加辑录。"遂关言语"至"请术"，《太平广记》作："遂闻言，宛若为主。民人多往请福，说人家小事，颇有验。平原君亦事之。其后，子孙尊显，以为神君力，益尊贵。武帝即位，太后迎于宫中祭之，闻其言，不见其人。至是，神君求出，乃营柏梁台舍之。"

② 此条又见宋王应麟撰《玉海》卷一二六、明陈耀文撰《天中记》卷一五、顾炎武撰《历代帝王宅京记》卷六、毕沅撰《关中胜迹图志》卷二六等。《玉海》所引意思略异，作："筑通天台，去地百余丈，望云雨悉在其下，去长安三百里，望见长安城，黄帝以来祭天圜丘处，武帝祭太一，上通天台，舞八岁童女三百人，置祠祀，招仙人，祭太乙，令人升通天台以候天神，天神既下祭所，若大流星，乃举烽火而就竹宫望拜，上有承露仙人，掌擎玉杯，承云表之露。（《汉武故事》又有通天宫。）"《太平寰宇记》卷三一引作《汉旧仪》。

之露，于其旁生芝草，九茎，茎如金叶，朱实，夜中有光。上嘉之。（宋吴淑撰《事类赋》卷三）

10. 率使宦者妇人分属，或以为仆射。大者领四五百，小者领一二百人，常被幸御者辄注其籍，增其俸秩，比六百石。宫人既多，极被幸者数年一再遇，挟妇人媚术者甚众，选二百人，常从幸郡国，载之后车。（明陆楫编《古今说海》卷一一七《汉武故事》。《四库》本《汉武故事》同。鲁迅所辑"上于长安作飞帘观"条"建章、未央、长安三宫，皆辇道相属"之后多出此条，后九字鲁迅已辑。）

11. 光泣顿首曰："陛下尚康豫，岂有此邪？"上曰："吾病甚，公不知耳。"（明陆楫编《古今说海》卷一一七《汉武故事》。《四库》本《汉武故事》同。鲁迅所辑"行幸五柞宫"条"公善辅之"之后无此条。）

12. 张宽，字叔文，汉时为侍中，从祀于甘泉，至渭桥，有女子浴于渭水，乳长七尺。上怪其异，遣问之，女曰："帝后第七车，知我所来。"时宽在第七车，对曰："天星。主祭祀者斋戒不严，即女人星见。"（出《汉武故事》）（《太平广记》卷一六一。按，此条又见明何良俊撰《语林》卷二一"捷悟第十三"、《御定渊鉴类函》卷四"天部四"，文字稍异。）

13. 帝行幸河东，祠后土，顾视帝京忻然，中流与群臣饮燕，帝欢甚，乃自作《秋风辞》。（《乐府诗集》卷八四。按此条当为鲁辑"上幸河东"条概括之语。）

14. 汉（《四库》本《北堂书钞》引作"秦"）有三（"三"，《太平御览》卷八八引作"六"）七之厄。（唐虞世南撰《北堂书钞》卷四二）

15. 河间王来朝，与言鬼神，王笑上无端，又非上征伐，常陋上所为，上遣医持药酖之。王贤明，天下悲之，上秘其事，厚葬之。（宋曾慥编《类说》卷二一引《汉武帝故事》"河间王笑上无端"条）

16. 帝作金茎擎玉杯，以承云表之露，拟和玉屑，服之以求仙。又建章宫（三字依《锦绣万花谷后集》卷二补、《绀珠集》卷九引作"上于未央宫"）作铜承露盘，上有仙人掌，以承露也。（《太平御览》卷一二）①

17. 元狩三年，穿昆明池底，得黑灰，帝问东方朔，朔曰："可问西域

---

① 此条鲁迅依据宋朱胜非《绀珠集》卷九、《太平御览》卷一二、卷七五九、《初学记》卷二等辑录，文意有出入，试比较："上于未央宫，以铜作承露盘，仙人掌擎玉杯，以取云表之露，拟和玉屑，服以求仙。"

道人。”(宋王楙撰《野客丛书》卷一○。此条又见宋罗璧撰《识遗》卷六、《说郛》卷一七下。)

18. 朔死乘云飞去，仰望大雾望之，不知所在。朔在汉朝，天上无岁星。(唐瞿昙悉达撰《唐开元占经》卷二三)①

19. 颜驷不知何许人，汉文帝时为郎，至武帝辇过郎署，见驷龙眉皓发。上问曰：“叟何时为郎，何其老也?”答曰：“臣文帝时为郎，文帝好文而臣好武；至景帝好美，而臣貌丑；陛下即位，好少而臣已老。是以三世不遇，故老于郎署。上感其言，擢拜会稽都尉。(《文选》卷一五李善注张衡《思玄赋》引《汉武故事》)

20. 帝于甘泉作储胥观，以避暑。(隋杜公瞻撰《编珠》卷二)

21. 上起神室，铸银为壁。(隋杜公瞻撰《编珠》卷二)

22. 害虐烝民，民不胜痛。(《北堂书钞》卷四一，又《御定渊鉴类函》卷一三一)

又有误引者十条如下：

1. 清毕沅《关中胜迹图志》卷六、清《陕西通志》卷七三引《汉武故事》云：“上林苑蒯池生蒯草，以织席。”此条内容实出《三辅黄图》卷四，宋毛晃增注、毛居正重增《增修互注礼部韵略》卷四，元黄公绍原编、熊忠举要《古今韵会举要》卷二○，明乐韶凤等撰《洪武正韵》卷一一，明杨慎撰《古音附录》引作《三辅黄图》，文字略异。

2. 明徐应秋撰《玉芝堂谈荟》卷一三、明顾起元撰《说略》卷一九引《汉武故事》云：“水木之精如老翁(《说略》无‘如老翁’三字)，长八九寸，名藻廉。”此条《太平广记》一一八，《太平御览》卷二二、卷八八六引作《幽明录》，又见任昉《述异记》。

3. 宋王益之撰《西汉年纪》卷一七云：“太子兵败，南奔覆盎城门。”注云“汉武故事”，“汉武故事”，此处当是指汉武掌故。

4. 明陈耀文撰《天中记》卷二云：“西王母曰：东方朔为太山仙官，太上使至方丈，勅三天司命，朔但务山水游戏，擅弄雷电，激波扬风，致令蛟螈陆行，山崩海竭。太上谪斥，使在人间。”注云出《汉武故事》，误，实出《汉武内传》。

① 本条《艺文类聚》卷二、《太平御览》卷一五并引作《汉武帝内传》，亦见今本《汉武帝内传》，“望之”皆作“覆之”。

5. 清陈元龙撰《格致镜原》卷一九："汉武故事：太液池西有汉武帝曝衣楼，七月七夕宫女出后衣曝之。""汉武故事"，此处当是指汉武掌故。此条《白孔六帖》卷四引作《景龙记》，《记纂渊海》卷二引作《汉史》。

6. 清沈自南撰《艺林汇考称号篇》卷二引《汉武故事》云："西王母授汉武帝五岳真形图，帝拜受俱毕。王母命侍女曰：'四非答哥。'哥毕，乃告帝从者姓名，及冠带执佩物名，所以得知而记焉。"此条实出《汉武内传》：《太平广记》卷三、元陶宗仪撰《说郛》卷一一一上、《四库全书总目》卷一二六《言鲭》提要引作《汉武内传》。文字有出入，如《太平广记》云："王母因授以五岳真形图，帝拜受俱毕。夫人自弹云林之璈、歌步玄之曲，王母命侍女曰：'四非答哥。'哥毕，乃告帝从者姓名，及冠带执佩物名，所以得知而纪焉。"

7. 《御定渊鉴类函》卷三九九引《汉武故事》云："汉武初修上林苑，群臣远方各献名果，有缃核桃、紫文桃、霜桃、金城桃。"本条实际出《西京杂记》。

8. 《御定骈字类编》卷〇一七："汉武故事：帝作昆明池以习水战，中有楼船百艘。"同书卷二二一又引作《三辅黄图》，《事类赋注》等引作《三辅黄图》，是。

9. 《广东通志》卷五二引《汉武故事》："元封中，起方山馆，招诸灵异，烧天下异香，有沈光香、祇精香、明庭香、金磾香，皆外国所贡。"本条实际出《汉武帝洞冥记》卷二。

10. 宋潘自牧撰《记纂渊海》卷六四引《汉武故事》云："李果为洛阳令公正，吏民畏之。有刘兼者夜宿村邸，闻户外曰：古今正人李令，见其行事令人破胆，我辈可于他县血食。开户视之无人，乃鬼神也。"本条实出《开元天宝遗事》卷三。

二、《汉武内传》

《汉武内传》，亦记孝武初生至崩葬逸事，而尤详于王母降临一事。《隋书·经籍志》杂传类、《遂初堂书目》杂传类、《宋史·艺文志》传记类、晁公武《郡斋读书志》卷二下传记类等皆题作《汉武内传》；《隋书》著录为三卷，其他皆著录为二卷，皆不题撰人。《旧唐书·经籍志》和

《新唐书·艺文志》题作《汉武帝传》，二卷，亦不题撰人；旧《唐志》入史部杂传类，新《唐志》入子部道家类。明《天一阁书目》著录有"《汉武帝内外传》二卷，绵纸蓝丝阑抄本"。[①] 明《世善堂藏书目录》著录"《汉武帝外传》一卷《内传》一卷"。[②]《汉武帝外传》有《正统道藏》洞真部记传类本，首云"武帝既闻王母至言"云云，接续《汉武内传》所述；然其内容又多见于《汉武故事》、《神仙传》等书，故当自《汉武内传》或者《汉武故事》中析出者。又明末徐㶿《徐氏家藏书目》著录"《汉武帝内外传》三卷"，[③]内容不详。

关于《汉武内传》的作者有班固、葛洪诸说。

《汉武内传》明清诸本多题作班固撰，不知何据。明道士白云霁《道藏目录详注》卷一题作"东方朔述"，亦不知何据。鲁迅《中国小说史略》以为其文繁丽而浮浅，多用佛家语，又有《十洲记》及《汉武故事》中语，推知较二书为后出；因宋时尚不题撰人，至明乃并《汉武故事》皆称班固作，视为依托之作。

晁载之《续谈助》卷一引唐人张柬之《洞冥记跋》语为据，以为葛洪所撰。孙诒让《札迻》卷一一据《〈西京杂记〉序》"洪家复有《汉武帝禁中起居注》一卷、《汉武故事》二卷"等语，以及《抱朴子·论仙》所引《禁中起居注》李少君事与今本《汉武内传》同，断定《汉武内传》即《汉武帝禁中起居注》，为葛洪依托之作。余嘉锡《四库提要辨证》卷一八从其说，复增例证云："日本人藤原佐世《见在书目》杂传内，有《汉武内传》二卷，注云：'葛洪撰'。佐世书著于中国唐昭宗时，是必唐以前目录书有题葛洪撰者，乃得据以著录。是则张柬之之言，不为单文孤证矣。"[④] 然姚振宗《隋书经籍志考证》卷二〇云："葛稚川《〈西京杂记〉序》末云：'洪家洪家复有《汉武帝禁中起居注》一卷、《汉武故事》二卷，世人希有

① 〔明〕范钦藏、〔清〕范邦甸等编：《天一阁书目》，扬州阮氏文选楼嘉庆十三年(1808)刻本；据林夕主编《中国著名藏书家书目汇刊》第三册，第151页，商务印书馆2005年影印本。

② 〔明〕陈第藏并撰：《世善堂藏书目录》，长塘鲍氏乾隆十六年(1795年)刻本；据林夕主编《中国著名藏书家书目汇刊》第八册，第284页，商务印书馆2005年影印本。

③ 〔明〕徐㶿：《徐氏家藏书目》，刘氏味经书屋道光七年(1827年)抄本；据林夕主编《中国著名藏书家书目汇刊》第十册，第161页，商务印书馆2005年影印本。

④ 余嘉锡：《四库提要辨证》下册，第958页，昆明，云南人民出版社，2004。

之者云云。'殆因是而误记欤?"[①]指出《〈西京杂记〉序》本未提到《汉武内传》,晁载之可能误把葛洪序文中所云"《汉武故事》"等记成"《汉武内传》"了。

关于《汉武内传》的成书时间也颇多猜测,略有四说。一是唐代说。《续谈助》卷四所载《汉武帝内传》录有唐代天宝年间道士王游岩的跋语,编者晁载之推断云:"此书游岩之徒所撰也。"[②]《玉海》卷五八引《中兴书目》云其所"载西王母事后有淮南王、公孙卿、稷丘君八事,乃唐终南玄都道士游岩所附"。宋人张淏撰《云谷杂纪》卷二载:"韩子苍云:'《汉武内传》,予反复读之,盖依仿《武帝故事》而增加之,唐时道家者流所为也。盖当开元、天宝时,玄宗好长生,崇道术,其徒恐玄宗谓武帝求仙不效,故为此书实之耳。'子苍所言非也。《隋经籍志》:《汉武帝故事》二卷外,别有《内传》三卷。颜真卿《东方朔画赞、碑阴记》云,事迹则载在《太史公书》、《汉书》、《风俗通》、《武帝内传》。则《内传》其来久矣,岂玄宗时依仿故事而为哉?盖子苍但见后有淮南王、孙卿、稷丘君事,便谓此书出于后人,殊不知淮南等事,自是唐道士王游岩所附也。"[③]二是齐梁说。胡应麟《少室山房笔丛·四部证讹下》以为"齐、梁间好事者为之"。[④] 三是魏晋说。《四库全书总目》该书提要论证云:"其文排偶华丽,与王嘉《拾遗记》、陶宏景《真诰》体格相同。考徐陵《玉台新咏序》有'灵飞六甲,高擅玉函'之句,实用此《传》'六甲灵飞十二事'、'封以白玉函'语,则其伪在齐、梁以前。又考郭璞《游仙诗》,有'汉武非仙才'句,与《传》中王母所云'殆恐非仙才'语相合。葛洪《神仙传》所载孔元方告冯遇语,与《传》中称'受之者四十年传一人,无其人,八十年可顿授二人,非其人谓之泄天道,得其人不传是谓蔽天宝'云云相合。张华《博物志》载汉武帝好道,西王母七月七日漏七刻乘紫云车来云云,与此传亦合。今本《博物志》虽真伪相参,不足为证。而李善注《文选·洛神赋》已引《博物志》此语,足信为张华之旧文,其殆魏、晋间文士所为乎?"钱熙祚《守山阁丛书·汉武帝内传校勘记》也

---

① 《二十五史补编》第4册,第5372页,北京,中华书局,1956。

② 〔宋〕晁载之:《续谈助》,第76页,商务印书馆1939年版《丛书集成初编》本。

③ 〔宋〕张淏撰、张宗祥校录:《云谷杂记》,第22页,北京,中华书局,1958。

④ 〔明〕胡应麟:《少室山房笔丛》,第417页,北京,中华书局,1958。

以为“东晋以后，浮华之士”所造。① 周中孚《郑堂读书记》卷六六也说：“今证以诸书所引，其书盖出于魏、晋之间。”②今人李剑国《唐前志怪小说史》第三章则以为“可能是东汉末至曹魏间作品”③。日本学者小南一郎在《中国的神话传说与古小说·〈汉武帝内传〉的形成》（孙昌武译，中华书局 1993 年版）中分析指出《汉武帝内传》与上清派道士之间有密切关系，台湾地区学者李丰楙进而论证《汉武帝内传》乃是东晋末年上清派道士王灵期所造。④ 四是北魏说。王青在《〈汉武帝内传〉研究》一文中论证后说：“有明确的记载表明，《汉武帝内传》在唐初曾在终南山亦即楼观道的大本营中流传，且由其中的道士写过跋语；《内传》所提到或受影响的经籍几乎都曾为楼观道道士所掌握，……楼观道与此书关系十分密切，可能是它的最后编写者。至于楼观道是在什么时候拥有上清派人士所作的《汉武帝内传》的呢？最大的可能是在北魏的后期。这时期，上清派道士焦旷活动在华山等地，带去了很多经籍，可能包括《汉武帝内传》，自此之后，此书即在楼观道中流传，并经过了他们的增补。”⑤

今存《汉武内传》版本，题或作《武帝内传》、《汉武帝传》、《汉孝武内传》等；有《道藏》本和《广汉魏丛书》本两个版本系统，其中以《道藏》本最为完整，题作《汉武帝内传》，《道藏举要》录此本；清人钱熙祚《守山阁丛书》本（《丛书集成初编》本、上海古籍出版社 1999 年版《汉魏六朝笔记小说大观》本据此排印）即出此本，并附录校勘记和八则佚文。《广汉魏丛书》本系从《太平广记》卷三辑录，《说郛》本、《五朝小说》本、《增订汉魏丛书》本、《龙威秘书》本、《墨海金壶》本等皆为此本。又《续谈助》卷四录佚文六则；孙诒让《札迻》卷一一校订钱熙祚本四条。法国汉学家施舟人（Kristofer M. Schipper）有 1965 年法译本，Thomas Smith 有 1992 年英文译本。

---

① 《丛书集成初编》第 3436 册《汉武帝内传》，第 37 页，北京，中华书局，1985。

② 〔清〕周中孚：《郑堂读书记》，第 328 页，北京，中华书局，1993。

③ 李剑国：《唐前志怪小说史》（修订本），第 199 页，天津，天津教育出版社，2005。

④ 李丰楙：《六朝隋唐仙道类小说研究》，台北：台湾学生书局，1986。

⑤ 载《文献》1998 年第 1 期。

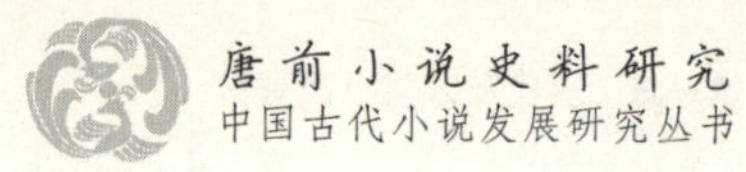

附：郭宪《洞冥记》

记述汉武帝神仙异事的小说还有郭宪《洞冥记》，作者郭宪，字子横，东汉汝南宋（今安徽太和）人。王莽新朝不仕，隐于海滨；汉光武拜为博士，后迁光禄勋。为人刚直，好方术。《后汉书》卷八二上《方术列传》有传，其生平资料又散见《后汉书》卷二七《杜林传》、《三国志·魏书·王修传》裴松之注引《汉晋春秋》。《洞冥记》又称《汉武洞冥记》、《汉武帝别国洞冥记》、《汉武帝列国洞冥记》、《汉别国洞冥记》、《别国洞冥记》，其中关于武帝与东方朔的故事为他书所不载，对远国遐方的珍奇异物和风俗人情的描述，明显受《山海经》影响。文字靡丽修饰，不复《山海经》简古旧貌。《隋书·经籍志》杂传类著录一卷，题郭氏撰；刘知幾《史通》卷一〇《杂述》始称"郭子横《洞冥》"[①]，两《唐志》分别于杂传类和道家类著录为四卷，题郭宪撰。宋陈振孙的《直斋书录解题》始列入小说家类。明代以来，胡应麟、纪昀、余嘉锡、王国良等都怀疑《洞冥记》是六朝时的作品，非郭宪之作，但证据不足。今传版本众多，[②]有《顾氏文房小说》本、《古今逸史》本、《汉魏丛书》本、《四库全书》本、《龙威秘书》本、《说库》本、《丛书集成初编》本、《诸子集成补编》本（四川人民出版社 1997 年版）、《汉魏六朝笔记小说大观》本（上海古籍出版社 1999 年版）等，皆作四卷六十条。唯陈继儒《宝颜堂秘笈》本、《续谈助》本为一卷，前者条目与通行本相同，后者条目与文句多与通行本相异。此外尚有节抄本如《类说》本、《五朝小说》本、《旧小说》本等。明董斯张《广博物志》卷三七引《洞冥记》佚文云："汉武时，西域献蛱蝶罗，日本国贡麒麟锦，金花眩人眼目。"[③]不知缘何记日本事，录此备考。王国良《汉武帝洞冥记研究》（台北：文史哲出版社 1989 年版）上编考其作者、书名及卷本、内容和影响；下编校释《顾氏文房小说》本《洞冥记》四卷，并附录佚文十八条如下：

---

① 张振佩笺注：《〈史通〉笺注》，第 362 页，贵阳，贵州人民出版社，1985。

②《中国丛书综录》（二），中华书局 1961 年版，收录二十三种版本（含选本）。

③ 按清《御定佩文韵府》卷二一之一、《御定骈字类编》卷七三谓"汉武故事：日（一作曰）本献麒麟锦十端，金花眩人眼目。"清《御定渊鉴类函》卷三六五谓出《汉武内传》。清陈元龙撰《格致镜原》卷二七布帛类"锦"谓出元人《韵府续编》，文作："汉武帝时，日本贡麒麟锦十端，金花眩目。"此外不见更早引录。据此，本条当出《韵府续编》，后人不审，遂依"汉武帝时"之语，讹为《汉武内传》等书。

1. 东方朔母田氏寡，梦太白星临其上，因有娠。田氏叹曰："无夫而孕，人得弃我。"乃移向代郡之东方里，五月旦（"旦"据《太平御览》卷三六〇、《路史后纪》卷五补）生朔，仍以所居为姓，朔为名（三字据《太平御览》卷三六〇补）。（《太平御览》卷二二）

2. 帝初起神明台，时掘地入三十丈，得泉水，色黄。傍有人居，无日月光明，昼夜以火照。中有人，食土饮水，服赭布之衣。汉人问："汝何时居此？"答曰："商王无道，使兆民入地千丈，求青坚之土，以作瓦，起瑶宫金堂。二人皆以绳縋入地，裹负畚器取土，多有压陷死者。今犹二人在耳。"汉人问："何得独存？"答曰："我以玉为衣抉，金为环。身有金玉，故心气不灭。"汉人问："汝欲更出为人否？"答曰："食土饮泉，与蝼蚁为伍，宁望日月乎？"乃引出，三日自死。骨肉靡靡成灰，唯心如弹丸大，坚如石，以物扣之，则是干血耳。（《太平御览》卷一七八）

3. 元狩三年，帝复起陵霞观。去地九十丈，累白玉为壁，以八分篆写羲皇以来迄周成王封禅之事。所谓事登壁间，盖帝王之本绩也。（《太平御览》卷一八七）

4. 元狩四年，将夕，有黄发叟怀内探径尺玉，以授帝。帝以玉还宝库，即龙玉也。（《太平御览》卷一九一）

5. 北有溃阳之山。有兔如鼠，能飞，毛色光如漆，以脑和丹，食则不死。帝使放兔于昭祥苑，苑在甘泉宫西，周千里，万国献异物，皆集此中。（《太平御览》卷一九六）

6. 寒青之国，其国人皆以鸟为衣。其地多霜雪，阴翳，忽见日从南方出，则百兽皆鸣，国俗以为祥异。有蚕，色青，长一丈，亦曰青蚕。绩其丝，大如指，一丝可羁绊牛马。国人常以十丈充黄门之厩，以拘马也。巨象、师子，帝令以此一丝系之。（《太平御览》卷八二五）

7. 青豹，出浪坂之山。状如虎，色如翠。杀之为脯，食之不饥。（《太平御览》卷八九二）

8. 毕勒国有小马如驹，日行千里，毛垂至地。东王公常骑此马，朝发汤泉，夕饮虞渊，一日一夕，往返七八度。亦言马毛长，于空中自放，则吹之或东或西也。（《太平御览》卷八九七）

9. 修弥国有马，如龙，腾虚逐日，两足倚行；或藏形于空中，唯闻声耳。时得天马汗血，是其类也。（《太平御览》卷八九七、《事类赋》卷

二一)①

10. 修弥国多神马骡驴。驴高十丈，毛色皎然，能行水上。有两翼，或飞于海上。常与牝马合，则生神骡。(《太平御览》卷九〇一)

11. 蛇玑，出塗云国。有青灵蛇，产珠，色光白，如琼琰之类。(《太平御览》卷九三四、《事类赋》卷二八)

12. 磅山之北有穴，穴上有柏。昔李少翁于阆阴移来此穴，种此柏，已见扶桑三枯，海水涸竭。帝觉，遣人往穴掘，不见其棺，惟见赤燕飞翻入云。移柏，植于通灵台。(《太平御览》卷九四五)

13. 薰木，鲜祗所献，色如玉而质轻。泛之昆卢池为舟，烂则沉矣。碎其屑，气闻数百里。气之所至，毒疫皆除。(《太平御览》卷九八二)

14. 武帝坐温室小殿，有一童女，玉色，服青衣，缘琐窗而入，跪于帝前曰:"后土之尊，使臣送瑶符于陛下。"符文曰:"彻德宜封"②。帝乃议封禅之事。(《类说》卷五)

15. 沈光香，塗魂国贡。门中烧之有光，而坚实难碎。太医以铁杵舂如粉而烧之。(《香谱》卷上)③

16. 祇精香，塗魂国贡。烧此香，魑魅精祇皆畏避。(《香谱》卷上)

17. 薰肌香，用薰人肌骨，至老不病。(《香谱》卷上)

18. 金磾香。金日磾既入侍，欲衣服香洁，变胡虏之气，自合此香。帝果悦之。日磾尝以自薰宫人以见者，以增其媚。(《香谱》卷上)

---

① 〔宋〕吴淑:《事类赋》，台湾新兴书局影印明锡山华氏本。

② 〔宋〕曾慥辑:《类说》，文学古籍刊行社1955年影印明天启刻本。"彻德"，《四库》本作"帝德"。

③ 本条及其下三条并据旧题宋洪刍撰《香谱》，《百川学海》本。《学津讨原》本、《文渊阁四库全书》本"金磾香"条文字小异，如后者"变胡虏之气"作"得氤氲之气"，当是避清廷忌讳而改。

第二章
汉末魏晋小说史料

第一节 建安小说《风俗通义》与《列异传》

建安时期，上层文人比较重视小说。《三国志》卷二一《王粲传》注引《魏略》记载著名小说家邯郸淳去拜访曹植："时天暑热，植因呼常从取水，自澡讫，傅粉，遂科头拍袒，胡舞五椎锻，跳丸、击剑，诵俳优小说数千言。"①足见曹植十分熟悉小说。刘勰《文心雕龙·谐隐篇》云："魏文因俳说以著笑书。"②邯郸淳《笑林》曾记载过一则"某甲夜暴疾"的笑话，孔融听了评论说："责人当以方也。"看来，曹丕、孔融对笑话类小说也很有兴趣。

汉末建安时期流传至今的著名小说有三种：应劭《风俗通义》、邯郸淳《笑林》和曹丕《列异传》。今将《风俗通义》和《列异传》两种史料情况分述如下。

一、《风俗通义》

《风俗通义》，撰者应劭（约 153—196 年），字仲远，一字仲瑗、仲援，汝南郡南顿县（今河南项城）人。曾任萧县

---

① 〔晋〕陈寿：《三国志》第三册，第 603 页，北京，中华书局，1982。

② 陆侃如、牟世金：《〈文心雕龙〉译注》，第 230 页，济南，齐鲁书社，1995。

县令、泰山太守等职，《后汉书》卷四八有传。《三国志·魏书·王粲传》裴松之注引华峤《汉书》曰："劭字仲远，亦博学多识，尤好事。诸所撰述《风俗通》等，凡百余篇，辞虽不典，世服其博闻。"①除著《风俗通义》外，据《三国志·魏书·王粲传》裴松之注引《续汉书》曰："又著《中汉辑叙》、《汉官仪》及《礼仪故事》，凡十一种，百三十六卷。朝廷制度，百官仪式，所以不亡者，由劭记之。"②并曾集解《汉书》。其生平事迹可参看曹道衡、沈玉成《中古文学史料丛考》"应劭事迹"等条。③

《风俗通义》又称《风俗通》。其创作宗旨是"言通于流俗之过谬，而事该之以义理也"(《〈风俗通义〉序》)，即"用封建正统思想来整齐风俗，使上下之心'咸归于正'"④。王利器以为用"通"称呼书名与汉儒将"通"用作训释术语有关，其言曰：

> 《风俗通义》之称《风俗通》，《四库提要》谓："不知何以删去'义'字，或流俗省文，如《白虎通义》之称《白虎通》，史家因之欤？"器案：华峤、范晔俱称《风俗通》，刘昭补注《续汉书》，裴松之注《三国志》，亦称《风俗通》，"补注"且于《五行志》卷五引《风俗通》曰："劭故往观之，何在其有人也？……劭又通之曰云云。"又引《风俗通》曰："'光和四年四月，南宫中黄门寺有一男子长九尺'云云。臣昭注曰：'检观前通，各有未直。'"然则是劭自以"通"为言，而六朝承之也。洪迈尝据此书谓汉儒训释，有"通"之名，其说是矣而未尽也。应氏此书实已具"三通"之雏形，⑤而为后代"通书"之初祖，固非《白虎通》诸书之所可同日而语也。⑥

《风俗通义》的成书时间，清人桂馥认为是应劭"少年之作"(《晚学集》卷五《书〈风俗通义〉后》)，今人一般认为乃应劭后期所作。但具体成书时间，大致又有二说。一说认为成书于兴平元年(194年)以后，即离开泰山太守任、归袁绍之后，以王利器、吴树平为代表。如王利器云：

---

① 〔晋〕陈寿：《三国志》第三册，第601页，北京，中华书局，1982。

② 〔晋〕陈寿：《三国志》第三册，第601页，北京，中华书局，1982。

③ 曹道衡、沈玉成：《中古文学史料丛考》，第26～32页，北京，中华书局，2003。

④ 吴树平校释：《风俗通义校释·前言》，第2～3页，天津，天津人民出版社，1980。

⑤ 唐代杜佑的《通典》、北宋郑樵的《通志》和元代马端临的《文献通考》，史称"三通"。

⑥ 王利器校注：《〈风俗通义〉校注·叙例》，第2页，北京，中华书局，1981。

> 本书《正失篇》"封泰山禅梁父"条云："予以空伪，承乏东岳，忝素六载。"此为仲远行事见于本书最晚之年限。考本传，劭以中平六年拜太山太守，至兴平元年，弃官归袁绍，前后适为六载。则是书之成，当在归袁以后。同篇"彭城相袁元服"条，盛称袁氏"载德五世"，此亦归袁后之佞言也。又《续汉书·五行志》注引《风俗通》言："光和中……劭时为太尉议曹掾云云"，光和为汉灵帝中平前之年号，以光和纪元仅有七年，则劭之为太尉议曹掾，不过早于拜太山太守者十许年耳，亦不得谓之少年。①

吴树平之说见其《〈风俗通义〉杂考》一文，载《文史》1979年第7辑。一说以为其写作时间"约在献帝兴平初"（周祖谟《方言校笺序》），时在泰山太守任上。张可礼先生赞同此说，其论曰：

> 《风俗通义·正失》篇"封泰山禅梁父"条说："予以空伪，承乏东岳，忝素六载。"这是《风俗通义》一书中，应劭谈自己生平经历最晚的时间。据《后汉书》卷四十八《应劭传》，劭在中平六年，"拜太山太守"，中经初平前后四年，至兴平元年，"弃郡奔冀州袁绍"。从中平六年到兴平元年，前后正好"六载"，由此可知，《风俗通义》的成书不会早于兴平元年。又《意林》引《风俗通义·折当》篇载《目录》云："泰山太守臣劭再拜上书曰：'秦皇焚书坑儒，六艺缺亡；高祖受命，四海乂安，往往于壁柱石室之中，得其遗文，竹帛朽裂，残阙不备。至国家行事，俗间流语，莫能原察；故三代遣輶轩使者，经绝域，采方言，令人君不出户牖而知异俗之语耳。'"这段文字当是应劭《风俗通义》自叙的佚文。自叙一般都是作于全书写成时。自叙中有"泰山太守臣劭再拜上书"一句，据此可以确定，《风俗通义》当杀青于兴平元年。当时应劭仍在太山太守任上。②

此说得之。

《隋书·经籍志》子部杂家类著录云："《风俗通义》三十一卷，录一卷，应劭撰。梁三十卷。"

《旧唐书·经籍志下》丙部子录杂家类著录云："《风俗通义》三十

---

① 王利器校注：《〈风俗通义〉校注·叙例》，第2～3页，北京，中华书局，1981。

② 张可礼：《建安文学论稿》，第84～85页，济南，山东教育出版社，1986。

卷，应劭撰。”

《新唐书·艺文志三》丙部子录杂家类著录云：“应劭《风俗通义》三十卷。”

从上面著录来看，《风俗通义》很早就存在三十一卷和三十卷之分。南朝梁人庾仲容《子钞》选录了《风俗通义》大量文字，不注篇名，只注卷第，凡三十一卷；唐人马总《意林》卷四亦云：“《风俗通》三十一卷。”一般认为正文当为三十卷，多出的一卷当即“录一卷”。对于应劭《风俗通义》有注“录一卷”，学界有不同理解。吴树平《〈风俗通义〉杂考》一文认为“录”即为今天之序言，他说：“如果加上《录》即今本中的《序》全书则为三十一卷，三十一篇。”夏鼐《〈风俗通义〉小考》一文认为“录”当为我们今天意义上的“目录”，认为“录一卷”“似应作‘目录一卷’解”，[①]而非序言。程远芬《〈风俗通义〉序录的再探讨》从“录”这一名称历史内涵发展变化的角度出发，联系司马迁《太史公自序》和许慎《说文解字叙》等序文特点，论证认为：“《隋书·经籍志》所著录的‘录一卷’，应当是一篇自叙，它包括本书三十篇的篇目和应劭本人的序言，它既不是夏先生所说的索引式的目录，也不是吴先生所认为的一篇独立的单纯的序言，而是二者的有机结合。在汉代，正是这种结合体为著述家们所普遍采用。”[②]也就是说，“录”包括今天所谓的篇目和序言两个内容。

《风俗通义》在宋初《太平御览》中尚有大量征引，然不久即难见全帙。宋神宗年间苏颂校订为十卷，其篇目依次如下：《皇霸》、《正失》、《愆礼》、《过誉》、《十反》、《声音》、《穷通》、《祀典》、《神怪》、《山泽》。苏颂《苏魏公文集》卷六六《校风俗通义题序》又录《风俗通义》其余二十篇目如下：《心政》、《古制》、《阴教》、《辨惑》、《折当》、《恕度》、《嘉号》、《徽称》、《情遇》、《姓氏》、《讳篇》、《释忌》、《辑事》、《服妖》、《丧祭》、《宫室》、《市井》、《数纪》、《新秦》、《狱法》。苏颂所记篇名的次序与原本《风俗通义》不一致。王利器云：“苏颂又云：‘《子钞》但著卷第，凡三十一，而不记篇名，《意林》则存篇名，而无卷第，……而第八则篇名亦

① 夏鼐：《〈风俗通义〉小考》，载《文史》1990年第20辑。

② 程远芬：《〈风俗通义〉序录的再探讨》，载《图书馆理论与实践》2002年第6期。

亡。’则应氏书原本三十一卷也，其作二十卷者亦非矣。”①值得指出的是，《意林》所记篇名、庾仲容《子钞》摘录引文中所记卷次与苏颂所记者皆有差异，或者《意林》、《子钞》所记为《风俗通义》另外之古本。

今传《风俗通义》有四卷本和十卷本两个系统。

《风俗通义》四卷本系统仅见两种，一为明吴琯辑《古今逸史》刻本，只录《皇霸》、《声音》、《祀典》、《山泽》四卷；一为清汪士汉《秘书廿一种》刻本，后者出于前者。

《风俗通义》十卷本系统是通行版本系统，由苏颂校订的十卷本发展而来，其版本甚多。今传最早的为南宋嘉定十三年(1220年)东海丁黼刊本，今存卷四至卷一〇计七篇，北京大学图书馆藏；此本或以为是元刻残本。其次为元大德无锡州学刻本，北京图书馆藏；上海古籍出版社1990年影印本和国家图书馆出版社2007年版《中华再造善本》(一期)金元编子部本皆据元大德本复制；又有《四部丛刊》上海涵芬楼借印古里瞿氏铁琴铜剑楼藏元大德刊本，前有元大德丁未李果序，元谢居仁题跋、应劭序，正文之后列丁黼跋、清道光辛丑黄氏跋语；该本为明清以来版本之主要底本。明清以来版本甚多，如：

1. 《两京遗编》本，明胡维新辑，有明万历十年(1582年)刊本、1937年上海商务印书馆影印本。

2. 《汉魏丛书》本，明程荣辑，有明万历二十年(1592年)刻本。

3. 《格致丛书》本，明胡文焕辑，有明万历三十一年(1603年)胡氏文会堂刻本。

4. 《广汉魏丛书》本，明何允中辑，有清嘉庆刻本。

5. 《秘书九种》本，明钟惺评，有明万历金阊拥万堂刻本、日本万治三年(1660)书林中川藤四郎刻本等。

6. 《百家类纂》本，明沈津纂辑，隆庆元年(1567年)刊本。

7. 《百子类函》本，明叶向高选订，万历四十年(1612年)刊本。

8. 《诸子汇函》本，明归有光辑，万历中刻本。

9. 《诸子合雅》本，明万历中刻本。

10. 《古文奇赏》本，明万历中刻本。

---

① 王利器校注：《〈风俗通义〉校注·叙例》，第3页，中华书局，1981。

11. 《诸子拔萃》本，明李云翔评选，天启七年（1627 年）秣陵唐氏刻朱墨套印本。

12. 《增定汉魏六朝别解》本，明叶绍泰辑，崇祯十五年（1642 年）刊本。

13. 明天启六年（1626 年）郎壁金堂策槛刊本。

14. 《秘书廿一种》本，清汪士汉辑，清康熙刻本。

15. 清《四库全书》本。

16. 《增订汉魏丛书》本，清王谟辑，有清乾隆五十六年（1791 年）王氏刻本、清宣统三年（1911 年）上海大通书局石印本等。

17. 《子书百家》（又名《百子全书》）本，有清光绪元年（1875 年）湖北崇文书局刻本、上海扫叶山房 1919 年石印本等。

18. 《龙溪精舍丛书》，郑国勳辑，有 1917 年潮阳郑氏刻本。

19. 《四部备要》本，有 1936 年上海中华书局据《汉魏丛书》本铅印本。

20. 《丛书集成初编》第二百七十四册本，据《两京遗编》本影印。

21. 中法汉学研究所编《风俗通义附佚文·风俗通义通检》本，为中法汉学研究所通检丛刊之三，台北成文出版社 1968 年版；又有上海古籍出版社 1987 年版。该本据上海商务印书馆影印《四部丛刊》本排印；参酌严可均《全汉文》、卢文弨《群书拾补·风俗通义逸文》、张澍《补风俗通义姓氏篇》附录佚文六卷。

22. 《诸子集成补编》本，四川人民出版社 1997 年版。

又有明抄本，明刻单行本（如傅增湘藏嘉靖刊本《大德新刊校正风俗通义》①），清道光广州闻过斋本，皆藏于北京图书馆。

《风俗通义》佚文甚多，清人钱大昕辑得六百余条，“刊入《群书拾补》中”②，孙志祖、卢文弨也多作订补，其后张澍、缪荃荪、王仁俊、徐友兰、顾怀三、孙诒让等人又作编辑、补注和是正。③ 其所补文字多在《氏姓》篇，如张澍有《风俗通氏姓篇》，孙诒让《札迻》卷一〇在元大德刊本

---

① 傅增湘：《藏园群书经眼录》，中华书局 1983 年版，卷八子部二著录，称前有大德丁未李果序。

② 〔清〕钱大昕：《十驾斋养新录》卷一四，第 323 页，上海，上海书店，1983。

③ 孙启治、陈建华：《古佚书辑本目录》，中华书局 1997 年版，第 251 页至 252 页著录《风俗通义》佚文辑录本十二种。

和卢文弨《群书拾补》校基础上订正二十五条。

《风俗通义》今人整理本主要有三种：

1. 吴树平校释《〈风俗通义〉校释》，天津人民出版社 1980 年版。此校释本以北京图书馆收藏的元大德刻本为底本，参酌十余种晚出诸本和多种类书，详目见其《叙例》。其体例首列《叙例》，次校释正文，最后编排佚文、附录（包括七种序跋）、校释辑佚引用书目和简称、人名索引、引书索引，便于使用查核。其中佚文共辑录八百四十多条，按内容分为二十七类。

2. 王利器校注《〈风俗通义〉校注》，中华书局 1981 年版。其体例首列《叙例》，次列《应劭自序》，然后是正文十卷，正文之后按《风俗通义》篇目收佚文二十三题近九百条，最后附录三十五种：《范晔〈后汉书·应劭传〉》、《〈三国志·魏书·王粲传〉注引华峤〈后汉书〉》、《〈三国志·魏书·王粲传〉注引〈续汉书〉》、《晋书祖纳传》、《刘知幾〈史通·自叙篇〉》、《苏颂〈苏魏公文集校风俗通义题序〉》、《洪迈〈容斋五笔〉卷六"经解之名"》、《晁公武〈昭德先生郡斋读书志〉卷二"子类"》、《陈振孙〈直斋书录解题〉卷十》、《丁黼跋》、《李晦跋》、《谢居仁题辞》、《郎壁金序》、《朱君复〈诸子酌淑〉》、《方孝孺〈逊志斋集〉卷四〈读风俗通义〉》、《蔡仲光〈谦斋文集〉卷五〈读风俗通义〉》、《王铖〈读书蕞残〉》、《朱筠〈风俗通补逸题识〉》、《〈四库全书总目〉卷一百二十"子部"三十"杂家类"四〈风俗通义〉十卷〈附录〉一卷》、《〈四库全书简明目录〉卷十三"子部·杂家类"〈风俗通义〉十卷〈附录〉一卷》、《周广业〈意林注〉》、《钱大昕〈十驾斋养新录〉卷一四〈风俗通义〉》、《王鸣盛〈十七史商榷〉卷三十六〈风俗通〉》、《卢文弨〈群书拾补·风俗通义〉》、《桂馥〈晚学集〉卷五〈书风俗通后〉》、《周中孚〈郑堂读书记〉卷五十六〈风俗通义〉十卷》、《张澍〈养素堂文集〉卷三〈补风俗通姓氏篇序〉》、《黄廷鉴〈元大德本风俗通义跋〉》、《顾櫰三〈补辑风俗通义佚文自序〉》、《谭献〈复堂日记〉卷五》、《龚自珍〈最录汉官仪〉》、《陆心源〈仪顾堂集〉卷二〈风俗通义篇目考〉》、《蒋国榜〈补辑风俗通义佚文跋〉》、《刘咸炘〈旧书别录〉卷四乙二〈风俗通义〉》、《陈汉章〈风俗通姓氏篇校补叙〉》等。

3. 朱季海校笺《〈风俗通义〉校笺》，见王元化主编《学术集林》卷八，上海远东出版社 1996 年版。附录考订逸文十六条。

此外，有赵泓译《〈风俗通义〉全译》，贵州人民出版社1998年版。书末附列曾海龙注释《〈风俗通义〉佚文》，又附录《谢居仁题辞》、《李果题辞》、《丁黼跋》、《黄廷鉴跋》、《四库全书总目·风俗通义提要》、《校风俗通义题序》、《〈风俗通义〉篇目考》、《范晔〈后汉书·应劭传〉》等，可备参考。

《风俗通义》多有志怪内容，主要集中在《怪神》篇二十几个故事上。“其中有不少故事，不论在思想内容上，还是在艺术表现上，……和后来的一些志怪小说相比，并不逊色。”①它对《搜神记》等志怪小说产生了直接影响。如二十卷本《搜神记》卷一“王乔”条、卷三“臧仲英”条、“乔玄”条、卷四“灶神形见”条、卷九“冯绲”条、卷一六“西门亭鬼魅”条、卷一八“到伯夷”条等分别受惠于《风俗通义·正失》中的“叶令祠”、《怪神》中的“世间多有精物妖怪百端”、“世间人家多有见赤白光为变怪者”、《祀典》中的“灶神”、《怪神》中的“世间多有蛇做怪者”、“世间多有精物妖怪百端”等文字。②

二、《列异传》

《列异传》是魏晋时期第一部志怪小说，开此后志怪小说撰述之风气。

撰者曹丕（187—226年），字子桓，三国时沛国谯县（今安徽亳州市）人。曹操子，魏文帝。汉末建安著名作家，《三国志·魏书·文帝纪》有传。《隋书·经籍志》著录有集二十三卷，又有《典论》五卷等。已散佚。明代张溥辑有《魏文帝集》，收入《汉魏六朝百三家集》中。今人黄节有《魏文帝魏武帝诗注》，北京大学出版组1925年铅印，人民文学出版社1958年校正重排，改称《魏武帝魏文帝诗注》。又夏传才、唐绍忠有《曹丕集校注》（中州古籍出版社1992年版）。其生平资料除曹丕集整理本附录简谱外，还可参看陆侃如《中古文学系年》（人民文学出版社1985年版）、张可礼《三曹年谱》（齐鲁书社1983年版）、洪顺隆

① 张可礼：《建安文学论稿》，第86页，济南，山东教育出版社，1986。

② 按，此处参考了山东大学文史哲研究院2004届硕士研究生董焱论文《〈风俗通义〉文献与文学价值初探》第35～36页论述。“冯绲”、“到伯夷”二条未见诸书引作《搜神记》，可参李剑国《新辑〈搜神记〉·新辑〈搜神后记〉》第654页、第690页，北京，中华书局，2007。

《魏文帝曹丕年谱暨作品系年》(台湾“商务印书馆”1989 年版)、《三曹资料汇编》(中华书局 1980 年版)、刘知渐《建安文学编年史》(重庆出版社 1985 年版)等。

《列异传》最早著录于《隋书》卷三三《经籍志二》史部杂传类,云:“《列异传》三卷,魏文帝撰。”《隋志》杂传类小序云:“魏文帝又作《列异》,以序鬼物奇怪之事。”又《北堂书钞》卷一五八、《后汉书·光武帝纪》李贤注、《初学记》卷二六及二八、《太平御览》卷八八二等所引《列异传》(或作《列异记》)皆作魏文帝撰。宋郑樵《通志》卷六五《艺文略第三》云:“《列异传》三卷,魏文帝撰。”①明胡应麟《少室山房笔丛》卷三六《二酉缀遗(中)》称:“自汉人驾名东方朔作《神异经》,而魏文《列异传》继之。”②如此,则其作者为曹丕。然《旧唐书》卷四六《经籍志上》云:“《列异传》三卷,张华撰。”《新唐书》卷五九《艺文志》云:“张华《博物志》十卷,又《列异传》一卷。”宋王若钦《册府元龟》卷五五五:“张华撰《列异传》三卷。”③如此,则其作者为张华。清姚振宗《隋书经籍志考证》卷二〇解释云:“意张华续文帝书,而后人合之。”④李剑国先生认为“虽是揣测之辞,然观其佚文‘公孙达’、‘栾侯’、‘王臣’、‘王周南’、‘弦超’诸条,⑤事在甘露、景初、正始、嘉平中,皆为文帝身后事,若非引书误题书名,则姚说亦不谓无理。”⑥

《列异传》宋代之后已经亡佚。民国吴曾祺《旧小说·甲集》辑录佚文七条,其中“泰山黄原”一条本出《幽明录》。鲁迅《古小说钩沉》辑录五十条。《列异传》整理本主要有:(1) 郑学弢《〈列异传〉等五种》(文化艺术出版社 1988 年版)在鲁迅《古小说钩沉》五十条基础上,增补《艺文类聚》卷九二《鸟部下·鸳鸯》“韩冯夫妻”一条,计得五十一条,最为完备。此本正文后作简要注释,方便初学。(2) 李剑国《唐前志怪小说辑释》辑释《列异传》八条:“三王冢”、“望夫石”、“谈生”、“蒋济亡

---

① 〔宋〕郑樵:《通志》,第 780 页,北京,中华书局 1987 年影印《万有文库》十通本。

② 〔明〕胡应麟:《少室山房笔丛》,第 476 页,北京,中华书局,1958。

③ 〔宋〕王钦若等:《册府元龟》第二册,第 1562 页上,北京,中华书局 1989 年影印宋刻残本。

④ 《二十五史补编》第 4 册,第 5379 页,北京,中华书局,1956。

⑤ 按《唐前志怪小说史》(修订本)第 238 页核为九条,另四条是:“华歆”、“蒋济”、“傅尚书”和“鄱阳彭姓”。

⑥ 李剑国:《唐前志怪小说辑释》,第 139 页,上海,上海古籍出版社,1986。

儿”、“张奋宅”、“宋定伯”、“鲍宣”和“蔡支”。此八条先列注释，注释侧重校订异文；后列诸书与本条相关之资料，利于深入理解和进一步研究。①

《列异传》研究，有张可礼《建安文学论稿》第 90 页至第 97 页相关论述、李剑国《唐前志怪小说史》（修订本）第五章第一节、王国良《列异传研究》（台湾：《东吴文史学报》1988 年第 6 期）、张庆民等《〈列异传〉研究》（《河南教育学院学报》2003 年第 2 期）等论著。在研究中，曹丕为什么会撰述《列异传》是一个被关注的热点问题。研究者提到的原因主要有三：（1）为了显示自己博学多才。史书及《典论·自叙》等多次提到他博学多识。（2）虽然否定神仙之说，但喜闻鬼神怪异之事。曹氏父子曾招揽神仙方士，写作游仙诗。（3）追求不朽的人生价值观念驱使他著书立说。

王国良《〈列异传〉研究》就《列异传》撰者、卷本、内容、影响等有详略不等的考察，将其内容分为祠祀类、神术类、冥界类、鬼物类、精怪类、报应类和幽婚类等七类，还就鲁迅《古小说钩沉》本做了简明检讨。认为：“黄帝葬桥山”条，据南宋蜀刻本、明活字本和明万历倪氏刻本《太平御览》实际出《列仙传》；“鄱阳彭姓猎人”条，据《初学记》卷二九、《太平御览》卷九〇六、《太平广记》卷四四三实际出自《异苑》；二条应该删除。第二与第三等两则，第四与第五等两则，第十五、第十六与第十七等三则，第二十四与第二十五两则，第三十六与第三十七等两则，应合并。《太平御览》卷八八六引桂阳太守张辽（叔高）斫杀白头翁事，《艺文类聚》卷九二、《文选集注》卷九、《分门集注杜工部诗》卷九引韩冯夫妻化为鸳鸯事等二则应增补。②

今在鲁迅《古小说钩沉》本基础上辑佚四条：

1. 宋康王埋韩冯夫妻，宿夕文梓生，有鸳鸯，雌雄各一，恒栖树上，晨夕交颈，音声感人。（《艺文类聚》卷九二）

2. 汉宣帝祀五畤，时有赤光，长十余丈，从雉城来入祠中。（唐虞世南撰、明陈禹谟补注四库本《北堂书钞》卷八九“赤光入祠”条）③

---

① 此为《唐前志怪小说辑释》体例，下文转述辑释条目时不再说明。

② 王国良：《六朝志怪小说考论》，第 52～53 页，台北：文史哲出版社，1988。

③ 光绪十四年（1888 年）刊孔氏三十三万卷堂影钞本《北堂书钞》引作：“陈仓祠，时有赤光，长十余丈，从雉城来入陈仓祠中，有音声如雄雉。”如此，则此条与《艺文类聚》卷九〇、《太平御览》九一七所引《列异传》“陈仓祠”事当属同一条。

3. 桂阳太守张叔高，家居鄢陵，里中有树，大十围，遣客斫之，树大血出。客惊怖，叔高曰："树老汁赤耳。"斫之，血大流出，空处有一白头翁出走，高以刀斫杀之。所谓木石怪夔蝄蜽乎？（宋李昉等《太平御览》卷八八六）

4. 楚有铁柱。（明董说撰《七国考》卷四"秦殿"条云"见《列异传》"）

第二节　两晋地理博物类志怪小说《博物志》与《玄中记》

《博物志》和《玄中记》是两晋地理博物类志怪小说的代表性作品。

一、《博物志》

西晋张华的《博物志》是魏晋南北朝时期地理博物类志怪小说的代表作。

作者张华（232—300年），字茂先，范阳方城（今河北固安）人，西晋作家。少孤贫，牧羊以为生。然"学业优博，辞藻温丽，朗赡多通，图纬方伎之书，莫不详览"（《晋书·张华传》）。曾著《鹪鹩赋》寄托己志，阮籍读后叹为"王佐之才"，声名由此而起。魏末，任著作佐郎、太常博士等职。晋武帝时，因力主伐吴有功，封广武县侯。惠帝时，历任太子少傅、侍中、中书监等要职，官至司空。贾后专权，多倚重之。后贾后谋杀愍怀太子遹，赵王司马伦起兵杀贾后，又借口未能救太子而杀张华。张华生平之研究论著值得注意者有：（一）姜亮夫编《张华年谱》（上海古典文学出版社1957年版），（二）廖蔚卿编《张华年谱》（台湾大学《文史哲学报》第二十七期，1978年12月版），（三）陆侃如《中古文学系年》张华部分（人民文学出版社1985年版），（四）沈玉成《张华年谱、陆平原年谱中的几个问题》（《文学遗产》1992年第3期），（五）徐公持《张华评传》（见《中国历代著名文学家评传续编》，山东教育出版社1988年版），（六）姜剑云《西晋重要作家文学编年》张华编年、《张华之个人生活道路与人格精神》，见其《太康文学研究》（中华书局2003年版）。张华著述除《博物志》之外，《隋书·经籍志》录《张华集》十卷，已佚。明张溥《汉魏六朝百三家集》辑存《张茂先集》。此外，张华还有一些杂著，《隋书·经籍志三》："《张公杂记》一卷，张华撰。梁有五卷，与《博物志》相似，小小不同。……《杂记》十一卷，张华撰。"《隋书·经籍志二》："《神异经》一卷，东方朔撰，张华注。"文廷式《补晋书艺文志》卷四著录其《列象图》、《小象赋》一卷，《三家星歌》一卷，《师旷禽经注》一卷。秦荣光《补晋书艺文志》卷三又著录《小象千字诗》、《玉函宝鉴星辰图》一卷，《三鉴灵书》三卷，《感应类从志》一卷，《异物评》二卷。吴士鉴《补晋书经籍志》卷三又著录《乾象录》一卷，《浑天列宿应见经》十二卷，《众星配位天隔图》一卷。丁国钧《补晋书艺文志》卷三著录张华《列异传》一卷。① 按，此《列异传》一般认为是曹丕所作。

《晋书》卷三六《张华传》："华著《博物志》十篇。"东晋王嘉《拾遗记》称，此书原四百卷，晋武帝令张华删订为十卷，四百卷之说迄今无旁证。《隋书·经籍志》杂家类著录为十卷，两《唐志》归入小说家类，卷数相同。此书又被著录于《日本国见在书目录》杂家类②、《崇文总目》小说类、《通志·艺文略》杂家类、《中兴馆阁书目》杂家类、《直斋书录解题》杂家类及小说家类、《宋书·艺文志》杂家类、明高儒《百川书志》卷九子部"格物家"类等，皆为十卷。《晋书》本传"十篇"当是十卷之谓。又据《北史·常景传》，常景曾经"删正司空张华《博物志》……数十篇"③，由"数十篇"来看，则《晋书·张华传》所云"《博物志》十篇"及诸书著录之十卷本已经是删节之本。又宋《遂初堂书目》小说类著录"张华《博物志》"，不注卷数；明李廷相《濮阳蒲汀李先生家藏目录》著录两种《博物志》，皆注云"二本"，不明卷数。

《博物志》的作者，明代韩敬《广博物志序》疑非张华作。其论曰："武库失火，时茂先列兵固守；汉高斩蛇剑、王莽头、孔子履等尽焚焉。茂先能识延津剑气于斗、牛之间，及见高帝剑穿屋而飞，莫知所向，何也？能与雷焕共寻天文，知将来吉凶，而中台星坼，不肯避位，又何也？大抵《晋书》好采稗官小说，如所载《张茂先传》，正类东方朔、管辂，凡卜蓍、射覆、吊诡之事，悉取而附丽之，而其实不尽尔也。且《博物志》

① 按，此处参考了姜剑云《太康文学研究》，第273～274页，北京，中华书局，2003。
② 〔日〕藤原佐世：《日本国见在书目录》，《古逸丛书》影印本。
③ 〔唐〕李延寿：《北史》，第1562页，北京，中华书局，1974。以下引用该书原文均据此版本。

一书，文采不雅训，断不出六朝手，而况茂先？”①韩敬由“《晋书》好采稗官小说”而怀疑其《张华传》的真实性，进而推论《博物志》的作者不会是张华。清人姚际恒《古今伪书考》亦云：“《博物志》……案此书浅猥无足观，决非华作。”

《博物志》的成书时间，《四库全书总目》该书提要据今本卷四物性类称晋武帝泰始中事，推定“其书作于武帝时”，其后学者多从之。

《博物志》，《后汉书》刘昭注等或引作《博物记》。因此，宋人周密《齐东野语》卷七、明人杨慎《丹铅杂录》卷一一以为《博物志》和《博物记》是两本书；并据《后汉书》注，论《博物记》乃秦汉间书，为唐蒙所作。其后，明人胡应麟《二酉缀遗》卷中、《丹铅新录》卷一，孙志祖《读书脞录》卷四，徐文靖《管城硕记》卷二八等不同意周密、杨慎之说，有所驳正。如徐文靖撰《管城硕记》卷二八云：“按《后汉书·郡国志》：‘犍为郡有鱼涪津’，刘昭引《蜀都赋》注云：‘鱼符津数百步，在县北三十里，县临大江，岸便山岭相连，经益州郡，有道广四五尺，深或百丈，堑凿之迹，今存，昔唐蒙所造。’《博物记》：‘县西百里有牙门山。’《华阳国志》：‘县西有熊耳峡，南有峨眉山。’此盖言堑凿之迹，至今尚存，乃唐蒙所创造也。下引《博物记》、《华阳国志》，以见其县又有诸山耳，岂可以唐蒙造《博物记》为一句乎？又按《隋经籍志》曰：‘《博物志》十卷，张华撰；《张公杂记》一卷，张华撰，梁有五卷，与《博物志》相似，小小不同。’又《史记·龟策传》云‘桀为瓦室’，注曰：‘《世本》：昆吾作陶。’张华《博物记》亦云‘桀作瓦’，据此则《博物记》亦张华作也。《史记》注现有明征，何乃云唐蒙所造乎？近《本草纲目》、《〈山海经〉广注》皆引唐蒙《博物记》，误皆自升庵始也。”②此说可驳《博物记》非唐蒙所作，然不能确证二书为一书。故清人仍持异见：《四库全书总目提要》卷一四二云：“今观裴松之《三国志》注引《博物志》四条，又于《魏志·凉茂传》中引《博物记》一条，灼然二书，更无疑义。”③关于包括刘昭注引等在内的大量《博物志(记)》佚文，明胡应麟《少室山房笔丛·九流绪论(下)》、清

---

① 〔明〕董斯张：《广博物志》，第 2 页，岳麓书社 1991 年影印明万历四十五年(1617 年)高晖堂刻本。

② 〔清〕徐文靖撰、范祥雍点校：《管城硕记》，第 515～516 页，北京，中华书局，1998。

③ 〔清〕永瑢等：《四库全书总目》，第 1214 页，北京，中华书局，1965。

人黄丕烈《刻连江叶氏本博物志序跋》、周中孚《郑堂读书记》卷七六等猜测可能是出自《隋书·经籍志》所著录的张华另一本书《张公杂记》。余嘉锡《四库提要辨证》以为这是“想当然”的臆测。有学者认为:“考虑到《博物志》在流传过程中经过删节,且有所脱漏,因此刘注(按指《后汉书》刘昭注)很可能就是未经常景删节之前的《博物志》。”①但也不能排除刘注出自常景所删后、散失以前的《博物志》的可能性。

今本《博物志》内容混杂,文辞简略,且他书所引有今本所不载者,当是原书已佚,由后人辑录而成。其佚失时间,至少在明代以前。按,明陈耀文撰《正杨》卷四引明陆容撰《菽园杂记》云:“‘古诸器物异名,屃赑其形似龟’云云,‘出《山海经》、《博物志》。尝过倪村民家,见其《杂录》中有此。’然考《山海经》、《博物志》皆无之。《山海》原缺第十四、十五卷,闻《博物志》自有全本,与今书坊本不同,岂记此者尝得见其全书欤?”②可见明代书坊通行本已经不是全帙。故《四库全书总目提要》卷一四二评论《博物志》云:“或原书散佚,好事者掇取诸书所引《博物志》,而杂采他小说以足之。故证以《艺文类聚》、《太平御览》所引,亦往往相符。其余为他书所未引者,则大抵剽掇《大戴礼》、《春秋繁露》、《孔子家语》、《本草经》、《山海经》、《拾遗记》、《搜神记》、《异苑》、《西京杂记》、《汉武内传》、《列子诸书》,饤饾成帙,不尽华之原文也。”现代学者鲁迅等人也多认为不是原本。

今人范宁《〈博物志〉校证》(中华书局1980年版)前言云其所见版本有:

1.《秘书二十一种》本,康熙戊申(1668年)汪士汉校刻,系用《古今逸史》的板片,略有修补。

2. 明代弘治年间贺志同依南宋刻本为底本的刻本,原天禄琳琅藏,今归北京图书馆。③

3.《古今逸史》本,明吴琯校刻。

4. 日本刻本,延宝五年(1677年)刊,系翻明嘉靖辛卯(1531年)刊

① 王媛:《〈博物志〉的成书、体例与流传》,载《中国典籍与文化》2006年第4期。

② 〔明〕陈耀文:《正杨》,据台湾“商务印书馆”影印《文渊阁四库全书》本,第856册,第156页。

③ 傅增湘:《藏园群书经眼录》,中华书局1983年版,卷九子部三著录的《博物志》十卷,云宋周日用等著,为弘治十八年贺泰刻本。当即此本。贺泰,字志同,《明史》卷一九七有小传。

本，疑乃《古今书刻》所称胡广楚府本。

5.《格致丛书》本，明万历虎林胡氏（文焕）原刻。按，此即明万历胡氏文会堂刻本《百家名书》本。

6.《稗海》本，明商浚半埜堂原刻，清康熙丙子（1696 年）蒋国祚重刊。

7.《说郛》本（非足本）明抄本。康熙刊本。另有曾慥《类说》和《无是斋丛钞》，亦均分别摘抄十数条，非足本。

8.《快阁藏书二十种》本，明天启唐琳刊，北京大学图书馆、上海图书馆等藏。

9.《二志合编》本，居仁堂梓。

10.《汉魏丛书》本，坊刻王谟本（湖北崇文书局《子书百家》乃翻刻此本）。又苏州何镗本（张皋文朱笔批校），北京大学图书馆藏。

11.《士礼居丛书》刊本，嘉庆九年（1804 年）黄丕烈翻刻宋代连江叶氏本，清汪曰桢校并跋。王潜校刻龙溪精舍本从此本。

12.《纷欣阁丛书》本，道光七年（1827 年）周心如刊。

13.《指海》本，道光二十年（1840 年）钱熙祚刻守山阁本。按，此本为宋周日用、卢氏注解十卷本，附录清人钱熙祚所辑《博物志》逸文一卷；又有《丛书集成初编》本。

按，又有明梅纯编《艺海汇函》抄本、《四库全书》本，《增订汉魏丛书》本，《龙溪精舍丛书》本，《子书百家》本，清末《无一是斋丛钞》本，《四部备要》本（据《士礼居丛书》本排印），《诸子集成补编》本（四川人民出版社 1997 年版），日本天和三年（1683 年）伏见屋藤右卫门刻本①，宋朱胜非撰《绀珠集》卷四摘录《博物志》二十一条、《类说》卷二三摘录四十二条、《说郛》卷二摘录三十五条、《旧小说》收九条等。在这些版本中主要有两个系统：一是通行本系统，全书分为三十九个类目（其中“杂说”类分为“杂说上”、“杂说下”两目），“颇近类事之书，考《读书志》、《书录解题》皆不言其分类隶事，此则非张氏原书之明证也。且又录及唐人所撰《隋书》之文，则其编次亦甚无次序矣”②，如《秘书二十

① 据王宝平《中国馆藏和刻本汉籍书目》，第 362 页，杭州，杭州大学出版社，1995。此日本刻本为周日用注本，藏于大连图书馆。

② 〔清〕周中孚：《郑堂读书记》，第 333 页，北京，中华书局，1993。

一种》本、《汉魏丛书》本；一是不分目类的系统，以《士礼居丛书》黄丕烈翻刻宋代连江叶氏本为代表，其“次第与通行本迥异，段目分合亦多有不一，但内容则一”①，周中孚《郑堂读书记》卷六七以为“此本当为原书”②。今有学者通过对比也以为《士礼居丛书》连江叶氏本（不分类目本）应该比明贺刻底本（分类目本）更早。③ 而这个“原本”“殆亦唐五代残存卷抄而传刻者欤”④。则其前尚有更为完全的足本。

范宁《〈博物志〉校证》，以《秘书二十一种》本（康熙戊申汪士汉校刻）为底本，以他本校证，资料较为翔实，共得十卷三百二十三条；又从《三国志》裴松之注、《水经》郦道元注、《江文通集》、《齐民要术》、《后汉书》刘昭注、《一切经音义》、《玉烛宝典》、《昭明文选》李善注、张彦远《历代名画记》、《史记》三家注、《艺文类聚》、《初学记》、《北堂书钞》、《说郛》卷一〇引唐留存《事始》、《北户录》、《白孔六帖》、《事类赋注》、《锦绣万花谷》、《太平御览》、《太平广记》、《埤雅》、《图经衍义》、《太平寰宇记》、《韵语阳秋》、《尔雅正义》、《毛诗名物解》、《海录碎事》、《九家注杜诗》、施注《苏诗》、《说文通释系传》、《类说》、《纬略》、《名义考》、《词品》、《〈山海经〉广注》、《事类捷录》、《本草纲目》、《坚瓠集》等三十八种著作中辑录佚文二百一十二条。书末附录《历代书目著录及提要》、《前人刻本序跋》（录《都穆跋弘治乙丑贺志同刻本》、《崔世节湖广楚府刻本跋》、《唐琳刻快阁本博物志序》、《汪士汉秘书二十一种本博物志序》、《王谟刻汉魏丛书本跋》、《稗海本广宁郎极序》、《黄丕烈刻连江叶氏本博物志序跋》、《周心如重刻博物志序》、《钱熙祚刻博物志跋》、《薛寿博物志疏证序》等十种）、《后记》。《后记》部分系统的论述了《博物志》的四个问题：（一）著录与版本，（二）前人删削问题，（三）博物志与博物记，（四）通行本与士礼居刊宋本。

台湾学者唐久宠著有《〈博物志〉校释》（台湾：学生书局 1980 版），大连图书馆等有收藏。李剑国《唐前志怪小说辑释》辑释《博物志》“猴

① 祝鸿杰：《博物志前言》，载其译注《博物志》，台湾古籍出版社有限公司 1997 年版。关于两个版本系统的论述可参李剑国《唐前志怪小说史》第五章第二节。

② 〔清〕周中孚：《郑堂读书记》，第 333 页，北京，中华书局，1993。

③ 参王媛《〈博物志〉的成书、体例与流传》，载《中国典籍与文化》2006 年第 4 期。

④ 唐久宠：《张华〈博物志〉之编成及其内容》，《中国古典小说研究专集》(2)，台北：联经出版事业公司，1980。转引自王媛《〈博物志〉的成书、体例与流传》，载《中国典籍与文化》2006 年第 4 期。

玃”、“秦青韩娥”、“千日酒”和“八月槎”等四条。

《博物志》影响甚巨，志怪小说多受泽溉，亦为后世诗文典故之渊数。单就其续书而言，历代不绝。如唐、宋时期有林登《博物志》（佚，《太平广记》卷二一〇、卷四六六引录二条；也称《续博物志》，如《说郛》本所收）、李石《续博物志》十卷（存），李文成《博雅志》十三卷（按，此据《新唐书・艺文志》、《千顷堂书目》卷三，王应麟《玉海》卷五七作“李文成《博物志》十三卷”；佚，明杨慎《转注古音略》卷五引录一条），明代有董斯张《广博物志》五十卷（存）、游潜《博物志补》（存），清有徐寿基《续广博物志》十六卷（存）等。

值得注意的是南宋李石《续博物志》十卷，李石自云：“张华述地理，自以禹所未志，且《天官》所遗多矣。经所不载，以天包地，象纬之学，亦华所甚惜也。虽然，华仿《山海经》而作，故略；或曰：武帝以华志繁，俾芟而略之。余所志，视华岁时绵历，其有取于天，而首以冠其篇；次第仿华说，一事续一事；不苟于搜索，与世之类书者小异，而比华所志加详。”①清初汪士汉《续博物志原序》区别二书云：“然华所志者，仿《山海经》而以地理为编；石所志者，取《天官书》而以象纬为冠，庶几由天地以及山海，由山海以及人物，固无之或遗矣。”②比较通行本张华《博物志》与李石《续博物志》作，两者在体例上的一大不同是前者以“地理”为书首，而后者以“天象”为首。其他方面如卷数、多引古书分类言事的体例等都大同小异。所以《四库全书总目提要》评云：“其书以补张华所未备。惟华书首地理，此首天象，体例小异。其余虽不分门目，然大致略同。故自序谓‘次第仿华说，一事续一事’。”因此，李石续书对于我们推测宋代流行之《博物志》的体例很有帮助。③

《博物志》的注释当始于宋代。宋人《郡斋读书志》、《直斋书录解题》和《文献通考》等均著录宋人周日用、卢氏注《博物志》十卷。今传《博物志》诸本仍然保留了极少注解，“仅二十余条，似有亡佚”④。清代

---

① 〔宋〕李石：《续博物志》，据《丛书集成初编》影印《古今逸史》本，第 1 页，北京，中华书局，1985。

② 〔宋〕李石：《续博物志》前附，据《丛书集成初编》影印《古今逸史》本，序文第 1 页，北京，中华书局，1985。

③ 可参范宁《〈博物志〉校证》第 165 页，《通行本与士礼居刊宋本》一节。

④ 侯忠义主编：《中国历代小说辞典》，第 27 页，昆明，云南人民出版社，1986。

藏书家陈穆堂(逢衡)曾经旁搜博证著成《博物志疏证》十卷,对《博物志》多有是正发明,其评价可参薛寿《博物志疏证序》。① 今人祝鸿杰有《〈博物志〉全译》(贵州人民出版社 1992 年版),该本体例,每卷前有一本卷内容简介,卷内原文后先列简注,次列译文。

《博物志》辑佚本有清王谟辑录《博物志》一卷,载《汉唐地理书抄》;马国翰《博物记》一卷五十二条②,较王谟所辑为详,载《玉函山房辑佚书》子编杂家类,误题唐蒙作;周心如《〈博物志〉补遗》二卷,载《纷欣阁丛书》本《博物志》;钱熙祚《〈博物志〉佚文》一卷,载《指海》丛书本、《丛书集成初编》本《博物志》;王仁俊《〈博物志〉佚文》,载《经籍佚文》。③ 王仁俊辑本共一百二十二条,其中有五条重出。④ 范宁《〈博物志〉校证》所辑佚文最为详备,然其所辑之外尚有不少佚文,此就所见辑录如下:

1. 著作令史茅温所为送。(《水经注》卷八引《博物志》)⑤

2. 魏武于马上逢狮子,使格之,杀伤甚众。王乃自率常从健儿数百人击之,狮子吼呼奋越,左右咸惊。王忽见一物从林中出,如狸,超上王车轭上,狮子将至,此兽便跳上狮子头上,狮子即伏不敢起。于是遂杀之。得狮子而还,未至洛阳四十里,洛中鸡狗皆无鸣吠者也。(《水经注》卷一四引《博物志》。按《〈博物志〉校证》卷三第八十八条已收,文字多有出入。)

3. 人啖麦、橡,令人多力健行。(《齐民要术》卷一〇引《博物志》。按已见《〈博物志〉校证》卷四第一百五十八条,"橡"作"稼";又见徐光启撰《农政全书》卷二五。)

4. 人食豆三年,则身重,行动难。恒食小豆,令人肌燥粗理。(《齐

---

① 《〈博物志〉疏证》,《清史列传》卷六九陈逢衡传记此书名为《〈博物志〉考证》。薛寿有《学诂斋文集》二卷,收入《丛书集成续编》。

② 据清马国翰辑《玉函山房辑佚书》统计,上海古籍出版社 1990 年据光绪九年琅嬛仙馆本影印本。

③ 可参孙启治、陈建华编《古佚书辑本目录》,第 253 页,北京,中华书局,1997。

④ 〔清〕王仁俊辑:《玉函山房辑佚书续编三种》,第 465～472 页,上海,上海古籍出版社,1989。

⑤ 据〔北魏〕郦道元撰、陈桥驿注释:《水经注》,浙江古籍出版社 2001 年版。以下引用该书原文均据此版本。剑锋按,《四部丛刊》影印武英殿聚珍本《水经注》于"所为送"下加按语云:"案此三字当有脱误,未详。"

民要术》卷一〇引《博物志》。按《〈博物志〉校证》卷三作第一百五十六、一百六十两条，文字有出入。）①

5. 张骞使西域还，得安石榴、胡桃、蒲桃。（《齐民要术》卷一〇、《初学记》卷二八引《博物志》。按已见《〈博物志〉校证》卷六第二百四十条、补遗第九条，文字有出入。）

6. 桓谭、蔡邕善音乐，冯翊、山子道、王九真、郭鄷等善棋，太祖皆与争能。（《艺文类聚》卷七四引《博物志》）

7. 南海四象，各有雌雄，其一雌死，百有余日，其雄泥土着身，独不饮酒食肉。长吏问其所以，辄流涕若有哀状。（《初学记》卷二九引张华《博物志》。按已见《〈博物志〉校证》卷三第九十条，文字甚有出入。）

8. 天地四方，皆海水相通，地在其中，盖无几也。七戎六蛮，九夷八狄，形类不同，总而言之，谓之四海，言皆近于海也。四海之外，皆复有海云，按东海之别有渤澥（出《说文》），故东海共称渤海，又通谓之沧海。（《初学记》卷六引《博物志》。按已见《〈博物志〉校证》卷一第二十一条、佚文第一百九十五条，文字甚有出入。）

9. 有奥水流入淇水，有绿竹草。（《后汉书・郡国志一》河内郡刘昭注、冯复京《六家诗名物疏》卷一六并引《博物记》）②

10. [颠軨坂]在县盐池东，吴城之北，今之吴坂。（《后汉书・郡国志一》“河东郡大阳有颠軨坂”注引《博物记》。“[]”内为补入之字，下同。）

11. [永安有]吕乡，吕甥邑也。（《后汉书・郡国志一》河东郡“永安”刘昭注引《博物记》；宋罗泌撰《路史》卷二九引《博物》，《山西通志》卷三、《山西通志》卷一七六注引《博物记》。）③

12. [闻喜邑]县治涑之川。（《后汉书・郡国志一》河东郡“闻喜邑”刘昭注引《博物记》）

---

① 据缪启愉校释、缪桂龙参校：《〈齐民要术〉校释》，北京，中国农业出版社，1982。

② 据〔南朝宋〕范晔：《后汉书》，北京，中华书局，1965。以下引用该书原文均据此版本。

③《后汉书》琅邪国海曲县刘昭注引《博物记》云：“西海，太公吕尚所出，今有东吕乡。又钓于棘津，其浦今存。”《〈博物志〉校证》佚文第二十七条已辑。元梁益撰《诗传旁通》卷三、《四库》本《史记》卷三二末《考证》并引《博物志》云：“曲海城有东吕乡东吕里，太公望所出也。”宋乐史撰《太平寰宇记》卷二四引《博物志》作：“此地有东莒乡。东莒东，太公望所出也。”

13. [陕陌,]二伯所分。(《后汉书·郡国志一》弘农郡刘昭注“有陕陌”引《博物记》)

14. [朐]县东北,海边植石,秦所立之东门。(《后汉书·郡国志三》东海郡刘昭注“朐”、宋王应麟撰《玉海》卷一六二“东海郡朐”注、《江南通志》卷三三俱引《博物记》)①

15. 隶首,黄帝之臣。(《后汉书·律历志上》刘昭注、宋高承撰《事物纪原》卷一并引《博物记》)

16. 容成氏造历,黄帝臣也。(《后汉书·律历志上》刘昭注、唐杜佑《通典》卷一四三注引《博物记》)

17. [虞城]傅岩在县北。(《后汉书·郡国志一》河东郡刘昭注引《博物记》)

18. [解县]有智邑。(《后汉书·郡国志一》河东郡刘昭注引《博物记》)

19. [臼城]臼季邑。县西北卑耳山;县西南,齐桓公西伐所登。(《后汉书·郡国志一》河东郡刘昭注引《博物记》)

20. [耿乡]有耿城。(《后汉书·郡国志一》河东郡刘昭注引《博物记》)

21. [王屋]山在东,状如垣。(《后汉书·郡国志一》河东郡刘昭注引《博物记》)

22. [邵亭]县东九十里,有郫邵之阨,贾季迎公子乐于陈,赵孟杀诸郫邵。(《后汉书·郡国志一》河东郡刘昭注引《博物记》)

23. 西汉水出新安,入雒。(《后汉书·郡国志一》弘农郡刘昭注“有二崤新安涧水出”引《博物记》)

24. [龙门山]有韩原,韩武子采邑。(《后汉书·郡国志一》左冯翊刘昭注“龙门山”引《博物记》)

25. [湖陆]荷水出。(《后汉书·郡国志三》山阳郡刘昭注“湖陆故湖陵章帝更名”引《博物记》)

26. [郯本国]有勇士亭,即勇士菑丘欣。(《后汉书·郡国志三》东海郡刘昭注“郯本国刺史治”引《博物记》)

---

① 〔南朝宋〕范晔:《后汉书》引作“傅物记”(第3458页,中华书局,1965),应是“博物记”之讹。

27. [羽山]东北独居山，西南有渊水，即羽泉也，俗谓此山为惩父山。(《后汉书·郡国志三》东海郡“祝其有羽山”刘昭注、宋傅寅撰《禹贡说断》卷二“羽山在东海祝其县南”引“《后汉志》引《博物记》”。按，该佚文：“[羽山]东北独居山，西南有渊水，即羽泉也”三句，《〈博物志〉校证》佚文第二十六条已经辑录。)

28. [高都]县南地名即垂。(《后汉书·郡国志五》上党郡刘昭注“高都”引《博物记》)

29. 交州南有虫，长减一寸，形似白英，不知其名，视之无色，在阴地多缃色，则赤黄之色也。(《后汉书·舆服志下》郡刘昭注引《博物记》)

30. [杜蘅](《御定佩文斋广群芳谱》作“杜若”)一名土杏，味乱细辛，叶似葵。(《史记》卷一一七注《上林赋》、清《御定佩文斋广群芳谱》卷八八、清陈元龙《格致镜原》卷六九引《博物志》)

31. 石番，周时卫人也。为人甚壮，无有匹敌。能负沙一千六百斛。(《丛书集成初编》影印《右逸丛书》本《琱玉集》卷一二“壮力篇”引“张华《博物志》”。《文选》卷三五《七命》李善注引作“石藩，卫臣也。背负千二百斗沙”。)

32. 东海有蛤，鸟常(常，《太平御览》卷九八八作“尝”)啖之，其(《太平御览》九八八无“其”字)肉消尽，殼起浮出(浮出，《太平御览》卷九八八作“出浮”)，更薄在沙中岸边(本句《太平御览》卷九八八作“泊在沙岸”)，潮水往来碏薄荡(碏薄荡，《太平御览》卷九八八作“揩荡”)，白如雪，入药最精(精，《太平御览》卷九八八作“良”)胜，采(《太平御览》卷九八八无“采”字)取自死者。(《太平御览》卷九四二、九八八引《博物志》、《博物志》。又明陈耀文撰《天中记》卷五七、清黄叔璥撰《台海使槎录》卷三、清陈元龙《格致镜原》卷九五引。)

33. 虎(《纬略》、《卜记》作“彪”)知冲破，又能画地卜。今人有画物上下者，推其奇偶谓之彪卜。(《太平御览》卷七二六，宋高似孙《纬略》卷三，四库本《说郛》一〇九下引宋王宏《卜记》、宋陈栎《感应经》等引《博物志》。)

34. 酒树出典逊国，名榐酒。(《太平广记》卷四〇六引《博物志》)

35. 纶似宛转绳。(晋郭璞注、宋邢昺等疏《尔雅注疏》卷一“考证”

引《博物志》）

36. 周在中枢，三河之分，风云所起，四险之国也。昔周武王克殷还，顾瞻河、洛而叹曰："我南望三涂，北望岳鄙，顾瞻有河，粤瞻雒伊、毋远天室。"遂定鼎郏鄏，以为东都。（宋乐史撰《太平寰宇记》卷三引《博物志》。按已见《〈博物志〉校证》卷一第六条，文字较略。）

37. 蜀南沈黎高山中有物似猴，长七尺，能人行，名曰玃，路见妇人辄盗之入穴，俗呼为"夜叉穴"。（宋乐史撰《太平寰宇记》卷七七引《博物志》。按已见《〈博物志〉校证》卷三第九十四条，文字有异。）

38. 晋兴郡有飞虫，大如麦，或云有甲，常伺病者，居舍上，侯人气绝，便入食之。虽扑杀不止，如风雨之至，肉尽便去，贫者或殡殓不时，皆受此弊。虫恶梓木，有力者以梓木板掩之，兼用为器，虫不复近也。桂林、宁浦二郡亦有之。（宋乐史撰《太平寰宇记》卷一六六引《博物志》。按，已见《〈博物志〉校证》卷二第七十九条，文字有出入。又《太平广记》卷四七三引《博物志》作："苍梧人卒，便有飞虫大如麦，有甲，或一石余，或三五斗，而来食之，如风雨之至，斯须而尽。人以为患，不可除，唯畏梓木，自后因以梓木为棺，更不复来。"）

39. 龟纯雌无雄，与蛇交通而生子。（宋彭乘撰《墨客挥犀》卷三引《博物志》）

40. 又蚯蚓，破之去泥，以盐涂之，化成水，大主天行诸热、小儿热病、痫癫等疾。（宋唐慎微撰《证类本草》卷五引《博物志》）

41. 凡诸饮水疗疾，皆取新汲清泉，不用停污浊暖，非直无効，固亦损人。（宋唐慎微撰《证类本草》卷五引《博物志》）

42. 平氏阳山紫草特好，魏国者染色殊黑，比年东山亦种之，色小浅于北者。（宋唐慎微撰《证类本草》卷八、明李时珍撰《本草纲目》卷一二下引《博物志》。《太平御览》卷九九六引《博物志》、清《渊鉴类函》卷四一一、清《钦定授时通考》卷六九引《博物志》作"平氏阳山紫草特好，其他者色浅[平]。"）

43. 黄蓝，张骞所得。（宋唐慎微撰《证类本草》卷九引《博物志》）

44. 蔡余义兽，似鹿，两头，其胎中屎四时取之。（宋唐慎微撰《证类本草》卷一六引《博物志》）

45. 君山，即洞庭之山，尧之二女居之，长曰湘君，次曰湘夫人。

（宋范致明《岳阳风土记》，见《说郛》卷六二下引《博物志》①。按已见《〈博物志〉校证》卷六第二百一十九条，文字有出入。）

46. 有鸟如乌，文首，白喙，赤足，名曰精卫。说者谓赤帝之女，名女娃，往游东海，溺死，其神化为此鸟。故常取西山之木石以填东海，至死不休。（宋朱胜非撰《绀珠集》卷四。按，已见《〈博物志〉校证》第九十九条，文字多寡不同。）

47. 孟劳，宝刀。（宋朱胜非撰《绀珠集》卷四）

48. 辟闾、巨阙，宝剑。（宋朱胜非撰《绀珠集》卷四）

49. 繁弱之弓，屈卢之矛，溪子之弩，狐父之戈，皆古之宝器。（宋朱胜非撰《绀珠集》卷四）

50. 抟穀，《尔雅》：鸠名。（宋朱胜非撰《绀珠集》卷四）

51. 姊归，《高唐赋》：子归别名。（宋朱胜非撰《绀珠集》卷四）

52. 田鹊，鵖鸡别名。（宋朱胜非撰《绀珠集》卷四）

53. 庸渠，相如赋：水鸟名。（宋朱胜非撰《绀珠集》卷四）

54. 槐生五日曰兔目，十日曰鼠耳。（宋朱胜非撰《绀珠集》卷四）

55. 祝融造市，高辛臣也。蚩尤造兵，炎帝臣也。挥造弧，牟夷造矢，仓颉造书，容成造历，伶伦造律，隶首造数，捷矧病［利］（据《淮南鸿烈·人间训》高诱注补），忽恍善忘，皆黄帝臣也。仪狄造酒，禹时人。绵驹善歌，即齐人也。（宋朱胜非撰《绀珠集》卷四。按《〈博物志〉校证》佚文第一百九十三条从《类说》辑录，文字有不同。）

56. 秦蒙恬为笔，以狐狸为心，兔毛为副。（宋朱长文撰《墨池编》卷六、宋苏易简撰《文房四谱》卷一、宋葛立方《韵语阳秋》卷一七、明顾起元撰《说略》卷二二、明王世贞撰《弇州四部稿》卷一七〇、清倪涛撰《六艺之一录》卷三〇七引《博物志》。按，仅《韵语阳秋》卷一七于“兔毛为副”后尚有“心柱遒劲，锋铓调利，故难乏而易使”三语。）

57. 蜀中出石鼠，毛可以为笔，其名曰鼩。（宋朱长文撰《墨池编》卷六引《博物志》）

58. 蜀文翁，名党，字仲翁。（宋杨彦龄撰《杨公笔录》引《博物志》）

59. 魏祖刁啖野葛，至一尺，亦能少（能少，《三国志》注作“得少

① 《说郛》卷一二〇，台湾“商务印书馆”影印《文渊阁四库全书》本。以下引用该书原文均据此版本。

多”)饮鸩酒。(宋叶庭珪《海录碎事》卷一四、《三国志·魏书·武帝纪》裴松之注引张华《博物志》)

60. 有兽,绿文似豹,名虎仆,毛可为笔。(宋叶庭珪《海录碎事》卷一九、《浙江通志》卷一百六引张华《博物志》)

61. 蟹目相向者毒尤甚。又有赤目者、有独目者,皆不可食。(宋高似孙撰《蟹略》卷一引《博物志》)

62. 张骞使西域得蒲陶、胡葱、苜蓿。(宋罗愿撰《尔雅翼》卷八引《博物志》)

63. 西羌仲秋日取鲤子,不去鳞,破腹以赤秫米饭、盐醋合糁之,逾月则熟,谓之秋鲊。(金元好问编《中州集》卷八引《博物志》)

64. 羿与凿齿战于畴华之野,羿持弓,凿齿持矛,羿杀之。或曰:河伯溺杀人,羿射其左目;风伯坏人屋室,羿射中其膝。旧云:帝喾、尧时,各有羿,羿乃善射之号也。(宋郑樵《通志》卷三上引《博物志》)①

65. 鸿鹄千岁者皆胎产,鸿雁大略相类。以仲秋来宾,一同也;鸣如家鹅,二同也;进有渐、飞有序,三同也。雁色苍而鸿色白,一异也;雁多群而鸿寡侣,二异也;毛有粗细,形有大小,[三异也](三字据文意补)。又曰:鸿毛为囊可以渡江不漏。(清陈大章撰《诗传名物集览》卷一引《博物志》。又宋蔡卞集解《毛诗名物解》卷八、《陆氏诗疏广要》卷下之上略引。按陈启源撰《毛诗稽古编》卷一二:“《博物志》又有三同三异之说,三异者:色有苍白,群有多寡,飞有高下也。”)

66.《陆机与弟云书》曰:张骞为汉使外国十八年,得涂林安石榴种。(宋祝穆撰《古今事文类聚后集》卷二六,清《甘肃通志》卷五〇引《博物志》。按,宋潘自牧撰《记纂渊海》卷九二有略引。)

67. 不周山六(“山六”《物理小识》作“云川”)川之水,温如汤也。(《太平御览》卷七一、明方以智撰《物理小识》卷二引《博物志》)

68. 南阳小都,雨谷如麦粟,味苦,大者如米,豆黄赤,味如麦,食之除心气患。此他处吹来者,其载雨肉如肋,或载雨血,则似之而实非也。(明方以智撰《物理小识》卷二引《博物志》。按已见《〈博物志〉校证》卷七第二百六十四条,文字有异。)

---

① 据郑樵《通志》,中华书局 1987 年影印《万有文库》十通本。

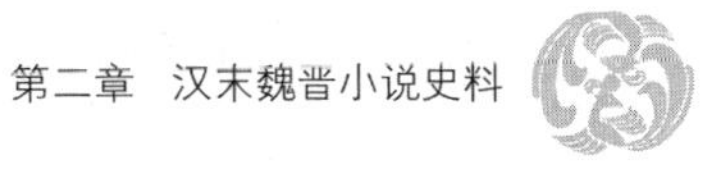

69. 蜂无雌，取桑虫或阜螽子抱而成己子。（吴陆玑撰、明毛晋广要《陆氏诗疏广要》卷下之下引《博物志》。按已见《〈博物志〉校证》第一百二十二条，文字有出入。）

70. 纣烧铅作粉，谓之胡粉。（明张萱撰《疑耀》卷三引张华《博物志》。按已见《〈博物志〉校证》卷四第一百四十二条，文字有异。）

71. 野芋状小于家芋，有大毒。家芋种之三年，不采成梠芋，形叶俱相似，根并杀人。误食者，土浆及大豆汁、粪汁灌之。（清《御定佩文斋广群芳谱》卷一六引《博物志》。按已见《〈博物志〉校证》卷四第一百四十九条，文字有异。）

72. 古诸器物异名：屃赑，其形似龟，性好负重，故用载石碑；螭吻，其形似兽，性好望，故立屋角上；徒牢，其形似龙而小，性吼叫，有神力，故悬于钟上；宪章，其形似兽，有威，性好囚，故立于狱门上；饕餮，性好水，故立桥头；蟋蜴，形似兽，鬼头，性好腥，故用于刀柄上；螭蛀，其形似龙，性好风雨，故用于殿脊上；螭虎，其形似龙，性好文彩，故立于碑文上；金猊，其形似狮，性好火烟，故立于香炉盖上；椒图，其形似螺蛳，性好闭口，故立于门上，今呼鼓丁，非也；虭蛥，其形似龙而小，性好立险，故立于护朽上；鳌鱼，其形似龙，好吞火，故立于屋脊上；兽蚴，其形似狮子，性好食阴邪，故立门环上；金吾，其形似美人首，鱼尾有两翼，其性通灵不睡，故用巡警。（明陆容撰《菽园杂记》卷二引《博物志》逸篇）①

73. 鸱，一名鵄鸺。（明徐文靖撰《管城硕记》卷二四引《博物志》。此条未见他书征引。）

74. 潮系日月，若鼎之沸。（明方以智撰《物理小识》卷二引《博物志》。此条未见他书征引。）

75. 红花，《博物志》曰：张骞得种于西域。（明徐光启《农政全书》卷四〇引《博物志》。按清《钦定续通志》卷一七四引张华《博物志》："张骞得红蓝花于西域。"）

76. 豹死守窟。（吴陆玑撰、明毛晋广要《陆氏诗疏广要》卷下之

---

① 据陆容撰《菽园杂记》卷二云："尝过倪村民家见其《杂录》中有此，因录之以备参考。……然考《山海经》、《博物志》皆无之，《山海经》原缺第十四、十五卷，闻《博物志》自有全本，与今书坊本不同，岂记此者尝得见其全书欤？"

下、明彭大翼撰《山堂肆考》卷二一七、《御定渊鉴类函》卷二五引《博物志》)

77. 丙穴,穴向丙也。(明杨慎原本《异鱼图赞笺》卷一引《博物志》)①

78. (盐不待煎熬而成,蒙古用小车载以贸易。)《博物志》所谓戎塩累卵者是也。(清《钦定热河志》卷九六引《博物志》)

79. 垂棘之璧出此(按,指垂棘县)。(清《山西通志》卷五九引《博物志》)

80. 钩吻蔓生,叶似凫葵。(清田雯《古欢堂集》卷三九、清《贵州通志》卷四六引《博物志》)

81. 九河之水,起于黄河,黄河上通于天源,出星宿。初出甚清,带赤色,后以诸羌之水注之而浊。(清《河源纪略》卷三五引《博物志》)

82. 河水至积石山,始有草木。(清《河源纪略》卷三五引《博物志》)

83. 皮氏有耿城,或曰殷祖乙迁耿即此。(清《山西通志》卷六〇引《博物记》)

按,唐宋时期有林登《博物志》、李石《续博物志》等,明清时期所引,即第七十二条之后条目,是否出张华《博物志》,其真伪有待深究。又有存疑条目如下。

《玉芝堂谈荟》引《博物志》四条:

1. 黄帝作蹴踘。(明徐应秋撰《玉芝堂谈荟》卷二六引《博物志》)

2. 伯益作井。(明徐应秋撰《玉芝堂谈荟》卷二六引《博物志》)

3. 江浙有鸟,名飞生,狐首肉翅,四足如兽,飞而生子即随母后,有人难产,以其爪安胸腹间立验。(明徐应秋撰《玉芝堂谈荟》卷三三引《博物志》)

4. 汉张苍百余岁,霍光典衣奴还东六百岁,汉范明友鲜卑奴二百四十岁。(明徐应秋撰《玉芝堂谈荟》卷四引《博物志》)

按,徐应秋撰《玉芝堂谈荟》卷三三引《博物志》云:“龙门之下,每

---

① 此条《水经注》卷二九引作《水经》。杨慎《异鱼图赞笺》卷一释《诗·南有嘉鱼》云:“事见《水经》、《蜀都赋》、任豫《益州记》、樊绰《云南记》、《博物志》。”《广博物志》卷二六引《记历枢》云:“嘉鱼在巳火始也。”他处未见“嘉鱼”事引作《博物志》。

岁季春有黄鲤二鱼，自海及诸川争来赴之，一岁中登龙门者不过七十一，初登龙门即有风雨随之，天人自后烧其尾，乃化为龙矣。”明陈禹谟撰《骈志》卷一八引作《林登博物志》，《玉芝堂谈荟》所引四条有待考定。又有误引者十条：

1. 清《广西通志》卷三一引《博物志》一条：“两头蛇，马鳖食牛血所化。”按，明徐应秋撰《玉芝堂谈荟》卷三五引作《续博物志》。

2. 清《御定佩文斋广群芳谱》卷六八引《博物志》一条：“松元石气，石裂受沙即产松，松三千年更化为石，泰山多松，亦以多石耳。”按，清《御定韵府拾遗》卷二引作《游岱记》。文字风格不类张华《博物志》。

3. 清《御定佩文斋广群芳谱》卷九四引《博物志》一条：“牧靡草可以解毒，鸟多误食中毒，必急飞往牧靡山，啄牧靡草以解之。”按此条又见宋李石《续博物志》卷四，实本《水经注》卷三六。

4. 清《御定佩文斋广群芳谱》卷七二引《博物志》一条：“桐、梓二树花叶饲猪，能肥大，且易养。”文字风格与张华《博物志》大异，当伪。

5. 清《圣祖仁皇帝圣训》引《博物志》云：“人间往往得石，形如斧刀，名霹雳楔者是已。”据宋朱胜非撰《绀珠集》卷四，此条实出唐刘恂《岭表异录》。

6. 清陈启源撰《毛诗稽古编》卷一六引《陶氏别录注》引《博物志》云：“郑晦行太行山北，得紫葳草以为奇异。”据《文苑英华》卷四一三唐人“授保大军节度判官郑晦”云云，知唐有郑晦，此条当伪。

7. 陈元龙《格致镜原》卷七七、清《钦定续通志》卷一八〇并引《博物志》云：“孔雀不匹偶，但以音影相接而有孕，亦与蛇偶。又云：因雷声而孕；又云：雄鸣上风，雌鸣下风而孕。”按，末二句已见《〈博物志〉校证》。“因雷声而孕”实出《酉阳杂俎》卷一六。“以音影相接而有孕”，《御定渊鉴类函》卷四二一引作《北户录》。检唐段公路撰《北户录》卷一云：“一说孔雀不疋偶，但音影相接，便有孕，如白鶂，雄雌相视则孕；或曰：雄鸣上风，雌鸣下风亦孕。见《博物志》。”则“或曰”之后肯定出《博物志》，而“或曰”之前则未必。

8. 明方以智撰《物理小识》卷一二引《博物志》云：“尸布在户，妇人留连。”按，《说郛》卷一〇九下引宋吴僧赞宁《感应类从志》：“月布在户，妇人留连；守宫涂臂，自有文章。”则此条实出《感应类从志》。

9. 明方以智撰《物理小识》卷一二引《博物志》云:"桃根为印,可以召鬼。"宋叶庭珪撰《海录碎事》卷一三:"冢上桃根为印,可召鬼。"然不注出处。李石《续博物志》卷九录此条,无"以"字。则此条当出李石《续博物志》。

10. 明陈士元撰《名疑》卷三引《博物志》云:"须卜居(《汉书》作"次"),云王昭君之女也。"本条他处未见引作《博物志》,实出班固《汉书》卷九四下《匈奴传》。

二、《玄中记》

郭氏《玄中记》,《隋书·经籍志》及两《唐志》均未著录;《太平御览经史图书纲目》、《太平广记引用书目》题《郭氏玄中记》,不题撰人;《太平御览》卷一四引作《郭子玄中记》。《崇文总目》地理类、《通志·艺文略》著录皆《玄中记》一卷,不题撰人。宋罗泌《路史》卷三三注文据《玄中记》所记"狗封氏"事与郭氏《山海经》注相同而以为晋郭璞撰,鲁迅《中国小说史略》、李剑国《唐前志怪小说史》等同意此说,并从郭氏《山海经》注中找出与《玄中记》所记类同之事数例补证。《玄中记》当为郭璞所著。

郭璞,两晋之际重要作家、学者。《晋书》卷七二有传。其生平可参看曹道衡《〈晋书·郭璞传〉志疑》(《苏州大学学报》1983 年第 2 期;收入其《中古文学史论文集》,中华书局 1986 年版);《中国历代著名文学家评传·郭璞传》(山东教育出版社 1983 年版);连镇标《郭璞研究》(上海三联书店 2002 年版);沈海波《郭璞行年考》,载其《〈山海经〉考》附录(文汇出版社 2004 年版)。郭璞著述甚丰,《隋书·经籍志四》:"晋弘农太守《郭璞集》十七卷,梁十卷,录一卷。"后佚失,明代以后有辑本。今人聂恩彦《郭弘农集校注》(山西人民出版社 1991 年版)可参看。郭璞精通阴阳数术和小学,多有著述。可参看张可礼《东晋文艺系年》(山东教育出版社 1992 年版),孙启治、陈建华编《古佚书辑本目录》(中华书局 1997 年版)相关部分。

《玄中记》原书佚失,元陶宗仪撰宛委山堂本《说郛》卷六〇上摘录十七条,明末毛扆《汲古阁珍藏秘本书目》著录精抄《玄中记》一本,当为辑录本;《旧小说》甲集摘录一条。李剑国《唐前志怪小说辑释》辑释《玄中记》"姑获鸟"、"桃都山"二条。清代以后常见辑录本有:

1.《玄中记》一卷五十六条，清马国翰《玉函山房辑佚书》子书小说家类本。

2.《玄中记》一卷，补遗一卷，清茆泮林《十种古逸书》本。

3.《郭氏玄中记》一卷五十八条，清黄奭《黄氏佚书考·子史钩沉》本，各条均注明出处。

4.《郭氏玄中记》一卷六十八条，近人叶德辉《观古堂所著书》(第二集)本，又载《郎园先生全书》。

5.《郭氏玄中记》七十一条，鲁迅《古小说钩沉》辑本。其评论，刘苑如《题名、辑佚与复原:〈玄中记〉的异世界思想》(《中国文史哲研究集刊》2007年9月第31期)可参看。鲁辑较完备，然亦有漏辑，此将鲁迅漏辑条目罗列如下：

1. 蝙蝠百岁者倒悬，得而服之，使人神仙。(《水经注》卷三七引《玄中记》)

2. 故黄罗子经玄中记曰：夫自称山岳神者，必是蟒蛇；自称江海神者，必是鼋鼍鱼鳖；自称天地父母神者，必是猫狸野兽；自称将军神者，必是熊罴虎豹；自称仕人神者，必是猿猴猳玃；自称宅舍神者，必是犬羊猪犊。门户井灶破器之属，鬼魅假形皆称为神，惊恐万姓，淫鬼之气。(释竺道爽《檄太山文》，见梁释僧祐撰《弘明集》卷一四，①又见明梅鼎祚辑《释文纪》卷一六。按，"黄罗子经玄中记"，不详，录以备考。)

3. 神丘有火穴，光景照千里。昆仑有弱水，鸿(《升庵集》卷六〇作"鹅")毛不能起。(明顾起元撰《说略》卷一四，明邓伯羔撰《艺彀》卷上，明杨慎撰《升庵集》卷六〇《子书传记语似诗者》、卷七一《韵语纪异物》，明杨慎撰《谭菀醍醐》卷四、《丹铅总录》卷一一、《古音略例》，清万斯同撰《昆仑河源考》等引《玄中记》)②

4. 胡燕，斑胸，声小；越燕，红襟，声大。(明杨慎撰《丹铅摘录》卷八、《丹铅总录》卷二一、《升庵集》卷八一，康熙《御选唐诗》卷八丁仙芝《余杭醉歌赠吴山人》注引《玄中记》。按此条鲁迅辑文为："越燕，斑胸，声小；胡燕，红襟，声大。"误。)

---

① 〔南朝梁〕僧祐:《弘明集》，第93页，上海古籍出版社1991年影印版。

② 按，本条《太平御览》卷五三、卷五四引作《外国图》，卷八六九引作《括地图》。"昆仑有弱水，鸿毛不能起"二语，鲁迅辑本第二十一条已辑，文字有出入。

5. 名山有孔窍，相通是也；水过，水则合，虽合而性不合。（杨慎《丹铅续录》卷三、《谭菀醍醐》卷六等）

6. 魏浚引《玄中记》云：尧时有何侯者隐苍梧山，至夏禹已二百余岁。五帝赐之药一器，家人三百余口同升。（清汪森编《粤西文载》卷一四《梧州府》条）①

《御定佩文斋广群芳谱》卷二五引"《玄中记》"云："宁波府城东，旧传刘、阮采药于此，春月桃花万树，俨若桃源。"宁波乃后起地名，刘、阮事见刘义庆《幽明录》，此条误引。又明顾起元撰《说略》卷二一、清沈自南《艺林汇考·服饰篇》卷一引《玄中记》云："契丹富豪要裹头巾者，纳牛驼七十头，马百匹，名曰舍利。"此条为误引。② 清陈元龙撰《格致镜原》卷八引《玄中记》云："强村有水方寸许，人欲取之，唱《浪淘沙》一曲即得一杯，味大甘冷，因名乐音泉。"此条亦为误引。③

第三节 《神仙传》《拾遗记》与其他两晋杂事杂传类志怪小说

两晋杂事杂传类志怪小说多记神仙鬼怪灵异事，现在所知者有二十几部，然多散佚，其中著名者有干宝《搜神记》、陶潜《搜神后记》、葛洪《神仙传》、王嘉《拾遗记》、王浮《神异记》、孔氏《志怪》、祖台之《志怪》、荀氏《灵鬼志》、戴祚《甄异传》等，除前两种下章专门介绍外，本节介绍其余七种。

一、《神仙传》

《神仙传》十卷，东晋道士葛洪撰。《神仙传自序》、《抱朴子外编自

① 元人编撰《氏族大全》卷七何姓"太极仙侯"条、明邝露撰《赤雅》卷二《何侯山》条、清毛奇龄撰《西河集》卷二四《芹沂何氏宗谱序》提到本条，但未注明出处。《广博物志》卷一二、《佩文韵府》卷三九引作《真仙通鉴》。魏浚，明末人。

② 按，此条实出宋曾慥编《类说》卷五所录《燕北杂记》"锡里"条，原文作："契丹富豪民要裹头巾者，纳牛驼七十头，马百疋，并给契丹，名目谓之锡里。"《御批〈资治通鉴纲目〉》卷五六引作《契丹国志》。

③ 按，唐冯贽撰《云仙杂记》卷七、元陶宗仪撰《说郛》卷一一九下录《云仙杂记》并引作《玄山记》，是。

序》和《晋书》卷七六《葛洪传》并作十卷。葛洪撰述《神仙传》是为了自神其教，具体言之，乃为回答弟子滕升问古仙之有无而作。故其《神仙传序》云："昔秦大夫阮仓所记有数百人，刘向所撰(按指《列仙传》)又七十一人。盖神仙幽隐，与世异流，世之所闻者，犹千不及一者也。……余今复抄集古之仙者，见于仙经、服食方及百家之书，先师所说，耆儒所论，以为十卷，以传知真识远之士。"①

《神仙传》始见著录于《隋书·经籍志》史部杂传类，十卷。其后，《旧唐书·经籍志》史部杂传类、《新唐书·艺文志》子部道家神仙类、《郡斋读书志》传记类、《宋史·艺文志》子部道家类、明《天一阁书目》等并见著录，皆云十卷。《四库全书》收入子部道家类，十卷。郑樵《通志》卷六七《艺文略第五》道家类著录"《列仙传》十卷，葛洪撰"②，其名独异，《四库全书总目提要》、陈国符《道藏源流考》皆谓郑樵著录书名有误。又《遂初堂书目》道家类著录，不注撰者和卷数。

按全书所录仙人数，今传《神仙传》有三种系统，一种为八十四人本，以《四库全书》本为代表，出明末毛晋所刊；一种为九十二人本，以《广汉魏丛书》本为代表；一种是九十五人本，如民国守一子辑《道藏精华录》本除全收《广汉魏丛书》之九十二人外，又增入华子期、卢敖若士(卢敖若士当为二人，王松年《仙苑编珠》即为之各列一传)共九十五人。③ 按《三洞珠囊》、《仙苑编珠》所引《神仙传》神仙，多有不见今本《神仙传》者，故陈国符《道藏源流考》、余嘉锡《四库提要辨证》、李剑国《唐前志怪小说史》皆以今本《神仙传》已非全帙。《文苑英华》卷七三九引唐人梁肃《神仙传论》云："余尝览葛洪所记……《神仙传》凡一百九十人，予所尚者，惟柱史、广成二人而已。"又《道藏》道玄部传记类引五代天台山道士王松年《仙苑编珠序》云："葛洪更撰《神仙传》一百一十七人。"④若所见非有增益，则今本散佚实多。周中孚《郑堂读书记》卷六九认为《四库全书》本，仙人虽少，"乃原帙也"，而九十二人本因抄

---

① 〔晋〕葛洪撰、胡守为校释：《〈神仙传〉校释》，序文第1～2页，北京，中华书局，2010。

② 〔宋〕郑樵：《通志》，第788页，中华书局1987年影印万有文库十通本。同页又著录："《神仙传略》一卷，葛洪撰。"当是《神仙传》节本。

③ 关于《神仙传》主要版本的仙人收录情况参看李剑国《唐前志怪小说史》(修订本)，天津教育出版社2005年版，第331页至336页的对照表。

④ 《道藏》第十一册，第21页，文物出版社等1988年影印本。

取他书凑数而成，“非原帙也”。[①] 李剑国《唐前志怪小说辑释》辑释《神仙传》“黄初平”、“壶公”和“麻姑”等三条。

葛洪（283 年—363 年），字稚川，自号抱朴子。丹阳句容（今属江苏）人。为东晋道教学者。著作宏富，唯多亡佚。据《晋书》卷七二本传，有《内篇》、《外篇》、《碑诔诗赋》百卷、《移檄章表》三十卷、《神仙传》十卷、《良吏传》十卷、《隐逸传》十卷、《集异》十卷，又抄《五经》、《史》、《汉》、百家之言、方技杂事三百一十卷，另有《金匮药方》百卷、《肘后备急方》四卷。《隋志》著录者有：《汉书钞》三十卷、《后汉书钞》三十卷、《神仙传》十卷、《抱朴子内篇》二十一卷、《抱朴子外篇》三十卷、《遁甲肘后立成囊中秘》一卷、《遁甲返覆图》一卷、《遁甲要用》四卷、《遁甲秘要》一卷、《遁甲要》一卷、《龟决》二卷、《周易杂占》十卷、《肘后方》六卷、《玉函煎方》五卷、《神仙服食方》十卷、《序房内秘术》一卷、《抱朴君书》一卷。《正统道藏》和《万历续道藏》共收其著作十三种，以后人误题或伪托者居多。葛洪生平可参侯外庐《中国思想通史》（三）第二节“葛洪生平及其道教思想的传授”、张可礼《东晋文艺系年》等。

《神仙传》今传本除以上所及外，还有：

1.《神仙传》十卷，清王谟辑《增订汉魏丛书》本。

2.《神仙传》十卷，清马俊良辑《龙威秘书》（一集）本。

3.《神仙传》十卷，近人王文濡辑《说库》本。

4.《神仙传》五卷，清顾之魁辑《艺苑捃华》本。

5.《神仙传》不分卷，二十一条，宋张君房《云笈七签》（据明正统《道藏》本）本。

6.《神仙传》不分卷，七十九条，元陶宗仪辑《说郛》本。

7.《神仙传》一卷，《景印元明善本丛书十种》本。

8.《神仙传》一卷，明周履靖编《夷门广牍》本。

9.《神仙传》一卷，七十九条，《五朝小说大观》（杂传家）本。

10.《神仙传》一卷，清管庭芬校《惜寸阴斋丛钞八集》本。

11.《神仙传》一卷，七条，清王仁俊辑《玉函山房辑佚续编》本。

12.《神仙传》一卷，清黄奭编《汉学堂知足斋丛书》本。

---

① 〔清〕周中孚：《郑堂读书记》，第 341 页，北京，中华书局，1993。

《神仙传》也被译成日、英、法等文字，如 Lionel Giles 1948 年英文选译本、Gertrud Güntsch 1988 年法文译本等。胡守为《〈神仙传〉校释》，中华书局 2010 年版，以《文渊阁四库全书》本为底本，参以其他文献校勘而成，可资参看。

二、《拾遗记》

王嘉《拾遗记》，又名《拾遗录》、《王子年拾遗记》。《晋书》卷九五《王嘉传》云："著《拾遗录》十卷，其记事多诡怪，今行于世。"《拾遗记萧绮序》云："《拾遗记》者，晋陇西安阳人王嘉字子年所撰，凡十九卷，二百二十篇，皆为残缺。……今搜检残遗，合为一部，凡一十卷，序而录焉。"[①]据此，则《拾遗记》本来十九卷，后来散佚，梁代萧绮搜集"残遗"，编为十卷，并为之作序，在原作一些条目后加上评论性质的"录"[②]。隋唐志书皆著录于"杂史类"，然著录情况有异。《隋书·经籍志》："《拾遗录》二卷，伪秦姚苌方士王子年撰；《王子年拾遗记》十卷，萧绮撰。"《旧唐书·经籍志》："《拾遗录》三卷，王嘉撰；《王子年拾遗记》十卷，萧绮录。"《新唐书·艺文志》："《拾遗录》三卷，又《拾遗记》十卷，萧绮录。"明《百川书志》卷八子部小说家类："《王子年拾遗记》十卷，晋陇西王嘉撰，萧绮序录，二百二十篇。"明《天一阁书目》著录："《王子年拾遗记》十卷，刊本，萧绮录并序。《拾遗记》者，晋陇西安阳人王嘉字子年所撰，凡十九卷，二百二十篇。"[③]可见，称《拾遗录》者，卷数少，明确说是王嘉撰，这与刘知幾《史通》卷一〇《杂述》所云"王子年之《拾遗》"是一致的；[④]称《拾遗记》者，皆十卷，或称"萧绮撰"，或称"萧绮录"等。则《新唐书》著录之前，当有两种书：一种是二卷或者三卷的《拾遗录》，另一种是十卷的《拾遗记》。前者王嘉所撰无异议，关于后者，宋代以后一般认为是王嘉撰、萧绮录，因为这与《拾遗记萧绮序》所云相合。如《宋史·艺文志》小说类："《王子年拾遗记》十卷，晋王嘉撰。"陈振孙

---

① 齐治平校注：《拾遗记》前附，中华书局，1981。

② 〔清〕周中孚：《郑堂读书记》认为《拾遗记》萧绮之"录即论赞之别名也"（第 329 页，中华书局，1993）。

③ 〔明〕范钦藏、〔清〕范邦甸等编：《天一阁书目》，扬州阮氏文选楼嘉庆十三年（1808 年）刻本；据林夕主编：《中国著名藏书家书目汇刊》第三册，第 152 页，商务印书馆 2005 年影印本。

④ 张振佩笺注：《〈史通〉笺注》，第 362 页，贵阳，贵州人民出版社，1985。

《直斋书录解题》小说类："《拾遗录》十卷，晋陇西王嘉子年撰，萧绮叙录。"晁公武《郡斋读书志》卷二（下）传记类："《王子年拾遗记》十卷，右梁萧绮叙录。晋王子年尝著书百二十篇……绮拾掇残阙，辑而序之。"[①]《遂初堂书目》杂传类著录为《王子年拾遗记》，不著撰人。宋人晁载之《续谈助·洞冥记跋》云："虞義造《王子年拾遗录》。"[②]姚振宗《隋书经籍志考证》怀疑"虞義"指南齐虞羲。[③] 又明人胡应麟《少室山房笔丛·四部证讹（下）》以为"盖即绮撰而托之王嘉"[④]。然二说无确凿证据，学者多不从之。

作者东晋王嘉（？—约 390 年），字子年，陇西安阳（今甘肃渭源）人。[⑤] 方士。初隐东阳谷，后居终南山。寡与世人交游。苻坚屡征不起，终被后秦姚苌杀死。《晋书》卷九五《艺术列传》有传。萧绮，生平无考，学者据《拾遗记萧绮序》所云"宫室榛芜，书藏堙毁。荆棘霜露，岂独悲于前王；鞠为禾黍，弥深嗟于兹代！故使典章散灭，黉馆焚埃，皇图帝册，殆无一存"等语颇具贵族口吻，"疑为梁朝的宗室贵族，按照我国姓名排行的习惯，和萧统、萧综、萧纲等是同辈"[⑥]。萧绮叙录乃小说批评史上重要资料，其价值可参看张侃《试谈萧绮对〈拾遗记〉的整理和批评——从小说批评史的角度加以考察》（《复旦学报》1995 年第 2 期）。

题为《拾遗记》十卷本现存版本有：明嘉靖十三年（1534 年）世德堂翻宋本，乃今见最早的本子；明吴琯辑《古今逸史》本（《景印元名善本丛书十种》本）、明何允中辑《广汉魏丛书》本、清王谟辑《增订汉魏丛书》本、清汪士汉辑《秘书二十一种》本、《四库全书》本、《百子全书》本、《诸子集成补编》本（四川人民出版社 1997 年版）等。题为《王子年拾遗记》十卷本有：明程荣辑《汉魏丛书》本，明商浚辑《稗海》本，明李栻辑《历代小史》本（《景印元名善本丛书十种》本）等。此外还有清人辑《无一是斋丛钞》本《拾遗记》一卷，《说郛》（商务印书馆本）卷三〇、《类

---

① 《昭德先生郡斋读书志》卷二（下），《四部丛刊》本。

② 〔宋〕晁载之：《续谈助》，商务印书馆 1939 年版《丛书集成初编》本，第 16 页。

③ 齐治平校注：《拾遗记·附录》，第 251 页，北京，中华书局，1981。

④ 〔明〕胡应麟：《少室山房笔丛》，第 418 页，北京，中华书局，1958。

⑤ 关于"安阳"属今何地，有争议，此从李剑国说。

⑥ 齐治平校注：《拾遗记·前言》，第 4 页，北京，中华书局，1981。

说》卷五、《古今说部丛书》①、《旧小说》甲集等有节录。

《拾遗记》十卷今人整理本，有齐治平校注本，属于中华书局《古小说丛刊》之一。该本以明世德堂翻宋本为底本，前言全面介绍论析了《拾遗记》诸多问题，正文作简要校注，正文之后辑录佚文十八条，附录《传记资料》四种、《历代著录及评论》二十条，为目前阅读重要参考文本。本书漏校、误校之处可参看陈丽君《〈拾遗记〉校勘》(《杭州师院学报》2005 年第 4 期)。又有孟庆祥、商嬺姝译注《拾遗记译注》(黑龙江人民出版社 1989 版)，亦以明世德堂翻宋本为底本，未辑佚文。李剑国《唐前志怪小说辑释》辑释《拾遗记》"贯月查"、"夷光修明"、"沐胥国道人"、"骞霄国画工"、"李夫人"、"怨碑"、"薛灵芸"和"翔风"等八条。

关于《拾遗记》研究，有几篇硕士论文可参看：吴俐雯《王嘉〈拾遗记〉研究》(台湾：东吴大学中国文学研究所 1992 年硕士论文)、王兴芬《王嘉与〈拾遗记〉研究》(西北师范大学文学院 2007 年硕士论文)、吴蓉《〈拾遗记〉研究》(南京师范大学文学院 2008 年硕士论文)。

《拾遗记》，齐治平校注本正文及所辑佚文之外，尚有不少佚文，辑录如下：

1. 积雪久不消，掘地得金羊、玉马，高三尺许。(宋叶庭珪撰《海录碎事》卷一引《拾遗记》)

2. 昆仑者，西方曰须弥山，九层。其第七层有景云出，以映朝日。(《太平御览》卷八引王子年《拾遗记》)

3. 穆王东至大㩻(音奇)之谷，西王母来进嵰(丘俨反)州甜雪。嵰州去玉门三十万里，地多寒雪霜露，著木石之上，皆融而甘，可以为菓也。(《太平御览》卷一二引王子年《拾遗记》。陈元龙撰《格致镜原》卷四引《拾遗记》作："穆王东至大骑之谷，西王母来进嵰州甜雪。嵰州去玉门三千里，地寒多雪，著草木，皆融而甘，可以为菓。")

4. 黄帝为养龙之囿。(《太平御览》卷一九六引《拾遗记》。按《拾遗记》卷一作炎帝"为豢龙之圃"。)

5. 帝解鸣鸿刀赐东方朔，朔曰："此刀黄帝时采首阳之金，铸为此

---

① 《古今说部丛书》，国学扶轮社 1913 年初版，1915 年再版，此据上海译文出版社 1991 年影印 1915 年再版本。以下引用该书原文均据此版本。《拾遗记》节录"昆仑山"等八条，题曰《拾遗名山记》。

刀，雄者已飞，雌者独在。”(《太平御览》卷引三四五引《拾遗记》，末注云“一出《洞冥记》”。)

6. 广延之国，去燕七万里，在扶桑东，其地寒，盛夏之日，冰厚至丈，常雨青雪，冰霜之色，皆如绀碧。(《太平御览》卷一二引王子年《拾遗记》)①

7. 黄帝之子，名青阳，是曰少昊，一名挚，有白云之瑞，号为白帝。有凤衔明珠致于庭，少昊乃拾珠怀之，使照服于天下。(《太平御览》卷八〇三引王子年《拾遗记》)

8. 东极之东，有云渠粟，蘩生，叶似扶蕖，食之益颜色，粟茎赤多黄，皆长二丈，千株蘩生。(《初学记》卷二七、《太平御览》卷四〇引王子年《拾遗记》)

9. 有飞明麻，叶黑，实如玉，风吹之如尘，亦名明尘麻。(《太平御览》卷八四一引王子年《拾遗记》)

10. 东极之东，有紫麻，粒如粟，色紫，迮为油，则汁如清水，食之，目视鬼魅。又有倒叶麻，叶如倒巨(巨，四库本《太平御览》作“苣”)，色红紫，亦名红冰麻，言冰(冰，原作“水”，据四库本《太平御览》改)麻乃有实，食之，颜色洁白。(《太平御览》卷八四一引王子年《拾遗记》)

11. 东极之东，有倾离豆，见日即倾叶，食者历岁不饥，豆茎皆大若指，而缘一茎，烂漫数亩。(《太平御览》卷八四一引王子年《拾遗记》)

12. 圆山，其形圆也。有木林，疾风震地，而林木不动；以其木为瑟，故曰静瑟也。黄帝使素女鼓庖羲氏之瑟，满席悲不能已，后破为七尺二寸，二十五弦。(《太平御览》卷五七六引王子年《拾遗记》)

13. 融皋西有销明之草，丛生千叶，阴覆地，夜视之如列烛，昼则

---

① 隋杜公瞻撰《编珠》卷一引王子年《拾遗记》作“广延国常雨青雪，冰霜之色皆如绀碧。”《太平御览》卷一四引王子年《拾遗记》作“广延国有霜，色绀碧。”宋陈元靓撰《岁时广记》卷四引《拾遗记》作“广延国霜色绀碧。又云：嵰州霜绀色。”明徐应秋撰《玉芝堂谈荟》卷一九引《拾遗记》作：“广延国尝雨青雪，霜色绀碧。”清陈元龙撰《格致镜原》卷四引《拾遗记》作：“广延国去燕七万里，其地常雨青雪。”宋叶庭珪撰《海录碎事》卷一引《拾遗记》作“唐延国霜色皆绀碧。”大抵皆为节略引述。

灭矣。(《太平御览》卷八七〇引王子年《拾遗记》)[①]

14. 融皋山上有翻魂稻，言食者死更生。(《太平御览》卷八八六引王子年《拾遗记》)

15. 北极有岐峰之阴，多枣树，百寻，其枝茎皆空，其实长尺，核细而柔，百岁一实。(《太平御览》卷九六五引王子年《拾遗记》)

16. 汉昭帝游柳池，有芙蓉，紫色，大如斗，花叶柔，甘可食，芬气闻十里之内，莲实如珠。(《太平御览》卷九九九引王子年《拾遗记》)

17. 衔蝉，猫名。(元阴劲玄、阴复春编《韵府群玉》卷五引《拾遗记》。明方以智撰《通雅》卷四六、陈大章撰《诗传名物集览》卷四引《拾遗记》作："猫一名衔蝉。")

18. 宛渠之国有然山，其土石皆自光明，钻斩皆火出，火如栗，晖晖一室。昔炎帝时国人献此石。又申弥国有火树，名燧木，屈盘万丈，折枝相钻则出火，有鸟若鸮，以口啄树，灿然火出，圣人因取小枝以钻火，号燧人氏。(明徐应秋撰《玉芝堂谈荟》卷二四引《拾遗记》)

19. 方丈山有石，色如肺；烧之有烟香，闻数百里；烟气升天，则为香云；香云遍润，则成香雨。又瀛州时有香风，泠然而起，张袖受之，则历年不歇，沾肤软滑。(明徐应秋撰《玉芝堂谈荟》卷一九引《拾遗记》)[②]

20. 于冥昧当雨之时，而光色弥明。此石常浮于水边，方数百里，其色多红。烧之，有烟数百里，升天则成香云；香云遍润，则成香雨。(《太平御览》卷八七一引王子年《拾遗记》)

21. 江东俗号正月二十日为天穿日(《古今事文类聚前集》无"日")，以红缕系煎饼饵，置屋上，谓之补天穿。(宋陈元靓撰《岁时广记》卷一、宋祝穆撰《古今事文类聚前集》卷六、明彭大翼撰《山堂肆考》

---

① 《拾遗记》卷六作："有宵明草，夜视如列烛，昼则无光自消灭也。"(齐治平校注本第132页)

② 按，《初学记》卷二五引《拾遗记》作："员峤山西有星池，出烂石，色红质虚，似肺；烧之，香闻数百里；烟气升天，则成香云；云遍，则成香雨。"《太平御览》卷八所引略同。宋叶庭珪撰《海录碎事》卷三下引《拾遗记》作："烂石，色红似肺，烧之有香烟，气升天则成香云，遍润则成香雨。"同书卷一略引为："烂石烧之，烟为香云，遍空则下香雨。"宋陈敬撰《陈氏香谱》卷一："《物类相感志》云：员峤烂石，色似肺；烧之有香烟，闻数百里；烟气升天，则成香云；偏润，则成香雨。亦见《拾遗记》。"

卷一九四引《拾遗记》)

又有误引者如下：

明徐应秋撰《玉芝堂谈荟》卷一四引王子年《拾遗记》云："异人梁四公：曰蜀闯，曰鱙杰，曰越黼，曰仇（明陈士元撰《名疑》卷三引《拾遗记》作'仉'）督。"据《太平广记》卷八一"梁四公记"、《说郛》卷一一三上所录唐张说《梁四公记》等，则此条实出《梁四公记》。

明彭大翼撰《山堂肆考》卷九五引《拾遗记》云："桓温平蜀，以李势女为妾，尝著斋中。妻南郡主始不知，既闻，与数十婢拔白刃袭之，正值李梳头，发委籍地，肤色玉辉，不为动容，徐徐结发敛手曰：'国破家亡，无心至此，今日若能见杀，乃是本怀。'辞甚凄惋。主于是掷刀，前抱之曰：'阿子，我见汝亦怜，何况老奴？'遂善待之。"此条当为《山堂肆考》误引，鲁迅《古小说钩沉》依《艺文类聚》卷一八、《世说新语·贤媛》注、《六帖》卷一七辑作虞通之《妒记》，是。

三、《神异记》

王浮《神异记》，诸书史志不见著录。《本草纲目引据古今经史百家书目》中有《神异记》，或即王浮是书。清人文廷式《补晋书艺文志》收载此书，不言卷数。《太平广记》卷四一二，《太平御览》卷六四二、卷七一〇、卷九一三、卷九七三，《太平寰宇记》卷九八、卷一〇五，《事类赋注》卷一六，《北堂书钞》卷一三三、卷一四四，《茶经》卷下等引录佚文，多作"《神异记》"，唯《太平御览经史图书纲目》及《太平御览》卷八六七引作"王浮《神异记》"。

王浮，晋惠帝时人，官祭酒。曾作《老子化胡经》诋毁佛教。逸事散见梁僧祐《出三藏记集》卷一五《法祖法师传》、梁释慧皎《高僧传》卷一《帛元传》、唐释法琳《辨正论·佛道先后篇》引《晋世杂录》、唐释法琳《辨正论》陈子良所注引梁裴子野《高僧传》及刘义庆《幽明录》，唐释智升撰《开元释教录》卷二下，《法苑珠林》卷六九、卷七一，《太平御览》卷六五六，《广弘明集》卷一二等。

《神异记》，鲁迅《古小说钩沉》辑得八条，较为完备。此补充三条如下以备考：

1. 犍为有一白虎，出则众黑虎随之，不伤人、物。（明曹学佺撰《蜀

中广记》卷一二引《神异记》）

2. 昔有金牛起此山，入于牛渚。（明徐应秋撰《玉芝堂谈荟》卷二四引《神异记》）

3. 武昌山北有望夫石，状若人，俗传：昔有贞妇，其夫从役，远赴国难，携弱子饯送此山，立望夫而死，化为立石，因名焉。（明彭大翼撰《山堂肆考》卷一九、宋谢维新撰《古今合璧事类备要前集》卷六、《锦绣万花谷后集》卷五等引《神异记》，元阴劲弦《韵府群玉》卷一九引作《神异》，文字略有同异。按《太平御览》卷四八引作《舆地记》，卷五二引作《世说》，卷四四〇引作《幽明录》，卷八八八引作《列异传》。）

四、孔氏《志怪》

孔氏《志怪》又习称《孔氏志怪》。关于作者孔氏生活的年代，可由史书对其《志怪》的具体著录位置及其佚文相关条目做大致估计。在《隋书・经籍志》中，孔氏《志怪》排在祖台之《志怪》之后，刘之遴《神录》之前；而在《旧唐书・经籍志》中，则排在干宝《搜神记》之后，祖台之《志怪》之前；在《新唐书・艺文志》中排在干宝《搜神记》、刘之遴《神录》、梁元帝《妍神记》和祖台之《志怪》之后，荀氏《灵鬼志》、刘义庆《幽明录》等之前。通过这三种史志，我们大致可以推定，孔氏生活年代与干宝、祖台之等相当。干宝（？276—332年）生活于东晋前期，祖台之生卒年不详，当为东晋中期人，曾在太元（376年—396年）年间做官；刘之遴（477—548年）主要生活在梁代。可见，《新唐书・艺文志》著录中将祖台之《志怪》排在刘之遴《神录》之后，其具体排列很不严谨；而《隋书・经籍志》和《旧唐书・经籍志》则基本遵循了作者年代前后。据此，孔氏则生活在东晋时期。又《孔氏志怪》佚文没有晋后之事，李剑国据《世说新语》之《方正篇》刘孝标注引《孔氏志怪》“卢充幽婚”条和《排调篇》注引《孔氏志怪》“干宝父婢复生”条，云：“孔约乃东晋干宝以后人。”①综合史书著录将《孔氏志怪》排在《搜神记》后来看，这一推测是成立的。

孔氏《志怪》，《隋书・经籍志》史部杂传类著录为四卷，注云孔氏

① 李剑国：《唐前志怪小说史》（修订本），第350页，天津，天津教育出版社，2005。

撰;《旧唐书·经籍志》杂传类、《新唐书·艺文志》子部小说家类皆著录为四卷,不录撰人。《新唐书·艺文志》题作《孔氏志怪》。《世说新语·方正篇》第十八条刘孝标注引《孔氏志怪》"卢充幽婚"条,余嘉锡考证云:

> 嘉锡又案:隋、唐《志》均有孔氏《志怪》四卷,不言时代名字。章宗源《隋志考证》十三云:"《文苑英华》:顾况《戴氏广异记序》(案见《英华》七百三十七)称孔慎言《神怪志》。"文廷式《补晋志》丙部五云:"《太平广记》二百七十六'晋明帝'条引孔约《志怪》,约,当是其名。"嘉锡以此参互考之,知其人名约,字慎言。本书《排调篇》注引其书,有干宝作《搜神记》事,则其人在干宝之后。《隋志》著录,序次于祖台之《志怪》之下,疑其并在台之后矣。台之,晋孝武时人,孔氏至早亦晋末人也。①

《神怪录》,多称作《神怪志》,据章宗源、余嘉锡意见,当即《孔氏志怪》;然宋王观国撰《学林》卷七云:"'王果石崖'出于《神怪志》";又明余寅撰《同姓名录》卷五云:"唐王果为雅州刺史……见《神怪录》",《旧唐书》卷四一《地理志四》云:"隋临邛郡武德元年改为雅州。"唐白居易原本、宋孔传续撰《白孔六帖》卷六五"葬"类"欲堕不堕逢王果"条注解云:"唐左卫将军王果被责出为雅州刺史,于江中泊船,仰见岩腹中有一棺,临空半出,乃缘崖而观之,得铭曰:'欲堕不堕逢王果,五百年中(据《太平广记》补)重收我。'果叹曰:'吾今葬此,今被责雅州,固其命也。'乃收窆而去。(《广记》)"既然注解末标明的引文出处乃宋人《(太平)广记》,则该条注解实出宋人孔传,其记王果为唐人甚明,②孔慎言《神怪志》乃唐人书。检所谓顾况《戴氏广异记序》原文作:"国朝燕(公)《梁四公传》、唐临《冥报记》、王度《古镜记》、孔慎言《神怪志》、赵自勤《定命录》"云云,③则孔慎言为"国朝"(唐朝)人无疑。清修《山西通志》卷七四云:"孔慎言,开元初解县令。"《旧唐书》卷一九二《隐逸

---

① 余嘉锡笺疏、周祖谟等整理:《〈世说新语〉笺疏》(修订本),第301页,上海,上海古籍出版社,1993。

② 据明余寅撰:《同姓名录》卷五等知历史上有三位"王果",一出《南华经》,为先秦王果,一为宋王果,一为唐王果。《神怪录》为作者唐王果无疑。

③〔唐〕顾况:《华阳集》卷下,又宋祝穆撰《古今事文类聚前集》卷四八收录,俱台湾"商务印书馆"影印《文渊阁四库全书》本。"公",据《全唐文》卷五二九补,清嘉庆内府刻本。

传》之《卫大经传》云："开元初，毕构为刺史，谓解令孔慎言曰：'卫生德厚，宜有旌异，古人式干木之间，礼贤故也。'慎言造门就谒，时大经已年老，辞疾不见。尝预筮死日，凿墓自为志文，果如筮而终。"《太平御览》卷五〇六逸民部等亦引录此事。可见余嘉锡对《孔氏志怪》的作者推测有失误。孔慎言为唐人，[①]不可能是《孔氏志怪》的作者；《神怪志》乃唐人志怪小说，与《孔氏志怪》实为二书。鲁迅《古小说钩沉》将"将军王果条"[②]辑为《神怪录》，或亦以为《神怪录》乃唐前志怪书，误。

孔氏《志怪》古无辑录本，鲁迅《古小说钩沉》从刘义庆《世说新语》刘孝标注、李瀚《蒙求》徐子光注、《初学记》、《太平广记》、《北堂书钞》、《太平御览》、《艺文类聚》等辑得十则。李剑国《唐前志怪小说辑释》辑释《孔氏志怪》"谢宗"一条。赵景深据《事类赋注》辑录鲁迅所辑之外的五条[③]，然查检《事类赋注》不见；其本事，据《太平广记》卷三二二、卷三二六，《太平御览》卷九九、卷三三八、卷七一一，《北堂书钞》卷一三五，四库本《说郛》卷一七一下等，皆出《志怪录》和《异苑》。今在鲁迅所辑之外辑补五条备考：

1. 顾邵为豫章，崇学校，禁淫祀，风化大行，历毁诸庙。至庐山庙，一郡悉谏，不从。夜忽闻有排大门声，怪之，忽有一人，开阁径前，状若方相，自说是庐君。邵独对之，要进上床。鬼即人（当为"入"）坐。邵善《左传》，鬼遂与邵谈《春秋》，弥夜不能相屈。邵叹其精辩。谓曰："《传》载晋景公所梦大厉者，古今同有是物也？"鬼笑曰："今大则有之，厉则不然。"灯火尽，邵不命取，乃随烧《左传》以续之。鬼频请退，邵辄留之。鬼本欲凌邵，邵神气湛然，不可得乘。鬼反和逊，求复庙，言旨恳至。邵笑而不答，鬼发怒而退。顾谓邵曰："今夕不能仇君，三年之内，君必衰矣。当因此时相报。"邵曰："何事匆匆，且复留谈论。"鬼乃

---

① 李剑国《唐前志怪小说史》（修订本）云："孔慎言系唐人。"（第 350 页，天津教育出版社，2005）然未申其说。

② 鲁迅辑文系从唐李瀚撰、宋徐子光注《蒙求集》注卷上和《太平御览》卷五五九辑出，然查《太平御览》不见该条。《蒙求集》注与《白孔六帖》所引《神怪志》佚文文字虽有不同，然事却相同："将军王果，为益州太守，路经三峡，船中望见江崖石壁千丈，有物悬（鲁迅辑文多"之"字）在半崖，似棺椁，问旧行人，皆云已久，果（鲁辑无"问"以下九字）令人悬崖就视，乃一棺也。骸骨存焉，有石志云：'三百年后水漂我，欲及长江垂欲堕，欲堕不堕遇王果。'果见（鲁辑作"视"）铭怆然曰（鲁辑作"云"）：'数百年前知我名，如何舍去？'因留为营敛瘗（鲁辑作"葬"）埋，设祭而去。"可见《蒙求集》注中的"益州太守"王果也就是《白孔六帖》中做雅州太守的王果。

③ 赵景深：《中国小说丛考》，第 20～21 页，济南，齐鲁书社，1980。

隐而不见。视门阁，悉闭如故。如期，邵果笃疾，恒梦见此鬼来击之，并劝邵复庙。邵曰："邪岂胜正？"终不听。后遂卒。(《太平广记》卷二九三引《志怪》。此条鲁迅辑入《杂鬼神志怪》。按《太平广记》卷四六八引《志怪》"会稽王国吏谢宗赴假"条，鲁迅《古小说钩沉》所辑《太平御览》卷九三一引作《孔氏志怪》，文字、情节略有出入。据此，"顾邵为豫章"条当不排除属于《孔氏志怪》之可能，以下《太平广记》所引《志怪》条目亦暂从此例，录以备考。)①

2. 古今相传：夜以火照水底，悉见鬼神。温峤平苏峻之难，及于湓口，乃试照焉。果见官寺赫奕，人徒甚盛；又见群小儿，两两为偶，乘軺车，驾以黄羊，睢盱可恶。温即梦见神怒曰："当令君知之！"乃得病也。(《太平广记》卷二九四引《志怪》。此条鲁迅辑入《杂鬼神志怪》。)

3. 永嘉中，黄门将张禹，曾行经大泽中。天阴晦，忽见一宅门大开。禹遂前至厅事。有一婢出问之，禹曰："行次遇雨，欲寄宿耳。"婢入报之，寻出，呼禹前。见一女子，年三十许，坐帐中，有侍婢二十余人，衣服皆灿丽。问禹所欲，禹曰："自有饭，唯须饮耳。"女敕取铛与之，因然火作汤，虽闻沸声，探之尚冷。女曰："我亡人也，冢墓之间，无以相供，惭愧而已。"因歔欷告禹曰："我是任城县孙家女，父为中山太守，出适顿丘李氏。有一男一女，男年十一，女年七岁。亡后，李氏幸我旧使婢承贵者。今我儿每被捶楚，不避头面。常痛极心髓，欲杀此婢。然亡人气弱，须有所凭，托君助济此事，当厚报君。"禹曰："虽念夫人言，缘杀人事大，不敢承命。"妇人曰："何缘令君手刃？唯欲因君为我语李氏家，说我告君事状。李氏念惜承贵，必做禳除。君当语之，自言能为厌断之法。李氏闻此，必令承贵莅事，我因伺便杀之。"禹许诺。

① 剑锋按，《太平广记》卷三二九引《志怪》"张希望"条云"周司礼卿张希望，移旧居改造。见鬼人冯毅见之曰：'当新厩下，有一伏尸，极怒，公可避之。'望笑曰：'吾少长已来，未曾信此事，公勿言。'后月余，毅入，见鬼持弓矢，随希望后。适及阶，鬼引弓射中肩膊，希望觉背痛，以手抚之，其日卒。"此条又见唐张鷟撰《朝野佥载》卷二。此条既曰"周(指武周，据《全唐文》卷九六《改元光宅[684年]赦文》，司礼卿为武则天改立司礼寺官名)"，而梁刘孝标已经引用《孔氏志怪》，则《太平广记》所引《志怪》"周司礼卿张希望"，定非出自《孔氏志怪》。因此《太平广记》所引《志怪》可能另有其书。然从其所引"会稽王国吏谢宗赴假"条为《太平御览》卷九三一引作《孔氏志怪》来看，《太平广记》所引《志怪》一书，或者采录了《孔氏志怪》。因此，凡《太平广记》所引梁代以前《志怪》小说，皆归于《孔氏志怪》。

及明而出，遂语李氏，具以其言告之。李氏惊愕，以语承贵。大惧，遂求救于禹。既而禹见孙氏自外来，侍婢二十余人，悉持刀刺承贵，应手扑地而死。未几，禹复经过泽中，此人遣婢送五十匹杂采以报禹。(《太平广记》卷三一八引《志怪》。此条鲁迅辑入《杂鬼神志怪》。)

4. 沙门竺僧瑶得神咒，犹能治邪。广陵王家女病邪，瑶治之。入门，瞋目骂云："老魅不念守道，而干犯人！"女乃大哭云："人杀我夫！"魅在其侧曰："吾命尽于今！"因歔欷，又曰："此神不可与事。"乃成老鼍，走出庭中，瑶令仆杀之也。(《太平广记》卷四六八引《志怪》。此条鲁迅辑入《杂鬼神志怪》。)①

5. 会稽吴详者，少为县吏，夜行至溪，见一女子，溪边洗脚，呼详共宿。明旦别去，女赠详以紫布手巾，详答以白布手巾。(唐虞世南撰、明陈禹谟补注四库本《北堂书钞》卷一三六引《志怪》②，又《太平御览》卷七一六引《志怪》，文字略异。按，此条又见《搜神后记》，鲁迅辑为《神怪录》、《杂鬼神志怪》。)

五、祖台之《志怪》

祖台之，生卒年不详。字符辰，范阳蓟县(今北京)人。乃祖冲之曾祖父。东晋孝武帝太元中任尚书左丞；安帝时官至侍中、光禄大夫。《太平御览》卷六八引祖台之《志怪》"陈悝"条事在"隆安"(397—401年)，故是书当作于晋安帝以后。事迹见《晋书》卷七五《祖台之传》及《王国宝传》、《南史》卷七二《祖冲之传》、《宋书》卷六〇《范泰传》、《太平御览》卷二一三引《晋中兴书》等。《隋书》卷三五《经籍志四》："晋光禄大夫《祖台之集》十六卷，梁二十卷。"已佚。严可均《全晋文》卷一三八辑录佚文五篇。

---

① 按，此条《太平御览》卷九三二引作《许氏志怪》，《许氏志怪》不见史书著录，也不见他处征引，此书或为《孔氏志怪》之误，引文稍异，录以备考："沙门竺僧瑶得神符，尤能治邪。广陵王家女病邪，召瑶治之，瑶入门便瞋目大骂：'老魅不守道，敢干犯人！'女在内大唤云：'人杀我夫！'鬼在侧曰：'吾命尽于今，可为痛心！'因歔欷悲啼，又曰：'此神也，不可争。'傍人悉闻，于是化为老鼍，走出中庭，瑶入扑杀之。"

② 光绪十四年(1888年)刊孔氏三十三万卷堂影钞本《北堂书钞》卷一三六"手巾七十七"条引作《神怪录》，文字略简。

《晋书》本传称祖台之"撰《志怪》，书行于世"。《隋书·经籍志》史部杂传类著录为二卷，《旧唐书·经籍志》杂传类著录为四卷，《新唐书·艺文志》子部小说家类著录为四卷。宋以后史志不见著录，当是亡佚。《太平御览经史图书纲目》题作祖台之《志怪集》，重编《说郛》卷一一七下题作祖台之《志怪录》，辑作九则；《古今说部丛书》有辑本，题为祖台之《志怪录》，计八则。① 鲁迅《古小说钩沉》辑十五则，系从《太平广记》、《太平御览》、《艺文类聚》、《初学记》、《北堂书钞》、《法苑珠林》等辑出，较完备。郑学弢《〈列异传〉等五种》(文化艺术出版社 1988 年版)收祖台之《志怪》十四题十五则，并作简要注释。李剑国《唐前志怪小说辑释》辑释祖台之《志怪》"江黄"、"鬼子"二条。

今在《古小说钩沉》基础上辑录祖台之《志怪》佚文如下：

1. 晋陈国袁无忌寓居东平。永嘉初，得疫疠，家百余口死亡垂尽。往(《太平广记》作"徙")避大宅，权住田舍。有一小屋，兄弟共寝，板床荐席数重。夜眠，及(原作"失"，此从《太平广记》)晓，床出在户外，宿昔如此。兄弟怪怖，皆不眠(《太平广记》作"不能得眠")。后见一妇人，来在户前，知忌等不眠，前却户外。时未曙("曙"，原作"署"，此从《太平广记》)，明月朗，见之(见之，《太平广记》作"共窥之")，彩衣白妆("妆"，原作"庄"，此从《太平广记》)，头上有范镏("范镏"，《太平广记》作"花插")及银钗、象牙梳。忌("忌"，《太平广记》作"无忌"，下同)等便逐之。初，绕屋走而("而"，原作"四"，此从《太平广记》)倒，头发及范镏之属皆堕落(本句，《太平广记》作"头髻及花插之属皆坠")，忌悉拾之。仍复出门南走，临道有井，遂入井中。忌还眠，天晓，视范镏及钗牙梳(本句，《太平广记》作"视花钗、牙梳")，并是真物。掘(《太平广记》作"遂")坏井，得一楸棺，三分井水所渍(本句，《太平广记》作"具已朽坏")。忌便易棺器、衣服，还其物，(《太平广记》"忌便"以下作"乃易棺并服")于(《太平广记》作"迁于")高燥处葬之，遂断。(唐释道世撰《法苑珠林》卷一一四引《志怪集》；《太平广记》卷三二二引作《志怪

① 据《古今说部丛书》(二)著录本统计，上海译文出版社 1991 年影印国学扶轮社 1915 年版。

录》。此条鲁迅辑入《杂鬼神志怪》。)①

2. 陶侃微时，遭大丧。葬，家贫，亲自营砖。有班犉牛，砖已(原作“专以”，此从光绪十四年刊孔氏三十三万卷堂本《北堂书钞》、《太平御览》卷九〇〇)载致，忽然失去，便自寻觅。道中逢一老公，便举手指云：“向于岗上见一牛眠山洿中，必是君牛，眠处便好作墓，安坟则致极贵；小下，当位极人臣，世为方岳。”又(原作“侃”，此从《四库》本《太平御览》)指一山云：“此好，但不如前。亦(“前亦”二字，原作“下”，此据《四库》本《太平御览》改)当世有刺史。”言讫，便不复见。太尉之葬如其言。侃指别山与周访家，则并世刺史矣。(《太平御览》卷五五九引作《志怪集》)②

3. 石季伦母丧，洛下豪俊赴殡者倾都，王戎亦入。临殡，便见鬼攘臂打搥凿，甚惶惶，有一人当棺立，此鬼披胸陷之，此人即应凿而倒。人便舁去，得病半日死。故世间相传，不宜当棺，由戎所见。(《太平御览》卷三七一引作《志怪集》。此条鲁迅辑入《杂鬼神志怪》。)

4. 夏侯弘(夏侯弘，《太平御览》卷八九七作“孙弘”)常(据《太平御览》卷八九七补)自云见鬼神，与其言语委曲。众未之信。(以上十字从《太平御览》卷八九七)③镇西将军谢尚，常所乘马忽暴死。会弘诣尚，尚忧恼甚至(本句，《太平御览》卷八九七作“尚爱惜至甚”)。谓尚

---

① 据《〈太平御览〉经史图书纲目》有《祖台之志怪集》、《孔氏志怪》，疑《志怪集》即《祖台之志怪集》。此将《太平御览》引作《志怪集》者一并辑录如下以备考。既然此条《太平广记》卷三二二引作《志怪录》，故《太平广记》引作《志怪录》者亦暂时辑入祖台之《志怪》。

② 按《古小说钩沉》所辑《祖台之志怪》“陶太尉微时”条乃录自《太平御览》卷九〇〇“《祖台之志怪》”，文字与本辑文有出入，且无末二句。此条鲁迅又辑入《杂鬼神志怪》。唐虞世南撰、明陈禹谟补注《北堂书钞》卷九四引《晋书》云：“陶侃微时，丁艰将葬，家中忽失牛，而不知所在。遇一老父谓曰：‘前岗见一牛眠山污中，其地若葬，位极人臣矣。’又指一山云：‘此亦其次，当世出二千石。’言讫不见，侃寻牛得之，因葬其处。以所指别山与周访，访父葬焉，果为刺史，自访以下三世为益州四十一年。如其所言云。(补案，《志怪集》亦载附)”剑锋按，据台湾“商务印书馆”影印《文渊阁四库全书》本《北堂书钞》，此“补案”当为明陈禹谟补注；“陶太尉微时”条，光绪十四年刊孔氏三十三万卷堂本《北堂书钞》径引作《志怪集》，文字不同：“陶太尉微时，丧当葬，亲自营作砖。有犉牛车，砖已载致，忽然失去，便自寻觅。忽于道中遇一老翁，指云：‘向于山岗上见一牛眠在墟中，此牛眠处便可作墓，安坟当之，则致极贵也。’”宋王观国撰《学林》卷七云：“‘卢充幽婚’出于《志怪集》”，而据《世说新语・方正篇》刘孝标注，“卢充幽婚”条出《孔氏志怪》，据此，则《孔氏志怪》与王观国所云《志怪集》有为一书之可能。又《御定渊鉴类函卷》二四八引“卢充幽婚”条出《志怪录》。或者《祖台之志怪》与《孔氏志怪》所收有重合条目，志此备考。

③ “与其”以下十字，本辑所据四库本《太平广记》作“与共言语”，谈恺本作“与其言语”。

曰："我为公(公,《太平御览》卷八九七补)活马何如?"尚常不信弘,答曰："卿若能令此马更生者,卿真实通神矣。"(此句从《太平御览》,《太平广记》作"卿真为见鬼也")弘于是便下床去,良久还,语尚曰："庙神爱乐君马,故取之耳(本句,《太平御览》卷八九七作"故耳")。向我诣神请之,初殊不许,后乃见听,马即耳便活。"尚对死马坐,意甚不信,(以上二句,《太平御览》卷八九七作"尚时甚不信")怪其所言。须臾,其马忽从门外走还,众咸见之,莫不惊惋。既至马尸间,便灭。(以上二句,《太平御览》卷八九七无"间,便灭")应时能动。起行,有顷,奋迅呼鸣。尚于是叹息。谢曰："我无嗣,是我一身之罚?"弘经时无所告,曰："顷所见小鬼耳,必不能辨此源由。"后忽逢一鬼,乘新车,从十许人,著青丝布袍。弘前提牛鼻,车中人谓弘曰："何以见阻?"弘曰："欲有所问。镇西将军谢尚无儿。此君风流令望,不可使之绝祀。"车中人动容曰："君所道正是仆儿。年少时与家中婢通,誓约不再婚,而违约。今此婢死,在天诉之,是故无儿。"弘具以告。尚曰："少时诚有此事。"弘于江陵见一大鬼,提矛戟,(以上二句,《太平御览》卷八八四作"夏侯弘忽行江陵逢一大鬼,投弓戟,急走,")有小鬼随从数人(本句,《太平御览》卷八八四作"小鬼数百从之");弘畏惧,下路避之。大鬼过后,捉得(《太平御览》卷八八四无"得")一小鬼,问"此(《太平御览》卷八八四多"是")何物。"曰："广州大杀。"弘曰："以此矛戟何为?"(以上十三字依《太平御览》补)曰："杀人以此(《太平御览》卷八八四作"以此杀人")矛戟,若中心腹者,无不(《太平御览》卷八八四无"无不")辄死。中余处,不至于死。"(以上七字依《太平御览》补)弘曰："治此病有方否?"鬼曰："以乌鸡薄之,(本句,《太平御览》作"杀乌鸡薄心")即差。"弘又曰："今欲何行也?"(本句,《太平御览》卷八八四作"今欲行何")鬼曰："当至(《太平御览》卷八八四无"至")荆、扬二州。"尔时比户(谈恺本《太平广记》作"日")行心腹病,无有不死者。弘乃教人杀乌鸡以薄之,十不失八九。今有中恶,辄用乌鸡薄之,弘之由也。("尔时"以下,《太平御览》卷八八四作"尔时,此二州皆行心腹病,略无不死者。弘在荆州教人杀乌鸡薄之,十得八九。今中恶,用乌鸡,自弘之由也。")(按,此条从鲁迅所辑《杂鬼神志怪》条目订补。《太平广记》卷三二二引作《志怪录》,《太平御览》卷八八四引作《志怪》、卷八九七引作《志怪集》,《说

郛》卷一一七下引作祖台之《志怪录》，文字详简不同。）

5. 会稽郡常有大鬼，长数丈，腰大数十围，高冠玄服（《说郛》作“衣”）。郡将吉凶，先（《说郛》作“跂”）于雷门示忧喜之兆（《说郛》作“色”）。谢氏一族，忧喜必告。谢（《说郛》无“谢”）弘道未遭母艰数月，鬼晨夕来临。及后将转吏部尚书，拊掌三节舞，自大门至中庭，寻而迁问至。（《说郛》引至此止）谢道欣遭重艰，至离塘，行墓地。往向夜，见离塘有双炬。须臾，火忽入水中，仍舒长数十丈，色白如练。稍稍渐还赤，散成数百炬，追逐车从而行。悉见火中有鬼，甚长大，头如五石箩，其状如大醉者，左右小鬼共扶之。是年孙恩作乱，会稽大小，莫不翼戴。时以为欣之所见，乱之征也。禹会诸侯会稽，防风之鬼也。（《太平广记》卷三二三引《志怪录》，《说郛》卷一一七下引祖台之《志怪录》。此条鲁迅辑入《杂鬼神志怪》。）

6. 昔有人与奴俱得心腹病，治不能愈，奴死乃刳腹，视之，得一白鳖，赤眼，甚鲜，净以诸药，内鳖口中，终不死。后有人乘白马来者，乘马溺溅鳖，缩头藏脚，乃试取马溺灌之，豁然稍成水，病者顿饮一升即愈。（《太平御览》卷九三二引《志怪》。按明李时珍撰《本草纲目》卷五〇下引《祖台之志怪》作：“昔有人与其奴皆患心腹痛病，奴死剖之，得一白鳖，赤眼，仍活。以诸药纳口中，终不死。有人乘白马观之，马尿堕鳖，而鳖缩。遂以灌之，即化成水。其人乃服白马尿而疾愈。”）①

7. 杂国桓韩子诸盛十诗，群小儿共在后屋作粥。立成，盛以长盘十碗。群儿还，忽有妇人出其间。（《北堂书钞》卷一四四引《志怪集》。此条鲁迅辑入《杂鬼神志怪》。）②

《太平广记》卷三二六引《志怪录》“长孙绍祖”一条，文字绮丽，女鬼所歌类唐人绝句，当非晋人祖台之所作，仅录以备考：

> 长孙绍祖，常行陈、蔡间。日暮，路侧有一人家，呼宿，房内闻弹箜篌声。窃于窗中窥之，见一少女，容态闲婉，明烛独处。绍祖微调之，女抚弦不辍。笑而歌曰：“宿昔相思苦，今宵良会稀。欲

---

① 按《本草纲目引据古今经史百家书目》中有《祖台之志怪》，而无《孔氏志怪》，故将有关病例的《志怪》条目暂列于此。

② 此据光绪十四年三十三万卷堂影钞本，明陈禹谟补注台湾商务印书馆影印《文渊阁四库全书》本《北堂书钞》未见此条佚文。

持留客被，一愿抚君衣。”绍祖悦怿，直前抚慰。女亦欣然曰：“何处公子，横来相干。”因与会合，又谓绍祖曰：“昨夜好梦，今果有征。”屏风衾枕，率皆华整。左右有婢，仍命馔，颇有珍羞，而悉无味。又饮白醪酒，女曰：“猝值上客，不暇更营佳味。”才饮数杯，女复歌，歌曰：“星汉纵复斜，风霜凄已切。薄陈君不御，谁知思欲绝。”因前拥绍祖，呼婢撤烛共寝，仍以小婢配其苍头。将曙，女挥泪与别，赠以金缕小合子：“无复后期，时可相念。”绍祖乘马出门百余步，顾视，乃一小坟也。怆然而去，其所赠合子，尘埃积中，非生人所用物也。（《太平广记》卷三二六引《志怪录》）

六、《灵鬼志》

荀氏《灵鬼志》，荀氏事迹不详，史书无传。

《隋书·经籍志》史部杂传类著录为三卷，荀氏撰；《旧唐书·经籍志》杂传类、《新唐书·艺文志》子部小说家类皆作三卷，《新唐书·艺文志》题作《荀氏灵鬼志》。《太平御览经史图书纲目》有《灵鬼志》，宋郑樵《通志》卷六五亦云：“《灵鬼志》三卷，荀氏撰。”①宋初《太平御览》、《太平广记》尚有征引，则此书北宋时尚存。宋后不见征引，殆已亡佚。鲁迅《古小说钩沉》从《世说新语》刘孝标注、《法苑珠林》、《艺文类聚》、《太平御览》、《太平广记》等辑得二十四条，较为完备。郑学弢《〈列异传〉等五种》（文化艺术出版社 1988 年版）收《灵鬼志》十八题二十三则，并作简要注释。李剑国《唐前志怪小辑释》辑释“嵇康”、“外国道人”和“周子长”等三条。

《世说新语》刘孝标注引《灵鬼志》四则，皆题作《谣征》，原书体例当是分类编排，然其他类目皆已佚失。作者荀氏，名字籍贯不详。有人据《灵鬼志》“南平国蛮兵”条“南平国蛮兵，义熙初随众来姑熟……予为国郎中，亲领此土”等语，推测荀氏在东晋义熙年间曾经任南平国郎中，东晋时期，南平国治所在作唐（今湖北公安）。

“南平国蛮兵”条，《艺文类聚》卷四四、《太平御览》卷五八三引作《异苑》，李剑国《唐前志怪小说史》（修订本）以为此乃《太平广记》误

① 〔宋〕郑樵：《通志》，第 780 页，中华书局 1987 年影印万有文库十通本。

注，应从《灵鬼志》中删除。① 如此，则所谓"予为国郎中"是刘敬叔所言。李剑国先生所据乃为鲁迅《古小说钩沉》所辑《灵鬼志》"南平国蛮兵"条之语。检《艺文类聚》卷四四、《太平御览》卷五八三所引"南平国蛮兵"条，文字大致相同，都极为简略，且不及"予为国郎中"等语。其文如下：

《异苑》曰：南平国岳在姑孰，有鬼附之。每占吉凶，辄先索琵琶，随弹而言，事有验，或云是老鼠所作，名曰灵侯。②

《异苑》曰：南平国兵在姑熟，有鬼附之，每占吉凶，辄索琵琶，随弹而言，事事有验，云是老鼠所作，名灵侯。③

对比两则，显然同出《异苑》，只是简要言说南平国兵为鬼附之事，未及其他。而《文渊阁四库全书》本《太平广记》卷三二二所引则具体生动：

南平国蛮兵义熙初随众来姑熟，便有鬼附之。声呦呦细长，或在檐宇之际，或在庭树上。若占吉凶，辄先索琵琶，随弹而言。于时郄倚为府长史，问当迁官。云不久持节也。寻为南蛮校尉，转为国郎中，亲领此土。荆州俗语云："是老鼠所作，名曰鬼侯。"出《灵鬼志》。④

此《四库》本《太平广记》所引此条中"予为国郎中"为"转为国郎中"，与鲁迅《古小说钩沉》所依据的《太平广记》卷三二二之《灵鬼志》"南平国蛮兵"条之语不同。⑤ 如此，则为南平国郎中者乃郄倚，而非他人。按，明人董斯张《广博物志》卷四七引此条注亦出自《灵鬼志》，文字有两处不同："郄倚"作"郗奇"，"转为国郎中"作"予为国郎中"。

又李剑国先生以他书征引不出《灵鬼志》而怀疑"沙门昙游"条、"嵇康"条为鲁迅误辑，虽有道理，亦不能定论，因为不能排除一事而为众书所记的可能。李氏又以为"蔡谟"条当出《灵异志》，鲁迅不当以

① 参李剑国：《唐前志怪小说史》(修订本)，第356页，天津，天津教育出版社，2005。

② 〔唐〕欧阳询：《艺文类聚》，第788页，上海，上海古籍出版社，1999。

③ 〔宋〕李昉等：《太平御览》，第2628页，中华书局1960年影印宋本。

④ 〔宋〕李昉等：《太平广记》，第352页，上海古籍出版社，1990。

⑤ 查人民文学出版社1959年版和中华书局1961年版校点本《太平广记》(后者实即出于前者)及其所依据的底本明人谈恺刻本(北平文友堂书坊依明谈刻本影印本)皆作"予为国郎中"，且无校记异文。据《四库全书总目提要》，《文渊阁四库全书》本《太平广记》也是一种谈刻本，与校点本相比，库本"往往不缺不误，甚至少数文字与诸本不同，所收条目个别地方也有出入"(《太平广记》出版说明，第41页，上海古籍出版社1990年影印四库全书本)。

《灵异志》为《灵鬼志》所讹，此说有理。按，《灵异志》实有其书，①为唐人裴约言所撰，五卷，《宋史》卷二〇六《艺文志》著录，清人《山西通志》卷一七五亦著录。

七、《甄异传》

戴祚《甄异传》，诸书或引作《甄异记》、《甄异录》。《隋书·经籍志》史部杂传类著录："《甄异传》三卷，晋西戎主簿戴祚撰。"《旧唐书·经籍志》史部杂传类："《甄异传》三卷，戴祚撰。"《新唐书·艺文志》子部小说家类："戴祚《甄异传》三卷。"《通志·艺文略》传记类冥异属著录与《隋书·经籍志》同。宋初《太平御览》、《太平广记》、《文房四谱》尚有征引，则此书北宋时尚存。然北宋后鲜见征引，《本草纲目引据古今经史百家书目》中有"戴祚《甄异传》"②，或者转引自唐宋类书。

作者戴祚，生平不详。《册府元龟》卷五五五云："戴祚为西戎太守，撰《甄异传》三卷，《西征记》一卷。"③"西戎太守"当是《隋书·经籍志》"晋西戎主簿"之误。《隋书·经籍志》地理类中著录云："《西征记》二卷，戴延之撰。……《西征记》一卷，戴祚撰。"《旧唐书·经籍志》："《西征记》一卷，戴祚撰。"《新唐书·艺文志》："戴祚《西征记》二卷。"《水经注》卷八、卷一五、卷二五，《洛阳伽蓝记》卷二，《文选》卷一六潘岳《怀旧赋》注、卷二二徐勉《古意酬到长史溉登琅邪城诗》注，《史记正义》卷七、卷八、卷六一，《艺文类聚》卷七、卷九、卷三九、卷四〇、卷六二、卷六四、卷六五、卷八四等都引到"戴延之《西征记》"。综合诸书著录、征引，《西征记》有一卷、二卷之分，作者就是戴祚，"延之"当是其字。《水经注》卷一五提到"戴延之从刘武王《西征记》"，又引"戴延之《西征记》曰：坞在川南，因高为坞，高十余丈。刘武王西入长安，舟师所保也"。清人赵一清纂《水经注笺刊误》卷六释《水经注》卷一五原文"命参将戴延之"云："一清按：参将当作参军，《晋书职官志》：诸公及开

---

① 李剑国云，《灵异志》为"隋崔赜、许善心撰"（《唐前志怪小说史》修订本第356页）。按，据《隋书》、《北史》，崔赜所撰"《洽闻志》七卷……未及施行，江都倾覆，咸为煨烬"，未见二人有撰《灵异志》的记载。

② 〔明〕李时珍：《本草纲目》，第35页，北京，人民卫生出版社1977年版。以下所引本书原文均据此版本。

③ 〔宋〕王钦若等：《册府元龟》第二册，第1564页，北京，中华书局1989年影印宋刻残本。

府从公为持节都督，增参军为六人，延之时从刘裕西入长安，正居此职，作《西征记》也。延之名祚，见《隋书·经籍志》。”①由此知“刘武王”指宋武帝刘裕，戴祚曾经作为刘裕参军随征西安。唐封演撰《封氏闻见记》卷七云：“戴祚作《西征记》云：开封县二佛寺，余至此见鸽大小如鸠，戏时两两相对。祚，江东人，晋末从刘裕西征姚泓至开封县，始识鸽。”②据《晋书·安帝纪》、《宋书·武帝纪》和《宋书·庐陵孝献王刘义真传》，东晋义熙十二年(416年)，刘裕以中外大都督西征后秦姚泓；次年攻克长安，擒姚泓，以刘义真领护西戎校尉。因此，戴祚作刘裕参军在义熙十二年，次年任刘义真西戎主簿。《隋书·经籍志》既然著录“《甄异传》三卷，晋西戎主簿戴祚撰”，则戴祚官位当止于“晋西戎主簿”，《甄异传》成书亦在东晋末。

戴祚《甄异传》，有中华书局1991年出版《丛书集成初编》本。重编《说郛》本卷一一八、《龙威秘书》辑录《甄异传》五条，然除“夏侯”条外，皆为误辑。鲁迅《古小说钩沉》从《齐民要术》、《北堂书钞》、《艺文类聚》、《太平御览》、《太平广记》、宋苏易简《文房四谱》等辑得十七条，较为完备。此补辑两条如下：

1. 永和中，吴郡陈绪家平旦忽有扣门，自通曰：“陈都尉寄住！”绪有妾姓奚，能弹箜篌，神意欢悦，既令妾弦歌，歌声焦细，历三年乃别去。(《艺文类聚》卷四四引《甄异传》)

2. 荆州刺史桓豁，所住斋中，见一人长丈余，梦曰：“我龙山之神，来无好意，使君既贞固，我当自去耳。”(人民文学出版社1959年版和中华书局1961年版校点本《太平广记》卷二七六引《甄异记》。按，明许自昌刊本、四库全书本《太平广记》俱作出《述异记》，又见今本《异苑》卷七。)

---

① 〔清〕赵一清：《〈水经注〉笺刊误》，据台湾“商务印书馆”影印《文渊阁四库全书》本，第575册，第855页。

② 〔唐〕封演：《封氏见闻记》，据《丛书集成初编》影印《雅雨堂丛书》本，第89～90页，北京，中华书局，1985。

第四节 《冲波传》：一部关于孔子及其弟子的志怪小说

《冲波传》不见史志和书目著录，历代引述不录撰人。其佚失条目散见于梁代《殷芸小说》、唐初《艺文类聚》、宋初《太平御览》等书，多记有关孔子及其弟子的怪异故事，特色鲜明，不妨看作一部关于孔子及其弟子的志怪小说，然今人侯忠义、袁行霈、宁稼雨等人小说书目不加著录，学者也极少关注它。

余嘉锡论《冲波传》云："章宗源《隋书经籍志考证》卷十三杂传类曰：'……冲波二字未详其义。'[①]嘉锡案：《初学记》卷二十九引《冲波传》曰：'鹿生三年，其角自堕。'《北户录》注卷二引《冲波传》云：'虾蟆无肠，龙蛇属也。'合之《类聚》、《御览》所引观之，其书盖杂记众事，略如应劭《风俗通》、张华《博物志》之体，当属之子部杂家，或小说家，章氏以为杂传之类，非也。"[②]以今天的观念，将《冲波传》归入志怪小说是可以接受的。但将其准拟应劭《风俗通义》、张华《博物志》则值得商榷。后二者博记众事，而《冲波传》则主要(甚至是专门)记述孔子及其弟子的怪异传说，因此应该说这是一部关于孔子及其弟子的专门志怪小说，其初衷乃是别传作法。《冲波传》开启了孔子接受史上崭新的一页，为我们塑造了迥别于正史传统形象的孔子及其弟子形象。

那么，如何解释《冲波传》佚文中不涉及孔子的志怪片断呢？这些片断乃是涉及孔子及其弟子故事的佚文。古籍引述他书往往并非篇章全文，而是各取所需，甚至断章取义。《冲波传》在被引述的过程中当然也不能例外。比如颜回论三年之丧条，《太平御览》两引之，卷五四五引述全面，而卷九〇六则断章取义，仅引述云："《冲波传》曰：'鹿生三年，其角自堕。'"明冯复京撰《六家诗名物疏》卷八也以同样的方

---

① 古人卜筮有"冲破课"："冲者冲动意，亦反复意；破者解散意，亦破损意。"(《六壬大全》卷六)《太平御览》卷七二六"虎卜"引《博物志》云："虎知冲破，又能画地卜。今人有画物上下者，推其奇偶，谓虎卜。"知晋时借虎擅长奋击突破("冲破")来卜筮人事。而《冲波传》所记临于卜筮先知，或者"冲波"乃"冲破"之误？

② 《余嘉锡文史论集》，第615～616页，长沙，岳麓书社，1997。

式引述了“鹿生三年，其角自墮”。如果不是《太平御览》卷五四五等引述全面，历史留给我们的就只有这句类似于《博物志》志怪性质的话了。又如明杨慎撰《异鱼图赞》卷一赞鳀云：“鱼有名鳔，亦号为鳀，化而为人，曾谒仲尼，鬣戟鳞甲，由也仆之。陈蔡之厄，天际圣饥。”如果不是注解提醒我们其所赞之鳀出自《冲波传》，而《搜神记》还保存了此条的面目，那么我们也无由知道鳀这种能够“化而为人”的怪鱼与孔子及其弟子是一种什么关系。以此推测，像《太平御览》卷九四六所引“蜣螂无鼻而闻香”等零星志怪之语当也是与孔子及其弟子相关的佚文。

魏晋时期，与官方相对的民间，杂传与志怪创作之风盛行。杂传往往为一类人作传或专人立传：为一类人立传的，如《高士传》、《文士传》和一些家族、地方圣贤传等：别传往往为专人立传，如《曹瞒传》、《孟嘉传》等。《冲波传》之“冲波”二字虽然难详其义，从其产生的历史背景来看，它应当属于杂传中的类传，所以章宗源《隋书经籍志考证》卷一三将其归入“杂传类”还是有道理的；但它又是一部特殊的杂传：一、它是孔子及其弟子的专门类传；二、它所记述的基本是怪异、奇异之事。质言之，这是一种志怪性质的专门性杂传，而从其真实性和文学性着眼，它又是一部具有民间传说性和杂传性质的志怪小说。

关于《冲波传》的成书年代，主要有两种推测。一种是汉初说，此以周楞伽说为代表：据清人马骕《绎史》卷八六载，“孔子遇采桑女”条出自《冲波传》，但注云“问我采桑娘”以下据《韩诗内传》。周氏《殷芸小说》在辑录后称“《冲波传》未知何人于何时所作，若果为《韩诗》所引，则汉初已有”①。按，《冲波传》“孔子使子贡”条据《北堂书钞》卷一三七又出自《韩诗外传》，似为汉初说再作一例证。第二种认为是六朝人所作。王利器云：“况所谓圣人者，六朝人演为《冲波传》。”②详此二说，王利器先生虽然没有展开论述，只是行文顺带提及，然当以王说近之。此申论如下。

（一）《冲波传》佚文“孔子使子贡”条《北堂书钞》卷一三七又引作

① 周楞伽辑注：《殷芸小说》，第 49 页，上海，上海古籍出版社，1984。

② 王利器：《试论以〈水浒传〉〈金瓶梅〉解经》，见《当代学者自选文库・王利器卷》，第 518 页，合肥，安徽教育出版社，1999。

汉代《韩诗外传》，但据此无法推论《韩诗外传》引自《冲波传》，也不能排除《冲波传》转引他书或者采访近说。

（二）《冲波传》梁代已见引录。余嘉锡于《殷芸小说辑证》“子路捉虎尾事”条注云：“《金楼子·杂记篇上》所载略同，梁元帝著书在殷芸之后，知亦取之《冲波传》也。”又论《冲波传》云：“梁《殷芸小说》亦引《冲波传》，凡四条……子路捉虎尾事亦见《金楼子·杂记》上篇，疑即本之《冲波传》。……殷芸乃梁武帝时人。则此书当为梁以前人手笔，而《隋书·经籍志》不著录，盖恶其鄙俚耳。序云：‘其旧录所收，（旧录谓武德五年所得隋炀帝目录也。）又义浅俗，无益教理者，并删去之。’《冲波传》或即在所删之列也。”①则《冲波传》出现必在南朝梁代之前。

（三）《冲波传》“孔子遇采桑女”事当产生在两晋之际。此故事原型最早出现在汉代。东方朔《七谏·沉江》：“路室女之方桑兮，孔子过之以自侍。”王逸注：“言孔子出游，过于客舍，其女方采桑，一心不视，喜其贞信，故以自侍。”②有学者指出汉代孔子遇采桑女的故事：“还没有后来这么复杂的情节，所说的也不全然是一回事。汉代的孔子遇采桑女的故事，可能更接近于孔子遇阿谷处女的故事（见《韩诗外传》卷一、《列女传·辩通》等记载），原是表现女子的坚贞守礼。但在《殷芸小说》（剑锋按，“孔子遇采桑女”条亦为《殷芸小说》引录）中表现的则是女子的聪慧，孔子这位圣人尚需向普通采桑女求教学习，也是民间俗众对圣人的一种看法。这个故事在民间流传极广，至边陲之敦煌亦见其影响。伯 3821 号卷子《十二时》云：‘食时辰，夫子东行厄在陈，九曲明珠南可任，悔不桑间问女人。’阿斯塔那出土的《唐写本孔子与子羽对语杂钞》、敦煌本《孔子项讬相问书》等，也具有某些相似的性质。”③据学者考论，“孔子遇采桑女”条蜜涂珠丝、诱蚁穿珠的情节本于佛本生经故事，④而佛教的传入在东汉明帝以后，盛行在东晋之后，这也可以解释为什么佛教盛行的敦煌地区会有孔子问采桑女穿珠方法的故事流传。

---

① 余嘉锡：《余嘉锡文史论集》，第 276 页、第 616 页，长沙，岳麓书社，1997。

② 〔汉〕王逸注：《楚辞》卷一三，《四部丛刊》影印明翻宋影印本。

③ 武丽霞、罗宁：《〈殷芸小说〉考论》，载《华中科技大学学报》2004 年第 1 期。

④ 可参林继富：《多重文化碰撞的智慧母题——文成公主传说难题考验试析》，载《民族文学研究》1997 年第 4 期。

（四）疑为《冲波传》所录公冶长能鸟语事也可能产生在两晋。汉代以前不见公冶长解鸟语的传说和记载。《论语·公冶长》云："子谓公冶长：'可妻也。虽在缧绁之中，非其罪也。'以其子妻之。"①《孔子家语》所记几同。南朝梁代皇侃《论语义疏》在此基础上演绎为小说，并首次述及公冶长解鸟语一事。学者指出："这是我们可见到的有关公冶长识鸟语传说的最早记载，其间'公冶长因识鸟语入狱，又因识鸟语出狱'的叙事中心已经形成，《论语义疏》存晋人注《论语》十三家之说，由此可知，'公冶长识鸟语'传说最迟在晋代已经产生。"②宋邢昺疏《论语·公冶长》云："旧说冶长解禽语，故系之缧绁。以其不经，今不取也。"③可见公冶长解鸟语之传说由来已久。明谢肇淛《五杂俎》卷六人部二云："世又传公冶长雀绕舍呼曰：'公冶长，南山虎驮羊，汝得其肉，我食其肠。'又云：'啃啃喷喷，白莲水边，有车覆粟。车脚沦泥，犊牛折角，收之不尽，相呼共啄。'余谓雀作人言固可怪，而春秋之雀知用沈约之韵，又可怪也。"④谢肇淛从音韵学角度的怀疑启示我们，公冶长解鸟语之事不可能产生在他生活的时代，只能是属于后世传说性质的小说，而且极可能是人们晓畅中古音韵的时代。

（五）子路烹大鳀鱼事既为《搜神记》所录，又传为《冲波传》所录，则其流传当在两晋时期。清人王仁俊辑《玉函山房辑佚书补编》辑录阙名撰《冲波传》二条⑤，余嘉锡《读已见书斋随笔》"冲波传"条述及八条，此外不见专门辑本。今依鲁迅《古小说钩沉》之例辑录《冲波传》十二条，并粗加按语。辑录所据诸书之版本罗列如下：1.《殷芸小说辑证》，余嘉锡辑证，见其《余嘉锡文史论集》（岳麓书社 1997 年版）；2.《殷芸小说》，周楞伽辑注本（上海古籍出版社 1984 年版）；3.《〈论语〉集解义疏》，梁皇侃撰，《知不足斋丛书》第七集（清乾隆刻本）；4.《艺文类聚》，唐欧阳询等撰（上海古籍出版社 1999 年版）；5.《北堂书钞》，隋

---

① 杨伯峻译注：《〈论语〉译注》，第 42 页，北京，中华书局，1980。

② 陈金文：《"公冶长识鸟语"传说浅论》，载《齐鲁学刊》2002 年第 4 期。今山东沂水尚存公冶长懂鸟语之传说，其意有云：公冶长极孝而贫，家有老娘；一日，鸟语云："公冶长，公冶长，南山死了只老绵羊，你吃肉来，我吃肠。"此剑锋亲耳闻于已故祖母讳毕氏。

③《十三经注疏》下册，第 3473 页上，北京，中华书局，1980。

④〔明〕谢肇淛：《五杂俎》，第 114 页，上海，上海书店出版社，2001。

⑤〔清〕王仁俊辑：《玉函山房辑佚书续编三种》，第 307 页，上海，上海古籍出版社，1989。

虞世南撰(天津古籍出版社 1988 年影印孔氏三十三万卷堂影钞本);6.《北户录》,唐段公路撰(《文渊阁四库全书》影印本[①]);7.《太平御览》(中华书局 1960 年影宋本);8.《太平广记》,宋李昉等撰(《文渊阁四库全书》影印本);9.《续谈助》,宋晁载之撰(《丛书集成初编》本);10.《事类赋注》,宋吴淑撰(中华书局 1989 年版);11.《海录碎事》,宋叶廷珪撰(中华书局 2002 年版);12.《埤雅》,宋陆佃撰(《文渊阁四库全书》影印本);13.《路史》,宋罗泌撰(嘉庆六年新镌重校宋本);14.《说郛》,元陶宗仪撰(《文渊阁四库全书》影印本);15.《骈志》,明陈禹谟撰(《文渊阁四库全书》影印本);16.《天中记》,明陈耀文撰、屠隆校(光绪戊寅听雨山房重镌本);17.《绎史》,清马骕撰(《文渊阁四库全书》影印本)。[②]

1. 宰我谓:"三年之丧,日月既周,星辰既更,衣裳既造,百鸟既变,万物既易,黍稷既生,朽者既枯,于期可矣。"颜渊曰:"人知其一,莫知其他。俱知暴虎,不知凭河。鹿生三年,其角乃堕;子生三年,而离父母之怀。子虽美辩(《路史》作:"子虽辨"),岂能破尧舜之法,改禹汤之典,更圣人之文,除周公之礼(《路史》无此句)? 改三年之丧,不亦难哉!(上二句,《路史》、《绎史》作"改三年之丧哉")父母者天地(《路史》、《绎史》多"也"),天崩地坏,(此处《路史》、《绎史》多"为之")三年,不亦宜乎?"(《太平御览》卷五四五、《路史·后纪》卷一一、《绎史》卷九五之二。按,余嘉锡《殷芸小说辑证》、周楞伽辑注《殷芸小说》辑录。)

2. 子路、颜渊浴于洙(洙,《骈志》作"珠",误)水,见五色鸟,颜渊问,"由识此鸟否?"(据《骈志》补)子路曰:"荧荧之鸟。"后日,颜回与子路又浴于泗水,更见前鸟,复问由:"识此鸟否?"子路曰:'同同之鸟。'颜回曰:"何一鸟而二名?"子路曰:"譬如丝绡,煮之则为帛,染之则为皂。一鸟二名,不亦宜乎?"(《骈志》卷一八、《绎史》卷九五之三。按,余嘉锡《殷芸小说辑证》、周楞伽辑注《殷芸小说》辑录。)[③]

3. 孔子尝游于山,使子路取水。逢虎于水所,与共战,揽尾得之,

---

① 本节引书如不特别注明,皆据台湾"商务印书馆"影印《文渊阁四库全书》本。

② 同时参考刘晓东等点校《绎史》,济南,齐鲁书社,2001。

③《太平御览》卷九一四引《冲波传》:"颜渊、子路于洙泗见五鸟色,由荧荧之鸟也。(见色分明,故曰荧荧。)"

内（内，《绎史》作“纳”）怀中；取水还。问孔子曰：“上士杀虎如之何？”（如之何，《绎史》作“如何”，下面二“如之何”同）子曰：“上士杀虎持虎头。”又问曰：“中士杀虎如之何？”子曰：“中士杀虎持虎耳。”（持虎耳，《绎史》作“捉耳”）又问：“下士杀虎如之何？”子曰：“下士杀虎（《绎史》无以上四字）捉虎尾。”子路出尾弃之，因恚孔子曰：“夫子知水所有虎，使我取水，是欲死我。”乃怀石盘欲中孔子，又问：“上士杀人如之何？”子曰：“上士杀人使（使，《绎史》作“用”）笔端。”又问曰：“中士杀人如之何？”子曰：“中士杀人用舌端。”又问“下士杀人如之何？”子曰：“下士杀人怀石盘。”子路出而弃之，于是心服。（原本《说郛》卷二五、《绎史》卷九五之二。按，余嘉锡《殷芸小说辑证》、周楞伽辑注《殷芸小说》辑录。）

4. 孔子去卫适陈，涂中见二女采桑。子曰：“南枝窈窕北枝长。”答曰：“夫子游陈必绝粮。九曲明珠穿不得，著来问我采桑娘。”夫子至陈，大夫发兵围之，令穿九曲珠，乃释其厄。夫子不能，使回、赐返问之。其家谬言女出外，以一瓜献二子。子贡曰：“瓜，子在内也。”女乃出，语曰：“用蜜涂珠，丝将系蚁，蚁将系丝，如不肯过，以烟熏之。”子依其言，乃能穿之。于是绝粮七日。（《绎史》卷八六引《冲波传》。按，周楞伽辑注《殷芸小说》辑录。）

5. 孔子使子贡，久而不来，孔子谓弟子占之，遇鼎。皆言无足不来，颜回掩口而笑。子曰：“回也哂，谓赐来也。”曰：“无足者，乘舟而来，至矣，清旦朝。”子贡朝至，验如颜回之言。（《艺文类聚》卷七一）①

6. 颜渊（《续谈助》作“颜泉”，原注：“唐神尧讳渊。”《太平广记》作“颜回”）、子路共坐于门（门，《广记》作“夫子之门”），有鬼魅求见孔子，其目若日，其形甚伟，（以上二句，《广记》作“其目若合日，其状甚伟”）子路失魄口噤，（《广记》作“其目若合日，其状甚伟，口噤不得言”。《续谈助》作“子路甚惧”）颜渊纳履拔剑而前，卷握其腰，（握，《说郛》作

① 此条又见于《初学记》卷二〇、宋王十朋撰《东坡诗集注》卷九引赵次公语、宋吴淑撰《事类赋注》卷一六、宋潘自牧撰《记纂渊海》卷八七、宋祝穆撰《古今事文类聚前集》卷三八和卷五五、《太平御览》卷七二八等，文字皆略简：“孔子使子贡往外而未来（往外而未来，《事类赋注》作：‘孔子使子贡于吴，久而不来’），谓弟子占之。遇鼎，皆言无下足不来。颜子掩口而笑，曰：‘无足者，乘舟而来，（此下《事类赋》作‘矣，子贡朝至如回言。’）赐至矣，清朝也。’子贡果朝至。”（《初学记》卷二〇、《事类赋注》卷一六）

“拴”，从《广记》改。《续谈助》无此四字）于是化为蛇，（《广记》化上有“形”字）遂斩之。孔子出观（《续谈助》无此二字），叹曰：“勇者不惧，智者不惑，（《续谈助》无此二句）仁者必有勇，（《续谈助》引至此止，《说郛》无“必”字，《广记》作“智者不勇”）勇者不必有仁。”（仁，《广记》作“智”）（本条据《说郛》、《续谈助》卷四、《太平广记》卷四五六）①

7. 博学笃志，通于神明。（《北堂书钞》卷一二、《御定渊鉴类函》卷五二引作《冲波》）

8. 虾蟇无肠，龙蛇属也。（《北户录》卷二）

9. 蜣蜋（《埤雅》、《天中记》作“蛣蜣”）无鼻而闻香。（《太平御览》卷九四六、《埤雅》卷一〇、《天中记》卷五七）

10. 足履万钱之舃，漂如日光，宛如游龙。（《太平御览》卷六九七）

11. 孔子相鲁，齐人惧而欲败其政。选齐国好女八十人，皆衣文衣而舞容玑。季桓子语鲁君为周道游馆，孔子乃行，睹雉之飞鸣，叹曰：“山梁雌雉，时哉时哉，色斯举矣，翔而后集。”因为雉噫之歌曰：“彼妇之叩，可以出奏；彼妇之谒，可以死北；优哉游哉，聊以卒岁。”（杨慎撰《丹铅总录》卷一二、杨慎《丹铅摘录》卷六、明梅鼎祚编《古乐苑》卷首、明顾起元撰《说略》卷一四、《骈志》卷二〇，皆《文渊阁四库全书》影印本。）

12. 有鸟九尾，孔子与子夏见之，人以问，孔子曰：“鸧也。”子夏曰：“何以知之？”孔子曰：“河上之歌云：‘鸧兮鸹兮，逆毛衰兮，一身九尾长兮。’”（冯惟讷《古诗纪》卷一、梅鼎祚《古乐苑》卷首、《绎史》卷八六之四）②

以上11、12条最晚出，是否出《冲波传》有待深究。此外再录两条备考。

其一，《论语集解义疏》卷三引《论释》云：

---

① 本条据余嘉锡《〈殷芸小说〉辑证》辑录，见《余嘉锡文史论集》第275页。余嘉锡案语云：“此条不注书名，以下条及子路取水条推之，必《冲波传》也。盖此四条皆引《冲波传》，而总注于末条之下耳。其事颇与《搜神记》十九记子路杀大鳀鱼事相类，疑即一事，传闻异词，要之荒谬不可据……孙星衍《孔子集语》载入诸书所引《冲波传》数条，此条失收。”周楞伽辑注《殷芸小说》辑录亦云当出《冲波传》。

② 此条又见明杨慎原本、清胡世安笺《〈异鱼图赞〉笺》卷三，文字略异：“有鸟九尾，孔子与子夏渡江，见而异之，人莫能名。孔子曰：‘鸧也。尝闻河上之歌曰：鸧兮鸹兮，逆毛衰兮，一身九尾长兮。’”《正杨》卷二辨正云出《韩诗内传》。皆据台湾“商务印书馆”影印《文渊阁四库全书》本。

> 公冶长从卫还鲁，行至二堺上，闻鸟相呼："往清溪食死人肉。"须臾，见一老妪当道而哭。冶长问之，妪曰："儿前日出行，于今不反，当是已死亡，不知所在。"冶长曰："向闻鸟相呼：往清溪食肉，恐是妪儿也。"妪往看，即得其儿也，已死。即妪告村司，村司问妪："从何得知之？"妪曰："见冶长道如此。"村官曰："冶长不杀人，何缘知之？"囚录冶长付狱。主问冶长："何以杀人？"冶长曰："解鸟语，不杀人。"主曰："当试之。若必解鸟语，便相放也；若不解，当令偿死。"驻冶长在狱六十日。卒日，有雀子缘狱栅上，相呼"啧啧唶唶"。冶长含笑。吏启主："冶长笑雀语，是似解鸟语。"主教问冶长："雀何所道而笑之？"冶长曰："雀鸣：'啧啧唶唶，白莲水边，有车翻覆黍粟，牡牛折角，收敛不尽，相呼往啄。'"狱主未信。遣人往看，果如其言，后又解猪及燕语，屡验，于是得放。①

此条原出《论释》，皇侃《论语集解义疏》卷三云："此语乃出杂书，未必可信。而亦古旧相传云：冶长解鸟语。故聊记之也。"②王世贞《宛委余编》曰："解鸟语者公冶长，见《冲波传》。"③此实本于杨慎《升庵集》卷四八："世传公冶长能通鸟语，不见于书。惟唐沈佺期诗云：'不如黄雀语，能免冶长灾。'白乐天《鸟鹤赠答诗序》云：'余非冶长，不能通其意。'似实有其事。或在亡逸书中，如《冲波传》。"④年辈略晚的顾起元撰《说略》卷三〇、徐应秋《玉芝堂谈荟》卷八等皆辗转云公冶长解鸟语事见《冲波传》，如后者云："考古解鸟语者，公冶长辨雀语：'白莲水边，有车覆粟，……收之不尽，相呼共啄。'见《冲波传》。"⑤明陈耀文撰《正杨》卷二、明周婴撰《卮林》卷五等辨正质疑，如后者云："《海录碎事》载《论语疏》：公冶长辨鸟雀语，云：'唶唶啧啧，白莲水边，有车覆粟，车脚沦泥，犊牛折角，收之不尽，相呼共啄。'遣人（二字据《海录碎事》卷二

---

①② 〔南朝梁〕皇侃：《〈论语〉集解义疏》，清乾隆间刻《知不足斋丛书》第七集本。

③ 〔明〕王世贞：《弇州四部稿》，据台湾"商务印书馆"影印《文渊阁四库全书》本，第 1281 册，第 537 页。

④ 〔明〕杨慎：《升庵集》，据台湾"商务印书馆"影印《文渊阁四库全书》本，第 1270 册，第 392 页。

⑤ 〔明〕徐应秋：《玉芝堂谈荟》，据台湾"商务印书馆"影印《文渊阁四库全书》本，第 883 册，第 199 页。

二上补)验之果然。王氏(王世贞)以为见《冲波传》,未得其据也。"①录此备考。

其二,明杨慎撰、清胡世安笺《异鱼图赞》卷一赞鳀云:"鱼有名鳔,亦号为鳀,化而为人,曾谒仲尼,鬣戟鳞甲,由也仆之。陈蔡之厄,天际圣饥。"注云出《冲波传》。按,孔子遇大鳀鱼怪事,《法苑珠林》卷三二、《太平御览》卷八八六、《太平广记》卷四六八等皆引作《搜神记》,全文如下:

> 孔子厄于陈,弦歌于馆中。夜有一人,长九尺余,著皂衣高冠,大咤,声动左右。子贡进,问:"何人耶?"便提子贡而挟之。子路引出,与战于庭。有顷,未胜。孔子察之,见其甲车间时时开如掌。孔子曰:"何不探其甲车,引而奋之?"子路如之,没手仆于地,乃是大鳀鱼也,长九尺余。孔子叹曰:"此物也,何为来哉?吾闻:物老则群精依之,因衰而至。此其来也,岂以吾遇厄绝粮,从者病乎?夫六畜之物,及龟、蛇、鱼、鳖、草、木,久者神皆依凭,能为妖怪,故谓之'五酉'。五酉者,五行之方,皆有其物。酉者老也,故物老则为怪矣。杀之则已,夫何患焉。或者天之未丧斯文,以是系予之命乎?不然,何为至于斯也?"弦歌不辍。子路烹(烹,原作"享",据四库本改)之,其味滋,病者兴(兴,原作"与",据《四库》本改)。明日遂行。②

此条殊类《冲波传》事,录以备考。

又,明陈耀文撰《正杨》卷一云:"今谓蜚鸿为马。岂出《修文御览》与《冲波传》耶?"③陈耀文所怀疑条目不知是否关涉孔子及其弟子,却启发我们放开思路做一大胆推测。那些关于孔子及其弟子的奇异故事虽然无从确证出于《冲波传》,但若从其特点、产生年代等方面推测,难以排除与《冲波传》的关系,如《列子》与《博物志》所记"两小儿辩日"、"子路与子贡过郑神社",敦煌变文所记"项托"故事的原型等极可能曾是其中条目。如《丛书集成初编》影印《古逸丛书》本《琱玉集·聪

① 〔明〕周婴:《卮林》,据《丛书集成初编》本,第128页,北京,中华书局,1985。

② 《法苑珠林》卷三二,第246页,上海,上海古籍出版社1991年影印大藏经本。

③ 〔明〕陈耀文:《正杨》,第856册,第65页,据台湾"商务印书馆"影印《文渊阁四库全书》本。

慧篇》引“古传”云：

> 路妇，不知何处人也。孔子游行见之，头戴象牙栉，谓诸子弟曰：“谁能得之？”颜渊曰：“回能得之。”即往妇人前，跪而曰：“吾有俳佪之山，百草生其上，有枝而无叶，万兽集其里，有饮而无食。故从夫人借罗网而捕之。”妇人即取栉与之。颜渊曰：“夫人不问由委，乃取栉与回，何也？”妇人答曰：“俳佪之山者，是君头也。百草生其上，有枝而无叶者，是君发也。万兽集其里者，是君虱也。借网捕之者，是吾栉也。以故取栉与君，何怪之有？”颜渊嘿然而退。孔子闻之，曰：“妇人之智尚尔，况于学士者乎？”①

《琱玉集》乃六朝刘宋以后或唐人笔记，此“古传”，或者亦为《冲波传》之类，录以备考。

第五节　魏晋志人小说《笑林》与《西京杂记》

《笑林》和《西京杂记》是魏晋志人小说中两种富有特点的作品。

一、《笑林》

《笑林》是我国古代第一部笑话专集，三国时魏国人邯郸淳编撰。

邯郸淳(132？—？年)，一名竺，字子叔，三国时魏国颍川(今河南禹州市)人。博学多才，精通文字学，擅长书法，尤精古文大篆，与胡昭、钟繇、卫觊、韦诞“并有名。尺牍之迹，动见模楷焉”②。尊奉儒学，时人以为“儒宗”。据《后汉书》卷八四《曹娥传》，汉桓帝元嘉元年(151年)，邯郸淳曾经为会稽上虞长度尚作《曹娥碑》，李贤注引《会稽典录》云，邯郸淳是度尚弟子，字子礼，作《曹娥碑》时，“时甫弱冠”③。初平(190—193年)时，避难荆州。建安四年(199年)，作《汉鸿胪陈纪碑》。

---

① 撰人不详：《琱玉集》，据《丛书集成初编》影印《古逸丛书》本，第10～12页，北京，中华书局，1985。

② 〔晋〕陈寿：《三国志·魏书·管宁传》所附胡昭传，第362页，北京，中华书局，1982。

③ 〔南朝宋〕范晔：《后汉书》，第2795页，北京，中华书局，1965。

建安十三年(208年)平荆州后,归附曹操。① 建安十九年(214年)至黄初初,为临淄侯文学,②与曹植交善。及黄初初(221年),魏文帝曹丕任为博士、给事中。著有《邯郸淳集》二卷并录一卷(《隋书·经籍志四》)、《艺经》。③ 明人冯惟讷辑《诗纪·魏》卷七、丁福保辑《全三国诗》卷三、严可均辑《全三国文》卷二六、逯钦立辑《魏诗》卷五等辑录其诗文作品。生平事迹主要见《三国志》卷二一《王粲传》及裴注、卷一三《王肃传》裴注、卷一一《管宁传》所附胡昭传,《后汉书·曹娥传》,《书断》卷中、卷下(见《法书要录》卷八、卷九),《法书要录》卷一、卷二、卷四,《艺文类聚》卷一〇、卷三一、卷四八、卷四九、卷五六、卷七四,《太平御览》卷五八七、卷七一九、卷七四八、卷七四九、卷八一八、卷八三三,《册府元龟》卷二六〇、卷二六六、卷二九二、卷五五〇、卷六〇八、卷七六七、卷八三七等。

刘勰《文心雕龙·谐隐》云:"魏文因俳说以著笑书",或以为曹丕曾著有《笑书》,清人姚振宗《隋书经籍志考证》卷三二则推测《笑书》就是《笑林》,乃邯郸淳奉魏文帝诏撰成的。《笑林》在《隋书·经籍志三》小说家类著录为三卷,《旧唐书·经籍志》、《新唐书·艺文志》亦皆称三卷。《隋书·经籍志三》云为"后汉给事中邯郸淳撰",据《三国志·魏书·王粲传》裴注引《魏略》,邯郸淳在魏黄初初年(220年)任魏博士给事中。《隋书·经籍志四》云:"魏给事中《邯郸淳集》二卷,梁有录一卷。"据此,《隋书·经籍志三》不当称"后汉给事中",而应称"魏给事中"。给事中当是邯郸淳最后的官职,故《笑林》的成书时间当在黄初年间;又《笑林》"沈珩弟峻"条记"张温使蜀"事,据《三国志·吴书·吴主传》,吴黄武三年(即黄初五年:224年)孙权"遣辅义中郎将张温聘于

① 此从《三国志·魏书·王粲传》裴注引《魏略》;《中古文学史料丛考》第16~17页《邯郸淳〈汉鸿胪陈纪碑〉》怀疑在建安初。

② 陆侃如《中古文学系年》系淳初为临淄侯文学在建安二十一年,张可礼《三曹年谱》系于十九年,曹道衡、沈玉成系于建安二十二年,其说见《中古文学史料丛考》第19~20页《邯郸淳为临淄侯文学》。

③《文选》卷一四李善注颜延年《赭白马赋》"历素支而冰裂"、卷二七曹植《白马篇》"控弦破左的,右发摧月支"、卷五二韦曜《博弈论》"枯棋三百,孰与万人之将",宋叶廷珪撰《海录碎事》卷二〇"弓矢门"之"左的"条,宋程大昌撰《演繁露》卷九"棋道"条,宋王应麟撰《玉海》卷七五"宋淳熙试进士射"条等皆引"邯郸淳《艺经》"。《太平御览》多有征引,然不及撰人。

蜀”，知《笑林》成书上限，“不会早于黄初五年”，下限“应当在正始以前”。① 据《三国志·魏书·刘劭传》注引卫恒《四体书势》：“魏初传古文者，出于邯郸淳。敬侯写淳《尚书》，后以示淳，而淳不别。至正始中，立《三字石经》，转失淳法。因科斗之名，遂效其法。”②邯郸淳书写“科斗”(篆体)《尚书》之法，因为“敬侯”(指卫觊，书法家，卫恒的祖父)的关系，在正始期间立《三字石经》时已经失传。③ “敬侯写淳《尚书》”一事当在正始之前，而正始期间立《三字石经》时邯郸淳当已经去世，正始二年(241 年)，邯郸淳若活着，当在一百零九岁左右，这一般是不可能的。《笑林》成书也就在正始以前。

宋吴曾《能改斋漫录》卷七“笑林”条云：“秘阁有《古笑林》十卷。晋孙楚《笑赋》曰：‘信天下之笑林，调谑之巨观。’《笑林》本此”④。据

---

① 张可礼：《建安文学论稿》，第 98～99 页，济南，山东教育出版社，1986。

②〔晋〕陈寿：《三国志》，第 621 页，中华书局，1982。《水经注》卷一六：“魏正始中，又立古、篆、隶三字石经。……魏初，传古文出邯郸淳，《石经》古文，转失淳法。”(第 266～267 页，浙江古籍出版社，2001)

③《隋书·经籍志》除著录两种《三字石经尚书》外，尚有《三字石经春秋》，不详其中有无邯郸淳所书者。魏收《魏书·江式传》载江式上书云：“魏初博士清河张揖著《埤仓》、《广雅》、《古今字诂》……陈留邯郸淳亦与揖同时，博古开艺，特善《仓》、《雅》，许氏字指，八体六书，精究闲理，有名于揖，以书教诸皇子。又建《三字石经》于汉碑之西，其文蔚炳，三体复宣。校之《说文》，篆、隶大同，而古字少异。”(第 1963 页，中华书局，1974)或以为这里说建《三字石经》的是邯郸淳，如此则“邯郸淳约卒于正始二年”(魏世民《〈列异传〉、〈笑林〉、〈神异传〉成书年代考》，载《明清小说研究》2005 年第 1 期)，此说当误。此处“又建《三字石经》”云云，主语容易被理解为邯郸淳，但联系“转失淳法”等语，此处文字的意思当是“又(依邯郸淳之书法)建《三字石经》”云云，《魏书·江式传》是笼统地说，所以没有像卫觊的孙子卫恒那样特意提到卫觊。又据魏收《魏书》卷五五《刘芳传》：“昔汉世造《三字石经》于太学，学者文字不正，多往质焉。”(第 1220 页，同上)据此则汉代就有《三字石经》。然此云“汉世造”当是史书有误，应为“魏初造”。汉代有蔡邕石经，这是与《三字石经》一脉相承且同时流传于魏晋北朝的石经。江式上书中所说的“汉碑”即东汉蔡邕所书之石经：《后汉书》卷六〇下《蔡邕传》载：“邕以经籍去圣久远，文字多谬，俗儒穿凿，疑误后学，熹平四年，乃与五官中郎将堂溪典，光禄大夫杨赐，谏议大夫马日磾，议郎张驯、韩说，太史令单飏等，奏求正定《六经》文字。灵帝许之，邕乃自书丹于碑，使工镌刻立于太学门外。”(第 1990 页，中华书局，1965)《隋书·经籍志》云是《七经》：“又后汉镌刻七经，著于石碑，皆蔡邕所书。魏正始中，又立《三字石经》，相承以为七经正字。”(第 947 页，中华书局，1973)王羲之《题卫夫人笔阵图后》云王羲之：“又之洛下，见蔡邕石经、三体书。”(《法书要录》卷一，文渊阁四库影印本)“三体书”就是《三字石经》，这里将“蔡邕石经”和“三体书”并列，很显然，《三字石经》非后汉蔡邕或其他人所造，而就是主要依据邯郸淳的书法在魏正始年间建立的石经。

④ 吴曾：《能改斋漫录》，第 184 页，北京，中华书局，1985。

此，或以为《笑林》“宋时尚存，只是不知为何扩为十卷”。① 按《新唐书·艺文志》著录何自然《笑林》三卷，《宋史》卷二〇六《艺文志五》：“何自然《笑林》三卷，路氏《笑林》三卷。”宋王尧臣等撰《崇文总目》卷五：“《笑林》三卷，何自然撰；《笑林》三卷，路氏撰。”知唐宋时至少有与邯郸淳《笑林》同名的著名笑话集二种，很明显，这是邯郸淳的续书，所以唐范摅撰《云溪友议》自序云：“近代何自然续《笑林》。”②《宋史·艺文志》虽然没有著录邯郸淳《笑林》，但并不能说明宋元时期它已经亡佚了。宋郑樵《通志》卷六八《艺文略第六》：“《笑林》三卷，又三卷，后汉给事中邯郸淳撰、路氏撰……《笑林》三卷，唐何自然撰。”③明言宋时尚有邯郸淳所撰《笑林》。所谓“秘阁有《古笑林》十卷”，当是邯郸淳、何自然、路氏三种《笑林》的合刊本，外加目录或者其他如补遗之类凑成十卷。所谓补遗，如宋马令撰《南唐书》卷二五：“杨名高……著《笑林》颇行于时。辞鄙不载。”又有易斋《笑林》：明彭大翼撰《山堂肆考》卷一一八“祈福代牺”条引“易斋《笑林》：武后有疾，诏遍祭神庙，以祈福消灾。给事中阎朝隐亲撰祝文，以身代牺，沐浴，伏于俎盘，令僧道迎至神所，观者如堵。会后疾愈，特加赏赉。郎中张元一画代牺图以进，后大笑；虽加厚赐，然亦鄙其为人。”明人祁承㸁藏并撰《澹生堂藏书目》卷七小说家类著录《笑林》一卷，未及撰人。④

邯郸淳《笑林》散佚后，明代陈禹谟《广滑稽》卷二二载有《笑林》一卷十三条，清马国翰辑《玉函山房辑佚书》子编小说家类自《艺文类聚》、《太平广记》、《太平御览》、《笋谱》等书中辑出二十六条，清王仁俊从《琱玉集》中又采得一条，《旧小说》甲集采录十条；鲁迅《古小说钩沉》中辑存二十九条；王利器《历代笑话集》（上海古籍出版社 1981 年版）先移录马国翰所辑，后补录鲁迅所辑，亦得二十九条。⑤ 按，洪迈撰《容斋四笔》卷三云：“俚语《笑林》谓两商人入神庙，其一陆行欲晴，许赛以猪头；其一水行欲雨，许赛羊头；神顾小鬼言：‘晴干吃猪头，雨落

① 穆克宏：《魏晋南北朝文学史料学述略》，第 218 页，北京，中华书局，2002。

② 〔唐〕范摅：《云溪友议》，文物出版社 1982 年影印嘉业堂丛书本。

③ 〔宋〕郑樵：《通志》，第 797～798 页，中华书局 1987 年影印万有文库十通本。

④ 〔明〕祁承㸁：《澹生堂藏书目》有清宋氏漫堂钞本。常见本有《丛书集成初编》（史部目录类）本和《续修四库全书》（史部第 919 册）本等。

⑤ 该书原目录注云：“二十三则”，实为二十九则。

吃羊头，有何不可？'"此或亦《笑林》佚文，不见各本辑录，录以备考。又《殷芸小说》卷五第一百零七条记傻子的幻想故事云："俗说：有贫人止能办只瓮之资，夜宿瓮中，心计曰：'此瓮卖之若干，其息已倍矣。我得倍息，遂可贩二瓮，自二瓮而为四，所得倍息，其利无穷。'遂喜而舞，不觉瓮破。"此条出《事文类聚》前集，《记纂渊海》所记略同，余嘉锡怀疑原文出自《笑林》，①此条亦不见各本辑录。

或以为陆云亦有《笑林》。宋释赞宁撰《笋谱》四之事云："陆云，字士龙。为性喜笑，作（《唐宋丛书》本无"作"字）《笑林》云：'汉人有适吴，吴人设笋。问："是何物？"语曰："竹也。"归煮其床箦而不熟，乃谓其妻曰："吴人牣辘，欺我如此。"'"②宋佚名《五色线》卷下、宋朱胜非撰《绀珠集》卷一一"煮箦"条、宋叶廷珪撰《海录碎事》卷二二下"竹门"之"煮箦"条亦引作"陆云《笑林》"。《绀珠集》卷一三"羊踏菜园"条云："陆云《笑林》：有人尝食蔬茹，忽食羊肉，梦五脏神曰：'羊踏破菜园。'"此条宋叶廷珪撰《海录碎事》卷六亦引作"陆云《笑林》"。此二条鲁迅皆径直辑入邯郸淳《笑林》，不知何据，试猜度之：或者以为陆云《笑林》有承袭邯郸淳者？或者以为宋前不见著录、引用陆云《笑林》之事而以为非陆云之书？陆云《笑林》，王利器《历代笑话集》辑得二条。按《三国志·钟繇传》裴松之注引陆氏《异林》记钟繇与女鬼相合事之后云："叔父清河太守说如此。清河，陆云也。"③钟繇与女鬼相合事有讥讽钟繇的幽默意味④，可证陆云喜闻故事、"为性喜笑"的一面。又刘咸炘《目录学》第二章《存佚》认为"邯郸淳《笑林》之后，复有一《笑林》，《（太平）御览》、《（太平）广记》及殷芸《小说》引《笑林》，乃有吴沈珩、张温二条，非淳书所及也，不可据为淳书"⑤。的确，邯郸淳之后，尚有以《笑林》名书者，刘咸炘之说可备参考。后人辑录的邯郸淳《笑林》难以完全

---

① 见周楞伽校《殷芸小说》，第107页，上海，上海古籍出版社，1984。

②《笋谱》，《文渊阁四库全书》影印本。《续谈助》卷三抄僧赞宁《笋谱》云："陆云，字士龙，为性喜竹，著《笑林论》云：'汉人适吴……'"（《丛书集成初编》本）此则材料如果属实，则陆云所著非为《笑林》，乃《笑林论》，他只是在文章中引用了《笑林》内容。

③《三国志》，第396页，北京，中华书局，1982。陆氏《异林》今佚，此"钟繇"条，又见《太平御览》卷八一九、卷八八七，《搜神记》卷一六、《幽明录》并采此事。

④ 参张庆民《陆氏〈异林〉之钟繇与女鬼相合事考论》，北京，人民文学出版社，2008。

⑤《目录学》，成都大学1934年铅印本，此书收入《推十书》，有成都古籍书店1996年影印本。

排除误辑的条目，后人所著《笑林》书中也可能有承续邯郸淳的条目。

邯郸淳《笑林》以笑话作讽劝，篇幅短小，有故事性，善用夸张、漫画手法，风格轻松幽默。关于其渊源，主要有二说，通常认为《笑林》承袭了先秦俳优和诸子寓言；近来有人提出《笑林》可能受了印度佛经故事影响，认为《续谈助》卷四所引《笑林》“愚人治伛”（此事又见于《殷芸小说》卷五），《太平广记》卷二六二引《笑林》“不识镜”故事，痴婿故事等可能与类似佛教故事有渊源关系。① 此可备一说。按，《笑林》成书当亦受汉代俗赋影响。依司马迁《史记》，东方朔、枚皋诸人尝作赋以为俳笑，今虽不存，然尚可从王褒《僮约》、《责须髯奴》，扬雄《逐贫赋》等作品中窥其大概。这些赋作的滑稽幽默、浅俗可读、富于故事性等特点给《笑林》以直接的文化艺术营养。又从《笑林》多记民间笑话来看，其直接土壤当在民间。

邯郸淳《笑林》之后，历代不乏继作，《隋志》于邯郸淳《笑林》之后，刘义庆《世说》之前著录有阳玠松撰《解颐》二卷、不知撰人《笑苑》四卷（《隋书》卷五八《魏澹传》载，魏澹曾经“撰《笑苑》”，《隋志》所录当即魏澹所撰），今皆不存。两《唐志》有隋侯白撰《启颜录》十卷。唐人朱揆撰《谐噱录》、宋人天和子撰《善谑集》、《艾子杂说》，不知何时人撰《悦神集》（《郡斋读书志》卷三下）、《开颜集》（《直斋书录解题》卷一一）、《风月笑林》②、《诙谐文话》③；明清时期更是蔚然成风，如刘元卿的《应谐录》，徐文长的《谐史》，赵南星的《笑赞》，浮白斋主人的《雅谑》，冯梦龙的《笑府》、《广笑府》、《十二笑》，独逸窝退士的《笑笑录》，沈起凤的《谐铎》等，《笑林广记》尤其流行。今人王利器《历代笑话选》，首列《笑林》，其后复列后代笑话集七十四种（依其目录所列笑话集题目统计），附录《历代已佚或未收笑话集书目》三十余种。近现代以来，笑话集不断出现，如民国时期李定夷所编《广笑林》四卷，国华书局 1917 年版，

---

① 参王青：《汉译佛经中的印度民间故事及其本土化途径——以愚人故事、智慧故事为中心》，载《成大宗教与文化学报》2004 年第 3 期；又可参其《西域文化影响下的中古小说》，第 333 页，北京，中国社会科学出版社，2006。

② 〔宋〕陈元靓：《事林广记》，第 204 页，中华书局 1999 年影印北京大学图书馆藏元后至元六年（1340 年）郑氏积诚堂刻本。

③ 〔宋〕陈元靓：《事林广记》，第 553 页，中华书局 1999 年影印日本元禄十二年（1699 年）翻刻本。

又有《民国籍粹》影印本，收清末民国时期笑话，亦是《笑林》余韵。《笑林》嘉惠他体文学甚多，如沈璟《博笑》传奇“杂取《耳谈》中可喜、可怪之事，每事演三四折，俱可绝倒”①。

关于《笑林》的内容分类和艺术特点，张可礼先生在《建安时期的小说》一文中有综合论述。该文认为现存《笑林》内容归纳起来，重要的有三点：“（一）叙写愚庸无知的滑稽可笑。这类人物和故事在《笑林》中占的比重很大。”“（二）讽刺贪得无厌的悭吝人。”“（三）讽刺损人利己的自私者。”其笑的艺术特点也主要被归纳为三点：（一）“它具有喜剧和幽默的一些特点，能把笑和社会意义统一起来，使人们知道什么是愚蠢的，什么是智慧的，什么是丑的，什么是美的，从而使人受到教育和启发。”（二）人物形象“一般的都比较单薄，但也有一些形象，由于作者抓住了人物性格、外貌和举止的某些特征，因而刻画得比较成功”。（三）“善于运用夸张的艺术手法”。②

二、《西京杂记》

《西京杂记》，《隋书·经籍志》“史部·旧事略”著录为二卷，不题撰人。《旧唐书·经籍志上》史部故事类和地理类分别著录，皆为一卷，题葛洪撰。《新唐书·艺文志二》史部故事类和地理类分别著录，作二卷，题葛洪撰。宋晁公武《郡斋读书志》杂史类同。宋陈振孙《直斋书录解题》卷七“传记类”、《宋史·艺文志》“传记类”著录为六卷，题葛洪撰。可见，《西京杂记》主要有二卷本和六卷本两种，葛洪《〈西京杂记〉跋》言《西京杂记》为二卷，唐前史志著录亦为二卷，之所以出现六卷本，《直斋书录解题》解释说：“今六卷者，后人分之也。”《天一阁见存书目》同时著录三种《西京杂记》，两种六卷本，一种二卷本，于二卷本下注云：“全抄本，晋葛洪撰，此本未经宋人分析之本。”③

《西京杂记》记述西汉人物轶事，也涉及宫室苑囿、珍玩异物、舆服典章、风俗民情等，带有怪异色彩。宋前史志归入“史部”，但其书的传

---

① 〔明〕祁彪佳著，黄裳校录：《远山堂明曲品剧品校录》，第9页，上海，上海出版公司，1955。

② 以上引文参《建安文学论稿》，第99～102页，济南，山东教育出版社，1986。

③ 〔明〕范钦藏、〔清〕薛福成编：《天一阁书目》，扬州阮氏文选楼嘉庆十三年（1808年）刻本；据林夕主编《中国著名藏书家书目汇刊》第四册，第151页，商务印书馆2005年影印本。

说性质，却早为人认识，如唐代颜师古《汉书·匡衡传注》评价说："今有《西京杂记》者，其书浅俗，出于里巷，多有妄说。"①因此清人《四库全书总目》才列之入"小说家·杂家类"，今人一般目为轶事小说，为历代笔记小说之滥觞。

《西京杂记》的作者主要有四说：西汉刘歆，东晋葛洪，南朝吴均、萧贲②。

刘歆之说始出葛洪《〈西京杂记〉跋》。其跋云："洪家世有刘子骏（刘歆）《汉书》一百卷，无首尾题目，但以甲乙丙丁纪其卷数，先父传之。歆欲撰《汉书》，编录汉事，未得缔构而亡，故书无宗本，止杂记而已，失前后之次，无事类之辨。后好事者以意次第之，始甲终癸为十秩，秩十卷，合为百卷。洪家具有其书，试以此记考校班固所作，殆是全取刘氏，有小异同耳。并固所不取，不过二万许言。今抄出为二卷，名曰《西京杂记》，以裨《汉书》之阙尔。"③按照此跋语意见，葛洪家族藏有《汉书》一百卷，它是根据刘子骏（刘歆）杂记汉事的材料编录而成的；班固的《汉书》全部取材于刘歆《汉书》，葛洪将两本《汉书》对校，发现班固《汉书》舍弃了刘歆《汉书》"二万许言"，于是从中摘录出二卷来，命名为《西京杂记》。单就材料而言，无疑，刘歆是《西京杂记》所记轶事的原作者，葛洪只是《西京杂记》删录抄集成书者，当然书名也是葛洪补题的。北宋黄伯思《东观余论》卷下赞同此说云："此书中事，皆刘歆所记，葛稚川采之，以补班史之阙耳。其称余者，皆歆本语。"如本书第五十一条称刘向为家君，就显示了此种信息。清代卢文弨《新雕西京杂记缘起》（《抱经堂丛书》本《西京杂记》附）、姚振宗《隋书经籍志考证》卷一六和今人向新阳、刘克任《〈西京杂记〉校注》（上海古籍出版社 1991 年出版）等都以葛洪跋语为实，赞成作者为刘歆说。丁宏武《从叙事视角看〈西京杂记〉原始文本的作者及写作年代》（载《图书馆杂志》2010 年第 4 期）从新的视角补充了此说。

葛洪之说，始于后代学者对葛洪的跋语的质疑。宋晁载之《续谈

---

① 〔汉〕班固：《汉书》，第 3331 页，北京，中华书局，1962。

② "贲"与"奂"，用于名字，意义相关。据《南史》卷四四《竟陵文宣王子良传》附萧贲传："贲，字文奂"，贲，读音为"闭"时，为文饰义。《诗》："伴奂尔游矣。"《毛传》："伴奂，广大有文章也。"

③ 《西京杂记》卷末附录，《四部丛刊》影明嘉靖本。

助》卷一《洞冥记》后引张柬之之语云："昔葛洪造《汉武内传》、《西京杂记》。"刘知幾《史通》也屡称《西京杂记》为葛洪所造："孟坚所亡，葛洪刊其《杂记》"①；"若和峤《汲冢纪年》，葛洪《西京杂记》，此之谓逸事者也"②。"夫故立异端，喜造奇说；汉有刘向，晋有葛洪"③，晚唐张彦远《历代名画记》载毛延寿画王昭君事，引为葛洪《西京杂记》。因此，《旧唐书·经籍志》和《新唐书·艺文志》皆著录为葛洪撰。南宋陈振孙《直斋书录解题》卷七"传记类"《西京杂记》条说："向、歆父子亦不闻其尝作史传于世，使班固有所因述，亦不应全没不著也。"其后，《四库全书总目》卷一四〇、李慈铭《越缦堂读书记》卷五等又相继提出了一系列证据，指出《西京杂记》与《史记》、《汉书》多乖谬冲突之处。如据《汉书》记载，广陵王胥、淮南王安并谋反自杀，而本书第六十四条、第七十一条却说广陵王胥为兽所伤陷脑而死，淮南王安与方士一起成仙而去。据《史记·太史公自序》、《报任安书》和《汉书·司马迁传》记载，司马迁并未荐举李陵，在李陵事件中，虽受宫刑，但出狱后官中书令，发愤写作《史记》；而《西京杂记》第一百三十条却说司马迁"后坐举李陵，陵降匈奴，下迁蚕室，有怨言，下狱死"。余嘉锡《四库提要辨证·西京杂记辨证》详加考辨，认为班固"《汉书》之采自刘氏父子者，仅《新序》、《说苑》、《七略》中之记汉事者而已"，而所谓刘歆《汉书》一百卷乃是葛洪"依托古人以自取重耳"。④ 今人程章灿、成林亦赞成此说，以为余嘉锡的考辨"从根本上推翻了刘歆撰《西京杂记》之说"，并增举四条证据，如第一条云："本书既称刘向为家君，却不避家讳'向'字，这只能证明作者是冒牌的刘歆。洪业《再说〈西京杂记〉》(载《洪业论学集》)只举出第123条'向者孤洲乃大鱼'和第132条'乃向所挑之妇也'两处，却遗漏了另一处：第63条中的'向余说古时事'。"第四条云："第97条云：'司马迁发愤作《史记》百三十篇，先达称为良史之才。'按《汉书·司马迁传》：'然自刘向、扬雄博极群书，皆称迁有良史之材。'刘歆与扬雄以朋友相处，年辈相当，并称刘向、扬雄为'先达'，不符刘歆的口

① 张振佩笺注：《〈史通〉笺注·忤时》，第706页，贵阳，贵州人民出版社，1985。

② 张振佩笺注：《〈史通〉笺注·杂述》，第356页，贵阳，贵州人民出版社，1985。

③ 张振佩笺注：《〈史通〉笺注·杂说下》，第638页，贵阳，贵州人民出版社，1985。

④ 余嘉锡：《四库提要辨证》下册，第857页，昆明，云南人民出版社，2004。

吻。”最后认为：“《西京杂记》既不是刘歆所作，也不是葛洪、吴均、萧贲或别的什么人所伪撰，而是葛洪利用汉晋以来流传的稗乘野史、百家短书钞撮编集而成。”①葛洪（284—364 年）②，字稚川，号抱朴子，丹阳句容（今属江苏）人。博学多识，好神仙导引之术。有《抱朴子》、《神仙传》等作品。《晋书》有传。

南朝吴均之说出唐人段成式《酉阳杂俎·语资篇》，其说云：“庾信作诗用《西京杂记》事，旋自追改曰：‘此吴均语，恐不足用也。’”③宋晁公武《郡斋读书志》卷二据此亦称：“江左人或以为吴均依托为之。”④鲁迅《中国小说史略》评论此说云：“所谓吴均语者，恐指文句而言，非谓《西京杂记》也。梁武帝敕殷芸撰《小说》，皆钞撮故书，已引《西京杂记》甚多，则梁初已流行世间，固以葛洪所造为近是。”⑤程章灿、成林“以《西京杂记》与周楞伽辑本《殷芸小说》对校，发现前书计有 12 条被收入后书”。⑥ 因此，庾信所谓“吴均语”可能取自已经辑入《西京杂记》事的吴均《续齐谐记》之类的著述，⑦段成式熟悉《西京杂记》，便以为“庾信作诗用《西京杂记》事”，后人不做深究，遂据此传为吴均作《西京杂记》。

南朝萧贲之说始自《南史》卷四四《竟陵文宣王子良传》附传，传云：“（萧）贲，字文奂……好著述，尝著《西京杂记》六十卷”⑧。南宋末年学者王应麟《困学纪闻》卷一二云：“今按《南史》，萧贲著《西京杂记》六十卷，然则依托为书，不止吴均也。”（《四部丛刊三编》本）翁元圻注云：“卷数多寡悬殊，当另是一书。”劳干《论〈西京杂记〉之作者及成书时代》（《中央研究院历史语言研究所集刊》第三十三本）根据本书第七十三条，推断作者是一个南方人，对北方地理不熟，指出萧贲有创作的

① 程章灿、成林译：《西京杂记全译·前言》，第 3 页、第 9 页，贵阳，贵州人民出版社，1993。

② 曹道衡、沈玉成《葛洪卒年、年岁》认为葛洪卒年六十一岁，详参其《中古文学史料丛考》，第 173 页～174 页，北京，中华书局，2003。

③〔唐〕段成式：《酉阳杂俎》前集卷一二，《四部丛刊》影明本。

④《昭德先生郡斋读书志》卷二（上），《四部丛刊》本。

⑤《中国小说史略》，第 36 页，济南，齐鲁书社，1997。

⑥ 程章灿、成林：《西京杂记全译·前言》，第 5 页，贵阳，贵州人民出版社，1993。

⑦ 如《续齐谐记》“汉宣帝以皂盖车一乘赐大将军霍光”条，虽不见于今本《西京杂记》，但与《西京杂记》所记汉代轶事绝类。

⑧〔唐〕李延寿：《南史》，第 1106 页，北京，中华书局，1975。

可能性。美国学者倪豪士（William H. Nienhauser Jr）《再论〈西京杂记〉的作者》亦持此说，可参《文学遗产》1994年第5期。

此外，李慈铭《越缦堂读书记》根据《西京杂记》与史实相合的内容推测作者是“汉代稗官”，又根据其与史实不合的内容否定作者是吴均，认为《西京杂记》的一部分内容“必皆出于两汉故老所传，非六朝人所能凭空伪造……惟所载靡丽神怪之事，乃由后人添入，或出吴均辈所为耳”①。黄云眉《〈古今伪书考〉补正》则提出《西京杂记》成书于隋唐间，其说略云：“《汉书·匡衡传》颜师古注：‘今有《西京杂记》者，其书浅俗，多有妄说，乃云匡衡小名鼎，盖绝知者之听。’则此书殆出隋唐间。”②

《西京杂记》作者众说纷纭，所记有乖于正史者，但亦多有相合者，故其史料价值不容忽视。就此而言，《西京杂记》宋前史志归入“史部”是有道理的，一则所记多与正史互补互证，二则根据当今考古发现，“《西京杂记》是否确为刘歆所作尚难定论，但此书确系根据汉代史料编集而成”③。

今传《西京杂记》分为一卷、二卷、六卷三大系统。《历代小史》本一卷。《抱经堂丛书》本、《正觉楼丛刻》本、《龙溪精舍丛书》本、《关中丛书》本、上海图书馆藏明抄本（卢文弨校）及活字印本等六种属二卷本。此外多属于六卷本系统，六卷本最为通行，如明沈与文野竹斋刻本、嘉靖三十一年壬子（1552年）孔天胤刊本（《四部丛刊》即据此本影印）、明万历三十年山西布政司刻《秦汉图记》本、明万历梁义卿刻本、《古今逸史》本、《汉魏丛书》本、《稗海》本、《津逮秘书》本、《四库全书》本、《学津讨原》本、《笔记小说大观》本、《五朝小说大观》本、《汉魏六朝笔记小说》本、《诸子集成补编》本（四川人民出版社1997年版）、日本元禄三年（1690年）唐本屋又兵卫刻本④等。现存最早刻本是明代以嘉靖元年壬午（1522年）沈与文野竹斋刊本，明清刊本以校订精审著称者为乾隆年间《抱经堂丛书》本。孙诒让《札迻》卷一一就卢文弨校刊

---

① 李慈铭撰、由云龙辑：《越缦堂读书记》，第928页，北京，中华书局，1963。

② 黄云眉：《〈古今伪书考〉补正》，第105页，济南，山东人民出版社，1959。

③ 丁宏武：《考古发现对〈西京杂记〉史料价值的印证》，载《文献》2006年第2期。

④ 此日本刻本藏华东师范大学图书馆，据王宝平《中国馆藏和刻本汉籍书目》，第362页，杭州，杭州大学出版社，1995。

本《西京杂记》校证五条。今人整理本有：1.《燕丹子·西京杂记》，程毅中、罗根泽点校，中华书局1985年版。采录一百三十八条，附录版本序跋、书目著录两种。2.《〈西京杂记〉校注》，汉刘歆撰、晋葛洪集，向新阳、刘克任校注，上海古籍出版社1991年版。该本校注详尽，虽有失误（参陈文豪《〈西京杂记校注〉简评》，载《陕西历史博物馆馆刊》第二辑，三秦出版社1995年版），不失精审。3.《〈西京杂记〉全译》，程章灿、成林译，贵州人民出版社1993年版。4.《新译〈西京杂记〉》，曹海东注译，台北三民书局1995年版。5.《西京杂记》，晋葛洪撰，周天游校注，三秦出版社2006年版。附录葛洪、黄省曾、孔天胤、柯茂竹、郭子章、毛晋、卢文弨、王谟、冯云唐、宋联奎等十种版本序跋，书目著录及提要十七种，引用书目一百三十多种。校注精审，后出转优。

山东大学文史哲研究院2008年硕士论文赵嫄《〈西京杂记〉研究》辨析旧说、综论其文献史料价值等，附录历代著录三十六种，历代题跋十三种，其中如潘景郑、王献唐、昌彼得等人跋语皆校注本所未录者，值得参考。

第三章
《搜神记》

第一节　作者干宝生平

干宝（276？—336年），字令升。《晋书》卷八二有传。其传记资料还散见于南朝宋何法兴《晋中兴书》（刘义庆《世说新语·排调篇》刘孝标注引）、南朝齐臧荣绪《晋书》（《文选》卷四九干令升《晋纪论晋武帝革命》李善注引）、《建康实录》卷七等。葛兆光有《干宝事迹材料稽录》，载《文史》第七辑，中华书局1979年版；日本学者小南一郎有《干宝〈搜神记〉の编纂》（上、下），京都大学人文科学研究所编《东方学报》第六十九册（1997年）、第七十册（1998年）。

干宝生平有诸多疑点，今人张可礼、李剑国、张庆民等对此有综合考论。其观点可参考张可礼《东晋文艺系年》（山东教育出版社1992年版），李剑国《干宝考》（载《文学遗产》2001年第2期，后收入其《古稗斗筲录：李剑国自选集》，南开大学出版社2004年版）、《〈新辑搜神记〉前言》，张庆民《干宝事迹新考》（载《文学遗产》2009年第5期），曹道衡《晋代作家六考·干宝》（载其《中古文学史论文集》，中华书局1986年版）。

干宝生当西晋初年。其生年主要有三说：一、晋武帝太康七年(286年)左右说。张忱石《建康实录·点校说明》云:"干宝参加平定杜弢时年龄至少在二十五岁以上,往上推溯二十五年,干宝生于晋武帝太康七年(286年)左右,他大概活了五十多岁。"[①]按,杜弢反于永嘉五年(311年)。《中国古代小说百科全书》(中国大百科全书出版社1993年版)"干宝条"(许逸民撰)即用此说。二、晋武帝咸宁元年(275年)左右说。《晋书》干宝本传记载宝父干莹死时,"宝兄弟年小"云云,[②]李剑国《干宝考》谓:"若以干莹卒于吴亡之年,干宝时五岁来算,则干宝生在天玺元年(276年),卒时享年六十一岁。"三、吴末帝天纪四年(280年)说。据《宋书》卷三〇《五行志一》载元康末干宝使人散败桥牖之事,干宝此时当已成人;以此年二十岁计,则干宝生年或在吴末帝天纪四年(280年)。此说见张庆民《干宝事迹新考》。

干宝生年之确定尚有两个支点值得注意:

1. 唐林宝《元和姓纂》卷四"干姓"之"新蔡"下云:"晋丹阳丞干营(当为莹),生宝,著《晋纪》及《搜神记》。"[③]宝父干莹既然曾经为"晋丹阳丞",而非吴丹阳丞,则至少280年还在世,假设他280年年底去世,宝兄弟尚幼,在四五岁,则干宝生年当在277年左右。

2.《晋书》卷七二《郭璞传》称:"明帝之在东宫,与温峤、庾亮并有布衣之好,璞亦以才学见重,埒于峤、亮,论者美之。然性轻易,不修威仪,嗜酒好色,时或过度。著作郎干宝常诫之曰:'此非适性之道也。'璞曰:'吾所受有本限,用之恒恐不得尽,卿乃忧酒色之为患乎!'"明帝之在东宫是317年至322年,正逢郭璞四十三岁至四十七岁之间,从干宝劝说郭璞的语气看,两人年龄当相仿佛,可能比郭璞略大。由此上推,则干宝生年在275年左右。

干宝祖籍新蔡(今属河南),约汉末,祖上避汝南战乱徙居江南。"祖统,吴奋武将军、都亭侯。"(《晋书·干宝传》)父干莹,字明叔,"仕

---

① 〔唐〕许嵩撰、张忱石点校:《建康实录》,北京,中华书局,1986。以下引用该书原文,均据此版本。

② 〔唐〕房玄龄等:《晋书》,第2150页,北京,中华书局,1974。以下引用该书原文,均据此版本。

③ 〔唐〕林宝:《元和姓纂》,台湾"商务印书馆"影印《文渊阁四库全书》本。

吴为立节都尉”(元徐硕《至元嘉禾志》卷一三[①]),曾为丹阳丞。“典午南渡,徙家海盐(今浙江海盐东北)”(明樊维城、胡震亨等《海盐县图经》卷一四《人物篇·流寓》),遂为海盐人。兄庆,晋豫宁令。[②]

晋惠帝元康九年(299 年),据《晋书·韩友传》,干宝在江、淮,曾从韩友学占卜之术。晋怀帝永嘉五年(311 年),应王导荐举,起家佐著作郎;[③]据《晋书》卷六一《华轶传》,干宝在姑孰,与扬烈将军、同郡周访会面。[④] 晋愍帝建兴初,左丞相司马睿军咨祭酒华谭尝荐之于朝,未果。[⑤]

晋怀帝永嘉五年(311 年),杜弢据长沙反;晋愍帝建兴三年(315 年)八月,陶侃击败杜弢,平湘州,干宝参与平杜,因功赐爵关内侯。建兴五年、晋王建武元年(317 年),中书监王导上疏置史官,荐干宝等撰修国史;十一月,置史官,干宝擢著作郎,领修国史,[⑥]始撰《晋纪》和《搜神记》。《晋书·干宝传》称干宝:“性好阴阳术数,留思京房、夏侯胜等传。宝父先有所宠侍婢,母甚妒忌,及父亡,母乃生推婢于墓中。宝兄弟年小,不之审也。后十余年,母丧,开墓,而婢伏棺如生,载还,经日乃苏。言其父常取饮食与之,恩情如生,在家中吉凶辄语之,考校悉验,地中亦不觉为恶。既而嫁之,生子。又宝兄尝病气绝,积日不冷,后遂悟,云见天地间鬼神事,如梦觉,不自知死。宝以此遂撰集古今神祇灵异人物变化。名为《搜神记》,凡三十卷。”[⑦]唐无名氏《文选集注》江淹《拟郭弘农游仙诗》注引雷居士《豫章记》云:“猛(吴猛也),豫章建

---

① 〔元〕徐硕:《至元嘉禾志》,台湾“商务印书馆”影印《文渊阁四库全书》本。又见明樊维城、胡震亨等《海盐县图经》,《中国地方志丛书》影印天启四年刊本;明董穀《碧里杂存》卷下《干宝》条,台湾“商务印书馆”影印《文渊阁四库全书》本。以下引用该书原文,均据此版本。

② 唐无名氏撰《文选集注》卷六二江淹《拟郭弘农游仙诗》注引《文选抄》称“干庆为豫章建宁令”,查《晋书·地理志下》、《宋书·州郡志二》豫章郡无建宁。元赵道一《历世真仙体道通鉴》卷二七《吴猛》云干庆曾为西安令。西安即汉末所置武宁,三国吴谓之西安,晋武帝太康元年改为豫宁。说见李剑国《新辑搜神记》前言,第 16 页,北京,中华书局,2007。

③ 《晋书·干宝传》:“以才器召为著作郎。”按,据本传下文王导荐举之疏,“著作郎”当为“佐著作郎”。此说从曹道衡,见曹道衡、沈玉成《中古文学史料丛考》,第 186 页,中华书局,2003。

④ 《晋书》卷六一《华轶传》提到“扬烈将军周访”、“司空荀樊”,据《晋书·孝怀帝纪》,永嘉五年五月,荀樊为司空,司马睿为镇东将军;又据《晋书·周访传》,周访为扬烈将军在参镇东军事不久。

⑤ 《晋书》卷五二《华谭传》。

⑥ 唐许嵩撰《建康实录》卷五:“(建兴五年冬十一月,)初置史官,立太学,以干宝、王隐领国史。”

⑦ 〔唐〕房玄龄等:《晋书》,第 2150 页,北京,中华书局,1974。

宁人。干庆为豫章建宁令，死已三日。猛曰：'明府算历未应尽，似是误耳，今为参之。'乃沐浴衣裳，复死于庆侧。经一宿，果相与俱生。庆云：'见猛天曹中论诉之。'庆即干宝之兄。宝因之作《搜神记》。故其序云：'建武中，所有感起，是用发愤焉。'"①此事亦见《太平御览》卷八八七、《太平广记》卷三七八引《幽明录》。按，晋愍帝建兴五年三月，司马睿在建康即晋王位，改元建武。建武仅一年，故《搜神记》始撰于本年。

干宝在朝经常站在儒家立场，关心政治风俗。如东晋元帝大兴元年(318 年)，著论论礼，作《驳招魂葬议》、《王昌前母服论》。② 干宝还擅长用占卜之术议论时政，这典型地表现在对王敦的评论上。《晋书》卷二八《五行志中》载："元帝太兴元年四月，西平地震，涌水出。十二月，庐陵、豫章、武昌、西陵地震，涌水出，山崩。干宝以为王敦陵上之应也。"《晋书·五行志上》载："元帝太兴四年，王敦在武昌，铃下仪仗生华如莲华，五六日而萎落。此木失其性。干宝以为狂华生枯木，又在铃阁之间，言威仪之富，荣华之盛，皆如狂华之发，不可久也。其后王敦终以逆命加戮其尸。"又载："元帝太兴中，王敦镇武昌，武昌灾，火起，兴众救之，救于此而发于彼，东西南北数十处俱应，数日不绝。旧说所谓'滥炎妄起，虽兴师众，不能救之'之谓也。干宝以为'此臣而君行，亢阳失节，是为王敦陵上，有无君之心，故灾也。'"③干宝因撰《搜神记》缺乏纸张，曾上表请纸。北宋苏易简《文房四谱》卷四载："干宝《表》曰：'臣前聊欲撰记古今怪异非常之事，会聚散逸，使自一贯，博访知古者，片纸残行，事事各异。又乏纸笔，或书故纸。'答云：'今赐纸二百枚。'"④

后以家贫求补会稽郡山阴令，迁始安太守。时翟汤隐居寻阳南山，与干宝有通家之好，干宝曾自始安遣船资助。翟汤一无所受，干宝

---

① 余嘉锡：《四库提要辨证》下册，第 967～968 页，昆明，云南人民出版社，2004。

②《晋书》卷六《元帝纪》："太兴元年……夏四月……戊寅初禁招魂葬。"《建康实录》卷五、《册府元龟》卷六二同。《通典》卷一〇三："干宝《驳招魂葬议》云：'时有招魂，考之经传，则无闻焉……'"(杜佑纂，王文锦、王永兴、刘俊文、徐庭云、谢方点校《通典》，中华书局，1988)。《晋书·礼志中》："太兴初，著作郎干宝论之曰：……"所论即《王昌前母服论》内容。

③〔唐〕房玄龄等：《晋书》，第 802 页、第 806 页，北京，中华书局，1974。

④〔宋〕苏易简：《文房四谱》，台湾"商务印书馆"影印《文渊阁四库全书》本。干宝《表》又见宋吴淑《事类赋》卷一五注引，文字小异；《初学记》卷二一、《太平御览》卷六〇一等引"事事各异"以前部分。

因此愧叹，事见《晋书》卷九四《翟汤传》。

又曾任王导司徒府右长史，撰《司徒仪》。[①] 所著《晋纪》成，“奏之。其书简略，直而能婉，咸称良史”(《晋书·干宝传》)；《搜神记》成书，曾出示刘惔，刘惔以“卿可谓鬼之董狐”相讽。[②] 由司徒右长史迁散骑常侍，再领著作郎。[③] 曾荐葛洪为散骑常侍，代己领著作郎，洪固辞不就。[④]《建康实录》卷七《宪宗成皇帝》载：咸康二年(336年)“三月，散骑常侍干宝卒”。

干宝著述极丰，今可考者凡二十二种，最为著名的是《晋纪》二十卷和《搜神记》三十卷，均已散佚。今存《晋纪总论》一篇及明人辑录本《搜神记》二十卷。

《晋书·干宝传》：“著《晋纪》，自宣帝迄于愍帝五十三年，凡二十卷……宝又为《春秋左氏义外传》，注《周易》、《周官》凡数十篇，及杂文集皆行于世。”[⑤]

《隋书·经籍志一》著录有：《周易》十卷，晋散骑常侍干宝注；《周易宗涂》四卷，干宝撰；《周易爻义》一卷，干宝撰；《周官礼》十二卷，干宝注；梁有《周官驳难》三卷，孙琦问，干宝驳，晋散骑常侍虞喜撰；《七庙议》一卷，又《后养议》五卷，干宝撰；《春秋左氏函传义》十五卷，干宝撰；《春秋序论》二卷，干宝撰。《隋书·经籍志二》：干宝《司徒仪》一卷；《搜神记》三十卷，干宝撰；《晋纪》二十三卷，干宝撰，讫愍帝。《隋书·经籍志三》：《干子》十八卷，干宝撰。《隋书·经籍志四》：晋散骑常侍《干宝集》四卷，梁五卷；《百志诗》九卷，干宝撰，梁五卷。

《北史》卷四二《刘芳传》：“干宝所注《周官音》”，卷四九《斛斯征传》：“征遂依干宝《周礼注》”，卷七二《牛弘传》：“《周官考工记》曰：‘夏

---

① 《晋书·干宝传》：“王导请为司徒右长史，迁散骑常侍。”据《晋书》卷六五《王导传》及《明帝纪》、《成帝纪》，李剑国认为任右长史在咸康元年(335年)，张庆民以为当在成帝咸和二年(327年)。《隋书·经籍志》著录干宝《司徒仪》一卷。

② 《晋书·干宝传》、《世说新语·排调篇》。

③ 清光绪十四年刊孔氏三十三万卷堂影钞本《北堂书钞》卷五七引《晋中兴书》所引《太康孙录》云：“干宝以散骑常侍领著作。”曹道衡以为《太康孙录》实为《太原孙录》，是。见曹道衡、沈玉成《中古文学史料丛考》，第186页，北京，中华书局，2003。

④ 《晋书》卷七二《葛洪传》，〔宋〕乐史撰《太平寰宇记》一六〇，清乾隆五十八年(1793年)刻本。

⑤ 〔唐〕房玄龄等：《晋书》，第2150～2151页，北京，中华书局，1974。

后氏代室，堂修二七，广四修一。’郑玄注云……干宝所注，与郑亦异，今不具出。”①

《旧唐书·经籍志上》：《周易》十卷，干宝注；《周易爻义》一卷，干宝撰；《周官礼》十二卷，干宝注；《周官驳难》五卷，孙略问，干宝答；《春秋义函传》十六卷，干宝撰；《春秋序论》一卷，干宝撰；《晋纪》二十二卷，干宝作，又六十卷干宝撰，刘协注；《搜神记》三十卷，干宝撰；《司徒仪注》五卷，干宝撰；《杂议》五卷，干宝撰；《旧唐书·经籍志下》：《正言》十卷，干宝撰；《立言》十卷，干宝撰；《干宝集》四卷；《百志诗集》五卷，干宝撰。

《新唐书·艺文志一》：《周易》干宝《注》十卷，又《爻义》一卷；干宝注《周官》十二卷，又《答周官驳难》五卷，孙略问；干宝《春秋函传》十六卷，《序论》一卷。《新唐书·艺文志二》：干宝《晋书》二十二卷；干宝《晋纪》二十二卷；刘协注干宝《晋纪》六十卷；干宝《司徒仪注》五卷。干宝《杂议》五卷。《新唐书·艺文志三》：干宝《正言》十卷，又《立言》十卷；干宝《搜神记》三十卷。《新唐书·艺文志四》：《干宝集》四卷，《百志诗》九卷。

又有可确认为干宝作品者有《周易玄品》等，宋王钦若等撰《册府元龟》卷六〇五学校部注释第一云：“干宝……为《春秋左氏义外传》，注《周易》、《周官》凡数十篇，又撰《周易问难》二卷，《周易玄品》二卷，《周易爻义》一卷，《春秋左氏承传义》十五卷，《春秋序论》三卷，又为《诗音》。”②

孙启治、陈建华编《古佚书辑本目录》（中华书局 1997 年版）辑录干宝佚书十二种。

严可均《全晋文》卷一二七辑录干宝文九篇：《表》、《驳招魂葬议》、《王昌前母服论》、《晋纪总论》、《晋纪论孝武帝革命》、《晋纪论姜维》、《山亡论》、《搜神记序》、《司徒议》。

逯钦立辑录《晋诗》卷一一辑干宝《百志诗》一首。③

---

① 〔唐〕李延寿：《北史》，第 1549 页、第 1788 页、第 2495 页，北京，中华书局，1974。

② 中华书局 1989 年影印宋刻残本《册府元龟》缺，此据台湾“商务印书馆”影印《文渊阁四库全书》本。

③ 姚振宗、曹道衡等以为《百志诗》乃干宝所集前人诗，非干宝所作。参曹道衡、沈玉成《中古文学史料丛考》“干宝《百志诗》条”，第 187 页，北京，中华书局，2003。

第二节 《搜神记》的著录和辑本

《搜神记》唐代及其以前著录为三十卷:《晋书·干宝传》:"宝以此遂撰集古今神祇灵异人物变化。名为《搜神记》,凡三十卷。"

《隋书·经籍志二》史部杂传类:"《搜神记》三十卷,干宝撰。"

《旧唐书·经籍志》史部杂传类:"《搜神记》三十卷,干宝撰。"

《新唐书·艺文志》子部小说家类:"干宝《搜神记》三十卷。"

《搜神记》于南北朝已经广为流传。《宋书》卷九八《氐胡》载:"(元嘉)三年……蒙逊又就司徒王弘求《搜神记》,弘写与之。"此事又见《北史》卷九三《僭伪附庸》:"蒙逊又就宋司徒王弘求《搜神记》,弘与之。"《宋书·乐志一》征引《搜神记》云:"'晋太康中,天下为《晋世宁舞》,矜手以接杯槃反覆之。'此则汉世唯有槃舞,而晋加之以杯,反覆之也。"① 受其影响,又有署名陶潜撰《搜神录》(即《搜神后记》)。

《搜神记》至宋代似乎已经散佚,如《宋史》卷二〇六《艺文志》五著录云:"干宝《搜神总记》十卷,《宝椟记》十卷。并不知作者"。② 此"并"字按文理当包括"干宝《搜神总记》十卷";《崇文总目》则云:"《搜神总记》十卷,不著撰人名氏,或云干宝撰,非也。"③《搜神总记》既云为干宝所撰,又注云"不知作者"、"或云干宝撰,非也",似相矛盾。因此,周中孚《郑堂读书记》卷六六认为这是"未见其书而虚列之耳"④,或者《搜神总记》并非通行之三十卷《搜神记》原本。然《太平御览》征引一百六十多次,又晁公武《郡斋读书志》卷二在介绍唐修《晋书》时云:"其多采《语林》、《世说》、《幽明录》、《搜神记》诡异谬妄之言,至于取沈约之说诬元帝为牛氏子之类,亦不可不辨。"⑤ 足见宋代仍有《搜神记》之流传版本,而从《太平御览》征引数量来看,宋初似仍有足本。

---

① 〔南朝宋〕沈约:《宋书》,第 551 页,北京,中华书局,1974。

② 〔元〕脱脱等:《宋史》,第 5219 页,北京,中华书局,1977。

③ 〔宋〕王应麟:《玉海》卷五七引《崇文总目》,第 1091 页,江苏古籍出版社、上海书店,1987。按,今本《崇文总目》卷六所录无"或云"之后七字。

④ 〔清〕周中孚:《郑堂读书记》,第 329 页,北京,中华书局,1993。

⑤ 《昭德先生郡斋读书志》卷二(上),《四部丛刊》本。

《搜神记》至明代当已散佚。明人私藏书目所录《稗统续编》中有"《搜神记》一本；又《搜神记》、《续搜神记》一本，抄"①，不详此抄本如何而来。明代出现了《搜神记》的辑本，明高儒《百川书志》卷一一子部"神仙类"所著录"《搜神记》二卷，干宝编"或者就是辑录本，②今传二十卷本辑本为胡应麟所辑。胡应麟《甲乙剩言》曰："姚（叔祥）见余家藏书目中有干宝《搜神记》，大骇，曰：'果有是书乎?'余应之曰：'此不过从《法苑》、《御览》、《艺文》、《初学》、《书抄》诸书中录出耳。岂从金函石箧、幽岩土窟掘得邪?'大都后出异书，皆此类也。"③姚叔祥《见只编》卷中亦云："江南藏书，胡元瑞号为最富。余尝见其书目，较之馆阁藏本，目有加益。……有《搜神记》，余欣然索看，胡云：'不敢以诒知者，率从《法苑珠林》及诸类书抄出者。'"④周中孚《郑堂读书记》卷六六推测明末《津逮秘书》本《搜神记》云："此本所载，证以古书所引，或有或无，当属宋以后连缀旧文，而以他说增益成帙，非当时之原书也，故于第六卷乃全抄两汉书五行志，而续以《晋书·五行志》中三国事，一字不更，其依托之显然者也。"⑤即明代所谓的《搜神记》乃是依托拼凑的伪作，不是干宝《搜神记》的原本。由此可知，二十卷本《搜神记》已经不是原本，而是胡应麟或者他人从《法苑珠林》、《太平御览》、《艺文类聚》、《初学记》和《北堂书钞》等类书引文中钩稽而出的。

二十卷本《搜神记》今有明沈士龙、胡震亨辑《秘册汇函》本，明毛晋《津逮秘书》本，《汉魏丛书》本，《四库全书》本，《学津讨原》本，《百子全书》本，《丛书集成初编》本，《五朝小说大观》本等。

《四库全书总目》提要介绍《搜神记》二十卷内府藏本云：

> 此本为胡震亨《秘册汇函》所刻，后以其版归毛晋，编入《津逮秘书》者。考《太平广记》所引，一一与此本相同。以古书所引证

---

① 〔明〕赵用贤藏并撰：《赵定宇书目》，参林夕主编《中国著名藏书家书目汇刊》第八册，第179页，商务印书馆2005年影印本。

② 〔明〕高儒《百川书志》湘潭叶氏观古堂1915年刻本；据林夕主编《中国著名藏书家书目汇刊》第一册，第450页，商务印书馆2005年影印本。

③ 〔明〕胡应麟：《甲乙剩言》，第7页，《说库》本，上海文明书局1925年石印。

④ 〔明〕姚叔祥：《见只编》，据《丛书集成初编》影印《盐邑志林》本，第96页，北京，中华书局，1985。

⑤ 〔清〕周中孚：《郑堂读书记》，第329页，北京，中华书局，1993。

之：裴松之《三国志注魏志明帝纪》引其“柳谷石”一条，《齐王芳纪》引其“火浣布”一条，《蜀志·麋竺传》引其“妇人寄载”一条，《吴志·孙策传》引其“于吉”一条，《吴夫人传》引其“梦月”一条，《朱夫人传》引其“朱主”一条，皆具在此本中。刘孝标《〈世说新语〉注》引其“卢充金碗”一条；刘昭“续汉志注五行志荆州童谣”条下引其“华容女子”一条，“建安四年武陵充县女子重生”条下引其“李娥”一条，“桓帝延熹七年”条下引其“大蛇见德阳殿”一条，“郡国志马邑”条下引其“秦人筑城”一条，“故道”条下引其“旄头骑”一条；李善注王粲《赠文叔良诗》引其“文颖字叔良”一条，注《思玄赋》引其“张车子”一条，注鲍照《拟古诗》引其“太康帕头”一条；刘知幾《史通》引其“王乔飞舄”一条，亦皆具在此本中。①

除《四库全书总目提要》所云征引《搜神记》的书籍外，尚有唐司马贞《史记索隐》注《史记·秦本纪》“十九年，得陈宝”略引今本《搜神记》“陈宝”条；唐张守节《史记正义》注《史记·秦本纪》“始皇还，过彭城”引《搜神记》云：“陆终弟三子曰篯铿，封于彭，为商伯”，不见于今本《搜神记》，注《史记·高祖本纪》“七年，匈奴攻韩王信马邑”引《搜神记》“马邑”条见今本《搜神记》；又裴松之《三国志注》除《四库全书总目提要》指出者外，尚有《袁绍传》注引“胡母班”条，《文帝纪》注引“邢史子臣说天道”条，《诸葛恪传》注引“诸葛恪被杀”条，《地理志四》南京道注引“伯雍种玉”条等俱见二十卷本《搜神记》。

另明末樊维城辑刻《盐邑志林》本《搜神记》二卷，实由二十卷本《搜神记》并卷而成，有上海商务印书馆《景印元明善本丛书十种》本；宛委山堂《说郛》本摘录一卷。

今人校点整理的二十卷本《搜神记》有：

胡怀琛标点《搜神记》，商务印书馆 1934 年版。此书底本为崇文书局《百子全书》本。

许建新《〈搜神记〉校注》，《台湾师范大学国文研究所集刊》1975 年 6 月第 19 期；原为台湾师范大学国文研究所 1973 年硕士学位论文。虽做详细校注，但对各条资料的来源未加检讨。

---

① 〔清〕永瑢等：《四库全书总目》，第 1207 页，北京，中华书局，1965。

汪绍楹校注《搜神记》，中华书局 1979 年版；又有台北洪氏出版社 1982 年版，台北木铎出版社 1991 年版。此书底本为《学津讨原》本。汪氏校注旁征博引，用心细密，对四百六十四条原文，一一考源钩沉，订正真伪，校正脱误。并附有《搜神记》佚文三十四则。此本虽有未善之处，但对于恢复该书本来面貌意义重大，最为学界称引。王国良《汪氏校注本搜神记评介：兼谈研究六朝志怪的基本态度与方法》（《中国古典小说研究专集》第三辑，台北联经出版事业公司 1981 年版；又见其《六朝志怪小说考论》，台北文史哲出版社 1988 年版）对其得失有切实评论。

顾希佳注《搜神记 · 搜神后记》，浙江古籍出版社 1985 年版。

黄涤明译注《搜神记全译》，贵州人民出版社 1991 年版。此书底本为《津逮秘书》本，校以清嘉庆张海鹏《学津讨原》本等。全书体例，先列篇名原文，继作注释，终列白话译文。译文失误，详参刘钊《〈搜神记全译〉指瑕》，载《吉林大学社会科学学报》1995 年第 1 期。

贾二强校点《搜神记》，辽宁教育出版社 1997 年版。此书底本为《津逮秘书》本，校以清嘉庆张海鹏《学津讨原》本，参用汪绍楹校注《搜神记》成果。书末附录校勘。

二十卷本《搜神记》所收条目真假混杂，“乃是明人辑各书引用的话，再加别的志怪书而成，是一部半真半假的书籍”①。汪绍楹先生虽然做了精细的整理校订，但仍然有进一步整理的余地，当代学者也不断提出补正意见，可参考的论文如王华宝《〈搜神记〉汪校补正》，南京师范大学学报编辑部编《古文献研究文集》1987 年版；吴金华《汪校本〈搜神记〉拾补》，载《文教资料》1995 年第 3 期；周俊勋《二十卷本〈搜神记〉的构成与整理》，载《西南师范大学学报》2003 年第 3 期；李剑国《汪绍楹〈搜神记佚文〉辨正》，载《古典文学知识》2005 年第 4 期；《二十卷本〈搜神记〉考》，载《文献》2000 年第 4 期等。

李剑国鉴于二十卷本《搜神记》的整理现状，积六年之功，撰成《新辑〈搜神记〉》三十卷（与《新辑〈搜神后记〉》合刊），中华书局 2007 年 3 月版。该书前言从九个方面深入考论了干宝《搜神记》的有关问题：

---

① 鲁迅：《中国小说的历史的变迁》，见《中国小说史略》，第 355 页，济南，齐鲁书社，1997。

一、干宝籍贯仕历考，二、干宝著述考，三、《搜神记》著作过程考，四、《搜神记》著录流传考，五、《搜神记》异本考，六、胡应麟辑录二十卷本考，七、胡应麟辑录《搜神后记》考，八、今本《搜神记》及《后记》所存在的问题，九、本书的辑校原则与方法等。该书辑录采用鲁迅《古小说钩沉》整合缀补之法，共辑得三百四十三条，较旧本新增四十七条。书后附录《搜神记》旧本伪目疑目辨正、佚文辨正、新旧本对照表、引用书目等，方便检对，允为目前最佳辑录本。又李剑国《唐前志怪小说辑释》辑释《搜神记》"葛玄"、"董永"、"天上玉女"、"华佗"、"胡母班"、"丁姑"、"赵公明参佐"、"东海孝妇"、"韩凭夫妇"、"范式张劭"、"盘瓠"、"蚕马"、"兰岩双鹤"、"河间郡男女"、"鹄奔亭"、"秦巨伯"、"紫玉"、"卢充"、"倪彦思家魅"、"燕昭王墓斑狐"、"宋大贤"、"李寄"、"张福"、"苏易"和"邛都老姥"等二十五条。

《搜神记》也被译成日、英等多种文字，如 Kenneth De Woskin 和 J. I. Crump Jr. 有 1996 年英文译本。

20 世纪以来，关于《搜神记》的研究论文至少有四百篇，专著则较少，值得注意的有：(1) 胡幼峰《干宝与〈搜神记〉》，台北天一出版社 1991 年版。(2) 王枝忠《搜神记・搜神后记》，春风文艺出版社 2005 年版。该书把《搜神记》和《搜神后记》联系在一起加以分析，分别对作者生平经历、文学创作、历史地位、题材内容和艺术描写等做了较全面的介绍。(3) 周生亚《〈搜神记〉语言研究》，中国人民大学出版社 2007 年版。(4) 日本多贺浪砂《干宝〈搜神记〉研究》，日本近代文艺社 1994 年版。

另外《搜神记》还有八卷本(即商浚《稗海》本)、敦煌本残存一卷本(简称敦煌本，题句道兴撰)和一卷本三种系统。一卷本为《无意识斋丛钞》和《魏晋百家小说丛钞》所收，当是一个选自八卷本和二十卷本的刻本。一般认为《稗海》八卷本和句道兴敦煌残本皆非干宝原书；八卷本是北宋或者宋以后的编纂本，敦煌本为唐代下层文人句道兴编撰，今存三十五条。关于八卷本、敦煌残本和二十卷本是否出于同一系统，学界有两种意见：一、出于同一已经佚失的古本；二、二十卷本是一个系统，八卷本和敦煌本是一个系统。关于这几个版本之间的关系可以参看以下几篇论著：余嘉锡《四库提要辨证》(《搜神记》辨证)，中华书局1980年版；范宁《关于〈搜神记〉》，《文学评论》1964年第1期；张锡厚《敦煌写本〈搜神记〉考辨》，《文学评论丛刊》1986年第16辑；江蓝生《八卷本〈搜神记〉的语言时代》，《中国语文》1987年第4期；汪维辉《从词汇看八卷本〈搜神记〉语言的时代》(上、下)，《汉语史研究集刊》第三辑、第四辑，巴蜀书社2000年、2001年版；李剑国《二十卷本〈搜神记〉考》，《文献》2000年第4期；崔达送《从三种〈搜神记〉的语言比较看敦煌本的语料价值》，《敦煌研究》2004年第4期。

第三节　《搜神记》的续书:《搜神后记》

《搜神后记》，旧题陶潜撰，是《搜神记》的续书。

作者陶渊明(365—427年)，字元亮，入宋后改名潜，别号"五柳先生"。寻阳柴桑(今江西九江)人。曾祖父陶侃是东晋开国元勋，积军功至大司马，都督八州军事，死后封长沙郡公。祖父茂，做过武昌太守。父亲崇尚虚淡，在陶渊明七八岁时就去世了。母亲孟氏是名士孟嘉的女儿。渊明三十岁丧妻，续娶翟氏，能安苦节。陶氏家族到陶渊明这一辈已经败落，生活境况日见贫困。死后，亲友私谥"靖节"，世称"靖节先生"。

陶渊明"少年罕人事，游好在六经"(《饮酒二十首》其十六)①，"弱龄寄事外，委怀在琴书"(《始作镇军参军经曲阿》)。又有济世大志，其《杂诗》云:"忆我少壮时，无乐自欣豫。猛志逸四海，骞翮思远翥。"《拟古》九首其八云:"少时壮且厉，抚剑独行游。谁言行游近?张掖至幽州。饥食首阳薇，渴饮易水流。"自二十九岁始，因亲老家贫，不得已而"投耒去学仕"(《饮酒》)，起家为江州祭酒，旋弃职回家，躬耕自资。隆安四年(400年)，出任荆州刺史桓玄幕府，曾奉命出使建康。次年冬天，母亲孟氏去世，归田守母丧三年。元兴三年(404年)出为镇军将军刘裕参军。义熙元年(405年)，转为建威将军刘敬宣参军。义熙元年八月，任彭泽县令，八十多天后，弃职归隐。此后的二十二年间，再未

① 逯钦立校注:《陶渊明集》，北京，中华书局，1979。以下引用该书原文均据此版本。

出仕，于庐山脚下耕读自娱，诗酒遣情，终老田园。

陶渊明今存诗歌一百二十四首（含联句一首），辞赋三篇，记传赞述疏祭九篇。《宋书》、《晋书》、《南史》的《隐逸传》中有陶渊明的传记。此外较原始的传记资料有颜延之《陶征士诔》（首见萧统《文选》）、萧统《陶渊明传》和《陶渊明集序》（多见各本陶集所附）等。关于陶渊明的研究资料汇编，有《陶渊明资料汇编》（北京大学、北京师范大学中文系，北京大学文学史教研室编，中华书局1960年代版）。该书中华书局初版时分上、下编，上编题为《古典文学研究资料汇编·陶渊明卷》，下编为《古典文学研究资料汇编·陶渊明诗文汇评》，2004年重印时，上、下编合题为《陶渊明资料汇编》上、下册。此外有钟优民编《陶渊明研究资料新编》（吉林教育出版社2000年版），此书为《陶渊明资料汇编》之补遗，惜欠精审，极不完备。

《陶渊明集》，整理本甚多，较重要的有元李公焕《笺注〈陶渊明集〉》、清陶澍注的《靖节先生集》等，今人整理通行本主要有：王瑶编《陶渊明集》（人民文学出版社1956年版），杨勇校笺《〈陶渊明集〉校笺》（台北中国袖珍出版社1970年版，上海古籍出版社2007年再版等），王叔岷《陶渊明诗笺证稿》（台湾艺文印书馆1975年版，中华书局2007年重版等），逯钦立校注《陶渊明集》（中华书局1979年版），龚斌校笺《〈陶渊明集〉校笺》（上海古籍出版社1996年版），袁行霈笺注《〈陶渊明集〉笺注》（中华书局2003年版）。

陶渊明的年谱，最早出现在宋代，此后继作甚多。谢巍编撰《中国历代人物年谱考录》（中华书局1992年出版）著录陶渊明年谱三十种，并选录各家对陶渊明年岁辨异之文章索引十三条。今人许逸民校辑《陶渊明的年谱》（中华书局1986年版），收录宋代以来的九种年谱：（一）《栗里谱》（宋王质撰）；（二）《吴谱辨证》（宋张缜撰）；（三）《陶靖节先生年谱》（宋吴仁杰撰）；（四）《柳村谱陶》（清顾易撰）；（五）《晋陶靖节年谱》（清丁晏撰）；（六）《陶靖节年谱考异》（清陶澍撰）；（七）《晋陶征士年谱》（清杨希闵撰）；（八）《陶渊明年谱》（梁启超撰）；（九）《陶靖节年谱》（古直撰）。书后附录有关各谱的序跋评论资料、渊明传记资料和朱自清、宋云彬、赖义辉的三篇专论。今人陶渊明年谱，倡异说者，主要有：(1) 邓安生的《陶渊明年谱》（天津古籍出版社1991年版），创渊明享年五十九岁说；(2) 袁行霈《陶渊明年谱考辨》(《文学遗产》1996 年第 1 期)，证陶渊明七十六岁说。二说皆与史书所载陶渊明享年六十三岁说不合。

《隋书》卷三三《经籍志二》："《搜神后记》十卷，陶潜撰。"郑樵《通志》卷六五《艺文略第三》著录相同。两《唐志》不见著录。宋元书志如《崇文总目》、《遂初堂书目》、《郡斋读书志》、《直斋书录解题》、《宋史·艺文志》等多不著录。《搜神后记》在《艺文类聚》、《太平御览》、《册府元龟》、《太平寰宇记》等书中多有征引，题目或作《续搜神记》、《搜神续记》、《搜神录》。明祁承爜藏并撰《澹生堂藏书目》(清宋氏漫堂钞本)又称《后搜神记》(九卷)。因今传十卷本条目文字与唐宋类书所引文字出入甚大，学者如王国良、李剑国等认为，今传十卷本很可能是明人纂辑，非为原本。现存刻本有：

《搜神后记》十卷，明万历中沈士龙、胡震亨辑刻《秘册汇函》本。

《搜神后记》十卷，明毛晋《津逮秘书》本。

《搜神后记》十卷，清《四库全书》所录内府藏本。

《搜神后记》十卷，清张海鹏辑《学津讨原》本。

《搜神后记》十卷，《百子全书》(即《子书百家》)本。

《搜神后记》十卷(《丛书集成初编》本)，有商务印书馆 1936 年版、中华书局 1985 年版本。

《搜神后记》十卷，日本元禄十二年(1699 年)林正五郎、井上忠兵卫刻本。①

《搜神后记》二卷，明佚名辑《锦囊小史》清初刻本。

《搜神后记》二卷，清王谟辑《增订汉魏丛书》本。

《搜神后记》二卷，《五朝小说》本。

《搜神后记》二卷，《五朝小说大观》本，有上海扫叶山房 1926 年石印本，中州古籍出版社 1991 年该石印本影印本等。

《搜神后记》一卷，元陶宗仪辑《说郛》宛委山堂本。

《搜神后记》一卷，明钟人杰、张遂辰辑《唐宋丛书》本。

《搜神后记》一卷，《龙威秘书四集》本。

---

① 据王宝平《中国馆藏和刻本汉籍书目》，第 362 页，杭州，杭州大学出版社，1995。此日本刻本藏于上海、黑龙江图书馆。

《搜神后记》一卷，清人辑《无一是斋丛钞》本。

《搜神后记》一卷，民国国学扶轮社辑《古今说部丛书》(二集)本。录二十四条。

《续搜神记》，清末鲍祖祥辑《鲍红叶丛书》本。

《搜神后记》，《旧小说·甲集·汉魏六朝》，商务印书馆1915年铅印本，收十五则。

《搜神后记》，顾希佳选译，浙江古籍出版社1987年版。

《搜神记四种》(足本·注释·白话·插图)，王东明主编，陕西旅游出版社1993年版，收干宝《搜神记》、《搜神后记》、《稗海》本《搜神记》、句道兴本《搜神记》。

《搜神记·搜神后记译注》，(晋)干宝、(南北朝)无名氏著，刘琦、梁国辅译注，吉林文史出版社1997年版。

《搜神后记》十卷，四川大学古籍整理所、中华诸子宝藏编纂委员会编《诸子集成补编》本，四川人民出版社1997年版。

今人整理本中尤可值得注意者有三种：

1.《〈搜神后记〉校释》十一卷，王国良校释，载其《〈搜神后记〉研究》，台湾文史哲出版社1978年版。此本以《学津讨原》本为底本，用古注、类书参校，每篇皆考其真伪，认为在“一百十六篇中，有二十四篇是从其他的书上抄录，原非《搜神后记》文字，应予删除”①。另在卷一一补遗十八条。

2.《搜神后记》十卷，汪绍楹校注，中华书局1981年版。此本以《学津讨原》本为底本，对一百一十七条逐一详注引录、本事出处，校订精审，并附录佚文六则、《稗海》本《搜神记》和句道兴《搜神记》等，便于参考。

3.《新辑〈搜神后记〉》十卷(与《新辑〈搜神记〉》合刊)，中华书局2007年版，李剑国在汪绍楹本等基础上重加考订，辑录为九十九条。书后附录《搜神后记》伪目疑目二十四条辨正、佚文辨正、新旧本对照表、引用书目等，极便检对。又李剑国《唐前志怪小说辑释》辑释《搜神后记》“丁公化鹤”、“袁相根硕”、“韶舞”、“桃花源”、“腹瘕病”、“徐玄方

① 王国良：《〈搜神后记〉研究》，第30页，台北，文史哲出版社1978年版。“一百十六篇”，汪绍楹校注本为一百十七篇，王辑卷四无“化鼋”条，本条被辑入补遗第一条。

女”、“李仲文女”、“白水素女”、“阿香”、“刘池苟家鬼”、“虹丈夫”、“杨生狗”、“伯裘”和“蛟子”等十四条。

《搜神后记》的作者是否为陶潜，明代以前认为是陶潜所撰，明末胡震亨、沈士龙刻入《秘册汇函》以来有争议。《四库全书总目提要》以为非陶潜所作。其说云：

> 旧本题晋陶潜撰。中记桃花源事一条，全录本集所载诗序，惟增注“渔人姓黄名道真”七字。又载干宝父婢事，亦全录《晋书》。剽掇之迹，显然可见。明沈士龙跋，谓潜卒于元嘉四年，而此有十四、十六年两事。陶集多不称年号，以干支代之，而此书题永初、元嘉，其为伪托，固不待辨。然其书文词古雅，非唐以后人所能。《隋书·经籍志》著录，已称陶潜，则赝撰嫁名，其来已久。又陆羽《茶经》引其中晋武帝时宣城人秦精入武昌山采茗一条，与此本所载相合，《封演见闻记》引其中有人因病能饮一斛二斗、后吐一物一条，与此书桓宣武督将一条，仅文有详略；及“牛肺”字作“牛肚”，“茗瘕”字作“斛二瘕”，其事亦与此本所载相合；知今所传刻犹古本矣。其中丁令威化鹤、阿香雷车，唐、宋词人并递相援引，承用至今。题陶潜撰者固妄，要不可谓非六代遗书也。

周中孚《郑堂读书记》卷六六赞同四库馆臣之说，称“其所记，词致雅饬，体例严整，实非抄撮补缀而成，当由隋以前人所依托”①。王国良也阐发云：“《搜神后记》是宋、齐时代不知名文士的作品，撰者受到儒、释、道三家思想熏陶，并无特定的宗教意识。”②今人以为非渊明之作。如鲁迅《中国小说史略·六朝之鬼神志怪书(上)》云：“续干宝书者，有《搜神后记》十卷。题陶潜撰。其书今具存，亦记灵异变化之事如前记，陶潜旷达，未必拳拳于鬼神，盖伪托也。”③鲁迅《中国小说的历史的变迁》又云：“至于《搜神后记》，亦记灵异变化之事，但陶潜旷达，未必作此，大约也是别人的托名。”④此说宜辨明之。《搜神后记》应当就是

---

① 〔清〕周中孚：《郑堂读书记》，第329页，北京，中华书局，1993。

② 王国良：《〈搜神后记〉研究》，第30页，台北，文史哲出版社，1978。

③ 《中国小说史略》，第42页，济南，齐鲁书社，1997。

④ 《中国小说史略》，第355页，济南，齐鲁书社，1997。

《高僧传》所云《搜神录》，今人汤用彤整理本梁释慧皎《高僧传》中提到陶潜的《搜神录》凡三次：

陶渊明记白土埭遇三异法师，此其一也。

宋临川康王义庆《宣验记》及《幽明录》、太原王琰《冥祥记》、彭城刘俊《益部寺记》、沙门昙宗《京师寺记》、太原王延秀《感应传》、朱君台《征应传》、陶渊明《搜神录》，并傍出诸僧，叙其风素，而皆是附见，亟多疏阙。

而道安、罗什间表秦书，佛澄、道进杂闻赵册。晋史见舍，恨局当时；宋典所存，颇因其会。兼且搀出君台之记，糅在元亮之说。感应或所商榷，幽明不无梗概。泛显傍文，未足光阐。①

宋代《郡斋读书后志》卷一《传记录》云"慧皎以刘义宣《灵验记》、陶潜《搜神录》"等数十家为基础撰成《高僧传》。② 上面三则引文中所云的"三异法师"、"元亮之说"无疑说明陶渊明的《搜神录》有相当篇幅是"傍出诸僧，叙其风素"，记录僧人的奇异之事。这些奇异之事从稍后古人的征引看，并不仅限于僧人故事。《艺文类聚》注引此书十五条，③"《法苑株林》引此书十三条，题作《续搜神记》或《搜神续记》"④。足见《搜神后记》不但从梁代到隋唐都署名陶渊明撰，而且一直在流传。

无论《搜神后记》中有多少伪作和窜乱，但有一点是肯定的，即其中有些条目出自梁代人见到的《搜神录》。至少唐初《艺文类聚》征引的条目还是比较可信的，而《高僧传》中提到的"三异法师"条则毫无疑问。该条不见于后人辑录的《搜神后记》，但可从《高僧传》卷一〇中关于史宗的传记窥其全豹：

史宗者，不知何许人。常著麻衣，或重之为纳，故世号麻衣道士。身多疮疥，性调不恒。常在广陵白土埭，赁埭讴唱，引绰以自欣畅，得直随以施人。栖憩无定所，或隐或显。时高平檀祇为江都令，闻而召来，应对机捷，无所拘滞，博达稽古，辩说玄儒。乃赋

---

① 〔梁〕释慧皎撰、汤用彤校注：《高僧传》卷一〇《史宗传》、卷一四《序录》，第378页、第524页、第552页，北京，中华书局，1992。

② 《昭德先生读书后志》卷一，《四部丛刊》本。

③ 据《〈艺文类聚〉索引》，见汪绍楹校《艺文类聚》，第230～231页，上海，上海古籍出版社，1999。

④ 余嘉锡：《四库提要辨证》下册，第969页，昆明，云南人民出版社，2004。

诗一首曰:“有欲苦不足,无欲亦无忧。未若清虚者,带索被玄袠。浮游一世间,泛若不系舟。方当毕尘累,栖志且山丘。”檀祇知非常人,遣还所在。遗布三十匹,悉以乞人。

后有一道人,不知姓名,常赍一杖一箱自随。尝逼暮来,诣海盐令云:“欲数日行,暂倩一人,可见给不?”令曰:“随意取之。”乃选取守鹅鸭小儿形服最丑者将去。倏忽之间,至一山上。山上有屋,屋中有三道人,相见欣然共语,小儿不解。至中困,道人为小儿就主人索食,得一小瓯食,状如熟艾,食之饥止。向冥,道人辞欲还去,闻屋中人问云:“君知史宗所在不? 其谪何当竟?”道人云:“在徐州江北广陵白土埭上,计其谪亦竟也。”屋中人便作书曰:“因君与之。”道人以书付小儿。比晓,便至县,与令相见云:“欲少日停此。”令曰:“大善。”问箱中有何等,答云:“书疏耳。”

道人常在厅事上眠,以箱杖著床头,令使持。时人夜偷取欲看之,道人已知,暮辄高悬箱杖,当下而卧,永不可得。后与令辞曰:“吾欲小停,而君恒欲偷人,正尔便去耳。”令呼先小儿,问近所经。小儿云:“道人令其捉杖,飘然而去,或闻足下波浪耳。”并说山中人寄书犹在小儿衣带,令开看,都不解。乃写取,封其本书,令人送此小儿至白土埭,送与史宗。宗开书大惊云:“汝那得蓬莱道人书耶?”宗后南游吴会,尝过渔梁,见渔人大捕,宗乃上流洗浴,群鱼皆散,其潜拯物类如此。

后憩上虞龙山大寺。善谈《庄》、《老》,究明《论》、《孝》,而韬光隐迹,世莫之知。会稽谢邵、魏迈之、放之等,并笃论渊博,皆师受焉。后同止沙门,夜闻宗共语者,颇说蓬莱上事,晓便不知宗所之。①

传记记述的三位蓬莱道人当即“三异法师”,与三位道人交往的“道人”以神奇的法术令小儿传书史宗,根据史宗见到书信时所说的话以及此前“三位道人”与“道人”问答中的“其谪何当竟”、“计其谪亦竟也”等语,可知传记把史宗说成是贬谪人间的神灵。今汪绍楹本《搜神后记》中有“比丘尼”、“佛图澄”、“胡道人咒术”、“昙游”、“清溪庙神”(“竺昙

① 〔梁〕释慧皎撰、汤用彤校注:《高僧传》,第376页～378页,北京,中华书局,1992。

遂”)、“竺法师”等数则僧人奇异之事，这些记述很可能与“三异法师”是同一类型的故事。又史宗所赋《咏怀诗》与陶渊明《神释》、《咏贫士》两诗的句式、用典和玄趣有相似之处，陶渊明可能读过史宗的作品。渊明于佛家僧人神异故事似并不陌生。

现在的问题是，陶渊明是否有可能记录《搜神后记》中的怪异传说，特别是其中的僧人怪异之事？一般认为“像陶渊明这样超脱放达的诗人，乃会有‘拳拳于鬼神’的作品，的确是令人生疑的”[①]，况且陶渊明诗文中也表达了对神仙和来生的否定，因此对《搜神后记》的著作权问题提出疑问是自然的。但问题并非如此简单。

第一，署名陶潜撰的《搜神后记》产生的年代几乎与萧统编撰的《陶渊明集》同时，关于《陶渊明集》没有人有疑问，而唯独对《搜神后记》提出疑问，有些不公平。东晋时期小说创作伪托古人的风气已经有所变化，如干宝《搜神记》就直接署上自己的名字，根据《隋书·经籍志二》所录南朝志怪小说如刘义庆《幽明录》、《宣验记》，王琰《冥祥记》，吴均《续齐谐记》，颜之推《冤魂志》、《集灵记》等皆直署撰者之名，无须假借他人。因此《搜神后记》直接署名陶潜撰是有可能的。

第二，陶渊明有读到《搜神记》的机缘，这一点似乎很少有人注意到。《晋书·翟汤传》云，寻阳翟汤隐居县界南山时，“始安太守干宝与汤通家，遣船饷之”。《太平御览》卷四二五和卷八一七引南朝宋何法兴《晋中兴书》也记载了这件事。“通家”谓世代有交谊之家或者有姻亲关系之家。[②] 干宝迁任始安太守应在晋太宁元年(323 年)王导任司徒之后，[③]《〈搜神记〉序》云：“建武中，所有感起，是用发愤焉。”则干宝始撰《搜神记》当在 317 年。因此，干宝要送礼物给翟汤时，如果《搜神记》尚未完成，也已经写了七年。从史书中所云翟汤拒绝并返还干宝馈赠后，干宝“益愧叹焉”的表现看，干宝对这位“通家”的隐逸高士还是相当佩服的，他们之间当有其他往来，《搜神记》因此流传到翟汤家族是有可能的。陶渊明的续娶妻子翟氏能安苦节，与夫躬耕，不在俗人之列，当出寻阳隐士世家——翟氏家族。因此，陶渊明就有机缘读

---

① 汪绍楹校注：《搜神后记》“出版说明”，北京，中华书局，1988。

②《辞源》第四册“通家”条注，第 3062 页，商务印书馆 1979 年修订版。

③ 参张可礼：《东晋文艺系年》，第 110 页，济南，山东教育出版社，1992。

到干宝的《搜神记》。又从《晋故征西大将军长史孟府君传》来看，陶渊明非常熟悉当朝前贤名士的故实，对像干宝这样一位并不很远的亲戚和名士应当不会陌生。《搜神后记》中就有“干宝父妾复活”一条。

又干宝之兄做过豫章建宁令。唐无名氏《文选集注》中江文通《拟郭弘农游仙诗》注引雷居士《豫章记》，《太平御览》卷八八七、《太平广记》卷三七八引《幽明录》，共记术士吴猛为豫章建宁令干庆争寿事，其中有两点值得注意：(1) 干庆做县令的豫章建宁与九江寻阳相近，干宝与寻阳翟氏通家，干庆就有与翟氏往来的可能；(2) 吴猛是豫章建宁著名的术士，术士异闻易于口头传布，可能流传到寻阳。《晋书》卷九五专门设立《艺术传》，两晋术士“推步尤精、伎能可纪者”皆入此传，正传共记二十四人，可见当时术士活跃之一斑。吴猛就是传中人物之一。此外陈训、戴洋、韩友、杜不愆、幸灵等皆东晋术士。实际上精于卜筮的又何止入传的几人，像郭璞就是当时最负盛名的术士，被时人比为京房、管辂(《晋书·杜不愆传》及《王廙传》)；陶侃之孙陶淡“颇好读易，善卜筮”(《晋书·陶淡传》)；郭璞曾经为王导、王敦等名相权臣占卜过。足见术士异闻在当时传播盛况之一斑，陶渊明之记载“干宝父妾复活”是完全有机缘的。

第三，陶渊明心好异书奇文，他作品中提到的就有《山海经》、《穆天子传》(《读〈山海经〉十三首》之一)，他不但自己读，而且与朋友“疑义相与析”(《移居二首》之一)。另外，陶渊明“世间有松乔，于今定何间”(《连雨独饮》)、“即事如已高，何必升华嵩”(《五月旦作和戴主簿》)等诗句也向我们暗示出他对道教神仙方面的书籍和传说有很多关注，颜延之《陶征士诔》也说陶渊明“心好异书”。因此就陶渊明的阅读理念来看，他并不会画地为牢，拒绝阅读《搜神记》、佛经故事一类的书籍，也不会拒绝谈论和听闻这样的奇闻轶事。

那么，陶渊明的诗文中为什么没有表现出对神仙的信仰和佛教的崇奉？这需要从文体的特性和陶渊明的创作观念方面找原因。诗言志，陶渊明变通地认同了这一传统诗教观，认为文学创作一方面可以“导达意气”(《感士不遇赋序》)，另一方面也有“自娱”(《饮酒二十首序》)的作用。但细读陶诗，我们发现“导达意气”和“自娱”从来就没有分开过，拿《饮酒》诗来说，序言说是为了“自娱”，而实际又何尝仅仅是为了娱乐？“寄酒为意”（萧统：《陶渊明集序》），抒情言志也在不言之中。实质上，在陶渊明那里，诗歌在文体上尊重了他心灵深处的真实，即使是“自娱”，也绝对滑落不到纯粹游戏的境地。而小说则不同，干宝就说过小说有“游心寓目”（《〈搜神记〉序》）的消遣性质。晋宋易代之际，本多怪异传说，况又佛法流行，僧人和佛典自神其教，怪异传说当中也就少不了僧人故事。陶渊明与佛教徒交往、与“田父”们交往恐怕不会总是坐而论道或者真的“相见无杂言，但道桑麻长”（《归园田居五首》之二）吧。陶渊明躬耕之余谈神说鬼，偶尔染翰，以为游戏笔墨，或者别有寄托，也未可知。像《桃花源记》的故事肯定不是陶渊明闭门杜撰出来的，极有可能首先是从别人那里听来的，“三余之日，讲习之暇”（《感士不遇赋序》），偶有所感，笔而记之，方才成篇。否则我们也无法解释《搜神后记》卷一缘何记载了那么多模式相类的洞窟遇仙的故事，这些故事应当首先是流传在南朝民众口头上的。

关于《搜神后记》的作者问题，近来又有人提出新说，认为一卷本相当于十卷本的第一卷，从一卷本书中出现的年号、唐人类书的引用和一卷本所反映出来的作者的思想来看，“可以确定一卷本为陶渊明所作，而十卷本则是后人撰辑的”①。可备一说。

① 蔡彦峰：《〈搜神后记〉作者考》，载《九江师院学报》2002 年第 3 期。

第四章
《世说新语》

第一节　作者刘义庆生平

《世说新语》的撰者主要有二说：一说为刘义庆单独完成，王能宪持此说，可参其《世说新语研究》（江苏古籍出版社 1992 年版）第一章第一节“编撰者考辨”；一说成于众手，鲁迅持此说，其《中国小说史略》第七篇《〈世说新语〉与其前后》云：“然《世说》文字，间或与裴、郭二家书所记相同，殆亦犹《幽明录》、《宣验记》然，乃纂缉旧文，非由自造：《宋书》言义庆才词不多，而招聚文学之士，远近必至，则诸书或成于众手，未可知也。”① 范子烨《〈世说新语〉研究》第二章第一节“《世说新语》成于众手说”曾展开阐述。《世说新语》之成书，刘义庆是关键人物。

刘义庆（403—444 年），南朝宋彭城（今江苏省徐州市）人。传记附录于《宋书》卷五一《长沙景王道怜传》、《南史》卷一三《刘道规传》后。范子烨有《临川王刘义庆年谱》（载其《〈世说新语〉研究》），刘赛《范子烨〈临川王刘义庆年谱〉补正二则》有所辨正。②

---

① 鲁迅：《中国小说史略》，第 53～54 页，济南，齐鲁书社，1997。

② 载《黄冈师范学院学报》2005 年第 4 期。

晋安帝元兴二年(403 年),桓玄篡帝位,迁天子于寻阳,刘义庆出生;[1]义庆为宋高祖刘裕中弟长沙景王刘道怜次子。晋安帝义熙八年(412 年),高祖少弟刘道规卒于京师,年四十三,谥曰烈武公;道规无子,十岁的义庆过继为其子嗣。道规因平桓谦功,进封南郡公,邑五千户;高祖受命,赠大司马,追封临川王,食邑如先。道怜、道规,《宋书》并有传。

义庆幼为刘裕所知,常曰:"此我家丰城也。"故自少年倍受器重。晋安帝义熙十一年(415 年),义庆十三岁,袭封南郡公;除给事,不拜。次年,从高祖伐长安;还拜辅国将军、北青州刺史,未之任。又次年,镇寿阳,为刺史。[2] 十六岁,徙豫州刺史。

宋武帝永初元年(420 年)六月,义庆十八岁,袭封临川王。宋文帝元嘉元年(424 年),二十二岁,转散骑常侍,秘书监,徙度支尚书,迁丹阳尹,加辅国将军、常侍并如故。元嘉六年(429 年)夏四月,加尚书左仆射。八年(431 年),求解尚书仆射,加中书令,进号前将军,常侍、丹阳尹如故。

宋文帝元嘉九年(432 年),义庆三十岁,任平西将军,出为荆州刺史,镇江陵,注意召聚文士。召至幕府者有何长瑜(《宋书》卷六七《谢灵运传》)、何偃(《宋书》卷五九《何偃传》)、申恬(《宋书》卷六五《申恬传》)、盛弘之(《隋书》卷三三《经籍志二》)[3]等,义庆礼贤下士,曾遣使存问过高士龚祈(《宋书》卷九三《龚祈传》)、刘凝之(《宋书》卷九三《刘

---

① 梁沈约《宋书》卷五一《刘义庆传》:"(宋元嘉)二十一年(444 年),(刘义庆)薨于京邑,时年四十二。"(第 1480 页,北京,中华书局,1974;版本下同。)

② 《宋书》卷三六《州郡志二》:"十三年,刺史刘义庆镇寿阳。"(第 1072 页)《南齐书》卷一四《州郡志上》:"豫州"条后云:"寿春,淮南一都之会,地方千余里,有陂田之饶……(义熙)十二年,刘义庆镇寿春,后常为州治。抚接遐荒,扞御疆埸。"(第 249~250 页,北京,中华书局,1972)史书中或言寿阳或言寿春,二名当是一地。《宋书》卷八《明帝纪》:"刘勔克寿阳,豫州平。"(第 159 页)《宋书》卷八六《刘勔传》:"薛道标、庞孟虬并向寿阳,勔内攻外御,战无不捷。"(第 2192 页)而同传赞曰"刘勔克寿春,士民无遗刍委粒之叹。"(第 2197 页)所赞乃正传所记攻克寿阳事,则寿春即寿阳。又《宋书》卷一九《乐志一》:"南平穆王为豫州,造《寿阳乐》。"(第 552 页)《宋书》称刘义庆镇"寿阳",《南齐书》称镇"寿春",二者皆在豫州任内,即皆属豫州,谓治所所在,故实为一地之异名。

曹道衡、沈玉成《中古文学史料丛考》(中华书局 2003 年版)"刘义庆出镇豫州及南兖州"条认为《南齐书》所云十二年当作十三年,见是书第 326 页。

③ 盛弘之为刘义庆幕府,参曹道衡、沈玉成《中古文学史料丛考》"刘义庆幕中文士"条(中华书局 2003 年版,第 326 页)。

凝之传》)、宗炳(《宋书》卷九三《宗炳传》)等人。元嘉十年(433 年),遣将平乱巴蜀。元嘉十二年(435 年),三十三岁,①上书推荐庾实、龚祈、师觉等士人,言辞恳切。《宋书》卷五一本传称:"(刘义庆)在京尹九年,出为使持节、都督荆雍益宁梁南北秦七州诸军事、平西将军、荆州刺史。荆州居上流之重,地广兵强,资实兵甲,居朝廷之半,故高祖使诸子居之。义庆以宗室令美,故特有此授。性谦虚,始至及去镇,迎送物并不受。"在任期间,留心抚物,"在州八年,为西土所安。撰《徐州先贤传》十卷,奏上之。又拟班固《典引》为《典叙》,以述皇代之美"(《宋书》本传)。事又见《金楼子》卷三等。

宋文帝元嘉十六年(439 年)②,义庆三十五岁,任卫军将军、江州刺史,更加注意招聚文学之士。《宋书》本传云义庆:"为性简素,寡嗜欲,爱好文义,才词虽不多,然足为宗室之表。受任历藩,无浮淫之过,唯晚节奉养沙门,颇致费损。少善骑乘,及长以世路艰难,不复跨马。招聚文学之士,近远必至。太尉袁淑,文冠当时;义庆在江州,请为卫军咨议参军。其余吴郡陆展、东海何长瑜、鲍照等,并为辞章之美,引为佐史国臣。太祖与义庆书,常加意斟酌。鲍照,字明远,文辞赡逸,尝为古乐府,文甚遒丽。元嘉中,河、济俱清,当时以为美瑞,照为《河清颂》,其序甚工。"事又见《宋书》卷七〇《袁淑传》、《南史》卷一三《鲍照传》。义庆幕府人才济济,《世说新语》当始撰于此时。

宋文帝元嘉十七年(440 年),义庆三十八岁,任南兖州刺史,镇广陵,都督南兖、徐、兖、青、冀、幽六州诸军事。次年,加开府仪同三司,开始大力礼交僧人。《高僧传》卷三《宋京师道林寺畺良耶舍》载:"时又有天竺沙门僧伽达多、僧伽罗多等,并禅学深明,来游宋境……元嘉十八年夏受临川康王请,于广陵结居,后终于建业。"③同书卷一三《齐兴福寺道儒传》载:"释道儒,姓石,渤海人。寓居广陵。少怀清信,慕乐出家。遇宋临川王义庆镇南兖,儒以事闻之。王赞成厥志,为启度

① 按,范谱误作元嘉十三年。

② 按,范谱误作 429 年。

③ 〔梁〕释慧皎撰、汤用彤校注:《高僧传》,第 128~129 页,北京,中华书局,1992。以下引用该书原文均据此版本。

出家。”①义庆女婿王僧达因观人斗鸭，为有司所纠，“性好鹰犬，与闾里少年相驰逐，又躬自屠牛。义庆闻如此，令周旋沙门慧观造而观之。僧达陈书满席，与论文义，慧观酬答不暇，深相称美”②。元嘉二十年（443 年），又礼交僧人释道冏、昙无成。③

刘义庆礼交僧人首先受世风和政风影响。世风好佛，自不待言；又据《宋书》卷六九《范晔传》等，元嘉十七年，义康及其党徒因谋反嫌隙为文帝治罪，贬出京城，义庆见之而哭，实有兔死狐悲，恐遭牵连之忧；礼交僧人一来排解忧郁，二来向朝廷表明决无非分之想。《宋书》卷二九《符瑞志下》载：“元嘉十七年七月，武昌崇让乡程僧爱家候风木连理，江州刺史临川王义庆以闻。元嘉十七年十月，寻阳弘农祐几湖芙蓉连理，临川王义庆以闻。”献符瑞之举亦欲表明与朝廷同心。义庆礼交僧人又与他性简素、寡嗜欲的性情和身体素质有关。《宋书》本传称：“义庆在广陵，有疾，而白虹贯城，野麏入府，心甚恶之，固陈求还。太祖许解州，以本号还朝。”又刘敬叔《异苑》卷一：“长沙王道怜子义庆，在广陵卧疾。食次，忽有白虹入室，就饮其粥。义庆擲器于阶，遂作风雨，声振于庭户，良久不见。”④

宋文帝元嘉二十一年（444 年）春正月，刘义庆薨于京邑，时年四十二。追赠侍中、司空，谥曰康王。因礼待文士，义庆深受文士爱戴。《宋书》卷六七《谢灵运传》载：“及义庆薨，朝士诣第叙哀，何勖谓袁淑曰：‘长瑜便可还也。’淑曰：‘国新丧宗英，未宜便以流人为念。’”何长瑜因故被刘义庆上奏贬徙广州，何勖为其同宗，见义庆薨，故有此言；而袁淑认为义庆乃国家宗英，值此非常之际，何长瑜不足挂齿。

刘义庆撰述，据《南史》本传有《世说（新语）》十卷，《集林》二百卷

---

① 范谱将此事系于元嘉十七年，欠妥。元嘉十七年十月，义庆初任南兖州刺史，似无暇顾及此事。因其交友僧人多在次年，故系于此。

②〔南朝宋〕沈约：《宋书》卷七五《王僧达传》，第 1951 页，北京，中华书局，1974。

③ 范谱将此事系于元嘉十七年，据《高僧传》卷七：“时中寺复有昙冏者，与成同学齐名，为宋临川康王义庆所重。”（第 275 页）范氏申述理由如下：元嘉十七年“义庆之为南兖州刺史，镇所即在广陵。因之，昙无成（剑锋按，应为昙冏）之见重于刘义庆，当在此时。”据《高僧传》卷一二《宋京师南涧寺释道冏传》和卷七《宋淮南中寺释昙无成》，释道冏与释昙无成都姓马，扶风人，他们有同学的地理机缘，《高僧传》卷七又言昙冏是昙无成的同学，则释道冏很可能就是昙冏。而道冏本传载，元嘉二十年，义庆携道冏往广陵。故改系于此。

④〔南朝宋〕刘敬叔撰、范宁校点：《异苑》，第 2 页，北京，中华书局，1996。

(佚),《徐州先贤传》十卷(佚);又据《隋书·经籍志》、《旧唐书·经籍志》、《新唐书·艺文志》等,外有《刘义庆集》八卷、《幽明录》三十卷、《宣验记》十三卷、《江左名士传》一卷、《后汉书》五十八卷等,皆佚。严可均《全宋文》卷一一辑录文六篇:《箜篌赋》、《鹤赋》、《山鸡赋》、《荐庾实等表》、《启事》和《黄初妻赵罪议》。

《旧唐书》卷二九《音乐志二》云:"《乌夜啼》,宋临川王义庆所作也。元嘉十七年,徙彭城王义康于豫章。义庆时为江州,至镇,相见而哭,为帝所怪,征还宅,大惧。妓妾夜闻乌啼声,扣斋阁云:'明日应有赦。'其年更为南兖州刺史,作此歌。故其和云:'笼窗窗不开,乌夜啼,夜夜望郎来。'今所传歌,似非义庆本旨。辞曰:'歌舞诸少年,娉婷无种迹。菖蒲花可怜,闻名不相识。'"①事又见杜佑《通典》卷一四五、《乐府诗集》卷四七,文字略异。

第二节　书名、卷帙、门类、渊源和影响

《世说新语》,通常又名《世说》、《世说新书》,三者孰为最早,难以遽定。

《世说》一名,始见于梁刘孝标注和敬胤注称引(详下),又多见于唐前史志著录和类书征引,如《隋书·经籍志三》、《旧唐书·经籍志》、《新唐书·艺文志》、《南史·刘义庆传》等皆称为《世说》;《艺文类聚》、《北堂书钞》诸类书征引只作《世说》;北宋《崇文总目》、《通志》等著录亦作是名。

《世说新语》一名,最早见于唐初刘知幾《史通》卷一七《外篇·杂说中》其云:"近者宋临川王刘义庆著《世说新语(一作"书")》,上述两汉三国及晋中朝江左事。"②值得注意的是,《史通》他处称引此书,皆题作《世说》。北宋晏殊整理此书,名之为《世说新语》,宋以后读者多习称之。如《郡斋读书志》、《直斋书录解题》、《宋史·艺文志》、《文献通

① 〔后晋〕刘昫等:《旧唐书》,第1065页,北京,中华书局,1975。

② 张振佩笺注:《〈史通〉笺注》,第596页,贵阳,贵州人民出版社,1985。

考》皆著录为《世说新语》，汪藻《〈世说〉叙录》于《世说新语》书名下注云："晁文元、钱文僖、晏元献、王仲至、黄鲁直家本皆作《世说新语》。"①

《世说新书》一名，南朝梁、陈间已有之。汪藻《〈世说〉叙录》于《世说新语》书名下注云："李氏本《世说新书》，上、中、下三卷，三十六篇。顾野王撰颜氏本跋云：'诸卷中或曰《世说新书》，凡号《世说新书》者，第十卷皆分门。'"②案，顾野王（519—581 年），仕梁、陈两朝。此后，唐人段成式《酉阳杂俎》称引此书有时亦称之《世说新书》。

而上述三种书名，后人多混称。如《史通》称之为《世说新语（一作"书"）》，又称之为《世说》；《酉阳杂俎》称引此书或为《世说新书》，或为《世说》；《太平广记》称引《世说》者三十八处，称引《世说新语》者五十一处。所以，三者孰为最初书名，难以定论，或者成书之时，读者已混称之。

然后代学者，对于何者为最初之名却多有辨证，主要有三说：(1) 初名《世说新书》说。此说始于北宋学者黄伯思，其《东观余论》卷下《跋〈世说新语〉后》云："《世说》之名肇刘向，六十七篇中已有此目，其书今亡。宋临川孝王因录汉末至江左名士佳语，亦谓之《世说》。梁豫州刑狱参军刘峻注为十卷，采摭舛午处大多就正之，与裴启《语林》近，出入皆清言林囿也。本题为《世说新书》，段成式引'王敦说澡豆'事以证陆畅事为虚，亦云：'近览《世说新书》'。而此本谓之《新语》，不知孰更名之，盖近世所传。"（《文渊阁四库全书》影印本）清《四库全书总目》于《世说新语》提要赞成黄氏之说云："黄伯思《东观余论》，谓《世说》之名肇于刘向，其书已亡，故义庆所集名《世说新书》，段成式《酉阳杂俎》引'王敦说澡豆'事尚作《世说新书》可证，不知何人改为《新语》，盖近世所传，然相沿已久。"鲁迅亦因之，其《中国小说史略》云："宋临川王刘义庆有《世说》八卷，梁刘孝标注之为十卷，见《隋志》。今存者三卷曰《世说新语》，为宋人晏殊所删并，于注亦小有剪裁，然不知何人又加'新语'二字，唐时则曰《新书》，殆以《汉志》儒家类录刘向所序六

---

① 汪藻《〈世说〉叙录》，日本前田侯所藏宋绍兴本《世说新语》书后附录，此处引文据近代王先谦校订《世说新语》三卷，第 613 页，上海古籍出版社 1982 年影印光绪十七年思贤讲舍刻本。

② 〔清〕王先谦校订：《世说新语》，第 613 页，上海古籍出版社 1982 年影印光绪十七年思贤讲舍刻本。

十七篇中，已有《世说》，因增字以别之也。"①余嘉锡《四库提要辨证》卷一七子部八《世说新语》条亦赞成之，云："刘向《世说》虽亡，疑其体例亦如《新序》、《说苑》，上述春秋，下纪秦、汉。义庆即用其体，托始汉初，以与向书相续，故即用向之例，名曰《世说新书》，以别于向之《世说》。其《隋志》以下但题《世说》者，省文耳。犹之《孙卿新书》，《汉志》但题《孙卿子》；《贾谊新书》，《汉志》但题《贾谊》，《隋志》但题《贾子》也。"并增加例证云：《通典》卷一五六引"曹公军行失道三军皆渴事，亦作《世说新书》"，《太平广记》引作《世说新书》，说明宋初尚作《世说新书》，不作《世说新语》。② （2）初名《世说》说，代表学者为杨勇、范子烨，其理由主要是《世说新语》刘孝标注、史敬胤注和《文选》李善注及唐前史志著录皆作《世说》，《世说》一名不仿刘向，实出《论语》。范子烨《〈世说新语〉研究》第一章第一节云："杨勇师援引刘《注》称《世说新语》为《世说》之五例，以证《世说》原名之实，极为有力。"③接着他列举了刘《注》称《世说新语》为《世说》五个例子，分别见于《雅量》第四十条注、《赏誉》第一百四十三条注、《捷悟》第六条注、《贤媛》第十三条注和《惑溺》第五条注。又引宋末齐初学者史敬胤《世说新语》之《尤悔》四注为证云："《世说》苟欲爱奇，而不详事理也。"范氏又云："李善（约630—689年）在其《文选注》中征引《世说新语》，皆以《世说》为称。如卷一三潘岳《秋兴赋》注引《言语》一〇七，卷二〇潘岳《金谷集作诗》注引《仇隙》一，卷二一颜延年《五君咏·向长侍》注引《文学》一九，卷三八任彦升《为范尚书让吏部封侯第一表》注引《言语》八三，其《为萧扬州作荐士表》及卷三九任彦升《为卞彬谢修卞忠贞墓启》和卷四〇任彦升《奏弹刘整》注，皆引《德行》二三，卷四二曹丕《与梁朝歌令吴质书》注引《巧艺》一，卷五〇范晔《逸民传论》注引《言语》六一，卷五九沈约《齐故安陆昭王碑文》注引《赏誉》三二，卷六〇任昉《南徐州南兰陵郡县都乡中都里萧公年三十五行状》注引《文学》六六。又卷四〇沈约《奏弹王源》注引《世说》，为《世说新语》佚文。"④陈中伟亦以为初名《世

---

① 鲁迅：《中国小说史略》，第53页，济南，齐鲁书社，1997。

② 余嘉锡：《四库提要辨证》下册，第862～863页，昆明，云南人民出版社，2004。

③ 范子烨：《〈世说新语〉研究》，第8页，哈尔滨，黑龙江教育出版社，1998。

④ 范子烨：《〈世说新语〉研究》，第10页，哈尔滨，黑龙江教育出版社，1998。

说》，其说略云：此书八卷本乃原本，《世说》八卷本，唐时失传，而称《世说新语》者在唐代没有八卷之说，为区别于刘向《世说》及《世说新书》“才改称《世说新语》的”①；至南宋，随着精善的董弅刻本的出现，遂结束书名混称的局面。朱一玄则根据宋汪藻《世说叙录》在《世说新语》书名下注语断定：“此书改名为《新语》的时间，至迟也应当是北宋初期了。”②(3) 初名《世说新语》说，今人周本淳持此说，他依据汪藻《世说叙录》分析说：“顾野王时，重出的第十卷不分门的仍称《世说新语》，分门的即号《世说新书》。”“此书原名《世说新语》，稍加改动多出几门的，则曰《世说新书》。”③

《世说新语》卷帙主要分两个系统，一个是接近原貌的八卷本系统(后来合刘孝标注为十卷)，另一个是经宋人删并的三卷本系统(六卷本系此三卷中每卷再析分为二卷而成)。唐以前所著录的《世说新语》仅著录八卷本和十卷本，如《隋书·经籍志》著录《世说》八卷，刘义庆撰；又《世说》十卷，刘孝标注。《新唐书·艺文志》同。《旧唐书·经籍志》作《世说》八卷，《续世说》十卷。之后如《崇文总目》、《通志》、《郡斋读书志》等著录大同小异。这个系统属于八卷本系统，盖八卷者乃刘义庆原撰本，而十卷者复增刘孝标续注二卷。三卷本分上、中、下三卷，有时又有从中分为上上、上中、上下、中上、中中、中下、下上、下中、下下九部分者。一般认为三卷本始于北宋晏殊删并本。据流传至今的最早刻本：南宋绍兴八年董弅刻本题跋，晏殊曾经手校《世说新语》，“尽去重复，其注亦小加剪截”④。今之通行三卷本即承之而来。

《世说新语》门类，唐以前只称卷帙，因版本缺失，未详门类；宋以后，通行三卷本作三十六门，然又有三十八门、三十九门等异说，如晁公武《郡斋读书志》、纪昀《四库全书总目提要》、鲁迅《中国小说史略》、

① 陈中伟：《〈世说新语〉卷帙流变考》，中国人民大学报刊复印资料《图书馆学、情报学、资料工作》1987年第11期。

② 朱一玄：《朱铸禹先生〈世说新语汇校集注〉序》，据朱铸禹《〈世说新语〉汇校集注》，序言第2页，上海，上海古籍出版社，2002。

③ 周本淳：《〈世说新语〉原名考略》，原载《中华文史论丛》1980年第3辑，收入其《读常见书札记》第19页，江苏教育出版社，1990。

④〔清〕王先谦校订：《世说新语》，第9页，上海，上海古籍出版社1982年影印光绪十七年思贤讲舍刻本。

刘大杰《中国文学发展史》等都提到《世说新语》分三十八门者，而汪藻《〈世说〉叙录》不但提到《世说新语》在宋代有"三十八篇(门)"者，还提到有"三十九篇"者，三十八门和三十九门本今不见传。

《世说新语》的渊源是个大题目，自刘孝标作注以来，学者多有关注，如王能宪《〈世说新语〉研究》曾考察《世说新语》的材料来源，认为："刘义庆编撰《世说》的材料来源，主要有三个方面：第一类是与《世说》同一类型的记载人物言行的轶事小说，如西晋郭颁的《魏晋世语》，东晋裴启的《语林》，郭澄之的《郭子》等。① 第二类是当时的史书，据叶德辉编《世说新语注引用书目》，刘注中引用有关魏晋的史书大约五十种，如《魏书》、《魏略》、《蜀志》、《吴书》、《晋阳秋》、《续晋阳秋》，以及多种《晋纪》和《晋书》等，这些虽说是刘注所引之书，但其中相当一部分亦当为义庆采录之书。第三类是当时的杂史，叶德辉《引用书目》'杂传部'列有各类人物杂传等120余种，如各种《名士传》、《高士传》、《逸士传》、《列女传》，以及一些名门大族的《别传》、《家传》、《世谱》，乃至有关释道的《高僧传》、《仙列传》(案，当为《列仙传》)等等，这些也应当在刘义庆所采录的范围之内。"②通过实例分析，他归纳出刘义庆编纂材料的三种方法：简化、增添和个别材料的润饰，认为这不是单纯的纂缉旧闻，而是"在很大程度上带有创造性的劳动"③。范子烨《〈世说新语〉研究》从多方面探讨了《世说新语》体例的渊源，认为其渊源是刘向《说苑》、应劭《风俗通义》和荀氏《灵鬼志》，而西晋郭颁的《魏晋世语》、东晋裴启的《语林》、郭澄之的《郭子》等只是《世说新语》取材的渊薮，而非体例之蓝本。如果从源头来看，《世说新语》实际渊源于先秦子史传统，如《论语》、《墨子》、《荀子》等已经在体例上开启了分类编排的传统，史部著述也是依类相从，至汉代司马迁《史记》就更加明显了；至于

---

① 清马国翰《玉函山房辑佚书》子编小说家类、清黄奭《汉学堂知足斋丛书》之《子史钩沉》部分与鲁迅《古小说钩沉》皆有大量辑佚，如后者辑录《语林》一百八十条、《郭子》八十四条。周楞伽辑注《裴启语林》(文化艺术出版社1988年版)可参看。此外，虞喜《志林》虽涉志怪，但多三国人物逸事，当也是《世说新语》源头之一。虞喜《志林》，朱一玄等《中国古代小说总目提要》失收；清人黄奭《汉学堂知足斋丛书·子史钩沉》、马国翰《玉函山房辑佚书》子编儒家类、严可均《全晋文》卷八二等有辑录；据鲁迅1914年8月18日日记，他曾经抄录《志林》四页，其手稿有《志林序》一篇，辑录《志林》一卷四十条。

② 王能宪：《〈世说新语〉研究》，第45～46页，南京，江苏古籍出版社，1996。

③ 王能宪：《〈世说新语〉研究》，第63页，南京，江苏古籍出版社，1996。

刻画人物、艺术手法等方面更是如此。

《世说新语》诞生以后，影响甚巨，据不完全统计，后世续书可案者至少有三十多种，它们是：(1) 唐刘肃《大唐新语》，(2) 宋王谠《唐语林》，(3) 宋孔平仲《续世说》，(4) 宋李垕《南北史续世说》，(5) 宋王方庆《续世说新书》，(6) 明李绍文《皇明世说新语》，(7) 明何良俊《何氏语林》，(8) 明王世贞《世说新语补》，(9) 明焦竑《焦氏类林》，(10) 明焦竑《玉堂丛语》，(11) 明林茂桂《南北朝新语》，(12) 明郑仲夔《清言》，(13) 明曹臣《舌华录》，(14) 明赵瑜《儿世说》，(15) 〔明〕张墉《廿一史识余》，(16) 清梁维枢《玉剑尊闻》，(17) 清吴肃公《明语林》，(18) 清宫伟镠《庭闻州世说》，(19) 清王晫《今世说》，(20) 清章抚功《汉世说》，(21) 清周嘉猷《南北史捃华》，(22) 清黄汝霖《世说补》(佚)，(23) 清李清《女世说》，(24) 清严蘅《女世说》，(25) 清章继泳《南北朝世说》(佚)，(26) 清颜从乔《僧世说》，(27) 清李文胤《续世说》，(28) 清汪琬《说铃》，(29) 清邹统鲁、江有溶《明逸编》，(30) 民国易宗夔《新世说》，(31) 民国陈灨一《新语林》，(32) 夏敬观《清世说新语》等。① 其简论，可参王旭川《中国小说续书研究》第四章"《世说新语》续书"，学林出版社 2004 年版。

第三节　今传重要版本

唐宋以来，《世说新语》版本繁多，仅简要介绍重要版本如下。

唐写本《世说新语》残卷。五代以前，《世说新语》今无刻本，这是目前所能见到的最早传本。此本于日本明治十年(1877 年)京都东寺寺侍西村兼文整理该寺宝库时发现，后割裂为五，分藏于山添快堂、桑川清荫、神田香岩、北村文石、山田永年五人处，②杨守敬《日本访书志》云其出使日本期间曾经见到其中第一段。1916 年，罗振玉将设法复合

① 可参刘强：《"〈世说〉学"论纲》注释五，载《学术月刊》2003 年第 11 期；朱一玄等《中国古代小说总目提要》，北京，人民文学出版社，2005。

② 参中田勇次郎编《唐钞本》，台湾名人书局 1981 年翻印本。笔者未能见到该书，此处参考王能宪《〈世说新语〉研究》第 68 页；严绍璗《中国古代典籍东传日本考略》，《北京大学百年国学文粹·语言文献卷》，第 518 页，北京，北京大学出版社，1998。

的五者影印出版。1956年文学古籍刊行社、1962年中华书局王利器校订影印宋本《世说新语》，1982年上海古籍出版社影印思贤讲舍本《世说新语》，1999年中华书局影印金泽文库所藏宋本《世说新语》，均将罗氏影印残卷附于书后。此本自《规箴》第十起，至《豪爽》第十三终，共计五十一则；篇目、条数与每条编排次序与今本相同，但文字相异处甚多，如《规箴》第十条刘孝标注引《管辂别传》较今本多出七十余字。此本卷末题"《世说新书》卷第六"，又有刘孝标注，据此当为史志所录刘注十卷本。此抄卷并未注明抄写年月，杨守敬称："以日本古写佛经照之，其为李唐时人所书无疑。"①日本藏书家神田醇称之为"李唐旧笈"②，罗振玉亦称之为"唐写残卷"③，后世学者相承而称之；范子烨据残卷不避唐、隋、陈诸朝讳等理由，以为"当系南朝梁代之抄本"④。

宋绍兴八年(1138年)广川董弅刻本，这是今天能够见到的《世说新语》的最早刻本。宋时《世说》传本甚多，据汪藻《〈世说〉叙录》，有晁文元本、钱文僖本、晏元献本、王仲至本、黄鲁直本、章氏本、舅氏本、颜氏本、张氏本、邵氏本等十余种，然皆已散佚。董弅刻本今仅存日本前田侯藏本和日本宫内厅藏本，前者有汪藻《〈世说〉叙录》，后者没有；前田本影印本民国间传入国内。⑤ 董本系于北宋晏殊删并整理本基础上刻印而成，共分三卷三十六门，董氏题跋云："后得晏元献公手自校本，尽去重复，其注亦小加剪截，最为善本。"⑥文字虽更简洁流畅，但已无复旧观；书后附有汪藻《〈世说〉叙录》。《世说〈叙录〉》原含《考异》、《人名谱》、《书名》等三卷，今仅存前二卷，缺《书名》一卷。汪氏《叙录》的《世说新语》本，仅见于《宋史·艺文志》和陈振孙《直斋书录解题》，国

① 杨守敬《日本访书志》"残卷"跋，据1982年上海古籍出版社影印思贤讲舍本《世说新语》附录。

② 神田醇家藏旧抄《世说》残本跋，据1982年上海古籍出版社影印思贤讲舍本《世说新语》附录。

③ 罗振玉《世说》残本罗氏影印本跋，据1982年上海古籍出版社影印思贤讲舍本《世说新语》附录。

④ 范子烨:《〈世说新语〉研究》，第127页，哈尔滨，黑龙江教育出版社，1998。

⑤ 据杨勇:《〈世说新语〉校笺》卷前《书名、卷帙》，北京，中华书局，2006。按，宋本可得其原貌信息者，尚有淳熙十六年刻本，据《四部丛刊》本《世说新语》卷末跋语，本为清初传是楼所藏，有清人沈篁亭、沈宝砚据此刻本与袁氏嘉趣堂本等对校之《校语》。此本不知去向。

⑥ 据1982年上海古籍出版社影印思贤讲舍本《世说新语》卷首收录。

内久无传本，至《四库全书总目提要》已说“佚之久矣”，足见其珍贵。此本今有中华书局 1999 年影印日本金泽文库所藏宋刻本。

宋末元初有刘辰翁等批点本《世说新语》八卷，此书已佚失，明凌濛初刻本保留了刘辰翁等人评语。清末李慈铭称《世说新语》：“遭刘辰翁、王世懋两次删补，殊堪痛恨！刘孝标之注更零落不全。”①

至明代，《世说新语》盛行一时，版本甚多，据不完全统计，有二十六种之多，②王能宪《〈世说新语〉研究》将之分为三大系统：普通本系、批点本系和《〈世说新语〉补》系；清代亦沿袭了这三大系统。可参其书相关介绍。常见通行本有《说郛》本、《四库全书》本、《四部备要》本、《诸子集成》本、《四部丛刊》本（影印明袁褧嘉趣堂本）等。

凌濛初刊刻、评点本《世说新语》。明万历年间，随着张文柱校刻、王世贞删定的《〈世说新语〉补》的流行，刘义庆《世说新语》原本受到很大冲击。《〈世说新语〉补》是《世说新语》和《何氏语林》的合刊本，底本经王世贞删编润色。《何氏语林》是明何良俊依据刘义庆原本撰补的，其所记人物逸事衍至元末。《〈世说新语〉补》中的汉晋之事，全采《世说新语》，晋后之事又掇拾《何氏语林》及其他书，其中“《世说》之所去，不过十之二，而何氏之所采，则不过十之三”（王世贞《〈世说新语补〉序》）。“《（世说新语）补》一出而学士大夫争佩诵焉……乃临川本流传已少，独《（世说新语）补》盛行于世，一再传，而后海内不复知有临川矣”（凌濛初《〈世说新语鼓吹〉序》）。凌濛初刊刻的通行本《世说新语》恢复了刘义庆原本旧貌，将王世贞删节的文字又补了回来，同时将王世贞删补的《何氏语林》（四卷）部分附刻于刘义庆《世说新语》（六卷）之后，这对于恢复、保存宋本《世说新语》的原貌意义非常。据《中国古籍善本书目著录》，凌濛初刻本有北京大学图书馆、中国社科院文研所、上海图书馆、天津师范大学图书馆、吉林省图书馆、山东省图书馆、南京图书馆和四川省图书馆等七家藏本。此外值得注意的是此本中凌濛初本人的序言、凡例和五百多条评点言论，是研究《世说新语》和小说评点的重要文论资料。关于凌濛初刊刻、评点本的情况可以参考潘建国《凌濛初刊刻、评点〈世说新语〉考述》一文，见《上海师范大学学

---

① 《越缦堂读书记》下册，第 930 页，北京，中华书局，1963。

② 可参王能宪：《〈世说新语〉研究》，第 71 页，南京，江苏古籍出版社，1992。

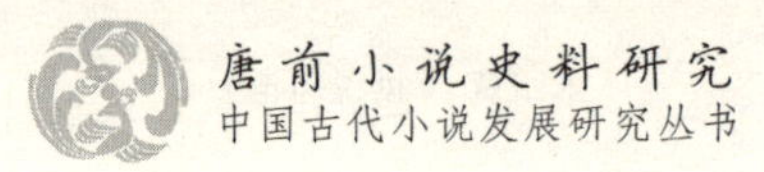

报》2004 年第 5 期。

日本刻本且大陆各地图书馆有收藏的《世说新语》及相关释订至少有十八种。可参王宝平《中国馆藏和刻本汉籍书目》，杭州大学出版社 1995 年版，第 363 页至 366 页。

新中国成立以后，《世说新语》影印、整理、释译之本甚多，重要者有五种：

《世说新语》（上、下册），王利器断句校订，文学古籍刊行社 1956 年版。此书据日本珂㻞影金泽文库所藏宋董弅刻本，有王利器校勘记，书末附录《世说新语》唐写本残卷影印本。

《世说新语》三卷，近代王先谦校订，有上海古籍出版社 1982 年影印光绪十七年思贤讲舍刻本。此本系王先谦据明嘉靖袁褧嘉趣堂本和清道光周心如纷欣阁本校订而成。书末附录《〈世说新语〉注引用书目》、《〈世说新语〉佚文》、《校勘小识》、《校勘小识补》、《〈世说新语〉考证》、汪藻《〈世说〉叙录》、《(〈世说〉)考异》、《唐写本〈世说新语〉残卷》等。明嘉靖袁褧嘉趣堂本《世说新语》乃据宋陆游刻本重镌，是明代诸刻本中最佳善本，《四部丛刊》本即据以影印。清周心如纷欣阁本系据明嘉靖袁褧嘉趣堂本重雕，对后者错误有所校正，然亦难免新的错误。

《〈世说新语〉校笺》，杨勇撰，香港大众书局 1969 年版；之后为台北宏业书局等多家出版社重印。2000 年台北正文书局出版修订版，新增三万余字，修订旧作九百余处。2006 年中华书局出版再版时，又改正增益八十余处。本书以日本前田氏藏《世说新语》及唐写本残卷为底本，参校其他八种版本和古籍，对《世说新语》正文（一千一百三十三条，包括汪藻《考异》所录三条）和注文皆加笺注。书后附钟乳石、麈尾等有关图像、《世说新语汪藻人名谱校笺（序附）》、《世说新语校笺人名异称表》、《世说新语校笺人名索引（序附）》等，使用极为方便。

《〈世说新语〉笺疏》，余嘉锡撰，周祖谟、余淑宜整理，中华书局 1983 年版，上海古籍出版社 1993 年发行修订版。此本以王先谦校订本为底本，校以影宋本、袁本等本。此书用力甚勤，余嘉锡一生所著甚多，于此最为劳瘁，其重点在考案史实，辨证得失，采录近世学者李慈铭、文廷式、程炎震、李审言、刘盼遂等研究成果，并加按语，增补驳正、阐发评论，多有发明。书末附录《世说新语序目》、《世说旧题一首旧跋二首》、《世说新语常见人名异称表》、《世说新语人名索引》、《世说新语引述索引》，为学界之常用本。

《〈世说新语〉校笺》，徐震堮撰，中华书局 1984 年版，又有 1999 年、2001 年等重印本。此书以涵芬楼影印明嘉靖间吴郡袁褧（尚之）嘉趣堂重雕本为底本，校以唐写本、影印金泽文库所藏宋本、王先谦思贤讲舍本等。此书于文字训诂用力甚多，解难释疑，多得确诂。余嘉锡本疏于词语注释，正可相互参看。书末附有《世说新语词语简释（附检字表）》及《世说新语人名索引》。此书得失，可参看江巨荣《〈世说新语校笺〉读后》，《上海大学学报》1995 年第 5 期；蒋宗许《〈世说新语校笺〉札记》，《古籍整理研究学刊》1999 年第 4 期。

《〈世说新语〉汇校集注》，朱铸禹撰，上海古籍出版社 2002 年版。本书朱一玄在序言中概括其特点云："首先是选用了现存的最早的最完整的宋绍兴刊本为底本；其次是校注的范围不限于《世说新语》本文，也包括了刘孝标的注文；第三是采用的各家校注，已包括了我国近现代人王先谦、李慈铭、陶珙、王利器、周一良等人的论著以及日本恩田仲任、秦士铉两人的注释，其中也有朱先生自己的见解；第四是选录了宋刘辰翁、刘应登、明王世贞、王世懋、杨慎、李贽、凌濛初等人的评语；第五是对人物的异称注了本名：总之，这是一部在各家成就的基础上完成得很有价值的著作。"①

《〈世说新语〉新校》，李天华著，岳麓书社 2004 年版。以王先谦思贤讲舍刻本为底本，校以影宋本、袁褧刻本及余嘉锡《〈世说新语〉笺疏》、徐震堮《〈世说新语〉校笺》，采纳诸家成果，不出校记。作者所校异文，一律附后，不入正文。其所疏漏，可参看冯青《〈世说新语新校〉中的校笺商榷》，《固原师专学报》2006 年第 2 期。

《〈世说新语〉校释》，一函四册，赵西陆手校，国家图书馆出版社 2006 年影印出版。校以唐写本、日本影宋本、袁褧本、沈剑知校本，参考引书近八十种。

《〈世说新语〉会评》，刘强会评，凤凰出版社 2007 年版。本书以宋绍兴董弅刻本为底本，校以明嘉靖袁褧嘉趣堂刻本，保留刘孝标注文，

① 关于朱铸禹《〈世说新语〉汇校集注》一书的评论，还可参刘强《一则以喜，一则以憾》，载《读书》2003 年第 9 期。

简体横排；自《世说新语》历代评点本、补本、续仿本，及笔记、目录、序跋、论著等文献中辑录评语数千条，二十余万言；正文前附录主要评注者二十三人的小传，他们依次是刘孝标、刘知幾、刘应登、刘辰翁、杨慎、何良俊、王世贞、李贽、王世懋、黄辉、袁中道、王思任、钟惺、凌濛初、张懋辰、冯梦龙、方苞、李慈铭、文廷式、严复、刘盼遂、李详、余嘉锡等。书末附录二种，一为刘应登、袁褧、王世贞、王世懋（二则）、凌濛初、陈文烛、王思任、焦竑等旧序九则，一为黄伯思、董弅、陆游、凌濛初和郎瑛等旧题跋五则。

《全评新注〈世说新语〉》，蒋凡、李笑野、白振奎评注，人民文学出版社 2009 年版。据日本金泽文库藏董弅刻本整理、排印，作校勘、评注。

此外还有：(1) 刘盼遂《〈世说新语〉校笺》，见《国学论丛》1928 年第 1 卷第 4 号；《序》与《凡例》分别见于《文学同盟》1934 年第 11、13 期；《刘盼遂遗著：〈世说新语〉选注》，《文教资料》1986 年第 3 期。(2) 李审言《〈世说〉笺释》，见《制言》杂志 1939 年第 52 期，后收入《李审言文集》，江苏古籍出版社 1989 年版；(3) 程炎震（笃原）《〈世说新语〉笺证》，见国立武汉大学《文哲季刊》1942 年第 1 卷第 2、3 期；(4) 张㧑之《〈世说新语〉译注》，上海古籍出版社 1996 年版；(5) 张万起、刘尚慈撰《〈世说新语〉译注》，中华书局 1998 年版，等等。

《世说新语》还有日文、法文、英文等译本。

日本译本 20 世纪至少有四种《世说新语》全译本：(1) 大村梅雄译，平凡社 1959 年版；(2) 川胜义雄、福永光司、村上嘉实、吉川忠夫四人合译本，筑摩书房 1964 年版；(3) 森三树三郎译本，平凡社 1969 年版；(4) 目加田诚译本，分上、中、下三册，明治书院 1975 年至 1976 年先后出版。关于《世说新语》在日本的流传和研究情况，可参看王能宪《〈世说新语〉研究》附录二《〈世说新语〉在日本的流传和研究》一节。

法文译本有原比利时高级汉学研究员布鲁诺·贝莱佩尔（Bruno Belpaire）翻译的《世说新语》（Anthologie chinoise des V et VI siècles: Le Che-chouo-sin yu），法兰西大学联合出版社（Presses Universitaires de France）1974 年版。这是第一个西文译本，但它不是一本严谨的学术著作，翻译中出现许多差误，如将本书理解为“一部关乎道德和哲学的‘文集’，是为向后人灌输儒家思想而撰写的一部教义问答手册”（马瑞志《〈世说新语〉法译本考察报告》，载《读书》2002 年第 4 期）。

英文译本以美国著名汉学家马瑞志（Richard B. Mather）的最为知名，其书名为 A New Account of Tales of the World，明尼苏达大学出版社（University of Minneapolis）1976 年版；关于此书，可以参看唐异明的评介文章，载《读书》1986 年第 2 期；其《导论〈世说新语〉的世界》由范子烨翻译成中文，发表在《学术交流》1996 年第 1 期。关于《世说新语》马瑞志译本的其他书评情况可参看陈才智《西文中国古典散文研究 · 文献资料》附件十中的影像文本。①

《世说新语》注本以刘孝标注本最为重要和著名。刘孝标（462—521 年），本名法武，齐永明间改名为峻；字孝标。生于南朝宋孝武帝大明六年（462 年），卒于南朝梁普通二年（521 年）。孝标勤奋博学，著述甚丰，《隋书 · 经籍志》著录其《汉书注》一百卷，《梁文德殿四部目录》四卷，《类苑》一百二十卷、《世说注》十卷、《刘孝标集》六卷等。《梁书》卷五〇、《南史》卷四九有《刘峻传》。《世说新语》刘孝标注补缺纠谬，历来备受推重。刘知幾《史通》赞云：“刘峻注释，指其瑕疵。伪迹昭然，理难文饰。”②卷五《补注》称其：“掇众史之异辞，增前书之所阙。”③《文献通考》卷二一五引宋人高似孙《纬略》云：“刘孝标注此书，引援详确，有不言之妙。如引汉、魏、吴诸史乃子、传、地理之书，皆不必言，只如晋氏一朝史及晋诸公别传、谱录、文章凡一百六十家，皆出于正史之外，记载特详，闻见未接，是为注书家之法。”④鲁迅《中国小说史略》云：“孝标作注，又征引浩博。或驳或申，映带本文，增其隽永，所用书四百余种，今又多不存，故世人尤珍重之。”⑤

此外，敬胤注因其时间之早而受珍视。汪藻《世说新语 · 考异》辑录敬胤注本《世说新语》五十一则，其中有十一则无注，四十则有注。据《世说新语 · 考异》，敬胤生活年代早于刘孝标，在宋、齐之间。周祖谟推断为南齐人，参余嘉锡撰《世说新语笺疏 · 前言》。

---

① 参 http://literature.cass.cn/Article/download.asp? ID=1492&FID=8.

② 张振佩笺注：《〈史通〉笺注》，第 596 页，贵阳，贵州人民出版社，1985。

③ 张振佩笺注：《〈史通〉笺注》，第 166 页、167 页，贵阳，贵州人民出版社，1985。

④〔元〕马端临：《文献通考》，第 1756 页，中华书局 1986 年影印《万有文库》十通本。

⑤ 鲁迅：《中国小说史略》，第 53 页，济南，齐鲁书社，1997。

第四节　研究论著和佚文

20世纪以前，读者研究《世说》，多注重考案史实、训解文字、校勘版本和批点评注等，缺少系统性的研究成果；20世纪以来，随着西学观念影响的深入，《世说》研究在传统学术研究基础之上，走上了现代学术发展的新轨道，不但出现了完备详实的笺、校、注、译本，而且涌现了丰富多采的专题论文和专著。刘强在《20世纪〈世说新语〉研究综述》(《文史知识》2000年第4期)中，把20世纪的《世说新语》研究，大致分为前五十年(清末至1949年)和后五十年两个阶段，指出：第一阶段的研究重在注释、校勘、考证，同时也出现了较有系统的专题论文，为后来的研究铺平了道路；第二阶段则在前五十年的基础上，进行多角度、多层面、成体系的研究，取得了较为显著的成绩。

20世纪前五十年的《世说新语》研究的主要成果产生在三四十年代。据笔者统计，发表论文十四篇，著作二十部。这些成果既有继承旧学的校注、订正，如刘盼遂《唐写本〈世说新语〉跋尾》(1925年)、《〈世说新语〉校笺》(1928年)，傅增湘《〈世说〉三卷：日本帝室图书寮观书记》(1930年)，李审言《〈世说〉笺释》(1939年)，沈剑知《〈世说新语〉校笺》(1944年)，程炎震《〈世说新语〉笺证》(1942年)，赵罔《〈世说新语〉刘注义例考》(1949年)等；也有受时代新风影响的专题论著，如鲁迅《中国小说史略》(1923年)、《中国小说的历史的变迁》(1924年)，宗白华《论〈世说新语〉和晋人的美》(1940年)，冯友兰《论风流》(1944年)，陈寅恪《陶渊明之思想与清谈之关系》(1945年)，贺昌群《〈世说〉札记(麈尾考)》(1947年)以及许世英、赵罔、纪庸、朱建新等人的文章。这个时期代表性的学者有刘盼遂、李审言、鲁迅、陈寅恪等。

20世纪后五十年至今《世说新语》研究的主要成果产生在50年代和80年代以后。据笔者统计，截至2007年底，发表论文八百余篇，著作一百一十多部，中文博硕士论文一百多篇。这个时期，除了丰富多彩的专题论文，还出现了以校、笺、注、译、论等形式为特点的研究著作。50年代的重要成果有：陈寅恪《书〈世说新语·文学篇〉"钟会撰四本论始毕"条后》(1956 年)、徐震堮《〈世说〉里的晋、宋口语》(1957 年)、刘叶秋《试论〈世说新语〉》(1957 年)、王佩诤《〈世说新语〉校释掇琐》(1957 年)、王利器《〈世说新语〉校勘记》(1956 年)。80 年代以后至今的研究,不论是数量上还是质量上,都出现了前所未有的繁荣局面。这些研究涉及《世说新语》的诸多方面,如文献、文体、美学、文化哲学、接受传播、心理、教育和语言等。如文献学研究,在已有成果基础上,已经发表的论文和专著对《世说新语》作者、书名、版本、注释等问题进行了较为系统的探讨,有助于更清晰地展现该书的历史原貌和流传状况。这个时期的代表性学者有杨勇、余嘉锡、王叔岷、吴金华、徐震堮、王能宪、范子烨、方一新、宁稼雨、刘强等。

除上节所列重要整理本,此将《世说新语》主要研究专著罗列如下:

詹秀惠《〈世说新语〉语法探究》,台湾学生书局 1973 年版。

王叔岷《〈世说新语〉补正》,台北艺文印书馆 1975 年版。

王能宪《〈世说新语〉研究》,江苏古籍出版社 1992 年版。

萧艾《〈世说〉探幽》,湖南出版社 1992 年版。

张永言主编《〈世说新语〉辞典》,四川人民出版社 1992 年版。

张万起编《〈世说新语〉词典》,商务印书馆 1993 年版。

吴金华《〈世说新语〉考释》,安徽教育出版社 1994 年版。

张叔宁《〈世说新语〉整体研究》,南京出版社 1994 年版。

宁稼雨《〈世说新语〉与中古文化》,河北教育出版社 1994 年版。

张振德等合著《〈世说新语〉语言研究》,巴蜀书社 1995 年版。

蒋凡《〈世说新语〉研究》,学林出版社 1998 年版。

范子烨《〈世说新语〉研究》,黑龙江教育出版社 1998 年版。

王守华《〈世说新语〉发微》,上海文艺出版社 1998 版。

井波律子《中国人的机智:以〈世说新语〉为中心》,学林出版社 1998 年版。

宁稼雨《魏晋士人人格精神:〈世说新语〉的士人人格精神史研究》,南开大学出版社 2003 年版。

王建设《〈世说新语〉选译新注》,社会科学文献出版社 2004 年版。

骆玉明《〈世说新语〉精读》,复旦大学出版社 2007 年版。

蒋凡《〈世说新语〉的读法》，中国人民大学出版社 2008 年版。

刘伟生《〈世说新语〉艺术研究》，湖南大学出版社 2008 年版。

在以上专著之中，王能宪的《〈世说新语〉研究》和范子烨的《〈世说新语〉研究》可谓从文献学方面研究《世说新语》的代表作。

王、范二著主要从文献学方面于《世说新语》多有细致考辨和发明，而宁稼雨《魏晋士人人格精神：〈世说新语〉的士人人格精神史研究》则从文化意蕴上阐释《世说新语》对于文人精神人格的意义，全书分八章十三节，从《世说新语》的成书、编纂、门类设定、门阀士族的崛起、士族文人的社会生活、玄学命题、佛学影响、神仙道教影响、人物品藻活动等九个方面探讨和阐释了魏晋士人人格精神的特征及其在中国文化发展史上的意义。其结论认为魏晋士人形成了自己独立的人格精神，它主要有三个特征：一、与社会意义分离的个体性；二、注重事物本质的精神性；三、超越实用功利的审美性。认为正是由于有了这样的精神取向，才会发生中国文化史上具有深远影响的标志性事件：首先，“从魏晋开始，士人不仅完成了经济人格的建构，而且更为重要的是完成了文化人格的建构工作。正是这个整体人格的完成，才为中国士大夫文化的出现奠定了坚实的基础”。其次，“没有文人士大夫人格精神的独立，没有文人对于事物精神层面的执着和探求，没有文人以抛弃实用功利为代价换来的对于人生和事物的审美性关注”，就没有“文学自觉”时代的到来。再次、士大夫文化是对帝王文化的调整和取代，它显示了中国文化永不衰竭的传承性和生命力。

据范子烨《〈世说新语〉研究》第五章论证，今本《世说新语》（王利器断句校订，文学古籍刊行社 1956 年影宋本），因经宋人删改，已非原貌。唐宋类书等于《世说新语》佚文多有征引，清人叶德辉于光绪十九年（1893 年）从中辑录《世说新语》佚文八十四条。① 此后王利器《〈世说新语〉佚文》（见《王利器论学杂著》，台湾贯雅文化实业有限公司 1986 年版；又见《当代学者自选文库：王利器卷》，安徽教育出版社 1999 年版）在叶德辉所辑佚文基础上进一步拾遗补缺（包括叶德辉已

---

① 据 1982 年上海古籍出版社影印思贤讲舍本《世说新语》第 543 页至第 566 页统计。王利器统计为八十三条，见《当代学者自选文库：王利器卷》，第 202 页，合肥，安徽教育出版社，1999；此当是将第十五条（“二陆入洛”）与第十六条（“陆云好笑”）合为一条统计了。

辑录而于出处等语焉不详者和未辑录者)计得四十条。范子烨《〈世说新语〉研究》第五章云:“唐宋类书引刘(孝标)《注》,通常亦称《世说》,叶(德辉)氏不辨,故颇有混淆之弊。”①范著虽然未能参考王利器《〈世说新语〉佚文》一文,但在叶德辉辑佚基础上共辑得八十五条。范氏又有《〈永乐大典〉残卷中的〈世说新语〉佚文与宋人批注》(见冬青书屋同学会编《庆祝卞孝萱先生八十华诞:文史论集》,凤凰出版社 2003 年版)一文从《永乐大典》中辑录《世说新语》佚文四条,其中有三条为叶氏收录,未收录者为“宋谢弘微性本宽”条:

> 宋谢弘微性本宽,情无喜愠。末年尝与友人棋,西南有死势。一客曰:“西南风急,或有覆舟者。”友怪,乃救之。弘微大怒,投局于地。识者知其暮年之事,次岁果卒。(中华书局 1986 年缩印本《永乐大典》卷一九七八二“局”类“怒投棋局”条引)

① 范子烨:《〈世说新语〉研究》,第 145 页,哈尔滨,黑龙江教育出版社,1998。

第五章

南北朝隋代其他小说

据朱一玄、宁稼雨、陈桂声所编《中国古代小说总目提要》，南北朝隋代时期的志怪小说至少有四十多部，这里除了介绍艺术上取得较高成就的《幽明录》、《异苑》、《续齐谐记》以外，还介绍留存条目较多的几种小说集的史料，包括祖冲之《述异记》、任昉《述异记》和颜之推《冤魂志》等。这个时期的志人小说则有十几部，此处介绍虞通之《妒记》、谢绰《宋拾遗》、沈约《俗说》、殷芸《小说》和侯白《启颜录》。

第一节 《幽明录》

《幽明录》，南北朝志怪小说中的代表作，南朝宋刘义庆撰。刘义庆生平见本书《世说新语》部分，义庆又有《宣验记》记佛法灵异，《古小说钩沉》辑录三十五则。诸书征

引《幽明录》又题作《幽冥录》、《幽冥记》。① 《宋书·刘义庆传》未提及，《隋书·经籍志》杂传类著录为二十卷，《旧唐书·经籍志》杂传类著录作三十卷，《新唐书·艺文志》著录于小说家类，亦三十卷。宋郑樵撰《通志》卷六五著录为二十卷。皆题刘义庆撰。刘知幾《史通·采撰》云："晋世杂书，谅非一族，若《语林》、《世说》、《幽明录》、《搜神记》之徒，其所载或诙谐小辩，或神鬼怪物。其事非圣，扬雄所不观；其言乱神，宣尼所不语。皇朝所撰晋史，多采以为书。"②可见唐时尚存。至宋时亡佚，南宋洪迈《夷坚三志辛序》云："《幽明录》今无传于世。"《太平广记》、《太平御览》、宋曾慥编《类说》卷一一、元陶宗仪撰《说郛》等多有征引。

今传多种《幽明录》为明清以后辑录本，常见者有：

《幽明录》一卷，《正续太平广记：五朝纪事》本，即《五朝小说》本，有清代重印明本，藏国家图书馆。

《幽明录》一卷，刘义庆撰，《锦囊小史：一百零四种》刻本第二册，明佚名辑，清初刻。

《幽明录》一卷，清王仁俊辑《玉函山房佚书补编》本。

《幽明录》，《旧小说》(甲集汉魏六朝部分)，商务印书馆 1914 年铅印本，收十七则。

《幽明录》一卷，校讹一卷，续校一卷，见会稽董氏取斯堂《琳琅秘室丛书：三十种》木活字本，清胡珽辑，清董金鉴补校，有清光绪十三年(1887 年)版第三集本、清光绪十四年版本、中华书局 1999 年据之出版的《丛书集成初编》本等。

《幽明录》一卷，《五朝小说大观》本，有上海扫叶山房 1926 年石印本，中州古籍出版社 1991 年据该石印本影印本等。

《幽明录》一卷，刘义庆撰，文学古籍刊行社 1956 年影印本。

《幽明录》一卷，《丛书集成新编》本，台湾新文丰公司据《琳琅秘室

---

① 如唐释道世撰《法苑珠林》卷七八、宋吴淑《事类赋》卷一一、宋潘自牧《记纂渊海》卷七八和卷九八、《太平广记》卷三六〇等作《幽冥记》；《法苑珠林》卷一〇、卷七〇、卷八四、卷一一四，《四库》本《北堂书钞》卷一三四，《事类赋》卷一八、卷二〇，《记纂渊海》卷八七、卷九二、卷九七、卷九八，元阴劲弦《韵府群玉》卷三、卷五、卷七、卷一七、卷一八，《太平广记》卷一〇九、卷一三一、卷一六一、卷三六〇、卷四六〇等作《幽冥录》。

② 张振佩笺注：《〈史通〉笺注》，第 146 页，贵阳，贵州人民出版社，1985。

丛书》本印行。

《幽明录》一卷,《汉魏六朝笔记小说》本,周光培、孙进己主编,辽沈书社 1990 年版。

《幽明录》一卷,王根林校点,《汉魏六朝笔记小说大观》(上海古籍出版社 1999 年版)据《古小说钩沉》校正本。

《幽明录》一卷,《中国文言小说百部》本,史仲文主编,北京出版社 2000 年版。(丛书包括《幽明录》、《宣验记》、《齐谐记》、《述异记》、《续齐谐记》、《殷芸小说》、《冤魂志》、《启颜录》和《冥报记》九部南北朝和隋唐文言小说,皆未标明出处。)

《幽明录》六卷,刘义庆撰,郑晚晴辑注,文化艺术出版社 1988 年版。

《幽明录》的研究,除各种小说史的介绍外,没有研究专著。较为重要的论文有《幽明录研究》(王国良撰,《中国古典小说研究专辑》1980 年第 2 期;又《六朝志怪小说考论》,台北文史哲出版社 1988 年版)、《已始"有意为小说"——〈幽明录〉散论》(王恒展撰,《蒲松龄研究》2002 年第 4 期)、《盛弘之〈荆州记〉与〈幽明录〉成书关系之考察》(刘赛撰,《中国典籍与文化》2008 年第 2 期)等。后者根据陈毅《〈荆州记〉辑本跋》,确认盛弘之曾任刘义庆王国侍郎,又据"始安熙平县东南有山"条和"南康宫亭庙"二条与《荆州记》所记相同等提出"刘义庆对《幽明录》的著作权令人怀疑","刘义庆名下的《幽明录》其中有些内容出自盛弘之的手笔";观点新颖,发人深省。有研究生选题涉及,如台湾高雄师范大学国文研究所陈桂市撰写的 1987 年硕士毕业论文《〈幽明录〉〈宣验记〉研究》,认为该书集魏晋南北朝时期志怪书之大成,论文从外缘与内涵两个方面进行讨论。外缘部分讨论了"作者评传"、"卷本流传与钩沉本之检讨"、"成书经过及其引用数据"。内涵部分从社会文化学之角度讨论了《幽明录》(包括《宣验记》)的内容。① 李剑国《唐前志怪小说辑释》辑释《幽明录》"藻居"、"黄金潭金牛"、"刘晨阮肇"、"黄原"、"河伯女"、"彭娥"、"士人甲"、"舒礼"、"参军鸜鹆"、"贾弼"、"吕球"、"苏琼"、"里中小儿"、"新死鬼"、"代郡亭"、"焦湖庙祝"、

---

① 此据台湾"博硕士论文资讯网":http://etds.ncl.edu.tw。

“买粉儿”和“石氏女”等十八条。

清人杜文澜辑录《〈幽明录〉逸文》一卷，①鲁迅《古小说钩沉》在古人基础上校订辑录《幽明录》佚文二百六十五条，甚为详备。王国良认为《古小说钩沉》本中第四则与第五则应合并；第三十二则实出《汉武洞冥记》、第二五七则实出《续异记》，当删。鲁迅指出“唐宋类书引《幽明录》，时亦题《世说》”②，郑晚晴辑注本《幽明录》以鲁迅辑本为底本，把诸书引《世说》而今本《世说》不载的志怪故事十一条也辑入《幽明录》内，计得二百八十四条，郑本体例仿《古小说钩沉》，先列正文，文末注明出处；增加了简要注释，注释中间偶有校记；又将全书内容按其类似性分为六卷，卷末附录类书引《世说》而《世说》不载的志怪故事。为目前最为详备之本。其注释或有可商榷之处，可参刘传鸿《〈幽明录〉辑注释词献疑》(《池州师专学报》2003 年第 1 期)。除郑氏所辑之外尚有佚文，今在鲁迅辑录本基础上补辑如下：

1. [顾恺之]又常悦一邻女，乃画女于壁，当心钉之。女患心痛，告于长康，拔去钉乃愈。(此一节事，亦见刘义庆《幽明录》，而小不同，云：思江陵美女，画像，簪之于壁，玩之。亦出《搜神记》也——剑锋按：此括号内文字为原注。)(唐张彦远撰《历代名画记》卷五。鲁迅已自《太平御览》卷七四一辑录，文字略详。)

2. 始兴有鼻天子冢，鼻天子城。(宋罗泌撰《路史》卷三六、明顾起元撰《说略》卷七、明张萱撰《疑耀》卷六、清沈炳巽撰《水经注集释订讹》卷三八注“溱水”引《幽明录》。)

3. 昆明池中有神，池通白鹿原，人钓鱼，纶绝而去，梦于汉武帝求去钩。帝明日戏于池，见大鱼衔索，帝曰：“岂梦所见耶？取而放之。”后三日，池边得明珠一双，帝曰：“岂鱼之报耶?”(元陶宗仪撰《说郛》卷一一七上“鱼报”条录宋刘义庆《幽明录》)③

4. 木客生南方山中，头面语言不全异人，但手脚爪如钩利。居绝

① 见《曼陀罗华阁丛书·古谣谚》卷四九，据杜文澜《古谣言》，北京，中华书局，1958。

② 鲁迅：《古小说钩沉》，第 157 页，济南，齐鲁书社，1997。

③ 此条，又见于《五朝小说》本末条。《后汉书》卷七〇上《班固传》唐李贤注引作《三辅黄图》；《文选》卷一李善注班固《西都赋》、《艺文类聚》卷七九、宋乐史撰《太平寰宇记》卷二五、宋王应麟撰《玉海》卷一七一、宋宋敏求撰《长安志》卷四等引作《(辛氏)三秦记》；《太平御览》卷八〇三、宋吴淑撰《事类赋》卷九、明董斯张撰《广博物志》卷四九引作《三辅决录》。

岩间，死亦殡殓。（《古今图书集成》无以下二句）能与人交易，而不见其形也。今南方有鬼市，亦类此。（明李时珍《本草纲目》卷五一下引《幽明录》，《古今图书集成》“博物汇编”之“禽虫典”卷八八、“神异典”卷三一五。）①

5. 昔有鬼魂作人，令匠补制旧靴者，约以戊日来取。诘旦，其子过匠肆见靴，认其为亡父所著也。惊而诘匠，匠曰：“彼约我戊日来，盍伺之？”子至期往会，其父果至。见子疾走，不顾。子从之，不能及。大哭曰：“生为父子，何相绝之甚也！”其父曰：“幽冥异路，相见何为？汝但能往学于太守，是吾幸矣！”子曰：“彼贵我贱，安从而得其门？”父曰：“汝书太守阴行二事投之，彼必汝见。”子如其言，见太守。守亦惊曰：“吾此二事，无人知之。”及问其故，信鬼神告之，此亦足为戊日鬼出之证也。（明谢肇淛撰《滇略》卷四引《幽冥录》）

6. 王明儿鬼云：邓艾今在尚方，磨十指垂掘，岂有神？（明王世贞撰《弇州四部稿》卷一五九引《幽明录》。方以智《通雅》卷四九仅引“磨十指垂掘”一句。）

7. 盖尝究厥［蚊］谱系，考于典集，实蚩尤之余孽，始涿鹿之诛殛，仅存肤血之遗余，致兹种类之蕃息。（元虞集《书诛蚊赋》，明赵琦美编《赵氏铁网珊瑚》卷五、明叶盛撰《水东日记》卷三〇等注典故出处云“见《幽冥录》”。）

又辑录诸书引《世说》而今本《世说》不载的志怪故事如下，以备参考。

1. 汤时大旱七年，雒川竭，煎沙烂石。乃使持三鼎祝山川，教祀（祀，《御定渊鉴类函》作“祝”）曰：“政不节邪？使人疾耶？贿赂行耶？谗夫昌耶？宫室荣（华也。荣，《御定渊鉴类函》作“崇”）耶？女谒成（成，《御定渊鉴类函》作“盛”）邪？何不雨之甚（《御定渊鉴类函》多

① 〔清〕陈梦雷、蒋廷锡等纂：《古今图书集成》，第 522 册之 24 页、第 514 册之 37 页，中华书局影印本。《古今图书集成》所引佚文，首为赵景深发现，见其论文《评介鲁迅的〈古小说钩沉〉》，写于 1938 年，载于其《中国小说丛考》，齐鲁书社 1980 年版。赵文云出《古今图书集成》卷五一四，然查检本卷未见。

"耶")?"(《太平御览》卷三五,《御定渊鉴类函》卷二二)①

2. 虞公善歌,发声动梁尘。(《太平御览》卷三七)

3. 胡广本姓黄,五月五日(五日,据卷七五八补)生,父母恶之,乃置之(卷七五八无"之")瓮,投于江,胡翁(胡翁,卷三六一作"湖翁",卷七五八作"胡公")见瓮流下,闻有小(卷七五八无"小")儿啼声,(卷七五八无"声",此下作"取儿养之,遂七登三司。广不持本亲服,云:'于本亲以我为死。'人深讥之。")往取,因长养之,以为子。遂七登三(卷三六一无"七登")司,流誉当世(三字据四库本《太平御览》卷二一补),有(据卷三六一补)中庸之号。广后不治其本亲服,云:"我本亲以己为死人也。"世以此(此,据卷三六一补)为深讥焉。(《太平御览》卷二一、卷三六一、卷七五八)②

4. 江淮以北谓面脂为面泽。(《太平御览》卷七一九,宋高似孙撰《纬略》卷一。)

5. 秦缪公使贾人载盐于卫,诸贾人使百里奚引车,秦穆公观盐,因得见百里奚。(明陈禹谟补注四库全书本《北堂书钞》卷一四六引《世语》。按,四库本《太平御览》卷八六五、明陈耀文撰《天中记》卷四六引《世说》作;"秦穆公使贾人载盐,百里奚使将车。")③

6. 有王甲从北方来,诣谢公。问:"北方何果最胜?"甲云:"桑椹最好。"谢公问:"可以比方江东何果?"甲云:"是黄甘之流。"公曰:"君何乃尔妄语。"甲耻受妄语之名,恐宰相所责("责",此从《天中记》,《太平御览》作"贵"),乃买骏马,候熟时取数十(十,《天中记》作"千")枚还,以奉公,公食之,以为美,乃谓甲曰:"此味乃江东所无,而君近比黄

① 本条,《太平御览》卷第八七九引作《说苑》,文字略异:"汤之时,大旱七年,雒川竭,煎沙烂石。于是使人持三足鼎祀山川,教之祝曰:'政不节耶?使民疾耶?苞苴行耶?谗夫昌耶?宫室营耶?女谒盛耶?何不雨之甚也?'"

② 按,此条又见《太平御览》卷三一、元陶宗仪撰《说郛》卷六九下所录韩鄂《岁华纪丽》卷二、《御定渊鉴类函》卷三八四,《太平御览》卷三八八、卷四八八引作《语林》,文字皆略异。

③ 按,此条本事出刘向《说苑·臣术篇》。如《世说新语·德行》"祖光禄"条梁刘孝标注引《说苑》曰:"秦穆公使贾人载盐于虞,诸贾人买百里奚以五羊皮,穆公观盐,怪其牛肥,问其故,对曰:'饮食以时,使之不暴,是以肥也。'公令有司沐浴,衣冠之,公孙支让其卿位。号曰:'五羖大夫。'"(余嘉锡《〈世说新语〉笺疏》,第27页,上海,上海古籍出版社,1993)《太平御览》卷二二八、卷八九九及光绪十四年(1888年)刊孔氏三十三万卷堂影钞本《北堂书钞》卷一四六"盐三十三"条引作《说苑》。

甘。”于是引甲为宾客。(《太平御览》卷九七三,《天中记》卷五一)①

7. 桑落河多美酒。(宋叶廷珪撰《海录碎事》卷六,宋郭知达编《九家集注杜诗》卷一八,宋黄希原本、黄鹤补注《补注杜诗》卷一八《九月杨奉先会白水崔明府》注引)

8. 晋羊祜镇荆州,于江陵泽中得鹤,教其舞动,以乐宾友。(《初学记》卷八、宋叶廷珪撰《海录碎事》卷二二上、宋佚名《锦绣万花谷后集》卷六、清《御定渊鉴类函》卷三三五引“刘义庆《世说》”)

9. (《玄中记》言,枫脂入地为琥珀。)《世说》曰:桃濇入地所化也。(唐段成式撰《酉阳杂俎》卷一一、宋叶廷珪撰《海录碎事》卷一五、《御定骈字类编》卷一九〇、《御定佩文韵府》卷五六)

10. 罗友(剑锋按,当作“友”)家贫,乞禄于桓温。曰:“臣昨路见一鬼,揶揄云:我只见汝送人作郡,不见人送汝作郡。”温笑以友为襄阳太守。(宋曾慥撰《类说》卷三一,又宋潘自牧撰《记纂渊海》卷七四有略引。)

11. 晋人有沈姓而令其县者,将筑塘,患土不给,诡曰:“致土一畚,以钱一畚易之。”土既集,诡曰:“今不复须土矣。”人皆弃去,因取以筑。(元陶宗仪撰《说郛》卷六下引录宋萧参《希通录》所引《世说》)

12. 人见死者著生时衣服。(元陶宗仪撰《说郛》卷一一八下引录“宋欧阳玄”②《睽车志》所引《世说》)

13. 扶南(《韵府群玉》、《竹屿山房杂部》作“风”)蔗一丈三节,见日即消,见风(见风,《艺文类聚》、《御定渊鉴类函》、《天中记》、《格致镜原》作“风吹”,《全芳备祖后集》作“遇风”,《古今合璧事类备要别集》作“思风”)即折(《竹屿山房杂部》作“枯”)。(隋杜公瞻撰、清高士奇补遗《编珠》卷四,《艺文类聚》卷八七,宋陈景沂撰《全芳备祖后集》卷四,宋谢维新撰《古今合璧事类备要别集》卷四七,元阴劲弦、阴复春编《韵府群玉》卷一六,明彭大翼撰《山堂肆考》卷二〇八,明陈耀文撰《天中记》卷五三,明宋诩撰《竹屿山房杂部》卷九,清陈元龙撰《格致镜原》卷七

---

① 按,此条又见《艺文类聚》卷八七、《御定渊鉴类函》卷四一四,文字略异。

② 欧阳玄(1283年—1357年)实为元代人,《元史》有传,生活时代略早于陶宗仪。《文渊阁四库全书》影印本《说郛》于欧阳玄《睽车志》前复摘录宋郭彖撰《睽车志》,《四库全书提要》云后者:“书中所载,多建炎、绍兴、乾道、淳熙间事。”欧阳玄《睽车志》不见他处著录。

六,《御定佩文韵府》卷八一之二,《御定渊鉴类函》卷四〇四。)

14. 二陆入洛,而士龙不诣张公。公问士衡:(此三句,《艺文类聚》、《御定渊鉴类函》作"张华问陆机曰")"云何以不来?"机曰:"云(据《艺文类聚》补)有笑(笑,据《艺文类聚》、《天中记》补)疾,恐公不(《艺文类聚》、《御定渊鉴类函》作"未")悉,故未敢自见。"俄而,云诣华,华为人多姿质(《御定渊鉴类函》引《原世说》作"致"),又好帛缠须(《御定渊鉴类函》原注云"一作以锦囊盛须"),云见而大笑,不能自已。士龙(士龙,《艺文类聚》作"又曰:陆云好笑")尝着缞帻上舡,因(《艺文类聚》无"因")水中自见其影,便大笑不能(《艺文类聚》无"能")已,几落水中(《艺文类聚》无"中")。(《太平御览》卷三九一、明陈耀文撰《天中记》卷二三、《艺文类聚》卷一九、《御定渊鉴类函》卷二六七)①

15. 前辈人(三字据《艺文类聚》、《太平御览》补)忌日,惟不饮酒作乐。会稽王世子(五字《艺文类聚》、《太平御览》作"王世")将(《封氏闻见记》无"将")以忌日送客,至新亭别(别,据《太平御览》补),主人欲作乐(乐,《艺文类聚》作"音乐",《太平御览》作"音声"),王便起去,持弹往卫洗马墓(《艺文类聚》、《封氏闻见记》多"下")弹鸟。(宋王谠撰《唐语林》卷八、唐封演撰《封氏闻见记》卷六、《艺文类聚》卷六〇、《太平御览》卷三五〇)②

16. 刘越石为胡骑围之者数重,越石中夜奏之(按,指笳),群胡卒弃围而奔。(宋陈旸撰《乐书》卷一三〇)

17. 沛公在平城为突厥围,突厥阏氏素妒忌,陈平设木偶美人舞于城上,阏氏望见而退兵。(宋陈旸撰《乐书》卷一八五)

按,以下诸条,参考了范子烨《〈世说新语〉研究》(黑龙江教育出版社 1998 年版)第 157 页至第 162 页的辑录,此校正失误,增补出处和异文,重新辑录如下。

1. 初,爽梦二虎衔雷公,雷公若二升椀,放著庭中。爽恶之,以问占者灵台丞马训。曰:"忧兵。"训退,告其妻曰:"爽将以兵亡,不出旬

---

① 《太平御览》卷六八八略云:"陆云好笑,著帢映水见影,笑不能止。"

② 此条,元陶宗仪撰《说郛》卷一四上引录李济翁《资暇录》只录前两句。宋祝穆《古今事文类聚前集》卷五二、明彭大翼撰《山堂肆考》卷一五六作:"王世将忌日送客,主人欲作乐,王便往卫洗马墓下弹鸟。"

日。”(《三国志·魏志》卷九曹爽传注引《世语》。事又见唐虞世南撰、明陈禹谟补注《北堂书钞》卷一五二补注,《太平御览》卷一三,明徐应秋撰《玉芝堂谈荟》卷九,《御定渊鉴类函》卷八,《御定骈字类编》卷一二,皆引作《世语》,文字有详略。光绪十四年刊孔氏三十三万卷堂影钞本《北堂书钞》引作《世说》。)

2. 太原王国宝治宅,因浚池。忽见一物,如酒杓形,长四尺许,飞去。(《太平御览》卷六七)

3. 王子乔墓在京陵(京陵,《九家集注杜诗》作“金陵”),战国时人有盗发之者,都(四库本《北堂书钞》作“睹”)无所见,唯有一剑,停在空(四库本《北堂书钞》作“穴”,《太平御览》作“室”)中。欲进取之。剑作龙鸣虎吼。遂不敢进(进,《太平御览》作“近”)。俄而,(《事类赋注》无以二句上)径飞上天。(光绪十四年刊《北堂书钞》卷一二二、宋吴淑撰《事类赋注》卷一三、《太平御览》卷三四三、宋郭知达编《九家集注杜诗》卷三一《送覃二判官》注引)①

4. 姜维死时见剖,胆大如斗。(《艺文类聚》卷一七,《太平御览》卷三七六,陈徐陵撰、清吴兆宜注《〈徐孝穆集〉笺注》,清《御定渊鉴类函》卷二六一。)②

5. 乐令有数客,阔不复来。乐问所以,答曰:“前在坐,蒙赐酒,方欲饮,见杯中有蛇,意甚恶之,既饮而疾。”于时河南厅事壁上有角,角边漆画作蛇,乐而(四库本无“而”)疑是角影入杯中,复令置杯酒于前处,谓曰:“君更看,酒中复有所见不?”答曰:“所见如初。”乐乃告其所以,客豁然意解,沉疴顿消。(本条末原注云:“又一本云角弓。”)(《太平御览》卷三三八)

6. 张华既贵,有少时知识来候之。华屏官事(《太平广记》无此四句),与共饮九酝酒,为酣畅。其夜醉眠,张(《太平广记》无张)华尝饮此酒,醉眠辄使(四字《太平广记》作“醉眠后辄敕”)左右转侧至觉。是

---

① 按,本条又见明董斯张撰《广博物志》卷三二、清陈厚耀撰《春秋战国异辞》卷一、清陈元龙《格致镜原》卷四二、清《御定渊鉴类函》卷二二三,注引作《世语》或《世说》,文字略同。

② 按,此条《三国志·蜀书》卷一四《姜维传》裴松之注,唐李瀚撰、宋徐子光注《蒙求集注》卷上,明陈耀文撰《天中记》卷二三,明陈禹谟撰《骈志》卷一七,清陈元龙《格致镜原》卷一二,宋司马光撰、清胡三省音注《资治通鉴》卷七八等皆引作《世语》,除《骈志》外,“胆大如斗”皆作“胆如斗大”。

夕忘敕之（五字依《太平广记》补），左右依常（《太平广记》多“时”）为张公转侧，其友无转侧者（本句《太平广记》作“其友人无人为之”）。至明起（《太平广记》无“起”），友人犹不寤（《太平广记》作“起”）。张公曰：“咄！此必死矣！”使就（《太平广记》无“就”）视之，酒果穿腹（《太平广记》作“肠”），流床下滂沱。（《太平御览》卷四九七、《太平广记》卷二三三）①

7. 杜预为荆州刺史，镇襄阳，时有谯集，大醉辄（辄，据《太平御览》补）闭斋独眠，不听人前。后尝醉卧（《太平御览》无“卧”），闻（闻，据《太平御览》补，《太平广记》原作“有”）斋中呕吐，其声甚苦，莫不悚栗。（上句《太平御览》作：“莫不侧足悚慄。”）有一小吏，私（私，《太平御览》作“便”）开户看之，正见床上一（一，《太平御览》作“有”）大蛇，垂头床边吐，都不见人，出密道如此（《太平御览》无末五字）。（《太平广记》卷四五六引《刘氏小说》，《太平御览》卷三八八引《世说》）②

8. 谢太傅一生语未尝误，每共说，退后叙说向言，皆得次第。（《御定渊鉴类函》无以下部分）后忽一误，自知当必死。其年而薨。（《太平御览》卷三九〇，《御定渊鉴类函》卷二六六）

9. 王东亭尝梦人以大笔与之，管（卷五九六无“管”）如椽子大。既觉，语人云（本句卷五九六作“觉曰”）：“他日（卷五九六无二字）当有大手笔事。”少日，烈宗晏驾（晏驾，卷五九六作“崩”），哀策、谥、议，皆（据卷五九六补）王所作。（《太平御览》卷三九九、卷五九六）③

10. 郑子产善事母。奉命聘晋，道中心痛，遣人还家，起居问母。母曰：“吾忽身体不调，忆想汝耳，更无他也。”（《太平御览》卷四一一，明陈耀文撰《天中记》卷一七）④

---

① 按，此条又见《太平御览》卷三七一、明陈耀文撰《天中记》卷四四、清陈元龙撰《格致镜原》卷二二，文字略有出入。

② 按，此条又见《艺文类聚》卷九六、《太平御览》卷四九七、宋祝穆撰《古今事文类聚后集》卷三三、明彭大翼撰《山堂肆考》卷二二三、清高士奇撰《续编珠》卷二、《御定渊鉴类函》卷四三九、《御定骈字类编》卷二二二等，文字详略不同。

③ 按，此条又见《北堂书钞》卷一〇四、《太平御览》卷六百五、宋王十朋撰《东坡诗集注》卷二十，文字略同。其中四库本《北堂书钞》卷一〇四作：“王珣梦人以大笔如椽与之，既觉，语人曰：‘此当有大手笔。’俄而，帝崩，哀册、谥、议，皆珣所草。”光绪十四年（1888 年）刊孔氏三十三万卷堂影钞本《北堂书钞》文字略异。

④ 按，此条明董斯张撰《广博物志》卷一八引作《俗说》。

11. 会稽有防风鬼，屡见城邑。常跂（《天中记》、《格致镜原》作“跋”）雷门上。脚垂（《天中记》作“乘”，误）至地。晋横阳令贺韬义（《天中记》无“义”，《格致镜原》作“善”，）鼓琴，防风闻琴声，在贺中庭舞。（《艺文类聚》卷四四、明陈耀文撰《天中记》卷四二、清徐文靖撰《竹书统笺》卷三、清陈元龙撰《格致镜原》卷四六）

12. 魏（据《太平御览》卷三九六补）黄初末，吴人发长沙王吴芮冢，以其材（《骈志》、《湖广通志》作“砖”）于临湘为孙坚立庙。芮（据《骈志》、《湖广通志》补）容貌如生（《太平御览》卷三九六作“故”），衣服不朽，后预（预，《骈志》作“与”、《湖广通志》作“豫”）发者见吴纲曰：“君何类长沙王芮，但微短耳。”纲瞿然曰：“是先祖也，君何由见之？”（五字以下至“即更葬矣”，据《骈志》、《湖广通志》补）见者言所由，纲曰：“更葬否？”答曰：“即更葬矣。”自芮之卒至冢发（冢发，《湖广通志》作“发冢”），四百余年。纲，芮之十六世孙也（《骈志》无“也”，《湖广通志》作“矣”）。（《太平御览》卷五五八。明陈禹谟撰《骈志》卷一一，《湖广通志》卷一一九引作《世语》。）①

13. 桓宣武之诛袁真也，未当其罪，世以为冤焉。袁真在寿春，尝与宣武一妾，妊焉，生玄，及篡，亦覆桓族，识者以为天理之所至。（《太平御览》卷六四五）

14. 威法济者，义兴人，其儿年二十得病。经年，有神来，语言：“床席不净，神何处得？”坐曰：“有漆巾箱甚净，神何不入中？”因内新果于箱中，觉有声，以箱（《天中记》无“箱”）盖覆之。于是便闻箱中动摇，即以衣传之，可五升米重，而病愈。（《太平御览》卷七一一、明陈耀文撰《天中记》卷四九）

15. 永嘉三年，中牟县故魏任城王台下池有汉时铁椎，长六尺，入地三尺，头西南指不动。（《太平御览》卷七六三）②

16. 晋（《太平御览》无“晋”）长沙王徙（徙，《唐开元占经》作“从”；此据《太平御览》、《御定渊鉴类函》改）封长沙（长沙，《太平御览》、《御定渊鉴类函》作“常山”），至国，穿井入地四丈，（《太平御览》、《御定渊

① 按，此条又见《太平御览》卷三九六，文字节略。

② 按，此条《水经注》卷二二等引作郭颁《世语》，《太平广记》卷四〇五引作《酉阳杂俎》，亦见今本《酉阳杂俎》。

鉴类函》以下作"得白玉，方三四尺"）得大石，其中有灵龟，而长二尺余，长沙王诛之象也。（唐瞿昙悉达撰《唐开元占经》卷一二〇引《世语》、《太平御览》卷八〇五，《御定渊鉴类函》卷三六三。）

17. 有人遗张华鲊者，华（《太平御览》无"者华"）见之，谓客曰（曰，《太平御览》作"云"）："此龙肉鲊（《太平御览》无"鲊"）也，遂沃以苦酒（五字据宋佚名《锦绣万花谷后集》卷三五补，《太平御览》缺，《御定渊鉴类函》作"以苦酒沃鲊"），肉（据《太平御览》补）鲊中则有五采（采，《太平御览》作"色"，《御定渊鉴类函》作"彩"）光。"试之，果如言。后问其主云："于茅积下得白鱼所作也。"（《艺文类聚》卷七二、《太平御览》卷八六二、《御定渊鉴类函》卷三八九。按《太平广记》卷一九七所引《世说》与上辑出入甚大，引录如下："晋陆士衡尝饷张华，于时宾客盈座，华开器便曰：'此龙肉也。'众虽素伏华博闻，然意未之信。华曰：'试以苦酒灌之，必有异。'试之，有五色光起。士衡乃穷其所由，鲊主曰：家园中积茅下得一白鱼，质状殊常，以作鲊，过美，故以饷陆。"）①

18. 吴兴徐长夙与鲍南海（鲍南海，《太平广记》作"鲍靓"）有神明之交，欲授以秘术。先谓徐："宜有约誓。"徐誓以不仕，于是受箓。常见八大神（《广博物志》作"人"）在侧，能知来见往，才识日异，县乡翕然，有美谈，欲用为县主簿。徐心悦之，八神一朝不见七人（《广博物志》作"神"），余一人，倨傲不如常。徐问其故，答云："君违誓，不复相为使。身一人留卫箓耳。"徐乃还箓，遂退。（《太平御览》卷八八二，《太平广记》卷二九四，明董斯张撰《广博物志》卷一四。）②

19. 卫瓘，太康（《太平御览》卷八八五无"太康"；太，原作大，据《古今事文类聚》改）永熙中，家人炊饭，堕地尽化为螺，出足而行，瓘终见诛。（《太平御览》卷九四一引《世语》，又卷八八五；宋祝穆撰《古今事文类聚后集》卷三五；明徐应秋撰《玉芝堂谈荟》卷一三。）③

20. 徐干木年少时，尝梦乌从天下，衔长斗（《太平御览》无"斗"）伞，（此处《太平御览》多"敬"）树其庭前。乌复上天，衔伞下，凡树（凡

---

① 按，此条又见唐白居易原本、宋孔传续撰《白孔六帖》卷一六，唐虞世南撰《北堂书钞》卷一四六，宋佚名《锦绣万花谷后集》卷三五，宋潘自牧撰《记纂渊海》卷九〇，文字略有差异。

② 按，此条《太平广记》卷二九四尚有异文，文义不佳，不出校。

③ 按，此条又见《御定渊鉴类函》卷四四三、《御定佩文韵府》卷二〇之五。

树，《太平御览》作"树凡"）三伞，竟，乌大鸣，作恶声而去。徐后果得疾（《天中记》无"疾"，《太平御览》无"得疾"），遂以恶终。（唐徐坚撰《初学记》卷三〇，《太平御览》卷九二〇，明陈耀文撰《天中记》卷五九，清《御定渊鉴类函》卷四二三。）①

21. 王敬伯尝泊洲渚中，升亭而宿。是夜月华露轻，敬伯泠然鼓琴，感刘惠明亡女之灵。须臾女至，就体如平生。敬伯抚琴歌曰："低露下深幕，垂月照孤琴。空弦益宵泪，谁怜此夜心。"女和之曰："歌宛转，情复哀。愿为烟与雾，氤（《事类赋注》作"氛"②）氲君子怀。"（宋吴淑撰《事类赋注》卷一一，明彭大翼撰《山堂肆考》卷一六二。）③

22. 刘备之初奔刘表，屯于樊城。表左右欲因会取备，备觉如厕，便御（御，《艺文类聚》、《天中记》作"出"）所乘马的颅（《古今合璧事类备要别集》无"的颅"），走堕襄阳城西檀溪水中，溺（《古今合璧事类备要别集》作"满"）不得出。备急，谓的颅曰："今日厄（《古今合璧事类备要别集》作"急"），可不努（《天中记》作"弩"）力！"的颅达备意，踊三丈得过。（《艺文类聚》卷九三，宋谢维新撰《古今合璧事类备要别集》卷八一，明陈耀文撰《天中记》卷五五。）④

23. 张衡亡月，蔡邕母方娠。此二人才貌相类，时人云：邕即张衡之后身也。（宋晁载之《续谈助》卷四。宋祝穆撰《古今事文类聚后集》卷一八作："张衡死，蔡邕母始孕，生子才貌相似，时人谓邕是张衡后身。"）⑤

24. 桓车骑时，有陈庄者，为府将，性仁爱，虽存行阵，未尝杀戮。（"未尝杀戮"以上四句据《太平御览》卷四一九补，以下据卷九八一补）入武当山（《法苑珠林》多"中"）学道，所居恒（《法苑珠林》无"恒"）有白

---

① 按，此条唐虞世南撰《北堂书钞》卷一三四，《太平御览》卷七〇二，《御定渊鉴类函》卷三六七，《御定韵府拾遗》卷四四引作《俗说》，明陈耀文撰《天中记》卷四九引作《俗语》；文字略异，如："徐后果得疾"作"徐后果得三伞"（《北堂书钞》卷一三四）。鲁迅《古小说钩沉》于《俗说》中已辑录。

② 〔宋〕吴淑：《事类赋注》，第 231 页，中华书局 1989 年以明秦汴本为底本排印本。台湾商务印书馆影印《文渊阁四库全书》本作"氤"。

③ 按，此条又略见于《御定佩文韵府》卷二七之三。

④ 按，此条又见宋郭知达编《九家集注杜诗》卷七《题李尊师松树障子歌》注、卷一八《房兵曹胡马诗》注，《御定渊鉴类函》卷四三三，文字略异。

⑤ 按，此条又见于今本《殷芸小说》，《太平御览》卷三六〇、卷三九六等引作《语林》。

烟，香气闻彻。（《太平御览》卷九八一、卷四一九，唐释道世撰《法苑珠林》卷四九。）

又有引作《幽明录》存疑条目如下：

1. 宋李昉等编《太平广记》卷三五四引《幽明录》云："蜀昌州牧任彦思家，忽闻空中有乐声，极雅丽悲切，竟日不休。空中言曰：'与吾设食！'任问是何人，竟不肯言本末。乃与静室设之，如人食无遗。或不与食，即致破什器，虫入人耳，烈火四起。彦思恶之，移去回避，亦常先至，凡七八年。忽一日，不闻乐声，置食无所，餐厅舍栿上血书诗曰：'物类易迁变，我行人不见。珍重任彦思，相别日已远。'彦思尤恶其所题，以刀划之，而字已入木。终不知何鬼也。"据宋乐史撰《太平寰宇记》卷八八，"昌州"为唐乾元元年置；任彦思家鬼诗，《全唐诗》卷八六六辑录，逯钦立《先秦汉魏晋南北朝诗》和骆玉明、陈尚君《先秦汉魏晋南北朝诗补遗》（《文学遗产》1987 年第 1 期）皆不辑；故此条乃唐人事，《太平广记》标录出处有误。

2. 宋不著撰人《分门古今类事》卷一七引《蜀异志》及《幽明录》云："滕公，夏侯婴也。尝往东都，出门，马鸣，跑地不进。久之，公命掘地，得石椁铭文，极古异，人莫之识。以示叔孙通，通曰：'科斗书也。文曰："佳城郁郁，三千年见白日，吁嗟滕公居此室。"'公叹曰：'天也！吾死其安此乎？'遂葬其地。"

此条，《艺文类聚》卷四〇，《初学记》卷一四，唐虞世南撰、明陈禹谟补注《北堂书钞》卷九二，《史记》卷九五《索隐》，《太平御览》卷五五二、卷五五六，宋祝穆撰《古今事文类聚前集》卷五八，宋潘自牧撰《记纂渊海》卷七九，明彭大翼撰《山堂肆考》卷三〇引作《博物志》。《文选》卷三〇李善注沈约《冬节后至丞相第诣庶子车中作一首》，宋徐子光注《蒙求集注》卷上、宋曾慥编《类说》卷四、宋不著撰人《锦绣万花谷前集》卷二七引作《西京杂记》。《太平广记》卷三九一引作《独异记》。又见今本《西京杂记》和《博物志》。《分门古今类事》所引为孤证，故暂存疑。①

又，元阴劲弦撰《韵府群玉》卷一八、明董斯张撰《广博物志》卷四

① 并台湾"商务印书馆"影印《文渊阁四库全书》本。

三等引橘生老叟事出《幽明(冥)录》,然宋人《太平广记》卷四〇、《类说》卷一一、《绀珠集》卷五、《橘录》卷中等皆引作牛僧孺《玄(幽)怪录》,是。《天中记》卷四三引"谢仁祖妾阿纪"条谓出《幽明录》,据《太平御览》卷五八〇、《记纂渊海》卷七八、《事类赋》卷一一注等,实为《世说》佚文。

第二节　南北朝隋代其他志怪小说

此节依次介绍刘敬叔《异苑》、祖冲之《述异记》、任昉《述异记》、吴均《续齐谐记》和颜之推《冤魂志》。

一、《异苑》

刘敬叔《异苑》。敬叔,宋时又偶或被称为恭叔,这当是避宋太祖祖父赵敬之讳而改写的。恭叔之名,学者介绍材料未见提及。四部丛刊影宋本等《太平御览》卷四六五云:"刘恭叔《异苑》曰:晋时长安谣曰……",所引条目见今本《异苑》卷四。《宋书》、《南史》俱无传。生卒年不详,约为晋末宋初人。明胡震亨始采诸书补作传记云:"刘敬叔,字敬叔,彭城人①。少颖敏,有异才,起家中兵参军②、司徒掌记。义熙(405—418年)中,刘毅与宋高祖共举义旗,克复京郢,功亚高祖,进封南平郡公。敬叔以公望推借,拜南平郡国郎中令,既而有诏,拜南平公。世子毅以帝命崇重,当设飨宴,亲请吏佐临视。至日,国僚不重白,默拜于厩中。使人将反命,毅方知之,谓敬叔典礼,故为此慢,大以

① 宋乐史撰《太平寰宇记》卷一二三云:"刘敬叔,广陵人,撰《异苑》。"又清修《江南通志》卷一九二《艺文志》:"《异苑》十卷,江都刘敬叔。"江都即广陵。查《晋书·地理志下》:广陵郡、彭城国在晋代并属于徐州,广陵郡属县复有广陵,彭城国属县复有彭城。不知胡震亨何据,称敬叔为彭城人。后代书籍或称"敬叔"为"颖叔"、"颖叔",皆误。

②《四库全书总目提要》称胡震亨所作刘敬叔传记为"起家小兵参军"。误。按,查《晋书》、《宋书》,多称"中兵参军",不见"小兵参军"一职。如《晋书》卷八五《刘毅传并附刘迈传》:"桓弘以(刘毅)为中兵参军"、"迈,字伯群,少有才干,为殷仲堪中兵参军。"(第2205页、第2211页,北京,中华书局,1974)

为恨。遂奏免敬叔官。① 及毅诛，高祖受禅，召为征西长史。元嘉三年(426年)，入为给事黄门郎，数年，以病免。泰(原作"太")始(465年—471年)中卒于家。所著有《异苑》十余卷行世。"②《说库》本《异苑》卷首明人沈士龙《序》云："尝读马氏《经籍考》，则《异苑》之目已亡。惟隋唐《艺文》有之。而此册卷帙政与《志》合，第《传》称：'敬叔起家司徒掌记、中兵参军。'而三卷所谓：'义熙十三年为长沙景王骠骑参军'，史册无闻，何也？然所称司徒者，非司马道子则司马德文。而景王，则宋武弟道怜也。岂敬叔已废，复为宋武所简以佐道怜耶？更知南平之授乃武帝阴伺刘毅于敬叔耳，故毅亦不分借以慢命罢之，观其书所载毅作书使王亮储兵作逆，及妻郭失身于桓玄，其意盖可见矣。"③《四库全书总目》提要以为："书(《异苑》)中称毅镇江州，褊躁愈剧。又载毅妻为桓元(玄)所得，擅宠有身。多蓄憾诋毁之词，则震亨之言当为可信。惟书中自称义熙十三年(417年)，余为长沙景王骠骑参军，以《宋书·长沙景王道怜传》考之，时方以骠骑将军领荆州刺史，与敬叔所记相合，而震亨传中未之及，则偶疏也。"④

刘敬叔曾读佛经。《法苑珠林》记载佛家《大品》经异事云：

晋周闵，汝南人也。晋护军将军，家世奉法，苏峻之乱，都邑人士，皆东西波迁；闵家有《大品》一部，以半幅八丈素反覆书之；又有余经数台，《大品》亦杂在其中。既当避难，单行不能得尽持去，尤惜《大品》，不知在何台中。仓卒应去，不展寻搜，徘徊叹咤，不觉《大品》忽自出外，闵惊喜持去，周氏遂世宝之，今云尚在。一说云：周嵩妇胡母氏有素书《大品》，素广五寸，而《大品》一部尽在焉；又并有舍利，银罂贮之，并缄干(按，当作"于")深箧。永嘉之乱，胡母将避兵南奔，经及舍利自出箧外，因取怀之以渡江东。又尝遇火，不暇取经，及屋尽火灭，得之于灰烬之下，俨然如故。会

① 此与沈约《宋书》卷三〇《五行志一》、《晋书》卷二七《五行志上》所记相同："安帝义熙七年，将拜授刘毅世子，毅以王命之重，当设飨宴，亲请吏佐临视。至拜日，国僚不重白，默拜于厩中。王人将反命，毅方知之，大以为恨，免郎中令刘敬叔官。"(《晋书》，第820页，中华书局，1974)

② 范宁校点：《异苑》，第107～108页，北京，中华书局，1996。

③《说库》，上海文明书局1925年石印本。按，此序又见《古今说部丛书》二集本《异苑》，他本失载。

④〔清〕永瑢等：《四库全书总目》，第1208页，北京，中华书局，1965。

稽王道子就嵩，曾云求以供养，后尝暂在新渚寺。刘敬叔云：曾亲见此经，字如麻大，巧蜜（按，通“密”）分明。新渚寺，今天安也。此经盖得道僧释慧则所写也；或云尝在简靖寺，靖首尼读。①

《异苑》，《隋书·经籍志》杂传类著录为十卷，注云：“宋给事刘敬叔撰。”两《唐志》、唐宋人其他书目及《宋史·艺文志》不见著录。然唐人《艺文类聚》、《唐开元占经》，宋人《太平广记》、《太平御览》等书多有征引，可见其书在唐宋似尚有流传。如刘知幾《史通》卷一〇提到此书，卷一七引述云：“刘敬昇②《异苑》称晋武库失火、汉高祖斩蛇剑穿屋而飞，其言不经。”③明人家藏目录所收《稗统续编》中著录《异苑》，不注撰者和卷数，不详是否原本。④ 今传十卷本为明人胡震亨等抄校本。明万历十六年（1588 年），胡震亨与友人姚叔祥、吕锡侯在临安得宋抄本，相与校订后未及刊刻；明万历二十七年（1599 年），又与友人沈汝纳（士龙）共同证定百许字；次年，由胡氏刻入《秘册汇函》。事见胡震亨《秘册汇函·异苑题辞》、姚士粦《见只编》卷中。后人多认为它比较多地保持了原书面貌，如《四库全书总目提要》认为今传十卷本《异苑》，“疑不免有所佚脱窜乱，然核其大致，尚为完整，与《博物志》、《述异记》全出后人补缀者不同。且其词旨简澹，断非六朝以后所能作，故唐人多所引用。”《郑堂读书记》卷六六称其：“修辞命意，颇有古致，无唐以下小说冗沓之习，当属刘氏原书。”⑤其内容虽然繁杂，但“每卷大致有个中心”⑥。因此，今存本《异苑》“非后人伪托，也不是后人缀补者，是比较完整的原书”⑦。但从为数不少的佚文（详下）来看，《异苑》即使较多保存了原貌，到胡震亨发现时也已经不是完好如初的本子，很可能

---

① 〔唐〕道世撰集：《法苑珠林》卷一八，第 140 页下，上海古籍出版社 1991 年影印《影印宋碛砂版大藏经》本。

② 宋李昉等撰《太平御览》卷四三七、明彭大翼撰《山堂肆考》卷六等称：“刘敬升《异苑》。”然《史通》卷一〇、《太平御览》等他处征引多作“刘敬叔”。“升”与“叔”古俗字相近，“故误”（张振佩笺注《〈史通〉笺注》，第 595 页，贵州人民出版社，1985）；清卢文弨《群书拾补》（抱经堂从书本）评《史通》“诸晋史七条”于刘敬叔下注云：“昇伪”。是。

③ 张振佩笺注：《〈史通〉笺注》，第 594 页，贵阳，贵州人民出版社，1985。

④ 〔明〕赵用贤藏并撰：《赵定宇书目》，参林夕主编《中国著名藏书家书目汇刊》第八册，第 179 页，商务印书馆 2005 年影印本。

⑤ 〔清〕周中孚：《郑堂读书记》，第 329 页，北京，中华书局，1993。

⑥ 侯忠义主编：《中国历代小说辞典》，第 109 页，昆明，云南人民出版社，1986。

⑦ 侯忠义主编：《中国历代小说辞典》，第 108 页，昆明，云南人民出版社，1986。

有破损或者缺页。吕春明《〈异苑〉校证》发现今本《异苑》几乎全以“姓名—时日”的顺序叙事，而唐宋类书所引却以“时日—姓名”叙事，推断认为：“今本《异苑》或是后人据唐宋类书及古注所引，再变更其‘姓名—时日’之顺序，集辑而成者。”①王国良和李剑国皆以《异苑》为后人辑录本：“（王国良）《魏晋南北朝志怪小说研究》下篇《群书叙录·异苑》认为：‘今本乃明末好事者，自古注、类书中辑录出遗文，重加编排刊刻而成，既非相传旧本，内容则系真者十之七八，赝者十之二三也。’台湾文史哲出版社 1984 年版，322 页。按：胡震亨、姚士粦所说在临安得宋纸所抄《异苑》当不诬，确有旧本，盖宋人所辑，胡、姚等人在此本基础上加以增补，非如彼言仅校订文字。”②

山东大学文学院 2006 级硕士研究生胡文娣毕业论文《〈异苑〉文献研究》认为胡震亨所发现的宋代抄本，实有其书，只是一个不足十卷的残抄本。作者将诸书所引与今本《异苑》逐条核定，发现今见本《异苑》是胡震亨在此残抄本基础上重加补订而成，所辑颇多伪滥。该文就《异苑》版本演变、胡辑伪滥条目、刘敬叔生平等逐一做了细致深入考察，将《异苑》文献研究推进到最新学术高度。

《异苑》版本有《秘册汇函》本、《津逮秘书》本、明刻《语怪汇书》本（辽宁图书馆藏）③、明佚名辑《锦囊小史》本、《四库全书》本、《学津讨原》本、《说库》本、《古今说部丛书》本和《诸子集成补编》本（四川人民出版社 1997 年版）等，在《艺文类聚》、《初学记》、《太平御览》、《唐宋丛书》（明人钟人杰、张遂辰编）、《五朝小说大观》和《说郛》中，亦多有征引和节录。又《隋书·经籍志》于《异苑》后著录“《续异苑》十卷”，不录撰人，《太平广记》卷三八九引佚文一则。李剑国《唐前志怪小说辑释》辑释《异苑》“大客”、“竹王神”、“紫姑神”、“陆机陆云”、“梁清”、“牛渚燃犀”、“徐奭”、“桓谦”和“章沉”等九条。

---

① 台湾中国文化大学中国文学研究所 1985 年硕士研究生吕春明毕业论文《〈异苑〉校证》第 8 页。

② 李剑国：《二十卷本〈搜神记〉考》注解[51]，载《文献》2000 年第 4 期。王国良有《通行本〈异苑〉小考》可参，见台湾师范大学国文学系主编《潘重规教授百岁诞辰纪念学术研讨会论文集》，台北：台湾师范大学国文学系 2006 年版。

③ 《中国基本古籍库》，北京爱如生数字化技术研究中心开发制作，黄山书社出版发行。关于明本，据清宋氏漫堂钞本明人祁承㸁撰《澹生堂藏书目》著录有《异苑》十卷，一册。

今本《异苑》十卷，共三百八十二条，范宁校点，中华书局 1996 年版；每卷卷末有简要“校勘记”，书末另附录佚文十五条①。又附录资料五种：《秘册汇函本异苑题辞》、《刘敬叔传》（胡震亨补撰）、《津逮秘书本毛晋跋》、《四库全书总目提要》和《四库提要辨证》；后人在此基础上，有所补正，可参：

吴新江《古小说〈异苑〉校理献疑》，载《南京师范大学学报》2000 年第 3 期。

吴新江《〈异苑〉标点补正》，载《河海大学学报》2002 年第 1 期。

徐清《〈异苑〉校勘献疑》，载《杭州师院学报》2006 年第 2 期。

台湾中国文化大学中国文学研究所 1985 年硕士研究生吕春明有毕业论文《〈异苑〉校证》，绪论作刘敬叔小传，论析《异苑》八种版本。正文为《异苑》一书的校证，以诸书引文与同一时期之其他志怪小说集参核比对，探讨各书间彼此沿袭、影响的现象，并对其中被删减、浓缩或传抄脱误之处校勘增补。文末辑录佚文八条，系从《续谈助》、《北堂书钞》、《太平御览》、《一切经音义》和《事物纪原》中辑出，其中有三条与范宁所辑重复。

《异苑》乃南朝志怪小说之卓异者，于后世文学多有惠泽。如清人全祖望曾受其中小说感发创作过《石镜舞山鸡赋（有序）》（收入其《鲒埼亭集外编》）。

此在《异苑》范宁校点本基础上辑佚如下：

1. 诸葛亮于汉中积石作八阵图。号令俨然，无鼓鼙甲兵之响，赎珠亮也。（清光绪十四年［1888 年］刊孔氏三十三万卷堂影钞本《北堂书钞》卷九六引《异苑》）②

2. 石勒末年谣曰：“一杯水，食者旨；石勒死，人不知；不信我语视盐池，三月忽变而生泥。”七月，而勒死，池还如先。（唐瞿昙悉达撰《唐

① 原作十七条，其中末二条出《太平广记》，记唐人事，范宁案语考订为伪。吕春明亦考订为伪，见其《〈异苑〉校证》第 349～353 页。

② 本条第一句，范宁校点本《异苑》所附录的佚文部分，自《艺文类聚》卷九六辑录，“积石”作“积刀”，查《四库》本《艺文类聚》未见征引；又见《四库》本《北堂书钞》卷九六、《御定渊鉴类函》卷一九七引《异苑》；宋王应麟撰《玉海》卷一四二、王应麟撰《通鉴地理通释》卷一一引作《殷芸小说》。“赎珠亮也”不可解。

开元占经》卷一一三引《异苑》)①

3. 护军府军铠甲铮铮有声，遭王敦之变。(唐瞿昙悉达撰《唐开元占经》卷一一四引《异苑》)

4. 田镇之夜，傍阶屟走，忽值流星入贯索，天狱也。旧传，若见此者，必致死兵，要应披头仰瞻，须星出，则无祸矣。镇惧，潜语其妇，散发屋上。兄宵起，见上有物，谓是怪鸟，引弓射之，应弦而坠，乃其弟也。(唐瞿昙悉達撰《唐开元占经》卷七三引《异苑》)

5. 虚耗鬼所至之处，令人损失财物，库藏空竭，名为耗鬼，其形不一，怪物也。(唐释慧琳撰《一切经音义》卷七五引《异苑》)②

6. 船神曰：孟公、孟姥，利涉之所虔奉，商贾之所崇仰也。荆州送迎，恒烹牛为祭。桓宣武始镇陕西，不依旧法，发至洌州平乘，中江而漂，梢桅莫制。咒请立止。(唐段公路撰《北户录》卷二龟图注引《异苑》)

7. 何颙妙有知人之鉴。初，同郡张仲景总角造颙，颙谓曰："君用思精密，而韵不能高，将为良医矣。"仲景果有奇术。(宋晁载之《续谈助》卷四)③

8. 武侯躬耕南阳，南阳是襄阳墟名，非南阳都也。(宋晁载之《续谈助》卷四)④

9. 糉，屈原姊所作。(宋高承撰《事物纪原》卷九引《异苑》)

10. 郹，邑名。出《异苑》。(宋陈彭年等撰《广韵》卷一)⑤

11. 苍天西北小阙，庖牺见之，恶，不悦，冶铸五色石合为一，乃以补之。(宋高似孙撰《纬略》卷八引《异苑》)

---

① 本条"七月"之前文字《太平御览》卷七六〇引作王隐《晋书》。

② 〔唐〕释慧琳：《一切经音义》，据〔唐〕释慧琳、〔辽〕释希麟撰《正续一切经音义》，上海古籍出版社1986年影印日本狮谷本。

③ 《续谈助》，《丛书集成初编》本，商务印书馆1939年版，版本下同。此条，《太平广记》卷二一八引作《小说》，今周楞伽辑注本《殷芸小说》卷三第七十七条收录。包括本条的以下四条，参考了台湾中国文化大学中国文学研究所1985年硕士研究生吕春明有毕业论文《〈异苑〉校证》所附佚文。

④ 宋王应麟撰《困学纪闻》卷十引本条作《殷芸小说》，周楞伽辑注本《殷芸小说》卷三第一一九条收录本条。

⑤ 唐释慧琳《一切经音义》卷八八："'亭湖'，《异苑》云'郹，邑名也。'《晋书·郭璞传》云：'郹，亦亭名也。'《郡国志》案：《图籍》云，豫章郡有郹亭湖，前《内典录》音义已解。"

12. 王纂者，海陵人，少习经方，尤精针石，远近知其盛名。（宋张杲撰《医说》卷一引刘颖叔《异苑》。又《医说》卷二引刘颖叔《异苑》："宋人王纂，海陵人，少习经方，尤精针石，远近知其盛名。宋元嘉中，县人张方女，日暮宿广陵庙门下，夜有物假作其壻来，女因被魅惑而病，纂为治之，始下一针，有獭从女被内走出，病因而愈。"据此，本条中"王纂者"四句实为范宁校点《异苑》卷八总第三百一十三条开头内容。）

13. 骆琼采药北山，月夜见紫衣童子歌曰："山涓涓兮树蒙蒙，明月愁兮雷夜空。烟茂密兮垂枯松。"遂于古松下得参一本，食之而寿。（宋陈景沂撰《全芳备祖后集》卷二九引《异苑》）①

14. 万亮为永康令严刻，人惮之，乃以桃木刻作亮身，烧柴煮汤，火炽，桃人自鼎跳出。（宋孙逢吉撰《职官分纪》卷四二引刘敬叔《异苑》、明陈耀文撰《天中记》卷三四、明董斯张撰《广博物志》卷一七引《异苑》）

15. 刘恢：一晋人，字真长；一字处静。（梁元帝撰、唐陆善经续、元叶森补《古今同姓名录》卷上引《异苑》）

16. 两头蛇，一名越王、约发，俗占：见之不祥。（明顾起元撰《说略》卷三〇引《异苑》）②

17. 石镜：时珍曰：[海]蛇，作宅二音。南人讹为海折，或作蜡鲊者，并非。刘恂云：闽人曰蛇，广人曰水母。《异苑》名"石镜"也。（明李时珍撰《本草纲目》卷四四）

《广博物志》所引《异苑》佚文达一百多条，大多出于今本《异苑》，又有诸书多引作他书者，此甚不可晓，姑辑录如下，加注解略作考订。

1. 一人数旦旦诣河边拜河水，如此十年。河侯河伯遂与相见，与其

---

① 清人《御定佩文斋广群芳谱》卷九三引作《卓异记》。《卓异记》一卷，旧本题唐李翱撰，《新唐书·艺文志》则作陈翱。范宁校点本《异苑》卷一收录此条后半部分，全文作："百丈山上有石房，内有石案，置石书二卷。"宋杨伯嵒撰《六帖补》卷一九引此条不注出处，作："骆琼采药北山，月夜见紫衣童子，歌曰：'山悄悄月朦朦明月秋兮，当夜空烟萝密兮乘枯松。'琼于古松下得紫参一本，如紫衣童子，食之而寿。"

② 此条又见晋郭璞注、唐陆德明音义、宋邢昺疏《尔雅注疏》卷六，唐段公路撰《北户录》卷一等引作《兼名苑》。

白璧十双，教授水行不溺法。（明董斯张撰《广博物志》卷六引《异苑》）①

2. 晋王敬伯仕东宫，为卫佐。休假还乡，过吴，维舟中渚。登亭望月，倚琴歌《泫露》之诗。俄闻户外有嗟赏声，见一女子入。曰："女郎悦君之琴，愿共抚之。"有顷，女郎至。资质婉丽，绰有余态。从以二少女，一则向先至者。女郎乃抚琴，挥弦调韵，哀雅类今之《登歌》，曰："古所谓《楚明君》也。惟嵇叔夜能为此声，自兹以来传习数人而已。"复鼓琴歌，《迟风》之词，因叹息久之。乃命大婢酌酒，小婢弹箜篌，作《宛转歌》。女郎脱头上金钗，扣琴弦而和之，意韵繁谐。歌凡八曲，敬伯惟忆二曲。将去，留绵卧具、绣香囊，并佩一双以遗敬伯。敬伯报以牙火笼、玉琴轸。既别，敬伯船至虎牢戍。吴令刘惠明者，有爱女，早世，舟中亡卧具，于敬伯船获焉。敬伯具以告，果于帐中得火笼、琴轸。女郎名妙容，字雅华。大婢曰春条，小婢曰桃枝，皆善音，相继卒。（明董斯张撰《广博物志》卷一五引《异苑》）②

3. 余姚人虞洪入山采茗，遇一道士，牵三青羊。引洪至天台瀑泉，曰："吾丹丘子也，闻君善具饮，常思见惠。山中有大茗，可以相给。祈子他日有瓯牺之余，不相遗也。"因立奠祀，后常与家人往山，获大茗焉。（明董斯张撰《广博物志》卷四一引《异苑》）③

4. 桂阳太守江夏张辽叔高去鄢令，家居，买田。田中有大树，十余围，扶疏盖数亩地。播不生谷，遣客伐之六七，血出。客惊怖归，具事白叔高，大怒："老树汁出，此何等血！"因自严行，复斫之，血大流洒。叔高使先斫其枝，上有一空处白头公，可长四五尺，忽出往赴叔高，高乃逆格之。凡杀四头，左右皆怖伏地，而叔高恬如也。徐熟视，非人非兽也。遂伐其木，其年应司空辟，侍御史，兖州刺史。以二千石之尊过乡里，荐祝祖考，白日绣衣，荣羡如此，其祸安居？《春秋》、《国语》曰："木石之怪，夔、魍魉"，物恶能害人乎？（明董斯张撰《广博物志》卷四二引《异苑》）④

5. 滕景真在广州七层寺，元徽中罢职归家。婢炊釜中忽有声如

---

① 按，此条又见陶弘景《真诰》卷一二、李石《续博物志》卷七。

② 按，此条郭茂倩辑《乐府诗集》卷六〇、《太平御览》卷五七九等引作《续齐谐记》，文字较详。

③ 按，此条《太平御览》卷四一、卷八六七，宋乐史撰《太平寰宇记》卷九八，元陶宗仪撰《说郛》卷九三上等引作《神异记》或者王浮《神异记》。

④ 按，此条又出汉应劭撰《风俗通义》卷九。

雷，米上芃芃隆起。滕就视，声转壮，甑上花生数十，渐长，似莲花，色赤，有光，似金；俄顷，萎灭。旬日，滕得病卒。（明董斯张撰《广博物志》卷四二引《异苑》）①

6. 薛安祖天热舍树下，有鸷鸟逐雉，雉急投之，遂触树而死。安祖取至阴地，徐徐护视。良久得苏，放去。后夜忽梦一丈夫，衣冠甚伟，着绣衣，曲领再拜。安祖问之，曰："感君前日见放，故来谢德。"（明董斯张撰《广博物志》卷四五引《异苑》）②

7. 吴县费升为九里亭吏，夜有女子来寄宿，升弹琵琶，女和歌云："精气感冥昧，所降若有缘。嗟我遘良契，寄欣宵梦间。（其一）成公从弦超，兰香降张硕。苟云冥分结，缠绵在今夕。（其二）伫我风云会，正俟今夕游。申心虽未久，中念已绸缪。（其三）"及明为群狗啮死，乃大狸也。（明董斯张撰《广博物志》卷四七引《异苑》）③

又有范宁校点本《异苑》已经收录，然文字出入较多者：

1. 后汉桓帝元嘉元年，任城民妇生儿，即自取食之。又谓姑曰："天使如此，我亦行死，尸僵者门间安，欶者失半，覆则尽灭。"言毕而匍匐，复产一儿而两头，五人杨难自王仇池，分国之应也。（唐瞿昙悉达撰《唐开元占经》卷一一三引《异苑》。范氏佚文已辑录，文字有出入。）

2. 谢晦家室各宅南路上有古井，以元嘉二年，汲者忽见二龙甚分明，行道住观者莫不嗟异，有人入井看，乃是砖隐起龙形，泉从边出，浇灌殊驶，后晦等皆伏法。淮南所谓"井见而贵臣拘"者也。（唐瞿昙悉达撰《唐开元占经》卷一二〇引《异苑》。本条已见范校本《异苑》卷一，文字有出入。）

3. 陈寔，字仲弓；荀淑，字季和。仲弓与诸子侄造季和父子讨论，于时德星聚。太史奏曰：五百里内有贤人聚。（唐李瀚撰，宋徐子光注《蒙求集注》卷上。本条已见卷四，文字多有出入。）

4.（天名精……曰鹿活草，曰刘草……）《异苑》云：宋元嘉中，青州

---

① 按，此条又出唐段成式撰《酉阳杂俎》卷一〇，《太平广记》卷三六一引作《酉阳杂俎》。又南宋无名氏撰《锦绣万花谷前集》卷二六、宋谢维新撰《古今合璧事类备要前集》卷六三、明彭大翼撰《山堂肆考》卷一五三引作《古今五行纪》。

②《山西通志》卷七四："（西魏）薛安祖，大统初（535年）安邑令。"胡文娣毕业论文云："此时已在刘敬叔死后数年。"（第112页）此条当伪。

③ 此条《太平御览》卷五七三引作《幽明录》。

刘射中一麞，既剖五藏，以此草塞之，蹶然而起，去之则仆，如此者三，是以知其治折伤，故其草得刘憺之名。（宋郑樵撰《通志》卷七五。[1] 本条已见卷三，文字有出入。）

5. 交州阮郎，晋永和中出都，至西浦泊舟，见一青衣女子，云杜兰香遣信，托好君子。郎愕然云："兰香已降张硕，何以敢尔？"女曰："伊命年不修，必遭凶厄。钦闻姿德，志相存益。"郎弯弓射之，即驰牛奔毂，轩游霄汉，后郎寻被害也。（宋乐史撰《太平寰宇记》卷八九引《异苑》。本条已见卷四，然文字甚简。）

6.（火井）当汉室之隆，则炎赫弥炽；暨威灵之际，火势渐微，诸葛一阚而更盛。故曰高焰飞煽于天，垂井有二水，取井火煮之，一斛水得五斗盐；家火煮之，利无几。（宋祝穆撰《方舆胜览》卷五六引《异苑》；按，卷四已经辑录，《艺文类聚》卷九、卷八〇，《初学记》卷七，《记纂渊海》卷六六等亦引作《异苑》，然文字出入甚大。）

又有误引或存疑者如下：

1. 宋张杲撰《医说》卷九引"刘颍叔《异苑》"四条当非佚文，其一云：

> 医之为术，苟非得于心，而恃书以为用者，未见能臻其妙。如术能动钟乳，按《乳石论》曰：服钟乳，当终身忌术。五石诸般用钟乳为主，复用术，理极相反，不知何谓。予以问老医，皆不能言其义。按《乳石论》云：石性虽温，而体本冷，重必待其相蒸薄，然后发。如此，则服石多者势自能相蒸，若要以药触之，其发必甚。五石散杂以众药，用石殊少，势不能蒸，须藉外物激之，乃发尔。如火少，必因风气所鼓，而后发火；盛则鼓之，反为害。此自然之理。故孙思邈云：五石散太猛毒，宁服野葛，不服五石。遇此方即须焚之，勿为含生之害。又曰：人不服石，庶事不佳。石在身中，万事休泰。唯不可服五石散。盖以五石散聚其所恶，激而用之，其发暴故也。古人处方，大体如此。非此书所能尽也。况方书仍多伪杂。如《神农本草》最为旧书，其间差殊尤多，医不可以不知也。

按宋江少虞撰《事实类苑》卷五一引此条出沈括《梦溪笔谈》。经查，此条实出《梦溪笔谈》卷一八。其二、其三云：

① 〔宋〕郑樵：《通志》，第 866 页，中华书局 1987 年影印万有文库十通本。

> 有人家女病肿，以榜召医，皆不识。马嗣明问病由，云："曾以手拔麦穗，即有一小赤物，长二尺许，似蛇，入其手指中。因惊倒，即觉手臂疼肿。月余，渐及半身，肢节俱肿痛，不可忍。"嗣明处方治之，皆愈。（宋张杲撰《医说》卷二引刘颖叔《异苑》）①
>
> 钱镠年老，一目失明。闻中朝国医胡某者善医，上言求之。晋祖遣医泛海而往。医视其目，曰："尚父可无疗，此当延寿五七岁（"寿五七岁"《名医类案》作"五七岁寿"）。若决瘼（《名医类案》作"膜"）去内瘴，即复旧（《名医类案》无"即复旧"三字），但虑损福耳。"镠曰："吾得不为一目鬼于地下足矣！愿医尽其术以疗之，当厚报。"医为治之复故，镠大喜，厚（《名医类案》作"且"）赂医金帛宝带五万缗，具舟送归京师。医至，镠卒，年八十一矣。（宋张杲撰《医说》卷四、明江瓘编《名医类案》卷七引刘颖叔《异苑》）

按，马嗣明，北齐人，《北史》卷九〇有传；钱镠，唐人。二人后于刘敬叔甚明。故二条非佚文。其四云：

> 孕妇欲产时，遇腹中痛，不肯伸舒行动，多是曲腰，眠卧忍痛。其儿在腹中，不能得转。故脚先出，谓之逆产。须臾不救，母子俱亡。但用乌蛇蜕一条，蝉蜕二七个，血余一个，以上三味，烧为灰，分为二服，温酒调下。并进二服，仰卧，霎时，其儿实时顺生。或用小绢针于小儿脚心，刺三七刺，急用盐少许涂刺处，实时顺生，子母俱活也。（宋张杲撰《医说》卷九引刘颖叔《异苑》）

此条文字与《异苑》不类，当非佚文。

2. 宋人高似孙《纬略》卷五引"《异苑》又《炙毂子》"云："啸十五章：一曰权舆，啸之始也；二曰流云；三曰深溪彪；四曰高柳蝉；五曰空林夜鬼；六曰巫峡猿；七曰下鸿鹄；八曰古木鸢；九曰龙吟；十曰动地；十一曰苏门，孙登隐苏门山所作也；十二曰刘公命鬼，仙人刘根所作也；十三曰阮氏逸韵，阮籍所作也；十四曰正章，深远极大，非常声也；十五曰毕音，五音之毕，而大道毕矣。"此段《太平御览》卷三九二引作《啸旨》，

① 宋张杲撰《医说》、明江瓘编《名医类案》引文出处，有时注作"刘颢叔《异苑》"、有时注作"刘颖叔《异苑》"，疑并是"刘敬叔《异苑》"之讹。

《啸旨》当是唐人作品，①故此条存疑。

3. 明欧大任撰《百越先贤志》卷四称据《后汉书》、《抱朴子》、《异苑》参修，涉及徐登事云：

> 徐登者，闽中人也。本女子，化为丈夫，善巫术。东阳赵炳能为越方，善禁呪。时兵乱，疾疫大起。二人遇于乌伤溪水之上，遂约共以其术疗病。各相谓曰："今既同志，且可各试所能。"登乃禁溪水，水为不流。炳禁树，树即生荑；禁人，人不能起；禁虎，虎伏；以大钉钉柱，入尺许，盛气吹之，钉跃出射去，如弩箭之发；以盆盛水，吹气作禁，鱼龙立见。二人相视而笑，共行其道焉。登年长炳，师事之。贵尚清俭，礼神，唯以东流水为酌，削桑皮为脯。但行禁架，所疗皆除。后登物故，炳东入章安。人为立祠于永康，曰赵侯祠。蚊蚋不入也。

此条乃欧大任据《后汉书·方术列传》、《搜神记》卷二等史料重编之文，即使出《异苑》，也并非《异苑》原貌。

二、祖冲之《述异记》

祖冲之《述异记》十卷。祖冲之(429—500年)，字文远，范阳蓟(今北京大兴)人，精通数学、天文历法、机械制造、音乐和文学。本传见《南齐书》卷五二与《南史》卷七二。著述甚富，史称"著《易》、《老》、《庄》义，释《论语》、《孝经》，注《九章》，造《缀述》数十篇。"②《隋书·经籍二》又著录其《缀术》六卷(两《唐志》作五卷)，《长水校尉祖冲之集》五十卷；《新唐书·艺文志》又著录《皇极历》一卷。诸书皆佚。

---

① 《啸旨》，《隋书》和《旧唐书》之《经籍志》不见著录。最早著录于《宋史·艺文志五》，云："玉川子《啸旨》一卷"，其前后皆为唐人作品。前人多云(或疑)其为唐人作品。唐封演撰《封氏闻见记》卷五云："永泰中大理寺评事孙广著《啸旨》一篇。"王士禛撰《池北偶谈》卷一三从其说。宋人曾慥《类说》卷二五"啸十五章"条作"孙康"著。清《御定佩文韵府》卷三四之二云："《经籍志》：《啸旨》一卷。案都穆云：《啸旨》，不著作者氏名，观其命辞，殆似出于唐人，而今不可考矣。"不知《御定佩文韵府》所云《经籍志》所指何出。《太平御览》卷三九二"啸"字下所引资料没有属于唐代的作品，所引书题《啸旨》也被放在《异苑》和晋代成公绥《啸赋》之间，因此，《啸旨》可能不是唐人所作，即使是唐人所作，其"啸十五章"的言论也不能排除引用前人的可能。今传《啸旨》收录于明人周履靖《夷门广牍》，题唐不著撰人，《丛书集成初编》辑入，其真伪有待斟酌。按，卢仝(约795—835年)，唐代诗人。自号玉川子，著有《茶谱》，《玉川子诗集》。

② 〔唐〕李延寿：《南史》，第1774页，北京，中华书局，1975。

祖冲之《述异记》,《隋书·经籍志二》杂传类、《旧唐书·经籍志》杂传类皆著录为十卷。《新唐书·艺文志》归入小说家类。王应麟《玉海》卷五七《梁述异记》条引《新唐书·艺文志》云:“祖冲之《述异记》十卷”,《本草纲目引据古今经史百家书目》中有《祖冲之述异记》。已佚失。鲁迅《古小说钩沉》辑有佚文九十则。郑学弢《〈列异传〉等五种》(文化艺术出版社 1988 年版)收祖冲之《述异记》九十一则,并作简要注释,较鲁辑本多出“堕雨儿”(见《太平广记》卷四八二)一条。李剑国《唐前志怪小说辑释》辑释祖冲之《述异记》“张氏少女”、“王瑶家鬼”、“崔基”、“比肩人”和“黄苗”等五条。宋人类书《太平广记》、《太平御览》等多有征引,因征引时有的条目不标作者姓名,易与任昉的《述异记》混淆。程毅中先生认为《古小说钩沉》所辑中“梦口穴”、“历阳湖”、“园客”、“封邵”、“朱休之”等条,重见于任昉《述异记》,是否属于祖冲之《述异记》,有待考辨。① 章宗源《隋书经籍志考证》卷一三述及祖冲之《述异记》四条后云:“任昉亦有《述异记》,故诸书所引其不著名祖冲之者不采入。”②此标准过于绝对,当进而顾及内容特点。王国良《魏晋南北朝志怪小说研究》下篇第二章第十五条考《述异记》称《太平广记》所引“竺法义”、“阮倪”、“刘朗之”三条为《古小说钩沉》漏收,是。今在鲁迅辑本基础上补辑五条:

1. 李通卒,有客往吊之。李通子方哭。便进上听事,忽通从阁中出,以纶巾系头。(陈俞本、文源阁四库全书本《北堂书钞》卷一二九皆引作《述异记》,孔氏三十三万卷堂影钞本《北堂书钞》卷一二九引作《续异记》。)

2. 晋兴宁中,沙门竺法义山居好善,住在始宁保山。后得病积时,攻治备至,而了不损,日就绵笃,遂不复自治,唯归诚观世音。如此数日,昼眠,梦见一道人,来候其病,因为治之,刳出肠胃,湔洗脏腑,见有结聚不净物甚多,洗濯毕,还纳之。语义曰:“汝病已除。”梦觉,众患豁然,寻得复常业。故其经云:“或现沙门梵志之象。”意者,义公梦其是乎?义以太元七年亡,宋尚书令傅亮撰其事迹。亮自云:其先君与义游,义每说其事,辄凛然增肃焉。(《太平广记》卷一一〇引《述异

① 参“百科在线全文检索网”《述异记》词条释文。

②《二十五史补编》第四册,第 5035 页,北京,中华书局,1956。

记》,《法苑珠林》卷一一四所引文字略同。)

3. 阮倪者,性特忍害。因醉出郭,见有放牛,直探牛舌本,割之以归,为炙食之。其后,倪生一子,无舌,人以为牛之报也。(《太平广记》卷一三一引《述异记》)

4. 梁安成王在镇,以罗含故宅借录事刘朗之。尝见丈夫,衣冠甚伟,敛衿而立,朗之惊问,忽然失之。未久,而朗之以罪见黜。时人谓君章有神。(《太平广记》卷三二六引《述异记》)

5. 宋罗玙妻费氏者,宁蜀人。父悦,宋宁州刺史。费少而敬信,诵《法华经》数年,勤至不倦。后忽得病苦,心痛守命。阖门遑惧,属纩待时。费氏心念:"我诵经勤苦,宜有善佑,庶不于此,遂致死也。"既而睡卧,食顷,如寐如梦。见佛于窗中授手,以摩其心,应时都愈。一堂男女婢仆,悉睹金光,亦闻香气。玙从妹,即琰外族曾祖尚书中兵朗费愔之夫人也。于时,省疾床前,亦具闻见。于是大兴信悟,虔戒至终,每以此瑞进化子侄焉。(《法苑珠林》卷一一四,《太平广记》卷一〇九文字略同)

宋本《太平御览》八一一引《述异记》云:

> 先儒说禹时天下雨金三日,《古诗》曰:"安得天雨金,使金贱如土。"周王时咸阳雨金。今咸阳有雨金原,秦二世元年,宫中雨金,既而化为石。汉惠帝二年,宫中雨黄金、黑锡。又翁仲孺家贫力作,居渭川,一旦天雨金十斛于其家,由是与王侯争富。今秦中有雨金翁,世世富。①

此条又见今本任昉《述异记》,宋朱胜非撰《绀珠集》卷九节引文字亦作任昉《述异记》;明陈耀文撰《天中记》卷五〇引作《拾遗记》;《太平广记》卷四〇〇节引文字作《神异经》。

《文渊阁四库全书》本《太平御览》卷九四八引《述异志》曰:"零陵施子然宿田畔,夜中见一人着黄练单衣袷,直造席,捧手与子然语。子然问其姓名,即答云:'仆姓卢名钩,家在壈溪边,临水。'后佣作人掘田塍西沟边,蚁蛭见大坎沟中,蝼蛄将近斗许,而有数头极壮,一个弥大。子然至是始悟,曰:'近日客卢钩,反音则蝼蛄也。家在壈溪,即西坎

① 按,此条前一条为"南康雩都县"条,鲁迅《古小说钩沉》于《述异记》第六条辑录;《事类赋》卷九仅录"翁仲孺"以后文字。

也。'悉灌以沸汤,自是遂绝。"此条宋本《太平御览》不明出处,《太平广记》卷四七三引作《续异记》,鲁迅《古小说钩沉》亦辑作《续异记》;此《述异志》不知是否为祖冲之、任昉《述异记》,录此备考。又《太平广记》卷三二一引《述异记》"贾雍"条,《太平御览》卷三六四、卷三七一并作《录异传》,鲁迅亦辑入《录异传》,当是。

吴陆玑撰、明毛晋广要《陆氏诗疏广要》卷下之下,明方以智撰《通雅》卷四五引祖冲之《述异记》云:"东土呼熊为子路。"误,此条据《艺文类聚》卷九五当出《异苑》,而据《太平御览》卷九〇八则出《续搜神记》。

按,鲁迅所辑原出处并非全部注明"祖冲之"《述异记》,而多仅注明"《述异记》",如从《太平御览》辑出的佚文除卷三七七"符健皇始四年"条、卷四四一"晋元兴末魏郡民陈氏女名琬"条和卷四七九"陈留周氏婢"条外,都没有注明"祖冲之"《述异记》。据《太平御览经史图书纲目》,其中只列了"任昉《述异记》",而不列"祖冲之《述异记》",则《太平御览》所引《述异记》原文如果没有注明"祖冲之"字样,恐怕一般当考虑是引自祖冲之还是任昉《述异记》。又祖冲之所记多杂记志怪,而任昉多博物志怪。鲁迅所辑《述异记》原文归属问题尚待考订。

三、任昉《述异记》

任昉《述异记》二卷,志怪小说集。梁任昉(460—508年),字彦升,乐安博昌(今山东省寿光县)人。历仕宋、齐、梁三朝。擅长表、奏、书、启等文章诸体,与沈约并号为"任笔沈诗"。《梁书》卷一五、《南史》卷五九有传,本传称有文集三十卷,已散佚,明人张溥等辑有《任彦升集》。又有《杂传》一百四十七卷,《地记》二百五十二卷,均散佚。又有《文章缘起》,旧题为任昉作。

任昉《述异记》唐以前不见著录。最早见于北宋王尧臣《崇文总目》小说类,《宋史·艺文志》著录二卷,唐人类书中不见征引"任昉述异记"字样,因此,学者多怀疑其真伪。《四库全书总目》该书提要怀疑非任昉所作,其论曰:"昉卒于梁武帝时,而下卷'地生毛'一条云:北齐武成河清年中,案河清元年壬午,当陈天嘉三年,周保定二年,后梁萧岿天保元年,距昉之卒久矣,昉安得而记之?其为后人依托盖无疑义。"然亦不能排除类似条目乃后人窜入的可能。《郡斋读书志》云:

“梁任昉撰。昉家藏书三万卷。天监中，采辑前代之事，纂《新述异》，皆时所未闻，将以资后来属文之用，亦博物之意。《唐志》以为祖同所作，误也。”①（按，“祖同”指祖冲之，乃晁公武避父讳）据此，是书乃继祖冲之《述异记》而作。《太平御览》引用十五条，宋人高似孙《剡录》卷八、施宿《会稽志》卷一一、郑樵《通志》卷一、吴曾《能改斋漫录》卷三等都有引录，至少说明此书在宋代比较通行。周中孚《郑堂读书记》卷六七认为：“原本久佚，今传诸本为后人裒合类书所引、增益以诸小说而成，乃真伪杂糅之书也。”②清人王谟、今人程毅中等猜测可能是后人“辑其（按，指任昉《杂传》）佚文为此书”③，朱一玄等《中国文言小说书目》亦以为《述异记》可能原在任昉《杂传》中，可备一说。

任昉《述异记》有宛委山堂《说郛》本、明末《合刻三志》本、明万历二十一年叶芳刻本（藏华南农学院图书馆）、明邢参抄本（有沈与文跋）、清张氏味经书屋影宋抄本④、南陵徐乃昌《随庵丛书》仿宋太庙前尹家刻本（据清人张之洞《书目问答》卷五）等。今传常见辑录本有《汉魏丛书》本、《广汉魏丛书》本、《唐宋丛书》本、《龙威秘书》本、《四库全书》本、《增订汉魏丛书》本、徐乃昌《随庵丛书》本、《百子全书》本、《说库》本、《丛书集成初编》本（据《汉魏丛书》本排印）、《丛书集成新编》本（台湾新文丰公司据《龙威秘书》本印行）和《诸子集成补编》本（四川人民出版社 1997 年版）等。又有：《稗海》本，其条目、文字与通行本略有不同；不分卷本，如《五朝小说大观》本，收九十六条；《古今说部丛书》（一）本，前录《说郛》所载“仅得十之三四”，后“据安义王轶群校本补录”，⑤末录王谟题跋。李剑国《唐前志怪小说辑释》辑释任昉《述异记》“鬼母”、“懒妇鱼”、“封使君”、“王质”、“黄鹤楼”和“宫人草”等六条。

王仁俊辑《玉函山房辑佚书补编三种·经籍佚文》从《广博物志》

---

① 〔宋〕晁公武撰、孙猛校证：《郡斋读书志》，第 546 页，上海，上海古籍出版社，1990。《四部丛刊》影印宋袁州刊本《昭德先生郡斋读书志》卷三下作：“梁任昉撰。昉家藏书三万，采前世异闻成书。”

② 周中孚：《郑堂读书记》，第 333 页，北京，中华书局，1993。

③ 程毅中：《古小说简目》，第 36 页，北京，中华书局，1981。

④ 以上四种参见《中国基本古籍库》，北京爱如生数字化技术研究中心开发制作，黄山书社出版发行。

⑤《古今说部丛书》，上海译文出版社 1991 年影印国学扶轮社 1915 年再版本。

辑录《述异记》佚文“夫差作天池”一条。关德栋有《〈述异记〉的佚文》，载上海《中央日报》1948 年 1 月 30 日第 7 版《俗文学》周刊第 52 期。关文在鲁迅《古小说钩沉》所辑九十则（按，鲁迅所辑实为祖冲之《述异记》）和《增订汉魏丛书》本基础上，从《太平御览》中补辑十八条，其中注明“任昉《述异记》”者九条：“光武兴洛阳斗粟万钱”（卷八四〇）、“海鱼千岁为剑鱼”（卷九四〇）、“桓冲为江州刺史”（卷九五五）、“梧桐园在吴”（卷九五六）、“吴中有陆家白莲种”（卷九五八）、“长沙定王故宫”（卷九七九）、“魏武帝陵中有泉”（卷九八一）、“魏世河内冬两枣”（卷九六五）、“越多橘柚园”（卷九六六），仅注明“《述异记》”者九条：“镜湖”（卷五二）、“当阳县南有龙川凤川”（卷五六）、“潍浚二水波文皆若五色”（卷五九）①、“汉、沔会流处”（卷五九）、“郭景纯注《尔雅》台”（卷一七八）、“中山有韩夫人愁思台”（卷一七八）、“牛之不角者”（卷八九九）、“羊而不角”（卷九〇二）、“江淮南人至北”（卷九六九）。

《永乐大典》卷一九八六六“异竹”条引“任昉《述异记》”云：“郭仲产宅，在江陵枇杷寺南。宋元嘉中，起斋屋，以竹为窗棂，遂生枝叶，长数尺，蔚然成林。及孝建中，被诛。”②此条不见今传任昉《述异记》，鲁迅据《太平御览》卷八八五、《太平广记》卷三六〇辑为祖冲之《述异记》，文字略异。不详《永乐大典》所据是否可信。

唐骆宾王撰、明颜文选注《骆丞集》卷二注引《述异记》云：“天河之东有美丽女人，乃天帝之子，机杼女工，年年劳役，织成云雾绡缣之衣，辛苦殊无欢悦，容貌不暇整理。天帝怜其独处，嫁与河西牵牛之夫婿。自后竟废织衽之功，贪欢不归，帝怒责归河东，但使一年一度与牵牛相会。”此条，《佩文韵府》卷二六牛字“牵牛”条下等引作《荆楚岁时记》，明陈耀文撰《天中记》卷二引作《小说》，文字略异：“天河之东有织女，天帝之子也。年年机杵劳役，织成云锦天衣，容貌不暇整理，天帝怜其独处，许嫁河西牵牛郎。嫁后遂废织纴，天帝怒焉，责令归河东，但使其一年一度相会。”③

---

① 此条宋潘自牧撰《记纂渊海》卷一引《述异记》云：“潍涣水，其波文皆五色，名文章水，又曰续水。”

② 《（海外新发现）永乐大典（十七卷）》，第 654 页，上海，上海辞书出版社，2003。

③ 〔明〕陈耀文：《天中记》，第 60 页，扬州，广陵书社，2007。

明人董斯张《广博物志》引录《述异记》原文甚多，其中一部分又多见郭宪《洞冥记》等书，唐宋时类书不见引作《述异记》，当是董斯张误引所致。今罗列如下备考：①

1. 临淄牛山下有女水，齐人谚曰："世治则女水流，世乱则女水竭。"慕容超时干涸弥载，及宋武北征，而激洪流渍。(《广博物志》卷六引《述异记》，又见南朝宋刘敬叔《异苑》卷四，《太平御览》卷五九、宋潘自牧撰《记纂渊海》卷一、明陈耀文撰《天中记》卷九引作《述征记》。)

2. 帝寝灵庄殿，召东方朔于青绮窗，不隔绨纨，重幙问朔曰："汉承庚运，火德，以何精瑞为祥?"应朔跪而对曰："臣尝过吴明之墟，是长安东，过扶桑七万里，有及云山，山顶有井，云起井中。若土德王，黄云出；火德王，赤云出；水德王，黑云出；金德王，白云出；木德王，青云出。此皆应瑞德也。"帝曰："善!"(明董斯张撰《广博物志》卷三引《述异记》。按，此条又见郭宪《洞冥记》卷二、明孙瑴编《古微书》卷一九。)

3. 郅支国贡马肝石百斤，常以水银养之，内玉柜中，金泥封其上，

---

① 〔明〕董斯张撰《广博物志》卷三"列御寇郑人御风"条、"夏禹时天雨金"条、"汉武帝时广阳县雨麦"条、"魏武帝末年邺中雨五色石"条，卷五"济阳山麻姑登仙处"条，卷六"洞庭湖中有钓洲"条、"镜湖本庆湖"条、"甜水去虞渊八十里"条、"阳泉在天余山"条、"澄永泉在沧洲"条、"吴故宫有香水溪"条，卷七"汉水西山有九井"条、"阖闾墓"条、"阖闾夫人墓"条、"广州东界有大夫文种之墓"条、"邺中铜驰乡"条、"古说淮南诸山石生谷"条、"捣衣山"条、"斗乡西津有玉女冈"条、"灌肥之间离别亭"条，卷一四"关中有金鱼神"条，卷一五"南海小虞山中有鬼母"条，卷三〇"崆峒山中有尧碑"条、"鲁班刻石为禹九州岛图"条，卷三六"帝舜都郭门"条、"夫差作天池"条、"阖闾构水精宫"条、"吴王夫差筑姑苏之台"条、"洛阳有芝茜园"条、"蓃园在定陵"条、"张骞苜蓿园"条、"梧桐园"条，卷三七"桂阳郡有银井"条、"南康樗都县西沿江有石室"条、"南康樗都县沿江西出去县三里"条、"凡珠有龙珠"条、"始皇至东海"条、"光武时南海献珊瑚妇人"条、"郁林郡有珊瑚市"条、"南海出鲛绡纱"条，卷三八"公主山在华山中"条，卷四〇"日南国有神药数千种"条，卷四一"巴东有真香茗"条、"仙药紫凤脑"条，卷四二"苔谓之泽葵"条、"悬肠草"条、"桂林有睡草"条、"顾渚山"条、"战国时诸侯苦秦之难"条，卷四三"邯郸有故宫基存焉"条、"番禺有酸柿甜梅李"条、"魏文帝安阳殿前天降朱李八枚"条、"越中有王氏之橘园"条、"匀漏县有白橘青椒缥杏"条、"越人多橘税"条、"汉章帝元年上虞县献二蒂瓜玉色橘"条、"东海畔孤竹生焉"条、"汉章帝三年子母笋生白虎殿前"条、"汉武帝时西方日支国有献活人草三茎"条、"招摇山又名鹊山"条、"黄金山有楠树"条、"聚窟州有返魂树"条，卷四四"天姥山南峰"条，卷四五"顾渚山有报春鸟"条，卷四六"周幽王时牛化为虎"条、"贞山在毘陵郡"条，卷四七"羊而不角呼蛟羊"条、"古人说羊一名胡髯郎"条，卷四八"庐陵有木客鸟"条、"周成王元年贝多国人献舞雀"条，卷四九"夏桀宫中有女子化为龙"条、"扬州有蚍市"条，卷五〇"陶唐之世越裳国献千岁神龟"条、"东北岩海畔有石龟"条、"螺亭在南康郡"条、"女曰予天汉中白水素女"条等，皆引作《述异记》，查其主要内容皆出任昉《述异记》，故《广博物志》所注出《述异记》而不见今本者，暂作任昉存疑佚文辑录。

国人长四尺，惟饵此石而已，半青半白，如今之马肝，舂碎以和九转之丹，服之弥年不饥渴也，以之拂发，白者皆黑。帝坐群臣于甘泉殿，有发白者以石拂之，应手皆黑，是时公卿语曰："不用作方伯，惟须马肝石。"此石酷烈，不和丹砂，不可近发。（明董斯张撰《广博物志》卷七引《述异记》，又见郭宪《洞冥记》卷二。）

4. 山中鬼常迷惑使失径者，以苇杖投之即死也。（明董斯张撰《广博物志》卷一五引《述异记》。此条实本《抱朴子内篇》卷一七。）

5. 寿灵坛高八丈，帝使董谒乘云霞之辇以升坛。至夜三更，闻野鸡鸣，忽如曙，西王母驾玄鸾，歌《春归乐》，谒乃闻王母歌声，而不见其形；歌声绕梁三匝乃止，坛傍草树枝叶或翻或动，歌之感也。四面列种软枣，条如青桂。风至，自拂阶上游尘。（明董斯张撰《广博物志》卷三三引《述异记》；《太平御览》卷五七二、明陈耀文撰《天中记》卷五一引作《洞冥记》。）

6. 吠勒国去长安九千里，在日南，人长七尺，被发至踵，乘犀象之车。乘象入海底取宝，宿于鲛人之舍，得泪珠，则蛟所泣之珠也，亦曰泣珠。（明董斯张撰《广博物志》卷三七引《述异记》；《太平御览》卷第九三〇引作郭子横《洞冥记》。）

7. 灵池中有转羽舫、凌龙舫、凌波舫。（《广博物志》卷四〇引《述异记》，此条又见郭宪《洞冥记》。）

8. 汉末时有一人，腹内痛，昼夜不眠，勅其子曰："吾气绝后，可剖视之。"死后，其子果剖之，得一铜枪。后华佗闻之，便往，出巾箱内药投之，枪即化为清酒。（明董斯张撰《广博物志》卷四一引《述异记》。《太平广记》卷二一六引作《志怪》。）

9. 太原晋阳以北生屏风草。（明董斯张撰《广博物志》卷四二引《述异记》；《太平御览》卷第九九四引作《博物志》。）

10. 有一女人爱悦于帝，名曰巨灵。帝傍有青珉唾壶，巨灵乍出入其中，或戏笑帝前。东方朔望见巨灵，乃目之，巨灵因而飞去，望见化成青雀。因其飞去，帝乃起青雀台，时见青雀来，不见巨灵也。（明董斯张撰《广博物志》卷三六引《述异记》。按，此条又见郭宪《洞冥记》卷四。）

11. 帝于望鹄台西起俯站台，台下穿池。广千尺。登台以眺月，影

入池中，使仙人乘舟弄月影，因名影娥池，亦曰眺蟾台。（明董斯张撰《广博物志》卷三六引《述异记》；明孔天胤《唐诗纪事》卷六引作《洞冥记》，实本佚名《三辅黄图》卷三。）

12. 影娥池中有游月船、触月船、鸿毛船、远见船，载数百人，或以青桂之枝为棹，或以木兰之心为楫，练实之竹为篙，纫石之脉为绳缆也。石脉出晡东国，细如丝，可縋万斤，生石里，破石而后得此。脉萦绪如麻纻也，名曰石麻，亦可为布也。（明董斯张撰《广博物志》卷四〇引《述异记》，又见郭宪《洞冥记》卷三。）

13. 影娥池北作鸣禽之苑，有生金树，破之，皮间有屑如金而色青，亦名青金树。（明董斯张撰《广博物志》四三引《述异记》，又见郭宪《洞冥记》卷三。）

14. 元光中，帝起灵寿坛，坛上列植垂龙之木，似青梧，高十丈。有朱露，色如丹，汁洒其叶，地皆成珠。其枝似龙之倒垂，亦曰珍枝树。（明董斯张撰《广博物志》卷四三引《述异记》，又见郭宪《洞冥记》卷一。）

15. 有鹊衔火于清溪之上，鹊化成龙。（明董斯张撰《广博物志》卷四五引《述异记》，又见郭宪《洞冥记》卷三。）

16. 大秦国贡花蹄牛，其色驳，高六尺，尾环绕其身，角端有肉，蹄如莲花，善走多力。帝使辇铜石，以起望仙宫，迹在石上，皆如花形；故阳关之外花牛津，时得异石，长十丈，高三丈，立于望仙宫，因名龙钟石。武帝末，此石自陷入地，惟尾出土上，今人谓龙尾墩也。（明董斯张撰《广博物志》卷四七引《述异记》，又见郭宪《洞冥记》卷二。）

17. 军行地无故生蟹者，宜移居，吉。（明董斯张撰《广博物志》五〇引《述异记》，《太平御览》卷九四二引作《广五行记》。）

18. 善苑国贡一蟹，长九尺，有百足，四螯，因名百足蟹。煮其壳，胜于黄胶，亦谓之螯胶，胜于凤喙之胶也。（明董斯张撰《广博物志》五〇引《述异记》，又见郭宪《洞冥记》卷三。）

四、《续齐谐记》

吴均《续齐谐记》一卷。吴均（469—520 年），事迹具《梁书》、《南史》本传。明董斯张撰《吴兴备志》卷二二著录吴均著述云：“《奉朝请吴均集》二十卷、《注后汉书》九十卷、《齐春秋》三十卷、《庙记》十卷、《十二洲记》十六卷、《吴郡钱塘先贤传》五卷、《续文说》五卷、《续齐谐记》二卷。”此处称《续齐谐记》“二卷”盖本于《文献通考》，又日本藤原佐世撰《日本国见在书目录》、宋王尧臣等撰《崇文总目》卷六称“《续齐谐记》三卷”，一并置此存疑。[①] 今人林家骊有《吴均集校注》，浙江古籍出版社2005年版。该书附录“《续齐谐记》辑佚”、“吴均事迹诗文系年”等参考资料。

吴均《续齐谐记》一卷，《隋书》卷三三、《旧唐书》卷四六、陈振孙《直斋书录解题》卷一一、《宋史》卷二〇六、《通志》卷六五、明高儒《百川书志》卷八（注云“凡十七事”[②]）等著录卷数相同，皆云吴均撰，《新唐书》卷五九作“吴筠”撰。《四库全书总目提要》辨正云：“案唐有道士吴筠，乃大历时人。是书《隋志》著录，杜公瞻《荆楚岁时记》注、欧阳询《艺文类聚》已先引其文，非筠明甚。《唐志》盖传写之讹。”甚是。后世刻本也有讹作“筠”者，如宋《遂初堂书目》小说类著录：“梁吴筠《续齐谐记》，筠，陶刻作‘均’。”[③]用“齐谐”以志怪，本庄子《逍遥游》语，《四库全书总目提要》云：“《隋书·经籍志·杂传类》：均书之前有宋散骑侍郎东阳无疑《齐谐记》七卷[④]，《唐志》小说家亦并载之，然则均书实续无疑。”

今传《续齐谐记》，殆非原本，乃“后人采摭他书所引以成书”[⑤]。今有《顾氏文房小说》本、《古今逸史》本、《增定古今逸史》本、明无名氏辑《虞初志》本、明冰华居士辑《合刻三志》本、《五朝小说》本、陶珽《说郛》（卷一一五下）本、《汉魏丛书》本、《广汉魏丛书》本、《秘书廿一种》本、

---

① 〔清〕周中孚《郑堂读书记》，中华书局1993年版，以为二、三之卷数乃“皆字之误也”（第329页），恐怕未必如此，不能排除流传中新版本之可能。

② 〔明〕高儒：《百川书志》湘潭叶氏观古堂1915年刻本；据林夕主编《中国著名藏书家书目汇刊》第一册，第371页，商务印书馆2005年影印本。

③ 〔宋〕尤袤：《遂初堂书目》，1935年排印锡山尤氏丛刊甲集本；据林夕主编《中国著名藏书家书目汇刊》第一册，第42页，商务印书馆2005年影印本。

④ 〔南朝宋〕东阳无疑《齐谐记》，清人马国翰《玉函山房辑佚书》子编小说家类和鲁迅《古小说钩沉》均辑有十五条。赵景深《中国小说丛考》据四库本《太平广记》卷二一〇、《古今图书集成》“神异典”卷四九三补辑“洛水白獭”、“徐秋夫”二条，此二条又见通行本《续齐谐记》；又鲁迅所辑第十二条“蚕神”亦见《续齐谐记》，只是记述较详。《齐谐记》与《续齐谐记》的关系颇有疑问，俟考。李剑国《唐前志怪小说史》有初步辨析。

⑤ 〔清〕周中孚：《郑堂读书记》，第329页，北京，中华书局，1993。

《四库全书》本、《增订汉魏丛书》本、《旧小说》本、《五朝小说大观》本、《丛书集成初编》本(据《古今逸史》本排印)、《丛书集成新编》附提要补正本(台湾新文丰公司据《古今逸史》本印行)、《诸子集成补编》本(四川人民出版社 1997 年版)、《汉魏六朝笔记小说大观》本(据《顾氏文房小说》本排印)等。诸本一般作十七条,又,宋曾慥编《类说》卷六录十四条,朱胜非编《绀珠集》卷一〇录八节。关德栋有《〈正续齐谐记〉的佚文》,载上海《大晚报》1948 年 2 月 9 日第 2 版《通俗文学》周刊第 66 期。王国良《〈续齐谐记〉校释》(载其《〈续齐谐记〉研究》,台湾:文史哲出版社 1987 年版)辑录二十二条,就十七条的普通本补遗"天台遇仙"、"王敬伯"、"五色石"、"伍子胥"和"万文娘"等五条;此本以明嘉靖顾元庆夷白斋刊本为主,篇题依明无名氏辑《虞初志》本。李剑国《唐前志怪小说辑释》辑释《续齐谐记》"金凤辖"、"紫荆树"、"杨宝"、"阳羡书生"、"成武丁"、"屈原"、"赵文韶"和"王敬伯"等八条。

今在《顾氏文房小说》本基础上辑佚如下:

1. 王敬伯("敬伯"原作"钦伯",实避宋太祖祖父赵敬之的讳,今据他处引文改。下文从王国良辑本,皆改作"敬伯")者,字子升,会稽[余姚]人也。少好学术,妙于缀文,性解音乐,尤善鼓琴;容色绝伦,声擅邦邑。少入仕,为东宫扶侍。赴役还都,行至吴通波亭,维舟中流。因升亭玩月凭闼,独怅然有怀,乃秉烛理琴而行歌曰:"低露下深幕,明月照孤琴。空弦兹宵泪,谁怜此夜心?"歌毕,便闻外有嗟叹之声。敬伯乃抗音而问:"叹者为谁?清音婉丽。深夜寂寥,无以相悦,既演其声,何隐其貌?"便闻帘外有环珮之声。俄见一女子,披帏而入,丽服香华,姿貌闲美,锵金微妙,雅有容则。曰:"女郎悦君之琴声,踟蹰楹户,颇有攀松之志;且闲于声论,善于五弦,欲前共抚,子可之乎?"敬伯乃释琴整服,殊有祇肃之容。答曰:"仆从役,暂休假托当,幸寄憩此亭。属风天爽丽,独月易流,孤宵难晓,深心无宁,聊以琴歌自欢,不谓谬留赏爱。向闻清婉之音,又袭芬芳之气,因魂肠双断,情思两飞。脱一接容光,并觞共轸,岂不事等朝闻,甘同夕死?"女默受而出,便闻帘外笑声。于是振玉曳绡,开轩徐入。笑逐盼流,芳随步举,容韵姿制,绰有余华。二少女从焉,一则向先至者。命施锦席于东床。敬伯乃就坐,良久,笑而不言。敬伯常以举动自高,又以机辩难匹,自女至后,卷骞缺然。女乃言曰："向玩子鸣琴，觉情高志远；及乎见也，意阻容惭。何期倏忽倾变，一至于此！冰霜之志，亦难与言。"答曰："以木讷之姿，瞻解环之辨；以如寄之状，值倾国之华，得不临对要期，当醉虑别也？女郎脱若优以容接，借以欢颜，使得宣怀抱，用写心曲，虽复为菌为蟪，亦谓与椿与鹄齐龄矣。"女推琴曰："向虽髣髴清声，未穷其听，更乞华手，再为一抚。"敬伯荐琴曰："仆此好自幼至长，无相闻受，泛滥何成？以明解临，弥深愧覥（"覥"，王国良辑本误作"缅"，今据《永乐琴书集成》校改）。愿请一弹，道其蔽懵。难事请申，固非望内。"女取琴而笑曰："诚不惜一弹，久废次第耳！"反覆视之，良久而挥弦，乃曰："此琴殊美，愧无其能，如何？"乃调之，其声哀雅，有类今之《登歌》。乃曰："子识此声否？"敬伯答曰："未曾闻。"女曰："所谓《楚明光》也，惟嵇叔夜能为此声。自兹以来，传数人而已。"敬伯曰："情欲受之。"女曰："此最楚媛，非艳俗所宜，惟岳栖谷隐，所以自娱耳。当为一弹，幸复听之。"女乃鼓琴且歌曰："凉风窈窕夜襟清，宵馆寂寞晓琴鸣；对佳人兮未极情，惜河汉兮将已倾。"歌毕，长叹数声，谓敬伯曰："过隙逝川，光阴易尽；对此良久，弥复哽然。安得游天之姿，一顿嫦娥之辔！"因掩泣久之，乃命婢曰："夜已久矣，不久当曙。还取少酒，与王郎共（"共"，原漏此字，据《永乐琴书集成》添加）饮。"敬伯亦收泪而言曰："鄙俗寒微，未审何因，得陈高虑。女郎贵氏，可得闻乎？"女曰："方事绸缪，何论氏族耶？君深意必当不患不知。"敬伯亦不敢更问。须臾，婢将绿榼、织成襻，并一银铛，杂果一盘。女命罗绾缳者酌酒相献。可至三更许，宾主咸有畅容，女命大婢酌酒，小婢取箜篌。俄顷而返，将箜篌至。女便弹之，命婢作《宛转歌》。婢甚羞，低回殊久，云："昨宵在雾气中眠，即日声不能畅。"女逼之，乃解衣，中出绶带，长二尺许，以挂箜篌，状如调脱。女脱金钗，扣琴弦和之，意韵繁谐，声制婉转。歌凡八曲，敬伯惟忆其二。曰："片月既以明，南轩琴又清；寸心斗酒争芳夜，千秋万岁同一情。歌宛转，宛转凄以哀。愿为星与汉，光影相徘徊。"[又曰]："且复共低昂，参差泪成行。红妆绣襦芳无艳，金钗玉轸为谁锵？歌宛转，宛转情复悲。愿为烟与雾，氛氲映芳姿。"歌毕，命取卧具，俄然自来。仍令撤角枕，同衾尽情密焉。天明即别，各怀缠绵。女留锦四端，卧具、绣腕（"腕"，《永乐琴书集成》作"婉"，《永乐大典》卷七三二八作"腕"。"绣腕囊"，

《太平御览》等又引作“绣臂囊”、“绣香囊”、“绣枕腕囊”等）囊，并佩各一双，与敬伯。敬伯以牙［火］笼、玉琴爪（《乐府诗集》卷六〇作“轸”）答之。携手出门庭，怅然不忍别，［女］谓敬伯云：“交疏吐诚至难。昔日倾盖如旧，顿验今晨。深闺不出户，十有六年矣。邂逅于逆旅之馆，而顿尽平生之志，所由冥运，非人事也。饮宴未穷，而别离便始，莫不悲惊白日，思绕行云。直以游溱涉洧之见亲，勿以桑间、濮上而相待也，歧阻之后，幸无见哂。一分此袖，终天永绝。欲寄相思，瞻云眺月耳。”言竟便去。敬伯呜咽而已。望回，欻然而灭。下船至虎牢戍。（“虎牢戍”，《永乐琴书集成》第 1538 页原作“虎戍”，此据第 1094 页引文校改）吴令刘惠明爱女未嫁，于县亡，惠明痛惜，有过于常。遂都部伍，自暹诸大船检搜，公私商旅，悉不得渡。云：“昨夜吴九里埭，且于女郎灵船中，先有锦四端及女郎常所卧具、绣腕囊并佩皆失。”遍搜诸船，并无所见；未（剑锋按，当作“末”）至敬伯船而获之，遂执敬伯。令见敬伯风貌闲华，乃无惧色，令亦窃异之。既而问敬伯，敬伯乃说女仪状，及从者容质，并陈所赠物。令便检之，于帐中得牙火笼、巾箱内奁中得玉琴爪（《乐府诗集》卷六〇作“轸”）以呈。乃恸哭曰：“真吾女婿也！”乃待以婿礼，甚厚加遗赠而别焉。同旅者咸为凄惋。敬伯乃访部伍人，云：“女郎年十六，［名妙容］，字稚（《乐府诗集》卷六〇作“雅”）华，去冬遇疾而逝。未亡之前，有婢名春条，年二十许；一婢名桃枝，［年十五。皆］能弹箜篌，又善《宛转歌》（“宛”，《永乐琴书集成》原作“婉”，且本条“宛转歌”之“宛”皆引作“婉”，今据他处引文并改作“宛”），不幸相继而死，并有姿容。昨所从者，即此婢也。”敬伯怅然，婉（“婉”，王国良辑作“惋”，《永乐琴书集成》原作“婉”）异不能已；兼叹不可再遇，丽色复难重睹，恍惚积旬，如有遗失；慊（“慊”，王国良辑作“怀”，误，《永乐琴书集成》原作“慊”）慕之志，寝寤莫逢，唯怅恨而已。

(《永乐琴书集成》卷一七)①

2. 汉明帝永平中,剡县有刘晨、阮肇入天台山采药,迷失道路,粮尽,望山头有桃,共取食之,如觉少健。下山,得涧水,饮之,并澡洗。望见蔓菁果从山后出,次有一杯流出,中有胡麻饭屑,二人相谓曰:去人不远。因过水,行一里;又度一山,出大溪。见二女,颜容绝妙,世未有。便唤刘、阮姓名,如有旧,喜问:"郎等来何晚?"因邀过家,留馆,服饰精华,东西各有床,帐帷设七宝璎珞,非世所有,左右悉青衣端正,都无男子。须臾,进胡麻饭、山羊脯,甚美。又设甘酒,有数十客将三五桃至,云来庆女婿。各出乐器,歌调作乐。日向暮,仙女各还去,刘、阮就所邀女家止宿,行夫妇之道。留十五日,求还。女曰:"来此皆是宿福所招,得与仙女交接,流俗何所乐?"遂住半年,天气和适,常如三二月。百鸟哀鸣悲思,求归甚切。女曰:"罪根未灭,使君子如此。"更唤诸仙女,共作歌吹,送刘、阮。从此山洞口去不远,至大道,随其言,得还家乡,并无相识。乡里怪异,乃验得七代子孙。传闻上祖入山不出,不知何在。既无亲属,栖泊无所,却欲还女家,寻山路,不获至。太康八年,失二人所在。(唐李瀚撰,宋徐子光注《蒙求集注》卷下注引《续齐谐记》)②

3. 齐颖寓山阴,夜见前宰妾万文娘。(陶宗仪《辍耕录》卷一四、明顾起元撰《说略》卷五引《续齐谐记》)

---

① 王国良《〈续齐谐记〉研究》下编《〈续齐谐记〉校释》据《永乐琴书集成》卷一七辑录;[]文字据伯二六三五号敦煌本《类林》残卷,《琱玉集》卷一二,《太平御览》卷七五七、卷七六一,《乐府诗集》卷六〇,《记纂渊海》卷一八、《永乐大典》卷七三二八、明陈耀文撰《天中记》卷四二等引文改。《永乐琴书集成》以外引文皆简略,如《太平御览》卷五七九引文作:"王彦伯,会稽余姚人也。善鼓琴,仕为东宫扶侍。赴告还都,行至吴邮亭,维舟中渚。秉烛理琴,见一女子披帏而进,二女从焉。先施锦席于东床,乃就坐,女取琴调之,似琴而声甚哀,雅有类今之《登歌》。女子曰:'子识此声否?'彦伯曰:'所未曾闻。'女曰:'此曲所谓《楚明光》者也,唯嵇叔夜能为此声,自此以外,传习数人而已。'彦伯欲受之,女曰:'此非艳俗所宜,唯岩栖、谷隐可以自娱耳。当更为子弹之,幸复听之。'乃鼓琴且歌,歌毕,止于东榻,迟明将别,各深怨慕。女取四端锦、卧具、绣臂囊一赠彦伯为别,彦伯以大笼并玉琴以答之而去。"宋陈旸撰《乐书》卷一三六引文作:"王彦伯善鼓琴,尝至吴邮亭,维舟中渚,秉烛理琴。见一女子坐于东床,取琴调之,似琴而非,其声甚哀,雅类今之《登歌》,乃《楚光明》曲也。唯嵇叔夜能为此声,自此以外,传习数人而已。彦伯盖所未闻,请欲受之,女更为弹之。迟明,女取锦绣等物赠别,彦伯以玉琴答之而去。"宋吴淑撰《事类赋注》卷一一引《续齐谐记》引作:"王彦伯尝至吴邮亭,维舟理琴,见一女子披帷而进。取琴调之,似琴而非,声甚哀。彦伯问何曲,答曰:'此曲所谓《楚明光》也,唯嵇叔夜能为此声,自此以外,传者数人而已。'彦伯欲请受,女曰:'此非艳俗所宜,唯岩栖、谷隐可以自娱尔。'鼓琴且歌,歌毕,止于东榻。迟明辞去。"

② 此条,《艺文类聚》卷七、《法苑珠林》卷四一、《太平御览》卷四并引作《幽明录》,文字小异。

4. 武昌小吏吴龛，渡水得五色石，夜化为女子，称是龛妇。至家，见妇翁被白罗袍，隐漆几，铜唾壶，状如天府，自称河泊。（《太平御览》卷七〇三。又见《永乐大典》卷二二五六。）①

5. ［伍子胥累谏吴王，赐属镂剑而死，临终，］戒其子曰："［悬吾首于南门，以观越兵来，以鲍鱼皮裹吾尸］，投于江中，［吾］当朝暮乘潮以观吴之败。"自是海门山潮头汹涌，高数百尺；越钱塘渔浦，方渐低小。朝暮再来，其声震怒，雷奔电激，闻百余里。时有见子胥乘素车白马，在潮头之中，因［立］庙以祠［焉］。（《〈续齐谐记〉研究》下编《〈续齐谐记〉校释》据《五百家注音辨昌黎先生文集》卷二引，［］文字据《太平广记》卷二九一引《钱塘志》补。）

6. 长乐宫：在府城，帝母所居。见《续齐谐记》。（清《河南通志》卷五二）②

五、《冤魂志》

颜之推《冤魂志》三卷。作者颜之推（531—591 年），字介，琅邪临沂人。梁时任散骑侍郎，梁亡入北朝，仕北齐、北周、隋。《北齐书》卷四五、《北史》卷八三《文苑传》有传。《冤魂志》三卷之外，《北齐书・颜之推传》云："（之推）有文三十卷、《家训》二十篇，并行于世。"并录其《观我生赋》一篇；据唐代颜真卿所撰《祭酒太子少保颜君庙碑》载，著有《（颜氏）家训》二十篇、《证俗音字》五卷、《文集》三十卷；又据《隋书・经籍志》载，尚有《训俗文字略》一卷、《集灵记》二十卷③、《七悟》一卷；《旧唐书・经籍志》载《急就章注》一卷；《新唐书・艺文志》载《笔墨法》一卷，《征应集》二卷、《稽圣赋》一卷；《宋史・艺文志》载《字始》三卷；《法苑珠林》卷一一九载其《承天达性论》、卷一〇〇著录《戒杀训》一卷；《遂初堂书目》小说类载其《八代谈薮》。以上作品除《冤魂志》、

---

① 按，此条《北堂书钞》卷一三七、《初学记》卷五、《太平御览》卷五二、《事类赋》卷七引作《幽明录》；《北堂书钞》卷七七引作《述异记》。参《〈续齐谐记〉研究》上编《今本〈续齐谐记〉出处对照表》，第 10 页，台北：文史哲出版社，1987。

② 按，此条不见他处引录。《后汉书》卷一〇下《窦皇后传》唐李贤注"长乐宫"云："灵帝母所居也。"（中华书局标点本，第 446 页）《河南通志》当为误引，仅录以备考。

③《旧唐书・经籍志》史部杂传类著录《集灵记》十卷，《旧唐书・艺文志》小说家类著录卷数相同。宋后书目不载。鲁迅《古小说钩沉》从《太平御览》卷七一八中辑录"王谐"一条。另《说郛》卷一一八收录无名氏《集灵记》一卷六条，除"王谐"条外，不见他书引作《集灵记》，皆为误收。

《颜氏家训》、《观我生赋》等外，大多散佚，逯钦立辑《北齐诗》辑录其佚诗五首，佚题诗句一句。

颜之推年谱有两种：1. 缪钺《颜之推年谱》，载其《读史存稿》（三联书店 1963 年版），又收入《缪钺全集》第一卷（上）（河北教育出版社 2004 年版）。2. 秦元《颜之推年谱》，山东大学 2004 届博士论文《论颜之推》附录一。《中国历代著名文学家评传续编》载有《颜之推传》（山东教育出版社 1988 年版），王利器《颜氏家训集解》（增订本，中华书局 1993 年版）附录《北齐书·颜之推传》并详加注解，刘文忠《论颜之推的生平著作与文学思想》（载其《中古文学与文论研究》，学苑出版社 2000 年版）、王枝忠《颜之推与〈冤魂志〉》（载《古典文学知识》1997 年第 3 期）等可资参阅。

《冤魂志》著录，《隋书·经籍志》杂传类、《旧唐书·经籍志》杂传类、《新唐书·艺文志》小说家类、《祭酒太子少保颜君庙碑》、宋本《册府元龟》卷五五六等并载为《冤魂志》三卷。宋代以后多称《还冤志》：如《太平广记》、《崇文总目》、《直斋书录解题》、《宋史·艺文志》、尤袤《遂初堂书目》、明祁承㸁《澹生堂藏书目》（清宋氏漫堂钞本）等皆称《还冤志》或《北齐还冤志》；四库全书所录《说郛》本、宛委山堂《说郛》本等也引作《还冤记》。因此，余嘉锡《四库提要辨证》卷一八云："之推原书本名《冤魂志》，其称《还冤志》或《北齐还冤志》者，皆宋以后人所妄改也。"①

姚振宗《隋书经籍志考证》认为《冤魂志》三卷之"三卷"包括《法苑珠林》卷一一九所载《承天达性论》（不著卷数）、卷一〇〇著录之《冤魂志》一卷和《戒杀训》一卷。② 马端临《文献通考》作《北齐还冤记》二卷，卷数不同。

《冤魂志》辑本有陶宗仪编《说郛》本、钟人杰等编《唐宋丛书》本、吴永编《续百川学海》本、陈继儒《宝颜堂秘笈》本、张金吾《诒经堂藏书》本、《四库全书》本、王谟《增订汉魏丛书》本、《五朝小说》本、《五朝小说大观》本、《丛书集成新编》本（收录《宝颜堂秘笈》本）、《诸子集成补编》本（四川人民出版社 1997 年版）等，皆作一卷三十余条。此外，

---

① 余嘉锡：《四库提要辨证》下册，第 970 页，昆明，云南人民出版社，2004。

② 可参《二十五史补编》，第 5284 页，北京，中华书局，1956。《影印宋碛砂本大藏经》本《法苑珠林》卷一〇〇《传记篇》杂记部作《冤魂志》一卷。

《法苑珠林》征引《冤魂志》四十二条、《太平广记》征引四十七条，[①]宋代陈仁子校订旧抄本《冤魂志》一卷三十七条，[②]《旧小说》收二十四条，《古今说部丛书》(二) 本辑录三十四条。又有值得重视者为法国巴黎图书馆藏敦煌写本《还冤记》(伯三一二六号)，关德栋有《敦煌本的还冤记》一文(载1948年上海《中央日报》之《俗文学》第七十七期第七版)可资参考，此本以《汉魏丛书》本和《五朝小说大观》本作校勘，辑十五条，所附《后记》五则论及《太平广记》卷一二九所引《冥报志》"晋王范妾"(即"孙元弼")条实为《还冤记》佚文等相关问题。今人重辑本主要有三种，1. 周发高辑本《还冤记》六十条，见其《颜之推〈还冤记〉考证》(上、中、下)，载台湾《大陆杂志》第二十二卷九期、十期、十一期，1961年。2. 王国良《〈冤魂志〉辑佚校释》六十五条，载其《颜之推〈冤魂志〉研究》，台北文史哲出版社1995年版；末五条全出四部丛刊影明本《法苑珠林》卷九二、卷九五所引《冥祥记》。3. 罗国威《〈冤魂志〉校注》，巴蜀书社2001年版。罗本辑佚，计得六十事，另辑录佚文六则；[③]并于每事下以诸本详作校勘，略作笺释，书末附录《罗国威〈四库全书〉本〈还冤志〉提要献疑》、《王重民〈敦煌遗书叙录·还冤记〉》等。

研究专著有王国良《颜之推〈冤魂志〉研究》，本书赞成李剑国"《冤魂志》成书年代在隋世，是晚年之作"的意见，又有所辨证，如认为因写作着眼点不同"实在无从推出《冤魂志》晚于《家训》的结论"等。[④] 本书还考察了《冤魂志》"卷本分合与流传状况"、详细考辨了六十五条佚文征引和相关资料情况，从现形为祟、直接报仇、简接报复和不明原因等四种报应方式探讨了其主题与内容，从史料价值、语料价值和对后世作品影响等三个方面探讨了其价值和影响。研究论文有《南北朝时期

---

① 据王国良《新辑〈冤魂志〉出处对照表》统计，载《颜之推〈冤魂志〉研究》，第11～14页，台北，文史哲出版社，1995。

② 王国良《颜之推〈冤魂志〉研究》云："清代陆心源皕宋楼曾经藏有一部旧抄本《冤魂志》，一卷，题'北齐黄门侍郎颜之推撰，宋茶陵陈仁子同校'。该书今存日本静嘉堂文库。根据日本小南一郎教授的介绍，它共收录卅七个故事，除了多出《杜伯》一篇，其余与明清通行一卷本《还冤志》(《还冤记》)完全相同。"(第8页)

③ 戴不凡《小说见闻录》(浙江人民出版社1980年版)辑录佚文"徐光"、"宋皇后"二则，罗本《冤魂志》已辑入正文。罗辑"庚申"(《太平广记》卷三八三)一则王国良未辑；六则佚文全出《颜氏家训·归心》篇，末则亦为《太平广记》卷一二〇引。

④《颜之推〈冤魂志〉研究》，第6页，台北，文史哲出版社，1995。《颜氏家训》作于隋朝开皇九年后。

三部小说(按,指《金楼子·志怪篇》、《器准图》和《冤魂志》)成书年代考证》(魏世民,《青海师专学报》2002 年第 4 期)、《论颜之推〈冤魂志〉——六朝志怪小说的性格》(小南一郎,《中国古代小说研究》第一辑,人民文学出版社 2005 年版)等。李剑国《唐前志怪小说辑释》辑释《冤魂志》"诸葛元崇"、"太乐伎"、"徐铁臼"、"孙元弼"、"张绚"、"弘氏"、"江陵士大夫"和"后周女子"等八条。

第三节　南北朝隋代其他志人小说

南北朝隋代志人小说,除《世说新语》外,有佚文流传者主要有南朝宋虞通之《妒记》、南朝宋刘义庆《小说》①、南朝梁谢绰《宋拾遗》、南朝梁孔思尚《宋齐语录》(新、旧《唐志》著录为十卷)②、南朝梁殷芸《殷芸小说》、南朝梁沈约《俗说》、南朝梁裴子野《类林》③、隋侯白《启颜录》、北齐阳松玠《解颐》、北齐阳松玠《谈薮》等④,不见佚文流传、可能为志人小说者有刘峻《世说抄》(《通志·艺文略》小说类著录一卷)、顾协《琐语》(《隋书·经籍志》小说类著录为一卷,《梁书》、《南史》顾协本传称十卷)、伏挺《迩说》(《隋书·经籍志》小说类著录为一卷,《梁书》、《南史》伏挺本传称十卷)、刘霁《释俗语》(《梁书》本传、两《唐志》著录

---

①《太平广记》引《刘氏小说》四条,分记孙权、陆逊、蔡洪、杜预事,其中前三条见卷一七三、后一条见卷四五六;蔡洪事又见引于宋人苏易简撰《文房四谱》卷一、谢维新撰《古今合璧事类备要前集》卷四四、朱胜非撰《绀珠集》卷七、叶廷珪撰《海录碎事》卷一九、不著撰人《锦绣万花谷前集》卷三一等。佚文皆晋及其以前事,故《刘氏小说》当即刘义庆《小说》(《旧唐书·经籍志》、《新唐书·艺文志》著录为十卷)。

②《太平御览》卷一二、五一三、五一九引录佚文四条。

③《新唐书·艺文志》著录为三卷,《雕玉集》引佚文七条,其内容并录历史名人逸事与怪异传闻,今暂归于此。

④《隋书·经籍志》著录《解颐》二卷,北齐阳松玠撰。然两《唐志》不载,宋后书目著录阳松玠所作小说为《谈薮》,不见《解颐》。唐宋类书如《艺文类聚》、《初学记》、《太平御览》和《事类赋注》等也不见引用《解颐》,只有《太平广记》卷三五、卷四一、卷一四九、卷三四四等引《会昌解颐录》,属另一书。侯忠义《关于〈解颐〉和〈谈薮〉》(《厦门教育学院学报》2004 年第 3 期)认为:《谈薮》的作者可定为"阳松玠",推测它是笑话集《解颐》的改编或增补本,记录了南北朝、隋朝八代文人名士、帝王将相的嘉言懿行。按,旧题宋人庞元英有同名小说《谈薮》记宋朝事,《说郛》、《古今说海》、《四库全书》等收录,《四库全书总目提要》辨证为伪作,余嘉锡《四库提要辨证》亦有辨证。

为八卷，佚）、魏澹《笑苑》（《隋书·经籍志》小说类著录为四卷，不录撰人；据《隋书·魏澹传》魏澹曾作《笑苑》）等。

下面依次介绍《妒记》、《宋拾遗》、《俗说》、《殷芸小说》和《启颜录》。

一、《妒记》

虞通之《妒记》。据《南史·丘巨源传》等，虞通之，会稽余姚人，少好学，善言《易》。宋时任领军长史、黄门郎。入齐，官至步兵校尉。《隋书·经籍志》别集类著录："宋黄门郎《虞通之集》十五卷，梁二十卷。"《隋书·经籍志》杂家类、《旧唐书·经籍志》杂家类、《新唐书·艺文志》杂家类著录《善谏》二卷，已佚。《旧唐书·经籍志》杂传类、《新唐书·艺文志》杂传记类著录《后妃记》四卷，佚。通之今存《赠傅昭诗》一首，逯钦立自《梁书》、《南史》之《傅昭传》等辑入《先秦汉魏晋南北朝诗·齐诗》卷五；又存《为江斆让尚公主表》、《明堂颂》二篇，严可均自《艺文类聚》一六、《初学记》一三辑入《全宋文》卷五五。

《宋书》卷四一《后妃传》云："宋世诸主，莫不严妒，太宗每疾之。湖熟令袁慆妻以妒忌赐死，使近臣虞通之撰《妒妇记》。"①事又载《南史》卷二三《王藻传》。《全梁文》卷六四录张缵《妒妇赋》（原见《艺文类聚》卷三五），亦见时风之一斑。《妒妇记》即《妒记》。《世说新语》之《轻诋》、《排调》篇刘孝标注已经引录。《隋书》卷三三《经籍志二》杂传类："《妒记》二卷，虞通之撰。"《新唐书·艺文志》史部杂传记类亦著录虞通之《妒记》二卷。《唐日本国见在书目》著录《妒记》二卷，"不著撰人"。② 宋王十朋撰《东坡诗集注》卷二五《寓居定惠院之东杂花满山有海棠一株土人不知贵也》"天涯流落俱可念"一句注引赵次公云："《妒记》云：'玉雪可念。'""玉雪可念"在《世说新语》和《艺文类聚》所引"王丞相曹夫人"条中作"端正可念"，两者相较，"玉雪可念"自然更能传神。如果不是赵次公误记，则《妒记》在北宋末尚有流传。《旧唐书·经籍志》、《宋史·艺文志》著录皆无《妒记》，明人胡应麟云此书明代已

① 〔南朝梁〕沈约：《宋书》，第1290页，北京，中华书局，1974。

② 〔清〕姚振宗：《隋书经籍志考证》卷二〇，见《二十五史补编》，第5367页，北京，中华书局，1956。

亡，“尝欲更补此书”。① 明陈第藏并撰《世善堂藏书目录》卷上著录云：“《妒记》一卷，宋云。”②若非另有他书，当是作者著录有误。明《澹生堂藏书目》史部下著录《妒记》十卷，二册，当已杂入其它内容。

《妒记》之后，续书不绝。1.《补妒记》八卷，题王绩编。宋陈振孙撰《直斋书录解题》卷一一云：“《补妒记》八卷：案《文献通考》作一卷，称京兆王绩编，不知何时人。古有宋虞之③《妒记》等，今不传，故补之。自商周而下，迄于五代，史传所有妒妇皆载之。末及神怪、杂说、文论等，最后有治妒二方，尤可笑也。”④《四库全书总目》该书存目提要云：“《补妒记》八卷，旧本题曰京兆王绩编，不著时代。案晁公武《读书志》载有此书一卷，谓不知何人所辑。陈振孙《书录解题》亦有此书，称王绩撰，因古有宋虞之《妒记》，今不传，故补之。其题名与此相合，当即振孙所见之本。其书自一卷至六卷纪商周迄五季妒妇之事；第七卷曰杂妒，谓淫乱而妒及事涉神怪者；第八卷曰总叙，乃杂说文章。自凉张续《妒妇赋》以下并阙。故振孙所称治妒二方，已无之。然振孙既云古《妒记》不传，而书中又有采自《妒记》者，不知何据？殆于类书剽取之。至第七卷内宋仁宗尚、杨二美人事，乃注云见《宋史》，则明人已有所附益，非复宋代原书矣。”⑤《补妒记》题目虽然曰“补”，但实际上是“自商周而下迄于五代史传”的“妒妇通史”，其中当有《妒记》内容。民国佚名辑《男女特效良方》收“治妇妒法三方”。2. 王方庆《续妒记》五卷，《新唐书·艺文志》、郑樵《通志》卷六五、《陕西通志》卷七四著录。3. 杨若曾《妒记》十卷，清人黄虞稷撰《千顷堂书目》卷一二、万斯同撰《明史》卷一三五《艺文志三》著录。4.《壶邮》。宋洪适撰《盘洲文集》卷三四《壶邮序》云：“昔虞通之作《妒记》二卷，王绩补之，事或疏逸，由唐至于今未能汇见也。间因学余，掎抉群编，旁罗耳目，所接得若干事，披为十五卷。以闺中之过，莫先于此，目之曰‘壶邮’，不直云《妒记》者，

① 〔明〕胡应麟：《少室山房笔丛》卷八《丹铅新录四》，第114页，北京，中华书局，1958。

② 〔明〕陈第藏并撰：《世善堂藏书目录》，长塘鲍氏乾隆十六年（1795年）刻本；据林夕主编《中国著名藏书家书目汇刊》第八册，第289页，商务印书馆2005年影印本。

③ “虞之”当为虞通之。徐小蛮、顾美华点校《直斋书录解题》，注云：“卢校本‘虞’下有‘通’字。”（第327页，上海古籍出版社，1987）

④ 徐小蛮、顾美华点校：《直斋书录解题》，第327页，上海，上海古籍出版社，1987。

⑤ 〔清〕永瑢等：《四库全书总目》，第1116页，北京，中华书局，1965。

微其文所以深贬之也。”5. 明魏昆阳《仓庚集》，有明何伟然编《广快书》五十种本、《丛书集成续编》第九十五册本；《仓庚集》小序云：“女无美恶，入宫见妒。妒忌之行，妇人邮（尤）甚。作《仓庚集》，为止妒也。《山海经》云：‘仓黄鸟，令人不妒。’黄鸟，即仓庚。”（《广快书》卷三四，明刻本）集末附《怕婆经》一篇，可称妙文。又胡应麟撰《少室山房笔丛·二酉缀遗（中）》云：“六朝宋虞（通）之有《妒记》一卷，至唐不传，而宋王綦（綦，四库本作“某”）补之，今所补者又不存矣。……近读《夷坚志》‘妒忌门’，一事绝奇，因录之于左方。”①不知此“王某”是否指“王绩”？胡氏所录亦妒妇事。清人陈元龙著《妒律》（收入《丛书集成续编》第二一二册、《香艳丛书》）对妒妇嫉妒之事一一比照刑事判罪，实是《妒记》之变体。

《妒记》影响又及戏曲诗文等。如《妒记》“王导妻曹夫人”条除见于《世说新语·轻诋篇》刘孝标注、《艺文类聚》卷三五外，亦见《太平广记》卷二七二妇人门“妒妇”类“王导妻”条，明末祁豸佳曾据本条铺衍成《玉麈记》传奇，已佚。② 明汪廷讷《狮吼记》传奇亦多采《妒记》事。明释湛然《妒妇记》传奇隐射“房玄龄事”③，明吴炳（石渠）有《疗妒羹》传奇④。南朝梁代张缵有《妒妇赋》，后代相续者有明代李濂《妒赋》、陈子龙《妒妇赋》等。清代小说曲艺多承余绪，最著名者可数《醒世姻缘传》；此外，范希哲《十醋记》（又名《满床笏》）、叶时章《胭脂虎》、蒲松龄《聊斋志异》小说《江城》和聊斋俚曲《禳妒咒》等颇有余韵。

《妒记》早已亡佚，明许自昌辑《捧腹编》（明万历刻本）卷四辑录“犹忆啖草不美”、“周姥当无此句”、“捉此自欲成衣”等三条。鲁迅《古小说钩沉》从《世说新语》刘孝标注、《艺文类聚》、《太平御览》、《白孔六

---

① 〔明〕胡应麟：《少室山房笔丛》，第 485 页，北京，中华书局，1958。

② 祁彪佳《远山堂明曲品》著录，并评云：“短犊辕、玉麈尾，风流佳话，不谓遗之至今，乃供止祥摹写！烟姿玉骨，隐跃词中；香色声光，细缊言外。”（〔明〕祁彪佳著，黄裳校录：《远山堂明曲品剧品校录》，第 11 页，上海出版公司，1955）朱一玄等《中国古代小说总目提要》误作“祁彪佳《玉麈记》”（第 36 页，人民文学出版社，2005）止祥，乃祁豸佳字。书目文献出版社 1991 年影印本《祁彪佳文集》（二）所收误将《远山堂明曲品》与《远山堂明剧品》题目名称倒置。

③ 〔明〕祁彪佳著，黄裳校录：《远山堂明曲品剧品校录》，第 113 页，上海，上海出版公司，1955。

④ 〔清〕高奕：《传奇品》卷下，《录鬼簿》（外四种），第 345 页，上海，上海古籍出版社，1978。有《古本戏曲丛刊》三集影印明崇祯本。

帖》、《事类赋注》、《白孔六帖》诸书中辑得七条。此增益佚文三则：

1. 谢邈茂度妻郑氏妒，怨怼与邈书，邈以书非妇人之辞，疑其门生仇玄达为之作，遂斥逐玄达。（《白孔六帖》卷一七、明陈耀文撰《天中记》卷一九）

2. 晋祖约妻无男，性妒，约亦不敢违忤。常夜寝于外，为人所伤，疑妻所为，求去职，不许。刘隗劾曰："约新荷殊宠，当敬以直内，而患为婢妾，身被刑（刑，《天中记》作"形"）戮，宜贬黜。"帝不罪。（《白孔六帖》卷一七、明陈耀文撰《天中记》卷一九）①

3. 冯衍妻任[氏]（据《奁史》卷四二所引《东观汉记》补）悍忌，惟一婢，发无钗泽，面无脂粉。（清王初桐撰《奁史》卷七四，清嘉庆刻本）②

《太平广记》卷二七〇"卢夫人"条云："卢夫人，房玄龄妻也。玄龄微时，病且死，嘱曰：'吾病革，君年少，不可寡居，善事后人。'卢泣，入帏中，剔一目示玄龄，明无他。会玄龄良愈，礼之终身。按：《妒妇记》亦有夫人，何贤于微时而妒于荣显邪？予于是而有感。"原注缺出处，"房玄龄妻"事实出《朝野佥载》，只是《朝野佥载》不见按语；按语所及"《妒妇记》亦有夫人"事今已佚失。明董斯张《广博物志》卷二四引"吴绛仙"事，云出《妒记》。吴绛仙乃隋代女子，见唐颜师古《隋遗录》，此条当出《妒记》之续书。

台湾地区学者林正三有《虞通之〈妒记〉研究》（载台湾《古典文学》第十四集，台湾学生书局 1997 年 5 月版）。山东大学 2009 届硕士研究生田喜梅毕业论文《虞通之〈妒记〉研究》可资参看。此文将妒妇分为惩罚型、疗妒型和机智型三种类型，并分别探讨了其对后世文学创作的影响，提出《妒记》"开创了古代小说中全面审丑的先河"，"写妒妇仍带着魏晋风度的遗韵，不似后代妒妇书写的惨无人道、面目可憎"，体现了"智慧兼深情"的根本特征；附录《魏晋妒妇资料表》涉及魏晋妒妇二十六人，可资推测《妒妇记》全貌。

---

① 在《白孔六帖》中，此辑二条紧随"桓温妻南郡主"条和"王丞相曹夫人"条之后，"桓温妻南郡主"条前面注明出自《妒记》，而"王丞相曹夫人"条及此辑二条皆未注明出处。在《天中记》中，此辑二条前后相邻，各条文末没有注明出处。而紧接此辑二条之后有"变羊"一条注明出自《妒记》。"变羊"条，《艺文类聚》卷三五引作《妒记》，鲁迅已辑。此辑二条为晋人事，疑并出《妒记》。

② 《奁史》卷一九、卷三八、卷八四所引《妒记》四条皆见鲁迅所辑。冯衍妻悍忌事，不见他书引作《妒记》，本事出《后汉书·冯衍传》注引冯衍《与妇弟任武达书》。

二、《宋拾遗》

《宋拾遗》十卷，谢绰撰。谢绰，生平事迹不详。《南史》卷一一《明恭王皇后传》云："明恭王皇后讳贞风……明帝即位，立为皇后……后兄扬州刺史景文以此事语从舅陈郡谢绰曰：'后在家为佇弱妇人，不知今段遂能刚正如此。'"①宋明帝即位在465年；据本传，王皇后卒于南朝齐"建元元年(479年)"。据此，谢绰宋末时已为成人，是扬州刺史王景文和宋明帝王皇后的从舅，属于陈郡谢氏家族，祖籍当为阳夏（今河南太康）。《隋书·经籍志》载："梁特进《沈约集》一百一卷，并录。梁又有《谢绰集》十一卷，亡。"《隋书》卷三三《经籍二》史部杂史类云："《宋拾遗》十卷，梁少府卿谢绰撰。"明梅鼎祚辑《释文纪》卷二四《廷尉卿谢绰答(法云书难范缜神灭论)》一文，此文作于天监六年(507年)②。故严可均辑录《全梁文》卷五九云："绰，陈郡阳夏人，天监初廷尉卿，终少府卿，有《宋拾遗》十卷，集十一卷。"③严氏所云实有所据。④

谢绰生卒年可据王景文、谢庄、颜师伯等人的生平作大致估计。

王景文少与谢庄(421—466年)齐名，《宋书》卷八五将二人合于一

① 〔唐〕李延寿：《南史》，第325页，北京，中华书局，1975。曹道衡、沈玉成《中古文学史料丛考》(中华书局2003年版)"谢绰《宋拾遗》条"认为此处引文中"谢绰"是"谢纬"之误，不当是《宋拾遗》的作者谢绰。参是书第639～640页。此说难成定论。

② 此文最早见录于梁释僧佑撰《弘明集》卷一〇，题作《答(法云与王公朝贵书)》。严可均《全梁文》从中辑录，题作《答释法云书难范缜神灭论》。明梅鼎祚辑《释文纪》卷二三于范缜《神灭论》下注云："梁武帝初，群僚未达，先以奏闻。有勅令僧正法云答之，以宣示臣下。云乃遍与朝士书论之，文采虽异而理义俱通。"知谢绰此文作于梁武帝天监初年。《释文纪》同卷又录"尚书令沈约答"文，按《梁书·沈约传》，沈约迁尚书令在天监五年(506年)。《释文纪》同卷又录"太子中庶陆杲答"文，按《梁书·陆杲传》："(陆杲)六年，迁秘书监，顷之为太子中庶子、光禄卿。八年，出为义兴太守。"《释文纪》同卷又录"光禄领太子右率范岫答"文，按《梁书·范岫传》云："(范岫)天监五年，迁散骑常侍、光禄大夫，侍皇太子，给扶。六年，领太子左卫率。七年，徙通直散骑常侍、右卫将军，中正如故。"(第392页，中华书局，1973)据本传，范岫没有做右卫率的记载，则"光禄领太子右率"应为"光禄领太子左率"。《释文纪》同卷又录"右仆射袁昂答"文，按《梁书·袁昂传》："(袁昂天监)六年，征为吏部尚书，累表陈让，徙为左民尚书，兼右仆射。七年，除国子祭酒，兼仆射如故，领豫州大中正。"(第455页，中华书局，1973)综合谢绰、沈约、陆杲、范岫、袁昂诸人回答释法云书信时所任官职情况，其答文作于天监六年(507年)无疑。即，天监六年，谢绰在任廷尉卿。

③ 〔清〕严可均辑录：《全上古三代秦汉三国六朝文》，第3299页，北京，中华书局，1958。

④ 朱一玄、宁稼雨、陈桂声编著《中国古代小说总目提要》(人民文学出版社2005年版)第45页著录《宋拾遗》引严可均此小传后云："未详所据。"

传。《梁书·谢朏(441—506年)传》:"……朏揽笔便就。琅邪王景文谓庄曰:'贤子足称神童,复为后来特达。'庄笑,因抚朏背曰:'真吾家千金。'"①《南史·蔡廓传》云:"王景文、谢庄等迁授失序,兴宗又欲改为美选。"②由此两条资料来看,王景文与谢庄似是同辈,且年纪相当。据《宋书·明帝纪》及《宋书·王景文传》,王景文卒于泰豫元年(472年),"死时年六十",因此,上推其生年为412年。谢绰是谢氏家族人,王景文从舅,辈份虽在王景文、谢庄之上,年龄则未必大于二人。天监六年(507年),谢绰任廷尉卿。之后又曾做过少府卿。因此,谢绰卒年当在507年之后,如果与王景文同龄,则卒时至少九十五岁,似不太可能,故其年龄当小于王景文。以谢绰与谢庄同龄计,谢绰生年当在421年左右。

《太平御览》卷三八二引谢绰《宋拾遗记》记述到"何尚之、颜延年少年好为嘲调"事(详下)。此条当是追述前辈逸事,谢绰不可能与颜延年(384—456年)同辈,倒是可能与颜延年长子颜峻的族兄颜师伯年辈相当。《宋书·颜师伯传》云:"(颜师伯)又迁尚书仆射,领丹阳尹。废帝欲亲朝政,发诏转师伯为左仆射,加散骑常侍,以吏部尚书王景文为右仆射。夺其京尹,又分台任,师伯至是始惧。寻与太宰江夏王义恭、柳元景同诛,时年四十七。"③据《宋书·前废帝纪》,颜师伯被诛于永光元年(465年)。由此上推,则颜师伯生于419年。颜师伯与王景文同殿称臣,官职相当,年龄相先后。谢绰的生年也基本可参照颜师伯生年而作大致估算。而这一估算与根据王景文、谢庄所作的推断大致吻合。

《宋拾遗》当为"专记刘宋人物逸事的志人小说",④唐刘知幾将之与葛洪《西京杂记》、顾协《琐语》等并称,归入史家逸事,其《史通》卷二〇《忤时》云:"休文所缺,谢绰裁其《拾遗》。"⑤卷一〇《杂述》云:"国史之任,记事记言,视听不该,必有遗逸,于是好奇之士补其所亡。若和

---

① 〔唐〕姚思廉:《梁书》,第261页,北京,中华书局,1973。

② 〔唐〕李延寿:《南史》,第767页,北京,中华书局,1975。

③ 〔南朝宋〕沈约:《宋书》,第1995页,北京,中华书局,1974。

④ 朱一玄、宁稼雨、陈桂声编著:《中国古代小说总目提要》,第45页,北京,人民文学出版社,2005。从现存佚文来看,也有超出南朝宋范围的条目。

⑤ 张振佩:《〈史通〉笺注》,第706页,贵阳,贵州人民出版社,1985。

峤《汲冢纪年》、葛洪《西京杂记》、顾协《琐语》、谢绰《拾遗》，此之谓逸事者也。”①《宋拾遗》本来有十卷，卷帙可谓繁富，所以刘知幾《史通》卷八《书事篇》云：“谢绰拾沈约之遗，斯又言满五车，事逾三箧者矣。夫记事之体，欲简而且详，疏而不漏，若烦则尽取，省则都捐，此乃忘折中之宜，失均平之理。惟夫博雅君子，知其利害者焉。”②由于刘知幾以严格的儒家史观要求审视它，故对谢绰《宋拾遗》颇有微词。

宋郑樵《通志》卷六五《艺文略第三》亦著录《宋拾遗》十卷，两《唐志》题为《宋拾遗录》，卷数相同。《宋史·艺文志》已不见著录。《旧唐书·职官志三》“左右千牛卫”官职下曾引其佚文云：“宋谢绰《拾遗》：有千牛刀，即人主防身刀也。”《初学记》、《太平御览》、《说郛》等皆有征引，宛委山堂本《说郛》卷五九、《古今说部丛书一集》辑录《宋拾遗录》一卷九条，清人黄奭编《汉学堂知足斋丛书·子史钩沉》辑录《晋谢绰拾遗录》一卷。③ 黄奭所辑共九条，皆不注明出处。④ 今辑录佚文十三条如下：

1. 荳腐之术，三代前后未闻此物，至汉淮南王安始传其术于世。（清陈元龙撰《格致镜原》卷二四引谢绰《拾遗》；⑤又见古今图书局民国间编印《古今笔记精华录》，岳麓书社 1997 年重版。）

2. 何尚之、颜延年少年好为嘲调，二人并短小。常谓颜公为猴，颜亦以何为猴。常共游戏西池，颜问路人云：“二人谁似猴？”路人指何曰：“彼似猴耳，君乃真猴（猴，原作“猕”，据《天中记》卷二一改）也！”（《太平御览》卷三八二引谢绰《宋拾遗记》。）⑥

3. 桓温葬姑孰（《太平御览》作“熟”）之青山，平坟，不为封域，于墓傍开隧，亡（《太平御览》作“立”）碑，故谬其处，令后代人（《太平御览》

---

① 张振佩：《〈史通〉笺注》，第 356 页，贵阳，贵州人民出版社，1985。

② 张振佩：《〈史通〉笺注》，第 314 页，贵阳，贵州人民出版社，1985。

③ 参孙启治、陈建华编《古佚书辑本目录》，第 159 页，北京，中华书局，1997。

④ 此据《汉学堂知足斋丛书》下册《子史钩沉》部分统计，书目文献出版社 1992 年版，第 1803 页。

⑤《格致镜原》，台湾商务印书馆影印《文渊阁四库全书》本。下面辑文出处如不特别注明，皆据此《文渊阁四库全书》影印本。

⑥〔宋〕李昉等：《太平御览》，中华书局 1960 年影宋本。版本下同。

无“人”)不知所在。(《初学记》卷一四引谢绰《宋拾遗录》;①《太平御览》卷五五六引谢绰《宋拾遗记》;元陶宗仪撰《说郛》卷五九下。)

4. 宋悫表曰(《说郛》无此四字):“臣昔贫贱,时尝疾病,家人为臣斋(斋,《太平御览》原字不清,又似“齐”),勤苦七日。臣昼寝,梦见一童子,青衣,持缣广数寸与臣。臣问之:‘用此何为?’答曰:‘西王母符也,(《说郛》多“汝”)可服之。’服符竟,便觉一二日病差。”(《太平御览》卷七三八引谢绰《宋拾遗记》;元陶宗仪撰《说郛》卷五九下。)

5. 有千牛刀,即人君防身刀也。齐尚书杨玉夫取千牛刀杀苍梧王是也。其义盖取《庄子》云:“庖丁(《通典》、《御定渊鉴类函》作“庖丁为文惠君”)解牛十九年,所割者数千牛,而刀刃若发于硎。”因以为备身刀名(《御定渊鉴类函》多“也”字)。(宋郑樵《通志》卷五五《职官略第五》、宋马端临撰《文献通考》卷五八《职官考十二》、唐杜佑纂《通典》卷二八《职官十》、清《御定渊鉴类函》卷一〇四引谢绰《宋拾遗》)②

6. 袁愍孙,世祖出为海陵守,梦日堕身上,寻而追还,典机密。(明陈耀文撰《天中记》卷一、清《御定渊鉴类函》卷二引谢绰《宋拾遗录》)

7. 太祖(《天中记》作“文帝”)尝召颜延之,传诏频,曰:“寻觅不值。”太祖(《天中记》作“文帝”)曰:“但酒店中求之,自当得也。”传诏依旨访觅,果见延之在酒肆,躶身挽歌,了不应对。他日酒醒,乃往。(《太平御览》卷五五二引谢绰《拾遗录》;明陈耀文撰《天中记》卷二九、清徐乾学撰《读礼通考》卷六五引谢绰《宋拾遗录》。)

8. 王华、王昙首、殷景仁、刘湛四人宴饮,从朝至夕,帝甚欢。华等(“等”字据《山堂肆考》卷五九、《御定渊鉴类函》补)既出,太祖目送之,叹曰:“此四贤,一时之秀。同管喉唇,恐后世难继矣。”(唐徐坚等撰《初学记》卷一二引谢绰《宋拾遗》;元陶宗仪撰《说郛》卷五九下引谢绰

---

① 〔唐〕徐坚等:《初学记》,北京,中华书局,2002。以下引用该书原文均据此版本。

② 唐张九龄等撰《唐六典》卷二五引谢绰《宋拾遗录》、宋孙逢吉撰《职官分纪》卷三五作:“有千牛刀,即人主防身刀也。后魏有千牛卫备身,本掌乘舆御刀,盖取《庄子》庖丁为文惠君解牛十九年,所割者数千牛,而刀刃若新发于硎故(《职官分纪》作‘石’)。言此刀可以备身,因以名官。”宋叶庭珪撰《海录碎事》卷一四引谢淖(应为“绰”)《宋拾遗》作:“有千牛刀,即人君防身刀也。其义取庖丁日解千牛,而刀刃若新发硎之义。”

《宋拾遗录》;清《御定渊鉴类函》卷八五引刘绰[当作“谢绰”]《宋拾遗》。)①

9. 张永开玄武湖,古(《北堂书钞》等无“古”)冢上得一铜斗,有柄。太祖访之朝士,何承天曰:“此是新威斗,王莽时(《北堂书钞》、《说郛》无“时”字)王公亡,皆赐之(《说郛》引作“皆赐之物”),一在冢内,一在冢外。”(《说郛》引录至此为止)于时(《北堂书钞》作“是”)江左唯有甄邯为大司徒。俄而,又得一斗,复有石书称“甄邯之墓”。(唐徐坚等撰《初学记》卷七,唐虞世南撰、明陈禹谟补注《北堂书钞》卷一五九②,清《御定渊鉴类函》卷三二,并引谢绰《宋拾遗》;元陶宗仪撰《说郛》卷五九下引谢绰《宋拾遗录》。)

10. 戴明宝历朝宠幸,家累千金,大儿骄淫,为五色珠帘,明宝不能禁。(元陶宗仪撰《说郛》卷五九下引谢绰《宋拾遗录》;明陈耀文撰《天中记》卷四八引谢绰《宋拾遗》。)

11. 初,檀道济伐匈奴,大众未集,而为虏所围数重。是时,道济兵力甚寡,军中大惧。道济令士卒悉解甲勿动,既而道济白服,乘舆徐出,向围以长策,为虏所惮(惮,光绪十四年刊《北堂书钞》作“掸”)。虏相与谋曰:“檀公今居死地(今居死地,光绪十四年刊《北堂书钞》作“令死居地”),即白服在军,犹不惧此。伏兵诱我也(光绪十四年刊《北堂书钞》无“也”)。”遂不敢战。(唐虞世南撰、明陈禹谟补注《北堂书钞》卷一一六,清《御定渊鉴类函》卷二一〇引《宋拾遗》。)

12. 琅琊王悦,少厉清操,亮有风检。为吏部郎。邻省有会同者,遗悦饼一瓯,辞竟不受。曰:“所费诚复小小,然少来不欲当人之惠。”(《初学记》卷二六引谢绰《宋拾遗记》;清《御定渊鉴类函》卷三八九引谢焯〈当作“绰”〉《宋拾遗记》。)

13. 江夏王义(《广博物志》等作“乂”)恭,性爱古物,常遍就朝(《因话录》多“士”字)求之。侍中何勖已有所送,而王征索不已。何意不平,常出行于道中(《因话录》无“中”字),见(《因话录》作“遇”字)狗枷、

---

① 〔明〕彭大翼撰《山堂肆考》卷五九引“南宋谢绰《拾遗记》”作:“王华、王昙首、殷景仁、刘湛四人,俱为侍中,风力局干,冠冕一时。尝侍宴饮,从朝至夕,帝甚欢。华等既出,太祖目送之,叹曰:‘此四贤,一时之秀。同管喉唇,恐后世难继矣。’”

② 清光绪十四年(1888 年)刊孔氏三十三万卷堂影钞本《北堂书钞》卷一五九缺失。

败犊鼻，乃命左右取之。还，以箱擎（《广博物志》作“檠”）送之，笺云：“承复须古物，今奉李斯狗枷，相如犊鼻。”（明陈耀文撰《天中记》卷二六谢绰《宋拾遗录》；唐赵璘撰《因话录》卷四引谢绰《宗（当作“宋”）拾遗录》；明董斯张撰《广博物志》卷一六引《宋拾遗》①。）

又有元陶宗仪撰《说郛》误辑条目如下：②

1.《说郛》卷五九下引谢绰《宋拾遗录》云：“苏秦、张仪二人，假食于路，剥树皮为囊以盛天下良书。”按此条，《太平御览》卷四六四引作王子年《拾遗录》、卷七〇四引作《拾遗录》，是。此条又见齐治平校注本《拾遗记》第104页。

2.《说郛》卷五九下引谢绰《宋拾遗录》云：“董偃常卧延清之室，画石为床，石文如画，体甚轻，出郅支国，上设紫瑠璃帐，火齐屏风。”按，此条见齐治平校注本《拾遗记》第121页。

3.《说郛》卷五九下、清《御定骈字类编》卷一三〇引谢绰《宋拾遗录》：“沐胥国人左耳中出青龙，右耳中出白虎。龙虎初出之时，如绳缘颊。手捋面而龙虎皆飞，去地十余丈，而云气绕龙，风来吹虎。俄而，以手指挥，其龙虎皆还入耳。”按，此条乃改写齐治平校注本《拾遗记》第94页一条内容。

4.《说郛》卷五九下引谢绰《宋拾遗录》云：“帝解鸣鸿刀赐东方朔。朔曰：‘此刀，黄帝时采首阳之金，铸为此刀。雄者独在，雌者已飞。’”此条述东方朔事，与《宋拾遗》不类。

三、《俗说》

沈约《俗说》。沈约（441—513年），字休文，吴兴武康（今浙江德清）人，历仕南朝宋、齐、梁三朝，卒谥隐侯，有《沈隐侯集》。事迹具《宋书》、《梁书》、《南史》本传。今人陈庆元撰有《沈约集校笺》（浙江古籍出版社1995年版），该书前言概要介绍沈约生平及其文学成就、版本流传等情况，附录《沈约事迹诗文系年》等材料。

《隋书》卷三四《经籍志三》杂家类著录云：“《俗说》三卷，沈约撰；梁五卷。”知沈约《俗说》成书时当是五卷，至唐尚存三卷。北齐颜之推

---

① 〔明〕董斯张：《广博物志》，岳麓书社1991年影印明万历四十五年（1617年）高晖堂刻本。

② 按，以下误辑条目得硕士研究生杨寿苹提醒。

《颜氏家训·书证》云："《通俗文》，世间题云'河南服虔字子慎造'。虔既是汉人，其《叙》乃引苏林、张揖；苏、张皆是魏人。且郑玄以前，全不解反语，《通俗》反音，甚会近俗。阮孝绪又云'李虔所造'。河北此书，家藏一本，遂无作李虔者。《晋中经簿》及《七志》，并无其目，竟不得知谁制。然其文义允惬，实是高才。殷仲堪《常用字训》，亦引服虔《俗说》，今复无此书，未知即是《通俗文》，为当有异？近代或更有服虔乎？不能明也。"①按，服虔乃汉代人，其所作《俗说》，颜之推已经不能确定，难以读到，故怀疑可能是指《通俗文》。因此服虔《俗说》与沈约《俗说》实属不同的两种书。《隋书·经籍志三》小说家类又著录云："《世说》十卷，刘孝标注。梁有《俗说》一卷，亡。"此"梁有《俗说》一卷"与沈约《俗说》，似非一人所作；宋尤袤《遂初堂书目》小说类遂称："刘孝标《俗说》"②，不分卷次。因此，程毅中《古小说简目》将此不分卷《俗说》单列，并承袭马国翰辑本《俗说》之说，以为刘孝标（刘峻）所作；后朱一玄、宁稼雨、陈桂声编著《中国古代小说总目提要》亦称"刘峻《俗说》"。宋乐史撰《太平寰宇记》卷九六则直接称："刘义庆《俗说》云：'顾长康从会稽还，人问山川之美，顾云：千岩竞秀，万壑争流，草木蒙笼于（"于"，文渊阁四库全书本作"坛"）上，若云兴霞蔚。'"③如果不是乐史误把《世说》说成《俗说》，那么，他是以为"《俗说》一卷"的作者是刘义庆，这种推论的思路与认为作者是刘孝标是一致的。此"《俗说》一卷"实不能确定为刘孝标作，也不能认为是刘义庆作：《隋书·经籍志》著录书目下的注文中如果提到另一种书，一般注明撰注者，如："《鬼谷子》三卷，皇甫谧注。鬼谷子，周世隐于鬼谷。梁有《补阙子》十卷，《湘东鸿烈》十卷，并元帝撰。亡。"又如："《杂记》十一卷，张华撰。梁有《子林》二十卷，孟仪撰。亡。"④"《俗说》一卷"既然没有注明撰者和注者，而且前面的《世说》也没有标明撰者，那么就不能遽定为刘孝标撰。像著录"《俗说》一卷"这样的注解方法，在《隋书·经籍志》中并非仅有，又如："后汉野王令《刘梁集》三卷，梁二卷，录一卷；又有《郑玄集》

---

① 〔北齐〕颜之推：《颜氏家训》，《四部丛刊》影印明本。

② 〔宋〕尤袤：《遂初堂书目》，1935 年排印锡山尤氏丛刊甲集本；据林夕主编《中国著名藏书家书目汇刊》第一册，第 42 页，商务印书馆 2005 年影印本。

③ 〔宋〕乐史：《太平寰宇记》，第 1932 页，北京，中华书局，2007。

④ 〔唐〕魏徵等：《隋书》，第 1005 页、第 1007 页，北京，中华书局，1973。

二卷，录一卷，亡。……晋金紫光禄大夫《何桢集》一卷，梁五卷；又有《袁准集》二卷，录一卷，亡。”①我们不能因此推论《郑玄集》是“刘梁”所撰、《袁准集》是“何桢”所撰。因此，“《俗说》一卷”到底是谁所撰，内容写的是什么，是否小说，它与现存《俗说》的关系如何，这些问题在没有新证据以前都难以定论。②

《俗说》之义当是“流俗之说”，其语源当本于《风俗通义》等所云“俗说”一词。后世受其影响者，如近人罗振玉有《俗说》一卷，名虽仿于沈约旧书，然内容为“方言里语载古籍”者，特取“俗说”之一偏；③与沈约专记名士异闻不同。

沈约《俗说》，到宋代卷次有变化。郑樵《通志》卷六三《艺文略》云：“《俗说》三卷，沈约。”④而《宋史》卷二〇六《艺文志》云：“沈约《俗说》一卷。”清人马国翰《玉函山房辑佚书》本子编小说家类辑录五十条，鲁迅《古小说钩沉》本辑录了五十二条。马国翰辑本中有二条为鲁迅辑本所无，即第二条（“王乔舄”）和第九条（“王文英枕”），⑤而鲁迅辑本有三条为马国翰辑本所无，即第十六条（“李势女”）、第三十七条（“工高丽”）和第三十九条（“羊元保儿”）。⑥马国翰辑本第二十九条（“王僧敬”），鲁迅辑本析为第二十四、二十五两条。今在鲁迅辑本之外补辑五条如下：

1. 诸葛亮与军师长史参军掾属教曰：“任重才轻，固多阙漏，前参

---

① 〔唐〕魏徵等：《隋书》，第1058页、第1061页，北京，中华书局，1973。

② 一般认为“现存《俗说》为沈约所写”（叶枫宇《〈俗说〉作者考辨及与〈世说新语〉之比较》，载《文史哲》1997年第1期），也有学者提出质疑，认为鲁迅所辑“有些条目的归属还应存疑”（赵伟《鲁迅辑佚〈俗说〉辨疑》，《鲁迅研究月刊》2010年第4期）。

③ 罗振玉：《雪堂类稿·甲·笔记汇刊》，第546页，辽宁教育出版社，2003。清何琇撰《樵香小记》卷上云：“初读马缟《中华古今注》称：俗说：七月七日乌鹊为桥，渡织女。以为缟述流俗之说耳。后读《隋书·经籍志》杂家有沈约《俗说》三卷，乃知‘俗说’为书名。乌鹊桥事为约所记也。”从今传《俗说》条目多记名人逸事来看，关于七月七日乌鹊为桥的传说还是归于“流俗之说”为当。

④ 〔宋〕郑樵：《通志》，第762页，中华书局1987年影印《万有文库》十通本。

⑤ 本条：马国翰所据明陈禹谟补注本《北堂书钞》卷一三四实际引作《语林》，清光绪十四年（1888年）刊孔氏三十三万卷堂影钞本《北堂书钞》引此条作《洞林》，故马氏误辑；《太平御览》卷七〇七、《说郛》卷引作《（易）洞林》，《说郛》卷一〇七下引作唐陆勲《志怪录》。

⑥ 此统计据马国翰《玉函山房辑佚书》（三），第3790～3795页，上海，上海古籍出版社，1990。侯忠义主编《中国历代小说辞典》第一卷，第126页，云南人民出版社1986年版，统计为五十二条，言与鲁迅辑本“有四条互异”。

军董幼宰每言辄尽，数有谏言，虽资性鄙薄，不能悉纳。幼宰参署七年，事有不至，至于十反，来相启告，苟有忠于国，亮可少过矣。”（宋孙逢吉撰《职官分纪》卷三三引《俗说》）①

2. 管宁家贫，久雪，阴霾不开，谓友人曰：“吾恐冻断三足乌脚，宁不足忧。”（明董斯张撰《广博物志》卷三引《俗说》）

3. 郑子产善事母，奉命聘晋，道中心痛，遣人还家，起居问母。母曰：“吾忽身体不调，忆想汝耳，更无他也。”（明董斯张撰《广博物志》卷一八引《俗说》）②

4. 王灵之年十三丧父，二十年盐醋不入口。被病在床，忽有一人来问病，谓之曰：“餐橘当差。”俄而不见。庭中橘树，隆冬乃有三实，食之，病寻愈，以为至孝所感。（明董斯张撰《广博物志》卷四三引《俗说》）③

5. 孝明帝时，尚书郎河东王乔迁为邺令。乔有精神，每月朔常诣台朝，明帝怪其来数，而无车骑，密令太子史候望之。言临至时常有双凫从东南飞来，因伏伺，见凫举网，但得一双舄耳。使尚方识视，四年中所赐尚书郎属履也。（唐虞世南撰、明陈禹谟补注《北堂书钞》卷七八引《俗说》）④

上辑诸条皆难定论为《俗说》佚文，仅备考。一则现存《俗说》内容多晋、宋事，而上辑有汉末及以前事；二则皆不见唐时类书明确引作《俗说》。

《四部丛刊初编》本唐段成式《酉阳杂俎》续集卷四引“俗说”：“沙门杯渡入，武帝招之，方奕棋呼“杀”，阍者误听，杀之。”本条下文紧接“浮休子”之言与唐张鹭《朝野佥载》卷二“磕头师”条类同；为同一异事的详细记述，然未明出处。沈约长于武帝二十多岁，此事当非出《俗说》。

---

① 本条事本《三国志·蜀书·董和传》所引诸葛亮《与群下教》。不见他处引作《俗说》。

② 本条《太平御览》卷四一一引作《世说》，为今本《世说》佚文。

③ 本条《艺文类聚》卷八六、《太平御览》卷四一一引作宋躬《孝子传》。

④《太平御览》卷五〇引此条作：“《风俗通》曰：俗说：孝明帝时……”清光绪十四年（1888年）刊孔氏三十三万卷堂影钞本《北堂书钞》引此条作《风俗通》，并辨正云：“陈本‘叶’改‘邺’，‘守吏’句改‘太子史候望之’，皆误也；又改《风俗通》为《俗说》，玉函山房辑本遂沿其误。”按，今人王利器校注本《风俗通义·正失第二》（中华书局 1981 年版）关于王乔一段文字开头本有“俗说”二字。此光绪刊本《北堂书钞》虽以《风俗通》为是，然无法证明陈禹谟补注本《北堂书钞》“俗说”为陈禹谟妄加，亦无法证明沈约《俗说》不曾抄录《风俗通义》“俗说”，故录以备考。

《渊鉴类函》卷一七“元正三”引“俗说”一条，释元日饮屠苏酒之俗，当源于唐宋人征引的《通俗文》等典籍（可参唐韩鄂《岁华纪丽》卷一“元日”，宋黄希、黄鹤注《补注杜诗》卷一一《槐叶冷淘》诗注），非出于沈约《俗说》。

四、殷芸《小说》

殷芸《小说》，又通称《殷芸小说》。殷芸（471—529 年）生平资料主要见于《梁书》卷四一《殷芸传》，全文如下：

> 殷芸，字灌蔬，陈郡长平人。性倜傥，不拘细行。然不妄交游，门无杂客。励精勤学，博洽群书。幼而庐江何宪见之，深相叹赏。永明中，①为宜都王行参军。天监初，为西中郎主簿、后军临川王记室。七年，迁通直散骑侍郎，兼中书通事舍人。十年，除通直散骑侍郎，兼尚书左丞，又兼中书舍人，迁国子博士、昭明太子侍读、西中郎豫章王长史，领丹阳尹丞，累迁通直散骑常侍、秘书监、司徒左长史。普通六年，直东宫学士省。大通三年卒，时年五十九。②

《南史》卷六〇《殷钧传》后附有《殷芸传》，文字极简略，全文如下：

> 钧宗人芸。芸字灌蔬，倜傥不拘细行，然不妄交游，门无杂客。励精勤学，博洽群书。幼而庐江何宪见之，深相叹赏。天监中，位秘书监、司徒左长史。后直东宫学士省，卒。③

本传之外，《梁书·裴子野传》、《任昉传》，《南史·到溉传》，萧统《与殷芸书》（又题作《与殷芸令》），《广弘明集》卷三等还有一些关于殷芸的零星记载，可见其交游等情况。殷芸为梁代重要作家，与当时文士任昉、刘孝绰、刘苞、刘孺、张率、刘显、到溉、到洽等多有交游，《初学记》卷一五引其《咏舞诗》：“斜身含远意，顿足有余情；方知难再得，所以遂倾城。”④《颜氏家训·文章第九》引殷澐诗云：“飖飏云母舟。”⑤明蒋一

---

① 曹道衡、沈玉成：《中古文学史料丛考》（中华书局 2003 年版）认为“永明中”当为“永明末”，见是书第 567 页。

② 〔唐〕姚思廉：《梁书》，第 596 页，北京，中华书局，1973。

③ 〔唐〕李延寿：《南史》，第 1489 页，北京，中华书局，1975。

④ 〔唐〕徐坚等：《初学记》，第 383 页，北京，中华书局，2004。

⑤《诸子集成》第八册，第 21 页，上海书店 1986 年影印世界书局本。

葵《尧山堂外纪》卷一五“简文帝纲”条、清吴景旭《历代诗话》卷五七“子耶”条引作殷芸诗，云：“飘扬云母舟”（按，此句逯钦立《梁诗》漏辑）。《梁书·任昉传》录其《与建安太守到溉书》十六字。

《郡斋读书志》卷三下著录唐刘悚《小说》十卷，宋赵希弁编《郡斋读书后志》卷二“小说家”类《殷芸小说》下题云：“予家本题曰刘悚，李淑以为非。”（《四部丛刊》本）宋陈振孙撰《直斋书录解题》卷一一题云：“宋殷芸撰，《邯郸书目》云：或题刘悚，非也。今此书首题秦、汉、魏、晋、宋诸帝，注云齐殷芸撰，非刘悚明矣。故其序事止宋初，盖于诸史传记中钞集。”①元人马端临《文献通考》卷二一五赞同陈振孙之说。据周楞伽辑本，值得注意的是《殷芸小说》所记不止于宋，而止于齐，有“齐宜都王”条。殷芸“永明中，为宜都王行参军”，故其“所记是他亲身经历的见闻”。②

《殷芸小说》，《隋书·经籍志》小说家著录为十卷，云：“梁武帝敕安右长史殷芸撰。梁目三十卷。”③故《北户录》卷三等又称《梁武小说》，宋代因避太祖父弘殷讳，改称《商芸小说》。据姚振宗《隋书经籍志考证》卷三三：“此殆是梁武帝作通史时，事凡此不经之说为通史所不取者，皆令殷芸别集为小说，是此小说因通史而作，犹通史之外乘也。”④《旧唐书·经籍志》、《新唐书·艺文志》、《宋史·艺文志》、宋王尧臣等《崇文总目》、宋晁公武《郡斋读书志》等均著录为十卷。尤袤《遂初堂书目》小说类著录，不注卷数，且云当时“潘刻、盛刻”曾误题作《殷芸小记》。⑤ 据《梁书·武帝纪》、《梁书·豫章王综传》，天监十三年(514)豫章王萧综迁安右将军，十五年迁西中郎将，兼护军将军。《隋

① 〔宋〕陈振孙著，徐小蛮、顾美华点校：《直斋书录解题》，第316页，上海，上海古籍出版社，1987。

② 周楞伽辑《殷芸小说·前言》，第12页，上海古籍出版社，1984。余嘉锡认为《殷芸小说》“叙事终于宋，不得有齐事，此所引当是唐刘悚小说”，见《余嘉锡文史论集》所录《殷芸小说辑证》附录“齐宜都王”条案语；第306页，长沙，岳麓书社，1997。

③ 〔唐〕魏徵等：《隋书》，第1011页，北京，中华书局，1973。余嘉锡《殷芸小说辑证》考证云：殷芸为安右长史当在天监十三年豫章王迁安右将军之时。参《余嘉锡文史论集》，第263页，长沙，岳麓书社，1997。

④ 《二十五史补编》第4册，第5537页，北京，中华书局，1956。

⑤ 〔宋〕尤袤：《遂初堂书目》，1935年排印锡山尤氏丛刊甲集本；据林夕主编《中国著名藏书家书目汇刊》第一册，第42页，商务印书馆2005年影印本。

书·经籍志》既云"梁武帝敕安右长史殷芸撰",则《殷芸小说》之成书当在天监十三年至十五年间。

晁载之《续谈助》抄录《殷芸小说》七十四条,晁氏跋云:"其书载自秦汉迄东晋江左人物,虽与诸史时有异同,然皆细事,史官所宜略。又多取刘义庆《世说》、《语林》、《志怪》等已详事,故抄之特略。"①宋《绀珠集》录二十二条,《类说》录四十四条;元《说郛》录二十四条。明以后少见引用和著录,仅明晁瑮藏并撰《晁氏宝文堂书目》著录《殷芸小说》,不注卷数;明祁承爜藏并撰《澹生堂藏书目》著录:"一册,二卷。抄本。《四十家小说》本"②;《述古堂书目》著录一卷(参钱谦益《虞山钱遵王藏书目录汇编》,古典文学出版社 1958 年版)。明清以后丛书如明《五朝小说·唐人百家小说》纪载家本、明《敬修堂丛书》一卷本、民国初《古今说部丛书》一集本等所收,皆为辑录本,条目甚少。清人杜文澜辑《古谣谚》(有周绍良点校、中华书局 1953 年据《曼陀罗华阁丛书》排印本)卷五七收《殷芸小说逸文》一则,系从《太平广记》辑录;清王仁俊辑《玉函山房辑佚书补编三种·经籍佚文》收录《小说佚文》一卷,③实仅一则,即杜文澜辑《古谣谚》从《太平广记》所辑录"厄井"条。

鲁迅据《太平广记》、《说郛》、《三齐要略》、《绀珠集》、《西京杂记》、《幽明录》、《海录碎事》、《续谈助》、《困学纪闻》、《世说》、《语林》、《太平御览》、《优古堂诗话》、《观林诗话》、《续释常谈》、《铁围山丛谈》、《文选注》等群书所引,辑为一卷一百三十五条,收在《古小说钩沉》中。鲁迅辑录是在 1910 年左右。

1942 年,余嘉锡命女儿余淑宜以《太平广记》、《绀珠集》、《续谈助》、《类说》、《说郛》等五书所引为本,引书多达二十六种,辑录《殷芸小说》一百五十四条。值得一提的是,据余嘉锡《殷芸小说辑证·序言》(见《余嘉锡论学杂著》,中华书局 1963 版,又见《余嘉锡文史论

① 〔宋〕晁载之:《续谈助》,第 87 页,商务印书馆 1939 年版《丛书集成初编》本。余嘉锡统计为七十三条(见其辑本序言),殆是将"简文在殿上行"条与"简文集诸谈士"条合为一条;朱一玄等《中国古代小说总目提要》统计为七十一条,殆是未计晁载之跋语中所及二条。

② 〔明〕祁承爜藏并撰:《澹生堂藏书目》,会稽徐氏铸学斋光绪十八年(1892 年)刻本;据林夕主编《中国著名藏书家书目汇刊》第八册,第 277 页,商务印书馆 2005 年影印本。

③《殷芸小说》明清以后辑本情况,可参孙启治、陈建华编《古佚书辑本目录》,第 255 页,中华书局,1997。

集》，岳麓书社1997年版）所讲，余嘉锡当年并没有见到鲁迅辑本，鲁迅辑本于1938年出版《鲁迅全集》时，方才面世。时值国难，余嘉锡没能参考到鲁迅辑本，事出有因。对于二书辑佚之得失，周楞伽辑注的《殷芸小说·前言》（上海古籍出版社1984年版）略有评述。

唐兰有《辑殷芸小说并跋》辑本，见《周叔弢先生六十生日纪念论文集》（香港：龙门书店1950年版），不常见。该本分十卷计一百五十一条，末跋指出鲁迅辑本讹误等情况，又云："《太平广记》所引刘氏《小说》者，实即《殷芸小说》，由刘义庆《小说》而误题者也。宋人所见题刘悚《小说》十卷者，亦实是《殷芸小说》，更由刘氏而题改为刘悚者也。……故今定刘氏《小说》四条，确即《殷芸小说》，非刘悚《小说》。"（第228～229页）所论有见地，值得深究。

周楞伽辑注的《殷芸小说》（为《中国古典小说研究资料丛书》之一），辑录一百六十三条，并逐一加按语说明出处，对不同引书所引之原文的优劣等情况简要辨析；按语之后又加"注释·校勘"。后出转精，周氏辑本为现存最完备的辑注本，方便初学，嘉惠学人。附录三种：一、《梁书·殷芸传》。二、历代著录。三、引用书目和参考书目。本书分十卷，依据姚振宗、余嘉锡意见，依次列：秦汉魏晋宋诸帝一卷，周六国前汉人一卷，后汉人二卷，魏世人一卷，吴蜀人一卷，晋江左人三卷，宋齐人一卷。周氏此本第三十九、四十二、四十五、四十六、四十七、一百三十二条为余嘉锡本所无，余本卷一"简文在殿上行"一条被分为第二十五、二十六两条，卷三"李元礼谡谡如劲松下风"一条被分为第七十、七十一条，而余本附录中的第二、三条周本未采，余嘉锡已辨明此二条非出《殷芸小说》。又黄东阳《"骑鹤上扬州"非殷芸〈小说〉佚文辨正》（《文献》2007年第4期）认为第一百三十二条"骑鹤上扬州"为误辑，其说可信。

今补周楞伽辑注《殷芸小说》佚文十八条如下：

1. ［诸葛亮］于汉中积石作八阵图。（宋王应麟撰《玉海》卷一四二、王应麟撰《通鉴地理通释》卷一一引《殷芸小説》）

2. 汉武帝曾得蛟，作鲊甚美。又，周处亦曾杀蛟。（宋彭乘撰《墨

客挥犀》卷三引《小说》)①

3. 昔诸葛武侯之征孟获也,人曰:蛮地多邪术,须祷于神,假阴兵一以助之。然蛮俗必杀人,以其首祭之,神则向之,为出兵也。武侯不从,因杂用羊、豕之肉以包之,以面象人头,以祠神,亦向焉,而为出兵。后人由此为馒头。至晋卢谌祭法,春祠用馒头,始列于祭祀之品,而束皙《饼赋》亦有其说,则馒头疑自武侯始也。(宋高承撰《事物纪原》卷九引《小说》)②

4. 司马徽与人语,莫问好恶,皆言好。有乡人问徽:"安否?"答曰:"好。"有人自陈子死,曰:"大好。"妻责之曰:"人以君有德,故相告。何忽闻人子死便言好?"徽曰:"卿言亦大好。"(宋潘自牧撰《记纂渊海》卷四三引《殷芸小说》)

5. 诸葛亮才智精锐,内外敏捷,万人敌也。(宋郭知达编《九家集注杜诗》卷一二引《殷芸小说》)

6. 汉帝及侯王送死,皆用珠襦玉匣。(宋叶廷珪撰《海录碎事》卷二一引《商芸小说》、宋曾慥《类说》卷四九引《殷芸小说》)③

7. 马融历二郡两县,政务无为,事从其约。在武都七年,南郡四年,未尝按论刑杀一人。性好音乐,善鼓琴吹笛,每气出,蜻蛚相和。(《太平广记》卷二〇三引《商芸小说》)

8. 萼绿华升平元年降羊权家,致火澣布、手巾(原作"命",据《太平广记》卷五七所引《真诰》改)、金玉跳脱各一。《真诰》:文宗谓宰臣曰:金条脱为臂饰,即今钏也。(元阴劲弦《韵府群玉》卷一八《商芸尔说》,按,当作《商芸小说》。清朱鹤龄撰《李义山诗集注》卷二下引《殷芸小说》云:"金条脱为臂饰,即今钏也。")

9. 沈约母拜建昌太夫人时,帝使散骑侍郎就家读策,受印绶,自仆射以下数百人就门拜贺,宋、梁以来,命妇未有其荣。(明徐应秋撰

---

① 周楞伽辑注《殷芸小说》卷六"元凤二年"条作汉昭帝得蛟作鲊,周处事又见《世说新语·自新篇》。此条不见他书征引,仅备考。

② 明宋诩撰《竹屿山房杂部》卷二"馒头"条注引作"稗官小说",《御定佩文韵府》卷一八之一"面包"条下、《说郛》卷三一上引作《诚斋杂记》。并据《文渊阁四库全书》影印本。

③ 元刘履编《风雅翼》卷四引作《西京杂记》,今本《西京杂记》卷一有"汉帝送死皆珠襦玉匣"(《汉魏丛书》本)一条,疑为《殷芸小说》所本。又,此条据台湾"商务印书馆"影印《文渊阁四库全书》本《海录碎事》,李之亮校点《海录碎事》,中华书局2002年版,"'汉帝'作'汉文帝'"。

《玉芝堂谈荟》卷二引《小说》)①

10. 燕以日出为旦，日(《韵府群玉》无“日”)入为夕，蝙蝠以日入为旦，日(《韵府群玉》无“日”)出为夕。争之不决，诉于凤凰，(以上二句《月令辑要》作“争之凤凰”)半路一禽谓燕曰，不须往凤凰，在假训狐权摄(《韵府群玉》无“摄”)。(元阴劲弦、阴复春编《韵府群玉》卷一五引《小说》、《御定月令辑要》卷二二引《殷芸小说》、《御定佩文韵府》卷一〇五之三引《商芸小说》)②

11. 王右军得用笔法于白云先生，先生遗之鼠须笔。(明顾起元撰《说略》卷二二引《小说》)③

12. 齐高祖征范阳，祖鸿勋至并州作《晋祠记》，好事者玩其文。(清《山西通志》卷二二八引《商芸小说》。他处未见引作《殷芸小说》，本事见《北齐书》卷四五、《北史》卷八二)

13. 膺坐党事，与杜密、荀翊同系新汲县狱。时岁日，翊引杯曰：“正朝从小起。”膺谓曰：“死者，人情所恶，今子无吝色者何?”翊曰：“求仁得仁，又谁恨也。”膺乃叹曰：“汉其亡矣！汉其亡矣！夫善人，天地之纪，而多害之，何以存国?”(《太平广记》一百六十四云出《李膺家录》，按此上四条均引《小说》，疑此条亦本《小说》也。)(唐兰《辑殷芸小说并跋》辑本卷三，见《周叔弢先生六十生日纪念论文集》)④

14. 孙权暂巡狩武昌，语群臣曰：“在后好共辅导太子。太子有益，诸君厚赏；如其无益：必有重责。”张昭、薛综并未能对。诸葛恪曰：“今太子精微特达，比青盖来旋，太子圣叡之姿，必闻一知十，岂为诸臣，虚当受赏。”孙权尝问恪：“君何如丞相?”恪曰：“臣胜之。”权曰：“丞相受遗辅政，国富刑清，虽伊尹格于皇天，周公光于四表，无以远过。且为

① 本条，《太平广记》卷三三六“常夷”条后引作唐《广异记》。

②《御定佩文韵府》卷六三之一八引《殷芸小说》云：“蝙蝠与燕争昼夜，不决，往问凤凰，凤凰方睡，乃往投训狐。”剑锋按，此条与《殷芸小说》内容不类，《施注苏诗》卷七施元之注引此条出自《乌台诗话》，作：“闻人说一小话云：‘燕以日出为旦……’”大约后人误将“闻人说一小话”简化作“小说”，如《御定佩文韵府》卷八一之二“在假”条注引作“《乌台诗集》小说”，再讹为《殷芸小说》。仅录以备考。

③ 本条，《事类赋》卷一五等引作《世说》。

④ 按，周楞伽辑注《殷芸小说》第七十四条从《续谈助》辑录“李膺尝以疾不迎宾客”条，《续谈助》原注出《李膺家录》，并谓《李膺家录》为《李氏家传》之别称，《太平广记》卷一六四所引李膺事，位置相邻，虽或不注出处，应并出《殷芸小说》所引之《李氏家传》。此说有理。

君叔，何宜言胜之耶？”恪对曰：“实如陛下明诏。但至于仕于污君，甘于伪主，闇于天命，则不如臣从容清泰之朝，赞扬天下之君也。”复问恪：“君何如步骘？”恪答曰：“臣不如之。”又问：“何如朱然？”亦曰：“不如之。”又问：“何如陆逊？”亦曰：“不如之。”权曰：“君不如此三人，而言胜叔者何？”恪曰：“不敢欺陛下，小国之有君，不如诸夏之亡，是以胜也。”（《太平广记》一百七十引《刘氏小说》。）（唐兰《辑殷芸小说并跋》辑本卷六，见《周叔弢先生六十生日纪念论文集》。）

15. 陆逊闻车浚令名，请与相见。谓曰：“早钦风彩，何乃龙蟠凤峙，不肯降顾耶？”答曰：“诚知公侯敦公旦之博纳，同尼夫之善诱，然蜥蜴不能假重云以升举，鹪雀不能从激风以飞扬，是以无因尔。”时，坐上宾客，多是吴人，皆相顾谓：“武陵蛮夷郡，乃有此奇人也。”浚曰：“吴太伯端委之化，以改被发文身之俗，今乃上挺圣主，下生贤佐，亦何当之有。”逊叹曰：“国其昌也，乃有斯人。”（《太平广记》一百七十三引《刘氏小说》。）（唐兰《辑殷芸小说并跋》辑本卷六，见《周叔弢先生六十生日纪念论文集》。）

16. 晋蔡洪赴洛中，人问曰：“幕府初开，群公辟命，求英奇于仄陋，拔贤俊于岩穴。君吴、楚之人，亡国之余，有何异才，而应斯举？”答曰：“夜光之珠，不必出于孟津之河，盈尺之璧，不必采于昆仑之山，大禹出于东夷，文王出于西羌，贤圣所出，何必常处？昔武王伐纣，迁顽民于洛邑，得无诸君是其苗裔乎？”又问洪：“吴旧姓何如？”答曰：“吴府君圣朝之盛佐，明时之俊义：朱永长物理之宏德，清选之高望；严仲弼九皋之鸿鹄，空谷之白驹；顾彦先八音之琴瑟，五色之龙章；张威伯岁寒之茂松，幽夜之逸光；陆士龙鸿鹄之徘徊，悬鼓之待槌；凡此诸君，以洪笔为锄耒，以纸札为良田，以玄墨为稼穑，以义礼为丰年，以谈论为英华，以忠恕为珍宝，著文章为锦绣，蕴五经为缯帛，坐谦虚为席荐，张议意为帷幕，行仁义为室宇，循道德为墙宅者矣。”（《太平广记》一百七十三引《刘氏小说》。）（唐兰《辑殷芸小说并跋》辑本卷六，见《周叔弢先生六十生日纪念论文集》。）

17. 杜预为荆州刺史，镇襄阳。时有谯集，大醉，闭斋独眠，不听人前。后尝醉，外有疑当作闻斋中呕吐，其声甚苦，莫不悚慄。有一小吏，私开户看之，正见床上一大蛇，垂头床边吐，都不见人。出，密道如

此。(《太平广记》四百五十六引《刘氏小说》。)(唐兰《辑殷芸小说并跋》辑本卷六,见《周叔弢先生六十生日纪念论文集》。)

18. 晋陆士衡尝饷张华,于时宾客盈座,华开器,便曰:"此龙肉也。"众虽素伏华博闻,然意未知信。华曰:"试以苦酒灌之,必有异。"试之,有五色光起。士衡乃穷其所由。鲊主曰:"家园中积茅下得一白鱼,质状殊常,以作鲊过美,故以饷陆。"(《太平广记》一百九十七引《世说》,按此事实出《异苑》,疑世为小字之误,下三条均引《小说》,亦均出《异苑》,可证也。)(唐兰《辑殷芸小说并跋》辑本卷七,见《周叔弢先生六十生日纪念论文集》。)

按,古籍中又有误引作《商芸小说》者三条:

1. 郑余庆处分厨家:"烂蒸、去毛、莫拗折项。"客以为必是鹅鸭,乃是烂蒸葫芦。(宋叶廷珪撰《海录碎事》卷六引《商芸小说》)①

2. 李蔼应举,勤敏绝人,号束翅鹞子。(元阴劲弦《韵府群玉》卷一五引《商芸小说》)②

3. 蜀侯继图见飘一大桐叶,有诗云:"拭翠敛双蛾,为郁心中事。搦管下庭除,书成相思字。"数年继图昏(《御定佩文韵府》作"婚"),任氏曰:"是妾所书也。"(元阴劲弦《韵府群玉》卷二〇引《商芸小说》;又《御定佩文韵府》卷一〇五之一引《商芸小说》。)③

又按,周楞伽辑《殷芸小说》卷二第五十一条,收张良、四皓书。周

---

① 按,《太平广记》卷一六五:"郑余庆,清俭有重德。一日,忽召亲朋官数人会食,众皆惊。朝僚以故相望重,皆凌晨诣之。至日高,余庆方出。闲话移时,诸人皆嚣然。余庆呼左右曰:'处分厨家,烂蒸去毛,莫拗折项。'诸人相顾,以为必蒸鹅鸭之类。逡巡,舁台盘出,酱醋亦极香新。良久就餐,每人前下粟米饭一碗,蒸胡芦一枚。相国餐美,诸人强进而罢。(出《卢氏杂说》)"郑余庆,《唐书》有传。此条原出唐人卢言《卢氏杂说》,叶廷珪误引。

② 按,《太平广记》卷一八三:"李蔼应举功勤,敏妙绝伦,人谓之束翅鹞子。咸通二年及第。(出《卢氏杂说》)"李蔼,实为唐人。此条原出唐人卢言《卢氏杂说》,阴劲弦误引。

③ 按,本条《太平广记》卷一六〇引作《玉溪编事》,其全文如下:"侯继图尚书本儒素之家,手不释卷,口不停吟。秋风四起,方倚槛于大慈寺楼。忽有木叶飘然而坠,上有诗曰:'试翠敛双蛾,为郁心中事。搦管下庭秋,书成相思字。此字不书石,此字不书纸。书向秋叶上,愿逐秋风起。天下负心人,尽解相思死。'后贮巾箧,凡五六年。旋与任氏为婚,尝念此诗。任氏曰:'此是书叶诗。时在左绵书,争得至此?'侯以今书辨验,与叶上无异也。"《玉溪编事》,金利用撰。金利用,生平不详。《通志》卷六八《艺文略第六》注作伪蜀人。明何宇度撰《益部谈资》卷中云:"任氏墓碑,予尝搜之荆棘中,近见稗史载任氏者,唐之尚书侯继图妻也。"《全唐诗》卷七九九收"任氏蜀尚书侯继图妻诗一首":《书桐叶》,即《玉溪编事》所录之诗。由此可见,侯继图乃唐末后蜀尚书,实无由入殷芸《小说》。

氏按语云："此条据《续谈助》，校以《说郛》，鲁迅据《优古堂诗话》，余嘉锡复据《能改斋漫录》参校，使文义更明，故并以二书参校，但均仅有张良书。"明梅鼎祚编《西汉文纪》卷六《四皓答张良书》注释云："胡侍墅谈云：《殷芸小说》载张良、四皓书，词气华靡，秦、汉间无此语态，假作无疑。〇鼎按：此非《殷芸小说》也，自有《小说》十卷，予家有之。芸，梁人，芸安得此浅稚语？至其事辞俱伪，又何足辨？"两《唐志》著录刘义庆《小说》十卷，《隋志》著录《小说》五卷，又有所谓唐刘悚《小说》十卷。梅鼎祚所云"《小说》十卷"，不录撰人，或即其中之一。但梅氏断然说《殷芸小说》不录张良、四皓书，也值得商榷。因为，同一条目，在不同小说中载录乃常事。

五、《启颜录》

侯白《启颜录》是继邯郸淳《笑林》之后的又一部重要的笑话集。作者侯白，字君素，魏郡(今河北临漳)人，好学有捷才，滑稽善辩"通侻不恃威仪，好为诽谐杂说，人多爱狎之，所在之处，观者如市"①。隋开皇中，举秀才，为儒林郎，隋高祖闻其名，召令于秘书修国史，后给五品食，月余而死。又有《旌异记》十五卷，已佚。事迹见《隋书》卷五八《陆爽传》附传、《北史》卷八三《李文博传》附传。

《启颜录》，两《唐志》、宋郑樵《通志》卷六八《艺文略第六》均著录十卷，题侯白撰。宋陈振孙撰《直斋书录解题》卷一一《小说家类》著录为八卷，并称："不知作者，杂记诙谐调笑事，《唐志》有侯白《启颜录》十卷，未必是此书，然亦多有侯白语，但讹谬极多。"②或者此八卷本为后人依托侯白原著再编之作。《宋史》卷二〇六《艺文志五》著录为六卷，不题撰人。③ 前人所引《启颜录》中有唐人故事，此与侯白生平不符，故有学者怀疑非侯白所作。鲁迅《中国小说史略》解释云："其有唐世事

① 〔唐〕魏徵等：《隋书·陆爽传(附侯白传)》，第1421页，北京，中华书局，1973。

② 〔宋〕陈振孙著、徐小蛮、顾美华点校：《直斋书录解题》，第340页，上海，上海古籍出版社，1987。

③ 《宋史·艺文志》云："皮光业《皮氏见闻录》十三卷；《启颜录》六卷；《三余外志》三卷；杨九龄《三感志》三卷。"或疑此著录应理解为皮光业撰，如《中国古代小说总目提要》。然《宋史·艺文志》同一人名下作品若为多部，一般加"又"字标示，如："刘斧《翰府名谈》二十五卷，又《摭遗》二十卷，《青琐高议》十八卷；僧文莹《湘山野录》三卷，又《玉壶清话》十卷。"故当理解为无名氏撰。

者，后人所加也；古书中往往有之，在小说尤甚。”①王利器也说：“侯白隋初人，光业五代时人，或此书由侯白首创，后代继续有所增加。”②

王利器辑录《历代笑话集》所辑《启颜录》计得九十二条。其中，从敦煌遗书斯坦因 S. 六一〇卷《启颜录》唐开元十一年（723 年）抄本中辑得三十六条，从谈刻本《太平广记》中辑得二十五条，从曾慥《类说》辑得十条，从《续百川学海》广集中辑得九条，从明人陈禹谟辑《广滑稽》辑得而二十一条，从明人许自昌《捧腹编》辑得一条。又有曹林娣、李泉辑注本《启颜录》（上海古籍出版社 1990 年出版）辑得一百零四条，辑录除《广记》所收六十六则外，其他多辑自敦煌残卷。其中失误，学者有所是正，可参看黄征《辑注本〈启颜录〉匡补》（《俗语言研究》1995 年第 2 期）、董志翘《辑注本〈启颜录〉词语注释商兑》（《南京师范大学文学院学报》2006 年第 1 期）。

---

① 鲁迅：《中国小说史略》，第 57 页，济南，齐鲁书社，1997。

② 王利器辑录：《历代笑话集》，第 9 页，上海，上海古籍出版社，1981。按《宋史・艺文志》五小说类著录皮光业《启颜录》六卷。

主要参考文献

（按经、史、子、集、今人论著五类顺序排列）

经

中华书局编辑部编. 汉魏古注十三经. 北京：中华书局，1998.

〔清〕阮元校刻. 十三经注疏. 北京：中华书局，1980.

〔南朝梁〕皇侃撰.《论语》集解义疏.《知不足斋丛书》第七集本.

杨伯峻译注.《论语》译注. 北京：中华书局，1980.

杨伯峻译注.《孟子》译注. 北京：中华书局，1960.

史

张玉春译注.《竹书纪年》译注. 哈尔滨：黑龙江人民出版社，2003.

刘信芳，梁柱编著. 云梦龙岗秦简. 北京：科学出版社，1997.

鲍思陶点校. 国语. 济南，齐鲁书社，2005；《四部丛刊》据明金李刊本影印本.

〔汉〕司马迁撰. 史记. 北京，中华书局，1982.

〔汉〕班固撰. 汉书. 北京，中华书局，1962.

周生春撰.《吴越春秋》辑校汇考. 上海：上海古籍出版社，1997.

〔南朝宋〕范晔撰,〔唐〕李贤等注. 后汉书. 北京:中华书局,1965.

〔晋〕陈寿撰,〔南朝宋〕裴松之注. 三国志. 北京:中华书局,1982.

〔清〕汤求辑. 九家旧晋书辑本.《丛书集成初编》本第三八〇八册,北京:中华书局,1985 年新一版.

〔南朝梁〕沈约撰. 宋书. 北京:中华书局,1974.

〔唐〕李延寿撰. 南史. 北京:中华书局,1975.

〔唐〕姚思廉撰. 梁书. 北京:中华书局,1973.

〔南朝梁〕释慧皎撰,汤用彤校注. 高僧传. 北京:中华书局,1992.

〔唐〕魏徵,〔唐〕令狐德棻撰. 隋书. 北京:中华书局,1972.

〔唐〕房玄龄等撰. 晋书. 北京:中华书局,1974.

〔唐〕刘知幾撰,张振佩笺注.《史通》笺注. 贵阳:贵州人民出版社,1985.

〔唐〕许嵩撰,张忱石点校. 建康实录. 北京:中华书局,1986.

〔五代〕刘昫等撰. 旧唐书. 北京:中华书局,1975.

〔宋〕欧阳修,〔宋〕宋祁等撰. 新唐书. 北京:中华书局,1975.

〔宋〕司马光撰. 资治通鉴. 北京:中华书局,1956.

〔宋〕郑樵撰. 通志. 中华书局 1987 年影印《万有文库》十通本;台湾“商务印书馆”影印《文渊阁四库全书》本.

〔元〕脱脱等撰. 宋史. 北京:中华书局,1977.

〔清〕章学诚撰,叶瑛校注.《文史通义》校注. 北京:中华书局,1985.

《二十五史补编》编纂委员会编. 二十五史补编. 北京:中华书局,1956.

子

〔清〕郝懿行笺疏.《山海经》笺疏. 成都:巴蜀书社,1985 年据光绪十二年上海还读楼校勘印行本影印.

〔清〕汪绂释.《山海经》存. 杭州:杭州古籍书店 1984 年据光绪二十一年立雪斋印本影印.

〔晋〕郭璞注,〔清〕毕沅校. 山海经. 上海:上海古籍出版社,1989.

袁珂校注.《山海经》校注. 成都:巴蜀书社,1996.

郭郛注证.《山海经》注证.北京:中国社会科学出版社,2004.

戴望撰.《管子》校正.《诸子集成》第五册.上海:上海书店 1986 年影印世界书局本.

李兴斌,杨玲注译。《孙子兵法》新译.济南,齐鲁书社,2001.

〔清〕孙诒让撰.《墨子》间诂.《诸子集成》第四册,上海:上海书店,1986 年影印世界书局本.

〔清〕郭庆藩撰,王孝鱼校点.《庄子》集释.北京:中华书局,2004.

〔晋〕郭璞注,〔明〕范钦订.穆天子传.《四部丛刊》影明范氏刊本.

〔晋〕郭璞注,〔清〕洪颐煊校.穆天子传.《丛书集成初编》本第三四三六册.北京:中华书局,1985.

顾实.《穆天子传》西征讲疏.北京:商务印书馆,1934.

郑杰文.《穆天子传》通解.济南:山东文艺出版社,1992.

王贻樑,陈建敏撰.《穆天子传》汇校集释.上海:华东师范大学出版社,1994.

卢文晖辑注.师旷.上海:上海古籍出版社,1985.

〔汉〕韩婴撰.韩诗外传.《四部丛刊》据上海涵芬楼藏明沈氏野竹斋刊本影印本.

王利器校注.《风俗通义》校注.北京:中华书局,1981.

吴树平校释.《风俗通义》校释.天津:天津人民出版社,1980.

〔汉〕刘向撰.说苑.《四部丛刊》所收上海涵芬楼影印明抄本.

〔汉〕刘向撰,赵善诒疏证.《新序》疏证.上海:华东师范大学出版社,1989.

〔汉〕许慎撰,〔宋〕徐铉校定,王宏源新刊.说文解字.北京:社会科学出版社,2006.

〔清〕桂馥撰.《说文解字》义证.济南:齐鲁书社 1987 年影印咸丰二年刻本.

〔汉〕王充撰.论衡.《四部丛刊》据上海涵芬楼藏明通金草堂本影印本.

周生春撰.《吴越春秋》辑校汇考.上海:上海古籍出版社,1997.

汉武故事.台湾"商务印书馆"影印《文渊阁四库全书》本;上海文艺出版社 1989 年影印《古今说海》本.

〔汉〕班固撰,〔清〕钱熙祚校.汉武帝内传.《丛书集成初编》第三四三六册.北京:中华书局,1985.

范宁校证.《博物志》校证.北京:中华书局,1980.

〔晋〕葛洪撰,王明校释.《抱朴子内篇》校释(增订本).北京:中华书局,1985.

程章灿,成林译.《西京杂记》全译.贵阳:贵州人民出版社,1993.

周天游校注.西京杂记.西安:三秦出版社,2006.

〔晋〕干宝撰,汪绍楹校注.搜神记.北京:中华书局,1979.

〔晋〕干宝撰,黄涤明等译.《搜神记》全译.贵阳:贵州人民出版社,1991.

〔晋〕干宝撰,李剑国辑.新辑《搜神记》·新辑《搜神后记》.北京:中华书局,2007.

〔晋〕王嘉撰,〔梁〕萧绮录,齐治平校注.拾遗记.北京:中华书局,1981.

周楞伽辑注.裴启语林.北京:文化艺术出版社,1988.

〔南朝宋〕刘义庆撰.世说新语.1982年上海古籍出版社影印思贤讲舍本.

余嘉锡笺疏,周祖谟等整理.《世说新语》笺疏(修订本).上海:上海古籍出版社,1993.

杨勇校笺.《世说新语》校笺.北京:中华书局,2006.

〔南朝宋〕刘敬叔撰,范宁校点.异苑.北京:中华书局,1996.

〔南朝梁〕任昉撰.述异记.台湾"商务印书馆"影印《文渊阁四库全书》本.

唐兰辑撰.辑《殷芸小说》并跋.《周叔弢先生六十生日纪念论文集》.香港:龙门书店,1950.

周楞伽辑注.殷芸小说.上海:上海古籍出版社,1984.

〔南朝梁〕刘勰撰,陆侃如,牟世金译注.《文心雕龙》译注.济南:齐鲁书社,1995.

〔南朝梁〕僧祐撰.弘明集.上海:上海古籍出版社,1991.

〔北魏〕郦道元撰,陈桥驿注释.水经注.杭州:浙江古籍出版社,2001.

〔北魏〕杨衒之撰，周祖谟校释.《洛阳伽蓝记》校释. 上海：上海书店出版社，2000.

〔北魏〕贾思勰撰. 齐民要术. 北京：中华书局，1956.

〔北魏〕贾思勰撰，缪启愉校释，缪桂龙参校.《齐民要术》校释. 北京：中国农业出版社，1982.

〔北齐〕颜之推撰. 颜氏家训.《四部丛刊》影明辽阳傅氏刊本.

〔北齐〕颜之推撰，罗国威校注.《冤魂志》校注. 成都：巴蜀书社，2001.

〔隋〕杜公瞻撰. 编珠. 台湾"商务印书馆"影印《文渊阁四库全书》本.

〔唐〕白居易原本，〔宋〕孔传续撰. 白孔六帖. 台湾"商务印书馆"影印《文渊阁四库全书》本.

〔唐〕徐坚等编. 初学记. 北京：中华书局，1962.

〔唐〕欧阳询等编. 艺文类聚. 台湾"商务影印书馆"影印《文渊阁四库全书》本；汪绍楹校本. 上海：上海古籍出版社，1999.

〔唐〕虞世南编. 北堂书钞. 天津古籍出版社 1988 年影印清光绪十四年(1888 年)刊孔氏三十三万卷堂影抄本；台湾"商务印书馆"影印《文渊阁四库全书》本.

〔唐〕瞿昙悉达撰. 唐开元占经. 台湾"商务印书馆"影印《文渊阁四库全书》本.

〔唐〕释慧琳，〔辽〕释希麟撰. 正续一切经音义. 上海古籍出版社 1986 年影印日本狮谷本.

〔唐〕道世撰集. 法苑珠林. 上海古籍出版社 1991 年影印《宋碛砂版大藏经》本；台湾"商务印书馆"影印《文渊阁四库全书》本.

〔唐〕段公路撰. 北户录. 台湾"商务印书馆"影印《文渊阁四库全书》本.

〔唐〕白居易原本，〔宋〕孔传续撰. 白孔六帖. 台湾"商务印书馆"影印《文渊阁四库全书》本.

〔唐〕范摅撰. 云溪友议. 文物出版社 1982 年影印《嘉业堂丛书》本.

撰人不详. 琱玉集.《丛书集成初编》影印《古逸丛书》本.

〔宋〕李昉等编撰. 太平御览. 中华书局 1960 年影宋本；台湾"商务印书馆"影印《文渊阁四库全书》本.

〔宋〕李昉等编撰. 太平广记. 上海古籍出版社 1990 年影印《四库全书》本；人民文学出版社 1959 年版；中华书局 1961 年版；中华书局 1986 年版；台湾"商务印书馆"影印《文渊阁四库全书》本.

〔宋〕乐史撰. 太平寰宇记. 台湾"商务印书馆"影印《文渊阁四库全书》本；清乾隆五十八年刻本.

〔宋〕吴淑撰. 事类赋注. 中华书局 1989 年据明秦汴本为底本排印本；台湾"商务印书馆"影印《文渊阁四库全书》本.

〔宋〕王钦若等撰. 册府元龟. 中华书局 1989 年影印宋刻残本；台湾"商务印书馆"影印《文渊阁四库全书》本.

〔宋〕罗泌撰. 路史. 嘉庆六年新镌重校宋本；台湾"商务印书馆"影印《文渊阁四库全书》本.

〔宋〕叶廷珪撰，李之亮校点. 海录碎事. 北京：中华书局，2002.

〔宋〕曾慥编. 类说. 文学古籍刊行社 1951 年依明天启刊本重印本；台湾"商务印书馆"影印《文渊阁四库全书》本.

〔宋〕叶梦得撰. 避暑录话. 台湾"商务印书馆"影印《文渊阁四库全书》本.

〔宋〕祝穆撰. 古今事文类聚前集. 台湾"商务印书馆"影印《文渊阁四库全书》本.

〔宋〕李石撰. 续博物志. 台湾"商务印书馆"影印《文渊阁四库全书》本.

〔宋〕胡仔撰. 苕溪渔隐丛话后集. 北京：人民文学出版社，1993.

〔宋〕晁载之撰. 续谈助.《丛书集成初编》本. 北京：商务印书馆，1939.

〔宋〕吴曾撰. 能改斋漫录. 北京：中华书局，1985.

〔宋〕晁公武撰. 昭德先生郡斋读书志.《四部丛刊》影印本.

〔宋〕晁公武撰，孙猛校证. 郡斋读书志. 上海：上海古籍出版社，1990.

〔宋〕潘自牧撰. 记纂渊海. 台湾"商务印书馆"影印《文渊阁四库全书》本.

〔宋〕王应麟撰. 困学纪闻.《四部丛刊三编》据傅氏双鉴楼元刊影印本；台湾“商务印书馆”影印《文渊阁四库全书》本.

〔宋〕王应麟撰. 玉海. 台湾“商务印书馆”影印《文渊阁四库全书》本.

〔宋〕王应麟撰. 汉书艺文志考证. 台湾“商务印书馆”影印《文渊阁四库全书》本.

〔宋〕陈振孙撰，徐小蛮、顾美华点校. 直斋书录解题. 上海：上海古籍出版社，1987.

〔宋〕陈元靓撰. 事林广记. 中华书局 1999 年影印北京大学图书馆藏元后至元六年(1340)郑氏积诚堂刻本与日本元禄十二年(1699)翻刻本.

〔元〕阴劲弦，阴复春编. 韵府群玉. 台湾“商务印书馆”影印《文渊阁四库全书》本.

〔元〕钟嗣成撰. 录鬼簿(外四种). 上海：上海古籍出版社，1978.

〔元〕陶宗仪撰. 说郛. 台湾“商务印书馆”影印《文渊阁四库全书》本.

〔明〕陶珽辑. 说郛三种. 上海古籍出版社 1990 年影印清顺治三年宛委山堂本.

〔明〕顾元庆编. 顾氏文房小说.《北京图书馆藏古籍珍本丛刊》第八十四册影印明正德嘉靖间顾庆元刻本.

〔明〕陈耀文撰，〔明〕屠隆校. 天中记. 光绪戊寅听雨山房重镌本；台湾“商务印书馆”影印《文渊阁四库全书》本.

〔明〕李时珍撰. 本草纲目. 北京：人民卫生出版社，1977.

〔明〕杨慎撰. 丹铅总录. 台湾“商务印书馆”影印《文渊阁四库全书》本.

〔明〕吴琯辑. 增定古今逸史(五十五种本). 明吴琯刻本.

〔明〕胡应麟撰. 少室山房笔丛. 北京：中华书局，1958；台湾“商务印书馆”影印《文渊阁四库全书》本.

〔明〕程荣，屠隆等辑. 汉魏丛书. 上海大通书局影印宣统三年本.

〔明〕何允中辑. 广汉魏丛书. 清嘉庆刻本.

〔明〕胡文焕编. 格致丛书. 台湾“商务印书馆”影印《文渊阁四库全

书》本.

〔明〕董斯张编. 广博物志. 岳麓书社 1991 年影印明万历四十五年高晖堂刻本.

〔明〕彭大翼撰. 山堂肆考. 台湾“商务印书馆”影印《文渊阁四库全书》本.

〔明〕徐应秋撰. 玉芝堂谈荟. 台湾“商务印书馆”影印《文渊阁四库全书》本.

〔明〕祁彪佳撰. 远山堂明曲品. 书目文献出版社 1991 年影印《祁彪佳文集》(二)本.

〔明〕祁彪佳撰,黄裳校录. 远山堂明曲品剧品校录. 上海出版公司,1955.

〔明〕毛晋编. 津逮秘书. 明崇祯毛氏汲古阁刻本.

〔明〕陆楫编. 古今说海. 上海文艺出版社 1989 年据集成图书公司 1909 年版影印本.

〔明〕无名氏编. 五朝小说大观. 扫叶山房 1926 年石印本,上海文艺出版社 1991 年影印本.

〔清〕马骕撰,刘晓东等点校. 绎史. 济南:齐鲁书社,2001;台湾“商务印书馆”影印《文渊阁四库全书》本.

〔清〕汪士汉编. 秘书二十一种. 清康熙七年汪士汉据明刻《古今逸史》版重编本.

〔清〕张英等编. 御定渊鉴类函. 台湾“商务印书馆”影印《文渊阁四库全书》本.

〔清〕姚际恒撰. 古今伪书考. 载顾颉刚主编《古今考辨丛刊》第一集本,中华书局,1955.

〔清〕陈元龙编. 格致镜原. 台湾“商务印书馆”影印《文渊阁四库全书》本.

〔清〕纪昀等撰. 四库全书总目提要. 北京:中华书局,1983;台湾“商务印书馆”影印《文渊阁四库全书》本.

〔清〕王谟辑. 增订汉魏丛书. 清乾隆五十六年(1791 年)金谿王氏刻本.

〔清〕章学诚撰,叶瑛校注.《文史通义》校注(下册). 北京:中华书局，1985.

〔清〕钱大昕撰. 十驾斋养新录. 上海：上海书店，1983.

〔清〕张海鹏辑. 学津讨原. 1922 年商务印书馆据清张氏刊本影印.

〔清〕黄奭编. 汉学堂知足斋丛书（下册）. 北京：书目文献出版社，1992.

〔清〕李慈铭撰，由云龙辑. 越缦堂读书记. 北京：中华书局，1963.

〔清〕王文濡辑. 说库. 上海文明书局 1915 年石印本.

〔清〕周中孚撰. 郑堂读书记.《清人书目丛刊》第八辑. 北京：中华书局，1993.

国学扶轮社校辑. 古今说部丛书（一）. 上海译文出版社 1991 年影印国学扶轮社 1915 年版.

〔清〕湖北崇文书局辑. 子书百家（又名《百子全书》）本. 上海扫叶山房 1919 年石印本.

鲁迅辑. 古小说钩沉. 济南：齐鲁书社，1997.

严灵峰撰. 周秦汉魏诸子知见书目. 北京：中华书局，1993.

王利器辑录. 历代笑话集. 上海：上海古籍出版社，1981.

四川大学古籍整理所，中华诸子宝藏编纂委员会编.《诸子集成》补编. 四川人民出版社，1997.

上海古籍出版社编. 汉魏六朝笔记小说大观. 上海古籍出版社 1999 年据《汉魏丛书》本排印.

林夕主编. 中国著名藏书家书目汇刊. 商务印书馆 2005 年影印本.

集

〔清〕纪昀等编. 文渊阁四库全书. 台湾“商务印书馆”影印《文渊阁四库全书》本.

张元济等辑. 四部丛刊. 民国上海商务印书馆影印涵芬楼本.

〔清〕严可均辑. 全上古三代秦汉三国六朝文. 北京，中华书局，1958.

逯钦立辑校. 先秦汉魏晋南北朝诗. 北京，中华书局，1983.

〔汉〕王逸注. 楚辞.《四部丛刊》影印明翻宋本.

〔南朝梁〕萧统编，〔唐〕李善注. 文选. 上海：上海古籍出版社，1986.

〔宋〕郭茂倩辑. 乐府诗集. 北京：中华书局，1979.

〔清〕彭定求等辑. 全唐诗. 北京：中华书局，1960.

〔宋〕黄希原本，黄鹤补注. 补注杜诗. 台湾"商务印书馆"影印《文渊阁四库全书》本.

〔宋〕郭知达编. 九家集注杜诗. 台湾"商务印书馆"影印《文渊阁四库全书》本.

〔清〕马国翰辑. 玉函山房辑佚书. 上海古籍出版社 1990 年据光绪九年瑯環仙馆本影印本.

〔清〕王仁俊辑. 玉函山房辑佚书续编三种. 上海古籍出版社，1989.

〔清〕杜文澜辑，周绍良校点. 古谣谚. 北京：中华书局，1984.

殷梦霞，王冠选编. 古籍佚书拾存(全八册)第一册《佚书拾存》. 北京图书馆出版社 2003 年据道光间稿本影印.

今人论著

［著作］

罗根泽编辑. 古史辨(第六册).《诸子考索》本，北京：人民文学出版社，1958.

黄云眉撰.《古今伪书考》补正. 济南：山东人民出版社，1959.

上海图书馆编辑. 中国丛书综录(二). 北京：中华书局，1961.

余嘉锡撰. 余嘉锡论学杂著. 北京：中华书局，1963.

王国良撰.《搜神后记》研究. 台北：文史哲出版社，1978.

戴不凡撰. 小说见闻录. 杭州：浙江人民出版社，1980.

程毅中撰. 古小说简目. 北京：中华书局，1981.

袁行霈，侯忠义撰. 中国文言小说书目. 北京：北京大学出版社，1981.

袁珂撰. 神话论文集. 上海：上海古籍出版社，1982.

鲁迅撰. 鲁迅全集(第三卷). 北京：人民文学出版社，1982.

傅增湘撰. 藏园群书经眼录. 北京：中华书局，1983.

王国良撰. 魏晋南北朝志怪小说研究. 台北：文史哲出版社，1984.

王国良撰.《神异经》研究. 台北：文史哲出版社，1985.

陆侃如撰. 中古文学系年. 北京:人民文学出版社,1985.

侯忠义编. 中国文言小说参考资料. 北京:北京大学出版社,1985.

李剑国撰. 唐前志怪小说辑释. 上海:上海古籍出版社,1986.

侯忠义主编. 中国历代小说辞典(第一卷:先秦至唐、五代). 昆明:云南人民出版社,1986.

张可礼撰. 建安文学论稿. 济南:山东教育出版社,1986.

王国良撰.《续齐谐记》研究. 台北:文史哲出版社,1987.

王国良撰. 六朝志怪小说研究. 台北:文史哲出版社,1988.

〔美〕艾布拉姆斯撰,郦稚牛等译. 镜与灯——浪漫主义文论及其批评传统. 北京:北京大学出版社,1989.

侯忠义撰. 中国文言小说史稿(上册). 北京:北京大学出版社,1990.

徐显之撰.《山海经》探原. 武汉:武汉出版社,1991.

张可礼撰. 东晋文艺系年. 济南:山东教育出版社,1992.

程毅中撰. 古代小说史料漫话. 沈阳:辽宁教育出版社,1992.

王宝平撰. 中国馆藏和刻本汉籍书目. 杭州:杭州大学出版社,1995.

王国良撰. 颜之推《冤魂志》研究. 台北:文史哲出版社,1995.

曹道衡,沈玉成撰. 中国文学家大辞典·先秦两汉魏晋南北朝卷. 北京:中华书局,1996.

宁稼雨撰. 中国文言小说总目提要. 济南:齐鲁书社,1996.

王能宪撰.《世说新语》研究. 杭州:江苏古籍出版社,1996.

孙犁撰. 孙犁书话·耕堂读书记. 北京:北京出版社,1996.

王元化主编. 学术集林(卷八). 上海:上海远东出版社,1996.

王枝忠撰. 汉魏六朝小说史. 杭州:浙江古籍出版社,1997.

鲁迅撰. 中国小说史略. 济南:齐鲁书社,1997.

孙启治,陈建华编. 古佚书辑本目录. 北京:中华书局,1997.

刘跃进撰. 中古文学文献学. 杭州:江苏古籍出版社,1997.

余嘉锡撰. 余嘉锡文史论集. 长沙:岳麓书社,1997.

范子烨撰.《世说新语》研究. 哈尔滨:黑龙江教育出版社,1998.

常书智,李龙如主编. 湖南省古籍善本书目. 长沙:岳麓书社,1998.

胡从经撰. 中国小说史学史长编. 上海:上海文艺出版社,1998.

王根林,黄益元,曾光甫校点. 汉魏六朝笔记小说大观. 上海:上海古籍出版社，1999.

王善才主编.《山海经》与中华文化. 武汉：湖北人民出版社，1999.

王利器撰. 当代学者自选文库·王利器卷. 合肥：安徽教育出版社，1999.

穆克宏撰. 魏晋南北朝文学史料学述略. 北京：中华书局，2002.

董志翘撰.《观世音应验记》三种译注. 杭州：江苏古籍出版社，2002.

姜剑云撰. 太康文学研究. 北京：中华书局，2003.

罗振玉撰. 雪堂类稿·甲·笔记汇刊. 沈阳：辽宁教育出版社，2003.

曹道衡，沈玉成撰. 中古文学史料丛考. 北京：中华书局，2003.

山曼撰. 八仙：传说与信仰. 北京：学苑出版社，2003.

刘建国撰. 先秦伪书辨正. 西安：陕西人民出版社，2004.

余嘉锡撰. 四库提要辨证. 昆明：云南人民出版社，2004.

曹道衡，刘跃进撰. 先秦两汉文学史料学. 北京：中华书局，2005.

朱一玄，宁稼雨，陈桂声编著. 中国古代小说总目提要. 北京：人民文学出版社，2005.

李剑国撰. 唐前志怪小说史（修订本）. 天津：天津教育出版社，2005.

程毅中撰. 程毅中文存. 北京：中华书局，2006.

刘文忠撰. 中古文学与文论研究. 北京：学苑出版社，2006.

王青撰. 西域文化影响下的中古小说. 北京：中国社会科学出版社，2006.

［论文］

蒙文通. 略论《山海经》的写作时代及其产生地域. 中华文史论丛. 1962 年第 1 辑.

凌襄（李学勤）. 试论马王堆汉墓帛书《伊尹·九主》. 文物. 1974 年第 11 期.

周本淳.《世说新语》原名考略. 中华文史论丛. 1980 年第 3 辑.

赵景深. 评介鲁迅的《古小说钩沉》. 中国小说丛考. 齐鲁书社，1980.

陈中伟.《世说新语》卷帙流变考. 中国人民大学报刊复印资料. 图

书馆学、情报学、资料工作. 1987 年第 11 期.

李学勤. 放马滩简中的志怪故事. 文献. 1990 年第 4 期.

夏鼐.《风俗通义》小考. 文史. 1990 年第 20 辑.

王天海.《燕丹子》简论. 贵州民族学院学报. 1997 年增刊.

张步天. 20 世纪《山海经》研究回顾. 青海师专学报. 1998 年第 3 期.

王利器. 试论以《水浒传》《金瓶梅》解经. 当代学者自选文库·王利器卷. 安徽教育出版社, 1999.

罗宁. 小说与稗官. 四川大学学报. 1999 年第 6 期.

陈自力. 逄本《鬻子》考辨. 广西大学学报. 2000 年第 1 期.

宁稼雨. 妙笔生花的神仙世界——读道教小说《十洲记》. 文史知识. 2000 年第 2 期.

李剑国. 干宝考. 文学遗产. 2001 年第 2 期.

陈自力. 一部仙话式的早期志怪作品——《封禅方说》考辨. 广西大学学报. 2002 年第 1 期.

陈金文. "公冶长识鸟语"传说浅论. 齐鲁学刊. 2002 年第 4 期.

程远芬.《风俗通义》序录的再探讨. 图书馆理论与实践. 2002 年第 6 期.

刘强. "《世说》学"论纲. 学术月刊. 2003 年第 11 期.

武丽霞, 罗宁.《殷芸小说》考论. 华中科技大学学报. 2004 年第 1 期.

马昌仪. 明清《山海经图》版本述略. 西北民族研究. 2005 年第 3 期.

刘赛. 范子烨《临川王刘义庆年谱》补正二则. 黄冈师范学院学报. 2005 年第 4 期.

丁宏武. 考古发现对《西京杂记》史料价值的印证. 文献. 2006 年第 2 期.

刘化晶.《汉武帝故事》的作者与成书时代考. 沈阳师范大学学报. 2006 年第 2 期.

王媛.《博物志》的成书、体例与流传. 中国典籍与文化. 2006 年第 4 期.

王齐洲.《汉志》著录之小说家《伊尹说》《鬻子说》考辨. 武汉大学学报. 2006 年第 5 期.

附
20世纪以来
唐前小说研究论著索引

说　明

1. 本索引收录20世纪以来(截至2007年)唐前小说(不包括唐代)研究著作和论文索引,主要包括中国大陆、香港、台湾地区和日本等地公开发行的论著。

2. 本索引分"总论""分论"两部分,皆先列著作,后列论文,著作、论文大致按照发表年代先后排列。"总论"部分包括涉及唐前小说的通论论著和断代论著;"分论"部分包括有关《山海经》、《搜神记》、《世说新语》等的论著。

3. 为了突出研究对象,论文部分侧重于收录专门研究唐前小说方面的论文,酌情收录少量贯通古今而涉及唐前小说的论文。先列已经发表的论文,再列研究生学位论文。著作中有单篇论文者,论文单列,于著作部分一般不再重列。

4. 涉及小说作者的论文,酌情收录。如,作者难以确定的《汉武故事》等,其托名作者的研究论文不再收录;又如《列异传》的作者曹丕、《搜神后记》的作者陶渊明等的研究论文过多,与小说不直接相关者亦不录。

5. 涉及具体小说篇目的研究论文酌情收录。如《桃花源记》的研究论文只收录与小说研究有关者。

6. 同一论著题目中涉及两种小说者,本索引一般分别于相应位置重复罗列。如:梁光华《〈搜神记〉与〈世说新语〉的"是"字判断句比较研究》,在《搜神记》和《世说新语》部分皆作罗列。20世纪以前结集刊印又在其后新版的同名丛书中收录的相关小说,一般不再辑录。如《汉武故事》,明陆楫编《古今说海·说纂部》(上海文艺出版社1989年据集成图书公司1909年版影印本)收录,但不再列出。

7. 中文期刊条目格式按照作者、篇名、出处顺序排列;标示某年第几卷、期,采用卷、期数加小括号形式,如1994(1),指1994年第1期;1915,2(12),指1915年第2卷第12期。报刊日期按年、月、日顺序标示,如1985-06-15,指1985年6月15日。

8. 论著和刊物名称不加书名号,出版、使用单位除国外和台湾省、香港地区外一般不标明出版、使用地点。

9. 大学学报，文理分刊者，不再注明，本索引条目一般出自“人文社科”或“综合”类。

10. 日本研究论著索引单独罗列于汉语等其他相关索引之后；所据资料已经翻译成汉语的，依旧照录；未翻译成汉语的，为便于检索，仅译作者和出处，论著名称一般不译。日语论文一般按著者、题名、杂志名、卷（号、期）、出版年（月）、编辑单位顺序排列。

11. 本索引主要参考源有：

《中文杂志索引》第一集（岭南大学图书馆 1935 年编印），《中国文学史论文索引》下编（中国科学院研究所第一、二所与北京大学历史系合编，科学出版社 1957 年版），《全国中文期刊联合目录（1833—1949）》（全国图书联合目录编辑组编，北京图书馆 1961 年版），《我国秦汉史论文索引（1900—1980）》（张传玺等编，北京大学出版社 1983 年版），《中国古典文学研究论文索引（1949—1980）》（中山大学中文系资料室编，广西人民出版社 1984 年版），《八十年来史学目录》（中国社会科学院历史研究所编，中国社会科学出版社 1984 年版），《中国少数民族史论文资料索引》（中央民族学院历史系七八级、中央民族学院图书馆合编，中央民族学院科研处内部发行，1982 年版），《论古代中国：1965—1980 年日文文献目录》（周迅编，书目文献出版社 1984 年版），《中国历史地理学论著索引（1900—1980）》（杜瑜、朱玲玲编，书目文献出版社 1986 年版），《西域史地论文资料索引》（中国边疆史地研究中心主编，刘戈、黄咸阳编，新疆人民出版社 1988 年版），《中国古籍整理研究论文索引》（东北师范大学古籍整理研究所编，江苏古籍出版社 1990 年版），《史学论文分类索引》（周迅、李凡、李小文编，书目文献出版社 1990 年版），《中外六朝文学研究文献目录》（增订版）（洪顺隆主编，汉学研究中心 1992 年编印），《民国时期总书目（1911—1949）》（北京图书馆出版社 1992 年版），《建国以来中国史学论文集篇目索引初稿》（中国人民大学图书馆张海惠、王玉芝编，中华书局 1992 年版），《中国古籍整理研究论文索引（清末—1983 年）》（东北师范大学古籍整理研究所编，江苏古籍出版社 1990 年版），《中国古典文学研究论文索引（1980 年 1 月—1981 年 12 月）》（中国社会科学院文学研究所图书资料室编，中华书局 1985 年版），《中国古典文学研究论文索引（1984 年 1 月—1985 年 12 月）》（中国社会科学院文学研究所图书资料室编，中华书局 1995 年版），《二十世纪〈俗文学〉周刊总目》（关家铮编，齐鲁书社 2007 年版），《报刊资料索引》第五分册（语言、文学、艺术分册，1984—1997）（中国人民大学书报资料中心），《中外六朝文学研究文献目录 1992.7—1997.6》（洪顺隆编，《汉学研究通讯》1998 年版），《中国索引综录》（卢正言主编，上海辞书出版社

2000 年版),《香港中国古典文学研究论文索引目录(1950—2000)》(邝建行、吴淑钿编,上海古籍出版社 2005 年版),《全国报刊索引》(哲社版),《中国古代近代文学研究》(中国人民大学报刊资料复印中心编),《近五十年来台湾地区六朝志怪小说研究论著目录》(谢明勋辑录,台湾花莲县东华大学中文系编,《东华汉学》2004 年第 2 期),超星数字图书馆,中国期刊全文数据库,万方数据库,台湾博硕士论文资讯网,中国知网(http://www.edu.cnki.net),国科会人文学研究中心网(http://www.hrc.ntu.edu.tw),香港中文期刊论文索引网(http://hkinchippub.lib.cuhk.edu.hk),全国图书书目资讯网(http://nbinet1.ncl.edu.tw),日本 cinii 简易检索网,日本《东洋学文献类目》网络版(www.kanji.zinbun.kyoto-u.ac.jp/db/CHINA3/index.html.ja.utf-8),日本富山大学人文学部网页之《日本国内〈山海经〉论著目录(1946—2005)》(http://www.hmt.u-toyama.ac.jp/chubun/ohno/mokuroku.htm),国学网"国学论坛"《日本学者〈世说新语〉研究论著目录(截至 2002 年)》,象牙塔网国史探微"期刊索引"《东方学报总目》等。

(按,本索引曾经硕士研究生郑伟、谢勇蝶、田喜梅、胡文娣、田久增、白晓帆等人参与核校补充,个别条目打"??"者有待进一步核实)

目　录

总论部分

著　作

1. 鲁迅. 古小说钩沉. 约于 1909 年至 1911 年底辑录，1938 年 6 月首次印入鲁迅先生纪念委员会编辑的《鲁迅全集》第八卷。此后，人民文学出版社等出版的《鲁迅全集》皆收录。又有：北京鲁迅博物馆、上海鲁迅纪念馆合编《鲁迅辑校古籍手稿》(第四函)本，上海古籍出版社 1991 年版；齐鲁书社 1997 年版等单行本；《鲁迅辑录古籍丛编》(第一卷)本，人民文学出版社 1999 年版.
2. 王文濡编. 古今说部丛书(共十集。第一至四集收录《拾遗名山记》、《裴启语林》、《宋拾遗录》、《商芸小说》、《神异经》、《海内十洲记》、《列仙传》、《搜神记》、《搜神后记》、《冥祥记》、《述异记》、《异苑》、《志怪录》、《集灵记》、《祥异记》、《还冤记》等). 国学扶轮社，1910—1913；中国图书公司和记，1915.
3. 吴曾祺编. 旧小说(甲集一、二册). 上海商务印书馆，1914；上海书店，1985.
4. 王文濡编. 说库(收录《海内十洲记》、《神异经》、《汉武故事》、《洞冥记》、《搜神记》、《神仙传》、《异苑》、《述异志》等). 文明书局，1915；浙江古籍出版社，1986.
5. 俞建卿编. 晋唐小说. 广益书局，1915.
6. 张静庐. 中国小说史大纲. 上海泰东图书馆，1920.
7. 郭希汾(绍虞)编辑. 中国小说史略(日本著作译本). 中国书局，1921.
8. 鲁迅. 中国小说史略. 北大第一院新潮社，1923 年 12 月—1924 年 6 月；北新书局，1925 年 9 月再版后多次重版单行本；亦收入《鲁迅全集》.
9. 徐敬修. 说部常识. 上海：大东书局，1925.
10. 〔明〕无名氏编. 五朝小说大观. 扫叶山房 1926 年石印本；上海文艺出版社，1991 年影印重版.
11. 范烟桥. 中国小说史. 苏州秋叶社，1927；台北：汉京文华实业有限公司，

1983.

12. 顾颉刚. 孟姜女的故事研究集.(一、二、三册). 国立中山大学语言历史研究所 1928 年 1 月、1929 年 1 月、1928 年 6 月分别出版.
13. 胡怀琛. 中国小说研究. 商务印书馆,1929;商务印书馆,1933;中国书籍出版社,2006;又收入《中国文学七论》,广西师范大学出版社,2007.
14. 笔记小说大观(初编). 上海文明书局民国间石印本.
15. 刘永济. 小说概论讲义. 商务印书馆函授学社国文科 1930 年代出版.
16. 沈从文,孙俍工. 中国小说史. 国立暨南大学出版室 1930 年代印行.
17. 孙俍工. 中国小说十讲. 国立暨南大学出版室 1930 年前后印行.
18. 〔日〕木村毅撰,高明译. 小说研究十六讲. 北新书局,1930.
19. 胡怀琛. 中国小说的起源及其演变. 正中书局,1934.
20. 胡怀琛. 中国小说概论. 世界书局,1934;中国书店,1985.
21. 江畬经编. 历代笔记小说选(汉魏六朝). 商务印书馆,1934;上海书店,1983(本版注明为"汉魏六朝唐"部分);广东人民出版社,1984.
22. 〔清〕陈梦雷等原辑,〔清〕蒋廷锡等重辑. 神怪大典(据清雍正铜活字排印本影印). 中华书局,1934;上海文艺出版社,1991 年据此再影印.
23. 谭正璧. 中国小说发达史. 上海光明书局,1935.
24. 曹鹄雏. 注释汉魏六朝小说选. 中华书局,1936.
25. 郭箴一. 中国小说史. 商务印书馆,1939;香港:泰兴书局,1961;上海书店,1984.
26. 吕叔湘编选. 笔记文选读. 文光书店,1946;古典文学出版社,1955;上海古籍出版社,1979.
27. 蒋祖怡. 小说纂要. 正中书局,1948.
28. 徐震堮选注. 汉魏六朝小说选. 上海古典文学出版社,1955;中华书局,1962.
29. 王利器. 历代笑话集. 上海古典文学出版社,1956;上海古籍出版社,1981.
30. 馆藏中国古典文学参考目录(第 3 辑,小说卷). 旅大市图书馆,1958.
31. 葛贤宁. 中国小说史. 台北:中华文化出版事业委员会,1956.
32. 刘叶秋. 古典小说论丛. 中华书局,1959.
33. 俞长源选注. 汉魏六朝小说. 中华书局,1959.
34. 汪绍楹校点. 太平广记. 人民文学出版社,1959;中华书局,1961.
35. 北京大学中文系 1955 级《中国小说史稿》编辑委员会编. 中国小说史稿. 人民文学出版社,1960.

36. 首都图书馆藏中国小说书目初编("五四"以前部分). 首都图书馆,1960.
37. 〔汉〕桓驎等撰. 魏晋小说大观. 台北:新兴书局,1960.
38. 刘叶秋. 魏晋南北朝小说. 中华书局,1961;上海古籍出版社,1978;台北:木铎出版社,1983.
39. Li Tien-yi. Chinese Fiction: A Bibliography of Books and Articles in Chinese and English. New Haven: Yale University, 1968.
40. 胡怀琛. 中国小说论. 台北:清流出版社,1971.
41. 北京图书馆藏中国小说史目录. 北京图书馆,1973.
42. Chang, H. C. Chinise Literature. Popular Fiction and Drama Edinbargh: Edinburgh Univ. Pr Chicago: Aldine Pub. , 1973.
43. 王止峻编. 中国小说述评. 商务印书馆,1974.
44. 郭云龙校订. 中国历代短篇小说选. 台北:宏业书局,1974.
45. 江畬经. 汉魏六朝小说笔记选. 台北:"商务印书馆",1974.
46. 林以亮等撰. 中国古典小说论集(一). 台北:幼狮文化事业公司,1975.
47. 孟之微编. 古小说搜残. 台北:长歌出版社,1975.
48. 罗振民. 中国古典小说研究. 台北:黎明文化事业公司,1975.
49. 哑弦等. 中国古典小说论集. 台北:幼狮文化公司,1975.
50. 乐蘅君. 古典小说散论. 台北:纯文学出版社,1976.
51. 叶庆炳. 谈小说鬼(魏晋南北朝的小说鬼). 台北:皇冠出版社,1976.
52. 潘重规. 中国古代短篇小说选注. 台北:台湾学生书局,1976.
53. 笔记小说大观(正编、续编,第三至二十编). 台北:新兴书局,1961、1962,1974—1977.
54. 叶庆炳编译. 汉魏六朝鬼怪小说. 台北:河洛图书出版社,1976;台北:国家出版社,1993.
55. 柯庆明,林明德. 中国古典文学研究丛刊:小说之部. 台北:巨流图书公司,1977.
56. 北京大学中文系编. 中国小说史. 人民文学出版社,1978.
57. 笔记小说大观总索引. 台北:新兴书局,1978.
58. Yang, Winston L. Yetal, 古典中国小说研究和鉴赏文章与书目指南, London: George Prior Pub. , 1978.
59. 南开大学中文系编. 中国小说史简编. 人民文学出版社,1979.
60. 上海文艺出版社编. 中国古典短篇小说. 上海文艺出版社,1980.
61. 赵景深. 中国小说丛考. 齐鲁书社,1980.
62. 静宜学院中国古典小说研究中心编. 中国古典小说研究专辑(2). 台北:

联经出版事业公司,1980.
63. 孟瑶. 中国小说史. 台北:传记文学出版社,1980.
64. 徐震堮选注. 汉魏六朝小说选注. 台北:河洛图书出版社,1980.
65. 余嘉锡. 四库提要辨证. 中华书局,1980.
66. 戴不凡. 小说见闻录. 浙江人民出版社,1980.
67. 刘子清. 中国历代著名小说史话. 台北:黎明文化事业公司,1980.
68. 马幼垣. 中国小说史集稿. 台北:时报文化出版事业有限公司,1980.
69. 程毅中. 古小说简目. 中华书局,1981.
70. 袁行霈,侯忠义. 中国文言小说书目. 北京大学出版社,1981.
71. 储大泓. 读《中国小说史略》札记. 上海文艺出版社,1981.
72. 鲁迅撰,单演义整理. 小说史大略. 陕西人民出版社,1981.
73. 静宜文理学院中国古典小说研究中心编. 中国古典小说研究专集(3). 台北:联经出版事业公司,1981.
74. 新兴书局有限公司编. 笔记小说大观丛刊索引(为 1978 年版《笔记小说大观总索引》之增订本). 台北:新兴书局,1981.
75. 刘叶秋等辑注. 笔记小说案例选编. 中州书画社,1982.
76. 沈伟方,夏启良选注. 汉魏六朝小说选. 中州书画社,1982.
77. 舒佩实编. 汉魏六朝小说选译. 贵州人民出版社,1982.
78. 吴组缃,吕乃岩,沈天佑,周先慎,侯忠域选注. 历代短篇小说选(上). 中国青年出版社,1982.
79. 顾之京,佟德真选注. 中国古代短篇小说选. 花山文艺出版社,1982.
80. 许怀中. 鲁迅与中国古典小说. 陕西人民出版社,1982.
81. 朱传誉主编. 中国古典小说资料汇编(包括《中国小说的演变》、《佛教对中国小说之影响》、《先秦小说》、《六朝小说概述》、《六朝小说的时代背景》、《山海经研究》、《干宝研究资料》、《刘义庆研究资料》等卷). 台北:天一出版社,1982.
82. 乐蘅军. 古典小说散论. 台北:纯文学出版社,1982.
83. 贾文昭,徐召勋. 中国古典小说艺术欣赏. 安徽人民出版社,1982;台北:里仁书局,1983.
84. 叶庆炳. 谈小说妖. 台北:洪范书店,1983.
85. 〔美〕丁乃通著,孟慧英、董晓萍、李扬译. 中国民间故事类型索引. 春风文艺出版社,1983;郑建成,李倞,商孟可,白丁译. 中国民间出版社,1986.
86. 笔记小说大观. 江苏广陵古籍刻印社,1983.
87. 李剑国. 唐前志怪小说史. 南开大学出版社,1984;天津教育出版社,2006

(本版注明为修订版).

88. 蒲戟选注. 古小说选. 长江文艺出版社，1984.
89. 罗宾阳编. 历代笔记小说选. 江西人民出版社，1984.
90. 刘世德选注. 魏晋南北朝小说选注. 上海古籍出版社，1984.
91. 潘铭燊编. 中国古典小说论文目(收录民初至 1980 年间 232 种文集中有关中国古典小说研究论文书目 1800 条). 香港：中文大学出版社，1984.
92. 潘铭燊编. 中国古典小说论文目：1912—1980. 香港：中文大学出版社，1984.
93. 金荣华编. 六朝志怪小说情节单元分类索引. 台北：台湾中国文化大学中文研究所，1984.
94. 龚鹏程，张火庆. 中国小说史论丛. 台北：台湾学生书局，1984.
95. 王国良. 魏晋南北朝志怪小说研究. 台北：文史哲出版社，1984.
96. 谭永祥，杜浩铭，潘慎编. 魏晋南北朝故事. 上海文化出版社，1985.
97. 黄霖，韩同文选注. 中国历代小说论著选(上册). 江西人民出版社，1985.
98. 刘叶秋. 古典小说笔记论丛. 南开大学出版社，1985.
99. 侯忠义. 中国文言小说参考资料. 北京大学出版社，1985.
100. 郭豫适. 中国古代小说论集. 华东师范大学出版社，1985.
101. 刘文忠等选注. 文言小说名篇选注. 文化艺术出版社，1985.
102. 李银珠，宋浩庆等. 中国古代小说十五讲. 北京出版社，1985.
103. 魏晋小说一百卷. 台北：新兴书局，1985.
104. 叶庆炳. 古典小说论评. 台北：幼狮文化事业公司，1985.
105. 侯忠义. 中国历代小说辞典(第 1 卷，先秦—五代). 云南人民出版社，1986.
106. 张曼娟. 古典小说的长河. 台湾书店，1986.
107. 崔奉源. 中国古典短篇侠义小说研究. 台北：联经出版事业公司，1986.
108. 李丰楙. 六朝隋唐仙道类小说研究. 台北：台湾学生书局，1986.
109. 李剑国. 唐前志怪小说辑释. 上海古籍出版社，1986；台北：文史哲出版社，1987.
110. 周次吉. 六朝志怪小说研究. 台北：文津出版社，1986.
111. 滕云选译. 汉魏六朝小说选译(上册). 上海古籍出版社，1986.
112. 王孝廉. 神话与小说. 台北：时报文化出版企业有限公司，1986.
113. 金健人. 小说结构美学. 浙江文艺出版社，1987；台北：木铎出版社，1988.
114. 赵景深.《中国小说史略》旁证. 陕西人民出版社，1987.

115. 李格非，吴志达主编. 文言小说(先秦—南北朝卷). 中州古籍出版社，1987.
116. 鲁德才. 中国古代小说艺术论. 百花文艺出版社，1987.
117. 笔记小说大观(新编第一至四十五编。第三编收录《风俗通义》、《赵飞燕外传》、《汉武帝内传》、《拾遗记》、《逸周书》、《穆天子传》、《博物志》、《续齐谐记》，第四编收录《越绝书》、《吴越春秋》、《神仙传》、《山海经》、《搜神记》、《搜神后记》、《还冤志》，第七编收录《世说新语》，第十编收录《异苑》，第十三编收录《汉武故事》、《海内十洲记》、《神异经》、《洞冥记》，第十六编收录《汉武帝内传：附外传、逸文、校勘记》，第十九编收录《笑林》、《裴子语林》、《郭子》、《青史子》、《齐谐记》、《元中记》、《俗说》、《殷芸小说》，第二十八编收录《西京杂记》，第三十编收录《列仙传》，第三十一编收录《幽明录》，第三十八编收录《五朝小说大观》，第三十九编收录《周氏冥通记》)，台北：新兴书局，1978—1987.
118. 何满子，李时人. 中国古代短篇小说杰作评注(全 2 册). 安徽文艺出版社，1988.
119. 王海林. 中国武侠小说史略. 北岳文艺出版社，1988.
120. 谈凤梁. 中国古代小说简史. 江苏教育出版社，1988.
121. 李继芬，韩海明选译. 汉魏六朝小说选译(下册). 上海古籍出版社，1988.
122. 江蓝生. 魏晋南北朝小说词语汇释. 语文出版社，1988.
123. 袁珂. 中国神话史. 上海文艺出版社，1988.
124. 陈平原. 中国小说叙事模式的转变. 上海人民出版社，1988.
125. 王国良. 六朝志怪小说考论. 台北：文史哲出版社，1988.
126. 王丽娜. 中国古典小说戏曲名著在国外. 学林出版社，1988.
127. 侯忠义. 汉魏六朝小说史. 春风文艺出版社，1989.
128. 陈谦豫. 中国小说理论批评史. 华东师范大学出版社，1989.
129. 关永礼等撰. 中国古典小说鉴赏辞典. 中国展望出版社，1989.
130. 扬州师范大学中文系资料室编. 十家小说研究资料索引. 1989.
131. 陈星鹤，杨志华选析. 魏晋南北朝小说赏析. 广西教育出版社，1989.
132. 马兰注选. 古代志怪小说选. 湖南文艺出版社，1989.
133. 孙昌熙. 鲁迅"小说史学"初探. 山东教育出版社，1989.
134. 黄清泉. 中国历代小说序跋辑录：文言笔记小说部分. 华中师范大学出版社，1989.
135. 王金盛编. 历代微型小说选. 中国文联出版公司，1989.

136. 萧登福. 先秦两汉冥界及神仙思想探原. 台北:文津出版社,1989.
137. 萧登福. 汉魏六朝佛道两教之天堂地狱说. 台北:台湾学生书局,1989.
138. 周光培,孙进己主编. 历代笔记小说汇编·汉魏六朝笔记小说(影印本). 辽沈书社,1990.
139. 齐裕焜. 中国古代小说演变史. 敦煌文艺出版社,1990.
140. 罗立群. 中国武侠小说史. 辽宁人民出版社,1990.
141. 侯忠义. 中国文言小说史稿(上). 北京大学出版社,1990.
142. 杨子坚. 新编中国古代小说史. 南京大学出版社,1990.
143. 方正耀. 中国小说批评史略. 中国社会科学出版社,1990.
144. 肖海波,罗少卿译注. 六朝志怪小说选译. 巴蜀书社,1990.
145. 刘永濂译注. 中国志怪小说选译. 北京:宝文堂书店,1990.
146. 王晓平. 佛典·志怪·物语. 江西人民出版社,1990.
147. 释小祥. 佛教文学对中国小说的影响. 台北:佛光出版社,1990.
148. 〔日〕竹田晃撰,孙中家译. 中国志怪世界研究. 黑龙江人民出版社,1990.
149. 谈凤梁主编. 历代文言小说鉴赏辞典. 南京文艺出版社,1991.
150. 陈炳熙. 古典短篇小说艺术新探. 华东师范大学出版社,1991.
151. 张国风. 中国古代的小说. 商务印书馆,1991.
152. 宁稼雨. 中国志人小说史. 辽宁人民出版社,1991.
153. 杜贵晨. 中国古代短篇小说史. 中州古籍出版社,1991.
154. 黄岩柏. 中国公案小说史. 辽宁人民出版社,1991.
155. 徐君慧. 中国小说史. 广西教育出版社,1991.
156. 孙逊,孙菊园. 中国古典小说美学资料汇粹. 台北:大安出版社,1991.
157. 张稔穰. 中国古代小说艺术教程. 山东教育出版社,1991.
158. 陆志平,吴功正. 小说美学. 人民出版社,1991.
159. 侯健. 中国小说大辞典. 作家出版社,1991.
160. 徐明编. 魏晋南北朝小说少年读本. 陕西人民教育出版社,1991.
161. 段启明主编. 中国古典小说艺术鉴赏辞典. 北京师范大学出版社,1991.
162. 朱一玄等. 古典小说戏曲书目. 吉林文史出版社,1991.
163. 乐牛主编. 中国古代微型小说鉴赏辞典. 中国妇女出版社,1991.
164. 王恒展等编. 中国古代寓言大观. 明天出版社,1991.
165. 刘良明. 中国小说理论批评史. 武汉大学出版社,1991;台北:洪叶文化 1996.
166. 俞汝捷. 幻想和寄托的国度:志怪传奇新论. 台北:淑馨出版社,1991.

167. 李悔吾. 中国小说史漫稿. 湖北教育出版社，1992.
168. 程毅中. 古代小说史料漫话. 辽宁教育出版社，1992.
169. 林辰. 神怪小说史话. 辽宁教育出版社，1992.
170. 蔡国梁. 讽喻小说史话. 辽宁教育出版社，1992.
171. 曹亦冰. 侠义小说史话. 辽宁教育出版社，1992.
172. 赵兴勤. 古代小说与伦理. 辽宁教育出版社，1992.
173. 李稚田. 古代小说与民俗. 辽宁教育出版社，1992.
174. 侯忠义. 汉魏六朝小说简史. 辽宁教育出版社，1992.
175. 李德芳，于天池. 古代小说与民间文学. 辽宁教育出版社，1992.
176. 陈洪. 中国小说理论史. 安徽文艺出版社，1992；天津教育出版社，2005（本版注明为修订本）.
177. 叶桂刚，王贵元主编. 中国古代十大志怪小说赏析（上）. 北京广播学院出版社，1992.
178. 于曼玲编. 中国古典戏曲小说研究索引（收集 1817—1992 年间期刊报纸中研究中国古典戏曲小说的文献题录）. 广东高等教育出版社，1992.
179. 俞汝捷. 仙·鬼·妖·人：志怪传奇新论. 中国工人出版社，1992.
180. 〔日〕内田道夫编，李庆译. 中国小说的世界. 上海古籍出版社，1992.
181. 洪顺隆主编. 中外六朝文学研究文献目录（增订版）. 国家图书馆汉学研究中心，1992.
182. 陈文新. 中国文言小说流派研究. 武汉大学出版社，1993.
183. 陈平原. 小说史：理论与实践. 北京大学出版社，1993.
184. 萧兵. 古代小说与神话. 辽宁教育出版社，1993.
185. 杨义. 中国历朝小说与文化. 台北：业强出版社，1993.
186. 齐裕焜，陈惠琴. 中国讽刺小说史. 辽宁人民出版社，1993；又题为《镜与剑：中国讽刺小说史略》. 台北：文津出版社，1995.
187. 中国古代小说百科全书编辑委员会、中国大百科全书出版社编辑部编. 中国古代小说百科全书. 中国大百科全书出版社，1993.
188. 刘上生. 中国古代小说艺术史. 湖南师范大学出版社，1993.
189. 吴礼权. 中国笔记小说史. 台湾：商务印书馆股份有限公司，1993；商务印书馆国际有限公司，1997.
190. 张国风. 中国古代的小说. 台湾：商务印书馆股份有限公司，1993.
191. 〔日〕小南一郎撰，孙昌武译. 中国的神话传说与古小说. 中华书局，1993.
192. 董乃斌. 中国古典小说的文体独立. 中国社会科学出版社，1994.

193. 周光培编. 历代笔记小说集成·汉魏六朝小说. 河北教育出版社,1994.
194. 吴志达. 中国文言小说史. 齐鲁书社,1994.
195. 石昌渝. 中国小说源流论. 三联书店,1994.
196. 李水海主编. 中国小说大辞典·先秦至南北朝卷. 陕西人民出版社,1994.
197. 颜慧琪. 六朝志怪小说异类姻缘故事研究. 台北:文津出版社,1994.
198. Michael Loewe, Divination. Mythology and Moarchy in Han China. Cambridge University Press, 1994.
199. 韩秋白,顾青. 中国小说史. 台北:文津出版社,1995.
200. 杨义. 中国古典小说史论. 中国社会科学出版社,1995;北京人民出版社,1998.
201. 宁宗一主编. 中国小说学通论. 安徽教育出版社,1995.
202. 张稔穰. 中国分体文学史·小说卷. 青岛海洋大学出版社,1995.
203. 清流,段锐武编. 魏晋志怪故事精华. 陕西师范大学出版社,1995.
204. 上海古籍出版社编. 鬼怪世界:中国志怪故事大观. 上海古籍出版社,1995.
205. 谭令仰注译. 古代经典微型小说:神话志怪篇. 中国人民大学出版社,1995.
206. 胡大雷,黄理彪. 鸿沟与超越鸿沟的历程:中国古代文言短篇史. 陕西师范大学出版社,1995.
207. 陈文新. 中国笔记小说史. 台北:志一出版社,1995.
208. 陈文新. 中国传奇小说史话. 台北:正中书局,1995.
209. 吴礼权. 中国言情小说史. 台北:"商务印书馆",1995.
210. 薛惠琪. 六朝佛教志怪小说研究. 台北:文津出版社,1995.
211. 李悔吾. 中国小说史. 台北:洪叶文化事业有限公司,1995.
212. 林富士. 孤魂与鬼雄的世界. 板桥:台北县立文化中心,1995.
213. 王恒展. 中国小说发展史概论. 山东教育出版社,1996.
214. 张国风. 中国古代小说史话. 商务印书馆,1996.
215. 石育良. 怪异世界的建构:从《聊斋志异》看志怪传统的文化特征. 台北:文津出版社,1996.
216. 卢润祥,沈伟麟主编. 历代志怪大观. 三联书店,1996.
217. 丁锡根编. 中国历代小说序跋集. 人民文学出版社,1996.
218. 宁稼雨. 中国文言小说总目提要. 齐鲁书社,1996.
219. 张振军. 传统小说与中国文化. 广西师范大学出版社,1996.

220. 刘明主编，李福全等绘. 汉魏六朝志怪. 商务印书馆国际有限公司，1996.
221. 齐平编选. 名人逸事：中国古代志人小说精品选. 江苏古籍出版社，1996.
222. 乔力主编. 文言小说精华（包括《燕丹子》、《汉武故事》、《汉武洞冥记》、《博物志》、《神仙传》、《西京杂记》、《搜神记》、《搜神后记》、《世说新语》、《幽明录》、《俗说》和《小说》等小说中的部分篇目）. 广西师范大学出版社，1996.
223. 王平. 中国古代小说文化研究. 山东教育出版社，1996.
224. Strange Writing：Anomaly Accounts in Early Medieval China. Campanny，Robert Ford. Albany：State University of New York Press，1996.
225. 骆晓平. 亦真亦幻人鬼情：古代志怪小说欣赏. 四川人民出版社，1996.
226. 李丰楙. 误入与谪降：六朝隋唐道教文学论集. 台北：台湾学生书局，1996.
227. 王国良. 魏晋南北朝文学论著集目（正编）. 台北：五南出版社，1996.
228. 王国良. 魏晋南北朝文学论著集目（续编）. 台北：五南出版社，1997.
229. 陈平原. 陈平原小说史论集. 河北人民出版社，1997.
230. 刘勇强. 中国神话与小说. 大象出版社，1997.
231. 郁沅，张明高编. 六朝诗话钩沉. 中国广播电视出版社，1997.
232. 王枝忠. 汉魏六朝小说史. 浙江古籍出版社，1997.
233. 陈文新，郑向前. 六朝小说. 文化艺术出版社，1997.
234. 欧阳健. 中国神怪小说通史. 江苏教育出版社，1997.
235. 苗壮. 笔记小说史. 浙江古籍出版社，1998.
236. 陈节. 中国人情小说通史. 江苏教育出版社，1998.
237. 林辰. 神怪小说史. 浙江古籍出版社，1998.
238. 何永康. 稗海文心：古小说探艺. 江苏古籍出版社，1998.
239. 张力伟，冯瑞生评释. 中国传统文化别裁·小说别裁. 学苑出版社，1998.
240. 刘叶秋，朱一玄等编. 中国古典小说大辞典. 河北人民出版社，1998.
241. 苗壮，王焕敏编. 稗海览珍：中国历代小说. 辽海出版社，1998.
242. 胡从经. 中国小说史学史长编. 上海文艺出版社，1998；香港：中华书局有限公司，1999.
243. 李玉芬. 六朝志人小说研究. 台北：文津出版社，1998.

244. 游友基. 中国社会小说通史. 江苏教育出版社,1999.
245. 刘真伦,岳珍选编. 历代笔记小说精华(第 1 卷:先秦两汉魏晋南北朝). 四川人民出版社,1999.
246. 陈建根主编,刘文忠等选注. 中国文言小说精典. 山东大学出版社,1999.
247. 王增斌,田同旭. 中国古代小说通论综解. 中国文联出版公司,1999.
248. 朱一玄. 中国小说史料学研究散论. 南开大学出版社,1999.
249. 赵明政. 文言小说:文士的释怀与写心. 广西师范大学出版社,1999.
250. 李盾. 中国古代小说演进史. 文津出版社有限公司,1999.
251. 尹飞舟等. 中国古代鬼神文化大观. 百花洲文艺出版社,1999.
252. 傅开沛等. 中国历代笔记小说鉴赏辞典. 中州古籍出版社,1999.
253. 齐豫生,夏于全主编.《中国古典文学宝库》第 65 辑《志怪小说》(收《穆天子传》、《山海经》、《搜神记》、《博物志》等). 延边人民出版社,1999.
254. 王根林,黄益元,曾光甫校点. 汉魏六朝笔记小说大观(含《穆天子传》、《燕丹子》、《神异经》、《海内十洲记》、《西京杂记》、《汉武帝别国洞冥记》、《汉武帝内传》、《汉武故事》、《博物志》、《搜神记》、《搜神后记》、《拾遗记》、《裴子语林》、《异苑》、《幽明录》、《世说新语》、《续齐谐记》、《殷芸小说》等). 上海古籍出版社,1999.
255. 鲁迅. 鲁迅辑录古籍丛编(第 1 卷,主要包括《古小说钩沉》和《小说备校》). 人民文学出版社,1999.
256. 谢明勋. 六朝志怪小说故事考论:"传承""虚实"问题之考察与析论. 台北:里仁书局,1999.
257. 张庆民. 魏晋南北朝志怪小说通论. 首都师范大学出版社,2000.
258. 宋常立. 中国古代小说文体论. 天津社会科学院出版社,2000.
259. 孙逊. 中国古代小说与宗教. 复旦大学出版社,2000.
260. 伏俊琏,伏麒鹏合编.《敦煌文化丛书》之《石室齐谐:敦煌小说选析》(收录敦煌小说:句道兴《搜神记》、《启颜录》、颜之推《还冤记》等 11 篇). 甘肃人民出版社,2000.
261. 史仲文主编. 中国文言小说百部经典(收录《穆天子传》、《燕丹子》、《神异经》、《十洲记》、《列仙传》、《赵飞燕外传》、《洞冥记》、《汉武帝内传》、《吴越春秋》、《列异传》、《笑林》、《博物志》、《玄中记》、《搜神记》、《神仙传》、《西京杂记》、祖台之《志怪》、《灵鬼志》、《甄异传》、《拾遗记》、《搜神后记》、《异苑》、《世说新语》、《幽明录》、《宣验记》、《齐谐记》、祖冲之《述异记》、《续齐谐记》、《殷芸小说》、《冤魂志》、《启颜录》等). 北京出版社,

2000.
262. 王汝梅,张羽. 中国小说理论史. 浙江古籍出版社,2001.
263. 杜贵晨. 传统文化与古典小说. 河北大学出版社,2001.
264. 王立. 宗教民俗文献与小说母题. 吉林人民出版社,2001.
265. 李修生,赵义山主编. 中国分体文学史·小说卷. 上海古籍出版社,2001.
266. 沈治钧. 中国古代小说简史. 北京语言文化大学出版社,2001.
267. 吕宗力,栾保群. 中国民间诸神(上、下册). 河北教育出版社,2001.
268. 杨宪益. 戴乃迭译. 汉魏六朝小说选(汉英对照读物). 外文出版社,2001.
269. 王平. 中国古代小说叙事研究. 河北人民出版社,2001.
270. 秦川. 中国古代文言小说总集研究. 上海古籍出版社,2001.
271. 王秀梅卷主编. 中国古典小说集粹(先秦汉魏南北朝卷). 学苑出版社,2001.
272. 吴光正. 中国古代小说的原型与母题. 社会科学文献出版社,2002.
273. 段启明编. 中国古代小说戏曲述评辑略. 华文出版社,2002.
274. 王秀梅主编. 中国古典小说集粹. 学苑出版社,2002.
275. 陈洪 2. ①佛教与中古小说.(见永明等编"中国佛教学术论典"丛书). 高雄:佛光山文教基金会,2002;学林出版社,2007.
276. 黄霖等. 中国小说研究史. 浙江古籍出版社,2002.
277. 刘红军. 中国小说艺术发展简史. 辽宁民族出版社,2002.
278. 王连儒. 志怪小说与人文宗教. 山东大学出版社,2002.
279. 宁稼雨. 传神阿堵 游心太玄:六朝小说的文体与文化研究. 百花文艺出版社,2002.
280. 陈文新. 文言小说审美发展史. 武汉大学出版社,2002.
281. 李剑国. 中国狐文化. 人民文学出版社,2002.
282. 张燕瑾主编. 中国古代小说专题. 高等教育出版社,2002.
283. 刘苑如. 身体·性别·阶级:六朝志怪的常异论述与小说美学. 台北:"中央研究院中国文哲研究所",2002.
284. 蔡铁鹰. 中国古代小说的演变与形态. 中国文史出版社,2003.
285. 刘叶秋. 历代笔记概述. 中华书局,1980;北京出版社,2003.

① 陈洪 2,指徐州师范文学院陈洪,本索引又涉及南开大学"陈洪",特标陈洪 2 以示区别;下同。

286. 孟昭连，宁宗一. 中国小说艺术史. 浙江古籍出版社，2003.
287. 李献芳. 中国小说简史. 山东大学出版社，2003.
288. 万晴川. 巫术文化视野中的中国古代小说. 中国社会科学出版社，2003.
289. 谢明勋. 六朝小说本事考索. 台北：里仁书局，2003.
290. 龚鹏程. 中国小说史论. 台北：台湾学生书局，2003.
291. 刘苑如，高桂惠，康韵梅，赖芳伶选注. 历代短篇小说选注. 台北：里仁书局，2003.
292. 萧相恺主编. 中国文言小说家评传. 中州古籍出版社，2004.
293. 李道和. 岁时民俗与古小说研究. 天津古籍出版社，2004.
294. 吕小蓬. 古代小说公案文化研究. 中央编译出版社，2004.
295. 谢明勋. 古典小说与民间文学：故事研究论集. 台北：大安出版社，2004.
296. 石昌渝主编. 中国古代小说总目（文言卷）. 山西教育出版社，2004.
297. 李伟昉. 英国哥特小说与中国六朝小说比较研究. 中国社会科学文献出版社，2004.
298. 桑林佳选注. 汉魏六朝小说选. 太白文艺出版社，2004.
299. 周先慎. 古典小说鉴赏. 北京大学出版社，2004.
300. 熊明. 杂传与小说：汉魏六朝杂传研究. 辽海出版社，2004.
301. 焦垣生，张蓉主编. 中国古典小说鉴赏. 北京大学出版社，2004.
302. 吴海勇. 中古汉译佛经叙事文学研究. 学苑出版社，2004.
303. 韩进康. 中国小说美学史. 河北大学出版社，2004.
304. 苗怀明. 中国古代公案小说史论. 南京大学出版社，2005.
305. 程毅中. 古代小说史料简论. 山西人民出版社，2005.
306. 万晴川. 中国古代小说与方术文化. 中国社会科学出版社，2005.
307. 胡胜. 神怪小说简史. 山西人民出版社，2005.
308. 许并生. 古代小说与戏曲. 山西人民出版社，2005.
309. 侯忠义. 汉魏六朝小说简史・唐代小说简史. 山西人民出版社，2005.
310. 潘建国. 古代小说书目简论. 山西人民出版社，2005.
311. 欧阳健. 古代小说作家简论. 山西人民出版社，2005.
312. 萧兵，周俐. 古代小说与神话宗教. 山西人民出版社，2005.
313. 李稚田. 古代小说与民俗. 山西人民出版社，2005.
314. 欧阳健. 古代小说与历史. 山西人民出版社，2005.
315. 赵兴勤. 古代小说与传统伦理. 山西人民出版社，2005.
316. 牛贵琥. 古代小说与诗词. 山西人民出版社，2005.
317. 颜景常. 古代小说与方言. 山西人民出版社，2005.

318. 齐裕焜，王子宽. 中国古代小说研究. 福建人民出版社，2005.
319. 王恒展主编. 山东分体文学史(小说卷). 齐鲁书社，2005.
320. 潘建国. 中国古代小说书目研究. 上海古籍出版社，2005.
321. 白化文. 三生石上旧精魂：中国古代小说与宗教. 北京出版社，2005.
322. 段庸生. 中国文言小说思维. 中国文史出版社，2005.
323. 徐中玉主编. 中国古典小说理论史. 华东师范大学出版社，2005.
324. 朱一玄，宁稼雨，陈桂声. 中国古代小说总目提要. 人民文学出版社，2005.
325. 陈文新. 传统小说与小说传统. 武汉大学出版社，2005.
326. 蒋星煜，孙逊等撰，董乃斌审定. 古小说鉴赏辞典(上册). 上海辞书出版社，2005.
327. 杨宪益，戴乃迭英译. 汉魏六朝小说选. 外文出版社，2005.
328. 傅礼军. 中国小说的谱系与历史重构. 东方出版社，2006.
329. 范崇高. 中古小说校释集稿. 巴蜀书社，2006.
330. 王青. 西域文化影响下的中古小说. 中国社会科学出版社，2006.
331. 王立. 佛经文学与古代小说母题比较研究. 昆仑出版社，2006.
332. 黄霖，许建平等. 二十世纪中国古代文学研究史(小说卷). 东方出版中心，2006.
333. 黄景春. 中国古代小说仙道人物研究. 广西师范大学出版社，2006.
334. 胡怀琛. 中国小说研究. 中国书籍出版社，2006.
335. 周俊勋. 魏晋南北朝志怪小说词汇研究. 巴蜀书社，2006.
336. 林辰. 古代小说概论. 春风文艺出版社，2006.
337. 刘亚丁. 佛教灵验记研究：以晋唐为中心. 巴蜀书社，2006.
338. 傅璇琮主编. 魏晋南北朝小说. 泰山出版社，2007.
339. 〔韩〕郑宣景. 神仙的时空：《太平广记》神仙故事研究. 中央民族大学，2007.
340. 刘勇强. 中国古代小说史叙论. 北京大学出版社，2007.
341. 祁连休. 中国古代民间故事类型研究. 河北教育出版社，2007.
342. 颜湘君. 中国古代小说服饰描写研究. 上海书店出版社，2007.
343. 李剑国，孟昭连. 中国小说通史(先唐卷). 高等教育出版社，2007.
344. 陈长嘉主编. 中国历代小说赏读. 天津古籍出版社，2007.
345. 蔡梅娟. 中国小说审美与人的生存理念. 新时代出版社，2007.

日本著作

346. 波多野太郎编. 中国小说戏曲词汇研究辞典综合索引稿. 横滨市立大

学,1958.

347. 前野直彬译. 六朝、唐、宋小说集. 中国古典文学全集六. 平凡社,1959;1968.

348. 汉文资料编辑会议编. 六朝志怪小说. 太修馆书店,1968.

349. 小川环树. 中国小说史研究. 岩波书店,1968.

350. 牧田谛克. 六朝古逸觀世音應驗記の研究. 京都:平乐寺书店,1970.

351. 波多野太郎. 中国文学史研究:小说戏曲论考. 樱枫社,1974.

352. 前野直彬. 中国小说史考. 东京:秋山书店,1975.

353. 竹田晃. 中國の幽靈. 东京大学出版会,1980.

354. 陈舜臣. 妖のある怪話. 讲谈社,1983.

355. 中野美代子. 中國の妖怪. 岩波书店,1983.

356. 驹田信二. 中國怪奇物語:妖怪篇. 讲谈社,1983.

357. 竹田晃,高桥稔,西冈晴岩编. 六朝、唐小說集(中国の古典三十二). 1983.

358. 庄司格一. 中世における蛇の說話. 山形大学纪要. 1984.

359. 高桥稔. 中國說話文學の誕生. 东方书店,1988.

360. 清水茂. 語りの文學. 筑摩书房,1988.

361. 泽田瑞穗. 中國の傳承と說話. 文研出版社,1989.

362. 森野繁夫编. 六朝古小說語彙集. 朋友书店,1990.

363. 内山知也,佑藤一郎,八木章好编. 中國小說小事典. 高文堂出版社,1990.

364. 泽田瑞穗. 修订鬼趣談義:中國幽鬼の世界. 平河出版社,1991.

365. 近藤春雄. 中國の傳奇と美女:志怪、傳奇の世界. 武藏书院,1991.

366. 竹田晃. 中國の說話と古小說. 放送大学教育振兴会,1992.

367. 庄司格一. 中國中世の說話:古小說の世界. 白帝社,1992.

论　文

368. 章太炎. 诸子学略说. 国粹学报,1906-09-08(第 8 号)、1906-10-07(第 9 号);章太炎政论选集(上册). 汤志钧编. 中华书局,1977 年版等.

369. 天僇生(王无生). 中国历代小说史论. 月月小说,1907,1(11).

370. 周作人.《古小说钩沉》序. 越社丛刊,1912-02(1).

371. 章太炎. 论说部与文学之关系. 文学杂志,1919-01(1).

372. 胡寄尘. 中国小说考源. 小说世界,1923,1(11).

373. 庐隐. 中国小说史略. 晨报附刊,1923-06-21～1923-09-11.
374. 舒啸. 小说的略史与历代史家的观念. 小说世界,1924,8(6).
375. 刘永济. 说部流别. 学衡,1925(40).
376. 达年译. 节译支那小说戏曲史概说. 学灯,1927-01-08.
377. 〔日〕盐谷温撰,君左译. 中国小说概论. 小说月报,1927,17(号外).
378. 胡怀琛. 稗官辨. 小说世界,1928-03,17(1).
379. 姚根石.《汉书・艺文志》以小说为一家. 北京益世报,1928-09-23.
380. 鲁迅. 中国小说的历史的变迁(1924 年在西安大学讲中国小说史的讲义). 后收入《中国小说史略》、《鲁迅全集》等.
381. 张长弓. 中国上古小说之雏形(寓言、喻词、神话). 文艺月报(开封),1931,1(3).
382. 恨水. 中国小说之起源.《天津益世报》副刊《语林》,1932-10-20～1932-20-22.
383. 胡寄尘. 中国小说的起源及其演变. 珊瑚,1933,2(1～5).
384. 姜亮夫. 中国古代小说之史与神话之邂逅. 青年界,1933,4(4).
385. 赵景深. 汉魏六朝小说. 中国文学月刊,1934,1(1).
386. 刘汝霖. 六朝伽蓝记叙目. 师大月刊,1934-08(13).
387. 孙楷第. 小说专名考释. 师大月刊,1934,10.
388. 霍世林. 六朝志怪中的印度故事. 出处待考。(据胡从经《中国小说史学史长编》,香港:中华书局有限公司,1999,P317).
389. 鲁迅. 六朝小说和唐代传奇文有怎样的区别. 文学百题,1935-07.
390. 孔另境. 小说考源. 中国小说史料. 中华书局,1936;古典文学出版社,1957.
391. 余嘉锡. 小说家出于稗官说. 辅仁学志,1937,6(第 1、2 期合刊);余嘉锡论学杂著. 中华书局,1963;余嘉锡文史论集. 岳麓书社,1997.
392. 张寿林. 中国"笑话"的史的演进. 中央日报民风副刊,1937-05-20(33)、1937-05-27(34).
393. 赵景深. 评介鲁迅的《古小说钩沉》. 写于 1938 年;中国小说丛考. 齐鲁书社,1980.
394. 䰐庐. 中国小说源出佛家考. 逸经,1937-08-05.
395. 严懋垣(薇青). 魏晋南北朝志怪小说书录附考证. 燕京大学文学年报,1940(6).
396. 王季思. 中国笔记小说略述. 战时中学生,1940,2.
397. 匀君(叶德均). 小说考源. 香港:星岛日报,1941-12-06(第 3 张《俗文学》

周刊第 43 期).

398. 赫崇学. 先秦的原始小说. 学海(湖北),1942(第 13、14 卷).

399. 静生. 中国小说叙录. 中华月报,1944,7(5、6).

400. 傅惜华. 六朝志怪小说之存逸. 汉学(第 1 辑),1944-09.

401. 戴望舒.《古小说钩沉》校辑的时代和逸序. 大晚报,1946-09-10(第 3 版《通俗文学》周刊第 2 期).

402. 鲁迅.《古小说钩沉》序. 大晚报,1946-09-10(第 3 版《通俗文学》周刊第 2 期).

403. 永明(叶德均). 小说探原. 大晚报,1946-10-22(第 3 版《通俗文学》周刊第 8 期).

404. 祝文白. 中国小说源流述. 读书通讯,1946,110(7—9).

405. 王季思. 中国笔记小说略述. 新学生,1947,4(2).

406. 赵景深.《古小说钩沉》补遗. 大晚报,1947-04-28(第 2 版《通俗文学》周刊第 27 期:原刊误题第 26 期).

407. 王瑶. 魏晋小说与方术:中古文学史论之一. 学原,1948-07,2(3);后题作《小说与方术》,收入《中古文学史论》、《王瑶全集》.

408. 林辰. 鲁迅《古小说钩沉》的辑录年代. 人民文学,1950(12).

409. 吴小如. 古小说与唐人传奇. 中国小说讲话及其它. 上海出版公司,1955.

410. 伍锦仁. 中国小说述略. 香港大学中文学会会刊(年刊),1955-12.

411. 张振华. 论中国古代民间寓言. 教学研究集刊,1956-03.

412. 张友鸾. 读古代寓言. 人民日报,1956-09-22.

413. 文丁. 浅谈《中国小说史略》. 内蒙古日报,1956-10-09.

414. 林辰. 鲁迅《古小说钩沉》的辑录年代及所收各书作者. 光明日报,1956-10-21、1956-10-28(文学遗产专刊第 127、128 期).

415. 阿英. 读《中国小说史略》. 文艺报,1956(20).

416. 朱一玄. 中国小说何时发生? 小说、传奇是否一回事? 宋元评话小说与明清的小说传奇有无关系. 历史教学,1956-06.

417. 鲁迅. 我国小说的历史变迁. 收获,1957(创刊号).

418. 王焕镳. 先秦寓言研究. 浙江师范大学学报,1957(1).

419. 陆树仑. 中国小说史稿. 文学评论,1957-02.

420. 范宁. 论魏晋志怪小说传播和知识分子思想分化的关系. 北京大学学报,1957(2);范宁古典文学研究文集. 重庆出版社,2006;范宁集. 中国社会科学出版社,2007.

421. 魏金枝. 谈谈我国的寓言. 人民文学,1957(4).
422. 浦江清. 论小说. 文学遗产增刊(第 6 辑);作家出版社,1957;浦江清文录,人民文学出版社,1989.
423. 藏园. 六朝小说里的观音故事. 香港:文艺世纪,1957-07(2).
424. 言永. 谈谈先秦小说. 光明日报,1958-03-02(文学遗产专刊第 198 期).
425. 刘叶秋. 魏晋南北朝志怪小说简论. 新建设,1958(4);古典小说论丛. 中华书局,1959;古典小说笔记论丛. 南开大学出版社,1985.
426. 德年. 魏晋南北朝的志怪小说. 新民晚报,1961-02-23.
427. 何其芳.《不怕鬼的故事》序,不怕鬼的故事. 人民文学出版社,1961.
428. 冯秉华. 中国小说源流考. 香港大学五十周年纪念论文集(1911—1961),1964.
429. 罗锦堂. 小说考源. 香港大学五十周年纪念论文集(1911—1961),1964.
430. 段宝林. 说古代寓言. 光明日报,1964-08-09(文学遗产专刊第 473 期).
431. 熊玺. 小说与时代背景的关系. 台北:淡江学报,1965(4).
432. 李辉英. 中国小说的起源. 纯文学,1967-10.
433. 马小梅. 两汉魏晋南北朝的小说. 文海,1968-02,1(12).
434. 吴宏一. 六朝鬼神怪异小说与时代背景的关系. 现代文学,1971-09(44).
435. 〔苏联〕李福清. 中国古代神话与小说的演变. 中国古代文学论集. 莫斯科:科学出版社,1969.
436. 柯庆明,林明德主编. 吴宏一. 六朝鬼神怪异小说与时代背景的关系. 台湾:现代文学,1971-10(44);中国古典文学研究丛刊:小说之部(一). 台北:巨流图书公司,1985.
437. 量斋. 地狱观念在中国小说中的运用与改变. 纯文学,1971-06.
438. 南开大学中文系《中国小说史》编写组. 读一点中国小说史. 图书通讯,1973(12).
439. 南开大学中文系《中国小说史》编写组. 中国小说史书目举要. 图书通讯,1973(12).
440. 祝秀侠. 论晋六朝的志异小说. 中国文选,1974-02(82).
441. 〔日〕小川环树撰,张桐生译. 中国魏晋以后(三世纪以降)的仙乡故事. 幼狮月刊,1974-11,40(5).
442. 叶庆炳. 魏晋南北朝的鬼小说与小说鬼. 中外文学,1975-05,3(12);古典小说论评:晚鸣轩文学论文集之二. 台北:幼狮文化事业公司,1990.
443. 黄维梁. 中国最早的短篇小说:论“孟子”“齐人”故事和中国小说起源的诸问题. 香港:明报月刊,1975,10(1).

444. 台静农. 佛教故实与中国小说. 香港:Journal of Oriental Studies,1975,13(1).

445. 王次澄. 六朝文士所著之志怪小说. 台湾:东吴大学中国文学系系刊,1975(1).

446. 张少真. 产生六朝鬼神志怪小说之时代背景. 台湾:东吴大学中国文学系系刊,1976(2).

447. 叶庆炳. 志怪小说中的鸡和犬. 中华文化复兴月刊,1976,9(5).

448. 赖芳伶.《阅微草堂笔记》和"六朝志怪"的关系及比较. 台湾:中外文学,1976,5(1).

449. 曾丽玲. 汉魏六朝小说析论:试就汉魏六朝小说探讨当时之社会风气. 文心(台湾),1976(4).

450. 叶庆炳. 古典小说中的狐狸精(上). 台湾:中外文学,1977,6(1).

451. 叶庆炳. 古典小说中的狐狸精(下). 台湾:中外文学,1977,6(2).

452. Kenneth J. Dewoskin. The Six Dynasties Chih-Kuai and the Birth of Fiction. In Chinese Narrative: Critical and Theoretical Essays. ed. Andrew H. Planks Princeton: Princeton University Press,1977.

453. 胡大浚,蓝开祥. 先秦寓言论略. 甘肃师大学报,1978(4).

454. 孙楷第.《小说旁证》十题. 文献,1979(2).

455. 陈静言. 晚周寓言的衍变与影响. 河北师院学报,1979(3).

456. 王国良. 六朝小说概述(上). 图书与图书馆,1979,1(1).

457. 王国良. 六朝小说概述(下). 图书与图书馆,1979,1(2).

458. 澎湃. 魏晋时代的鬼怪小说. 中华文艺,1979,16(5).

459. 澎湃. 魏晋时代的人事小说. 中华文艺,1979,16(6).

460. 李悔吾. 中国小说的准备时期:古典小说漫话之一. 奔流,1979(7).

461. 李悔吾. 中国小说的童年:古典小说漫话之二. 奔流,1979(10).

462. 李悔吾. 中国小说的正式形成. 奔流,1979(11).

463. 袁行霈.《汉书·艺文志》小说家考辨. 文史(第 7 辑). 中华书局,1979.

464. 马幼圆,刘绍铭. 笔记、传奇、变文、话本、公案:综论中国传统短篇小说的形式. 中国古籍小说研究专集(第 1 辑). 台湾联经出版事业公司,1979.

465. 罗锦堂. Popular Stories of the Wei and Jin Periods. 香港:东方文化,1979,17(1—2).

466. 马积高. 中国古代文学史话:魏晋南北朝小说和地理杂记. 湖南:语文教学,1980(1).

467. 李丰楙. 六朝仙境传说与道教之关系. 中外文学，1980，8(8).
468. 吴之瑜. 志怪与传奇. 福建日报，1980-09-20.
469. 丁锡根. 鲁迅与中国小说史研究. 古典文学论丛(复旦学报，增刊). 复旦大学中文系编. 上海人民出版社，1980.
470. 李丰楙. 六朝镜剑传说与道教法术思想. 中国古典小说研究专集(2). 台北：联经出版事业公司，1980.
471. 李丰楙. 六朝精怪传说与道教法术思想. 中国古典小说研究专集(3). 台北：联经出版事业公司，1981.
472. 〔日〕前野直彬撰，前田一惠译. 评《古小说钩沉》：兼论有关六朝小说的资料. 台湾：中外文学，1980，8(9).
473. 王国良. 谈有关六朝小说的几个问题：《六朝志怪与小说的诞生》读后. 台湾：中外文学，1980，9(7).
474. 王国良. 中国古典小说研究书目(2)：六朝小说. 中国古典小说研究专集(2)，1980-06.
475. 叶庆炳.《六朝志怪小说与小说的诞生》读后. 台湾：中外文学，1980，9(3).
476. Kenneth J. Dewoskin 撰，赖瑞和译. 六朝志怪与小说的诞生. 台湾：中外文学，1980，9(3).
477. 孙乃沅. 庄子在小说史上的地位与贡献. 江淮论坛，1981(6).
478. Prusek. J. 撰，陈修和译. 中国中世纪小说里写实与抒情的成部. 中国古典小说研究专集(3). 台北：联经出版事业公司，1981.
479. 王国良. 汪氏(汪绍楹)校注本《搜神记》评介：兼谈研究六朝志怪的基本态度与方法. 中国古典小说研究专集(3). 台北：联经出版事业公司，1981；六朝志怪小说考论. 台北：文史哲出版社，1988.
480. 袁行霈，侯忠义. 中国文言小说书目(先秦—汉). 北京大学学报，1981(2).
481. 赖芳伶. 试论六朝志怪的几个主题. 台湾：幼狮学志，1982，17(1).
482. 吴长庚.《左传》与中国古代小说的起源. 上饶师专学报，1982(1).
483. 李剑国. 论汉代志怪小说(上、下). 南开学报，1982(1)；中国古代、近代文学研究 1982(9).
484. 黄霖. 魏晋志怪谈. 书林，1982(2).
485. 迟子. 我国小说概念的变迁及其源流. 吉林大学学报，1982(2).
486. 曲沐. 试论魏晋南北朝志怪小说的人情美. 吉林大学社会科学学报，1982(2)；中国古代、近代文学研究，1982(10).

487. 曲沐. 稗官摭拾. 贵州社会科学，1982(5).
488. 李剑国. 六朝志怪中的洞窟传说. 天津师大学报，1982(6)；古稗斗筲录：李剑国自选集. 南开大学出版社，2004.
489. 程毅中. 略谈汉魏六朝的小说. 文史知识，1982(7).
490. 周楞伽. 稗官考. 古典文学论丛(第 3 辑). 齐鲁书社，1982.
491. 王季思. 中国笔记小说略述. 玉轮轩古典文学论丛. 中华书局，1982.
492. 王国良. 六朝志怪小说简论. 古典文学(第 4 集). 中国古典文学研究会主编. 台北：学生书局，1982；六朝志怪小说考论. 台北：文史哲出版社，1988.
493. 逯耀东. 魏晋志异小说与史学的关系. 食货月刊，1982(4、5).
494. 孙兰廷. 魏晋南北朝小说一瞥. 语文学刊，1983(1).
495. 刘世德编. 中国古代小说研究：台湾香港论文选辑. 上海古籍出版社，1983.
496. 曲沐. 寓真实于荒诞 寄人情于鬼神：略谈六朝志怪小说的幻想形式. 贵州社会科学，1983(5).
497. 吴达芸. 汉魏六朝小说中的爱情格局. 台湾：文学评论，1983(7).
498. 阮昌锐. 民间的交感巫术信仰. 台湾：海外学人，1983.10(135).
499. 释修智. 佛教之传入对中国小说之影响. 能仁校讯，1983-12-25.
500. 〔苏联〕李福清. 中国文学：3～6 世纪的短篇小说. 世界文学史(第 2 卷). 莫斯科：科学出版社，1984.
501. 《唐前志怪小说史》问世. 南开史学，1984(2).
502. 顾农. 《古小说钩沉》的成就与遗留问题. 社会科学辑刊，1984(3、5).
503. 李剑国. 地理博物体志怪小说的产生和发展. 南开学报，1984(5)；全国高等学校文科学报文摘，1985(1).
504. 何满子. 《唐前志怪小说辑释》小引. 南开学报，1984(5).
505. 文华. 谈谈志怪小说. 知识杂志 课外学习，1984(8).
506. 侯文正. 城市文学史话：魏晋南北朝志怪小说和轶事. 城市文学，1984(11).
507. 金华荣. 六朝志怪小说情节单元索引. 台北：中国文化大学中国文学研究所，1984.
508. 刘叶秋. 古小说的新探索：《唐前志怪小说史》序. 李剑国. 唐前志怪小说史. 南开大学出版社，1984；古典小说笔记论丛. 南开大学出版社，1985.
509. 金荣华编. 六朝志怪小说情节单元分类索引. 台北：台湾中国文化大学中文研究所，1984.

510. 金荣华. 从六朝志怪小说看当时传统的神鬼世界. 台湾：华学季刊，1984，5(3).
511. 王国良. 魏晋南北朝志怪小说叙录. 台湾：中华学苑，1984(29).
512. 顾农.《古小说钩沉》的成书过程. 东北师大学报，1985(1).
513. 王齐洲. 中国小说起源探迹. 文学遗产，1985(1)；中国古代文学论集. 湖北大学中国古代文学学科编. 中华书局，2002.
514. 胡大雷. 汉魏六朝时代对小说观赏性质的认识. 文学评论，1985(1).
515. 顾农. 关于《古小说钩沉》的札记. 贵州文史丛刊，1985(3).
516. 宁稼雨. 六朝笔记小说拾遗. 中华文史论丛(总第36辑，1985年第4辑)，上海古籍出版社，1985.
517. 侯忠义编. 部分文言小说论文索引：1949—1983. 中国文言小说参考资料. 北京大学出版社，1985.
518. 王国良. 汉魏六朝书目考(宗教篇). 中央图书馆馆刊，1985，18(2).
519. 安维翰，吕发成. 试论魏晋南北朝志怪小说的人民性. 甘肃社会科学，1985(6)；中国古代、近代文学研究，1986(2).
520. 吴新生. 汉代小说概念辨析. 天津师范大学学报，1985(6).
521. 陈文. 志人、志怪小说是怎样产生的. 青年文摘，1985(7).
522. 郑瑶. 何谓志怪小说？志怪小说有何特点. 青年文摘，1985(7).
523. 何满子. 中国短篇小说源流发微. 文史知识，1985(8).
524. 田汉云.《聊斋志异》与六朝志怪小说. 扬州大学学报，1986(1)；中国古代、近代文学研究，1986(7).
525. 王枝忠. 志怪、传奇、志异：文言小说流变述略. 宁夏教育学院学报，1986(1).
526. 毕桂发. 略论先秦两汉时期的小说理论. 许昌学院学报，1986(2).
527. 张小忠. 先秦小说观及其消极影响. 上海师范大学学报，1986(4).
528. 方土. 谈志怪小说的审美形态. 内蒙古社会科学，1986(6).
529. 张可礼. 建安时期的小说. 建安文学论稿. 山东教育出版社，1986.
530. 黄霖. 萌芽状态的小说论. 古小说论概观. 上海文艺出版社，1986.
531. 张志合. 谈先秦两汉时期人们对小说的认识：与毕桂发同志商榷. 许昌学院学报，1987(2).
532. 杨序春.《古小说钩沉》篇目作品初探. 怀化学院学报，1987(4).
533. 张家顺. 汉代小说试论. 河南大学学报，1987(5).
534. 谈凤梁. 怎样读志怪小说. 文艺学习，1987(6).
535. 饶宗颐. 秦简中的“稗官”及如淳称魏时谓“偶语为稗”说. 王力先生纪念

论文集. 香港：三联书店有限公司，1987；饶宗颐二十世纪学术文集. 台湾新文本出版公司，2004.

536. 翁丽雪. 六朝志怪小说中的侠义风貌探析. 台湾：文藻学报，1987(2).

537. 谢明勋. 唐人小说"白螺精"故事源流考论. 中国书目季刊(第 22 卷第 1 期). 台北市. 中国书目季刊社，1987.

538. 林保尧. 中日古代文化交流的考察：黄泉国神话与六朝志怪小说的死生观比较. 东方宗教研究，1987-09(1).

539. 余英时. 中国古代死后世界的演变. 中国思想传统的现代诠释. 台北：联经出版公司，1987.

540. 马兰. 志怪小说述略. 社会科学战线，1988(1)；中国古代、近代文学研究，1988(4).

541. 周俐. 六朝志怪小说的爱情模式与观念. 淮阴师范学院学报，1988(2).

542. 毕桂发. 魏晋南北朝小说理论简论. 河南大学学报，1988(2).

543. 王枝忠. 试论文言小说的演进轨迹. 社会科学，1988(3).

544. 宁宗一. 中国古代小说观念的三次重大更新. 武汉教育学院学报，1988(3).

545. 李昌集. 中国早期小说观的历史衍变. 文学遗产，1988(3).

546. 王启忠. 试论六朝小说创作的自觉意识：兼议"六朝人并非有意作小说"之说. 社会科学辑刊，1988(3).

547. 蔡铁鹰. 汉志"小说家"试释. 南京师大学报，1988(3).

548. 曹文心. 建安小说考辨. 淮北煤炭师范学院学报，1988(4).

549. 孟昭连. 魏晋小说观之再认识. 许昌师专学报，1988(4).

550. 王薇生，王长友编. 俄苏研究中国古代小说书籍论文辑目. 文教资料，1988(4).

551. 张长弓. 志怪小说二题. 鸭绿江，1988(10).

552. 蒋述卓. 论佛教文学对志怪小说虚构意识的影响. 中国古代、近代文学研究，1988(5).

553. 王恒展. 史学辨伪与小说探源. 山东师大学报，1988(5).

554. 康韵梅.《唐前志怪小说史》评述. 中国文学研究，1988(5).

555. 陈一平等编. 先秦小说研究. 曹础基主编. 先秦文学集疑. 广东高等教育出版社，1988.

556. 王国良.《唐前志怪小说史》评介. 小说戏曲研究(第 1 集)，1988.

557. 李丰楙. 六朝道教洞天说与游历仙境小说. 小说戏曲研究(第 1 集)，1988.

558. 蒋述卓. 中古志怪小说与佛教故事. 文学遗产,1989(1);中国古代、近代文学研究,1989(10).
559. 袁荻涌. 六朝志怪小说与佛教. 文史杂志,1989(2).
560. 王齐洲. 中国古小说概念的发生与演变. 荆州师专学报,1989(3).
561. 陈铁镔. 先秦小说渊源探索. 渤海大学学报,1989(3).
562. 杨棣. 论志怪小说的创作动因及其审美倾向. 德州师专学报,1989(3);中国古代、近代文学研究,1990(4).
563. 吴维中. 试论志怪演化的宗教背景. 兰州大学学报,1989(4).
564. 张兴杰. 论方士与汉代小说. 兰州学刊,1989(4).
565. 陈炳熙. 论古代文言小说的动物形象. 东岳论丛,1989(6).
566. 月古. 论方士与汉代小说. 甘肃社会科学,1989(6).
567. 谈凤梁. 中国古代小说概念的演变. 古小说论稿. 浙江古籍出版社,1989.
568. 杨如雪. 六朝笔记小说中使用量词之研究. 台湾:师大国文研究所集刊(第33辑),1989-06.
569. 杨如雪. 六朝笔记小说里几个和量词合用以表示概用的语位. 台北:国文学报,1989-06(18).
570. 叶庆炳. 六朝至唐代的他界结构小说. 台北:台大中文学报,1989 (3).
571. 徐祝林. 从女娲形象看中国古代小说的渊源. 辽宁商专学报,1990(2).
572. 陈铁镔. 汉代小说发展轨迹与特质的探索. 渤海大学学报,1990(2).
573. 吴维中. 志怪与魏晋南北朝宗教. 兰州大学学报,1990(2).
574. 李希跃. 鬼神是人创造的(魏晋南北朝志怪小说鬼神世界初探). 广西大学学报,1990(2);中国古代、近代文学研究,1990(11).
575. 唐富令. 文言小说人物刻画的历史进程. 武汉大学学报,1990(4).
576. 李学勤. 放马滩简中的志怪故事. 文物,1990(4).
577. 野牧. 谈两汉志怪小说. 锦州师范学院学报,1990(4).
578. 杨如雪. 从六朝笔记小说里量词的使用现象看量词遭淘汰的原因. 中国学术年刊,1990(11).
579. 和勇. 神仙道教与志怪小说. 云南民族学院学报,1990(2).
580. 蒲慕州. 神仙与高僧:魏晋南北朝宗教心态试探. 汉学研究,1990,8(2).
581. 顾农. 关于《古小说钩沉》(上). 鲁迅研究月刊,1990(12).
582. 林明德. 六朝志怪的魅力. 台湾:国文天地,1990,6(3).
583. 萧登福. 先秦冥界思想探述. 先秦两汉冥界及神仙思想探原. 台北:文津出版社,1990.

584. 向柏松. 我国古代幽默微型小说发展述略. 华中师范大学学报，1991(1).
585. 樊载道. 先秦两汉小说初探. 北方论丛，1991(1).
586. 顾农. 关于《古小说钩沉》(下). 鲁迅研究月刊，1991(1).
587. 杨星映. 从《文心雕龙》看古代小说观念的演变. 重庆师范学报，1991(2).
588. 谈荣开. 宗教与魏晋南北朝志怪小说. 咸宁师专学报，1991(2).
589. 王枝忠. 小说汉代起源论. 东岳论丛，1991(3).
590. 王江. 中国小说源流新探. 四川师范大学学报，1991(3).
591. 高福生. 读《魏晋南北朝小说词语汇释》札记. 江西师范大学学报，1991(3).
592. 王枝忠. 先秦时期无小说：兼论史学著作对小说的影响. 海南大学学报，1991(4).
593. 杨义. 汉魏六朝"世说体"小说的流变. 中国社会科学，1991(4).
594. 陈炳熙. 古代文言小说中的鬼神形象. 文艺理论研究，1991(4).
595. 杨义. 汉魏六朝杂史小说的形态. 文学遗产，1991(4).
596. 杨义. 汉魏六朝志怪书的神秘主义幻想. 齐鲁学刊，1991(5).
597. 欧阳健. 神话传说：兼有历史和小说品格的远古文化. 江海学刊，1991(5).
598. 田川彰述. 毁宝铸钱，一举两失：《古代志怪小说选》注文质疑. 辽宁师范大学学报，1991(4).
599. 项楚. 佛经故事与中国古小说. 香港：菩提，1991-10-15(68).
600. 洪瑞英. 小说中巫术与法术之变形：以中国人虎变形故事为考察. 中国文学(台湾)，1991(1).
601. 蔡雅熏. 六朝志怪妖故事研究. 台湾：哲学，1991-06(第35卷).
602. 林丽真. 从魏晋南北朝志怪小说看"形神生灭离合"问题. 成功大学中文系编《魏晋南北朝文学与思想学术研讨会论文集》. 台北：文史哲出版社，1991.
603. 李燕惠. 试论六朝鬼神故事蕴含的时代意义. 台湾：辅大中研所学刊，1991-10(创刊号).
604. 洪瑞英. 小说中巫术与法术之变形. 台湾：逢甲中文学报，1991-11(24).
605. 李丰楙. 神女传说与道教神女降真传说. 魏晋南北朝文学与思想学术研讨会论文集. 台北：文史哲出版社，1991.
606. 谢明勋. 六朝志怪小说"王弼之死"故事考论. 台北：大陆杂志，1991，

83(3).

607. 王国良.六朝志怪小说中的幽冥姻缘.魏晋南北朝文学与思想学术研讨会论文集. 台北:文史哲出版社,1991.

608. 萧瑞菁.论述聚凝理论文化间接受理论刍议:以六朝小说为例.台湾:中外文学,1991,20(2).

609. 〔日〕吉川辛次郎著,蔡申译.中国古代小说源流.固原师专学报,1991(1).

610. Robert F. Campany, Ghost Matter: The Culture of Ghost in Six DynaSties Zhiguai. CLEAR, 13,1991.

611. 贾剑秋.论魏晋六朝志怪小说的审美思想.西南民族学院学报,1992(1).

612. 王平.汉魏六朝小说的文化心理特征及影响.文史哲,1992(1).

613. 吴组缃.我国古代小说的发展及其规律.文史知识,1992(1).

614. 笛鸣.略论魏晋南北朝志怪小说繁荣原因.固原师专学报,1992(2).

615. 郑欣.魏晋南北朝时期的宣佛小说.文史哲,1992(2).

616. 陈文新.魏晋南北朝小说中的仙鬼怪形象及其悲剧意蕴.武汉大学学报,1992(3).

617. 古原.《山海经》与中国古小说的萌生.赣南师范学院学报,1992(4).

618. 玉弩.中国狐小说发展轨迹.东疆学刊,1992(4).

619. 金国华.中国小说观念演进描述.南京师大学报,1992(4).

620. 张苌.中国古代小说中人与异类恋爱的故事探踪.阴山学刊,1992(4).

621. 谭家健.先秦史传散文中的小说成分.衡阳师范学院学报,1993(4).

622. 谭家健.先秦诸子散文中的小说因素.聊城大学学报,1993(4).

623. 石育良.上古神话与六朝志怪.学术交流,1992(5).

624. 王恒展.《庄子》与中国小说.山东师大学报,1992(5).

625. 吴新生.论六朝人的宗史小说观.天津师大学报,1992(5).

626. 倪斯霆.中国武侠小说源头辨.文史知识,1993(1).

627. 刘应奎.谈两汉的历史小说.沈阳师专学院学报,1993(2).

628. 于曼玲.中国古典戏曲小说论文索引.中国典籍与文化,1993(2).

629. 刘书成.中国古典小说与诗歌关系论略.甘肃教育学院学报,1993(2).

630. 陆永品.庄子是中国小说之祖.河北大学学报,1993(3).

631. 蒋星煜.古典志怪小说的界定与价值.上海社会科学院学术季刊,1993(4).

632. 周俐.仙境一日,世上千年:古代遇仙小说的分析.苏州大学学报,1993(4).

633. 金江. 中国寓言的源流、特色及其发展. 衡阳师专学报，1993(4).
634. 张素卿. 六朝志怪的灵异形象：关于“原始思维”的考察之一. 中国文学研究，1993(7).
635. 段启明. 试说古代小说的概念与实绩. ’93 中国古代小说国际研讨会学术委员会编. ’93 中国古代小说国际研讨会论文集. 开明出版社，1996；明清小说研究，1993(4).
636. 徐传玉. 论古典诗文对小说发展的影响. 江海学刊，1993(6).
637. 陈洪. 佛教与小说. 佛教与中国古典文学. 天津人民出版社，1993.
638. 洪顺隆. 六朝异类恋爱小说刍论. 台湾：文化大学中文学报(创刊号)，1993(1).
639. 陈昱珍.《法苑珠林》所引外典之研究. 中国佛学学报，1993(6).
640. 石昌渝. “小说”界说. 文学遗产，1994(1)；’93 中国古代小说国际研讨会学术委员会编. ’93 中国古代小说国际研讨会论文集. 开明出版社，1996.
641. 郑骏. 中国古典小说的魅力：读《中国小说提要》有感. 中国图书评论，1994(1).
642. 王若. 评《中国古代小说人物辞典》. 明清小说研究，1994(1).
643. 蔡景康. 从孔子的“小道观”到梁启超的“小说为文学之最上乘”：试论我国小说观念的转换更新. 内蒙古师大学报，1994(1).
644. 陈蒲清. 中国古代寓言小说与寓言戏剧概论. 益阳师专学报，1994(2).
645. 李正民. 中国古典小说中的狐意象. 山西大学学报，1994(2).
646. 董乃斌. 现代小说观念与中国古典小说. 文学遗产，1994(2).
647. 本刊特约记者. 台港与海外学者对中国古小说的研究. 世界华文文学论坛，1994(2).
648. 姜光斗. 论魏晋志怪小说与佛教. 南通师范学院学报，1994(2)；中国古代、近代文学研究，1994(9).
649. 李惠明. 调整研究主体的新视角：简评《中国古典小说人物审美论》. 中国图书评论 1994(3).
650. 王纯. 一部富有创新和思辨特色的小说史著：评《中国古代小说艺术史》. 湖南师范大学教育科学学报，1994(3).
651. 李剑锋. 中国古代小说中狐意象的流变. 青年思想家(山东大学)，1994(3).
652. 韩伟. 中国古典小说的分类. 文史哲，1994(4).
653. 李晓晶. 古小说研究的新收获：略评“古代小说评介丛书”. 社会科学辑

刊,1994(4).

654. 刘敬圻.一部富有开拓探索创新特色的小说史著:读刘上生《中国古代小说艺术史》.明清小说研究,1994(4).

655. 晓彬.中国古代小说研究的新拓展:评赵兴勤先生的《古代小说与伦理》.徐州师范大学学报,1994(4).

656. 刘叶秋.中国古典小说大辞典编例.明清小说研究,1994(4).

657. 吴湛莹.魏晋南北朝轶事小说妇女主题略说.学术交流,1994(4).

658. 田上."鬼"的音乐:历代笔记小说中的话题之一.黄钟(武汉音乐学院学报),1994(3).

659. 白晓薇.唐前志怪爱情故事中的文人心态.语文学刊,1994(4).

660. 张锦池.志人小说论纲:中国小说探源.北方论丛,1994(6);张锦池.中国古典小说心解.黑龙江人民出版社,2000.

661. 孙秀荣.魏晋南北朝志怪小说的情爱描写.河北学刊,1994(6).

662. 何满子.李剑国《唐五代志怪传奇叙录》读后.社会科学战线,1994(6).

663. 王启忠.中国古代小说文化生态概观.中国文化研究,1994(秋之卷).

664. 陈逢源.六朝志怪小说中以佛教为主题故事之情节分析.台北:致理学报,1994(8).

665. 王国良.六朝小说与《晋书》之关系.魏晋南北朝文学国际研讨会论文集.香港中文大学中国语言文学系主编.台北:文史哲出版社,1994.

666. 王恒展.论先秦诸子散文中的小说因素.管子学刊,1995(1).

667. 彭桂媛.魏晋南北朝志怪小说兴盛探因.菏泽师范专科学校学报,1995(1).

668. 陈文新.论轶事小说之"轶".贵州社会科学,1995(1).

669. 陈辽.中国古小说中的纪实小说.辽宁大学学报,1995(1).

670. 李平.魏晋南北朝小说所体现的妇女自觉意识.大庆社会科学,1995(1).

671. 宁宗一.古代小说本体性的思考:文体、类型、叙述.天津外国语学院学报,1995(1).

672. 陈辽.历史意识与艺术意识的交融:读《中国古代小说艺术史》.理论与创作,1995(1).

673. 潘雁飞.别开生面写"新"得:读刘上生著《中国古代小说艺术史》.中国文学研究,1995(1).

674. 张锦池.心史纵横自一家:读郭豫适的《中国古代小说论集》.学术交流,

1995(2).

675. 褚斌杰、王恒展. 论先秦历史散文中的小说因素. 天中学刊,1995(2).

676. 郑杰文. 人本思潮与先秦历史散文和原始小说. 东岳论丛,1995(2).

677. 宁稼雨. 中国文言小说研究综述. 中国小说研究会报,1995(2);文史知识,1996(2).

678. 周笑添,周建江. 中国古代城市笔记小说的源、流、变. 西北师大学报,1995(2).

679. 刘凤泉. 先秦"小说"浅论. 语文学刊,1995(2).

680. 郭杰. 中国古典小说中诗文融合传统的渊源与发展. 中国文学研究,1995(2).

681. 孙生. 天子·稗官·西王母:汉代神仙小说西王母形象仙化原因探析. 西北民族学院学报(汉文版),1995(2).

682. 邓裕华. 唐传奇与魏晋南北朝志人小说关系浅说. 华南师范大学学报,1995(2).

683. 谢明勋. 六朝志怪与公案小说:黄岩柏"公案幼芽偏多萌生于魏晋志怪"说述评. 台湾:中国文学,1995(2);国立编译馆馆刊,1995,24(2).

684. 姜云. 论中国古典小说象征主义传统及其发展. 明清小说研究,1995(3).

685. 冯维林. 论所谓先秦小说. 山东师大学报,1995(3).

686. 刘兴汉. 中国古代小说两大系统论. 社会科学战线,1995(3).

687. 白广明. 从六朝志怪到唐传奇. 太原师范学院学报,1995(3).

688. 墨白. 试论魏晋南北朝志怪小说的民间文学特征. 辽宁师范大学学报,1995(3).

689. 王连儒. 汉魏六朝志怪中的道教养生. 齐鲁学刊,1995(4).

690. 周云龙. 唐传奇与魏晋南北朝小说之比较. 锦州师范学院学报,1995(4).

691. 杨义. 中国古典小说的本体论和文体发生发展论. 社会科学战线,1995(4).

692. 郭英德. 叙事性:古代小说与戏曲的双向渗透. 文学遗产,1995(4).

693. 陈晨. 中国古小说作品的一次大检阅:略评《中国小说大辞典》(先秦至南北朝卷). 无锡教育学院学报,1995(4);理论导刊,1995(11);宝鸡文理学院学报,1996(3).

694. 陈大康. 论古代小说的史学价值. 华东师范大学学报,1995(5).

695. 孙秀荣. 魏晋南北朝志怪小说的情节特征. 晋阳学刊,1995(5);中国古代、近代文学研究，1996(1).

696. 陈文新. 论志怪三体. 学术论坛，1995(6).

697. 梁瑜霞. 神话志怪传统对唐代小说的影响. 唐都学刊，1995(6).

698. 张振军. 史稗血缘说略：兼论中国古典小说的史传特征. 中国人民大学学报，1995(6).

699. 张侃. 中国古代文言小说辨伪研究概论. 西北师大学报，1995(6).

700. 王启忠. 民俗文化与中国古典小说. 江海学刊，1995(6).

701. 杨志明. 关于中国古代小说历史发展的评述. 华东理工大学学报，1995(6).

702. 俞晓红. 因枝以振叶 沿波而讨源：中国古代小说个性表现艺术源流辨略. 社会科学战线，1995(6).

703. 江泓.《中国古典小说谈丛》的文化透视. 江汉论坛，1995(8).

704. 翁丽雪. 魏晋小说侠义精神考略. 嘉义农专学报，1995-05(41).

705. 李洁非. 关于"小说文体史"研究. 文艺报，1995-11-17.

706. 柴剑虹. 敦煌古小说浅谈. 敦煌学国际研讨会论文集. 辽宁美术出版社，1995.

707. 程毅中. 读稗散札. 国学研究(第3卷). 北京大学出版社，1995.

708. 蔡幸娟. 分裂时代人民的婚姻与家庭：以魏晋南北朝为考察中心. 成大历史学报(台湾)，1995-12(21).

709. 梁淑媛. 魏晋志怪小说鬼与卓久拉公爵系列小说鬼之爱情. 台北：辅仁国文学报，1995(11).

710. 刘苑如. 杂传体文类生成初探. 台湾：鹅湖，1995-07，21(1).

711. 陈传芳. 谈文学上的影响关系：以志怪小说对唐传奇的影响为例. 人文及社会科学教学通讯，1995，6(4).

712. 邓绍基. 序《中国古代剧场史》和《中国古代小说文化研究》. 株洲师范高等专科学校学报，1996(1).

713. 廖可斌. 中国古典小说的谐俗倾向. 浙江社会科学，1996(1).

714. 吴怀修. 论中国古代小说的言神志怪传统. 安徽教育学院学报，1996(1).

715. 陈辽. 谈中国古小说中的范式. 社会科学研究，1996(1).

716. 王振星. 论中国古典小说中狐女形象的美学意蕴. 济宁师专学报，1996(1).

717. 戴建兵. 笔记小说中的钱币资料. 中国钱币，1996(1).

718. 韩兆琦.《史记》与我国古代小说. 渭南师专学报，1996(1).

719. 李忠明. 汉代"小说家"考. 南京师大学报,1996(1).
720. 朱一玄.《中国古代小说总目提要》前言. 南开学报,1996(2).
721. 史礼心. 论中国古代小说中"阴曹地府"的描写. 北方工业大学学报,1996(2).
722. 刘书成. 总类·分类·子类·跨类:中国古代小说类型体系新说. 甘肃社会科学,1996(3).
723. 郭豫适. 论儒教是否为宗教及中国古代小说与宗教的关系. 华东师范大学学报,1996(3).
724. 王枝忠. 关于汉魏六朝小说的几个问题. 福州大学学报,1996(3).
725. 陈平原. 中国古小说的演进. 寻根,1996(3).
726. 周建江. 博物:前小说时代小说构成的文化选择. 烟台大学学报,1996(3).
727. 左宏阁. 民俗信仰与正气力量:谈志怪小说中人的价值. 西北第二民族学院学报,1996(3).
728. 刘良明. 洪迈对志怪小说理论批评的历史性贡献. 武汉大学学报,1996(6);中国古代、近代文学研究,1997(3).
729. 王连儒. 志怪小说题材来源中的神话、历史及诗歌意象. 聊城师范学院学报,1996(4).
730. 于天全. 中国古代寓言述论. 四川大学学报,1996(4).
731. 丁毅华. 汉唐间史籍中的志怪. 河北学刊,1996(4).
732. 胡仲实. 漫谈我国古代笔记小说中之女鬼故事. 广西师院学报,1996(4).
733. 陈文新. 论轶事小说之"小". 贵州社会科学,1996(4).
734. 张庆利. 汉代小说观念的转变及其理论意义. 绥化师专学报,1996(4).
735. 陈平原. 中国古小说的演进(续一). 寻根,1996(4).
736. 张兴璠. 中国古代的小说概念以及历代古文家的"小说气"之争. 铁道师院学报,1996(5).
737. 易集. 一部总汇古代小说的工具书. 江苏图书馆学报,1996(5).
738. 郭明志. 简评《中国古典小说论稿》. 北方论丛,1996(5).
739. 郭英德. 建构中国叙事学的操作规程:评杨义《中国古典小说史论》的方法. 文学评论,1996(5).
740. 李献芳. 魏晋六朝小说向唐传奇的过渡:谈唐初三大小说. 山东教育学院学报,1996(5).
741. 陈平原. 中国古小说的演进(续二). 寻根,1996(5).

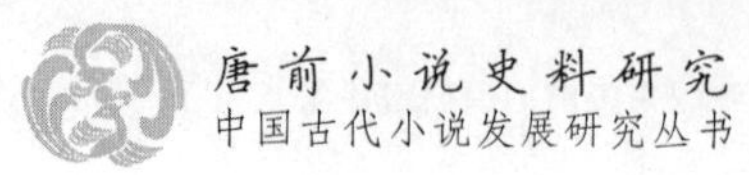

742. 陈平原. 中国古小说的演进(续完). 寻根,1996(6).
743. 陆林. 试论先秦小说观念. 安徽大学学报,1996(6).
744. 宁稼雨. 志人小说界限之我见. 中国语文论丛总(第8辑),1996.
745. 张利群. 古代文言小说研究的新开拓:读《鸿沟与超越鸿沟的历程》. 中国出版,1996(1).
746. 谢明勋. 六朝志怪小说之文字游戏试论. 台湾:中国文学,1996(2).
747. 林富士. 六朝时期民间社会所祀"女性人鬼"初探. 新史学,1996-12,7(4).
748. 刘苑如. 杂传体志怪与史传的关系:从文类观念所作的考察. 台北:中国文哲研究集刊,1996-03(8).
749. 刘曼丽. 六朝志怪小说中的女子. 李田意教授八十寿庆论文集. 文海出版社,1996.
750. 吴宇娟. 六朝志怪小說的内容分析. 李田意教授八十寿庆论文集. 文海出版社,1996.
751. 金岩峰. 中国古典小说溯源. 鞍山师范学院学报,1997(1).
752. 谢真元. 古代小说中妇女命运的文化透视. 重庆师院学报,1997(1).
753. 沈新林. 论古代小说中的悭吝人形象. 南京师大学报,1997(1).
754. 张开焱. 返还中国小说本体:评杨义《中国古典小说史论》. 社会科学战线,1997(1).
755. 杨子怡. 中国古代小说续衍承传现象及其文化意蕴:中国古代小说续书文化景观概览. 韩山师范学院学报,1997(1).
756. 刘书成. 论中国古代小说创作中的"袭用"现象. 社科纵横,1997(1).
757. 许建平. 古典小说研究三十年概说. 苏州大学学报,1997(2).
758. 王瑶. 原始神话与汉代小说. 东北师大学报,1997(总第2期).
759. 陈辽. 中国古小说中的帝王形象. 盐城师范学院学报,1997(2).
760. 孙生. 鬼道·谈风·女鬼:魏晋六朝志怪小说女鬼形象独秀原因探析. 西北民族学院学报,1997(2).
761. 李昶. 人的幻化:唐前志怪的幻变主题. 龙岩师专学报,1997(2).
762. 欧阳健. 东晋时期的志怪小说家群考论. 龙岩师专学报,1997(2).
763. 谢明勋. 六朝志怪小说"宗岱"故事释义. 台湾:中国文学,1997(2).
764. 王立. 小说文体研究的新创获:评《中国古典小说的文体独立》. 中国图书评论,1997(2).
765. 高玉海. 魏晋小说中的儿童故事管窥. 辽宁大学学报,1997(2).
766. 胡继琼. 笔记与小说源流初探. 贵州大学学报,1997(2).

767. 应守岩. 浙江文言小说作家作品辑录. 杭州教育学院学报,1997(3).
768. 李秾. 杜德桥与文学所学者共话中国古典小说研究. 文学遗产,1997(3).
769. 杜德桥. 用历史眼光看中国古典小说. 文学遗产,1997(3).
770. 陈辽. 论中国古小说中人物性格的演变. 东岳论丛,1997(3).
771. 刘书成. 中国古代小说叙事模式的文化内涵及功能. 西北师大学报,1997(3).
772. 陈洪. 中国古代小说理论研究的百年回顾及展望. 天津社会科学,1997(3).
773. 张开焱. 中国古代小说概念流变与定位再思考. 广东职业技术师范学院学报,1997(3).
774. 钟林斌. 论魏晋六朝志怪中的人鬼之恋小说. 社会科学辑刊,1997(3).
775. 许建平. 二十世纪中国古典小说戏曲研究的回顾与前瞻. 河北师院学报,1997(3).
776. 王晶波. 从地理博物杂记到志怪传奇:《异物志》的生成演变过程及其与古小说的关系. 西北师大学报,1997(4).
777. 柳岳梅. 先秦两汉小说和古代的神仙方术. 上海师范大学学报,1997(4).
778. 孙逊. 释道"转世""谪世"观念与中国古代小说结构. 文学遗产,1997(4).
779. 刘上生. 古代小说人物艺术的起点:对小说史研究一个问题的回顾和回答. 明清小说研究,1997(4).
780. 郭丹. 史传文学与中国古代小说. 明清小说研究,1997(4).
781. 薛洪勣,王汝梅. 两种小说观念和对唐前小说作品的再思考. 明清小说研,究 1997(4).
782. 于德山. 中国古代小说叙述者简析. 江海学刊,1997(5).
783. 曹萌. 中国古代小说作家的审美思想. 复旦学报,1997(5).
784. 李银珠. 略谈中国古代小说概念的变迁. 中学语文教学,1997(6).
785. 刘书成. 中国古代小说文化内涵模糊性探源. 西北师大学报,1997(6).
786. 孙郁. 杨义和他的《中国古典小说史论》. 中国图书评论,1997(7).
787. 郭杰. 中国古代小说中的诗文融合传统. 学术研究,1997(7).
788. 孟之. 开志人小说之先河的刘向. 历史教学,1997(11).
789. 欧阳健. "正史""稗史"通论. 古小说研究论. 巴蜀书社,1997.
790. 朱一玄. 文言小说研究的新成果:《中国文言小说总目提要》评价. 中国

图书评论,1997(11).

791. 刘跃进.中古小说文献研究.中古文学文献学(下编第1章).江苏古籍出版社,1997.

792. 穆克宏.魏晋南北朝小说史料.魏晋南北朝文学史料述略(第七编).中华书局,1997.

793. 彭毅.中国古神话与武侠小说:以金庸著作为例.台北:台大中文学报,1997-06(第9卷).

794. 刘苑如.六朝志怪中的女性阴神崇拜之正当化策略初探.思与言,1997-06(35:2);又改题为《性别与叙述:六朝志怪女阴神崇拜之正常化策略》载入其《身体·性别·阶级:六朝志怪的常异论述与小说美学》.台北:"中央研究院中国文哲研究所",2002.

795. 梅家玲.六朝志怪人鬼姻缘故事中的两性关系:以"性别"问题为中心的考察.魏晋南北朝文学与思想学术研讨会论文集(第3辑).文津出版社,1997;性别、文学研究会编.古典文学与性别研究.里仁书局,1997.

796. 〔苏联〕李福清.中国小说与民间文学的关系.中国语文论丛.韩国汉城:高丽大学,1997;岭南学报(香港),1999-10(新第1期);民族艺术1999(4);李明宾编选.古典小说与传说:李福清汉学论集.中华书局,2003.

797. 董贵杰.关于中国小说的起源问题.黑龙江教育学院学报,1998(1).

798. 梁建邦.两晋南朝小说野史的贬曹倾向.渭南师范学院学报,1998(3);陕西广播电视大学学报,2000(1).

799. 谢晓峰.唐传奇与魏晋南北朝小说比较谈.安庆师范学院学报,1998(1).

800. 王长青.古小说源流.武汉冶金管理干部学院学报,1998(1).

801. 侯忠义等.关于编辑《全古小说》的若干说明(凡例).明清小说研究,1998(1).

802. 侯忠义等.《文言小说家评传》编撰凡例.明清小说研究,1998(1).

803. 魏子云.中国小说史的认知.明清小说研究,1998(1).

804. 墨白.简述神话以幻为真的叙事范型及古代志怪小说的叙事传统.中国文学研究,1998(1);中国古代、近代文学研究,1998(4).

805. 萧相恺.由错位到部分重合:宋前小说及其观念的历史变迁.明清小说研究,1998(1).

806. 胡邦炜.中国古典小说在韩国.文史杂志,1998(1).

807. 罗瑞宁.中国古代小说观念沿变线索浅探.南宁师范高等专科学校学报,1998(1).

808. 谢挺. 略论中国古代小说创作论晚起的原因. 江西师范大学学报,1998(1).
809. 张跃生. 佛教文化与南朝志怪小说. 华中理工大学学报,1998(1).
810. 石麟,姚泽锋. 汉魏至宋元小说批评刍议. 湖北师范学院学报,1998(1).
811. 阮温凌. 尺水兴波 锋芒初露:汉魏六朝小说名篇艺术形象探赏. 名作欣赏,1998(1).
812. 冒志祥. 多有创见别具一格:评《稗海探骊:古代小说新论》. 南京师大学报,1998(1).
813. 卞孝萱,程国赋. 资料翔实,考辨精当:评《中国文言小说总目提要》. 中国典籍与文化,1998(2).
814. 李剑国. 文言小说的理论研究与基础研究:关于文言小说研究的几点看法. 文学遗产,1998(2);古稗斗筲录:李剑国自选集. 南开大学出版社,2004.
815. 宁稼雨. 六朝小说界说. 韩国:中国语文论译丛刊(总第 2 号),1998;收入其《传神阿堵,游心太玄:六朝小说的文体与文化研究》,百花文艺出版社,2002.
816. 赵辉. 中国古代神怪小说的地域特征及成因. 中南民族学院学报,1998(3).
817. 朱苏权. 文化·人情·历史感:评《中国古典小说导论》. 广东职业技术师范学院学报,1998(3).
818. 刘克敌. 诵经说法与小说家言:试论陈寅恪关于佛教与中国古代小说演变关系的研究. 中国文学研究,1998(2).
819. 郑筱筠. 观音救难故事与六朝志怪小说. 社会科学,1998(2);中国古代、近代文学研究,1998(5).
820. 刘明琪. 志怪小说:遥远的呼应与承接:论中国小说观念的觉醒和中国小说的真正成立. 北京师范大学学报,1998(2);中国古代、近代文学研究,1998(6).
821. 王铁. 我国早期的小说概念及其审美性辨析. 新疆师范大学学报,1998(3).
822. 范道济. 史传的实录精神与小说的求真原则. 黄冈师专学报,1998(3).
823. 李日星. 中国古代小说的概念、范围及其研究分歧. 中国文学研究,1998(3).
824. 王连儒. 中国古典小说批评中的“经史之鉴”原则. 齐鲁学刊,1998(4).
825. 朱一玄. 关于拙编古典小说资料书中“编者注”答钟杨同志问. 明清小说

研究,1998(4).

826. 宁稼雨.诸子文章流变与六朝小说的生成.南开学报,1998(4).

827. 宁稼雨.文言小说界限与分类之我见.明清小说研究,1998(4).

828. 宁稼雨.神话传说的社会化走向与六朝小说的产生.东方丛刊,1998(4).

829. 张元.中国古代小说探源.北京教育学院学报,1998(4).

830. 刘书成.中国古代小说理论批评对小说进行文化定位的三个矛盾层面.西北师大学报,1998(3).

831. 王德华.论魏晋六朝志怪小说的潜意识蕴含.浙江师大学报,1998(4);中国古代、近代文学研究,1998(11).

832. 王连儒.汉魏六朝志怪中的佛教惩劝.聊城师范学院学报,1998(4).

833. 赵振祥.论巫师的活动与早期志怪小说.上海师范大学学报,1998(4).

834. 唐骥.略论两汉杂史杂传体志怪小说.宁夏大学学报,1998(4).

835. 唐骥.略论两汉异人异物类志怪小说.固原师专学报,1998(4).

836. 柳岳梅.魏晋南北朝志怪和古代鬼神崇拜.北方论丛,1998(4).

837. 洪顺隆.中国小说中"舍己全友"母题的产生与发展.中国文学,1998(4).

838. 杜贵晨.孔、孟之道与古代小说的生存环境.孔子研究,1998(4).

839. 徐克谦.论先秦"小说".社会科学研究,1998(5).

840. 张兴武.小说宏观研究渐趋成熟的标志:评刘书成教授新著:《中国古代小说宏观论》.社科纵横,1998(5).

841. 欧阳健.神怪小说发覆:关于重新评价神怪小说的思考.吉林大学社会科学学报,1998(6).

842. 侯忠义.编辑《全古小说》的设想与文言小说的价值.吉林大学社会科学学报,1998(6).

843. 程毅中.笔记与轶事小说.传统文化与现代化,1998(6).

844. 谢明勋.六朝志怪中的病虐研究. 东海大学中文系、中国古典文学研究会主编.第三届魏晋南北朝文学国际研讨会论文集.台北:文史哲出版社,1998.

845. 程毅中.我和古代小说.学林春秋(第 2 编).朝华出版社,1999.

846. 李日星.论古代小说研究的分歧.学术研究,1998(6).

847. 陈平原.中国小说中的人神之恋.黄子平主编.中国小说与宗教(论文集).中华书局,1998.

848. 苏广建.魏晋南北朝志怪小说与清谈之关系.考功集二辑,1998-09.

849. 刘苑如. 鉴照幽明:六朝志怪的揭露模式与其文类关系:兼论六朝志怪的评价标准. 东海大学中文系、中国古典文学研究会主编. 第三届魏晋南北朝文学国际学术研讨会论文集. 台北:文史哲出版社,1998.
850. 孙昌武. 六朝小说中的观音信仰. 佛学与文学:佛教文学与艺术学研讨会论文集. 台北法鼓文化事业股份有限公司,1998.
851. 王国良. 近五十年来台湾地区六朝小说研究论著目录. 古典文学通讯,1998-12(33).
852. 李希运. 论魏晋南北朝士族宗室的宣佛志怪小说创作. 青岛大学师范学院学报,1999(1).
853. 汤君. 六朝志怪小说与神话:兼评广义神话学. 贵州社会科学,1999(1).
854. 杜贵晨. "天人合一"与中国古代小说结构的若干模式. 齐鲁学刊,1999(1).
855. 朱恒夫. 古代小说与巫教. 明清小说研究,1999(1).
856. 张世君. 古典小说叙事的时空意识. 暨南学报,1999(1).
857. 赵振祥. 巫与志怪. 集宁师专学报,1999(2).
858. 宁稼雨. 诗赋散体化对六朝小说生成的作用. 天津大学学报,1999(2).
859. 李希运. 论魏晋南北朝佛教志怪的传布. 山东理工大学学报,1999(2).
860. 程毅中.《五朝小说》与《说郛》. 文史(总第 26 辑),1999(2).
861. 杜贵晨. 中国古代小说与旅游. 菏泽师范专科学校学报,1999(3).
862. 宁稼雨. 论史书的"凭虚"流向对六朝小说生成的刺激作用. 天津师大学报,1999(3).
863. 方成慧. 从古代小说序跋看历史小说创作虚实论的演变轨迹. 襄樊学院学报,1999(3).
864. 郑春元. 伍家沟村神鬼精怪故事与志怪神话小说中同类故事比较研究. 十堰职业技术学院学报,1999(3).
865. 李希运. 论魏晋南北朝志怪小说的宣佛思想倾向. 东方论坛,1999(3).
866. 许并生.《中国神怪小说通史》简评. 福建师范大学学报,1999(3).
867. 荆万林. 硕果补缺填空　奇葩雅俗共赏:《中国古代小说理论发展史》评介. 甘肃高师学报,1999(3).
868. 李希运. 论六朝道教志怪小说的创作. 泰安师专学报,1999(4).
869. 张涛. 推陈出新 贵在独创:评《中国古代小说通论综解》. 保定师专学报,1999(3).
870. 李希运. 论魏晋道教神仙世界的拓展及在志怪小说中的反映. 临沂师范学院学报,1999(4).

871. 张庆民. 论蜕变中的魏晋南北朝小说. 首都师范大学学报,1999(4).
872. 陈洪 2. 佛教八关斋与中古小说. 江海学刊,1999(4).
873. 张庆利. 汉代小说兴起的文化背景. 绥化师专学报,1999(4).
874. 王立鹏. 论中国古典小说作者的"无名氏"现象. 吉安师专学报,1999(4).
875. 李鹏飞. 汉译佛典与六朝小说. 中国文学研究,1999(4).
876. 罗宁.《黄帝说》及其他《汉志》小说. 四川师范大学学报,1999(4).
877. 周行. 被遗忘的一部汉代对话体历史小说. 语文学刊,1999(5).
878. 戴云波. 中国古代小说研究方法论. 江海学刊,1999(6).
879. 刘苑如. 身体与记忆:论六朝志怪中的性别变乱. 传承与创新:"中央研究院中国文哲研究所"十周年纪念论文集. 台北:"中央研究院中国文哲研究所"筹备处,1999;身体·性别·阶级:六朝志怪的常异论述与小说美学. 台北:"中央研究院中国文哲研究所",2002.
880. 林富士. 中国六朝时期的巫觋与医疗. 台北:"中央研究院历史语言研究所"集刊,1999,70(1).
881. 忆曦. 中国古代小说研究动态. 明清小说研究,2000(1).
882. 淮茗. 中国古代小说研究论文要目索引(1999 年 9—12 月). 明清小说研究,2000(1).
883. 于明. 析鲁迅《铸剑》对古小说中故事的思想艺术升华. 武汉水利电力大学学报,2000(1).
884. 陈美林. 中国古代小说批评简论. 阴山学刊,2000(1).
885. 刘书成. 道教文化向古代小说渗透的三个指向. 甘肃高师学报,2000(1).
886. 任浩. 中国古代小说民族特色溯源. 山西大学师范学院学报,2000(1).
887. 刘书成. 论佛教文化影响下古代小说的三大功能. 社科纵横 2000(1).
888. 孟繁仁. 认识人生洞察社会的一把钥匙:评《中国古代小说通论综解》. 山西教育学院学报,2000(1).
889. 忆曦. 中国古代小说研究动态. 明清小说研究,2000(2).
890. 淮茗. 中国古代小说研究论文要目索引. 明清小说研究,2000(2).
891. 皋于厚. 论古代小说的"寓言化"特征. 明清小说研究,2000(2).
892. 李正民. 中国古小说"小而杂"特色溯源. 明清小说研究,2000(2).
893. 罗书华. 中国古代小说观的对立与同一. 社会科学研究,2000(1).
894. 刘耘. 中国古典小说"人仙妖鬼婚恋"母题初探. 北京教育学院学报,2000(1).

895. 方一新. 魏晋南北朝小说语词校释札记. 杭州师范学院学报,2000(1).
896. 杜贵晨. 先秦"小说"释义. 泰安师专学报,2000(2).
897. 张颖. 评欧阳健所著《中国神怪小说通史》. 晋阳学刊,2000(2).
898. 刘耘. 中国古典小说"人仙妖鬼婚恋"母题的发生学研究. 北京教育学院学报,2000(2).
899. 袁世硕.《魏晋南北朝志怪小说通论》序. 山东科技大学学报(社会科学版),2000(2).
900. 刘登阁. 论史学对古代小说理论的影响. 烟台大学学报,2000(2).
901. 曾良. 南北朝笔记小说零札. 古籍整理研究学刊,2000(3).
902. 王桂兰. 论鲁迅运用目录学方法对中国古典小说的研究. 深圳大学学报,2000(3).
903. 淮茗. 中国古代小说研究论文要目索引(2000 年 4—6 月). 明清小说研究,2000(3).
904. 刘凤泉. 先秦两汉"小说"概念辨证. 山西大学师范学院学报,2000(4).
905. 詹颂. 中国古典小说中的镜意象. 中国典籍与文化,2000(4).
906. 王培元. 中国古代"小说"观念辨证. 山东大学学报,2000(4).
907. 淮茗. 中国古代小说研究论文要目索引(2000 年 7—9 月). 明清小说研究,2000(4).
908. 刘书成. 中国古代小说与诗歌关系论略. 天水师范学院学报,2000(4).
909. 景圣琪. 从《世说新语》看魏晋南北朝志人小说的特点. 南通师范学院学报,2000(4).
910. 洪鹭梅. 人鬼恋婚故事的文化思考. 中国比较文学,2000(4).
911. 孟广利. 魏晋南北朝时期的小说. 历史教学, 2000(5).
912. 高玉海. 鬼蜮世界的名士风流:谈魏晋风度在志怪小说中的折射. 辽宁大学学报,2000(5).
913. 黎跃进. 中国古代小说研究的新视角:读《民间信仰影响下的古典小说创作》. 衡阳师范学院学报,2000(5).
914. 王晓平. 诗化的六朝志怪小说:《菅家文草》诗语考释. 外国文学研究,2000(5).
915. 周楞伽. 试读鲁迅整理的《古小说钩沉》及其不足. 鲁迅研究月刊,2000(6).
916. 王国良. 六朝隋唐的小说鬼. 台湾:联合文学,2000,16(10).
917. 王国良. 鲁迅辑录整理中国古典小说之成绩. 鲁迅研究月刊,2000(10).
918. 王冉冉. 唐前小说中的韵文. 文史知识,2000(11).

919. 张锦池.志人小说论纲:中国小说探源.中国古典小说心解.黑龙江人民出版社,2000.
920. 刘苑如.六朝志怪汉武系列的"小说"试探.衣若芬、刘苑如主编.世变与创化:汉唐、唐宋转换期的文艺现象.台北:"中央研究院中国文哲研究所",2000.
921. 崔溶澈.中国小说与文化.中国小说论丛(第11辑).韩国中国小说学会,2000.
922. 陈文新.近百年来唐前志怪小说综合研究述评.学术论坛,2001(2).
923. 凤录生.道教与志怪传奇小说的渊源关系.唐都学刊,2001(2).
924. 淮茗.中国古代小说研究论文要目索引.明清小说研究,2001(1).
925. 张华娟.中国神话中的原始生命观对古代小说的影响.山东社会科学,2001(6).
926. 沈新林.同工而异曲:中国古代小说、戏曲题材的相互为用.南京航空航天大学学报,2001(1).
927. 刘书成.古代小说理论批评史上"脱胎模拟"说的文化渊源.甘肃高师学报,2001(1).
928. 何根海.论中国古代小说创作的民间视角.池州师专学报,2001(1).
929. 陈庆纪.佛教生存观与古代小说梦幻主题.潍坊高等专科学校学报,2001(1).
930. 徐颖瑛.魏晋南北朝小说中的仙境描写.渭南师范学院学报,2001(1).
931. 李剑国.小说的起源与小说独立文体的形成.锦州师范学院学报,2001(3);中国古代、近代文学研究,2002(1).
932. 陆林.《中国文言小说总目提要》初读:有关作者史实缺误商兑补苴.文学遗产,2001(1).
933. 普慧.佛教故事:中国五朝志怪小说的一个叙事源头.中国文化研究,2001(1).
934. 朱恒夫.六朝佛教徒对志怪小说兴起的作用.明清小说研究,2001(1).
935. 王立.古小说"人化异类"模式与本土变形观念的形成.西南师范大学学报,2002(1).
936. 王猛.六朝志怪的小说性新论.广西民族学院学报,2001(增刊1).
937. 秦川.中国古代文言小说总集的类型特征.南昌大学学报,2001(2).
938. 戴建国.破谜与借鉴:评石钟扬著《性格的命运:中国古典小说审美论》.明清小说研究,2001(2).
939. 姚玉光.简论古代小说与中医中药.山西中医学院学报,2001(2).

940. 淮茗. 中国古代小说研究论文要目索引(2001 年 1—3 月). 明清小说研究,2001(2).
941. 淮茗. 中国古代小说研究论文要目索引(2001 年 4—6 月). 明清小说研究,2001(3).
942. 淮茗. 投向世界的目光:近年来中国古代小说研究的一个新态势. 学术界,2001(3).
943. 廖大国.《中国古典小说用语辞典》辨误. 苏州大学学报,2001(3).
944. 孙逊. 五四新文化运动和中国古代小说专学的建立. 文学评论,2001(3).
945. 谭帆. “小说学”论纲:兼谈二十世纪中国古代小说理论批评研究. 中国社会科学,2001(4).
946. 淮茗. 中国古代小说研究论文要目索引(2001 年 7—9 月). 明清小说研究,2001(4).
947. 蔡群. 六朝志怪与唐传奇中的人与神仙鬼怪恋爱作品比论. 湖北师范学院学报,2001(4).
948. 王汝梅. 萧氏父子文学集团的小说思想观念. 文艺理论研究,2001(5).
949. 李翰. 从宣教色彩的淡化看唐传奇对六朝志怪的超越. 安庆师范学院学报,2001(5).
950. 杨昭全. 中国古代小说在朝鲜之传播及影响. 社会科学战线,2001(5).
951. 梁晨霞. 从西王母形象的演变谈起:试论中国古代小说发展中人的主题强化现象. 雁北师范学院学报,2001(5).
952. 李桂奎. 论六朝志怪小说角色设计的悲剧性. 齐鲁学刊,2001(5).
953. 李剑国. 早期小说观与小说概念的科学界定. 武汉大学学报,2001(5);古稗斗筲录:李剑国自选集. 南开大学出版社,2004.
954. 曹萌. 论中国古代小说审美中的尚补史思想. 河南师范大学学报,2001(6).
955. 陈洪 2. 佛教唱导与六朝小说. 文学评论丛刊(第 9 辑),2001.
956. 顾克勇. 问题、资料、方法与理论:简评《传统文化与古典小说》的创新特点. 中国图书评论,2001(12).
957. 谢明勋. 六朝志怪小说“博识人物”研究. 魏晋南北朝文学与思想学术研讨会论文集(第 4 辑). 台北:文津出版社,2001.
958. 王国良. 鲁迅辑校整理古籍的成绩与影响:以《古小说钩沉》、《唐宋传奇集》、《嵇康集》为例. 东吴大学中文学报,2001(7).
959. 郭豫适. 评《中国古代小说中的女性问题研究》. 湛江师范学院学报,

2002(1).

960. 苗怀明.一组新近出版的古代小说论著书评.运城高等专科学校学报,2002(1).

961. 马成生.新世纪古代小说研究应注意的三个问题.新疆师范大学学报,2002(1).

962. 吴组缃.关于中国古代小说理论的几点体会.文艺理论研究,2002(1).

963. 韩云波.历史叙事与中国古典小说的兴起.社会科学研究,2002(1).

964. 王天婵.魏晋六朝志怪小说情爱作品中的女性形象.福州师专学报,2002(1).

965. 王雨燕.魏晋志怪小说与唐传奇的比较.保山师专学报,2002(1).

966. 欧阳健.历史小说文体论.中国人民大学复印报刊资料《中国古代近代文学研究》专家咨询会议暨中国古代文体研究学术研讨会论文汇编,2002-04.

967. 吴广义.魏晋志怪与《聊斋志异》不同的鬼神观念及其对创作的影响.阴山学刊,2002(1).

968. 王立.筚路蓝缕 填补空白:万晴川教授和他的中国古代小说与神秘文化研究.南昌职业技术师范学院学报,2002(1).

969. 熊明.《曹瞒传》考论:兼论六朝杂传的小说化倾向.古籍研究,2002(1).

970. 淮茗.中国古代小说研究论文要目索引(2001 年 10—12 月).明清小说研究,2002(1).

971. 淮茗.中国古代小说研究论文要目索引(2002 年 1—3 月).明清小说研究,2002(2).

972. 王旭川.中国古代小说续书的类型与特征.零陵师范高等专科学校学报,2002(2).

973. 赵章超.中国古代小说本体流变论.江淮论坛,2002(2).

974. 叶桂桐.论中国古代小说戏曲诗歌的互动.烟台大学学报,2002(2).

975. 徐乃为.中国古代小说的界定.南通师范学院学报,2002(2).

976. 张开焱.文化二元对立格局中定位的中国古代小说概念.华中师范大学学报,2002(2).

977. 普慧.佛教对六朝志怪小说的影响.复旦学报,2002(2).

978. 任明华.论宋前小说选本.文艺理论研究,2002(2).

979. 刘海燕.二十世纪古典小说研究的理性思考.福州师专学报,2002(3).

980. 庞金殿.中国小说起源说概论.宁夏大学学报,2002(3).

981. 王立.佛经文献与古代小说“照影称王”母题.东北师大学报,2002(3).

982. 焦亚璐. 佛经翻译文学与中国古代小说渊源探析. 陕西师范大学学报，2002(S3，第31卷专辑).

983. 淮茗. 中国古代小说研究论文要目索引(2002年4—6月). 明清小说研究，2002(3).

984. 庞金殿. 中国小说起源说概论. 宁夏大学学报，2002(3).

985. 李军均. 中国古代小说中的《庄子》文化探迹. 延边大学学报，2002(4).

986. 宁希元. 推荐《中国古代小说俗语大词典》. 广西师院学报，2002(4).

987. 禤展图. 一部拓荒之作：《命相·谶应·占卜与中国古代小说研究》. 肇庆学院学报，2002(4).

988. 孙敏强. 试论《庄子》对我国古代小说发展的重要贡献. 浙江大学学报，2002(4).

989. 淮茗. 中国古代小说研究论文要目索引(2002年7—9月). 明清小说研究，2002(4).

990. 楼淑君. 审美思维的一朵奇葩：论魏晋南北朝志怪小说的审美思想. 黄冈职业技术学院学报，2002(4).

991. 魏世民. 两晋三部小说成书年代考(按，指王浮《神异记》、郭颁《魏晋世语》、孙盛《杂语》). 昭通师范高等专科学校学报，2002(4).

992. 魏世民. 南北朝时期三部小说成书年代考(按，指《金楼子·志怪篇》、《器准图》、《冤魂志》). 青海师专学报，2002(4).

993. 夏广兴. 佛经故事与汉魏六朝仙道小说. 古籍研究，2002(4).

994. 程芳银. 中国古代小说探源. 求索. 2002(5).

995. 蔚然. 古代小说与传统文化研究领域的新探索. 曲靖师范学院学报，2002(5).

996. 秦川. 中国古代文言小说总集述略. 安徽大学学报，2002(5).

997. 李军均. 魏晋六朝小说观念初探. 中文自学指导，2002(5).

998. 王连仲. 一部叙事学研究的力作：评《中国古代小说叙事研究》. 东岳论丛，2002(5).

999. 张蕊青. 关于中国古典小说研究状况的思考. 山东社会科学，2002(5).

1000. 赵章超. 佛经斗法故事与古代小说创作. 乐山师范学院学报，2002(6).

1001. 丁夏. 文体特征发育与古代小说演进. 清华大学学报，2002(6).

1002. 简齐儒. 六朝小说关于孩童死后世界之想象诠释：以“小儿推车”为主线之考察. 中国文学研究，2002-06(16).

1003. 普慧. 佛教与五朝叙事小说及“世说体”、史传文学. 南朝佛教与文学. 中华书局，2002.

1004. 王国良.谈近现代笔记小说丛书之编辑印行:以台北新兴版《笔记小说大观丛刊》、河北教育版《历代笔记小说集成》为主的考察.海峡两岸古典文献学学术研讨会论文集.上海古籍出版社,2002.

1005. 刘苑如.从鲜卑叙记看南朝志怪中异族想象与时代感觉.台北:中国文哲研究集刊,2002(20).

1006. 金长焕.《古小说钩沉》校释(一):《青史子》、《笑林》.人文科学(第84辑),2002.

1007. 魏世民.南朝梁七部小说成书年代考(按,指《殷芸小说》、《周氏冥通记》、《续齐谐记》、《迩说》、《古今刀剑录》、《金楼子·志怪篇》、《研神记》).衡阳师范学院学报,2003(1).

1008. 王小莘.从魏晋六朝笔记小说看中古汉语词汇新旧质素的共融和更替.南京师范大学文学院学报,2003(1).

1009. 赵蓉涛.汉魏六朝小说中的汉武帝形象.厦门教育学院学报,2003(1).

1010. 陈文新.六朝轶事小说综合研究述评.齐鲁学刊,2003(1).

1011. 萧相恺.《中国文言小说家评传》前言:文化的·民间的·传说的:中国文言小说的本质特征:兼论文言小说观念的历史演进.明清小说研究,2003(1).

1012. 崔雄权.解放后朝鲜对古典小说的收集、整理.东疆学刊,2003(1).

1013. 苗怀明.二十世纪九十年代以来的中国古代小说研究:以其间出版的研究论著为参照.明清小说研究,2003(1).

1014. 徐大军.关于中国古代小说与戏曲关系研究的回顾与思考.甘肃社会科学,2003(1).

1015. 郭征帆.中国古代小说发展历程简述.铜仁师范高等专科学校学报,2003(1).

1016. 徐君慧.《中国古代小说俗语大词典》评介.广西大学学报,2003(1).

1017. 潘建国."第二届中国古代小说国际研讨会"在上海师范大学召开.文学遗产,2003(1).

1018. 楼淑君.审美思维的一朵奇葩:论魏晋南北朝志怪小说的审美思想.唐山学院学报,2003(1).

1019. 陶敏."笔记小说"与笔记研究.文学遗产,2003(2).

1020. 淮茗.中国古代小说研究论文要目索引(2002年10—12月).明清小说研究,2003(1).

1021. 淮茗.中国古代小说研究论文要目索引(2003年1—3月).明清小说研究,2003(2).

1022. 陈玲. 汉魏六朝小说观观照下的笑话. 浙江教育学院学报,2003(2).

1023. 熊明. 试论汉魏六朝人物传写的小说化倾向. 沈阳师范大学学报,2003(2).

1024. 赵章超. 试论志怪小说的职能流变. 西北工业大学学报,2003(2).

1025. 石昌渝. 论魏晋志怪的鬼魅意象. 文学遗产,2003(2).

1026. 涂建华. 小说创作如何面对"志怪"传统. 湖南城市学院学报,2003(2).

1027. 王立. 2002 年全国青年学者古代小说学术研讨会综述. 南通师范学院学报,2003(2).

1028. 王立. 中土小说母题的外域信息源:再论古代小说中的赌技服人母题. 北方论丛,2003(2).

1029. 冯汝常. 关于中国古代小说起源的再思考. 云南师范大学学报,2003(2).

1030. 陈文新. 加强中国文言小说的辨体研究:我写《文言小说审美发展史》的一点体会. 蒲松龄研究,2003(3).

1031. 段庸生. 古代小说中的孔子形象. 重庆工商大学学报,2003(3);孔子研究,2006(1) .

1032. 范妍南. 魏晋六朝时期小说中的判断句. 陕西教育学院学报,2003(3).

1033. 陈钦武. 美国的"哥特"体与中国的"志怪"说. 淮北煤炭师范学院学报,2003(3).

1034. 曹艳春. 佛教与中国古典小说的"因缘"浅探. 天中学刊,2003(3).

1035. 莫山洪. 骈文与中国古典小说. 广西师范大学学报,2003(3).

1036. 张庆民. 中古小说中的谶谣研究. 济南大学学报,2003(3).

1037. 王立. 第二届中国古代小说国际研讨会综述. 学术交流,2003(3).

1038. 张开焱. "史统""道统"与古代"小说". 社会科学战线,2003(3).

1039. 于德山. 中国古代小说"语—图"互文现象及其叙事功能. 明清小说研究,2003(3).

1040. 李灵年. 老方法与新成果:近 20 年古代小说研究方法散札. 徐州教育学院学报,2003(3).

1041. 淮茗. 中国古代小说研究论文要目索引(2003 年 4—6 月). 明清小说研究,2003(3).

1042. 淮茗. 中国古代小说研究论文要目索引(2003 年 7—9 月). 明清小说研究,2003(4).

1043. 黄大宏. 中国古代小说重写结构型本事的四种基本模式. 海南大学学报,2003(4).

1044. 王立. 神秘预言与古代小说"铭知发者"母题. 上海师范大学学报,2003(4).

1045. 丁峰山. 中国古代小说概念及类型辨析. 福州大学学报,2003(4).

1046. 任明华. 中国古代小说选本形态论. 文艺理论研究,2003(4).

1047. 杨再喜. 论中国古典小说脱胎于史传文学. 零陵学院学报,2003(4).

1048. 张承鹄. 魏晋南北朝志怪小说鬼神世界别论. 武汉理工大学学报,2003(4).

1049. 王前程. 坚持民族学术传统的结晶:评陈文新《文言小说审美发展史》. 蒲松龄研究,2003(4).

1050. 石昌渝. 20世纪古代小说书目编撰史述略:兼论有关书目体例的几个问题. 南京师范大学文学院学报,2003(4).

1051. 苗怀明. 探索符合古代小说实际的校勘之路:孙楷第古代小说校勘方法浅探. 古籍整理研究学刊,2003(4).

1052. 庞金殿. 志怪小说艺术特征辨证. 德州学院学报,2003(5).

1053. 王霞. 从中国古典目录辨析中国古典小说的渊源与分类. 新世纪图书馆,2003(5).

1054. 林功成. 对中国小说渊源论的几点置疑. 江淮论坛,2003(5).

1055. 周俊勋. 魏晋南北朝志怪小说中有关疾病的动词. 华中科技大学学报,2003(6).

1056. 刘军. 试论先秦的"准小说". 黑龙江社会科学,2003(6).

1057. 杨桂青. "奇":中国古代小说中的重要概念. 上海交通大学学报,2003(6).

1058. 宋子伟. 魏晋轶事小说的滥觞:《子路、曾皙、冉有、公西华侍坐》的文学特色. 中学语文,2004(7).

1059. 张天景. 论志怪小说的前承后继. 南阳师范学院学报,2003(11).

1060. 任明华. 近百年古代小说选本研究简述. 学术月刊,2003(11).

1061. 程毅中. 漫谈笔记小说及古代小说的分类. 古籍整理出版情况简报,2003(3).

1062. 程毅中. 中国古代小说的文献研究. 古籍整理出版情况简报,2003(9、10).

1063. 王齐洲. 六朝小说研究的新收获. 中国文化报,2003-06-24.

1064. 孟颜. 第二届中国古典小说数字化研讨会暨第二届《三国演义》版本研讨会综述. 明清小说研究,2003(4).

1065. 康韵梅. 汉魏六朝志怪小说的叙事动机. 廖蔚卿教授八十寿庆论文集.

台北：里仁书局，2003.

1066. 谢明勋. 六朝志怪小说“化胡”故事研究. 台湾：东华汉学，2003(创刊号).

1067. 谢明勋. 台湾地区“六朝志怪小说”研究之回顾与前瞻. 国际中国学研究(第6集). 汉城：韩国中国学会，2003.

1068. 李剑国. 论“毛女”. 古稗斗筲录：李剑国自选集. 南开大学出版社，2004；中国社会科学研究院文学研究所中国古代小说研究中心编. 中国古代小说研究(年刊，第1辑). 人民文学出版社，2005.

1069. 陈志伟. 言性小说：对部分古代小说的重新正名归类. 图书馆建设，2004(1).

1070. 刘继保. 中国古代小说起源于《左传》. 中州学刊，2004(1).

1071. 江秀玲. 论中国古代小说的嬗变轨迹. 唐都学刊，2004(1).

1072. 黄勇. 方士小说向道士小说的嬗变：以古小说中汉武帝形象的演变为例. 新疆大学学报，2004(1).

1073. 沈海波. 汉代小说略论. 上海大学学报，2004(1).

1074. 王红. 魏晋南北朝志怪小说作家的创作心态. 湖南文理学院学报，2004(1).

1075. 安正燻. 佛教传入后志怪叙事性格的变化. 复旦学报，2004(1).

1076. 邓绍基. 关于“离婚型”“还魂型”和纯人鬼恋型文学故事. 江苏行政学院学报，2004(1).

1077. 邱昌员，刘小玉. 赣文化与晋唐五代江西小说述论. 赣南师范学院学报，2004(1).

1078. 贾奋然. 六朝问题批评视域中的小说. 中国文学研究，2004(1).

1079. 齐浚. 关于中国小说史写作的理论设计：兼论《中国小说史略》. 山东社会科学，2004(1).

1080. 张庆民. 魏晋南北朝幽婚故事研究. 首都师范大学学报，2004(1).

1081. 贾奋然. 六朝文体批评视域中的小说. 中国文学研究，2004(1).

1082. 庄逸云. 胡怀琛的中国小说史研究. 江淮论坛，2004(2).

1083. 何红艳. 佛经故事与汉魏六朝仙道小说. 巢湖学院学报，2004(2).

1084. 刘衍军. 六朝家族小说的文化阐释. 山西师大学报，2004(2).

1085. 郑亮. 论魏晋志怪小说之生命意识. 石河子大学学报，2004(2).

1086. 周楞伽. 中国小说的起源和演变. 上海师范大学学报，2004(2).

1087. 史璞. 魏晋志怪之新闻性解析. 克山师专学报，2004(2).

1088. 江中云. 人猿之缘在古小说中的嬗变. 南阳师范学院学报，2004(2).

1089. 淮茗.中国古代小说研究论文要目索引(2003 年 10—12 月).明清小说研究,2004(1).

1090. 淮茗.中国古代小说研究论文要目索引(2004 年 1—3 月)总论.明清小说研究,2004(2).

1091. 康金声.三晋文化与古代小说.山西社会主义学院学报,2004(2).

1092. 姚民治.中国古代小说戏曲同源互补论.内蒙古民族大学学报,2004(2).

1093. 冯霞.游戏遣兴与载道训教间摇摆不定的中古小说:浅谈中国古代小说创作的"轻"与"重".长春理工大学学报,2004(2).

1094. 王立.中古汉译佛经与古代小说金银变化母题.南开学报,2004(3).

1095. 沈伯俊.第三届中国古代小说数字化研讨会综述.明清小说研究,2004(3).

1096. 石昌渝.关于《中国古代小说总目》.明清小说研究,2004(3).

1097. 黄卉.中国古代小说学研究.殷都学刊,2004(3).

1098. 戴红.试析《史记》对中国古典小说创作的影响.华北水利水电学院学报,2004(3).

1099. 艾丽辉.以家庭为题材的中国古典小说的发展情况概述.辽宁师范大学学报,2004(3).

1100. 王琳.浅析汉代经学对神仙小说的影响.青海师范大学学报,2004(3).

1101. 王伟."志怪"与"志怪小说".山东理工大学学报,2004(3).

1102. 胡梅.论魏晋南北朝志怪中的人妖恋小说.南通纺织职业技术学院学报,2004(3).

1103. 李冬梅.论道教对魏晋志怪小说的影响.青海社会科学,2004(3).

1104. 杨军.魏晋六朝志怪中人鬼婚恋故事的文化解读.西北农林科技大学学报,2004(3).

1105. 纪千惠.六朝志怪小说中的巨人与侏儒初探.文学,2004(3).

1106. 李春辉.魏晋六朝至唐仙道小说的文化阐释.广播电视大学学报,2004(3).

1107. 夏广兴.试论六朝隋唐的应验类小说.上海师范大学学报,2004(3).

1108. 龙钢华.神话传说、先秦寓言与微篇小说.邵阳学院学报,2004(4).

1109. 李伟昉.英国哥特小说与六朝志怪小说的可比性及其研究价值.河南大学学报,2004(4).

1110. 杨文斌.中国古代神话及志怪小说英译问题.黔东南民族师范高等专科学校学报,2004(4).

1111. 龚世学. 小说起源辨. 重庆教育学院学报,2004(4).
1112. 李传江. "全人型"阶段蛇意象在唐前志怪小说中的再现. 连云港师范高等专科学校学报,2004(4).
1113. 叶岗. 论中国古代小说文体特征的民族性. 社会科学战线,2004(4).
1114. 范军. 略论古代小说序跋中的出版史料. 出版史料,2004(4).
1115. 石昌渝. 二十世纪以来的中国古代小说目录学. 社会科学管理与评论,2004(4).
1116. 张喜全. 中国古代小说探源论略. 攀枝花学院学报,2004(4).
1117. 徐利英. 历代小说著录中的史传意识. 江西教育学院学报,2004(5).
1118. 杨义. 中国古典小说的叙事原则. 河南大学学报,2004(5).
1119. 李传江. 魏晋南北朝志怪小说中的龙文化探析. 重庆工商大学学报,2004(5).
1120. 葛永海. 古代志怪小说本体价值观的演变. 浙江师范大学学报,2004(5).
1121. 赵振祥. 魏晋"志怪"的社会新闻文体论证. 厦门大学学报,2004(5).
1122. 龙钢华. 志怪志人小说与微篇小说. 邵阳学院学报,2004(5).
1123. 李伟昉. 略论六朝志怪小说的两大叙事特征. 社会科学研究,2004(5).
1124. 李剑国. 论先唐古小说的分类. 南开大学文学院编. 文学与文化(第5辑). 南开大学出版社,2004;古稗斗筲录:李剑国自选集. 南开大学出版社,2004.
1125. 刘瑞明. "蛊"的多元文化研究:志怪文学的解读模式. 四川大学学报,2004(6).
1126. 李强. 魏晋南北朝志怪小说副词"都"研究. 西南民族大学学报,2004(7).
1127. 刘垣,苏建新. 电脑研究古代小说略论. 成都教育学院学报,2004(7).
1128. 伏俊琏. 敦煌遗书中的小说. 敦煌文学文献丛稿. 中华书局,2004.
1129. 伏俊琏. 二十世纪敦煌小说研究. 敦煌文学文献丛稿. 中华书局,2004.
1130. 刘苑如. 松伯冈岑:魏晋南北朝志怪中的墓葬习俗与文化解读. 成功大学中文系编. 魏晋南北朝文学与思想学术研讨会论文集(第5辑). 台北:里仁书局,2004.
1131. 谢明勋. 近五十年来台湾地区六朝志怪小说研究论著目录. 花莲县国立东华大学中文系:东华汉学,2004(2).
1132. 谢明勋. 六朝志怪小说"循迹觅踪"故事研究. 魏晋南北朝文学与思想学术研讨会论文集(第5辑). 台北:里仁书局,2004.

1133. 石昌渝. 唐前"小说"非小说论. 中国社会科学院文学研究所中国古代小说研究中心编. 中国古代小说研究(第1辑). 人民文学出版社,2005.
1134. 韦凤娟. 精怪"人形化"的文化解读. 中国社会科学院文学研究所中国古代小说研究中心编. 中国古代小说研究(第1辑). 人民文学出版社,2005.
1135. 袁世硕.《中国小说史略》辨证二则. 中国社会科学院文学研究所中国古代小说研究中心编. 中国古代小说研究(第1辑). 人民文学出版社,2005.
1136. 王齐洲. 魏晋南北朝的志怪与志人小说. 高等函授学报,2005(1).
1137. 庞金殿. 魏晋志人小说艺术特点新论. 运城学院学报,2005(1).
1138. 李忠明. 中国古代小说概念的演变与小说文体的形成. 明清小说研究,2005(1).
1139. 赵逵夫.《文化视角下的中国古代小说》序. 甘肃高师学报,2005(1).
1140. 齐裕焜. 二十一世纪中国古代小说研究之展望. 福州大学学报,2005(1).
1141. 李桂奎. 论中国古代小说的"百年"时间构架及其叙事功能. 求是学刊,2005(1).
1142. 陈洪,孟稚. 论汉魏六朝俳优小说. 徐州师范大学学报,2005(1).
1143. 魏世民,罗美红. 汉魏六朝神仙道教小说艺术谈. 中国道教,2005(1).
1144. 张丑平. 论汉代杂史小说中的复仇意识与侠义精神. 广西师范学院学报,2005(2).
1145. 罗宁. 从语词小说与文类小说:解读《汉书·艺文志》小说序. 天津大学学报,2005(2).
1146. 洪树华. 魏晋南北朝志怪小说的"洞穴仙境"意象. 山东大学学报,2005(2).
1147. 吴波. 追踪晋宋 踵事增华:《阅微草堂笔记》对魏晋六朝志怪小说的继承与发展. 蒲松龄研究,2005(2).
1148. 杨世理.《诗经》与志怪小说. 社科纵横,2005(3).
1149. 张二平. 佛经叙事对中古志怪小说文体特征的渗入与冲击. 天水师范学院学报,2005(3).
1150. 李桂奎. 中国古代小说关于坐立姿态描写的修辞阐释. 烟台大学学报,2005(3).
1151. 陈文新,王炜. 数字化时代的中国古代小说研究. 东南大学学报,2005

(3).

1152. 苟波. 中国古代小说视野中的民众“仙界”观念. 中国道教,2005(3).

1153. 孟杰. 第四届中国古代小说文献与数字化研讨会综述. 明清小说研究,2005(3).

1154. 任明华.《中国古代小说总目》(文言卷)补正. 明清小说研究,2005(3).

1155. 孟稚. 魏晋南北朝洞窟小说成因探究. 平原大学学报,2005(3).

1156. 胡育来. 魏晋“仙窟”模式小说探源及发展. 宜春学院学报,2005(3).

1157. 殷新红. 中国古代小说怪诞艺术浅论. 江西科技师范学院学报,2005(3).

1158. 陈才训. 小说可以兴:浅论“兴”对中国古典小说的影响. 北方论丛,2005(3).

1159. 叶楚炎.“中国古代小说文体研究:历史与理论”学术研讨会综述. 明清小说研究,2005(3).

1160. 杨再喜. 论古代小说批评中史学尺度的文化成因. 内蒙古社会科学,2005(3).

1161. 陈才训. 中国古典小说第一人称叙事缺席的文化思考. 天津社会科学,2005(4).

1162. 蔡梅娟. 中国古代小说人物的审美演进. 山东理工大学学报,2005(4).

1163. 彭树欣. 魏晋南北朝小说的虚实观. 文山师范高等专科学校学报,2005(4).

1164. 苟波. 从古代小说看道教世俗化过程中神仙形象的演变. 宗教学研究,2005(4).

1165. 周志锋. 评《中国古代小说俗语大词典》. 辞书研究,2005(4).

1166. 曾小霞. 儒家小说观与唐前志怪小说. 殷都学刊,2005(4).

1167. 梅新林. 映像重塑和文化解读:古代小说中的城市:评葛永海《古代小说与城市文化研究》. 浙江社会科学,2005(4).

1168. 梁敏. 汉魏六朝杂传与唐人传奇的宗祖谱系清理:评《杂传与小说:汉魏六朝杂传研究》. 广州广播电视大学学报,2005(4).

1169. 王恒展. 先秦典籍与小说滥觞. 山东师范大学学报,2005(5).

1170. 李伟昉. 西方叙事理论观照下的中国六朝志怪小说. 河南社会科学,2005(5).

1171. 庞金殿. 论中国古代小说发展嬗变的特点与规律. 通化师范学院学报,2005(5).

1172. 叶楚炎.“中国古代小说文体研究:历史与理论”学术研讨会举行. 文学

遗产,2005(6).

1173. 王立.《巫文化视野中的中国古代小说》品读.河南教育学院学报,2005(5).

1174. 项裕荣.中国古代小说中"化形为蛇"情节的佛教源流探考.浙江大学学报,2005(5).

1175. 吴光正.湖北省古代小说专家学术研讨会综述.武汉大学学报,2005(5).

1176. 欧阳健.古代小说的文本与版本.内江师范学院学报,2005(5).

1177. 陈才训.古典小说个性化叙事晚出的文化阐释.广西大学学报,2005(6).

1178. 苗怀明.二十世纪中国古代小说概念的辨析与界定.广州大学学报,2005(6).

1179. 杨再喜.论古代小说对史学尺度的突破及其成因.湖南科技学院学报,2005(12).

1180. 楼淑君.魏晋南北朝小说女性形象解读.广西社会科学,2005(7).

1181. 朱坚.关于408年前中国古代小说中女性射液的记载.中国性科学,2005(9).

1182. 憨斋.狗尾续貂:谈古小说续书.阅读与写作,2005(10).

1183. 程芳银.试论先秦时期是中国古代小说的成型期.学术交流,2005(10).

1184. 王平.论中国古代小说的审美类型.文艺研究,2005(10).

1185. 刘惠卿.释氏辅教之书:六朝志怪小说的叙事新风.西南民族大学学报,2005(10).

1186. 张灿贤.中国古代小说审美演进的文化阐释.山东社会科学,2005(11).

1187. 李道和.《唐前志怪小说史》的修订与中国古典文言小说研究.中华读书报,2005-03-23.

1188. 伏俊琏.战国早期的志怪小说.光明日报,2005-08-26.

1189. 占骁勇.如此"学术品位":评《中国文言小说总目提要》.云梦学刊,2005(3).

1190. 谢明勋.从佛经到志怪:以六朝志怪观世音应验故事为例.魏晋六朝学术研讨会论文集.台北:东吴大学中文系.2005.

1191. 程毅中.略谈古代小说的类别.明清小说研究,2006(1).

1192. 刘勇强.古代小说文体的动态特征与研究思路.文学遗产,2006(1).

1193. 谭帆. 漫谈古代小说理论批评研究之"缺失". 文学遗产，2006(1).
1194. 陈丽媛. 恢宏缜密 赅细有方：读齐裕焜、王子宽著《中国古代小说研究》. 福建师范大学学报，2006(1).
1195. 刘勇强. 小说起源问题的三重含义. 明清小说研究，2006(1).
1196. 潘承书. 六朝志怪和唐代传奇. 重庆职业技术学院学报，2006(1).
1197. 李传江. 唐前志怪小说中"拟兽化"蛇意象解读. 重庆师范大学学报，2006(1).
1198. 卢芳，汤颖仪. 独立的准备：鲁迅辑校的《古小说钩沉》初考. 焦作师范高等专科学校学报，2006(1).
1199. 赵逵夫. 论先秦时代的讲史、故事和小说. 文史哲，2006(1).
1200. 杨菲. 稗官为史之支流论. 福建师范大学学报，2006(1).
1201. 楼淑君. 魏晋南北朝志怪小说叙事视角分析. 湖北经济学院学报(人文社会科学版)，2006(1).
1202. 杨再喜. 论古代小说批评对史学"惩劝意识"的接受. 现代语文(文学研究)，2006(11).
1203. 王颖. 论唐前爱情故事对才子佳人小说的艺术滋养. 社会科学辑刊，2006(2).
1204. 晁成林. 唐前女仙爱情小说的主题演变及叙事结构略说. 金陵科技学院学报(社会科学版)，2006(2).
1205. 张华艳. 论魏晋六朝志怪小说中的鬼魅世界及其现实基础. 现代语文(文学评论版)，2006(2).
1206. 李伟昉. 六朝志怪小说叙事艺术新论. 河南大学学报，2006(2).
1207. 韦凤娟. 九尾狐的嬗变. 中国社会科学院文学研究所中国古代小说研究中心编. 中国古代小说研究(第2辑). 人民文学出版社，2006.
1208. 孟颜. 第五届中国古代小说文献与数字化研讨会综述. 明清小说研究，2006(3).
1209. 谭帆. 中国古代小说文体流变研究论略. 文艺理论研究，2006(3).
1210. 李时人. 中国古代小说在日本的传播与影响. 复旦学报，2006(3).
1211. 黄炎军. 走向文学的本体：魏晋六朝小说观念解析. 信阳师范学院学报，2006(2).
1212. 胡继琼. 从汉魏笔记小说的"实录"到唐代传奇小说的"作意""幻设"看小说家的创作心态的变化. 贵州大学学报，2006(3).
1213. 项裕荣. 中国古小说与佛教因果观念. 广东技术师范学院学报，2006(3).

1214. 刘正平. 亦庄亦怪:志怪传奇小说创作主体的双重人格特征. 中国文学研究,2006(3).

1215. 李泽儒. 论汉魏六朝小说的虚构意识. 广西大学梧州分校学报,2006(3).

1216. 宁稼雨. 中国古代小说研究重要典籍推介. 出版人·图书馆与阅读,2006(3).

1217. 唐洁璠. 汉代的"小说"观念及其对后世小说创作的影响. 广西大学梧州分校学报,2006(3).

1218. 周昌梅. 在史学与文学的边缘:对六朝小说文体的考察:以《搜神记》、《世说新语》为例. 青岛师范大学学报,2006(3).

1219. 熊明. 虚构与汉魏六朝杂传的小说化:从《雷焕别传》说起. 辽宁大学学报,2006(4).

1220. 洪树华、宁稼雨. 近五十年来中国古代文学"人神之恋"研究的回顾与展望. 山东大学学报,2006(4).

1221. 杨再喜. 论古代小说批评对史学"实录"意识的接受. 湖南科技大学学报(社会科学版),2006(6).

1222. 王兴芬. 论汉魏六朝道教小说内容的嬗变. 许昌学院学报,2006(4).

1223. 许彰明. 六朝唐代志怪小说中"铜镜驱邪"的文化解读. 民族艺术,2006(4).

1224. 刘惠卿. 佛经文学与六朝小说支解复形母题. 求索,2006(4).

1225. 赵建忠. 古典小说研究中的史料还原与思辨索原. 文艺理论与批评,2006(5).

1226. 晁成林. 六朝志人小说的审美嬗变:以《殷芸小说》为例. 和田师范专科学校学报,2006(5).

1227. 蔡梅娟. 魏晋志怪小说中的主体审美意识. 山东理工大学学报(社会科学版),2006(5).

1228. 姜荣刚. 试论六朝的婚恋小说. 山西大学学报,2006(6).

1229. 马雅琴.《史记》与魏晋六朝志怪小说. 渭南师范学院学报,2006(6).

1230. 俞颂雍. 试析唐前小说之伪托. 中文自学指导,2006(6).

1231. 闫雪梅. 先秦寓言对小说的启示:虚构. 西安航空技术高等专科学校学报,2006(6).

1232. 沈伯俊. 对中国古小说思维的文化思考:评段庸生《中国文言小说思维》. 重庆社会科学,2006(6).

1233. 张同胜. 关于中国小说起源的思考. 汕头大学学报,2006(6).

1234. 廖群."说""传""语":先秦"说体"考索.文学遗产,2006(6);中国古代、近代文学研究,2007(4).

1235. 胡大雷.《文选》不录"说体"辨:"说"的文体辨析与小说的形成.广西师范大学学报,2006(7);中国古代、近代文学研究,2007(4).

1236. 何散芬.魏晋南北朝志怪小说的叙事结构初探.湖北经济学院学报(人文社会科学版),2006(6).

1237. 彭磊.论仙话兴起之信仰背景.长沙:求索,2006(9).

1238. 马雅琴.论《史记》对魏晋六朝志怪小说的沾溉.理论导刊,2006(11).

1239. 周昌梅.小说应"小":中国传统小说观念的考察:从《搜神记》和《世说新语》的文体异同入手.重庆社会科学,2006(12);中国古代、近代文学研究,2007(4).

1240. 张振云.古代"小说"浅论.济南:理论学刊,2006(12).

1241. 程毅中.古代小说与古籍目录学、中国古代小说的文献研究等二篇.程毅中文存.中华书局,2006.

1242. 韩婷.亦鬼亦人 形幻神真:论魏晋南北朝志怪小说中的鬼.文教资料,2006(35).

1243. 刘苑如.形见与冥报:六朝志怪中鬼怪叙述的讽喻:一个"导异为常"模式的考察.台北:中国文哲研究集刊,2006-09(29).

1244. 陈洪.古小说史三考.中国社会科学院文学研究所中国古代小说研究中心编.中国古代小说研究(第2辑).人民文学出版社,2006.

1245. 韦凤娟.从"地府"到"地狱":论魏晋南北朝鬼话中冥界观念的演变.文学遗产,2007(1).

1246. 于民雄.神仙说与中国古代小说.贵州文史丛刊,2007(1).

1247. 刘勇强.论中国小说因果报应观念的过程与形态.文学遗产,2007(1).

1248. 孙纪文,郭丹.《四库全书总目》的小说研究.宁夏大学学报,2007(1).

1249. 范正辉.魏晋文人的病态审美观对古代小说的影响:兼论侠义小说中的"脂粉之谈".许昌学院学报,2007(1).

1250. 孟颜.第六届中国古代小说文献与数字化国际研讨会综述.明清小说研究,2007(3).

1251. 彭磊.魏晋志怪与南北朝志怪的比较研究.太平洋学报,2007(3).

1252. 刘惠卿.佛经文学与六朝"世说体"小说创作.求索,2007(3).

1253. 刘惠卿.佛经文学与六朝小说感应征验母题:以《观世音经》的盛行为考察中心.湛江师范学院学报,2007(2).

1254. 宁稼雨.六朝小说概念的"Y"走势.山西大学学报,2007(3).

1255. 李道和.晋唐小说螺女故事考论.文学遗产,2007(3).

1256. 吴真.从六朝故事看道教与佛教进入地方社会的不同策略.河南教育学院学报,2007(3).

1257. 王欣,宇恒伟.《古小说钩沉》中的民间佛教及其史料研究.南京航空航天大学学报(社会科学版),2007(3).

1258. 欧阳健.《中国小说史略》论断平议.内江师范学院学报,2007(5).

1259. 江傲霜.六朝笔记小说词汇研究的价值与反思.社会科学论坛,2007(22).

1260. 魏荣.六朝志怪小说婚恋故事中的死亡意识. 2007年全国博士生学术论坛:中国语言文学论文集.2007.

1261. 蔡莹.魏晋志怪小说的身体观. 2007年全国博士生学术论坛:中国语言文学论文集.2007.

研究生学位论文

1262. 周次吉.六朝志怪小说研究.台湾:政治大学中国文学系研究所1971年硕士学位论文.

1263. 全寅初.六朝小说之研究.台湾:台湾大学中国文学系研究所1971年硕士学位论文.

1264. 禹弘济.六朝小说研究.汉城大学1976年硕士学位论文.

1265. 全寅初.魏晋南北朝志怪小说研究.台湾:台湾师范大学国文学系1978年博士学位论文.

1266. 李丰楙.魏晋南北朝文士与道教之关系.台湾:政治大学中文系1978年博士学位论文.

1267. 王国良.魏晋南北朝志怪小说研究.台湾:东吴大学中国文学研究所1984年博士学位论文.

1268. 金荣华.六朝志怪小说情节单元分类索引(甲编).台北:中国文化大学中国文学研究所1984年毕业论文.

1269. 金克斌.魏晋志怪小说中的世界:以搜神记为中心的研究.台湾:东海大学历史研究所1985年硕士学位论文.

1270. 吕清泉.魏晋志怪小说与古代神话关系之研究.台湾:台湾大学中国文学研究所1985年硕士学位论文.

1271. 康韵梅.六朝小说变形观之探究.台湾:台湾大学中国文学研究所1987年硕士学位论文(另有1988年未出版修订本).

1272. 谢明勋.六朝志怪小说变化题材研究.台湾:中国文化大学中国文学研

究所1988年硕士学位论文.

1273. 杨如雪.六朝笔记小说中使用量词之研究.台湾:台湾师范大学国文研究1988年硕士学位论文.

1274. 李燕惠.魏晋南北朝鬼神故事研究.台湾:辅仁大学中国文学研究所1989年硕士学位论文.

1275. 蔡雅熏.六朝志怪妖故事研究.台湾:台湾师范大学中国文学研究所1990年硕士学位论文.

1276. 赖雅静.六朝志怪小说中的死后世界.台湾:政治大学中国文学研究所1990年硕士学位论文.

1277. 谢明勋.六朝志怪小说他界观研究.台湾:中国文化大学中国文学研究所1992年博士学位论文.

1278. 吴荣基.魏晋志怪文学之研究.台湾:东吴大学国文研究所1992年博士学位论文.

1279. 颜慧琪.六朝志怪小说异类姻缘故事研究.台湾:中国文化大学中国文学研究所1993年硕士学位论文.

1280. 薛惠琪.六朝佛教志怪小说研究.台湾:中国文化大学中国文学研究所1993年硕士学位论文.

1281. 李玉芬.六朝志人小说研究.台湾:中国文化大学中国文学研究所1994年硕士学位论文.

1282. 张瑞芬.佛教因缘文学与中国古典小说.台湾:东吴大学中国文学研究所1995年博士学位论文.

1283. 刘苑如.六朝志怪的文类研究:导异为常的想象历程.台湾:政治大学中国文学系1996年博士学位论文.

1284. 姚琪姝."世说体"小说发展述论.台湾:中兴大学中国文学系1996年硕士学位论文.

1285. 陈洪2.佛教与中古小说.苏州大学1997年博士学位论文.

1286. 马珏玶.中国古典小说女性形象探源.山东大学文学院1999年博士学位论文.

1287. 卢世华.唐以前小说观念的演变.湖北大学1999年硕士学位论文.

1288. 徐红梅.六朝小说的"於""于"字用法研究.华南师范大学中文系2000年硕士学位论文.

1289. 何仟年.唐前志怪小说与原始观念.西南师范大学2000年硕士学位论文.

1290. 林佳慧.从非小说到小说:"志怪"论述研究.台湾:中央大学中国文学

研究所 2000 年硕士学位论文.

1291. 黄文成. 六朝志怪小说梦象之研究. 台湾: 中国文化大学中国文学研究所 2000 年硕士学位论文.

1292. 黄东阳. 六朝志人小说研究. 台湾: 东吴大学中国文学系 2000 年硕士学位论文.

1293. 陈美玲. 从古典小说的鬼观察鬼信仰的心理与文化现象. 台湾: 高雄师范大学国文学系 2000 年博士学位论文.

1294. 伍红玉. 中国口传鬼故事研究. 中国社会科学院研究生院 2000 年硕士学位论文.

1295. 赖素玫. 解释的有效性: 六朝志怪小说梦故事研究. 台湾: 中兴大学中国文学系 2001 年硕士学位论文.

1296. 林恭亿. 六朝志怪乐园意识研究. 台湾: 高雄师范大学国文学系 2001 年硕士学位论文.

1297. 林琳. 六朝志怪小说的女性世界. 黑龙江大学 2001 年硕士学位论文.

1298. 金洪谦. "狐狸精"原型及其在中国小说的文化意涵. 台湾: 东海大学中国文学系 2001 年博士学位论文.

1299. 江慧琪. 先秦至唐狐狸精怪故事研究. 台湾: 中兴大学中国文学系 2002 年硕士学位论文.

1300. 王湘雯. 六朝小说之女性形象研究. 台湾: 中国文化大学中国文学研究所 2002 年硕士学位论文.

1301. 金芝鲜. 魏晋南北朝志怪的叙事研究. 韩国高丽大学 2001 年博士学位论文.

1302. 周小兵. 中国文言小说文化形态研究. 南京大学 2002 年博士学位论文.

1303. 王旭川. 中国小说续书的历史发展. 上海师范大学 2002 博士学位论文.

1304. 熊明. 杂传与小说: 汉魏六朝杂传研究. 南开大学 2002 年博士学位论文.

1305. 魏世民. 魏晋南北朝小说的嬗变. 华东师范大学 2003 年博士学位论文.

1306. 王莉. 论魏晋六朝志怪小说文学性叙事的生成. 西南师范大学 2003 年硕士学位论文.

1307. 赵蓉涛. 汉魏六朝小说中的汉武帝故事. 曲阜师范大学, 2003 年硕士学位论文.

1308. 周俊勋.魏晋南北朝志怪小说词汇研究.四川大学 2003 年博士学位论文.
1309. 周君文.中国古代小说与民间宗教.上海师范大学 2003 年硕士学位论文.
1310. 郭丽镕.真实与虚构的国度:魏晋南北朝志怪小说析论.研究生国立彰化师范大学国文学系 2003 年硕士学位论文.
1311. 刘雯鹃.历代笔记小说中因果报应故事研究.台湾:中国文化大学中国文学研究所 2003 年博士学位论文.
1312. 宋文桃.魏晋至唐五代冥婚小说研究.暨南大学 2003 年硕士学位论文.
1313. 李伟昉.英国哥特小说与中国六朝志怪小说比较研究.四川大学 2004 年博士学位论文.
1314. 史璞.魏晋志怪与新闻关系初论.辽宁师范大学 2004 年硕士学位论文.
1315. 李传江.魏晋南北朝志怪小说中的蛇文化探究.南京师范大学 2004 年硕士学位论文.
1316. 王雅荣."猴玃抢妇"故事的源流及演变:兼论魏晋志怪中的"异类婚媾"故事.南京师范大学 2005 年硕士学位论文全文.
1317. 鲍国华.《中国小说史略》研究.北京师范大学 2005 博士学位论文.
1318. 胡梅.魏晋南北朝志怪中的人妖恋小说.南京师范大学 2005 年硕士学位论文.
1319. 彭磊.汉魏六朝志怪小说新论.重庆师范大学 2005 年硕士学位论文全文.
1320. 梅晶.魏晋南北朝小说常用心理动词述谓功能研究.湖南师范大学 2005 年硕士学位论文.
1321. 纪千惠.六朝志怪巨人与侏儒之研究.台湾:嘉义大学中国文学系硕士班 2005 年硕士学位论文.
1322. 姚圣良.先秦两汉神仙思想与文学.山东大学文学院 2006 年博士学位论文.
1323. 张凡.魏晋南北朝志怪小说同义词研究.浙江大学 2006 年博士学位论文.
1324. 韩晋.唐前地理博物志怪小说审美研究.辽宁大学 2006 年硕士学位论文.
1325. 刘慧卿.佛经文学与六朝小说母题.陕西师范大学 2006 年博士学位论

文.
1326. 王伟强. 佛教与魏晋南北朝志怪小说. 陕西师范大学 2006 年硕士学位论文.
1327. 陈成. 众声喧哗"说"汉武. 四川大学 2006 年硕士学位论文.
1328. 沈晓梅. 魏晋南北朝志怪小说中的女性形象研究. 广西师范大学 2006 年硕士学位论文.
1329. 陈琳. 魏晋南北朝小说复音词研究. 湖南师范大学 2006 年硕士学位论文.
1330. 吴福秀.《法苑珠林》研究:撰者、初本问题及其征引志怪小说文献考论. 广西师范大学 2006 年硕士学位论文.
1331. 刘文元. 六朝志怪鬼神故事研究. 台湾:彰化师范大学国文学系 2006 年硕士学位论文.
1332. 黄怡真. 上古至中古神仙形象的转变. 台湾:政治大学宗教研究所 2006 年硕士学位论文.
1333. 江傲霜. 六朝笔记小说词汇研究. 山东大学文学院 2007 年博士学位论文.
1334. 薛莹. 魏晋南北朝蓬莱仙话研究. 山东大学 2007 年硕士学位论文.
1335. 曹钰. 魏晋南北朝志怪小说的怪诞美. 陕西师范大学 2007 年硕士学位论文.
1336. 杜佩娟.《日本灵异记》与中国六朝志怪小说中的志怪故事比较. 对外经济贸易大学 2007 年硕士学位论文.
1337. 张华艳. 魏晋南北朝志怪小说中的鬼故事. 曲阜师范大学 2007 年硕士学位论文.
1338. 邱健. 魏晋南北朝游仙小说研究. 广西大学 2007 年硕士学位论文.
1339. 徐春燕. 魏晋南北朝志怪小说审美意识中的原始思维遗痕及自身时代特点. 中南民族大学 2007 年硕士学位论文.
1340. 张光元. 魏晋南北朝志怪小说汇考. 东北师范大学 2007 年硕士学位论文.
1341. 沙洵. 汉魏六朝的冥界信仰:以佛教为中心,南开大学 2007 年硕士学位论文.

日本论文

1342. 足力原八束. 劉晨、阮肇故事の演變. 学苑,第 151 卷. 1953.
1343. 内田道夫. 志怪小説の成立について. 日本中国学会报,第 6 卷. 1954-06.

1344. 小尾郊一. 六朝に於ける遊記. 中国文学研究,第 16 卷. 1957-02.

1345. 前野直彬. 中國における小説の发生について. 汉文教室,第 51 卷. 1960.

1346. 青山宏. 刘叶秋著《魏晋南北朝小説》. 汉学研究(通号 1),1963(日本大学中国学会编).

1347. 高桥稔. 六朝志怪における愛と死. 中国文学研究(通号 4),1966-12(中国文学の会).

1348. 竹田晃. 六朝志怪から唐伝奇へ:志怪に見られる"物語り化"の可能性. 东京大学教养学部人文科学科纪要(通号 39),1966-12(东京大学教养学部编).

1349. 前野直彬. 鲁迅「古小説鉤沈」の問題点:六朝小説の資料に関して. 东洋文化(通号 41), 1966-07(东京大学东洋文化研究所).

1350. 吉田广ツ. 淫祀と古小説. 九州中国学会报(12),1966-04.

1351. 牧田谛亮. 観世音三昧経の研究——六朝観音信仰の基盤(含观世音三昧经本文训读). 人文学论集(通号 1),1967-09(佛教大学学会编).

1352. 竹田晃. 六朝志怪に語られる"人間". 东京大学教养学部人文科学科纪要(通号 51),1970-12(东京大学教养学部编).

1353. 胜村哲也. 牧田谛亮著「六朝古逸《観世音応験記》の研究」. 佛教史学 15(2),1971-10 (佛教史学会编).

1354. 牧田谛亮. 六朝士人の観音信仰——王玄謨の帰信. 东方学报(通号 41),1970-03(京都大学人文科学研究所编).

1355. 胜村哲也. 六朝隋唐稗史・小説整理に關する覺書:佛教説話とくに「冥祥記」を中心に. 惠南谷先生古稀纪念净土教の思想と文化. 京都:佛教大学,1972.

1356. 鸟羽田重直. 六朝小説についての一考察(一):「述异記」を中心として. 汉文学会会报,第 19 卷. 1974-02(国学院大).

1357. 祝秀侠. 论晋六朝志异小说. 中国文选,第 82 卷. 1974-02.

1358. 前野直彬. 漢代における"小説"について. 中国哲文学会报(1),1974-10.

1359. 竹田晃. 六朝志怪に見える再生谭. 人文科学纪要(通号 60),1975-03(东大).

1360. 秋田成明. 六朝小説にあらわれた霊異観念(笠井清教授退职记念论

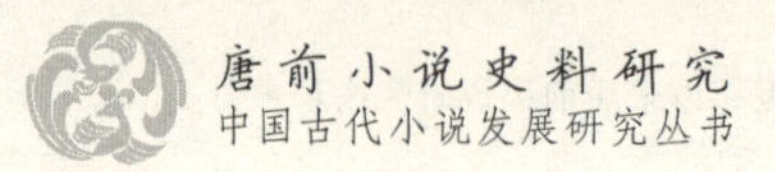

文集).甲南大学纪要文学编(通号 25),1976(甲南大学).

1361. 内山知也.隋代小说论.大东文化大学汉学会志,1976.

1362. 吉田隆英.感応伝につじて——仏教説話集とその周辺.东洋学(35),1976-09.

1363. 黎波.魏晋南北朝の小説.中国语,第 211 卷.1977.

1364. 富永一登."人虎伝"の系譜:六朝化虎譚から唐伝奇小説へ.中国中世文学研究,第 10 期.1978-08(广岛大学).

1365. 高桥稔.中国六朝志怪の中に見られる昔話について:産神問答の話を中心に.学艺国语国文学,第 15 期.1979(东京学艺大学国语国文学会/东京学艺大学).

1366. 森野繁夫,藤井守.六朝古小説語彙集.广岛大学文学部纪要 39(特辑号 2),1979-12(广岛大学文学部).

1367. 多贺浪砂.佛典の因缘谭と六朝志怪小說.纯真纪要,第 20 卷.1980(纯真女子短期大学).

1368. 高桥稔.六朝志怪の中に見られる説話伝承の痕跡について.东京学艺大学纪要,第 2 部门人文科学 33.1982—02(东京学艺大学编).

1369. 高桥稔.六朝志怪の中に表ちおれる説話伝承の痕迹について.东京学艺大学纪要第 2 部门人文科学,第 33 卷.1983.

1370. 林田慎之助.六朝志怪小説にみえる女の爱と背信.中国文学の女性像,1983.

1371. 小南一郎.六朝隋唐小説史の展开と佛教信仰.中国中世の宗教と文化,1983.

1372. 富永一登.狐説話の展開——六朝志怪から唐代小説へ.学大国文(通号 29),1986(大阪教育大学国语教育讲座　日本アジア言语文化讲座).

1373. 高西成介.六朝志怪に見られる"不異世間訪問譚":新共同体"村"との関係.中国中世文学研究(27),1994(中国中世文学会).

1374. 高西成介.六朝志怪小説に見られる死後の世界.中国中世文学研究(30),1996.7(中国中世文学会).

1375. 黑田真美子.六朝・唐代における幽婚譚の登場人物 神婚譚.日本中国学会报(通号 48),1996(日本中国学会编).

1376. KURODA Mamiko. The Characters of Ghost-Marriage in Six Dynasties 六朝 and the Tang 唐 Dynasty—Comparison with God-Marriage. 日本

中国学会报48,1996(财团法人学会志刊行センター).

1377. 大林太良.楚蜀の民俗——続続・六朝小説にもとづく民族誌3.月刊しにか9(9),1998-09(大修馆书店编).

1378. 大林太良.楚蜀の民俗——続続・六朝小説にもとづく民族誌2.月刊しにか9(8),1998-08(大修馆书店编).

1379. 先坊幸子.六朝"再生説話"の研究.中国中世文学研究(34),1998.7(中国中世文学会).

1380. 大林太良.楚蜀の民俗——続続・六朝小説にもとづく民族誌—1—ナレズシと金牛.月刊しにか9(7),1998-07(大修馆书店编).

1381. 黒田真美子.六朝・唐代における幽婚譚の空間について.东方学(通号95),1998-01(东方学会).

1382. 大林太良.華北の民俗——続・六朝小説にもとづく民族誌1.月刊しにか8(10),1997-10(大修馆书店编).

1383. 大林太良.華北の民俗——続・六朝小説に基づく民族誌2.月刊しにか8(11),1997-11(大修馆书店编).

1384. 黒田真美子.六朝志怪小説の中の女性たち——その愛と死(特集 中国古典小説入门1——志怪小説の世界).月刊しにか8(3),1997-03(大修馆书店编).

1385. 笹仓一广.六朝志怪小説案内——代表作品&ブックガイド(特集 中国古典小说入门1——志怪小説の世界).月刊しにか8(3),1997-03(大修馆书店编).

1386. 大林太良.江南の民俗——六朝小説にもとづく民族誌(1).月刊しにか8(1),1997-01(大修馆书店编).

1387. 大林太良.江南の民俗——六朝小説にもとづく民族誌(2).月刊しにか8(2),1997-02(大修馆书店编).

1388. 大林太良.江南の民俗——六朝小説にもとづく民族誌(3).月刊しにか8(3),1997-03(大修馆书店编).

1389. 先坊幸子.六朝の"再生説話".中国中世文学研究(广岛大学),1998-07(通号34);中国学论集(通号22),1999-03(中国文学研究会).

1390. 高桥稔.中国中世(六朝)の民話と語り物(特集:《中世の文学》).世界文学(通号90),1999-12(世界文学会编).

1391. 先坊幸子.六朝の仙界説話.中国学论(通号24),1999-12.(中国文学研究会).

1392. 大林太良.江南の民俗——新続・六朝小説にもとづく民族誌(2).月

刊しにか10(9)(通号 114),1999-08(大修馆书店编).

1393. 大林太良.江南の民俗——新続・六朝小説にもとづく民族誌(3)巫女と女神.月刊しにか10(10)(通号 115), 1999-09(大修馆书店编).

1394. 先坊幸子.六朝の"異界説話".中国中世文学研究(36),1999-07(中国中世文学会编).

1395. 大林太良.江南の民俗:新続・六朝小説にもとづく民族誌(1)ワニと犬.月刊しにか10(8)(通号 113),1999-07 (大修馆书店编).

1396. 先坊幸子.枕中の異界:六朝"異界説話"研究.中国学研究论集(通号3),1999-04(广岛中国学学会编).

1397. 先坊幸子.六朝"異界説話"と"桃花源".中国中世文学研究(35),1999-01(中国中世文学会编).

1398. 先坊幸子.六朝"妖怪説話".中国学论集(27), 2000-12(中国文学研究会).

1399. 橘英范.堤の美女:六朝小説における愛情表現初探.中国学研究论集(6),2000-10(广岛中国学学会编).

1400. 大林太良.嶺南の民俗:拾遺・六朝小説にもとづく民族誌(1)嶺南の動物たち.月刊しにか11(7)(通号 125),2000-07(大修馆书店编).

1401. 大林太良.嶺南の民俗:拾遺・六朝小説にもとづく民族誌(2)鳥と蛇.月刊しにか11(8)(通号 126),2000-08(大修馆书店编).

1402. 大林太良.嶺南の民俗——拾遺・六朝小説にもとづく民族誌(3)神々と首.月刊しにか11(9)(通号 127),2000-09(大修馆书店编).

1403. 先坊幸子.六朝"幽鬼説話".中国学论集(26),2000-08(中国文学研究会).

1404. 屋敷信晴.六朝・唐代神仙小説と錬金術.中国学研究论集(5),2000-04(广岛中国学学会编).

1405. 先坊幸子.六朝"幽婚説話".中国学论集(通号 25), 2000-03(中国文学研究会).

1406. 先坊幸子.説話の構造と変遷——六朝志怪説話の場合.安田女子大学大学院文学研究科纪要,日本语学日本文学专攻(通号 5),2000-03(安田女子大学大学院文学研究科编).

1407. 林田慎之助.六朝の史家と志怪小説——裴松之の「三國志」注引の異聞説話をめぐって.立命馆文学(通号 563),2000-02(立命馆大学人文学会編).

1408. 先坊幸子.六朝志怪説話における仙界.国语国文论集(30),2000(安田女子大学日本文学科).

1409. 先坊幸子.六朝志怪説話研究序説.中国学论集(30),2001-12(中国文学研究会).

1410. 先坊幸子.六朝"廟神説話".中国中世文学研究(40),2001(中国中世文学研究会编).

1411. 先坊幸子.六朝志怪説話の構成要素.中国学论集(29),2001-07(中国文学研究会).

1412. 先坊幸子.六朝志怪説話における妖怪——動物の妖怪について.国语国文论集(31),2001(安田女子大学日本文学科).

1413. 林田慎之助.魑魅魍魎の世界におののく——六朝志怪より(特集 中国の怖いはなし——いざ､怪力乱神の世界へ!).月刊しにか12(8)(通号138),2001-08(大修馆书店编).

1414. 先坊幸子.六朝志怪における異界(上).中国学论集(31),2002-03(中国文学研究会).

1415. 先坊幸子.六朝志怪における異界(下).中国学论集(32),2002-08(中国文学研究会).

1416. 佐野诚子.五行志と志怪書:"異".をめぐ視点の相違.东方学194辑,2002.

1417. 佐野诚子.雜傳書としての志怪書.日本中国学报54辑,2002.

1418. 林田慎之助.讲演歷史記録と志怪小説——裴松之「三國志」注引の異聞説話をめぐって.六朝学术学会报3,2002-03(六朝学术学会编).

1419. 高西成介."地域"の視点から見た古小説の研究にむけて(六朝詩の語彙および表現技巧の研究).中国古典文学研究([1]).2003-12(广岛大学中国古典文学プロジェクト研究センター 编).

1420. 先坊幸子.六朝志怪に於ける狐狸(六朝詩の語彙および表現技巧の研究).中国古典文学研究(1),2003-12(广岛大学中国古典文学プロジェクト研究センター编).

1421. 先坊幸子.六朝志怪説話の非情性.国语国文论集(33),2003(安田女子大学日本文学会国语国文论集编集室编).

1422. 増子和男.六朝志怪"宋定伯"小考——その用語を中心として.中国文学研究29,2003-12(早稲田大学中国文学会).

1423. 竹田晃.人と学問 六朝志怪研究とその周辺.中国(19),2004-06(中国社会文化学会).

1424. 先坊幸子.六朝志怪説話の謎の部分.国语国文论集(34),2004(安田

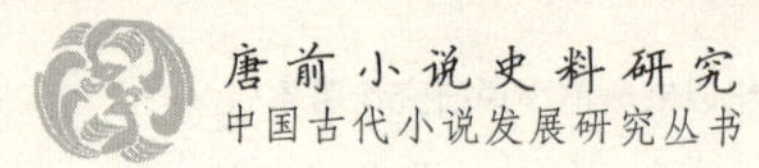

女子大学日本文学会国语国文论集编集室编).

1425. 中野清."黒龍"から"烏龍"へ:六朝志怪の演変.专修人文论集(通号75),2004-10(专修大学学会).

1426. 长谷川慎、岛力岗译.文学研究中小説類史料価値的再認識——《法苑珠林》、《冥祥記》的研究.文艺论丛(66),2006-03(大谷大学文艺学会编).

1427. 山崎顺平.六朝初期における観音信仰の一側面:青莲院抄本・傅亮「光世音応験記」の比較検討から.集刊东洋学(通号95),2006(中国文史哲研究会).

1428. 安田真穂.小説の中に描かれる"妬":「妬記」を中心に.研究論集(85),2007-03.(关西外国语大学,关西外国语大学短期大学部编).

1429. 高西成介.中世中国の海の認識をめぐって——六朝志怪小説を中心に.中国文史论丛(3),2007-03(中国文史研究会).

1430. 今场正美.二人同夢:志怪・傳奇における夢の役割.学林(45),2007-09(中国艺文研究会).

分论部分

《山海经》

著　作

1431. 宋昱辑.《山海经》类编(抄本). 民国间. 藏北京国家图书馆.
1432. 〔清〕吴承志释.《山海经》地理今释六卷. 南林刘氏求恕斋 1922;上海古籍书店,1963.
1433. 〔清〕俞樾平议.《山海经》一卷. 双流李氏念劬堂,1922.
1434. 〔晋〕郭璞注,〔清〕黄丕烈校.《山海经》十八卷校勘记一卷. 上海商务印书馆,1929 年重印《四部丛刊初编》本.
1435. 凌纯声等.《山海经》新论(北京大学《民俗丛书》第 8 辑第 142 号). 台北:文化书局,1933;台北:东方文物供应社,1951;台北:东方书局,1970.
1436. 〔晋〕郭璞传.〔清〕郝懿行笺疏.《山海经》笺疏(《四部备要》据郝氏遗书重印本). 中华书局,1936.
1437. 山海经(《四部丛刊初编》缩印本). 商务印书馆,1936.
1438. 王心湛.《山海经》集解. 广益书局,1936.
1439. 〔晋〕郭璞传,〔明〕吴琯辑.《山海经》十八卷(《古今逸史》本). 商务印书馆,1937.
1440. 〔晋〕郭璞注. 山海经(三册,《丛书集成初编》本). 商务印书馆,1939.
1441. 《山海经》通检. 巴黎大学北平研究所,1948;台北:成文出版社,1968.
1442. 〔晋〕郭璞撰,张宗祥校录. 足本山海经图赞. 古典文学出版社,1958.
1443. 〔清〕毕沅校注. 山海经.〔晋〕郭璞传. 台北:新兴书局,1958;上海古籍出版社,1989.
1444. 〔清〕吴任臣注.《山海经》广注. 台北:“商务印书馆”,1969.
1445. 高去寻,王以中.《山海经》研究论集. 香港中山图书公司,1974.
1446. 卫挺生,徐圣谟.《山海经》今考. 台北:花冈出版社,1974.
1447. 杜而未.《山海经》神话系统. 台北:台湾学生书局,1976.

1448. 袁珂选释.《古神话选释》. 人民文学出版社,1979.
1449. 袁珂校注.《山海经》校注. 上海古籍出版社,1980;巴蜀书社,1993 年增补修订版.
1450. 〔晋〕郭璞注,〔清〕毕沅校. 山海经. 上海古籍出版社,1980.
1451. 傅锡壬. 白话《山海经》. 台北:河洛图书出版社,1980;台北文化图书公司,1991.
1452. 李丰楙编. 神话故事的故乡:山海经. 台北:时报文化出版公司,1981;海口三环出版社,1992;台北时报文化公司,1998.
1453. 李丰懋. 神话的故乡:《山海经》. 台北:时报文化出版公司,1983.
1454. 〔清〕汪绂释.《山海经》存. 杭州古籍出版社,1984.
1455. 袁珂校译.《山海经》校译. 上海古籍出版社,1985.
1456. 〔清〕郝懿行.《山海经》笺疏(影印清光绪十二年还读楼刻本). 巴蜀书社,1985.
1457. 袁珂,周明编. 中国神话资料萃编. 四川社会科学院出版社,1985.
1458. 中国《山海经》学术讨论会编辑.《山海经》新探. 四川省社会科学院出版社,1986.
1459. 〔清〕毕沅校正.《山海经》新校正(影印浙江书局《二十二子》本). 上海古籍出版社,1986.
1460. 任孚先、于友发译注. 白话插图《山海经》. 山东教育出版社,1986.
1461. 〔清〕卢文弨辑补.《山海经》图赞. 江苏古籍广陵刻印社,1987.
1462. 杨化选辑. 中国古代怪异图:《山海经》插图选. 天津杨柳青画社,1989.
1463. 〔日〕伊藤清司撰,刘晔原译.《山海经》中的鬼神世界. 中国民间文艺出版社,1990.
1464. 袁珂译注.《山海经》全译. 贵州人民出版社,1991.
1465. 徐显之.《山海经》探原. 武汉出版社,1991.
1466. 〔晋〕郭璞.《山海经》图赞. 中华书局,1991.
1467. 钱超尘,钱卫编译.《山海经》故事. 中国华侨出版公司,1991.
1468. 常征.《山海经》管窥. 河北大学出版社,1991.
1469. 〔清〕吴任臣注.《山海经》广注(《四库笔记小说丛书》本). 上海古籍出版社,1991.
1470. 〔晋〕郭璞注,〔清〕洪颐煊校. 谭承耕、张耘点校. 山海经·穆天子传. 岳麓书社,1992.
1471. 喻权中. 中国上古文化的新大陆:《山海经·海外经》. 黑龙江人民出版社,1992.

1472. 扶永发. 神州的发现:《山海经》地理考. 云南人民出版社,1992;2006年修订版.
1473. 袁珂校注.《山海经》校注(增补修订本). 巴蜀书社,1993.
1474. 山海经·穆天子传·燕丹子逐字索引(据《四部丛刊》影江安傅氏双鉴楼藏明成化戊子刊本). 台北:“商务印书馆”,1994.
1475. 徐显之.《山海经》浅注. 黄山书社,1994.
1476. 宫玉海.《山海经》与世界文化之谜. 吉林大学出版社,1995.
1477. 薛文仁,文晓玲主编.《山海经》与中华文化论集,《山海经》学会筹备组,1995.
1478. 胡远鹏主编.《山海经》与中华文化论集(第2辑),中国《山海经》学会筹备会,1996.
1479. 谌东飚校译. 山海经(绘图全译本). 广西民族出版社,1996.
1480. 袁珂. 袁珂神话论集. 四川大学出版社,1996.
1481. 王红旗,孙晓琴. 新绘神异《山海经》. 北京:昆仑出版社,1996;台湾高雄:黑皮出版社,1997.
1482. 刘晓东,黄永年,贾二强校点. 帝王世纪·山海经·逸周书(新世纪万有文库). 辽宁教育出版社,1997.
1483. 海风编.《山海经》图说. 北方文艺出版社,1998.
1484.《山海经》补注(影印扫叶山房杨慎《百子全书》本). 浙江古籍出版社,1998.
1485. 罗梦山编译. 山海经(白话本). 宗教文化出版社,1998.
1486. 王红旗. 追寻远古的信息. 中国国际广播出版社,1998.
1487. 王善才主编.《山海经》与中华文化. 湖北人民出版社,1999.
1488. 章行.《山海经》现代版. 上海古籍出版社,1999.
1489. 杨帆,邱效瑾注译. 山海经. 安徽人民出版社,1999.
1490. 张岩.《山海经》与古代社会. 文化艺术出版社,1999.
1491. 胡远鹏主编.《山海经》与中华文化论集(第3集),中国《山海经》学会筹备会,1999.
1492. 方飞译注. 译注《山海经》. 新疆青少年出版社,1999.
1493. 方飞评注.《山海经》赏析. 新疆青少年出版社,2000.
1494. 闻树国. 挑剔经典 耳语众神:《山海经》批判. 西苑出版社,2000.
1495. 陈冠兰编. 神话之源:《山海经》. 中南大学出版社,2000.
1496. 周光华.《山海经》探华夏源. 远方出版社,2000.
1497. 周明初校注. 山海经. 浙江古籍出版社,2000.

1498. 韩放主校点. 山海经. 中国古典名著选. 京华出版社,2000.
1499. 赵书勤,尚武.《山海经》与华夏文明. 北方妇女儿童出版社,2000.
1500. 宫玉海. 走出中华伊甸园:《山海经》与世界文化之谜(续). 北方妇女儿童出版社,2000.
1501. 刘少匆. 三星堆文化探秘及《山海经》断想. 昆仑出版社,2001.
1502. 高有鹏,孟芳. 神话之源:《山海经》与中国文化. 河南大学出版社,2001.
1503. 马倡仪. 古本山海经图说. 山东画报出版社,2001;广西师范大学出版社,2007.
1504. 〔马来西亚〕丁振宗. 破解《山海经》:古中国的 X 档案. 中州古籍出版社,2001;台北昭明出版社,2002.
1505. 胡太玉. 破译《山海经》:文明的魔方:神祇的世界与人类的方舟. 北京:中国言实出版社,2002.
1506. 刘向,刘歆校勘. 山海经. 华龄出版社,2002.
1507. 邱宜文.《山海经》的神话思维. 台北:文津出版社,2002.
1508. 王红旗解说. 山海经. 上海辞书出版社,2003.
1509. 马昌仪. 全像《山海经》图比较(全 7 册). 学苑出版社,2003.
1510. 沈薇薇译注.《山海经》译注. 黑龙江人民出版社,2003.
1511. 滕伟民.《山海经》物语. 天地出版社,2003.
1512. 孙晓琴图,王红旗文. 经典图读《山海经》. 上海辞书出版社,2003.
1513. 张步天.《山海经》概论. 香港:天马图书有限公司,2003.
1514. 郭郛.《山海经》注证. 中国社会科学出版社,2004.
1515. 沈海波.《山海经》考. 文汇出版社,2004.
1516. 叶舒宪等.《山海经》的文化寻踪(上、下册). 湖北人民出版社,2004.
1517. 徐南洲. 古巴蜀与《山海经》. 四川人民出版社,2004.
1518. 刘雨涛.《山海经》与三星堆文化研究. 四川广汉龙华印业有限公司,2004.
1519. 胡远鹏.《山海经》及其研究. 香港:天马出版有限公司,2004.
1520. 宫玉海,杜宇主编. 古东北史与高句丽问题:《山海经》与华夏文明论集(6)(内部发行),大禹及夏商周文化研究者中心,2004.
1521. 黄钧整理. 山海经. 山东画报出版社,2004.
1522. 张步天.《山海经》解. 香港:天马图书有限公司,2004.
1523. 杨锡彭. 新译《山海经》. 台北:三民书局,2004.
1524. 史礼心、李军注. 山海经. 华夏出版社,2005.

1525. 长卿.《山海经》的智慧.陕西师范大学出版社,2005.

1526. 李润英、陈焕良注译.山海经.岳麓书社,2006.

1527. 倪泰一,钱发平编译.山海经.重庆出版社,2006.

1528. 刘宗迪.失落的天书:《山海经》与古代华夏世界观.商务印书馆,2006.

1529. 文清阁编.历代《山海经》文献集成(共 11 册。包括《山海经》十八卷,宋淳熙七年[1180 年]池阳郡斋刻本;《山海经释义》十八卷,〔明〕王崇庆释义;《山海经补注》一卷,〔明〕杨慎注;《山海经广注》十八卷,〔清〕吴任臣注;《山海经存》九卷首一卷,〔清〕王绂释;《山海经新校正》十八卷,〔清〕毕沅校;《山海经笺疏》十八卷《图赞》一卷《订讹》一卷《叙录》一卷,〔清〕郝懿行笺疏;《山海经图赞》二卷,〔清〕严可均辑;《读山海经》一卷,〔清〕俞越撰;《山海经表目》二卷,〔清〕冯桂芬撰).西安地图出版社,2006.

1530. 张春生.《山海经》研究.上海社会科学出版社,2007.

1531. 黄懿陆.《山海经》考古:夏朝起源与先越文化研究.民族出版社,2007.

日本著作

1532. 本田济,泽,田瑞穗,高马三良.抱朴子　列仙傳　神仙傳　山海經.平凡社(中国古典文学大系 8),1969.

1533. 前野直彬.山海經·列仙傳.集英社(全释汉文大系 33),1975.

1534. 伊藤清司.中国の神兽　恶鬼たち.东方书店,1986.

1535. 松田稔.「山海經」の基礎的研究.笠间书院(笠间丛书 281),1995;日本东京笠间书院,2006.

1536. 徐朝龙.三星堆　中國古代文明の謎:史實としての「山海經」.大修馆书店,1998.

论　文

1537. 刘光汉(刘师培).《山海经》不可疑.国粹学报,1905,1(10);《刘申叔先生遗书》,江苏古籍出版社,1997.

1538. 廖平.《山海经》为《诗经》旧传考.四川国学杂志,1913-10-25,4(6);四川存古书局,1923 重印本.

1539. 萧鸣籁.《山海经》中广雅:人种释名.地学杂志,1923,14(3).

1540. 陆侃如.《山海经》考证.新月,1928-07,1(5);中国文学季刊,1929(创刊号).

1541. 陆侃如.论《山海经》的著作时代.新月,1928-07,1(5).

1542. 何定生.《山海经》成书之年代.国立中山大学语言历史学研究所周刊,

1928-03,2(20).

1543. 〔日〕小川琢治撰,蒋径三译.《山海经》篇目考.中山大学语言历史学研究所周刊(百期纪念号),1929-10.

1544. 朱兆新.《山海经》中的水名表.中国文学季刊(创刊号),1929-08,1(1).

1545. 胡钦甫.从《山海经》的神话中所得到的古史观.中国文学季刊(创刊号),1929-08,1(1).

1546. 顾颉刚.山海经(1929年),中国上古史研究讲义.中华书局,1988.

1547. 〔日〕小川琢治撰,江侠庵编译.《山海经》考.先秦经籍考(下册).商务印书馆,1929;台北:河洛出版社,1975.

1548. 何观洲.《山海经》在科学上之批判及作者之时代考.燕京学报,1930(7).

1549. 郑德坤.《〈山海经〉在科学上之批判及作者之时代考》书后.燕京学报,1930-06(7);中国历史地理论文集.香港中文大学文化研究所,1980;台湾联经出版公司,1981.

1550. 钟敬文.《山海经》神话研究的讨论及其他.民俗,1930-01(92).

1551. 钟敬文.《山海经》是一部什么书.浙江大学文理学院学生自治会会刊,1930;钟敬文民间文学论集(下).上海文艺出版社,1982.

1552. 钟敬文.关于《山海经》研究.杭州:民国日报·民俗周刊,1930(5).

1553. 钟敬文.《山海经》中的医药学.民众教育季刊,1932(1).

1554. 万汝明.《山海经》之渊源.暨南大学文学院集刊,1931(2).

1555. 吴晗.《山海经》中的古代故事及其系统.史学年报,1931,1(3);吴晗史学论著选集(第1卷).人民出版社,1984.

1556. 次公.《山海经》:悟丘杂札.北平晨报·艺圃,1931-08(21—24).

1557. 郑德坤.《山海经》及其神话.史学年报,1932,1(4).后改题为《〈山海经〉及邹衍》,收入其《中国历史地理论文集》,香港中文大学文化研究所,1980;台湾联经出版公司,1981.

1558. 朱希祖.《山海经》内大荒、海内二经古代帝世系传说.民俗,1933-05(116—118).

1559. 容肇祖.《山海经》研究的进展.民俗,1933-05(116、117、118).

1560. 容肇祖.《山海经》中所说的神.民俗,1933-05(116、117、118).

1561. 叶德均.《山海经》中蛇的传说.民俗,1933-05(116、117、118).

1562. 韩一鹰.《山海经》中动植物表.民俗,1933-05(116、117、118).

1563. 文哉.《山海经》中的太阳神话.复旦大学中国文学系文学旬刊(第4期),1933-05-27.

1564. 高去寻.《山海经》的新评价. 禹贡,1934,1(1).
1565. 顾颉刚.《五藏山经》试探. 史学论丛,1934(1).
1566. 邵彭瑞.《山海经》余义. 国学丛编(第 1、2 册),1934(1).
1567. 吴维亚.《山海经》读后感. 禹贡,1934,1(1).
1568. 邓慕雍.《山海经》古史考. 励学(山东大学),1934(4).
1569. 张公量.《穆传》、《山经》合证. 禹贡,1934,1(5).
1570. 张公量. 跋《〈山海经〉释义》. 禹贡,1934,1(10).
1571. 贺次君.《山海经》之版本及关于《山海经》之著述. 禹贡,1934,1(10).
1572. 张公量. 略论《山海经》与《穆天子传》. 华北时报 · 史学周刊(北平),1934-11-22(11).
1573. 卫聚贤.《山海经》的研究. 古史研究(第 2 集上册). 商务印书馆,1934.
1574. 杨宽. 学术研究《山海经》. 时事新报,1934-05-06.
1575. 王以中.《山海经》图与职贡图,禹贡,1934,1(3);高去寻、王以中等. 山海经研究论集. 香港:中山图书公司,1974.
1576. 夏定域. 跋万历本《〈山海经〉释义》. 禹贡,1935,4(1).
1577. 古铁. 中国古代的神祇:读《山海经》随笔. 中原文化,1935. 10(22).
1578. 侯仁之. 海外四经、海内四经与大荒四经、海内经之比较. 禹贡,1937,7(6—7).
1579. 吕思勉. 读《山海经》偶记. 光华大学半月刊,1937,5(9);吕思勉读史札记(增订本上册). 上海古籍出版社,2005.
1580. 王以中.《山海经》与外国图. 史地杂志,1937-05(创刊号).
1581. 柯昌济. 读《山海经》札记. 古学丛刊,1939-03～1939-11(1—5).
1582. 张心澂.《山海经》通考. 伪书通考 · 史部通考. 商务印书馆,1939;1957 年修订本、上海书店 1998 年影印本等.
1583. 徐旭生. 读《山海经》札记. 写于 1940 年代. 中国古史的传说时代. 科学出版社,1960;文物出版社,1985 年增订版;广西师范大学出版社,2003.
1584. 〔日〕赤津健寿. 论五藏三经(一)、(二). 大东文化学报,1942(6)、1943(9).
1585. 程憬.《山海经》考. 图书季刊,1943,新第 3 卷(3—4).
1586. 朱少河. 读《山海经》书后. 雅言(甲申),1944(第 1 卷).
1587. 朱少河.《山海经笺疏》跋尾. 雅言(甲申),1944(第 1 卷).
1588. 江绍源. 读《山海经》札记(大荒四极之山和海中四渚). 知识与生活,1947(14).

1589. 袁圣时.《山海经》里的诸神. 台湾文化,1948(8)、1949(1).
1590. 纪庸.《山海经》的产生. 中学生(总第209期),1949.
1591. 徐旭生.《山海经》的地理意义. 地理知识,1955. 6(8).
1592. 姚齐.《山海经》的神话价值. 新民报晚刊,1955-12-05.
1593. 敬之.《山海经》的估价. 联合报(台湾),1955-08-12.
1594. 王范之. 从《山海经》的药物使用来看先秦时代的疾病状况. 医学史与保健组织,1957(3).
1595. 孙文青.《山海经》时代的社会性质初探. 光明日报,1957-08-15.
1596. 曹婉如.《五藏山经》和《禹贡》中的地理知识. 科学史集刊,1958(1).
1597. 周言. 一本不应该出版的古书:评《足本山海经图赞》(古典文学出版社出版). 光明日报,1958-06-14.
1598. 政.《山海经》:我国古代的地理书. 羊城晚报,1959-11-03.
1599. 曹雨群. 读《山海经》. 上海师范学院学报,1960(2).
1600. 黄华. 鲁迅与《山海经》. 文汇报,1961-03-16.
1601. 张贻侠.《山海经》:世界最古老的矿产地质文献. 光明日报,1961-03-29(第3版).
1602. 于景让. 中国本草学起源试测:《山海经》与神农《本草经》. 大陆杂志,1961,23(5).
1603. 蒙文通. 略论《山海经》的写作时代及其产生地域. 中华文史论丛(第1辑). 中华书局,1962;巴蜀古史论述. 四川人民出版社,1981;蒙文通文集(第1卷)·古学甄微. 巴蜀书社,1987.
1604. 蒙文通. 研究《山海经》的一些问题. 光明日报,1962-03-17.
1605. 许顺湛.《山海经》是一本好书. 光明日报,1962-08-28.
1606. 李光信. 论《山海经》和禹、益无关及《五藏山经》神话资料的来源. 扬州师院学报,1962(总第16期).
1607. 欧缬芳.《山海经》校证. 文史哲学报(台北),1962(11).
1608. 孙家骥. 读《山海经》杂记. 台湾风物,1963(6).
1609. 杜而未.《山海经》的轮回观念. 现代学人,1963(8).
1610. 雪克. 孙籀庼校《山海经》错简例. 杭州大学学报,1963(2).
1611. 苏尚耀. 读《山海经》. 联合报,1964-05-18.
1612. 凌纯声. 昆仑丘与西王母. 台北:民族学研究所集刊,1966(22).
1613. 史景成.《山海经》新证. 书目季刊,1968(1、2);高去寻、王以中等. 山海经研究论集. 香港:中山图书公司,1974.
1614. 傅锡壬.《楚辞·天问篇》与《山海经》比较研究. 台北:淡江学报,1969

(8);山川寂寞衣冠泪. 时代文化出版公司,1987.

1615. 〔日〕伊藤清司.《山海经》与铁. 日本森加兵卫教授退官纪念论文集编集委员会编. 社会经济史的诸问题. 日本:法政大学出版局,1969;伊藤清司著、张正军译. 中国古代文化与日本,云南大学出版社,1997.

1616. 卫挺生.《南山经地理考释》等五篇. 东方杂志,1969—1973.

1617. 贺次君."《山海经》图与职贡图"的讨论. 高去寻、王以中等. 山海经研究论集. 香港:中山图书公司,1974.

1618. 郑康民.《山海经》探源(上、中、下). 台湾:建设,1974,22(8、9、10).

1619. 谭其骧.《山经》河水下游及其支流考. 中华文史论丛(第 7 辑). 上海古籍出版社,1978;长水集. 人民出版社,1987.

1620. 袁珂.《山海经》写作时地及篇目考. 中华文史论丛(第 7 辑). 上海古籍出版社,1978;神话论文集. 上海古籍出版社,1982.

1621. 傅锡壬.《山海经》研究. 台北:淡江学报,1975-12(14).

1622. 黄春贵.《山海经》探微. 教学与研究,1979(1).

1623. 孙昌熙. 鲁迅与《山海经》. 东北师范大学学报,1979(1).

1624. 袁珂. 略论《山海经》的神话. 中华文史论丛(总第 9 辑,1979 年第 1 辑). 上海古籍出版社,1979;神话论文集. 上海古籍出版社,1982.

1625. 袁行霈.《山海经》初探. 中华文史论丛(总第 10 辑,1979 年第 2 辑). 上海古籍出版社,1979.

1626. 张明华.《山海经》:研究古代史地、民俗医药的重要文献. 福建日报,1979-05-13.

1627. 张明华. 略谈《山海经》. 读书,1980(7).

1628. 周士琦. 论元代曹善手抄本《山海经》. 中国历史研究文献集刊,1980-09(第 1 集).

1629. 燕.《山海经》不是怪诞的神话. 光明日报,1980-09-24;江苏教育,1981(1).

1630. 云奇. 神话与《山海经》. 哈尔滨文艺,1980(11).

1631. 尚志钧.《山海经》"荣草"释. 中华文史论丛(总第 15 辑,1980 年第 3 辑),上海古籍出版社,1980.

1632. 许钦文. 鲁迅与《山海经》. 山海经(创刊号),1981.

1633. 袁珂. 漫谈中国神话研究和《山海经》. 四川图书馆,1981(1).

1634. 吉联抗.《山海经》远古音乐材料初探. 中国音乐,1981(2).

1635. 翁经方.《山海经》中的丝绸之路初探. 上海师范大学学报,1981(2).

1636. 盖山林. 阴山岩画与《山海经》. 内蒙古社会科学,1981(3).

1637. 史肇美. 一部最古最奇的书:《山海经》浅说. 杭州:山海经,1981(3).
1638. 谢田.《山海经》与现代科学. 读书,1981(8).
1639. 徐杰.《山海经之神怪》简介. 文献(第9辑),1981-10.
1640. 李丰楙.《山经》灵异动物之研究. 中华学苑. 1981-09(第24、25期合刊).
1641. 梁志忠.《山海经》:早期民族学资料的宝库. 民族学研究(2),民族出版社,1981.
1642. 顾颉刚.《山海经》中的昆仑区. 中国社会科学,1982(1).
1643. 蜀仁. 一部瓌伟瑰奇的古籍:《山海经》. 吉林民间文学丛刊,1982(1).
1644. 唐明邦. 从《山海经》看我国原始宗教与巫术科学的特点. 大自然探索,1982(2).
1645. 谢崇安. 关于新版《山海经校注》的点滴意见. 社会科学战线,1982(2).
1646. 徐南洲.《山海经》与科技史. 先秦民族史专集·民族论丛(第2辑). 四川省民族研究所,1982.
1647. 张明华. 对我国古代神话瑰宝的探索:介绍《山海经校注》. 读书,1982(2).
1648. 王珍.《山海经》一书中有关母系氏族社会的神话试析. 中州学刊,1982(2).
1649. 董其祥.《山海经》记载的巴史. 西南师范学院学报,1982(3).
1650. 潘世宪. 群巫初探:《山海经》与古代社会. 社会科学战线,1982(4).
1651. 房建昌. 读《山海经》一得(都广). 学术论坛,1982(5).
1652. 章太炎. 羿(《山海经·海内经》). 章太炎全集(1). 上海人民出版社,1982.
1653. 章太炎. 威姓(《山海经·大荒北经》). 章太炎全集(1). 上海人民出版社,1982.
1654. 袁珂. 关于《山海经》校译的几个问题. 思想战线(云南大学学报),1983(5).
1655. 施立卓.《山海经》中的"洱水"非"洱海". 大理文化,1983(6).
1656. 王珍.《山海经》与原始社会研究. 中原文物,1983(特刊).
1657. 孟慧英.《山海经》中的帝神话. 民间文学论集(第1辑). 中国民间文艺研究会辽宁分会,1983.
1658. 吕子方. 读《山海经》杂记. 中国科学技术史论文集(下册). 四川人民出版社,1983.
1659. 周绍绳. 天然大漆与《山海经》. 涂料工业,1984(1).

1660. 李少雍.略论《山海经》的神话价值.中国古典文学论丛(第1辑).人民文学出版社,1984.

1661. 翁银陶.《山海经》产于楚地七证.江汉论坛,1984(2).

1662. 段渝.中国《山海经》学术讨论会上的一些新观点和争议问题.大自然探索,1984(4);新华文摘,1985(4);社会科学研究,1984(1).后二者题为《中国〈山海经〉讨论会争议的问题》.

1663. 杨超.《山海经》及其相关的几个问题.大自然探索,1984(4);《山海经》新探.中国山海经学术讨论会编.四川省社会科学院,1986.

1664. 马伯英.《山海经》药物记载的再评价.中医药学报,1984(4).

1665. 张紫晨.《山海经》的民俗学价值.思想战线(云南大学学报),1984(4).

1666. 陈天俊.《山海经》与先秦时期的南方民族.贵州社会科学,1984(4).

1667. 周明.《山海经》研究小史.历史知识,1984(5).

1668. 王红旗.读《〈山海经〉校注》札记.社会科学研究,1984(5).

1669. 徐显之.《山海经》是一部最古的氏族社会志.湖北方志通讯,1984(8);王善才主编.《山海经》与中华文化.湖北人民出版社,1999.

1670. 赫维人.浅谈《五藏山经》.云南师大学报,1985(1).

1671. 任乃强.巫术、方士与《山海经》.文史杂志,1985(1).

1672. 何幼琦.《海经》新探.历史研究,1985(2)期;中国山海经学术讨论会编.《山海经》新探.四川省社会科学院,1986.

1673. 房建昌.《山海经》羲和生十日辨.社会科学战线,1985(2).

1674. 翁家烈.从《山海经》窥索苗族源.贵州民族研究,1985(3);中国山海经学术讨论会编.《山海经》新探.四川省社会科学院,1986.

1675. 刘夫德.《山海经》里的原始思维.文博,1985(3).

1676. 孙致中.《山海经》的性质.贵州文史丛刊,1985(3).

1677. 孙培良.《山海经》拾证.文史集林,1985(4).

1678. 翁银陶.《山海经》性质考.福建师范大学学报,1985(4).

1679. 孙昌熙.闻一多与《山海经》.云南师范大学学报,1985(6).

1680. 徐南州.《山海经》中的巴人世系考.社会科学研究,1985(6).

1681. 谢元鲁.《山海经》中有关粮食作物的记载.天府新论,1985(6).

1682. 〔日〕伊藤清司.《山海经》的民俗社会背景.国学院杂志(日本)(86:11),1985;伊藤清司著、张正军汉译.中国古代文化与日本.云南大学出版社,1997.

1683. 陈凤仁,陈功懋.略谈《山海经》.语文学习,1985(7).

1684. 萧蒂岩.简论《山海经》精髓之所在兼辨野人有无的问题:野人考察随

笔之七. 西藏文学,1985(7).

1685. 沙嘉孙.《山海经》中所见我国古民俗. 民俗研究,1986(1).

1686. 孙致中.《山海经》的作者及著作时代. 贵州文史丛刊,1986(1).

1687. 李鄂荣.《山海经》中的地质矿产知识. 中国地质,1986(2).

1688. 杨景龙.《山海经》英雄神话三则浅析. 名作欣赏,1986(2).

1689. 赵荣. 试论《禹贡》与《五藏山经》的关系. 西北大学学报(自然科学版),1986(2).

1690. 徐南洲. 颛顼·景颇·古蜀国:《山海经》中的古蜀国先代考. 枣庄学院学报,1986(2).

1691. 袁珂.《山海经》"盖古之巫书"试探. 社会科学研究,1985(6);中国山海经学术讨论会编.《山海经》新探. 四川省社会科学院,1986.

1692. 叶幼明. 鲧罪辨:兼论《山海经》与古代部族战争的关系. 中国山海经学术讨论会编.《山海经》新探. 四川省社会科学院,1986.

1693. 赵璞珊.《山海经》所记载的药物、疾病和巫医:兼论《山海经》的著作时代. 中国山海经学术讨论会编.《山海经》新探. 四川省社会科学院,1986.

1694. 张明华. 烛龙和北极光. 中国山海经学术讨论会编.《山海经》新探. 四川省社会科学院,1986.

1695. 张明华. 十个太阳和十二个月亮传说的由来. 中国山海经学术讨论会编.《山海经》新探. 四川省社会科学院,1986.

1696. 谭其骧.《五藏山经》的地理范围提要. 中国山海经学术讨论会编.《山海经》新探. 四川省社会科学院,1986.

1697. 邓少琴.《山海经》昆仑之丘应即青藏高原巴颜喀拉山. 中国山海经学术讨论会编.《山海经》新探. 四川省社会科学院,1986.

1698. 温少峰.《五藏山经·中次九经》地理考释. 中国山海经学术讨论会编.《山海经》新探. 四川省社会科学院,1986.

1699. 温少峰."氐羌乞姓"证. 中国山海经学术讨论会编.《山海经》新探. 四川省社会科学院,1986.

1700. 徐南洲. 试论招摇山的地理位置:兼及杻阳山. 中国山海经学术讨论会编.《山海经》新探. 四川省社会科学院,1986.

1701. 张国光.《山海经》西南之黑水即金沙江考.《山海经》新探. 中国山海经学术讨论会编. 四川省社会科学院,1986.

1702. 徐中舒,唐嘉弘.《山海经》和黄帝. 中国山海经学术讨论会编.《山海经》新探. 四川省社会科学院,1986.

1703. 肖兵.《山海经》:四方民俗文化的交汇:兼论《山海经》由东方早期方士整理而成. 中国山海经学术讨论会编.《山海经》新探. 四川省社会科学院,1986.

1704. 何光岳.《山海经》中的瓯、闽民族. 中国山海经学术讨论会编.《山海经》新探. 四川省社会科学院,1986.

1705. 陈天俊. 从《山海经》看古代民族的崇拜、信仰及遗俗. 中国山海经学术讨论会编.《山海经》新探. 四川省社会科学院,1986.

1706. 李远国. 试论《山海经》中的鬼族:兼及蜀族的起源. 中国山海经学术讨论会编.《山海经》新探. 四川省社会科学院,1986.

1707. 段渝.《山海经》中所见祝融考. 中国山海经学术讨论会编.《山海经》新探. 四川省社会科学院,1986.

1708. 李盛铨.《山海经》中所见马图腾及其与匈奴先族的关系. 中国山海经学术讨论会编.《山海经》新探. 四川省社会科学院,1986.

1709. 徐南洲.《山海经》:一部中国上古的科技史书. 中国山海经学术讨论会编.《山海经》新探. 四川省社会科学院,1986.

1710. 唐明邦. 论我国我国原始宗教与巫术科学的特点:吕子方先生《读〈山海经〉杂记》的启示. 中国山海经学术讨论会编.《山海经》新探. 四川省社会科学院,1986.

1711. 任乃强. 试论《山海经》的成书年代与其资料来源. 中国山海经学术讨论会编.《山海经》新探. 四川省社会科学院,1986.

1712. 赵庄愚.《山海经》与上古典籍之互证. 中国山海经学术讨论会编.《山海经》新探. 四川省社会科学院,1986.

1713. 龙晦. 陶渊明与《山海经》. 中国山海经学术讨论会编.《山海经》新探. 四川省社会科学院,1986.

1714. 王红旗.《山海经》试注(选). 中国山海经学术讨论会编.《山海经》新探. 四川省社会科学院,1986.

1715. 孙致中.《山海经》与《山海图》. 河北学刊,1987(1).

1716. 胡仲实. 图腾、神、神话:读《山海经》. 广西师范学院学报,1987(1).

1717. 孙致中.《山海经》怪物试解. 辽宁大学学报,1987(2).

1718. 张正明. 释《山海经》中的涅石. 社会科学战线,1987(2).

1719. 任乃强.《山海经》释名. 文史杂志,1987(3).

1720. 孙致中. 巫术文化的南兴北衰与《山海经》的修订. 天津社会科学,1987(4).

1721. 逄振镐. 中朝日之间古地理与《山海经》古传说. 史前研究,1987(4).

1722. 江润祥,关培生.《山海经》浅说.香港:明报月刊,1987,22(4).
1723. 江润祥,关培生.《山海经》药物新探.香港:明报月刊,1987,22(6).
1724. 雷米・马蒂厄.从《山海经》看中国古代之异族.香港:明报月刊,1987,22(12).
1725. 侯乃慧.从《山海经》的神状蠡测鸟和蛇的象征及其转化关系.台北:中外文学,1987-02,15(9).
1726. 沙嘉孙.《山海经》与原始文字.管子学刊,1988(1).
1727. 常征.《山海经》及其史料价值.北京社会科学,1988(3).
1728. 沈光海.读《山海经》郭注.湖州师范大学学报,1988(3).
1729. 〔日〕伊藤清司,中原律子.《山海经》与华南的古代民族文化.贵州民族学院学报,1988(4).
1730. 沈光海.《山海经》中之同物异名:读《山海经笺疏》、《山海经校注》札记之一.河池学院学报,1988(4).
1731. 袁思芳.试述《山海经》的医学成就.中医药学报,1988(6).
1732. 欧阳健.《有夏志传》与《山海经》之双向探考.中国人民大学学报,1988(6).
1733. 袁珂.《山海经》神话与楚文化.楚风编辑部编.巫风与神话.湖南文艺出版社,1988.
1734. 袁珂.《山海经》中有关少数民族的神话.王孝廉编.神与神话.台湾联经出版公司,1988.
1735. 李德山.《山海经》中的东北亚诸民族考略.日本学论坛,1989(1).
1736. 孙致中.凿齿・中容・雕题・贯胸:《山海经》"远国异人"考之三.河北大学学报,1989(1).
1737. 尚志钧.从医药角度探讨《万物》与《山海经》的时代关系.中医药临床杂志,1989(3).
1738. 袁珂.论《山海经》的神话性质:兼与罗永麟教授商榷.思想战线(云南大学学报),1989(5).
1739. 李行之.《山海经》作者考.求索,1989(6).
1740. 吴荣曾.战国汉代的"操蛇神怪"及其有关神话迷信的变异.文物,1989(10);马昌仪编.中国神话学文论选萃(下).中国广播电视出版社,1995.
1741. 何新.扶桑神话与日本民族起源:《山海经》中远古神话的新发现.学习与探索,1989(增刊).
1742. 周保国.开本草著作先河的《山海经》.中国医药报,1989-07-02.

1743. 张志尧.人首蛇身的伏羲、女娲与蛇图腾崇拜:兼论《山海经》中人首蛇身之神的由来.西北民族研究,1990(2).
1744. 赵仕光.《山海经》中有关药物的记载.贵州文史丛刊,1990(2).
1745. 罗永麟.论《山海经》的巫觋思想:兼答袁珂先生.民间文艺季刊,1990(3).
1746. 王大有.《山海经》是上古史书.人民日报,1990.2.2;新华文摘,1990(4).
1747. 全祖孟.《山海经》中的浑天说.历史地理,1990(第8辑).
1748. 李丰楙.《山海经》灵异动物之研究.中华学苑,1990(23、24).
1749. 张春生.评《正统道藏》本《山海经》.宗教学研究,1990(增刊).
1750. 刘起钎.《禹贡》作者.中国历代地理学家评传.山东教育出版社,1990.
1751. 王镜玲.《山海经》中《五藏山经》祭祀仪式初探.哲学与文化.1991(1).
1752. 周士琦.《山海经》"孟极"即"雪豹"考.中国科技史料,1991(2).
1753. 沈光海.《山海经》中诸物得名之由来:读《山海经笺疏》、《山海经校注》札记.湖州师范学院学报,1991(4).
1754. 王立仕.淮阴高庄战国墓铜器刻纹和《山海经》.东南文化,1991(6).
1755. 王宁.《山海经》中大戎谱系剖析.山西师大学报,1992(1).
1756. 钟如雄.从《山海经》"为·M"看"为"的代词性质.西南民族学院学报,1992(2).
1757. 龚维英.神话"精卫填海"探秘.社会科学辑刊,1992(3).
1758. 古原.《山海经》与中国古小说的萌生.赣南师范学院学报,1992(3).
1759. 郑志明.《山海经》的神话思维.台湾:淡江大学中文学报,1993(2).
1760. 焦国标.《山海经》空间之谜解析.信阳师范学院学报,1993(2).
1761. 胡克仪,卞书田.《山海经》:最早记载河南煤炭的书.中州煤炭,1993(2).
1762. 王左生.《山海经》研究的新突破:评扶永发《神州的发现》.云南民族大学学报,1993(3).
1763. 丁永辉.《山海经》与古代植物分类.自然科学史研究,1993(3).
1764. 白桑.《山海经》中部分谜团有了解.岭南文史,1992(4).
1765. 刘恭德.试论《山海经》与中国远古气候学史关系的若干问题.大自然探索,1993(4).
1766. 丘良任.《山海经》新探.长沙理工大学学报,1993(4).
1767. 孟宪仁.《山海经》中的上古中日交往史影.日本研究(辽宁大学日本研究所主办),1993(4).

1768. 刘建华.《山海经·北次二经》南部诸山初探.中国历史地理论丛,1993(4).

1769. 刘黎明.《山海经》里的"黑齿国"与日本古俗.文史杂志,1993(5).

1770. 杨义.《山海经》的神话思维.海南师院学报,1993(1);中国历朝小说与文化.台北业强出版社,1993;中山大学学报,2003(3).

1771. 程泱.《山海经》动植物名词形义不一致现象分析.淮阴师范学院学报,1994(1).

1772. 黄伯宁.《山海经》考:论人类文明史的隔断带.齐齐哈尔大学学报,1994(1);化石,1996(2).

1773. 黄伯宁.《山海经》考:论人类文明史的隔断带(续).齐齐哈尔大学学报,1994(2).

1774. 李无未,吕朋林.《山海经校注》"珂案"音释献疑.古籍整理研究学刊,1994(2).

1775. 张岩.《山海经》与中华民族起源.文艺研究,1994(2).

1776. 李宪生.古朴质重　瑰丽奇异:浅谈《山海经》神话.河南电大,1994(第2、3期合刊).

1777. 胡远鹏,杨卓.《山海经》:揭开世界文化之谜.武汉冶金管理干部学院学报,1994(2).

1778. 杨卓.《山海经》研究进入新阶段:揭开中国及世界历史之谜的探索.古籍整理研究学刊,1994(3).

1779. 宫玉海.谈谈如何揭开《山海经》奥秘.长白论坛,1994(3).

1780. 扶永发.用《山海经》找女娲墓.文史杂志,1994(3).

1781. 苑杨.《山海经·中山经》"中次六山"校注及试译.养蜂科技,1994(3).

1782. 宁稼雨.《山海经》与中国奇幻思维.南开学报,1994(3).

1783. 蔡振丰.《山海经》所隐含的神话结构试论.台北:中国文学研究,1994.5(第8卷).

1784. 扶永发.从青丘国看《山海经》地理与滇西的吻合.云南民族学院学报,1994(4).

1785. 胡远鹏,陈宜红.试论《山海经》中黄帝之真实性.云南民族学院学报,1994(4).

1786. 胡远鹏.《山海经》研究的意义.齐齐哈尔大学学报,1994(4).

1787. 刘建华.论《山海经》所说的赤水、黑水和昆仑.中国历史地理论丛,1994(4).

1788. 王兆明.《山海经》和中华文化圈.东北师大学报,1994(5).

1789. 侯伯鑫.《山海经》"建木"考. 图书馆,1994(6);中国农史,1996(3).

1790. 蔡哲茂. 烛龙神话的研究. 台北:政治大学学报(上册),1994(68).

1791. 蒙传铭.《山海经》作者及其成书年代之重新考察. 台北:中国学术年刊,1994-03(第 15 卷).

1792. 马汉才、张玉华. 距今 4000 年左右滇西的古气候与《山海经》定位关系的探讨. 大理科技,1995(1).

1793. 李盛铨.《五藏山经》"华山贡道"简释. 中华文化论坛,1995(1).

1794. 灵华.《山海经》概说. 贵州教育学院学报,1995(2).

1795. 胡远鹏.《山海经》研究最新动向述评. 广西大学学报,1995(2).

1796. 胡远鹏,杨卓.《山海经》研究的新突破. 长沙电力学院学报,1995(2).

1797. 何兆雄.《山海经》是巫医经. 炎黄世界,1995(2).

1798. 王廷洽.《山海经》所见之树神崇拜. 当代宗教研究,1995(2).

1799. 胡远鹏.《山海经》:揭开中国及世界文化之谜. 淮阴师范学院学报,1995(3).

1800. 陈国生,黄荫歧.《五藏山经》记载的植物地理学. 中国历史地理论丛,1995(3).

1801. 刘子敏,金荣国.《山海经》貊国考. 北方文物,1995(4).

1802. 胡远鹏. 论《山海经》是一部信史. 中国文化研究,1995(4).

1803. 胡健国. 古傩面具与《山海经》. 民族艺术,1995(4).

1804. 刘子敏,金荣国. 简议"钜燕"与东北亚的若干古族:读《山海经》. 民族研究,1995(4).

1805. 刘子敏.《山海经》"天毒"考. 博物馆研究,1995(4).

1806. 林辰.《山海经》不是巫书:读《中国神话学》想起的. 中国图书评论,1995(8).

1807. 富泉.《山海经》新解. 西安教育学院学报,1996(1).

1808.《山海经》与中华文化研究(文摘). 中州今古,1996(1).

1809. 安京.《山海经》史料比较研究. 中国边疆史地研究,1996(1).

1810. 郑朝晖,蒋文革. "精卫填海"考. 无锡教育学院学报,1996(1).

1811. 胡远鹏.《山海经》中的古人类之研究. 化石,1996(1).

1812. 胡远鹏.《山海经》:中国科技史的源头. 暨南学报,1996(1).

1813. 张箭. 从自然地理学辨《山海经》的地域范围. 大自然探索,1996(3).

1814. 赵沛霖. 物占神话:原始物占与神话的实用化:《山海经》研究之一. 社会科学战线,1996(3).

1815. 胡远鹏,竹野忠生. 论《山海经》的非神话性. 淮阴师范学院学报,

1996(4).

1816. 杜勇.《山海经》古病名新考. 医古文知识,1996(4).

1817. 杨华. 释"巴蛇食象". 四川大学学报,1996(4).

1818. 陈平. 戏说燕昭王、邹衍与《山海经》. 中国典籍与文化,1996(4).

1819. 金荣权.《山海经》的流传与重要古本考评. 安庆师范学院学报,1996(4).

1820. 张箭.《山海经》与原始社会研究:神话乎? 历史乎? 社会科学研究,1996(2).

1821. 刘燕丽. 宫玉海和他的《〈山海经〉与世界文化之谜》. 国防科技工业,1996(5).

1822. 杨利慧. 女娲信仰起源于西北渭水流域得推测. 北京师范大学学报,1996(6).

1823. 胡远鹏. 第二届全国《山海经》与中华文化学术研讨会概述. 理论前沿,1996(增刊).

1824. 方正己,王维芳. 谈神塑艺术源于《山海经》. 北华大学学报,1996(增刊);《山海经》与中华文化. 王善才主编. 湖北人民出版社,1999.

1825. 黄铭崇. 古史即"神话":以《大荒经》及《尧典》为中心的再检讨. 台湾:新史学,1996(3).

1826. 赵沛霖. 中国神话的分类与《山海经》的文献价值. 文艺研究,1997(1).

1827. 陈传康. 从解释学角度看《山海经》一书的性质. 人文地理,1997(1).

1828. 杨兴华. 从祖先崇拜和楚俗看《山海经》作者的族别. 赣南师范学院学报,1997(1).

1829. 吴郁芳. 元曹善《山海经》手抄本简介. 古籍整理研究学刊,1997(1).

1830. 欧阳健. 从《山海经》看神怪观念的起源. 上海师范大学学报,1997(1).

1831. 蒋永星. 梅山·巫·《山海经》. 邵阳学院学报,1997(1).

1832. 郭瑞祥.《山海经》研究之我见. 云南文史丛刊,1997(2).

1833. 赵建军.《山海经》的神话思维结构. 淮阴师范学院学报,1997(2).

1834. 胡远鹏. 论现阶段《山海经》研究. 淮阴师范学院学报,1997(2).

1835. 宫玉海. 关于《山海经》与上古社会研究:历史需要什么样的澄清. 社会科学研究,1997(2).

1836. 王红旗. 是谁撰写的《山海经》. 图书馆建设,1997(3).

1837. 叶舒宪.《山海经》与禹、益神话. 海南大学学报,1997(3).

1838. 郭洪涛,崔立新.《山海经》外治思想初探. 中医外治杂志,1997(3).

1839. 王守春.《山海经》与古代新疆历史地理相关问题的研究. 西域研究,

1997(3).

1840. 程泱.《山海经》考辨. 淮阴师范学院学报,1997(4).

1841. 萧兵.《山海经》的乐园情结. 淮阴师范学院学报,1997(4).

1842. 宫玉海.《山海经》与印第安古文明. 武汉冶金管理干部学院学报,1997(4).

1843. 汪从元.《山海经》与江南青铜文化. 有色金属,1997(4);王善才主编.《山海经》与中华文化. 湖北人民出版社,1999.

1844. 王红旗. 对《山海经》的新认识. 文史杂志,1997(5).

1845. 王宁.《海经》的作者及记述的地理与时代. 古籍整理研究学刊,1997(5).

1846. 陈建宪. 一座原生态神话的宝库:《山海经》导读. 高等函授学报,1997(6).

1847. 薛青林,郝丽华.《山海经》中的奇禽怪兽. 寻根,1997(6);王善才主编.《山海经》与中华文化. 湖北人民出版社,1999.

1848. 胡远鹏.《山海经》研究概述. 寻根,1997(6).

1849. 胡远鹏.《山经》与我国上古时代的森林. 寻根,1997(6);王善才主编.《山海经》与中华文化. 湖北人民出版社,1999. 后者题作《〈山海经·五藏山经〉与我国上古时代的森林》.

1850. 吴淑琴.《山海经》与上古人类饮食. 寻根,1997(6);王善才主编.《山海经》与中华文化. 湖北人民出版社,1999.

1851. 黄铭崇.《山海经》之研究(1):《山海经》的篇数问题. 台湾:简牍学报,1997(16).

1852. 彭毅. 诸神示象:《山海经》神话资料中的万物灵迹. 台北:文史哲学报,1997-06(46).

1853. 张箭. 论《山海经》非世界地理书. 成都大学学报,1998(1).

1854. 安京. 休屠、昆仑与《山海经》. 中国边疆史地研究,1998(1).

1855. 王红旗. 重新复原《山海经》地理图:解读四千多年前的地理考察报告. 地图,1998(1).

1856. 张燕. 神话《夸父逐日》象征意义新探. 贵州教育学院学报,1998(1).

1857. 王宁.《海经》新笺(上). 古籍整理研究学刊,1998(2).

1858. 何志华. 高诱引《山海经》考. 书目季刊,1998(2).

1859. 常征. 辽西那些金字塔:《山海经》"大幽之国". 河北学刊,1998(2).

1860. 张步天.《山海经》研究史初论. 益阳师专学报,1998(2).

1861. 叶舒宪.《山海经》与"文化他者"神话:形象学与人类学的分析. 海南大

学学报,1998(2).

1862. 徐正考.《古神话选释》注释补正.古籍整理研究学刊,1998(2).

1863. 宫玉海,张敏,胡远鹏.《山海经》及其天下地志图向世界史提出挑战.西安教育学院学报,1998(2).

1864. 徐显之.《山海经》原貌及本质探讨.西安教育学院学报,1998(2).

1865. 富泉.《山海经》研究的新成果.西安教育学院学报,1998(2).

1866. 苏茂德.论《山海经》的历史背景.西安教育学院学报,1998(2);王善才主编.《山海经》与中华文化.湖北人民出版社,1999.

1867. 李衡眉.《山海经》的荒诞与科学解释.人文杂志,1998(2);先秦史论丛.齐鲁书社,1999.

1868. 王红旗.《山海经》的来龙去脉.地图,1998(2).

1869. 朱玲玲.从郭璞《山海经图赞》说《山海经》"图"的性质.中国史研究,1998(3).

1870. (未标作者).《山海经》研究取得重大突破.图书馆建设,1998(3).

1871. 辛泸江.《山海经》与地名学.江苏地名,1998(3).

1872. 沈怀良.从上古文化看"夸父逐日"神话的原始内涵.云南师范大学学报,1998(3).

1873. 张步天.二十世纪《山海经》研究回顾.青海师专学报,1998(3).

1874. 张启成.《山海经·夸父逐日》的本义.贵州教育学院学报,1998(3).

1875. 张步天.山海经"南西北东"顺序辨.益阳师专学报,1998(3).

1876. 李霞.《山海经》中女神的母题及其在后世的演变.新余高专学报,1998(3).

1877. 程志刚.《山海经》研究新进展及《山海经》艺术地理复原图问世.地理学报,1998(3).

1878. 张步天.校勘《山海经》错简一则.益阳师专学报,1998(4).

1879. (未标作者).《山海经》地域之谜.中国地名,1998(4).

1880. 孙厚岭.《山海经》辨伪暨篇目次第新证.徐州师范大学学报,1998(4).

1881. 王红旗.《山海经》之谜寻解.东方文化,1998(5).

1882. 陆思贤.以天文历法为主体的宇宙框架:《山海经》18篇新探.内蒙古大学学报,1998(5).

1883. 田敏.《山海经》巴人世系考.四川文物,1998(5).

1884. 叶舒宪.《山海经》的方位模式与书名由来.中文自学指导,1998(5);中国文字研究(第1辑).广西教育出版社,1999;苑利主编.二十世纪中国民俗学经典·神话卷.社会科学文献出版社,2002.

1885. 王红旗. 再现《山海经》人文地理景观. 文史杂志,1998(6).

1886. 刘兴均.《山海经》中“生”字不当尽作狭义解:兼与张丽君先生商榷. 古汉语研究,1999(1).

1887. 刘付靖.《山海经》若干地名新解:试以我国南方少数民族语言释读《海内南经》. 中央民族大学学报,1999(1).

1888. 胡远鹏.《山海经》中几则“神话”剖析. 西安教育学院学报,1999(1).

1889. 胡远鹏. 奇书《山海经》的真面目. 文史杂志,1999(1).

1890. 骆水玉. 圣域与沃土:《山海经》中的乐土神话. 汉学研究,1999(1).

1891. 徐从根. 也论夸父神话. 苏州大学学报,1999(2).

1892. 张步天. 刘歆《山海经》篇目之我见. 益阳师专学报,1999(2).

1893. 杨华,曲静.《山海经》与秦人早期历史探索. 华夏文化,1999(2).

1894. 张虎升. 陶渊明的《山海经》情结. 武汉教育学院学报,1999(2).

1895. 张步天.《山海经》远古时代史内涵. 益阳师专学报,1999(3).

1896. 胡远鹏. 从《山海经》中透视中国上古科技发展. 青海师专学报,1999(3).

1897.《山海经》小介. 农村成人教育,1999(3).

1898. 张步天.《山海经》与图腾崇拜. 青海师专学报,1999(3).

1899. 叶舒宪.《山海经》神话政治地理观. 民族艺术,1999(3).

1900. 张步天.《山海经·南山经》选解. 益阳师专学报,1999(4).

1901. 金喆书. 边境文化的产品:《山海经》. 中国比较文学,1999(4).

1902. 胡远鹏. 近五十年来的《山海经》研究回眸. 武汉工程职业技术学院学报,1999(4).

1903. 毛文志.《山海经》的神祇形象. 重庆广播电视大学学报,1999(4).

1904. 贾雯鹤. 重黎神话及其相关问题:《山海经》与神话研究之一. 社会科学研究,1999(5).

1905. 胡远鹏. 从《诗经》、《山海经》等看中国古代的环境保护. 文史杂志,1999(5).

1906. 邵荣霞. 古今《山海经》观及其研究方法(上). 武汉春秋,1999(6).

1907. 文龙.《山海经》中的鱼. 中国钓鱼,1999(7).

1908. 阿敏.《山海经》研讨暨东三省考察小记. 台声,1999(10).

1909. 张国光. 我对《山海经》研究所持观点暨所用的方法. 王善才主编.《山海经》与中华文化. 湖北人民出版社,1999.

1910. 宫玉海. 轩辕黄帝圣诞5120年祭:简略评影视片《炎黄二帝》. 王善才主编.《山海经》与中华文化. 湖北人民出版社,1999.

1911. 金健民. 论《山海经》之奇:思维之超逸 哲理之永恒. 王善才主编.《山海经》与中华文化. 湖北人民出版社,1999.

1912. 梁海明. 中华文化之第一奇书《山海经》研究:关于《山海经》的性质及作者. 王善才主编.《山海经》与中华文化. 湖北人民出版社,1999.

1913. 徐显之.《山海经》的原貌及其本质探讨. 王善才主编.《山海经》与中华文化. 湖北人民出版社,1999.

1914. 黄建中.《山海经》是一部记录我国上古口传的史地书. 王善才主编.《山海经》与中华文化. 湖北人民出版社,1999.

1915. 杨采华.《山海经》中国玉器时代信史. 王善才主编.《山海经》与中华文化. 湖北人民出版社,1999;青海师专学报,2000(5).

1916. 童国安.《山海经》:古代文化的结晶. 王善才主编.《山海经》与中华文化. 湖北人民出版社,1999.

1917. 张祝平.《山海经》佚文献疑. 王善才主编.《山海经》与中华文化. 湖北人民出版社,1999.

1918. 张祝平.《山海经》图、图赞、图诗. 王善才主编.《山海经》与中华文化. 湖北人民出版社,1999.

1919. 胡远鹏,〔日〕竹野忠生. 论《山海经》的历史性. 王善才主编.《山海经》与中华文化. 湖北人民出版社,1999.

1920. 郭瑞祥.《山海经》的研究情况介绍. 王善才主编.《山海经》与中华文化. 湖北人民出版社,1999.

1921. 郭瑞祥. 是历史绝不是巧合:《山海经》研究的新发现. 王善才主编.《山海经》与中华文化. 湖北人民出版社,1999.

1922. 宫玉海,胡远鹏. 关于《山海经》的注释及上古语言问题:兼评袁珂先生《山海经校译》的神话导向. 王善才主编.《山海经》与中华文化. 湖北人民出版社,1999.

1923. 王兆明. 对当今《山海经》研究中的某些质疑. 王善才主编.《山海经》与中华文化. 湖北人民出版社,1999.

1924. 李儒科,江丽琴.《山海经》中的炎帝与丹雀献穗. 王善才主编.《山海经》与中华文化. 湖北人民出版社,1999.

1925. 张佩琪. 对《山海经》中黄帝的探讨. 王善才主编.《山海经》与中华文化. 湖北人民出版社,1999.

1926. 何光岳.《山海经》所载戎族的来源与分布. 王善才主编.《山海经》与中华文化. 湖北人民出版社,1999.

1927. 王善才. 从考古发现看《山海经》中有关早期巴国的地望与年代. 王善

才主编.《山海经》与中华文化.湖北人民出版社,1999;福建师大福清分校学报,2007(1).

1928. 李贤浚.《山海经》与黄河.王善才主编.《山海经》与中华文化.湖北人民出版社,1999.

1929. 汪从元.《山海经》与长江.王善才主编.《山海经》与中华文化.湖北人民出版社,1999.

1930. 张江燕.论《山海经》中的神.王善才主编.《山海经》与中华文化.湖北人民出版社,1999.

1931. 柯小杰.《山海经》与湖北的几种崇拜习俗遗痕初考.王善才主编.《山海经》与中华文化.湖北人民出版社,1999.

1932. 杨世灿.西南有巴国.王善才主编.《山海经》与中华文化.湖北人民出版社,1999.

1933. 王善才.再谈《山海经》中所记"西南有巴国"的巴国地望与年代.王善才主编.《山海经》与中华文化.湖北人民出版社,1999.

1934. 陈代兴."三足鳖"的文化阐释:兼论《山海经》中的夏文化信息.王善才主编.《山海经》与中华文化.湖北人民出版社,1999.

1935. 林鸿荣.略论"寿麻之国"的地望与族属.王善才主编.《山海经》与中华文化.湖北人民出版社,1999.

1936. 胡远鹏,郑永松.通过《诗经》、《山海经》、《圣经》(《旧约》)的比较研究以证犹太人之族源及"上帝"之来源.王善才主编.《山海经》与中华文化.湖北人民出版社,1999.

1937. 陈宣红.从《山海经》看大禹和埃及金字塔.王善才主编.《山海经》与中华文化.湖北人民出版社,1999.

1938. 陈宣红.从《山海经》看希腊文化与中华文化.王善才主编.《山海经》与中华文化.湖北人民出版社,1999.

1939. 张辉忠.富藏诗韵的《山海经》.王善才主编.《山海经》与中华文化.湖北人民出版社,1999.

1940. 张步天.二十世纪《山海经》地域范围的讨论.益阳师专学报,2000(1).

1941. 王红旗.《五藏山经》时代的预测活动.文史杂志,2000(1).

1942. 叶舒宪.方物:《山海经》的分类编码.海南师范学院学报,2000(1).

1943. 庞秉璋.《山海经》异兽"类"的考释.化石,2000(2).

1944. 叶舒宪.《山海经》:从单纯考据到文化诠释.淮阴师范学院学报,2000(2).

1945. 王建军.从存在句再论《山海经》的成书.南京师大学报,2000(2).

1946. 王红旗.《山海经》研究的现实意义.地图,2000(2).

1947. 王宁.《海经》新笺(中).古籍整理研究学刊,2000(2).

1948. 王宁.《五藏山经》记述的地域及作者新探.管子学刊,2000(3).

1949. 大明.《山海经》“巴蛇食象”段异文小议.四川师范大学学报,2000(3).

1950. 宫哲兵.羽民、穿胸民、凿齿民与南方民俗:《山海经》奇谈的人类学诠释.广西右江民族师专学报,2000(3).

1951. 马昌仪.《山海经》图:中国古文化珍品.民俗研究 2000(3).

1952. 张步天.二十世纪《山海经》性质的讨论.益阳师专学报,2000(3).

1953. 张春生.夸父神话和逐日巫术.上海大学学报,2000(4).

1954. 金荣权.《山海经》研究两千年述评.信阳师范学院学报,2000(4).

1955. 徐显之.《山海经》时代的祖国中西部地区.西安教育学院学报,2000(4).

1956. 王红旗.谁来开发《山海经》文化产业.文史杂志,2000(4).

1957. 叶舒宪.“大荒”意象的文化分析:《山海经·荒经》的观念背景.北京大学学报,2000(4).

1958. 张金福.宫玉海《山海经》研究成果综述.中国地名,2000(4).

1959. 沈海波.略论《山海经图》的流传情况.上海大学学报,2000(5).

1960. 胡远鹏.《山海经》研究五十年.青海师专学报,2000(5).

1961. 马昌仪.《山海经》图:寻找《山海经》的另一半.文学遗产,2000(6).

1962. 常金仓.《山海经》与战国时期的造神运动.中国社会科学,2000(6).

1963. 张春生.《山海经》释名.学术月刊,2000(11).

1964. 李零.说早期地图的方向.中国方术续考.东方出版社,2000.

1965. 张步天.二十世纪《山海经》作者和成书经过的讨论.益阳师专学报,2001(1).

1966. 李德靖.鲧堙洪水议:《山海经》一则神话的解释.史林,2001(1).

1967. 卫崇文.《山海经》与先秦神话研究.陕西师范大学学报,2001(1).

1968. 张军.《山海经》中的“天毒”“天吴”释疑.北方文物,2001(1).

1969. 罗志田.《山海经》与近代中国史学.中国社会科学,2001(1).

1970. 罂粟.“夜行舞台”匍匐前进:品评《山海经》.上海戏剧,2001(1).

1971. 张步天.从《山海经》看青海海东地区古丝绸之路的枢纽地位.青海师专学报,2001(1).

1972. 赵宗福.清代研究《山海经》重要成果的新发现:陈逢衡《山海经汇说》述评(上).大陆杂志,2001(1).

1973. 赵宗福.清代研究《山海经》重要成果的新发现:陈逢衡《山海经汇说》

述评(下).大陆杂志,2001(2).

1974. 卫崇文.《山海经》研究述论.山西师大学报,2001(2).

1975. 贾雯鹤.《山海经》与古代社会.文艺研究,2001(3).

1976. 马昌仪.明刻《山海经》图探析.文艺研究,2001(3).

1977. 赵宗福.被埋没的《山海经》研究重要成果:清代陈逢衡《山海经汇说》述评.民俗研究,2001(3).

1978. 张步天.《山海经》性质志书说刍议.益阳师专学报,2001(4).

1979. 张祝平.宋人所论《山海经图》辩证.中国历史地理论丛,2001(4).

1980. 庞秉璋.《山海经》异兽"讙"的考释.化石,2001(4).

1981. 刘守华.千古奇书 重放异彩:读马昌仪著《古本山海经图说》.民俗研究,2001(4).

1982. 王宏荣.从古代带钩看《山海经》北方神人"禺强"的图像.台湾:故宫文物月刊,2001-04,19(1).

1983. 朱玲.论《山海经》的叙述结构及其文化成因.清华大学学报,2002(1).

1984. 单有方.《镜花缘》引用《山海经》神话手法浅析.殷都学刊,2002(2).

1985. 刘付清.汉藏语言与《山海经》的若干怪兽名称考释.广西民族研究,2002(2).

1986. 罗新朝.《山海经》中壮族先民远古图腾考.广西民族研究,2002(2).

1987. 宋兆麟.中国巫图的大千世界:读《古本山海经图说》.东南文化,2002(2).

1988. 刘宣春,陶瑞清.《山海经》与图书馆.图书馆,2002(2).

1989. 马昌仪.明代中日《山海经》图比较:对日本《怪奇鸟兽图卷》的初步考察.中国历史文物,2002(2).

1990. 刘宗迪.《山海经·海外经》与上古历法制度.民族艺术,2002(2).

1991. 杨琳.《山海经》"浴日""浴月"神话的文化底蕴.民族艺术,2002(3).

1992. 刘宗迪.《山海经·大荒经》与《尚书·尧典》的对比研究.民族艺术,2002(3).

1993. 郑在书.《山海经》中的生与死.中文自学指导,2002(3).

1994. 汪俊.《山海经》无"古图"说.徐州师范大学学报,2002(3).

1995. 胡远鹏.澳大利亚土著来源之谜:从《山海经》等古文献看最早的移民来自中国.化石,2002(4).

1996. 王贵生.论《山海经》中的神灵复活机制.西北师大学报,2002(3).

1997. 顾铭学.考释《山海经》中有关古朝鲜的两条史料.社会科学战线,2002(4).

1998. 刘宗迪. 太阳神话、《山海经》与上古历法:《山海经》研究之三. 民族艺术,2002(4).

1999. 张步天. 中华源头文化宝库《山海经》及其研究展望. 益阳师专学报,2002(4).

2000. 耿立言.《山海经》"贯胸国"民俗信息解读. 辽宁大学学报,2002(5).

2001. 叶辉. 流观山海图:《古本山海经图书》札记. 香港:香港文学,2002-11(总第 215 号).

2002. 〔日〕伊藤清司,王汝澜. 日本的《山海经》图:关天《怪奇鸟兽图卷》的解说. 中国历史文物,2002(2).

2003. 〔日〕伊藤清司撰,高木立子译.《山海经》图像的真正研究:评《古本山海经图说》. 民俗研究,2002(3).

2004. 孙玉珍.《山海经》研究综述. 山东理工大学学报,2003(1).

2005. 冯志来,谢光辉,单晓刚.《山海经》与浙江古地理:古会稽山乃在义乌的西北. 华夏人文地理,2003(1).

2006. 陈桥驿.《山海经解》序. 中国历史地理论丛,2003(1).

2007. 冯广宏.《山海经》昆仑丘解读. 文史杂志,2003(1).

2008. 詹子庆.《山海经》和夏史. 社会科学战线,2003(1).

2009. 刘宗迪.《山经》出自稷下学者考. 民俗研究,2003(2).

2010. 方牧.《山海经》与海洋文化. 浙江海洋学院学报,2003(2).

2011. 熊俊.《山海经》与古代台湾. 江西财经大学学报,2003(2).

2012. 张建. 神话情结的终结与地理典籍的发轫:《〈山海经〉破译和图解》序. 岳阳职业技术学院学报,2003(3).

2013. 陈颖.《山海经》与《伊利亚特》:中西战争神话叙事比较. 福建师范大学学报,2003(3).

2014. 刘宗迪. 昆仑原型考:《山海经》研究之五. 民族艺术,2003(3).

2015. 马昌仪. 从战国图画中寻找失落了的山海经古图. 民族艺术,2003(4).

2016. 廖明君.《山海经》与上古学术传统:刘宗迪博士言谈录. 民族艺术,2003(4).

2017. 冯广宏.《山海经》中的成都坝子. 文史杂志,2003(4).

2018. 唐世贵.《山海经》作者及时地再探讨. 江汉大学学报,2003(5);宜宾学院学报,2003(6).

2019. 刘盛举,王盛婷.《山海经》郭璞注释语研究. 西华师范大学学报,2003(5).

2020. 叶舒宪. 司南:《山海经》方位与占卜咒术传统. 广西民族学院学报,2003(5).

2021. 李晓伟.《走进西王母》之五《山海经》辩. 柴达木开发研究,2003(5).
2022. 苟世祥.《山海经》的原始思维特征初探. 社会科学研究,2003(5).
2023. 张惠乔.《山海经》中的理想国度. 中国语文,2003(5).
2024. 胡远鹏. 纵观海内外《山海经》研究五十年. 福建师大福清分校学报,2003(增刊).
2025. 刘不朽.《山海经》与三峡:屈赋神话与《山海经》相互印证之考证. 中国三峡建设,2004(1).
2026. 陈连山. 神怪内容对于《山海经》评价的影响:从文化背景谈《山海经》学史上的一个问题. 民族文学研究,2004(1).
2027. 韩湖初.《山海经》到底是"语怪之祖",还是"信史". 汕头大学学报,2004(1).
2028. 刘树人.《山海经》中的"东山"区位地理考古研究. 地球信息科学,2004(1).
2029. 杨东晨. 论玛雅文明等与中国古文明的关系:兼论《破译〈山海经〉》的非科学性. 成都大学学报,2004(1).
2030. 邱宜文. 时空之钥:《山海经》的神秘数字探析. 东南大学学报,2004(1).
2031. 邱宜文. 时空之钥:《山海经》的神秘数字探析(续). 东南大学学报,2004(2).
2032. 马昌仪.《山海经》图的传承与流播. 广西民族学院学报,2004(2).
2033. 张箭. 金字塔研究的几个问题:兼论金字塔与《山海经》有何关系. 重庆师范大学学报,2004(2).
2034. 周广曾,周军. 也谈《山海经》的成书. 九江师专学报,2004(2).
2035. 刘不朽.《山海经》与三峡:试释《山海经》中有关三峡古地理之记载. 中国三峡建设,2004(2).
2036. 陆嘉明. 超越时空的不朽灵魂:《山海经》神话中英雄神的文化阐述. 苏州教育学院学报,2004(3).
2037. 袁世硕.《镜花缘》和《山海经》. 长江大学学报,2004(1);东岳论丛,2004(3).
2038. 刘不朽.《山海经》与三峡:《山海经》所载之古三峡氏族部落和方国探踪(上). 中国三峡建设,2004(3).
2039. 徐恩存. 心灵的逍遥:读邵飞新作《山海经》系列. 美术向导,2004(4).
2040. 蒋永星. 梅山文化·《楚辞》·《山海经》. 邵阳学院学报,2004(4).
2041. 张步天. 论《山海经》研究史的分期. 湖南城市学院学报,2004(4).

2042. 徐军义.《山海经》的生命意识. 渭南师范学院学报,2004(4).
2043. 贾雯鹤. 圣山:成都的神话溯源:《山海经》与神话研究之二. 四川大学学报,2004(4).
2044. 刘不朽.《山海经》与三峡:《山海经》所载之古三峡氏族部落和方国探踪(下). 中国三峡建设,2004(4).
2045. 吕微. 神话:想象与实证:《山海经》研究座谈会发言选载. 民族艺术,2004(4).
2046.《山海经》研究学术座谈会综述. 民族文学研究,2004(4).
2047. 陈赟. 论《山海经》的"帝". 贵州文史丛刊,2004(4).
2048. 贾雯鹤.《山海经》乐园神话研究. 烟台大学学报,2004(4).
2049. 安京.《山海经》与《逸周书・王会篇》比较研究. 中国边疆史地研究,2004(4).
2050. 范开宏. 千古奇书:《山海经》. 河南图书馆学刊,2004(6).
2051. 王子今. 上古人的世界观:读《山海经的文化寻踪》. 博览群书,2004(12).
2052. 黄之琦. 从夸父追日与薛西弗斯的神话看其象征的生命意义. 传统中国文学电子报,2004(195).
2053. 刘建国.《山海经》伪书辨正. 先秦伪书辨正(第 10 章). 陕西人民出版社,2004.
2054. 张维波.《山海经》砭石地理考证. 第二届全国砭石疗法学术研讨会论文集. 2004.
2055. 刘琴.《山海经》对《镜花缘》的影响. 许昌学院学报,2005(1).
2056. 杨利慧. "读图时代"里"山海经图"的开拓性研究:谈马昌仪的两部山海经图研究近著. 民族文学研究,2005(1).
2057. 黄景贤.《山海经》记载的中医药神话集粹. 中医药学刊,2005(1).
2058. 谭宏姣,张立成.《山海经》植物名的构词特点. 北京林业大学学报,2005(1).
2059. 刘正平.《山海经》刑天神话再解读. 宗教学研究,2005(2).
2060. 李川. 试论《山海经》中的神话系统:中国神话系统研究之一. 江汉大学学报,2005(2).
2061. 何文进. 开启滇西历史文化资源宝库的金钥匙:读《神州的发现:〈山海经〉地理考》. 大理文化,2005(2).
2062. 杨兴华. 从原始宗教意识看《〈山海经〉作者的楚人身份. 衡阳师范学院学报,2005(2).

2063. 范明三. 宇宙海与太阳山:兼评《山海经的文化寻踪》. 民族艺术,2005(2).

2064. 吴莉苇. 明清传教士对《山海经》的解读. 中国历史地理论丛,2005(3).

2065. 张中一. 从《山海经》中探索中国苗族的形成. 岳阳职业技术学院学报,2005(3).

2066. 张建. 中国神龙文化的形成与发展:《山海经》研究之二. 岳阳职业技术学院学报,2005(3).

2067. 马昌仪. 明清《山海经》图版本述略. 西北民族研究,2005(3).

2068. 闫德亮.《山海经》与屈赋关系考. 中州学刊,2005(4).

2069. 赵炳清. 先秦两汉文献中的"洞庭"是"洞庭湖"吗:从《山海经》中的"洞庭"说起. 喀什师范学院学报,2005(5).

2070. 胡树. 试论《山海经》的宗教特性. 中央民族大学学报,2005(5).

2071. 马昌仪. 中日山海经古图之比较研究. 中国东方文化研究会学术研究年会论文集, 2005.

2072. 张建.《山海经》的字词句法及所记主体内容研究. 求索,2005(7).

2073. 张建.《山海经》:中国最早的地理志. 岳阳职业技术学院学报,2006(1).

2074. 余永久,陈立柱.《山海经》"开上三嫔于天"新解. 江淮论坛,2006(1).

2075. 解晓红,范友林. 解读《山海经》中的蚕桑文化. 丝绸,2006(1).

2076. 唐世贵.《山海经》成书时地及作者新探. 成都理工大学学报,2006(1);辽宁师范大学学报,2006(4).

2077. 廖群.《山海经》中的原始征兆信仰及其民俗学价值. 民俗研究,2006(2).

2078. 吕微,叶舒宪,萧兵,刘宗迪,安德明,马昌仪,陈连山,靳大成,杨利慧. 对想像力和理性的考验:中国社会科学院文学研究所座谈《山海经》研究. 淮阴师范学院学报,2006(2).

2079. 唐启翠,胡滔雄. 叶舒宪《山海经》研究综述. 长江大学学报,2006(2).

2080. 张步天.《山海经》地图的性质与内涵. 湖南城市学院学报,2006(2).

2081. 丁振宗.《山海经》地貌应属的年代. 福建师大福清分校学报,2006(3).

2082. 胡远鹏. 中国《山海经》研究述略. 福建师大福清分校学报,2006(3).

2083. 骆瑞鹤.《山海经》病名考(下). 长江学术,2006(3).

2084. 况国高. 先天、后天八卦图方位并行时期的史料见证:《山海经》叙述方位混乱浅析. 陇东学院学报,2006(3).

2085. 胡远鹏. 再论《山海经》的文化定位:本土或域外:要百家争鸣,还是只要一花独放. 福建师大福清分校学报,2006(4).
2086. 张佳颖,张步天. "《山海经》神话群系"的传承流变. 福建师大福清分校学报,2006(4).
2087. 马力. 我国最古老的一部志书:《山海经》导读. 黑龙江史志,2006 (4).
2088. 贾雯鹤.《山海经》两考. 中华文化论坛,2006(4).
2089. 纪晓建.《楚辞》、《山海经》神祇之互证:《楚辞》、《山海经》神话比较研究之三. 江苏社会科学,2006(5).
2090. 唐世贵,罗正生、唐晓梅. 常璩《华阳国志》与《山海经》比较研究. 攀枝花学院学报,2006(5).
2091. 雷广臻. 历史遗物《山海经》与红山文化:红山文化区系黄帝、颛顼活动区之确证. 辽宁师专学报,2006(5).
2092. 马晓娜.《山海经》之"蛇山"今址初探. 现代语文(语言研究版),2006(6).
2093. 冯青.《山海经》"戴胜"考. 汉字文化,2006(6).
2094. 刁晓帆. 远古的追寻与现代的思考:对薛涛《山海经新传说》的文化解读. 辽宁教育行政学院学报,2006(7).
2095. 刘国旭.《山海经》中的地理学思想. 科技信息(学术版),2006(9).
2096. 纪晓建.《楚辞》与《山海经》山水树木神话之互证. 理论月刊,2006(11).
2097. 耿立言,董艳丽.《山海经》"萨满"残片拾遗. 兰台世界,2006(17).
2098. 蒯乐昊. 邱黯雄:制作现代《山海经》. 南方人物周刊,2006(24).
2099. 刘宗迪. 钟敬文先生的《山海经》研究. 民族艺术,2007(1).
2100. 廖熹.《山海经》的跨文化内涵解读. 金陵科技学院学报,2007(1).
2101. 纪晓建. 由《山海经》、《楚辞》看仙话的形成及发展. 华夏文化,2007(1).
2102. 贾雯鹤.《山海经》四方神与风名考. 海南大学学报,2007(1).
2103. 吴康.《山海经》:中国神话的建构. 中国文学研究,2007(1).
2104. 贾雯鹤. 论《山海经》专名研究的理论与方法. 天府新论,2007(1).
2105. 雷广臻. 化石、《山海经》与红山文化:红山文化区系黄帝、颛顼活动区之佐证. 化石,2007(1).
2106. 潘舜琼. 刘歆编定《山海经》及其目录学建树. 福建师大福清分校学报,2007(1).
2107. 张敏. 深入《山海经》研究,探索美洲文明起源. 福建师大福清分校学报,2007(1).

2108. 无名氏.《失落的天书:山海经与古代华夏世界观》出版.民族文学研究,2007(2).

2109. 张佳颖.《山海经·海内南经》英译.福建师大福清分校学报,2007(3).

2110. 刘成群.山海经.新作文(高中版),2007(3).

2111. 吴晓东.占星古籍:从《大荒经》中的二十八座山与天空中的二十八星宿对应来解读《山海经》.民族艺术,2007(3).

2112. 郑利锋.《日本国见在书目录》著录《山海经》卷数考辨.山东图书馆季刊,2007(3).

2113. 罗敏.《山海经》:一部被不断误读的经典.第一财经日报,2007-08-03.

2114. 纪晓建.《山海经》、《楚辞》鲧神话差异的文化成因.南通大学学报,2007(4).

2115. 黄世杰.《山海经》"大荒南经"中的"氾天之山"所指为今天广西的大明山.广西民族大学学报,2007(4).

2116. 刘红.试析《五藏山经》关于中国古代金属矿藏知识的价值观.文博,2007(5).

2117. 纪晓建.《楚辞》、《山海经》灵巫之互证:《楚辞》《山海经》神话比较研究之四.社科纵横,2007(5).

2118. 冯广宏.《山海经·海荒经》是远古西部地理记载.文史杂志,2007(5).

2119. 涂晓燕.原始思维对《山海经》长生思想的肯定.东南文化,2007(5).

2120. 张国安.《大荒经》与《山海经》关系新论.河南师范大学学报,2007(5).

2121. 张中一.《山海经》并非世界地理志.岳阳职业技术学院学报,2007(5).

2122. 李娜.《山海经》:一部失落的天书.科学时报,2007-05-08.

2123. 王育武.《山海经》与风水的山岳崇拜.华中建筑,2007(6).

2124. 黄湘.殊途同归:浅析叶舒宪和韩国学者郑在书对《山海经》的解读.博览群书,2007(6).

2125. 刘石林.《山海经》、韩国端午祭和《山鬼》.云梦学刊,2007(6).

2126. 金宇飞.《山海经》中"昆仑"地理位置新探.宁夏大学学报,2007(6).

2127. 过常宝.论上古动物图画及其相关文献.文艺研究,2007(6).

2128. 刘宗迪,周志强.神话、想象与地理:关于《山海经》研究的对话.中国图书评论,2007(9).

2129. 葛兰.钟敬文、博物与《山海经》.中国图书评论,2007(9).

2130. 刘新春.《山海经校注》拾误.宜宾学院学报,2007(11).

2131. 茱萸.穆天子和他的山海经(组诗).文学与人生,2007(14).

2132. 章行. 异兽图考《山海经》. 东方艺术，2007(18).

2133. 刘再复. 没有《山海经》，就不会有《红楼梦》. 中国校园文学，2007(21).

研究生学位论文

2134. 彭泽江.《山海经》新探. 台湾：中国文化大学中国文学研究所 1981 年硕士学位论文.

2135. 金善子. 中国古代神话中的悲剧英雄. 台湾：台湾大学中国文学研究所 1985 年硕士学位论文.

2136. 陈妙华. 从《山海经》、《楚辞》看草木与文学的关系. 台湾：中国文化大学中国文学研究所 1986 年硕士学位论文.

2137. 李仁泽.《山海经》神话研究. 台湾：台湾大学中国文学研究所 1986 年硕士学位论文.

2138. 龙直珍.《山经》祭仪初探. 台湾：政治大学中国文学研究所 1988 年硕士学位论文.

2139. 全炳泽. 中韩始祖及英雄神话研究. 台湾：政治大学中国文学研究所 1991 年硕士学位论文.

2140. 罗相珍.《山海经》自然神话分类及原始思维初探. 台湾：台湾大学中国文学研究所 1993 年硕士学位论文.

2141. 杨利慧. 女娲的神话和信仰. 北京师范大学 1994 年博士学位论文.

2142. 魏慈德. 中国古代风神崇拜研究：从先殷到汉. 台湾：政治大学中国文学研究所 1995 年硕士学位论文.

2143. 蔡学民.《山海经》的历史地理区域重塑. 台湾：师范大学地理学系 1998 年硕士学位论文.

2144. 陈逸根.《山海经》中之原始信仰研究. 台湾：中兴大学中国文学系 2002 年硕士学位论文.

2145. 邱宜文.《山海经》神话思维研究. 台湾：中国文化大学中国文学研究所 2002 年博士学位论文.

2146. 黄才容. 西王母神话仙话演变之研究. 台湾：台湾大学中国文学研究所 2002 年硕士研究生毕业论文.

2147. 林振湘.《庄子》神话意象研究：兼论《庄子》神话与《山海经》之关系. 福建师范大学 2003 年硕士学位论文.

2148. 刘宗迪.《山海经》文化渊源考. 首都师范大学 2003 年博士后研究报告.

2149. 王平原. 回望故园. 从《山海经》看“绝地天通”的法史意义. 西南政法大

学 2003 年硕士学位论文.

2150. 贾雯鹤.《山海经》专名研究. 四川大学 2004 年博士研究生毕业论文.

2151. 苏曼如.《山海经》时空观探索. 台湾:中兴大学中国文学系 2004 年硕士学位论文.

2152. 陈怡芬.《山海经》的旅行记录. 台湾:台湾师范大学国文研究所 2004 年硕士学位论文.

2153. 陈春玉.《山海经》蛇类之寓意与象征的研究. 台湾:台北市立师范学院应用语言文学研究所 2004 年硕士学位论文.

2154. 钟胜珍.《山海经》女性神祇研究. 台湾:台北市立师范学院应用语言文学研究所 2004 年硕士研究生毕业论文.

2155. 陈晓梅.《山海经》中的神圣山岳:以《五藏山经》为探讨依据. 台湾:花莲师范学院民间文学研究所 2005 年硕士学位论文.

2156. 刘旭超.《山海经》词汇研究. 广州大学 2004 年硕士学位论文.

2157. 田畦耘.《山海经》中变形神话的文化内涵及其对后世文学的影响. 东北师范大学 2004 年硕士学位论文.

2158. 张陈.《山海经》神话叙事探研. 西南师范大学 2004 年硕士学位论文.

2159. 陈连山.《山海经》学术史考论. 北京大学文学院 2004 年博士学位论文.

2160. 王亭文. 明、清《山海经》神怪造形差异研究. 台湾:云林科技大学视觉传达设计系硕士班 2005 年学位论文.

2161. 施玫芳. 论《山海经》中的伦理意涵:由神话之鸟与山神祭祀论起. 台湾:辅仁大学哲学研究所 2005 年硕士学位论文.

2162. 谢智琴.《山海经》中生命安顿及乐土向往之探讨. 台湾:玄奘大学中国语文学系硕士班 2005 年硕士学位论文.

2163. 陈琬菁.《山海经》死生观研究. 台湾:"中央大学中国文学研究所"2005 年硕士学位论文.

2164. 张树军."《山海经》世界"的体验:《阿长与〈山海经〉》新解. 北京师范大学 2005 年硕士学位论文.

2165. 纪晓建.《楚辞》、《山海经》神话比较研究. 南京师范大学 2005 年硕士学位论文.

2166. 牛红广.《山海经》与河洛文化. 河南师范大学 2006 年硕士学位论文.

2167. 李川.《山海经》神话记录系统性之研究. 广西师范大学 2006 年硕士学位论文.

2168. 方金花.《山海经・山经》祭礼字词研究. 厦门大学 2006 年硕士学位论

文.

2169. 况国高.蛇:上古人类的食物和工具.广西师范大学 2007 年硕士学位论文.

2170. 王永明.《山海经》中的"尸"文化.河南大学 2007 年硕士学位论文.

2171. 满祥.《山海经》虚词研究.湖南师范大学 2007 年硕士学位论文.

2172. 孙菊.《山海经》名词及相关郭璞注研究.苏州大学 2007 年硕士学位论文.

日本论文

2173. 高马三良.山海經原始.女子大学文学(大阪女子大学),1 号.1951.

2174. 冈本正.「山海經」について.中国古代史研究,1960.

2175. 伊藤清司.山川の神々(二):「山海經」の研究.史学,第 42 卷第 1 期.1969-08.

2176. 伊藤清司.「山海經」と鐵.社会经济史的诸问题・森教授退官纪念论集.1969.

2177. 伊藤清司.古代中國の民间醫療(一):「山海經」.史学,第 42 卷第 4 期.1970-03.

2178. 下斗米晟.西王母研究.大东文化大学汉学会志,9 卷.1971.

2179. 枥尾武.精衛の傳説とその資料.樱美林大学中国文学论丛.2 卷.1971.

2180. 松田稔.「山海經」における災異.日本文学论究,30 卷.1971.

2181. 松田稔.異形山岳神小考:「山海經」を中心として——.汉文学会会报,22 卷.1976.

2182. 伊藤清司.羬羊と箴石:「山海經」の研究——.三上次男博士颂寿记念东洋史・考古学论集,1979.

2183. 伊藤清司.古代中國の戰禍　劍難回避の呪法:「山海經」の研究——.史学,50 卷.1—4 号.1980.

2184. 伊藤清司.巫祝と戰爭:「山海經」の研究——.池田末利博士古稀记念东洋学论集,1980.

2185. 松田稔.「山海經」における瑞祥.汉文学会会报(国学院大学),20—30 号.1981.

2186. 大久保庄太郎.「山海經」について.羽衣学园短期大学研究纪要,17 卷.1981.

2187. 松冈正子.人魚傳説——「山海經」を軸として——.中国文学研究,8

卷. 1982.

2188. 松田稔.「山海經」における山岳祭祀. 国学院杂志,83 卷. 2 号. 1982.

2189. 松田稔. 羊の犠牲から羊の怪へ——「山海經」の山岳祭祀の供犠を中心として. 国学院高等学校纪要,18 卷. 1982.

2190. 伊藤清司.「山海經」と玉. 中国古代史研究,5 卷. 1982.

2191. 松冈正子. 形天:「山海經」における"尸"と"舞"について. 中国语文论丛,2 卷. 1983.

2192. 松田稔.「山海經」における動物觀. 国学院女子短期大学纪要,1 卷. 1983.

2193. 松田稔. 古代中國における神格の形状——「山海經」を中心として——. 日本文学论究,42 卷. 1983.

2194. 松田稔.「山海經」における植物觀. 国学院女子短期大学纪要,2 卷. 1984.

2195. 松田稔."五采鳥"考:「山海經」における鳳の系譜——. 国学院大学汉文学会会报,30 卷. 1984.

2196. 木内芳树.「山海經」における古代説話の一考. 中国学研究,1984.

2197. 伊藤清司.「山海經」研究上の一課題. 史学,55 卷. 1 号. 1985.

2198. 伊藤清司.「山海經」の民俗社會的背景. 国学院杂志,86 卷. 11 号. 1985.

2199. 木内芳树.「山海經」に現われた古代説話の展開:帝俊説話を中心として——. 大正大学大学院研究论集,9 卷. 1985.

2200. 松冈正子.「山海經」西次三經と羌族——昆侖之丘と羌の雪山について——. 中国文学研究,12 卷. 1986.

2201. 松田稔.「山海經」における風の記述——その神話要素の考察——. 国学院女子短期大学纪要,4 卷. 1986.

2202. 松田稔.「山海經」に見える太陽の記述——その神話要素の考察. 汉文学会会报. 31 卷. 西冈弘博士退休记念号,1986(国学院大学).(??)

2203. 木内芳树.「山海經」名物　祭祠一覽. 樱美林大学中国文学论丛,11 卷. 1986.

2204. 小南一郎.「山海經」研究の現況と課題. 中国一社会と文化. 2 卷. 1987.

2205. 竹内康浩. 後漢時代における「山海經」. 道教と宗教文化(平河出版社),1987.

2206. 松田稔. 轉生の神話——「山海經」を中心とした中國神話の考察. 学

苑,1月号.1987.

2207. 大形徹.「山海經」の“山經”に見える藥物と治療.中国古代养生思想の综合的研究,1988.

2208. 松田稔.「山海經」における鑛物觀.国学院女子短期大学纪要.创立五周年记念号.1988.

2209. 松田稔.「山海經」五藏山經の水の神.汉文学会会报,33卷.熊谷尚夫教授退休记念号.1988(国学院大学).

2210. 松田稔.「山海經」の海經における繪畫的要素.学苑,1月号.1989.

2211. 伊藤清司.異形の民——「山海經」の対周辺民族觀.中国古代史研究,6卷.1989.

2212. 阪谷昭弘.「山海經」黄帝女魃の形象について.学林.13卷.1989.

2213. 松田稔.山岳祭祀における玉——「山海經」を中心として——※.国学院大学汉文学会会报,36卷.1990.

2214. 竹内康浩.海外諸經の成立～「山海經」現行本の成立の問題について(二)～.史流,31卷.1991.

2215. 松田稔.「山海經」における山岳觀.国学院中国学会报,38卷.西冈弘博士喜寿记念号.1992.

2216. 松田稔.「山海經」の山經と海經.学苑,4月号.1992.

2217. 松田稔.中國古代の“帝”の傳承——「山海經」を中心として——.说话文学研究,28卷.1993.

2218. 松田稔.日本文學主要作品中の「山海經」.国学院短期大学国文学会创立10周年记念论文集,1993.

2219. 松田稔.「山海經」郭璞注引書考.国学院女子短期大学纪要,11卷.1993.

2220. 阪谷昭弘.「山海經」鍾山條についての一試論——神々の闘爭について.学林,21卷.1994.

2221. 櫻井龙彦.「山海經」中にみる郭璞の“變化”.中京大学教养论丛,34卷.3号.1994.

2222. 竹内康浩.「初學記」と「山海經」(上).史流,34卷.1994.

2223. 松田稔.「山海經」の海外經と大荒經.学苑,649号.1994.

2224. 大野圭介.劉歆「上山海經表」をめぐって.中国文学报,51卷.1995.

2225. 櫻井龙彦.郭璞「山海經」注の態度.中京大学教养论丛,35卷.1号.1995.

2226. 松田稔.「山海經」の巫と「楚辭」.国学院中国学会报,41卷,1995.

2227. 松田稔.「尚書」禹貢と「山海經」:その記述意識の對比を中心として. 国学院杂志,97卷.11号(中国学特集).1996.

2228. 松田稔.「山海經」"精衛"の傳承の変容.新国学の展开,1997.

2229. 松田稔.「山海經」の"精衛"傳承成立考.国学院中国学会报,43卷.1997.

2230. 阪谷昭弘.「山海經」四方神考.学林,28卷.1998.

2231. 松田稔.「淮南子」地形訓と「山海經」.国学院杂志,99卷.10号.1998.

2232. 大野圭介.「山海經」海内四經の成立.富山大学人文学部纪要,28卷,1998.

2233. 大野圭介.「山海經」大荒・海内經原始.富山大学人文学部纪要,30卷,1999.

2234. 中尾健一郎.陶淵明「讀山海經」詩に見える「楚辭」の影.东洋古典学研究,7卷.1999.

2235. 长野国文,寺泽友里.古代中國の妖怪——「山海經」を中心に.8卷.2000(长野县短期大学国语国文学会).

2236. 井波律子.中國怪異ものがたり(11)空想旅行記.月刊しにか,11卷.2120号.2000.

2237. 川崎晃.古代史杂考二題:「山海經」と越中・能登木简.高冈市万叶历史馆纪要,10卷.2000.

2238. 佐竹保子.見果てぬ夢:郭璞「山海經圖讚」の叙法と認識.东洋古典学研究,9卷.2000.

2239. 阪谷昭弘.「山海經」"海經"の誅罰説話をめぐって——"夭""壽""聖人"の概念について——.立命馆文学,563卷.2000.

2240. 松田稔.「淮南子」の神話的記述と「山海經」——十日・共工・禹の治水を中心として——.国学院杂志,101卷.12号.2000.

2241. 大野圭介.「山海經」海外四經原始.富山大学人文学部纪要,33卷.2000.

2242. 大野圭介."爰に理想郷有り":「山海經」と「穆天子傳」の"爰有"——.兴膳教授退官记念中国文学论集.2000.

2243. 森和.「山海經」五藏山經の世界構造.史滴,22卷.2000.

2244. 松田稔.「淮南子」の崑崙・西王母と「山海經」.东洋文化,86卷.2001.

2245. 森和.「山海經」五藏山經における昆侖之丘.史滴,23卷.2001.

2246. 森和.「山海經」五藏山經における山岳神祭祀.日本中国学会报,53卷.2001.

2247. 桐本东太、长谷山彰.「山海經」と木簡:下ノ西遺跡出土の繪畫板をめぐって. 史学,70卷.2号.2001.

2248. 竹内康浩.「初學記」と「山海經」(下). 史流,40卷.2001.

2249. 松田稔.楚辭と「山海經」:その神話的記述の考察——.国学院杂志,103卷.11号.2002.

2250. 松田稔.中國における太陽説話:「山海經」「列子」の"逐日"を中心として——.国学院中国学会报,48卷.2002.

2251. 松田稔.「列子」の神話的記述と「山海經」.传统と创造の人文科学(国学院大学大学院文学研究科创设50周年记念论文集),2002.

2252. 立石广男.郭璞の音注について(3)「山海經」全音注資料.日本大学文理学部人文科学研究所研究纪要,63卷.2002.

2253. 松浦史子.江淹「五色の筆」新考:「山海經」 郭璞の系譜から.中国诗文论丛,21卷.2002(中国诗文研究会).

2254. 张镜.動物幻想とその表象類型:「山海經」の幻想動物の形態的特徴をめぐって.明治大学教养论集,363卷.2003.

2255. 杤尾武.明・蒋应镐画「山海經」:明刊本と刻本.成城国文学论集.29.2004.

2256. 松田稔.「山海經」の怪異.アジア游学,71卷.2005.

2257. 竹内康浩.「山海經」五藏山經の天下・国・邑.东方宗教(108),2006.11(日本道教学会编).

2258. 松浦史子.江淹「遂古篇」について:郭璞「山海經」注との関わりを中心に.东洋文化研究所纪要,151.2007.3(东京大学东洋文化研究所编).

《穆天子传》

著 作

2259. 〔清〕吕调阳释.《穆天子传》释.观象楼丛书.清光绪(1875年—1908年)间刊.

2260. 〔清〕褚德彝校.穆天子传.光绪二十八年(1902年)校.

2261. 穆天子传.〔清〕翁斌孙据吴山《道藏》本抄、卢文弨清光绪二十九年(1903年)校.

2262. 〔清〕郝懿行补注.《穆天子传》补注.光绪三十四年(1908年)金蓉镜刊.

2263. 〔清〕檀萃疏.《穆天子传》注疏.碧琳琅馆丛书.巴陵方氏广东刻.宣统

元年(1909 年)刊本.

2264. 〔晋〕郭璞注. 穆天子传. 大通书局,1911 年石印本.

2265. 丁谦.《穆天子传》地理考证. 地学杂志,1915,6(7—11);浙江图书馆丛刊(第 2 集). 1915;《四部分类丛书集成三编》影印 1915 年浙江图书馆刊本. 台北:艺文印书馆,1972;台北:新文丰出版社,1996.

2266. 〔晋〕郭璞注,〔清〕洪颐煊校. 穆天子传. 朝阳郑氏龙溪精舍 1917 年刻本.

2267. 〔晋〕郭璞注. 穆天子传. 上海:商务印书馆,1919;1921 年、1925 年影印本.

2268. 〔晋〕郭璞注. 穆天子传. 上海涵芬楼印明万历二十年(1592 年)刊本. 1925.

2269. 〔晋〕郭璞注. 穆天子传.《四部备要》据平津馆本排印本. 上海:中华书局,民国期间.

2270. 〔清〕黄丕烈校.《穆天子传》校本. 海岳楼秘籍丛刊. 1933 年影印本.

2271. 〔晋〕郭璞注. 穆天子传(《四部丛刊》影印天一阁刊本). 上海:商务印书馆,1929.

2272. 张星烺注. 穆天子传. 中西交通史料汇编(第 1 册). 辅仁大学图书馆,1930.

2273. 〔晋〕郭璞注. 穆天子传. 海岳楼秘籍丛刊(山东省立图书馆). 1934.

2274. 顾实.《穆天子传》西征讲疏. 商务印书馆,1934;台湾:“商务印书馆”,1976;中国书店,1990;上海书店,1991.

2275. 刘师培撰.《穆天子传》补释. 宁武南氏,1934—1936.

2276. 〔晋〕郭璞注. 穆天子传. 上海:中华书局,1936.

2277. 〔晋〕郭璞注,〔清〕洪颐煊校. 穆天子传(《丛书集成初编》本). 上海:商务印书馆,1937;中华书局,1985.

2278. 〔晋〕郭璞注. 穆天子传. 商务印书馆,1939.

2279. 〔晋〕郭璞注. 穆天子传. 台北:艺文印书馆,1962.

2280. 〔晋〕郭璞注. 穆天子传. 台湾:“商务印书馆”,1965.

2281. 〔晋〕郭璞注. 穆天子传. 台北:艺文印书馆,1968.

2282. 卫挺生.《穆天子传》今考. 中华学术院,1970;阳明山庄出版部,1971;国防研究院,1971;Journal of Oriental Studies(香港)第 11 卷第 1 期有同名书评.

2283. 杜而未.《山海经》与《穆天子传》.《山海经》神话系统. 台北:台湾学生书局,1976.

2284. 常征.《穆天子传》新注. 1977年完成(未刊??).

2285. 〔晋〕郭璞注.〔明〕范钦校订.《穆天子传》六卷. 广文书局,1981.

2286. 〔晋〕郭璞注. 穆天子传. 大化出版社,1983.

2287. 〔晋〕郭璞注. 穆天子传(《百子全书》本). 浙江人民出版社,1984.

2288. 〔晋〕郭璞注. 穆天子传. 台北:新文丰出版社,1985.

2289. 〔晋〕郭璞注. 穆天子传. 台北:"商务印书馆"影印《文渊阁四库全书》本.

2290. 〔晋〕郭璞注. 穆天子传.《笔记小说大观》三编本(辑明万历刻本及清嘉庆刻本影印). 台北:新兴书局,1988.

2291. 〔晋〕郭璞注,〔清〕檀萃疏.《穆天子传》注疏. 台北:新文丰出版社,1989.

2292. 〔晋〕郭璞等注. 穆天子传. 上海古籍出版社,1990.

2293. 周光培,孙进己主编.《穆天子传》六卷. 历代笔记小说汇编·汉魏六朝笔记小说(影印《四库全书》本). 辽沈书社,1990.

2294. 郑杰文.《穆天子传》通解. 山东文艺出版社,1992.

2295. 〔晋〕郭璞注. 穆天子传(据明万历新安程氏刊本程荣《汉魏丛书》本影印). 吉林大学出版社,1992.

2296. 谭承耕,张耘点校. 山海经·穆天子传. 岳麓书社,1992;2006年重版.

2297. 王贻梁,陈建敏合选.《穆天子传》汇校集释. 华东师范大学出版社,1994.

2298. 香港中文大学中国文化研究所编.《山海经》逐字索引·《穆天子传》逐字索引·《燕丹子》逐字索引. 香港:商务印书馆,1994.

2299. 王天海.《穆天子传》全译(与《燕丹子全译》合刊). 贵州人民出版社,1997.

2300. 王根林,黄益元、曾光甫校点. 汉魏六朝笔记小说大观·穆天子传. 上海古籍出版社,1999.

2301. 穆天子传.《古今逸史精编》本. 重庆出版社,2000.

2302. 穆天子传(史仲文主编《中国文言小说百部经典》本). 北京出版社,2000.

论　文

2303. 章太炎.《穆天子传》丛说. 章太炎全集(1). 上海人民出版社,1982.

2304. 章太炎. 冯夷(《穆天子传》注). 章太炎全集(1). 上海人民出版社,1982.

2305. 刘师培.《穆天子传》补释(未完). 国粹学报,1909-02-10. 第 50 期(第 5 卷第 1 号);刘申叔先生遗书》(上). 江苏古籍出版社,1997.

2306. 刘师培.《穆天子传》补释(续). 国粹学报,1909-03-11. 第 51 期(第 5 卷第 2 号);刘申叔先生遗书(上). 江苏古籍出版社,1997.

2307. 刘师培.《穆天子传》补释(续). 国粹学报,1909-04-10. 第 52 期(第 5 卷第 3 号);刘申叔先生遗书(上). 江苏古籍出版社,1997.

2308. 刘师培.《穆天子传》补释(续). 国粹学报,1909-05-09. 第 53 期(第 5 卷第 4 号);刘申叔先生遗书(上). 江苏古籍出版社,1997.

2309. 刘师培. 穆王西征年月考. 中国学报,1912(2);刘申叔遗书(上). 江苏古籍出版社,1997.

2310. 丁谦.《穆天子传》纪日干支表. 地学杂志,1915-12-20,6(12);浙江图书馆丛刊(第 2 集). 1915.

2311. 孙贻让. 记旧本《穆天子传》目录. 籀稿述林(卷 9). 1916.

2312. 铁生. 自著《穆天子传》今地考书后. 民彝杂志,1916-08-30(第 2 号).

2313. 叶浩吾. 丁氏《穆天子传注》证补. 地学杂志,1920,11(5).

2314. 释持(沈曾植).《穆天子传》书后. 亚洲学术杂志,1922(3).

2315. 顾实.《穆天子传》西征今地考. 国学丛刊,1923,1(4).

2316. 黎光明.《穆天子传》的研究. 国立中山大学语历所周刊,1928-04(23).

2317. 黎光明.《穆天子传》的研究(续). 国立中山大学语历所周刊,1928-04(24).

2318. 卫聚贤.《穆天子传》研究. 语历所周刊百期纪念号,1929-10,9(100);古史研究(第 2 集). 上海述学社出版部,1929.

2319. 〔日〕小川琢治撰,江侠庵编译.《穆天子传》考. 先秦经籍考(下册). 商务印书馆,1929.

2320. 〔日〕神田喜一郎撰,江侠庵编译. 汲冢书出土始末考. 先秦经籍考(下册). 商务印书馆,1929.

2321. 顾实.《穆天子传》西征年考. 东方杂志,1930-03,27(5).

2322. 蒋超伯. 读《穆天子传》.《南漘苦语》卷八. 两廌山房,1932.

2323. 邵次公.《穆天子传》月日考. 河南图书馆馆刊,1933-06(3).

2324. 刘盼遂.《穆天子传》古文考. 学文,1934,1(1);文字音韵学论丛. 北平人文书店,1935.

2325. 张公量.《穆传》、《山经》合证. 禹贡,1934,1(5).

2326. 张公量. 记旧抄本《穆天子传》. 禹贡,1934,2(5).

2327. 张公量.《穆传》之版本及关于穆传之著述. 禹贡,1934,2(6).

2328. 童书业.《穆天子传》疑. 禹贡,1936-04,5(3—4).
2329. 顾实.《穆天子传》西征讲疏. 大公报图书副刊,1935-03-14;禹贡,1935-04,3(4);商务印书馆,1934;中国书店,1990.
2330. 张公量. 顾实著《穆天子传西征讲疏》评论. 禹贡,1935-04,3(4).
2331. 求真. 评《穆天子传西征讲疏》. 人文月刊,1935-05,6(4).
2332. 于省吾.《穆天子传》新证. 考古社刊,1937(6).
2333. 〔日〕小川琢治撰,刘厚兹译.《穆天子传》地名考. 禹贡,1937-06,7(6—7).
2334. 胡勇.《穆天子传》传说之性质. 史苑,1938,11(3、4).
2335. 杨宪益.《穆天子传》的作成时代及其作者. 译余偶拾. 三联书店,1938;零墨新笺. 中华书局,1947.
2336. 高夷吾. 读《穆天子传》随笔. 古学丛刊,1939(3).
2337. 张心澂.《穆天子传》通考. 伪书通考·史部通考. 商务印书馆,1939;1957 年修订本;上海书店 1998 年影印本.
2338. 孙次舟. 周穆王西征的辩诬. 说文月刊,1947-01,5(5—6).
2339. 顾颉刚.《穆天子传》及其著作时代. 文史哲,1951(2).
2340. 吴春山. 古小说的宇宙观:《山海经》、《穆天子传》. 中国古典文学研究丛刊:小说之部(1). 上海:棠棣出版社,1954(??)
2341. 岑仲勉.《穆天子传》西征地理概测. 中山大学学报,1957(总第 7 期);中外史地考证(上). 中华书局,1962.
2342. 梁子涵.《穆天子传》杂考. 中央图书馆馆刊,1960-10,3(3、4).
2343. 王范之.《穆天子传》简编. 文史哲,1962(5).
2344. 刘美崧. 周穆王与西王母. 新疆文学,1962(5).
2345. 王贞珉.《穆天子传》简论. 文史哲,1962(5).
2346. 卫挺生.《穆天子传》考证. 中国一周,1963. 9(700).
2347. 王范之.《穆天子传》与所记古地名和部族. 文史哲,1963(6).
2348. 苏尚耀.《穆天子传》及其它. 联合报,1964-08-03.
2349. 卫挺生. 一篇三千年前中国王者的远游日记. 东方杂志,1967,1(4).
2350. 卫挺生.《〈穆天子传〉与〈山经〉今考》的收获. 中正学报(菲律宾),1967-05(1).
2351. 〔苏联〕李福清. 从文学角度看《穆天子传》. 历史与文学研究专集(纪念H·康拉德院士七十寿辰专集). 莫斯科. 1967;中国神话故事论集. 中国民间文艺出版社,1988.
2352. 张其昀. 卫挺生著《穆天子传今考》序. 华学月报,1972-07(第 7 卷).

2353. 黄麟书. 卫挺生著《穆天子传今考》. 华学月刊,1973-09(第 21 卷).
2354. 常征. 周都南郑及郑桓封国辨. 河北大学学报,1978(3).
2355. 赵俪生.《穆天子传》中一些部落的方位考实. 中华文史论丛(总第 10 辑,1979 年第 2 辑). 上海古籍出版社,1979.
2356. 贾应逸.《穆天子传》简介. 图书评介,1980(1).
2357. 常征.《穆天子传》是伪书吗(《穆天子传新注》序). 河北大学学报,1980(2).
2358. 何农.《穆天子传》性质的有关问题考. 南充师院学报,1981(4).
2359. 赵俪生.《穆天子传》的一些部落方位考实. 寄陇居论文集. 齐鲁书社,1981.
2360. 黄明兰."穆天子会见西王母"汉画像石考释. 中原文物,1982(1).
2361. 钱伯泉. 先秦时期的丝绸之路:《穆天子传》的研究. 新疆社会科学,1982(3).
2362. 刘肖芜.《穆天子传》今译. 新疆社会科学,1982(3).
2363. 鲁南. 最早记录中原与西域交往的史诗:《穆天子传》. 新疆日报,1982.10.9.
2364. 雷鸣夏."穆天子会见西王母"画像石质疑. 中原文物,1983(3).
2365. 李清安. 马迪厄《穆天子传译注与考证》. 读书,1984(6).
2366. 张宗祥. 铁如意馆随笔(卷四). 中华文史论丛(总第 29 辑,1984 年第 1 辑),上海古籍出版社,1984.
2367. 孙致中. 穆王西征与《穆天子传》. 齐鲁学刊,1984(2).
2368. 莫任南. 从《穆天子传》和希罗多德《历史》看春秋战国时期的中西交通. 西北史地,1984(4).
2369. 靳生禾.《穆天子传》若干地理问题考辨:兼评岑仲勉《〈穆天子传〉西征地理概测》. 北京师范大学学报,1985(4).
2370. 〔苏联〕李福清撰,王士媛译. 古典文学典籍《穆天子传》. 民间文学,1985(10).
2371. 唐培智.《穆天子传》与中国玉器. 故宫文物月刊,1986(3).
2372. 刘德谦.《古代文学典籍〈穆天子传〉》的一点补正. 民间文学,1986(7).
2373. 王贻梁. 燕戈"七萃"及《穆天子传》成书年代. 考古与文物,1990(2).
2374. 史为乐.《穆天子传》作者. 中国历代地理学家评传(第 1 卷). 山东教育出版社,1990.
2375. 文恕. 论《穆天子传》的神话特色. 太原师范学院学报,1991(1).
2376. 史为乐. 穆天子西征试探. 中国史研究,1992(3).

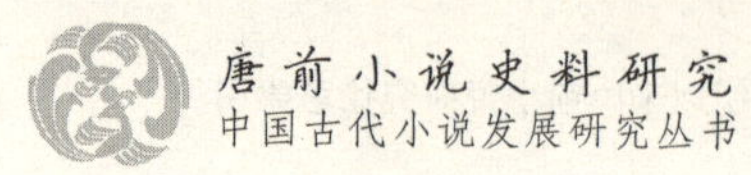

2377. 龚维英.《穆天子传》是古神话与仙话的界碑.求索,1992(3).
2378. 杨义.《穆天子传》的史诗价值.东方论坛,1993(2).
2379. 郑杰文.《穆天子传》知见版本述要.文献,1994(2).
2380. 李崇新.《穆天子传》的发现及流传.安徽教育学院学报,1994(3).
2381. 郑杰文.《穆天子传》对《左传》文学手法的变革.文史哲,1994(4).
2382. (未注作者).《穆天子传》成书时代考.西北史地,1994(4).
2383. 王贻梁.《穆天子传》的史料价值.华东师范大学学报,1994(6).
2384. 李崇新.《穆天子传》西行路线研究.西北史地,1995(2).
2385. 杨善群.《穆天子传》的真伪及其史料价值.中华文史论丛(第 54 辑).上海古籍出版社,1995.
2386. 郑杰文.论《穆天子传》的认识价值.天津师大学报,1996(1).
2387. 林辰.柏夭和西王母:重读《穆天子传》有感.中国图书评论,1996(1).
2388. 陈炜湛.《穆天子传》疑难字句研究.中山大学学报,1996(3).
2389. 杨宽.《穆天子传》真实来历的探讨.中华文史论丛(第 55 辑).上海古籍出版社,1996;西周史(第 4 编第 6 章).上海人民出版社,1999;先秦史十讲.复旦大学出版社,2006.
2390. 王天海.《穆天子传》的文献价值.贵州社会科学,1997(3).
2391. 王天海.《穆天子传》考略.古籍整理研究学刊,1997(4).
2392. 王守春.《穆天子传》与古代新疆历史地理相关问题研究.西域研究,1998(2).
2393. 龙晦.评王天海新著《穆天子传全译》.贵州文史丛刊,1998(5).
2394. 温玉春.今本《穆天子传》新解.中国历史地理论丛,1999(1).
2395. 陈国生,李挺勇.论《穆天子传》所记的先秦民族地理学文献价值.贵州民族研究,1999(2).
2396. 王守春.《穆天子传》地域范围试析.中国历史地理论丛,2000(1).
2397. 陈丽平.《穆天子传》的现代解读:建国后《穆天子传》研究状况.辽宁大学学报,2000(6).
2398. 宁稼雨.周穆王与西王母是恋人关系吗.文史知识,2000(7).
2399. 陈丽平.试论《穆天子传》的神话境界.鞍山师范学院学报,2001(2).
2400. 刘军.《穆天子传》文学特征探析.学习与探索,2001(4).
2401. 骆伟.清代黄丕烈校跋《穆天子传》考评.图书馆学刊,2002(3).
2402. 王洪涛.《穆天子传》性质研究综述.社科纵横,2002(4).
2403. 陈丽平.试论《穆天子传》独特的审美观.社会科学辑刊,2002(5).
2404. 朱渊清.王家台《归藏》与《穆天子传》.周易研究,2002(6).

2405. 马振方. 大气磅礴开山祖:《穆天子传》的小说品格及小说史地位. 北京大学学报,2003(1).

2406. 周书灿.《穆天子传》研究述论. 贵州大学学报,2003(2).

2407. 刘蓉. 论《穆天子传》的史料价值. 文史哲,2003(5).

2408. 李剑国. 杂传小说《穆天子传》. 南开大学文学院编. 文学与文化(第4辑). 南开大学出版社,2003;古稗斗筲录:李剑国自选集. 南开大学出版社,2004.

2409. 戴良佐.《穆天子传》中的瑶池今地考. 西北民族研究,2004(1).

2410. 刘蓉.《穆天子传》与西周社会. 河南师范大学学报,2004(4).

2411. 陈丽平. 文学审美的新视角、文化现象的新窗口:试论《穆天子传》对自然的关注. 鞍山师范学院学报,2004(5).

2412. 刘建国.《穆天子传》伪书辨正. 先秦伪书辨正(第11章). 陕西人民出版社,2004.

2413. 周书灿.《穆天子传》"启居黄台之丘"考:兼论周穆王东巡的地理问题. 中国历史地理论丛,2005(2).

2414. 邱睿.《穆天子传》创作人视角初探. 新疆师范大学学报,2005(4).

2415. 吕思勉. 汲冢书. 吕思勉读书札记(增订本中册). 上海古籍出版社,2005.

2416. 方继孝. 商务印书馆鲜为人知的故事三·顾实与《穆天子传西征讲疏》. 中国收藏,2006(3).

2417. 常金仓.《穆天子传》的时代和文献性质. 社会科学战线,2006(6).

研究生学位论文

2418. 刘蓉. 论《穆天子传》的史料价值. 陕西师范大学2002年硕士学位论文.

2419. 王洪涛. 中国历史小说之祖:论《穆天子传》的文学价值. 兰州大学2004年硕士学位论文.

2420. 尹兴国.《穆天子传》的成书时间、性质和价值. 西北师范大学2004年硕士学位论文.

2421. 顾晔锋.《穆天子传》词汇研究. 扬州大学2004年硕士学位论文.

日本论文

2422. 小川琢治. 周穆王之西征. 支那历史地理研究·续集,1929.

2423. 御手洗胜.「穆天子伝」成立の背景. 东方学(通号26),1963-07(东方学会).

2424. 井波律子. 中国怪異ものがたり(11)空想旅行記. 月刊しにか11(2)(通号 120),2000-02(大修馆书店编).
2425. 小泽贤二. 汲冢竹書再考. 中国研究集刊(42),2006-12(大阪大学中国学会编).

《燕丹子》

著　作

2426. 燕丹子(据平津馆本校刊本). 上海中华书局,1931.
2427. 徐震堮选注. 汉魏六朝小说选·燕丹子. 上海古典文学出版社,1955;中华书局,1962.
2428. 顾之京,佟德真选注. 中国古代短篇小说选·燕丹子. 花山文艺出版社,1982.
2429. 吴组缃,吕乃岩,沈天佑,周先慎,侯忠域选注. 历代短篇小说选(上). 燕丹子. 中国青年出版社,1982.
2430. 沈伟方,夏启良选注. 汉魏六朝小说选·燕丹子. 中州书画社,1982.
2431. 程毅中点校. 燕丹子. 中华书局,1985.
2432. 燕丹自传(重印《丛书集成》本). 中华书局,1985.
2433. 刘文忠等选注. 文言小说名篇选注. 燕丹子. 文化艺术出版社,1985.
2434. 香港中文大学中国文化研究所编.《山海经》逐字索引·《穆天子传》逐字索引·《燕丹子》逐字索引. 香港商务印书馆,1994.
2435. 〔清〕孙星衍辑. 燕丹子.《续修四库全书》(第 1260 册). 上海古籍出版社,2002 年出齐.
2436. 曹海东注译. 新译《燕丹子》. 台北:三民出版社,1995.
2437. 王天海.《燕丹子》全译(与《穆天子传全译》合刊). 贵州人民出版社,1997.
2438. 张力伟,冯瑞生. 小说别裁·燕丹子. 学苑出版社,1998.
2439. 王根林,黄益元,曾光甫校点. 汉魏六朝笔记小说大观·燕丹子. 上海古籍出版社,1999.
2440. 燕丹子(《古今逸史精编》本). 重庆出版社,2000.
2441. 燕丹子(史仲文主编《中国文言小说百部经典》本). 北京出版社,2000.
2442. 杨序久整理. 燕丹子(《四库家藏》丛书本). 山东画报出版社,2004.

论　文

2443. 罗根泽. 燕丹太子真伪年代考. 中山大学语言历史学研究所周刊,1929-

04,7(78).后改题为《〈燕丹子〉真伪年代考旧说与新考》,收入《诸子续考》,载《古史辨》(第6册).商务印书馆,1937;诸子丛考.人民文学出版社,1958.

2444. 张心澂.《燕丹子》通考.伪书通考·子部通考.商务印书馆,1939;商务印书馆,1957年修订本;上海书店,1998.

2445. 霍松林.《燕丹子》考.和平日报,1947-05-10.

2446. 王重民.荆轲刺秦的故事.华北日报,1948-08-13(第6版《俗文学》第59期).

2447. 罗根泽.《燕丹子》真伪年代之旧说与新考.诸子考索.人民出版社,1958;古史辨(第6册).上海古籍出版社,1982.

2448. 壮士荆轲当年与燕太子丹诀别之地:古城燕下都遗址初步查明.解放日报,1962-11-27.

2449. 刘若愚.文言侠客小说(《燕丹子》部分).中国之侠.刘若愚撰,周清霖等译.三联出版社,1991.译自:The Chinese knight-errant,James Jo-yu Liu. Routledge & Kegan Paul, 1967.

2450. 霍松林.《燕丹子》成书的时代及在我国小说发展史上的地位.文学遗产,1982(4).

2451. 侯忠义.《燕丹子》辨析.北京大学学报,1983(5);中国古代、近代文学研究,1983(11).

2452. 乔力."其人虽已没.千载有余情":《燕丹子》赏析.名作欣赏,1984(6).

2453. 李学勤.论帛书白虹及《燕丹子》.河北学刊,1989(5);当代学者自选文库:李学勤卷.安徽教育出版社,1999.

2454. 徐永森.《荆轲刺秦王》与《燕丹子》.阅读与写作,1991(12).

2455. 临就.燕太子丹的最后结局.烟台大学学报,1993(3).

2456. 王滨生.《燕丹子》成书年代考.首都博物馆十五周年论文选.地质出版社,1996.

2457. 王天海.《燕丹子》简论.贵州民族学院学报,1997(增刊1).

2458. 邓瑞全,王冠英主编.《燕丹子》考.中国伪书综考.黄山书社,1998.

2459. 张蕾.《史记》与《燕丹子》荆轲形象塑造之比较.河北学刊,1999(6).

2460. 孙晶.《燕丹子》成书时代及其文体考.古籍整理研究学刊,2001(2).

2461. 李剑国.《燕丹子》考论.文史论集二集.南开大学古籍与文化研究所编.天津科学院出版社,2001;古稗斗筲录:李剑国自选集.南开大学出版社,2004.

2462. 张兵.武侠小说发端于何时.复旦学报,2004(3).

2463. 刘湘兰.《燕丹子》与《荆轲传》叙事艺术之比较.求索,2004(8).
2464. 吴奇.试析《燕丹子》之"杂史小说"的文体特征.重庆三峡学院学报,2006(4).
2465. 周诗高.《燕丹子》与《荆轲列传》人物塑造之比较.语文学刊,2006(5).
2466. 程毅中.《燕丹子》校本前言.程毅中文存.中华书局,2006.
2467. 黄觉弘.《春秋》大复仇与汉代复仇作品.咸阳师范学院学报,2007(3).
2468. 杜泽逊.《燕丹子》标注.四库存目标注(第4册,子部下).上海古籍出版社,2007.

《汲冢琐语》

论　文

2469. 李剑国.战国古小说《汲冢琐语》考论.南开学报,1980(2);古稗斗筲录:李剑国自选集.南开大学出版社,2004.
2470. 姜宗妊.唐代梦小说与《汲冢琐语》的关系.南开学报,2007(1).

《逸周书》

著　作

2471. 孙诒让.《逸周书》斠补.光绪二十六年(1900)刻本;续修四库全书(第301册).上海古籍出版社,2002.
2472. 朱希祖.汲冢书考.中华书局,1960.
2473. 唐大沛.《逸周书》分编句释.台北:台湾学生书局,1969年影印手稿本.
2474. 于鬯.《香草校书·逸周书》.中华书局,1984.
2475. 〔清〕王念孙.《读书杂志·逸周书杂志》.中国书店,1985.
2476. 〔晋〕孔晁注.逸周书.《笔记小说大观》三编本(辑明万历刻本及清嘉庆刻本影印).台北:新兴书局,1988.
2477. 〔晋〕孔晁注.逸周书(据明万历新安程氏刊本程荣《汉魏丛书》本影印).吉林大学出版社,1992.
2478. 黄怀信.《逸周书》源流考辨.西北大学出版社,1992.
2479. 《逸周书》逐字索引(据《四部丛刊》影明嘉靖二十二年本).台北:"商务印书馆",1993.
2480. 黄怀信等.《逸周书》汇校集注.上海古籍出版社,1995;2007年修订重版.
2481. 黄怀信.《逸周书》校补注译.西北大学出版社,1996.

2482. 张闻玉.《逸周书》全译. 贵州人民出版社,2000.

2483. 周玉秀.《逸周书》的语言特点及其文献学价值. 中华书局,2005.

2484. 罗家湘.《逸周书》研究. 上海古籍出版社,2006.

论　文

2485. 刘师培.《周书·王会篇》补释. 国粹学报,1907,3(9、12).

2486. 刘师培.《周书》补正. 刘申叔遗书. 江苏古籍出版社,1997.

2487. 刘师培.《周书》略说. 刘申叔遗书. 江苏古籍出版社,1997.

2488. 肖鸣籁. 读《周书·殷祝解》. 学文,1931,1(2).

2489. 蓝文征.《逸周书·谥法解》疏证. 重华,1931,1(11).

2490. 王树民.《周书·周官职方篇》校记. 禹贡,1934,1(1).

2491. 王树民.《职方》定本附章句刍说. 禹贡,1934,1(1).

2492. 袁钟似.《职方》冀州境界问题. 禹贡,1934,1(1).

2493. 沈延国.《逸周书》集目. 制言,1935(5).

2494. 沈延国,杨宽.《逸周书》篇目考. 光华,1934,4(6).

2495. 校正《汲冢周书》杂记. 华北日报·图书周刊. 1935-05-27(30),1935-06-10(32),1935-06-17(33).

2496. 沈瓞民.《逸周书·谥法解》校笺. 制言,1936(15).

2497. 沈延国.《逸周书》绪论. 考文学会杂录,1937(1).

2498. 章太炎.《逸周书·世俘篇》校正. 制言,1937(32).

2499. 沈延国,杨宽.《逸周书》与《汲冢周书辨证》. 制言,1937(40).

2500. 朱希祖.《晋书·束皙传》汲冢书目中《周书》考. 制言,1939(55).

2501. 朱希祖. 今本两大匡篇《周书》释疑. 制言,1939(56).

2502. 张心澂.《逸周书》通考. 伪书通考·史部通考. 商务印书馆,1939;1957年修订本;上海书店,1998.

2503. 北江. 读《逸周书》书后. 雅言,1941(2).

2504. 吴其昌.《王会篇》国名补疏上篇. 清华学报,1941,13(2).

2505. 吕思勉. 沈延国《周书集释》序. 文艺春秋 1944,1(1);又以《沈子玄〈周书集释〉序》为题载《论学集林》,上海教育出版社,1987.

2506. 冒广生.《逸周书》器服解释文. 学海,1944,1(1).

2507. 杨宪益.《逸周书·周祝篇、太子晋篇》和《荀子·成相篇》. 新中华,1945,3(12);零墨新笺. 中华书局,1947;译余偶拾. 三联书店,1983.

2508. 吴其昌.《王会篇》国名补疏中篇. 中国史学,1946(1).

2509. 苏渊雷. 诗书简介:《诗三百篇》、《尚书》、《逸周书》. 历史教学问题,

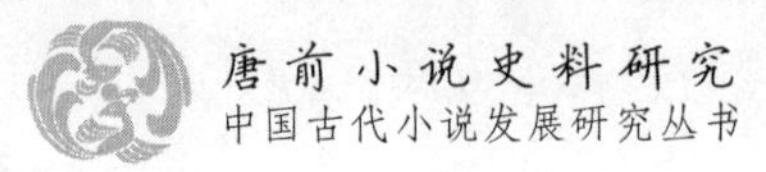

1957(1).

2510. 顾颉刚.《逸周书·世浮篇》校注、写定和评论.文史(总第2辑).中华书局,1963.

2511. 屈万里.读《周书·世俘篇》.庆祝李济先生七十岁论文集(上册).台北:清华学报社,1965.

2512.《逸周书》"冬冻其葆"义.陈槃.台湾:大陆杂志,1968,37(11—12).

2513. 黄沛荣.论《周书·时训篇》与《礼记·月令》之关系.台湾:孔孟学刊,1978,17(3).

2514. 朱廷献.孔孟与《逸周书》.台湾:孔孟学刊,1975,14(4).

2515. 朱廷献.《逸周书》研究.台湾:学术论文集刊,1976(第3辑).

2516. 李周龙.《逸周书》成书考.台湾:孔孟学刊,1980,19(9).

2517. 胡念贻.《逸周书》中的三篇小说.文学遗产,1981(2);中国古代、近代文学研究,1981(2).

2518. 刘重来.《逸周书》孔晁注刍议.中国历史文献研究,1981(第2辑).

2519. 刘重来.关于《逸周书》的一椿悬案.西南师范学院学报,1983(1);复印报刊资料·历史学,1983(2).

2520. 何幼琦.《武成》、《世俘》述评.江汉论坛,1983(2).

2521. 阎应福.《逸周书》作者是重视商业的思想家.山西财经大学学报,1985(4).

2522. 马承玉.《逸周书》之名始于《说文》.江汉论坛,1985(5).

2523. 赵光贤.说《逸周书·世俘》篇并拟武王伐纣日程表.历史研究,1986(6);报刊资料选汇·先秦、秦汉史,1987(2).

2524. 雷祯孝.《太公六韬》、《逸周书》的人才思想.中国人才思想史.中国展望出版社,1986.

2525. 赵光贤.《逸周书》略说.河北师院学报,1987(1);亡尤室文存.北京师范大学出版社,2001.

2526. 牛鸿恩,邱少华译注.逸周书(部分篇章译注).先秦经史军事论译注.军事科学出版社,1987.

2527. 刘重来.《逸周书》孔晁注刍议. 张舜徽主编.中国历史文献研究(集刊2).华中师范大学出版社,1988.

2528. 李学勤.《世俘篇》研究.史学月刊,1988(2).

2529. 李学勤.祭公谋父及其德论.齐鲁学刊,1988(3).

2530. 缪文远.周史遗珍须细读(《逸周书》简介).文史知识,1988(7);复印报刊资料·历史学,1988(8).

2531. 张志哲. 逸周书. 中国史籍概论. 江苏古籍出版社,1988.

2532. 祝中熹.《逸周书》浅探. 中华文史论丛(总第 44 辑,1989 年第 1 辑). 上海古籍出版社,1989;复印报刊资料·图书馆学、情报学、资料工作,1989(6).

2533. 杨宽. 论《逸周书》:读唐大沛《逸周书分编句释》手稿本. 中华文史论丛(总第 44 辑,1989 年第 1 辑). 上海古籍出版社,1989;西周史(附录). 上海人民出版社,1999.

2534. 祝中熹.《逸周书》浅探. 青海师范大学学报,1989(2).

2535. 〔日〕谷中信一.《逸周书》与管子的思想比较. 管子学刊,1989(2).

2536. 黄怀信.《逸周书》时代略考. 西北大学学报,1990(1);复印报刊资料·历史学,1990(4).

2537. 孙引. 从《尚书》和《逸周书》看周代的重商思想. 财经研究,1990(7).

2538. 谭家健.《逸周书》与先秦文学. 文史哲,1991(3);先秦散文艺术新探. 首都师范大学出版社,1995.

2539. 黄怀信.《逸周书》各家旧校注勘误举例. 西北大学学报,1991(3);周秦汉唐研究(第 1 辑). 三秦出版社,1998;古文献与古史考论. 齐鲁书社,2003.

2540. 刘起釪.《逸周书》与《周志》. 古史续辨. 中国社会科学出版社,1991..

2541. 黄怀信.《世俘》、《武成》月相辨正. 西北大学学报,1992(3).

2542. 李学勤.《逸周书源流考辨》序. 西北大学学报,1992(3).

2543. 古林. 简评《逸周书源流考辨》. 西北大学学报,1992(3).

2544. 郭殿忱.《逸周书》著录证闻. 古籍整理与研究(第 7 期). 中华书局,1992.

2545. 陈国达等编. 西汉《逸周书》中的气象记载. 中国地学大事典. 山东科学技术出版社,1992.

2546. 黄怀信.《世俘篇》校注与写定.《逸周书》源流考辨. 西北大学出版社,1992.

2547. 熊宪光.《逸周书》的文学价值. 辽宁大学学报,1993(1).

2548. 黄怀信.《逸周书》几处年代问题. 文献,1993(1).

2549. 韩玉德. 由《世俘》论牧野之战的规模. 西周史论文集. 陕西人民教育出版社,1993.

2550. 李学勤.《尝麦篇》研究. 西周史论文集. 陕西人民教育出版社,1993.

2551. 李学勤.《称篇》与《周祝》. 道家文化研究(第 3 辑). 上海古籍出版社,1993.

2552. 赵光贤.《逸周书·作雒篇》辨伪.文献,1994(2);亡尤室文存.北京师范大学出版社,2001.

2553. 黄怀信.《逸周书》的经济思想初探.西北大学学报,1994(3);古文献与古史考论.齐鲁书社,2003.

2554. 赵光贤.《逸周书·克殷》篇释惑.传统文化与现代化,1994(4).

2555. 李学勤.《商誓篇》研究.选堂文史论苑.上海古籍出版社,1994.

2556. 刘光民.《逸周书》中的一篇战国古赋.文史知识,1995(12);古代说唱辨体析篇(附录).首都师范大学出版社,1996.

2557. 逸周书.漆绪邦主编.中国散文通史(上卷).吉林教育出版社,1995.

2558. 汪受宽.谥法的经典性文献:《逸周书·谥法解》.谥法研究(第9章).上海古籍出版社,1995.

2559. 蔡茂哲.金文研究与经典训读:以《尚书·君奭》与《逸周书·祭公篇》两则为例.第六届中国文字学学术研讨会论文集.台北:中国文字学会,1995.

2560. 洪波.读《四库全书》之《提要》《跋语》札记五则:《四书经疑贯通》、《逸周书》、《四书管窥》、《论语源》、《论语注疏》.杭州大学学报,1996(2).

2561. 连劭名.帛书《周易·泰蓄》与《逸周书·大聚》.周易研究,1996(2).

2562. 朱凤瀚,徐勇编.《逸周书》部分篇章(研究概要).先秦史研究概要.天津教育出版社,1996.

2563. 庞朴.《逸周书》与阴阳.蓟门散思.上海文艺出版社,1996.

2564. 庞朴.《逸周书》与数.蓟门散思.上海文艺出版社,1996.

2565. 古霁光.《尚书·周书》和《逸周书》事实相同题材几篇的比较研究.古霁光史学文集(第4卷).江西人民出版社,1996.

2566. 斯维至.《逸周书校补注译》评介.历史研究,1997(4);中国史研究动态,1997(8).

2567. 郑之洪.《逸周书·克殷》解.中国历史文献研究与教学.光明日报出版社,1997.

2568. 黄怀信.《逸周书》源流诸问题.历史文献研究(北京新8辑).北京师范大学出版社,1997;古文献与古史考论.齐鲁书社,2003.

2569. 〔日〕谷中信一.《逸周书》与思想及其成书.姜太公与齐国军事文化.齐鲁书社,1997.

2570. 李学勤.《尚书》与《逸周书》中的月相.中国文化研究,1998(2).

2571. 张闻玉.读《逸周书》笔记(续二).贵阳金筑大学学报,1998(4).

2572. 蔡升奕.读《逸周书·谥法解》旧校旧注续记.古籍研究,1999(1).

2573. 彭裕商. 谥法探源. 中国史研究,1999(1).
2574. 蔡升奕. 读《逸周书·谥法解》旧校旧注札记. 吉安师专学报,1999(2).
2575. 方向东.《逸周书汇校集注》商兑. 文教资料,1999(2).
2576. 黄怀信. 由《武成》、《世俘》与《利簋》看武王伐纣之年. 西北大学学报,1999(8).
2577. 常金仓. 周公制谥公案及文献与考古发现的契合. 陕西师大继续教育学报,2000(2).
2578. 李学勤. 师询簋与《祭公》. 古文字研究(第22辑). 中华书局,2000.
2579. 蔡升奕. "商馈始于王"的"商"字作何解:兼论《逸周书·丰保》的成篇年代. 语文研究,2001(3).
2580. 叶正渤.《逸周书·度邑》"依天室"解. 古籍整理研究学刊,2000(4).
2581. 蔡升奕.《逸周书》若干校注疏证. 语文研究,2000(4).
2582. 张闻玉. 读《逸周书》笔记. 贵州大学学报,2000(6).
2583. 李学勤.《小开》确记日食. 古代文明研究通讯,2000(9).
2584. 王念孙. 读书杂志·逸周书. 江苏古籍出版社,2000.
2585. 罗家湘.《逸周书·器服解》是一份遣册. 文献,2001(2).
2586. 罗家湘.《逸周书》格言研究. 殷都学刊,2001(3).
2587. 李绍平.《逸周书》考辨四题. 湖南师范大学社会科学学报,2001(5).
2588. 罗家湘.《逸周书》的异名与编辑. 西北师大学报,2001(5).
2589. 叶正渤.《逸周书》与武王克商日程、年代研究. 南京社会科学,2001(8).
2590. 吴显庆.《逸周书》中的政治辩证法思想. 中国古代政治智慧:春秋战国政治辩证法思想研究(第3章). 世界出版社,2001;上饶师范学院学报,2002(4).
2591. 赵光贤.《逸周书·克殷篇》释惑. 亡尤室文存. 北京师范大学出版社,2001.
2592. 杨朝明.《逸周书》有关周公诸篇刍议. 周公事迹研究. 中州古籍出版社,2001;儒家文献与早期儒学研究. 齐鲁书社,2002.
2593. 李绍平.《逸周书》丛考. 衡阳师范学院学报,2002(1);复印报刊资料·历史学,2002(7).
2594. 余瑾. 对《逸周书·皇门解》的再分析. 西北师大学报,2002(3).
2595. 叶正渤.《逸周书》语词研究. 古籍整理研究学刊,2002(5).
2596. 杨朝明. 周训:儒家人性学说的重要来源:从《逸周书·度训》等篇到郭店楚简《性自命出》儒家文献与早期儒学研究. 齐鲁书社,2002.

2597. 杨朝明.《逸周书》有关周公篇刍议. 周公事迹研究. 中州古籍出版社，2002.
2598. 罗家湘.《逸周书》兵书作时考. 陈飞主编. 中国古典文学与文献学研究(第1辑). 学苑出版社，2002.
2599. 刘俊男.《古文尚书》与《逸周书》源流考：兼与刘起釪先生商榷. 山东师范大学学报，2003(2).
2600. 薛金玲.《逸周书・谥法》时代辨析. 西安石油学院学报，2003(3).
2601. 周斌.《长短经》所引《逸周书・官人》的校勘价值.《长短经》校证与研究. 巴蜀书社，2003；喀什师范学院学报，2005(2)，按作者变为周斌、王秋平.
2602. 周玉秀.《时令》、《时训》与《时训解》：《逸周书・时训解》探微. 兰州大学学报，2004(4).
2603. 安京.《山海经》与《逸周书・王会篇》比较研究. 中国边疆史地研究，2004(4).
2604. 罗家湘. 从《文传》的集成性质再论《逸周书》的编辑. 云南民族大学学报，2004(4).
2605. 魏慈德.《逸周书》《世俘》、《克殷》两篇与出土文献互证试论. 台湾：东华人文学报，2004(6).
2606. 杨朝明.《逸周书》"周训"与儒家的人性学说. 中国儒学史研究. 齐鲁书社，2004.
2607. 刘建国.《汲冢周书》伪书辨正. 先秦伪书辨正(第10章). 陕西人民出版社，2004.
2608. 杨朝明.《逸周书・宝典》篇与儒家思想. 儒家文献研究. 齐鲁书社，2004.
2609. 魏慈德.《逸周书・宝典、克殷》两篇与出土文献互证论. 台湾：东华人文学报，2004(6).
2610. 罗家湘. 太子晋的成年礼. 中国社会科学院研究生院学报，2005(3).
2611. 周玉秀.《逸周书》研究著作述论. 古籍整理研究学刊，2005(3).
2612. 杨朝明.《逸周书・宝典篇》与儒家思想. 现代哲学，2005(4).
2613. 周玉秀.《逸周书》中的句尾语气词"哉"及相关问题. 西北师大学报，2005(4).
2614. 罗家湘.《逸周书》叙事模式分析. 云南民族大学学报，2005(4).
2615. 罗家湘.《逸周书》中的周代君臣形象. 甘肃社会科学，2005(5).
2616. 罗家湘. 论《逸周书》的"天财"观. 甘肃社会科学，2006(4).

2617. 王连龙.《逸周书·大匡解》"间次均行"考释.聊城大学学报,2006(4).
2618. 赵逵夫.用历史语言学于古文献断代的一个成功例证:《〈逸周书〉的语言特点及其文献学价值》序.甘肃高师学报,2006(4).
2619. 罗家湘.论教诫言语的形式问题:《逸周书》记言类文章分析.郑州大学学报,2006(5).
2620. 唐元发.《逸周书》成书于战国初期.南昌大学学报,2006(6).
2621. 王连龙.《逸周书·大匡解》所见货币史料及相关问题考述.社会科学辑刊,2006(6).

研究生学位论文

2622. 黄沛荣.《周书·周月篇》著成的时代及有关三正问题的研究.台湾大学中国文学研究所 1971 年硕士学位论文;台大文史丛刊,1972(37).
2623. 黄沛荣.《周书》研究.台湾大学中国文学研究所 1976 年博士学位论文.
2624. 罗家湘.《逸周书》研究.西北师范大学文学院 2002 年博士学位论文.
2625. 周玉秀.《逸周书》的语言特点及其文献学价值.西北师范大学文学院 2003 年博士学位论文.
2626. 贾景峰.《逸周书》军事思想研究.吉林大学 2004 年硕士学位论文.

日本论文

2627. 谷中信一.「逸周书」の思想と成立について:齐学术の一侧面の考察.日本中国学会报.38 卷.1986.
2628. 谷中信一.「逸周书」研究(4):その兵法思想について.日本女子大学纪要(文学部).43 卷.1993.

《师旷》

著　作

2629. 卢文晖辑注.师旷.上海古籍出版社,1985.

论　文

2630. 杨太辛、沈松勤.关于师旷及其故事.杭州大学学报,1980(4).
2631. 方萌."师旷鼓琴"给人的启示.齐鲁艺苑,1981(1).
2632. 卢文晖.师旷与《师旷》初探.中国古代、近代文学研究,1981(15).
2633. 吉联抗.乐师旷.中国音乐,1982(第 1 卷).
2634. 周柱铨.古代音乐家师旷.音乐爱好者,1982(1).

2635. 周柱铨.谈有关师旷的资料三则.音乐研究,1984(3).
2636. 屈春山.师旷的故事.旅游天地,1985(1).
2637. 樊霞.情真喻切 发人深省:“师旷论学”浅说.运城师专学报,1985(3).
2638. 雷家骁.关于师旷.交响:西安音乐学院学报,1986(4).
2639. 朱公桥.师旷辨乐.思想政治工作研究,1987(7).
2640. 段士朴.浅谈晋国的大音乐家师旷.山西师大学报,1988(4).
2641. 张汉东.春秋文化名人师旷述论.山东师范大学学报,1989(6).
2642. 修海林.师旷形象古传今识.中国音乐,1994(2).
2643. 阎步克.乐师与“儒”之文化起源.北京大学学报,1995(5).
2644. 孙晓晖.先秦盲人乐官制度考.黄钟(武汉音乐学院学报),1996(4).
2645. 王同.先秦诸师考略.杭州师范学院学报,1997(4).
2646. 修海林,罗小平.师旷的音乐审美观.音乐美学通论.上海音乐出版社,1999.
2647. 孙元昌.师旷与新泰师旷墓.齐鲁艺苑,2001(2).
2648. 郑瑞霞.辅弼讽谏之功和异曲新声的制作:中国古代早期文学对乐师职能的艺术显现.北方论丛,2004(5).
2649. 周晓薇.蜕变为千里眼与顺风耳的离娄师旷.四游记丛考.中国社会科学出版社,2005.
2650. 王齐洲.《汉志》著录之小说家《青史子》、《师旷》考辨.复旦大学中国代文学研究中心编.中国文学研究(第9辑).中国文联出版社,2007.
2651. 刘向.师旷劝学.语文世界(初中版),2007(5).

《伊尹说》

著 作

2652. 〔日〕宫城谷昌光撰,东正德译.乱世奇才伊尹传奇.上海文化出版社,1998.
2653. 宋洁,李彤.伊尹:从奴隶到宰相.花山文艺出版社,2002.

论 文

2654. 黄鞏.伊尹放太甲周公诛管叔讲义.船山学刊,1935(1).
2655. 张心澂.《伊尹》通考.伪书通考·子部通考.商务印书馆,1939;1957年修订本;上海书店,1998.
2656. 平心.伊尹迟任老彭新政.华东师大学报,1955(1);李平心.李平心史论集.人民出版社,1983.

2657. 凌襄(李学勤).试论马王堆汉墓帛书《伊尹·九主》.文物,1974(11).
2658. 萧兵.姞妃和小臣:《天问》中伊尹和商汤的故事.求是学刊,1980(1).
2659. 张述峰.伊尹与《汤液经法》.云南中医学院学报,1981(3).
2660. 秦佩珩,张建忠.伊尹·箕子.今昔谈,1982(2).
2661. 孙常叙.伊尹生空桑和历阳沉而为湖:故事传说合二为一以甲足乙例和语变致误例.社会科学战线,1982(4);中国古代、近代文学研究,1983(1).
2662. 宋大仁.伊尹创制汤液说是讹传.医学与哲学,1983(3).
2663. 李裕民.伊尹的出身及其姓名考辩.山西大学学报,1983(4).
2664. 晚晴.伊尹故里又一说.中国烹饪,1983(10).
2665. 沈东成.伊尹墓.中州今古,1984(2).
2666. 孙支林.伊尹故里考辩.中国烹饪 1985(2).
2667. 蒋星煜.元代宫廷演出《伊尹扶汤》、《尸谏灵公》辨析.河北学刊,1986(5);中国戏曲史索隐.齐鲁书社,1988.
2668. 骆啸声.关于伊尹问题考析.湖北大学学报,1986(5).
2669. 赵锡元."伊尹放太甲"事件.中国奴隶社会史述要.吉林文史出版社,1986.
2670. 蔡哲茂.殷卜辞"伊尹□示"考—兼论它示."中央研究院历史语言研究所"集刊,1987-12,58(4).
2671. 骆啸声.论伊尹.社会科学战线,1987(1).
2672. 刘晔原.从伊尹传说看殷代人神转化的契机.民间文学论坛,1987(4).
2673. 刘长寿.略谈伊尹对推动祖国医学发展的历史作用.中医药信息,1987(6).
2674. 王振昌.精通烹饪和食疗的伊尹.中国食品,1988(2).
2675. 徐喜辰.论伊尹的出身及其在汤伐桀中的作用.殷墟博物院院刊(创刊号),1989;人文杂志,1990(3).
2676. 晁福林.德高望重的严师伊尹.何兹全主编.中国历代名师.河南人民出版社,1989.
2677. 萧兵.北国的大巫:伊尹和傅说.楚辞文化.中国社会科学出版社,1990.
2678. 杨巨源.伊尹耕处今何在.聊城大学学报,1991(2).
2679. 郑慧生.伊尹论(上).洛阳师专学报,1991(2).
2680. 郑慧生.伊尹论(下).洛阳师专学报,1991(3).
2681. 温镜湖.最早见于历史记载的谋略家伊尹.传记文学,1991(6).

2682. 陈其钧. 浅论伊尹的军事思想. 军事历史研究,1992(2).
2683. 徐宣武. 伊尹生地和躬耕地何在. 中原文物,1992(4).
2684. 龚维英. 论伊尹. 社会科学家,1992(4).
2685. 颜坤琰. 治大国若烹小鲜:从厨师到宰相的伊尹. 中国食品,1992(5).
2686. 张舒. 奴隶出身的宰相伊尹. 菏泽学院学报,1993(1).
2687. 连劭名. 帛书《伊尹·九主》与古代思想. 文献,1993(3).
2688. 余明光. 帛书《伊尹·九主》与黄老思想. 道家文化研究(第 3 辑),上海古籍出版社,1993.
2689. 樊培荣. 伊尹故里在合阳. 渭南师专学报,1994(2).
2690. 朱华德. 方剂的起源:从“神农尝百草”到“伊尹制汤液”. 山东中医药大学学报,1994(3).
2691. 晁福林. 伊尹摄政与早商时期的政治发展. 中国古代史(上册). 北京师范大学出版社,1994.
2692. 方介. 柳宗元《伊尹五就桀赞》析论. 苏州铁道师范学院学报,1995(2).
2693. 李春光. 商汤用餐识伊尹. 中国人才,1995(8).
2694. 孙培青,李国钧主编. 伊尹的教育观. 中国教育思想史(第 1 卷). 华东师范大学出版社,1995.
2695. 凌乙. 从“伊尹”说开去. 咬文嚼字,1997(9).
2696. 郑慧生. 伊尹论. 甲骨卜辞研究. 河南大学出版社,1998.
2697. 吕世忠. 论伊尹. 陆现柱、杨文学、李正堂主编. 夏商周文明研究:’97山东桓台中国殷商文明国际学术研讨会论文集. 中国文联出版社,1999.
2698. 金性尧. 伊尹与末喜. 寻根,2000(2).
2699. 江林昌.《商颂》所见伊尹、商汤禘祭与“禅让制”遗风及先商社会性质. 民族艺术,2000(2).
2700. 周三金. 伊尹调五味为相. 上海调味品,2000(2).
2701. 任野. 伊尹负鼎以味说汤. 四川烹饪高等专科学校学报,2000(2).
2702. 孙启明. 伊尹:厨师·宰相·医方之祖. 家庭中医药,2001(3).
2703. 钱超尘. 仲景论广《伊尹汤液》考. 江西中医学院学报,2003(2).
2704. 钱超尘. 仲景论广《伊尹汤液》考(续完). 江西中医学院学报,2003(3).
2705. 张碧波. 伊尹论:兼论中国古代第一代文化人诸问题. 学习与探索,2004(2).
2706. 林正秋. 烹饪始祖伊尹纵论五味. 上海调味品,2004(2).
2707. 野叟. 伊尹是周朝人吗. 咬文嚼字,2004(6).
2708. 李忠林. 伊尹身份与二头政治. 甘肃社会科学,2005(4).

2709. 吴正格. 重识伊尹. 海燕，2005(4).
2710. 伊尹与太甲. 吴玉宗，焕力，魏跃. 中国宰相政治. 中国文史出版社，2005.
2711. 〔日〕松丸道雄. 关于二里头遗址及偃师商城与伊尹的关系. 中国·二里头遗址与二里头文化国际学术研讨会论文集. 2005.
2712. 魏鸿章. 伊尹：烹饪始祖，治国功臣. 扬州大学烹饪学报，2006(1).
2713. 郑瑞侠. 寓大道于庖艺之中：伊尹、庖丁形象的典型意义. 辽宁大学学报，2006(5).
2714. 王齐洲.《汉志》著录之小说家《伊尹说》、《鬻子说》考辨. 武汉大学学报，2006(5).
2715. 张辉. 中国第一贤德宰相伊尹. 春秋，2006(5).
2716. 李晓丽等编. 伊尹传. 中国名臣全传(上). 中国社会科学出版社，2006.
2717. 楚亚东. 平民宰相 烹饪之圣：伊尹. 烹调知识，2007(3).
2718. 张瑞贤. 汤液与伊尹. 首届国学国医岳麓论坛暨第九届全国医学与科学学会研讨会、第十届全国中医药文化学会研讨会论文集. 2007.

《虞初周说》

论　文

2719. 陈自力.《虞初周说》考辨三则. 广西大学学报，1988(2).
2720. 王齐洲.《汉书·艺文志》著录之《虞初周说》探佚. 南开学报，2005(3).

《鬻子说》

著　作

2721. 鬻子(后附《补鬻子》一卷，与《计倪子》、《於陵子》合订一册). 鄂官书处，1911.
2722. 张文治.《鬻子》治要. 国学治要(第 3 编)·诸子治要. 上海文明书局，1930.
2723. 张心澂.《鬻子》通考. 伪书通考·史部通考. 商务印书馆，1939；1957 年修订本；上海书店 1998 年影印本等.
2724. 〔唐〕逄行圭注，程本编. 鬻子·公孙龙子·鬼谷子·子华子. 诸子百家丛书. 上海古籍出版社，1990.
2725. 邓析子·人物志·鬻子. 丛书集成初编. 中华书局，1991.
2726. 刘殿爵. 先秦两汉古籍逐字索引丛刊·子部第二十八种《鬻子》逐字索

引. 台湾商务印书馆(香港)有限公司,1997.

2727. 乐后圣编. 道经精华:《老子》、《鬼谷子》、《鬻子》. 时代文艺出版社,2003.

论 文

2728. 张心澂.《鬻子》通考. 伪书通考·子部通考. 商务印书馆,1939;1957 年修订本;上海书店,1998.

2729. 黄云眉.《鬻子》(姚际恒伪书考补正). 古今伪书考补证. 山东人民出版社,1959;齐鲁书社,1980.

2730. 鬻熊.《鬻子》与苗民崇尚“三”的关系. 雷安平主编. 苗族生成哲学研究. 湖南出版社,1993.

2731. 严灵峰.《鬻子》知见书目. 周秦汉魏诸子知见书目. 中华书局,1993.

2732. 刘建国.《鬻子》伪书辨正. 长白学刊,1994(2);先秦伪书辨正(第 6 章). 陕西人民出版社,2004.

2733. 朱心怡.《鬻子》考. 中山中文学刊,1997(3).

2734. 陈自力. 逢本《鬻子》考辨. 广西大学学报,2000(1);中国古代、近代文学研究,2000(6).

2735. 曹胜高.《鬻子》考索. 文学遗产,2000(2).

2736. 王齐洲.《汉志》著录之小说家《伊尹说》、《鬻子说》考辨. 武汉大学学报,2006(5).

2737. 钟肇鹏.《鬻子》考. 国学研究(第 20 卷). 北京大学出版社,2007.

《封禅方说》

论 文

2738. 陈自力. 一部仙话式的早期志怪作品:《封禅方说》考辨. 广西大学学报,2002(1).

2739. 王齐洲.《汉志》著录之小说家《封禅方说》等四家考辨. 兰州大学学报,2007(5).

《青史子》

论 文

2740. 陈自力.《青史子》新考. 广西大学学报,1992(增刊 4).

《宋子》

论　文

2741. 郭沫若. 宋钘尹文遗著考. 青铜时代. 人民出版社，1954.

刘向《列仙传》

著　作

2742. 列仙传 神仙传. 上海古籍出版社，1990.
2743. 王叔岷校笺.《列仙传》校笺. 台湾："中央研究院文史哲研究所"，1995；中华书局，2007.
2744. 滕修展等注译.《列仙传》《神仙传》注译. 百花文艺出版社，1996.
2745. 邱鹤亭译. 列仙传今译　神仙传今译. 中国社会科学出版社，1996.
2746. 张金岭. 新译列仙传. 台北：三民书局股份有限公司，1997.
2747. 钱卫译. 列仙传. 学苑出版社，1998.
2748. 李剑雄译. 列仙传全译. 贵州人民出版社，1999.
2749. 列仙传（史仲文主编《中国文言小说百部经典》本）. 北京出版社，2000.
2750. 列仙传（《古今逸史精编》5 种本）. 重庆出版社，2000.

论　文

2751. 钱穆. 刘向歆父子年谱. 燕京学报，1930(7).
2752. Kaltenmark Max.《列仙传》与列仙. 中国学志，1969(5).
2753. 郑在书.《列仙传》之成立与《抱朴子》之内容比较. 中国学报，1981(22).
2754. 黄云眉. 列仙传（姚际恒伪书考补正）. 古今伪书考补证. 山东人民出版社，1959；齐鲁书社，1980.
2755. 黄非木. 关于《列仙传》校正. 中国道教，1991(1).
2756. 罗争鸣.《墉城集仙录》采自《列仙传》篇目探析：兼论杜光庭对房中术之态度. 古籍整理研究学刊，2003(3).
2757. 徐钦钿.《列仙传》有关神仙和服食的讨论. 东方人文学志（台湾），2003(4).
2758. 谭敏.《列仙传》叙事模式探析：与史传之比较. 宗教学研究，2004(1).
2759. 周蔚. 刘向小说艺术成就浅论. 苏州大学学报，2004(3).
2760. 孙昌武. 作为文学创作的仙传：从《列仙传》到《神仙传》. 济南大学学报，2005(1).

2761. 王青.《列仙传》成书年代考.滨州学院学报,2005(1).
2762. 黄震云.《列仙传》的神话与小说家观念.北京科技大学学报,2006(2).
2763. 陈洪.《列仙传》的成书时代考.文献,2007(1).
2764. 饶道庆.刘向《列士传》佚文辑校增补.文献,2007(1).
2765. 李渝刚.佛经与《列仙传》之关系辨.康定民族师范高等专科学校学报,2007(3);淄博师专学报,2007(3).

研究生学位论文

2766. 周蔚.刘向小说.南京师范大学1999年硕士学位论文.

日本论文

2767. 福井康顺.《列仙传》考.早稻田大学大学院文学研究科纪要,1957-10(第3卷).
2768. 泽田瑞穗译.列仙传.平凡社(中国古典文学大系八),1969.
2769. 前野直彬译.山海经·列仙传.集英社(全译汉文大系三十三),1975.
2770. 大形徹.「列仙傳」にみえる藥物についへ.日本道教学会第30期大会发言要旨.1987.
2771. 大形徹.「列仙傳」にみえる仙藥について:「神得本草經」の藥物との比較を通して.人文学论集.6卷.1988(大阪府立大学人文学会).

赵晔《吴越春秋》

著　作

2772. Werner Eichhorn. Heldensagen aus dem Yangtse-Tal(Wu-yüeh ch'un-ch'iu). Wiesbaden: steiner, 1969.
2773. 苗麓点校.吴越春秋.江苏古籍出版社,1986.
2774.《吴越春秋》逐字索引(据《四部丛刊》影明弘治邝璠刻本).台北:台湾商务印书馆,1993.
2775. 刘殿爵编.《吴越春秋》逐字索引.香港中文大学中国文化研究所先秦两汉古籍逐字索引丛刊:史部第五种.香港商务印书馆,1993.
2776. 周生春.《吴越春秋》辑校汇考.上海古籍出版社,1997.
2777. 张觉译.《吴越春秋》全译.贵州人民出版社,1993.
2778. 黄仁生译.白话吴越春秋.岳麓书社,1998.
2779. 吴越春秋(史仲文主编《中国文言小说百部经典》本).北京出版社,2000.
2780. 李劼.吴越春秋(上、下).知识出版社,2003.

2781. 张觉.《吴越春秋》校注. 岳麓书社,2006.

论　文

2782. 陈帆. 论《吴越春秋》为汉晋间说部及在艺术上的成就. 文学遗产增刊(第7辑). 中华书局,1959.

2783. 萧军. 历史小说《吴越春秋史话》和京剧《吴越春秋》的成因与过程. 十月,1981(1).

2784. 洪丙丁. 吴越春秋斠证. 国立台湾师范大学国文研究所集刊,1981(第25卷).

2785. 曹林娣. 关于《吴越春秋》的作者及成书年代. 西北大学学报,1982(4);复印报刊资料・历史学,1982(12).

2786. 曹林娣.《吴越春秋》二题. 西北大学学报,1983(4).

2787. 曹林娣. 试论《吴越春秋》的体裁. 苏州大学学报,1984(1).

2788. 陈桥驿.《吴越春秋》及其记载的吴、越史料. 杭州大学学报,1984(1);复印报刊资料・先秦、秦汉史,1984(6).

2789. 张毓茂. 敢为人民写春秋:试论萧军的《吴越春秋史话》. 社会科学辑刊,1985(3).

2790. 张毓茂. 揭示灵魂的艺术:再论萧军的《吴越春秋史话》. 辽宁大学学报,1985(3).

2791. 〔美〕戴维・琼生撰,马新译.《吴越春秋》版本考. 古籍整理研究学刊,1985(3).

2792. 曹林娣.《吴越春秋》文学成就初探. 苏州大学学报,1986(1).

2793. 刘敦愿. 读《越绝书》与《吴越春秋》札记. 东南文化,1987(1).

2794. 梁宗华. 现行十卷本《吴越春秋》考识. 东岳论丛,1988(1).

2795. 李泉.《吴越春秋》研究. 张舜徽主编. 中国历史文献研究(集刊2). 华中师范大学出版社,1988.

2796. 薛正兴.《吴越春秋》词语校释. 社会科学战线,1988(3);复印报刊资料语言文字学,1988(9).

2797. 张宝荣. 现存最早的完整的七言诗是《穷劫之曲》:读《吴越春秋》札记. 语文学刊,1988(4).

2798. 叶建华. 浙江史学起源:论《越绝书》、《吴越春秋》的文化意义. 浙江学刊,1989(1);复印报刊资料・历史学,1989(7).

2799. 金永平. 赵晔及其《吴越春秋》. 学习与思考,1989(3).

2800. 梁宗华. 一部值得重视的汉代历史小说:《吴越春秋》文学价值初探. 浙

江学刊,1989(5).

2801. 万宙.舞剧交响化的思考:评90上海文化艺术节舞剧《吴越春秋》的演出.上海戏剧,1990(4).

2802. 金永平.《吴越春秋》讹误考辨.浙江学刊,1991(1).

2803. 金其桢.《吴越春秋》"内吴外越"之我见.江南大学学报(自然科学版),1991(1).

2804. 翁士勋.《吴越春秋·越女》校释.体育文化导刊,1991(2).

2805. 李学勤.时分与《吴越春秋》.历史教学问题,1991(4);当代学者自选文库:李学勤卷.安徽教育出版社,1999.

2806. 金永平.《吴越春秋》徐天枯注浅议.杭州师范学院学报,1991(4).

2807. 金其桢.《吴越春秋》"内吴外越"探辩.赣南师范学院学报,1993(1);复印报刊资料·历史学,1994(3).

2808. 张觉.《吴越春秋》考.中国图书馆学报,1994(1).

2809. 黄仁生.论《吴越春秋》是我国现存最早的文言长篇历史小说.湖南师范大学社会科学学报,1994(3).

2810. 苏哲.《吴越春秋》人物创造论.广西大学学报,1995(4).

2811. 黄仁生.从历史走向文学:论《吴越春秋》的人物艺术.社会科学战线,1995(4).

2812. 黄仁生.《吴越春秋》作为首部长篇历史小说的思想成就.湖南师范大学社会科学,学报,1995(1);中国古代、近代文学研究,1995(5).

2813. 周生春.今本《吴越春秋》版本渊源考.文献,1996(2);新华文摘,1996(11).

2814. 仓修良.《吴越春秋辑校汇考》序.浙江大学学报,1996(3).

2815. 江建中.上海古籍版《吴越春秋辑校汇考》介绍.古籍整理研究学刊,1997(5).

2816. 梁宗华.论《吴越春秋》的作者和成书年代.苏州大学学报,1999(3).

2817. 丰坤武.《吴越春秋》"殆非全书"辨识.东南文化,2000(3).

2818. 肖旭.《吴越春秋》补注.古籍整理研究学刊,2000(4).

2819. 金其桢.试解《吴越春秋》的"不可晓"之谜.史学月刊,2000(6).

2820. 王春玲.《吴越春秋》复音动词结构特点概述.重庆三峡学院学报,2002,(4).

2821. 曹林娣.论《吴越春秋》中伍子胥形象塑造.中国文学研究,2003(3).

2822. 王春玲.《吴越春秋》动词的语法特点.抚州师专学报,2003(4).

2823. 罗俊华.《吴越春秋选译》指正一则.江海学刊,2003(4).

2824. 刘再复.历史小说的新突破:序李劼的《吴越春秋》和《商周春秋》.香港:明报月刊,2003,38(5);又以《历史可能性的重新开发》为题发表于《读书》2003年第8期.《吴越春秋》为李劼当代小说题名,知识出版社2003年版.

2825. 刘晓臻.论《吴越春秋》中的复仇与汉代社会.语文学刊,2004(1).

2826. 贺双非.《吴越春秋》的作者版本及价值.图书与情报,2004(2).

2827. 黄震云.《吴越春秋》、《越绝书》神话比较.文史博览,2005(Z2).

2828. 于淑娟.《韩诗外传》与《吴越春秋》中要离传奇的文本考察.东疆学刊,2005(4).

2829. 汪梅枝.《吴越春秋》徐天祜音注探析.江西教育学院学报,2005(4).

2830. 王鹏.当代《吴越春秋》研究简述.黄山学院学报,2005(5).

2831. 万晴川.《越绝书》、《吴越春秋》与道家思想.浙江学刊,2005(5).

2832. 梁琦.瑰奇与伉侠:《吴越春秋》传奇性浅论.西南农业大学学报,2006(3).

2833. 黄震云.《吴越春秋》、《越绝书》大禹治水神话比较.黄冈师范学院学报,2006(4).

2834. 许殿才.《吴越春秋》说略.史学史研究,2007(1).

2835. 贺忠.《四库全书提要·吴越春秋》解题.贵阳学院学报,2007(1).

2836. 田泳锦.论《越绝书》、《吴越春秋》的"小说家言".梧州学院学报,2007(2).

2837. 乔云峰.论《吴越春秋》的史学价值.怀化学院学报,2007(2).

2838. 程亚恒.《吴越春秋》中的人称代词研究.安顺学院学报,2007(2).

2839. 王宇.《吴越春秋》与吴越民歌.东南文化,2007(3).

2840. 杨海峰.《吴越春秋》同义词与反义词研究.四川文理学院学报,2007(4).

2841. 杨海峰.《吴越春秋》动词的比堪研究.韶关学院学报,2007(7).

2842. 林小云.丰蔚蕴藉 多姿多彩:《吴越春秋》的语言特色.集美大学学报,2007(4).

研究生学位论文

2843. 洪丙丁.吴越春秋斠证.台湾师范大学国文学系1970年硕士学位论文.

2844. 叶仲容.西施故事源流考述.台北:政治大学中国文学研究所1990年硕士学位论文.

2845. 王惠. 西施形象概述. 复旦大学 2001 年硕士学位论文.

2846. 卓智玉. 在史传与小说之间:《吴越春秋》叙事原则和人物形象研究. 福建师范大学 2001 年硕士学位论文.

2847. 王春玲.《吴越春秋》动词研究. 西南师范大学 2001 年硕士学位论文.

2848. 刘晓臻.《吴越春秋》试论. 山东师范大学 2005 年硕士学位论文.

2849. 付玉贞.《吴越春秋》试论. 四川大学 2005 年硕士学位论文.

2850. 杨海峰.《吴越春秋》词汇研究. 四川大学 2005 年硕士学位论文.

2851. 林小云.《吴越春秋》研究. 福建师范大学 2006 年博士学位论文.

2852. 王鹏.《吴越春秋》与东汉经学. 南京师范大学 2006 年硕士学位论文.

2853. 于为.《吴越春秋》复音词研究. 东北师范大学 2006 年硕士学位论文.

2854. 尚光锋.《吴越春秋》研究. 曲阜师范大学 2006 年硕士学位论文.

2855. 王万隽. 地方史的建立、延续与运用:以汉唐间的《越绝书》和《吴越春秋》为中心. 国立台湾师范大学历史学系 2006 年硕士学位论文.

2856. 梁琦. 伉侠与风流:论《吴越春秋》的文化张力. 西南大学 2007 年硕士学位论文.

2857. 韩婷婷. 论传统道德伦理影响下的伍子胥故事. 首都师范大学 2007 年硕士学位论文.

袁康《越绝书》

著　作

2858. 越绝书(附札记)(《丛书集成初编》本). 商务印书馆,1937;中华书局,1985.

2859. 越绝书(《万有文库》第二集本). 商务印书馆,1937.

2860. 张宗祥校注.《越绝书》校注(附钱培名、俞樾札记二种). 商务印书馆,1956;台北:世界书局,1981.

2861. 〔东汉〕袁康撰,〔东汉〕吴平辑录,乐祖谋点校. 越绝书. 上海古籍出版社,1985.

2862. 刘殿爵编.《越绝书》逐字索引. 香港中文大学中国文化研究所先秦两汉古籍逐字索引丛刊:史部第六种. 香港商务印书馆,1993.

2863.《越绝书》逐字索引(据《四部丛刊》影江南傅氏双鉴楼藏明双柏堂本). 台北:台湾商务印书馆,1993.

2864. 俞纪东.《越绝书》全译. 贵州人民出版社,1996.

2865. 刘建国译. 白话越绝书. 岳麓书社,1998.

2866. 李步嘉.《越绝书》研究.上海古籍出版社,2003.

论　文

2867. 张心澂.《越绝书》通考.伪书通考·史部通考.商务印书馆,1939;1957年修订本;上海书店,1998.

2868. 陈桥驿.关于《越绝书》及其作者.杭州大学学报,1979(4);复印报刊资料·历史学,1980(1).

2869. 黄苇.关于《越绝书》.复旦学报,1983(4).

2870. 李泉.《越绝书》研究.华东师范大学学报,1984(6);复印报刊资料·历史学,1985(2).

2871. 刘敦愿.读《越绝书》与《吴越春秋》札记.东南文化,1987(1).

2872. 木舌.《点校本〈越绝书〉校勘拾遗》补.古籍整理研究学刊,1988(3).

2873. 施谢捷.点校本《越绝书》校勘拾遗.古籍整理研究学刊,1988(3).

2874. 叶建华.浙江史学起源:论《越绝书》、《吴越春秋》的文化意义.浙江学刊,1989(1);复印报刊资料·历史学,1989(7).

2875. 虞仰超摘录.我国最早的地方志《越绝书》.出版史料,1989(16).

2876. 张其昀.点校本《酉阳杂俎》和《越绝书》标点之议.盐城师专学报,1990(2).

2877. 仓修良.《越绝书》是一部地方史.历史研究,1990(4).

2878. 徐奇堂.关于《越绝书》的作者、成书年代及其篇卷问题.广州师院学报,1990(2);复印报刊资料·历史学,1990(8).

2879. 陈雄.《越绝书》与地名学.地名知识,1991(3).

2880. 陈雄.一本论争千百年的书:《越绝书》.地理知识,1991(4);复印报刊资料·中国地理,1991(6).

2881. 徐奇堂.《越绝书》与古代吴越社会:兼论《越绝书》的史料价值.复印报刊资料·历史学,1991(10).

2882. 晁岳佩.也谈《越绝书》的作者及成书年代.山东师大学报,1991(5);复印报刊资料·历史学,1991(12).

2883. 徐奇堂.《越绝书》书名考释.广州师院学报,1992(1).

2884. 徐奇堂.《越绝书》校勘札记.广州师院学报,1992(4).

2885. 周生春.《越绝书》成书年代及作者新探.中华文史论丛(第49辑).上海古籍出版社,1992.

2886. 晁岳佩.《越绝书》内外经传考释.文献,1993(1).

2887. 徐奇堂.《越绝书》版本述考:《越绝书》研究之五.广州师院学报,1993

(2).

2888. 刘灿.计倪论贤:《越绝书》今译之一.成都大学学报,1993(3).

2889. 刘雪河.《越绝书》作者及版本研究.高校图书馆工作,1995(1).

2890. 刘雪河.关于《越绝书》的两个问题.江苏地方志,1995(3).

2891. 刘雪河.对《关于〈越绝书〉的作者、成书年代及其篇卷问题》一文的异议.九江师专学报,1995(2).

2892. 曹红军.《越绝书》疑文辨析.文教资料,1997(5).

2893. 仓修良.《越绝书》散论.史学史研究,1998(1).

2894. 晁岳佩.《越绝书全译》指误.古籍整理研究学刊,2001(4).

2895. 刘雪河.《越绝书》书名释疑.中国地方志,2001(6).

2896. 王剑.《越绝书》研究.中国典籍与文化,2004(2).

2897. 张仲清.事补史缺 义存世鉴:说说《越绝书》的要旨和越国精神.绍兴文理学院学报,2004(1).

2898. 黄震云.《吴越春秋》、《越绝书》神话比较.文史博览,2005(Z2).

2899. 张仲清.《越绝书》作者考辨.绍兴文理学院学报(社科版),2005(4).

2900. 万晴川.《越绝书》、《吴越春秋》与道家思想.浙江学刊,2005(5).

2901. 王志邦.《越绝书》再认识.中国地方志,2005(12).

2902. 仓修良.《越绝书》江浙两省共有的文化遗产:兼论《越绝书》的成书年代、作者及性质.江苏地方志,2006(4).

2903. 黄震云.《吴越春秋》、《越绝书》大禹治水神话比较.黄冈师范学院学报,2006(4).

2904. 高晨峰.《太平广记·吴夫差》与《越绝书·吴王占梦》之比较.濮阳职业技术学院学报,2007(1).

研究生学位论文

2905. 张金城.《越绝书》校注.台湾师范大学中国文学研究所 1984 年博士学位论文.

2906. 叶仲容.西施故事源流考述.台北:政治大学中国文学研究所 1990 年硕士学位论文.

2907. 王惠.西施形象概述.复旦大学 2001 年硕士学位论文.

2908. 王万隽.地方史的建立、延续与运用:以汉唐间的《越绝书》和《吴越春秋》为中心.台湾师范大学历史学系 2006 年硕士学位论文.

2909. 赵雅丽.《越绝书》研究.福建师范大学 2007 年硕士学位论文.

《神异经》

著　作

2910. 周次吉.《神异经》研究. 台南:日月出版社,1977;台北:文津出版社,1986.

2911. 王国良.《神异经》研究. 台北:文史哲出版社,1985;又改题为《〈神异经〉考辨:附:佚文校释》载入《六朝志怪小说考论》,台北:文史哲出版社,1988.

2912. 王国良. 东王公传说考述. 六朝志怪小说考论. 台北:文史哲出版社,1988.

2913.《神异经》及其他两种(《拾遗记》、《枕中记》). 中华书局,1991.

2914. 神异经(据明万历新安程氏刊本程荣《汉魏丛书》本影印). 吉林大学出版社,1992.

2915. 神异经(扫叶山房据《百子全书》本影印本). 浙江古籍出版社,1998.

2916. 王根林,黄益元,曾光甫校点. 汉魏六朝笔记小说大观・神异经. 上海古籍出版社,1999.

2917. 韩放主校点. 神异经. 中国古典名著选. 京华出版社,2000.

2918. 神异经(史仲文主编《中国文言小说百部经典》本). 北京出版社,2000.

论　文

2919. 陶宪曾.《神异经》辑校. 船山学刊,1934(2、3).

2920. 张心澂.《神异经》通考. 伪书通考・子部通考. 商务印书馆,1939;1957年修订本;上海书店,1998.

2921. 左海. 神异经. 齐鲁学刊,1941(2).

2922. 黄云眉. 神异经(姚际恒伪书考补正). 古今伪书考补证. 山东人民出版社,1959;齐鲁书社,1980.

2923. 陈顺利.《神异经》建山考和斥卤之桔. 浙江柑桔,1993(3).

2924. 陈建樑.《神异经》成书年代平议. 古籍整理研究学刊,1995(3).

2925.《神异经》考. 邓瑞全,王冠英主编. 中国伪书综考. 黄山书社,1998.

日本论文

2926. 冈田充博.「卷头言」“箜篌引”と「神異經」:読詩余滴. 横滨国大国语教育研究 7,1997(横滨国立大学).

《十洲记》

著　作

2927. 李丰楙. 十洲传说的形成及其演变. 静宜学院中国古典小说研究中心编. 中国古典小说研究专辑(6). 台北:联经出版事业公司,1980.

2928. 十洲记(《诸子百家丛书》本). 上海古籍出版社,1990.

2929. 王根林、黄益元、曾光甫校点. 汉魏六朝笔记小说大观・海内十洲记. 上海古籍出版社,1999.

2930. 王国良.《海内十洲记》研究. 台北:文史哲出版社,1993.

2931. 十洲记(《中国文言小说百部经典》本). 史仲文主编. 北京出版社,2000.

论　文

2932. 张心澂.《海内十洲记》通考. 伪书通考・子部通考. 商务印书馆,1939;1957年修订本;上海书店,1998.

2933. 黄云眉. 十洲记(姚际恒伪书考补正). 古今伪书考补证. 山东人民出版社,1959;齐鲁书社,1980.

2934. 金荣华.《十洲记》"扶桑"条试探. 华学季刊,1976-01(49).

2935. 李丰楙. 十洲传说的形成及其衍变. 中国古典小说研究专集(6). 1983. 7.

2936.《海内十洲记》考. 邓瑞全,王冠英主编. 中国伪书综考. 黄山书社,1998.

2937. 宁稼雨. 妙笔生花的神仙世界:读道教小说《十洲记》. 文史知识,2000(2).

《汉武故事》

著　作

2938. 张力伟,冯瑞生. 小说别裁・汉武故事. 学苑出版社,1998.

2939. 王根林,黄益元,曾光甫校点. 汉魏六朝笔记小说大观・汉武故事. 上海古籍出版社,1999.

2940. 韩放主校点. 汉武故事. 中国古典名著选. 京华出版社,2000.

2941. 汉武故事(《古今逸史精编》本). 重庆出版社,2000.

论　文

2942. 张心澂.《汉武故事》通考. 伪书通考・史部通考. 商务印书馆,1939;

1957 年修订本;上海书店,1998.

2943. 关德栋.《汉武故事》的佚文. 大晚报,1948. 1. 26(第 2 版《通俗文学》周刊第 64 期).

2944. 刘文忠.《汉武故事》写作时代新考. 中华文史论丛(总第 30 辑,1984 年第 2 辑). 上海古籍出版社,1984;中古文学与文论研究. 学苑出版社,2000.

2945. 李冬红. 两相参照 所得益彰:《四库》本与《钩沉》本《汉武故事》比较. 国家图书馆学刊,1997(2).

2946. 徐公持. 汉武帝故事. 魏晋文学史,人民文学出版社,1999.

2947. 刘化晶.《汉武帝故事》的作者与成书时代考. 沈阳师范大学学报,2006(2).

研究生学位论文

2948. 陈兆祯.《汉武故事》、《汉武内传》、《汉武洞冥记》研究. 台湾:辅仁大学中国文学研究所 1980 年硕士学位论文.

2949. Smith, Thomas E. , Ritual and the Shaping of Narrative: The Legend of the Han Emperor Wu, Ph. D. dissertation, The University of Michigan, 1992.

2950. 赵蓉涛. 汉魏六朝小说中的汉武帝故事. 曲阜师范大学 2003 年硕士学位论文.

2951. 徐彩琪. 东方朔研究. 台湾:逢甲大学中国文学所 2004 年硕士学位论文.

2952. 师婧昭.《汉武故事》研究. 郑州大学 2006 年硕士学位论文.

《汉武内传》

著　作

2953. Kristofer M. Schipper. L'Empereur Wou des Han dans la légende taoiste Han wou-ti nei-tchouan. Paris: Publications de l'Ecole Française d'Extrême-Orient 58, 1965.

2954. 汉武帝内传(《丛书集成初编》本). 中华书局,1985.

2955. 王根林,黄益元,曾光甫校点. 汉魏六朝笔记小说大观·汉武帝内传. 上海古籍出版社,1999.

2956. 汉武帝内传(史仲文主编《中国文言小说百部经典》本). 北京出版社,2000.

论　文

2957. 张心澂.《汉武帝内传》通考. 伪书通考·史部通考. 商务印书馆,1939;1957年修订本;上海书店,1998.
2958. 吕兴昌. 评《汉武内传》. 现代文学,1971-09(44).
2959. 李丰楙.《汉武内传》的著成及其流传. 幼狮学志,1982-10,17(2).
2960. 王青.《汉武帝内传》研究. 文献,1998(1);后改题为《〈汉武帝内传〉与道教传统神话:兼论〈汉武帝内传〉的作者》,收入其《先唐神话、宗教与文学论考》,中华书局,2007.
2961. 钟来茵. 论《汉武帝内传》中的人神之恋. 东南大学学报,1999(3).
2962. 赵益.《汉武帝内传》与《神仙传》关系略论. 古籍整理研究学刊,2002(1).

研究生学位论文

2963. 陈兆祯.《汉武故事》、《汉武内传》、《汉武洞冥记》研究. 台湾:辅仁大学中国文学研究所1980年硕士学位论文.

日本论文

2964. 小南一郎.「漢武帝内傳」の成立(上). 东方学报,第48卷. 1975-12.
2965. 小南一郎.「漢武帝内傳」の成立(下). 东方学报,第53卷. 1981-03.
2966. 屋敷信晴. 唐代小説と「漢武帝内傳」. 上元夫人を手がかりにして. 中国中世文学研究(广岛大学),第40号,2001-11.

郭宪《汉武洞冥记》

著　作

2967. 王国良.《汉武洞冥记》研究. 台北. 文史哲出版社,1989.
2968. 汉武帝别国洞冥记(《丛书集成初编》本). 中华书局,1991.
2969. 洞冥记(据明万历新安程氏刊本程荣《汉魏丛书》本影印). 吉林大学出版社,1992年.
2970. 王根林,黄益元,曾光甫校点. 汉魏六朝笔记小说大观·汉武帝别国洞冥记. 上海古籍出版社,1999.
2971. 别国洞冥记(《古今逸史精编》本). 重庆出版社,2000.
2972. 洞冥记(史仲文主编《中国文言小说百部经典》本). 北京出版社,2000.

论　文

2973. 张心澂.《洞冥记》通考. 伪书通考·子部通考. 商务印书馆,1939;1957

年修订本;上海书店 1998 年影印本等.

2974. 黄云眉.洞冥记(姚际恒伪书考补正).古今伪书考补证.山东人民出版社,1959;齐鲁书社,1980.

2975. 陈兆祯.《汉武洞冥记》研究.世界新闻专科学校学报,1986-10(2).

2976.《洞冥记》考.邓瑞全,王冠英主编.中国伪书综考.黄山书社,1998.

研究生学位论文

2977. 陈兆祯.《汉武故事》、《汉武内传》、《汉武洞冥记》研究.台湾:辅仁大学中国文学研究所 1980 年硕士学位论文.

应劭《风俗通义》

著　作

2978. 新序通检·《风俗通义》通检(前附据《四部丛刊》本排印标点的《风俗通义》并佚文).中法汉学研究所 1943 年编;台北:成文出版社,1968;上海古籍出版社,1987.

2979. 吴树平校释.《风俗通义》校释.天津人民出版社,1980.

2980. 王利器校注.《风俗通义》校注.中华书局,1981.

2981. 风俗通义(据明万历新安程氏刊本程荣《汉魏丛书》本影印).吉林大学出版社,1992.

2982. 何志华执行编辑.《风俗通义》逐字索引(香港中文大学中国文化研究所先秦两汉古籍逐字索引丛刊:子部).香港:商务印书馆公司,1996.

2983. 赵泓译.《风俗通义》全译.贵州人民出版社,1998.

论　文

2984. 〔清〕陆心源.《风俗通义》篇目考.郑振铎编.晚清文选.上海生活书店,1937;中国社会科学出版社,2002.

2985. 吴树平.《风俗通义》杂考.文史(总第 7 辑),1979.

2986. 夏鼐.《风俗通义》小考.文史(总第 10 辑),1980.

2987. 史树青.从《风俗通义》看汉代的礼俗.史学月刊,1981(4).

2988. 王利器.读《风俗通义》.文史知识,1987(11).

2989. 曹道衡.《风俗通义》与魏晋六朝小说.文学遗产,1988(3).

2990. 马固钢.论《风俗通义》的训诂.湘潭大学学报,1988(4).

2991. 闻思.《风俗通义》佚文甄别.古籍整理与研究,1991(第 6 辑).

2992. 马清福.《风俗通义》记度辽将军.东北文学史.春风文艺出版社,1992.

2993. 牙含章,王友三.《风俗通义》中反迷信资料的意义.中国无神论史.中国社会科学出版社，1992.

2994. 严灵峰.《风俗通》知见书目. 周秦汉魏诸子知见书目. 中华书局，1993.

2995. 颜景琴，张宗舜.《风俗通义》中的颜子述评. 颜子评传. 山东友谊版社，1994.

2996. 仓修良. 应劭和《风俗通义》. 文献，1995(3).

2997. 马固钢. 关于《风俗通义》几条佚谣的辑校. 中国韵文学刊，1996(1).

2998. 朱季海.《风俗通义》校笺. 学术集林(卷八). 上海远东出版社，1996.

2999. 姜生.《风俗通义》等文献所见东汉原始道教信仰. 宗教学研究，1998(1).

3000. 张汉东.《风俗通义》的民俗学价值. 民俗研究，2000(2).

3001. 小名.《风俗通义校释》所辑一条佚文献疑. 四川师范大学学报，2000，(2).

3002. 程远芬.《风俗通义》序录的再探讨. 图书馆理论与实践，2002(6).

3003. 黄英. 从《风俗通义》看汉代新生的复音词. 西南民族学院学报，2000(12).

3004. 王永宽，白本松. 应劭的《风俗通义》. 河南文学史. 中州古籍出版社，2002.

3005. 黄英. 从《风俗通义》新生复音词看《汉语大词典》失收晚收的词条. 四川师范大学学报，2003(4).

3006. 黄英. 从《风俗通义》看《汉语大词典》晚收的义项. 西南民族大学学报，2003(6).

3007. 曹道衡，沈玉成.《应劭事迹》、《应劭年岁拟测》、《应劭字仲远一字仲瑗》等三篇. 中古文学史料丛考. 中华书局，2003.

3008. 蔡仲德. 风俗通义・声音・琴(节录. 注译). 中国音乐美学史资料注译(增订版)(第二版). 人民音乐出版社，2004.

3009. 王素珍. 俗说：一种特殊的叙述方式：以《风俗通义》中的俗说为例. 2004 年北京第二届民间文学青年论坛论文.

3010. 郑杰文.《风俗通义》与《后汉书》等引墨与论墨. 中国墨学通史(下). 人民出版社，2006.

3011. 董焱.《风俗通义》的文学价值. 河北师范大学学报，2007(1).

3012. 李欣航，符丽平. 从小说叙事学理论看《风俗通义》的叙事艺术色彩. 湘潮，2007(9).

研究生学位论文

3013. 季嘉玲.《风俗通义》校注. 台湾师范大学中国文学研究所 1975 年硕士

学位论文.

3014. 董焱.《风俗通义》文献与文学价值初探. 山东大学文史哲研究院2004年硕士学位论文.

3015. 李章立.《风俗通义》小说性研究. 四川师范大学2004年硕士学位论文.

日本论文

3016. 星野春夫. 応劭の処世観と「風俗通義」窮通篇. 艺文研究(通号54), 1989(庆应义塾大学艺文学会).

3017. 池田秀三. 読「風俗通義」皇霸篇礼記. 中国思想史研究(通号16), 1993(京都大学文学部中国哲学史研究会编).

3018. 曹述燮. 文言小説史における「風俗通義」の"記風俗"の意味:怪神篇を中心に. 名古屋大学中国语学文学论集, 6卷. 1993.

3019. 池田秀三.「風俗通義」研究緒論(上)(秦汉思想半特集). 中国古典研究(通号38), 1993—12(中国古典研究会).

3020. 池田秀三.「風俗通義」研究緒論(下). 中国古典研究(通号39), 1994. 12.(中国古典研究会).

3021. 大桥由治.「捜神記」編纂時における説話の改変について——「風俗通義」との比較を中心として. 东洋文化(通号80), 1998-03(无穷会).

3022. 田中麻纱巳. 応劭と俗論・俗説——「風俗通義」怪神篇を中心として. 研究纪要(通号59), 2000(日本大学文理学部人文科学研究所编).

3023. 佐野诚子. 志怪書誕生の素地としての「風俗通義」——「風俗通義」における災異と怪異. 中国(18), 2003-06(中国社会文化学会).

3024. 道家春代译.「風俗通義」正失篇訳注稿(上). 名古屋女子大学纪要(人文 社会编)(52), 2006-03(名古屋女子大学编).

3025. 道家春代译.「風俗通義」正失篇訳注稿(中). 名古屋大学中国语学文学论集(18), 2006(名古屋大学中国语学文学会编).

3026. 道家春代译.「風俗通義」正失篇訳注稿(下). 名古屋女子大学纪要(人文 社会编)(53), 2007-03(名古屋女子大学编).

邯郸淳《笑林》

著 作

3027. 笑林. 王利器选. 历代笑话集. 上海古典文学出版社, 1956; 上海古籍出版社, 1981.

3028. 笑林(史仲文主编《中国文言小说百部经典》本). 北京出版社,2000.

论　文

3029. 赵景深. 中国笑话提要. 写于 1936 至 1938 年;中国小说丛考. 齐鲁书社,1980.

3030. 〔苏联〕李福清编译. 邯郸淳《笑林》. 莫斯科:文艺出版社,1980.

3031. 傅璇琮,沈玉成. 中古文学丛考:邯郸淳撰《曹娥碑》及《笑林》辨疑. 中华文史论丛(总第 18 辑,1981 年第 3 辑). 上海古籍出版社,1981;傅璇琮. 唐诗论学丛稿. 京华出版社,1999.

3032. 张亚新. 邯郸淳及其《笑林》. 贵州大学学报,1985(4).

3033. 山人. 幽默专著第一部:邯郸淳的《笑林》. 阅读与写作,1996(7).

3034. 黄东阳. 邯郸淳《笑林》研究. 东吴中文研究集刊,1999-05(第 6 卷).

3035. 顾农. 中国最早的小说家:邯郸淳. 古典文学知识,2000(4).

3036. 曹道衡,沈玉成. 邯郸淳善书、邯郸淳与《汉鸿胪陈纪碑》、邯郸淳与《曹娥碑》、邯郸淳为临菑侯文学等四篇. 中古文学史料丛考. 中华书局,2003.

3037. 魏世民.《列异传》、《笑林》、《神异传》成书年代考. 求索,2004(7);明清小说研究,2005(1).

3038. 徐可超.《笑林》作者辨证及性质论析. 沈阳师范大学学报,2006(4).

研究生学位论文

3039. 段锐力. 邯郸淳研究. 东北师范大学 2004 年硕士学位论文.

曹丕《列异传》

著　作

3040. 郑学弢校注.《列异传》等五种(《历代笔记小说丛书》本). 文化艺术出版社,1988.

3041. 列异传(史仲文主编《中国文言小说百部经典》本). 北京出版社,2000.

论　文

3042. 张灿汉. 我国第一部志怪小说集:《列异传》. 新疆日报,1983-11-03.

3043. 胡仲权.《列异传》中物象变化的运用技巧. 中华文化复兴月刊,1988(21:11).

3044. 王国良.《列异传》研究. 台北:东吴文史学报,1988(6);六朝志怪小说考论. 台北:文史哲出版社,1988.

3045. 叶晨晖.《列异传》等五种注释商榷. 南京师范学院文教资料组编. 文教资料，1993(3).

3046. 谢明勋. 六朝志怪小说“定伯欺鬼”故事初探. 周氏奖学金第二十届纪念论文集. 台北：周氏奖学金基金会，1994.

3047. 张庆民.《列异传》研究. 河南教育学院学报，2003(2).

3048. 魏世民.《列异传》、《笑林》、《神异传》成书年代考. 求索，2004(7)；明清小说研究，2005(1).

日本论文

3049. 富永一登. 鲁迅《古小说钩沉》校释：《列异传》. 广岛大学文学部纪要(第 54 卷特辑号). 1994-12.

张华《博物志》

著　作

3050. 姜亮夫. 张华年谱. 上海古典文学出版社，1957.

3051. 〔宋〕周日用等注.《博物志》十卷. 台北：艺文印书馆，1958.

3052. 唐久宠.《博物志》校释. 台北：台湾学生书局，1980.

3053. 范宁.《博物志》校证. 中华书局，1980；台北：明文出版社，1981.

3054.《博物志》十卷. 世界书局，1987.

3055. 唐久宠导读.《博物志》(导读). 台北：金枫初版有限公司，1987.

3056.《博物志》十卷.《笔记小说大观》三编本(辑明万历刻本及清嘉庆刻本影印). 台北：新兴书局，1988.

3057. 祝鸿杰译注.《博物志》全译. 贵州人民出版社，1992；台湾古籍出版有限公司，1997.

3058. 王根林，黄益元，曾光甫校点. 汉魏六朝笔记小说大观·博物志. 上海古籍出版社，1999.

3059. 博物志(史仲文主编《中国文言小说百部经典》本). 北京出版社，2000.

论　文

3060. 张心澂.《博物志》通考. 伪书通考·子部通考. 商务印书馆，1939；1957 年修订本；上海书店，1998 年影印本等.

3061. 左海. 拾遗记·博物志·述异记. 齐鲁学报，1941-07(2).

3062. 范宁. 张华《博物志》考辨. 新生报，1947-12-16(副刊第 61 期)、1947-12-23(副刊第 62 期)；张国凤编. 清华学者论文学：《新生报》副刊《语言与文学》选粹. 清华大学出版社，2001.

3063. 黄云眉. 博物志(姚际恒伪书考补正). 古今伪书考补证. 山东人民出版社,1959;齐鲁书社,1980.

3064. 王富祥.《博物志》疏证. 台东师专学报,1976(4).

3065. 邹继业.《博物志》中关于猪生态学方面的记述. 家畜生态学报,1980(1).

3066. 唐久宠. 张华《博物志》之编成及其内容. 静宜文理学院中国古典小说研究中心编. 中国古典小说研究专集(第 2 集). 台北:台湾联经出版社,1980.

3067. 戈革. 读《博物志》散记:兼和洪震寰先生商榷. 华东石油学院学报,1982(增刊 1).

3068. 唐久宠. 范宁《博物志校证》评论. 中国古典小说研究专集(6). 1983-07.

3069. 卢红.《博物志校证》札记. 南京师大学报,1992(1).

3070. 严灵峰.《博物志》知见书目. 周秦汉魏诸子知见书目. 中华书局,1993.

3071. 祝鸿杰.《博物志校证》补校. 文献,1994(1).

3072. 徐公持. 张华评传. 中国历代著名文学家评传续编. 山东教育出版社,1997.

3073. 李代祥. 试论《博物志》的语言学价值. 重庆社会科学,1998(6).

3074.《博物志》考. 邓瑞全,王冠英主编. 中国伪书综考. 黄山书社,1998.

3075. 赵生群.《玉海》中一条《博物志》佚文的文献价值. 海峡两岸古典文献学学术研讨论会文集. 上海古籍出版社,2002.

3076. 罗欣. 浅论《博物志》的哲学思想. 和田师范专科学校学报,2006(4).

3077. 郭晓妮.《博物志》联合式双音词探析. 语文学刊,2006(8).

3078. 李婕. 论《博物志》地理叙述的价值与意义. 宁夏大学学报,2006(1).

3079. 王媛.《博物志》的成书、体例与流传. 中国典籍与文化,2006(4).

3080. 牛利芳.《博物志》的内容分析. 甘肃农业,2006(9).

3081. 范宁.《博物志校证》前言. 范宁古典文学研究文集. 重庆出版社,2006;范宁集. 中国社会科学出版社,2007.

3082. 范宁.《博物志校证》后记. 范宁古典文学研究文集. 重庆出版社,2006.

3083. 李剑锋. 源于行业传说的志怪小说《千日酒》. 民俗研究,2007(3).

3084. 罗欣.《博物志》成因三论. 求索,2007(9).

研究生学位论文

3085. 韩晋. 唐前地理博物志怪小说审美研究. 辽宁大学 2006 年硕士学位论文.

3086. 赵红媛.《博物志》研究.东北师范大学 2007 年硕士学位论文.

3087. 李霞.《博物志》神话研究.华中师范大学 2007 年硕士学位论文.

日本论文

3088. 博物志研究班.「博物志」校箋(1):卷一、卷二.东方学报,59 卷.1987.

3089. 松本幸男.「四庫提要」の「博物志」評價について.学林,11 卷.1988.

3090. 松本幸男.「列子」の說話と張華「博物志」.立命馆文学,508 卷.1988.

3091. 松本幸男.「博物志」佚文補正(上).学林,12 卷.1989.

3092. 松本幸男.「博物志」佚文補正(下).学林,13 卷.1989.

3093. 竹田晃.「博物志」:3 世紀の百科全書(特集中国の博物学:絵入り百科博物書の世界).月刊しにか7(12),1996-12(大修馆书店编).

3094. 恩地孝四郎のこと(3)「博物志」の周辺:獣類図譜.池内纪,(通号309),1996-12(筑摩书房).

张敏《神女传》

论　文

3095. 李剑国.《神女传》与《杜兰香传》考论.第三届魏晋南北朝国际学术研讨会论文集.台北:文史哲出版社,1998;修订后发表于《明清小说研究》,1998(4);后以《〈神女传〉〈杜兰香传〉〈曹著传〉考论》为题收入其《古稗斗筲录:李剑国自选集》,南开大学出版社,2004.

郭璞《玄中记》

3096. 刘苑如.题名、辑佚与复原:《玄中记》的异世界构想.中国文史哲研究集刊,2007-09(31).

葛洪《西京杂记》

著　作

3097.《西京杂记》六卷.笔记小说大观(第 6 辑,据民国上海进步书局石印本影印).江苏广陵古籍刻印社,1983.

3098. 西京杂记.台北:艺文印书馆,1975.

3199. 程毅中点校.西京杂记(古小说丛刊).中华书局,1985.

3100. 向新阳,刘克任校注.《西京杂记》校注.上海古籍出版社,1991.

3101. 西京杂记(据明万历新安程氏刊本程荣《汉魏丛书》本影印).吉林大学出版社,1992 年.

3102. 成林,程章灿注译.《西京杂记》全译.贵州人民出版社,1993;又台湾:地球出版社,1994.

3103. 王根林,黄益元,曾光甫校点.汉魏六朝笔记小说大观·西京杂记.上海古籍出版社,1999.

3104. 西京杂记(《古今逸史精编》本).重庆出版社,2000.

3105. 西京杂记(史仲文主编《中国文言小说百部经典》本).北京出版社,2000.

3106. 西京杂记.三秦出版社,2006.

论 文

3107. 董作宾.《西京杂记》作者辨.闽潮1925年度.收入其《平庐文存》卷五.台北:艺文印书馆,1963.

3108. 余嘉锡."西京杂记提要"辨证.国学丛编,1931,1(1).

3109. 薇青.《西京杂记》作者版本杂考.时代青年,1936,1(5).

3110. 张心澂.《西京杂记》通考.伪书通考·史部通考.商务印书馆,1939;1957年修订本;上海书店,1998.

3111. 劳干.论《西京杂记》之作者及成书年代.台湾:史语所集刊,1962(第33集).

3112. 洪业.再说《西京杂记》.台湾:史语所集刊,1963(第34集下);洪业论学集.中华书局,1981.

3113. 余嘉锡.《西京杂记》校正.台北:文史哲学报,1968(16).

3114. 李素桢.探《西京杂记》的史料.吉林师范大学学报,1984(4).

3115. 石凌.《西京杂记》非"同名异书".西北大学学报,1985(2).

3116. 程章灿.说《西京杂记》的文史价值.文史知识,1993(2).

3117. 程章灿.《西京杂记》的作者.中国文化,1994.1(第9辑).

3118. 叶寅生.《西京杂记》中的奇珍异宝.珠宝科技,1994(4).

3119. 康达维.《西京杂记》中的赋.社会科学战线,1994(1);香港:新亚学术集刊1994(13).

3120. 袁津琥.从语法词汇看《西京杂记》的成书年代.绵阳师范高等专科学校学报,1995(2).

3121. 吴宏岐.《西京杂记》所见长安的服饰风俗.中国历史地理论丛,1996(2).

3122. 张文勋.葛洪评传.中国历代著名文学家评传 续编(第一卷).山东教育出版社,1997.

3123. 黄清章. 论《西京杂记》的史料价值. 台湾:辅大中研所学刊,1998(8).

3124. Willam H. Nienhauser, Jr. ,Once Again, The Authorship of The Hsi-Ching Tsa-Chi, Journal of the American Oriental Society, 1998. 3.

3125. 徐公持. 西京杂记. 魏晋文学史,人民文学出版社,1999.

3126. 郑祖襄. 再谈《西京杂记》的"璠玙之乐". 音乐艺术(上海音乐学院学报),2000(3).

3127. 韩晋芳.《西京杂记》中的汉代科技史料. 故宫博物院院刊,2003(3).

3128. 丁宏武.《西京杂记》非葛洪伪托考辨. 图书馆杂志,2005(11).

3129. 丁宏武. 考古发现对《西京杂记》史料价值的印证. 文献,2006(2).

3130. 祝敏.《西京杂记》新生复音词研究. 宁德师专学报,2006(2).

3131. 余霞. 略论《西京杂记》的主要内容及其文学价值. 乐山师范学院学报,2006(7).

3132. 王园媛. 意绪秀异,文笔可观:《西京杂记》的文学性研究. 沈阳工程学院学报,2007(4).

研究生学位论文

3133. 张文德,王昭君故事传承与嬗变. 南京师范大学 2004 年博士研究生学位论文.

3134. 张晓华.《西京杂记》复音词研究. 西南大学 2007 年硕士研究生学位论文.

3135. 张文. 相如文君戏考论. 西北师范大学 2007 年硕士研究生学位论文.

3136. 张辉. 唐代王昭君题材的作品研究. 东南大学 2007 年硕士研究生学位论文.

日本论文

3137. 西野贞治.「西京雜記」の伝本について. 人文研究 3(7),1952. 7(大阪市立大学文学部编).

3138. 饭仓照平译. 西京杂记. 平凡社(中国古典文学大系五十六),1969.

3139. 小南一郎.「西京雜記」の伝承者たち. 日本中国学会报(通号 24),1972—10(日本中国学会编).

3140.《西京杂记》研究班.「西京雜記」譯注(1). 史滴,10 卷. 1989.

3141.《西京杂记》研究班.「西京雜記」譯注(2). 史滴,11 卷. 1990.

3142.《西京杂记》研究班.「西京雜記」譯注(3). 史滴,12 卷. 1991.

3143.《西京杂记》研究班.「西京雜記」譯注(4). 史滴,13 卷. 1992.

3144.《西京杂记》研究班.「西京雜記」譯注(5). 史滴,14 卷. 1993.

3145. 《西京杂记》研究班.「西京雜記」譯注(6). 史滴,15 卷. 1993.

3146. 《西京杂记》研究班.「西京雜記」譯注(7). 史滴,16 卷. 1994.

3147. 渡边义浩. Book Review“訳注 「西京雜記」·独断”福井重雄編——華やかな前漢、質実な後漢. 东方(236), 2000-10(东方书店).

葛洪《神仙传》

著 作

3148. 列仙传 神仙传. 上海古籍出版社,1990.

3149. 滕修展等注译.《列传传》《神仙传》注译. 百花文艺出版社,1996.

3150. 邱鹤亭译.《列仙传》今译 神仙传今译. 中国社会科学出版社,1996.

3151. 于春松. 神仙传(论著). 社会科学文献出版社,1998;东方出版社,2005.

3152. 周国林译.《神仙传》全译. 贵州人民出版社,1998.

3153. 钱卫译. 神仙传. 学苑出版社,1998.

3154. 胡守为校释.《神仙传》校释. 中华书局,2000.

3155. 周启成译. 新译《神仙传》. 台北:三民书局股份有限公司,2004.

论 文

3156. 李鄂荣.《抱朴子》与《神仙传》. 中国地质,1987(2).

3157. 陈祚龙. 关于敦煌古抄《神仙传》中之《壶公传》. 敦煌学散策新集. 台北:新丰出版公司,1989.

3158. 裴凝.《神仙传》之作者与版本考. 香港:Journal of Oriental Studies, 1996,34(2).

3159. 黎志添. 从葛玄神仙形象看中古世纪道教与地方神仙传说. 香港:中国文化研究所学报,2001(新第 10 期).

3160. 赵益.《汉武帝内传》与《神仙传》关系略论. 古籍整理研究学刊,2002(1).

3161. 王晓平.《神仙传》与越南范员故事中的超人幻想. 汉学研究,2002(6).

3162. 胡守为. 读《神仙传》札记. 文史,2004(2).

3163. 凌云志.《神仙传》校读札记. 古籍整理研究学刊,2005(1).

3164. 孙昌武. 作为文学创作的仙传:从《列仙传》到《神仙传》. 济南大学学报,2005(1).

3165. 余平. 葛洪《神仙传》神学位格的现象学分析. 世界哲学,2006(1).

3166. 刘湘兰. 论葛洪《神仙传》的叙事艺术及启悟文学意义. 南京社会科学,

2006(10).

3167. 何剑平.葛洪《神仙传》创作理论考源:以《左慈传》为考察中心.四川大学学报,2007(1).

3168. 于淑娟.汉初经学与早期道教生命理念的异同:《韩诗外传》、《神仙传》生死考验故事研究.河南师范大学学报,2007(1).

3169. (澳大利亚)裴凝(Benjamin Penny)撰,卞东波译.《神仙传》之作者与版本考.古典文献研究(第10辑).南京大学古典文献研究所编.凤凰出版社,2007.

3170. 刘韶.从葛洪《神仙传》看汉魏晋神仙小说盛行的原因.科教文汇,2007(12).

研究生学位论文

3171. 柴红梅.《神仙传》词汇研究:兼与《神仙传注释》、《新译神仙传》商榷.浙江大学2007年硕士学位论文.

日本著作

3172. 泽田瑞穗译.神仙传.平凡社(中国古典文学大系八),1969.

3173. 福井康顺.神仙传.明德出版社,1984.

日本论文

3174. 福井康顺.「神仙傳」考.宗教研究,1952-08.

3175. 福井康顺.「神仙傳」续考.宗教研究,第137期,1953-08.

3176. 小南一郎.「神仙傳」の复元.入矢教授・小川教授退休纪念中国文学语学论集,1974.

3177. 下见隆雄.葛洪「神仙傳」について(1).福冈女子短大纪要8,1974-12(福冈国际大学・福冈女子短期大学).

3178. 内山知也.仙伝の展開——「列仙伝」より「神仙伝」に至る.大东文化大学纪要,人文科学(通号13),1975—03(大东文化大学).

3179. 下见隆雄.葛洪「神仙傳」について(2).福冈女子短大纪要9,1975-03(福冈国际大学・福冈女子短期大学).

3180. 下见隆雄.葛洪「神仙傳」について(3).福冈女子短大纪要10,1975-12(福冈国际大学・福冈女子短期大学).

3181. 下见隆雄.「神仙伝」について——「後漢書」方術伝との相違,左慈劉根の場合.广岛大学文学部纪要38(1).1978-12(广岛大学文学部).

3182. 手冢好幸.費長房説話と「神仙傳」.汉文学会会报,30卷.1984(国学院大学).

3183. 野崎充彦.不死の神話と思想——「山海経」「抱朴子」「列仙伝」「神仙伝」についての研究/郑在书(1994)〔原文ハングル文字〕.东方宗教(通号85),1995-05(日本道教学会编).

3184. 土屋昌明.四庫本「神仙伝」の性格および構成要素——特に"陰長生伝"をめぐって.东方宗教(通号87),1996-05(日本道教学会编).

3185. 土屋昌明.「歴世真仙体道通鑑」と「神仙伝」(中国学特集).国学院杂志97(11),1996-11(国学院大学出版部).

3186. 亀田胜见.「神仙伝」再検討のために——諸本における仙伝の配列から見て.中国思想史研究(通号19),1996-12(京都大学文学部中国哲学史研究会编).

干宝《搜神记》

著 作

3187. 胡怀琛标点.搜神记.上海:商务印书馆,1934;1957;1960;鼎文书局,1978.

3188. Derk Bodde. Some Chinese Tales of the Supermatural: Kan Pao and his Sou Shen Chi. HJAS6, 1942.

3189. Derk Bodde. Again Some Chinese Tales of the Supermatural: Further Remarks on Kan Pao and His Sou Shen Chi. Journal of the American Oriental Society. 1942, 62(4).

3190. 杜浩铭译.《搜神记》故事选.上海文化出版社,1956.

3191. 新校《搜神记》.台北:世界书局,1959.

3192. 胡幼峰.干宝与《搜神记》.台北:天一出版社,1991.

3193. 汪绍楹校注.搜神记.中华书局,1979;台北:洪氏出版社,1982;台北:木铎出版社,1991.

3194. 顾希佳注.搜神记·搜神后记.浙江古籍出版社,1985.

3195. 搜神记(《丛书集成初编》本).中华书局,1985.

3196. 杨振江选注.搜神记.花山文艺出版社,1986.

3197. 郭广伟,郭杰注译.《搜神记》选.福建教育出版社,1987.

3198. 曲沐扩写.幽婚:《搜神记》故事.贵州人民出版社,1987.

3199. 搜神记·世说新语.岳麓书社,1989.

3200. 新刻出像增补《搜神记》大全(《中国民间信仰资料汇编》第1辑).台北:台湾学生书局,1989.

3201. 黄涤明注译.《搜神记》全译.贵州人民出版社,1991.

3202. 张觉译.白话《搜神记》.岳麓书社,1991.

3203. 屈育德等编著.中国神怪故事集成:《搜神记》.中国文联出版公司,1992.

3204. 王东明主编.《搜神记》四种(含《搜神记》、稗海本、句道兴本、《搜神后记》).陕西旅游出版社,1993.

3205. 张苏,陈体津,张觉编著.全本《搜神记》评译.学林出版社,1994.

3206. 水夫编写.《搜神记》故事.岳麓书社,1994.

3207. 王一工,唐书文译.白话全本《搜神记》.上海古籍出版社,1995.

3208. 黄钧注译.新译《搜神记》.台北:三民书局股份有限公司,1996.

3209. 吴尉宝评注.今评新注《搜神记》.湖南文艺出版社,1997.

3210. 王根林,黄益元,曾光甫校点.汉魏六朝笔记小说大观·搜神记.上海古籍出版社,1999.

3211. 贾二强校点.搜神记.辽宁教育出版社,1997.

3212. 刘琦,梁国辅译注.《搜神记》·《搜神后记》译注.吉林文史出版社,1997.

3213. 鲁迅编录.搜神记·唐传奇集.上海古籍出版社,1998.

3214. 屈育德编.《搜神记》的神异世界.台北:大村文化出版事业公司,1998.

3215. 王枝忠.搜神记·搜神后记.春风文艺出版社,1999.

3216. 搜神记(史仲文主编《中国文言小说百部经典》本).北京出版社,2000.

3217. 刘淑丽缩编.搜神记.中国少年儿童出版社,2000.

3218. 干宝五世孙干朴首撰,三十八世孙干大行续修并序.干氏宗谱三册(立干宝为始祖).四十世孙干钦昊清康熙三十五年(1686年)续修,干乃军2001年续修.藏海盐县博物馆.

3219. 吴克勤编.《搜神记》神话.中华书局,2002.

3220. 高勇,潘山译注.搜神记.新疆少年出版社,2002.

3221. 漆绪邦,张凡译注.搜神记.中国少年儿童出版社,2003.

3222. 牛黄,阿桂图编.《搜神记》物语(配图本).天地出版社,2003.

3223. 黄飚整理.搜神记(《四库家藏》丛书).山东画报出版社,2004.

3224. 钱振民点校.搜神记.岳麓书社,2006.

3225. 李剑国辑校.新辑《搜神记》新辑《搜神记后记》.中华书局,2007.

3226. 周生亚.《搜神记》语言研究.中国人民大学出版社,2007.

日本著作

3227. 松本光雄译.搜神记.芳文堂印刷所,1950.

3228. 竹田晃译. 搜神记. 平凡社(《东洋文库》),1964.
3229. 庄司,清水,志村译. 搜神记(八卷本). 养德书社,1959;筑摩书房《世界文学大系》中的《中国小说集》.
3230. 大东文化大学中国文学研究部编.《搜神记》语汇索引. 日本东京:汲古书院,1983.
3231. 多贺浪砂. 干宝《搜神記》の研究. 近代文艺社,1994.

论 文

3232. 胡怀琛. 读《搜神记》. 小说世界,1927-05,15(22).
3233. 胡怀琛. 标点《搜神记》序. 新时代(月刊),1933,5(2).
3234. 郭维新. 干宝著述考. 国立北平图书馆馆刊,1936-11(第10卷第6号).
3235. 张心澂.《搜神记》通考. 伪书通考·子部通考. 商务印书馆,1939,1957年修订本;上海书店,1998.
3236. 〔日〕丰田穰.《搜神记》、《搜神后记》源流考. 日本东京:东方学报,1940(12:2);后由颐安译出,发表在《中和月刊》,1942,3(5、6).
3237. 黄英. 干宝及其《搜神记》. 中央日报,1948-01-04(第9版)??.
3238. 王重民. 干将的故事. 华北日报,1948-07-16(第6版《俗文学》第55期).
3239. 刘叶秋. 略谈《搜神记》. 语文学习,1956(12).
3240. 刘叶秋. 读《搜神记》札记. 读书月报,1957(8).
3241. 何歌. 李寄斩蛇. 光明日报,1961-03-25.
3242. 范宁. 关于《搜神记》. 文学评论,1964(1).
3243. 姚柏春译. 卢充(《搜神记》卷一六). 香港:联合书院学报,1967(6).
3244. 周次吉. 干宝与《搜神记》. 中央日报,1970-11-18～19(第9版).
3245. 胡幼峰. 干宝《搜神记》考. 台湾:幼狮月刊,1974-07,40(1);中国古典小说论集(第1辑). 台北:幼狮文化公司,1977.
3246. 张汉良."杨林"故事系列的原型结构. 中外文学,1975-04,3(11).
3247. 许建新.《搜神记》校注. 台湾:师范大学国文研究所集刊,1975-06(19).
3248. 王更生. 小说的鼻祖干令升. 台湾:中原文献,1976,8(4).
3249. 葛兆光. 干宝事迹材料稽录. 文史(总第7辑),1979.
3250. 王国良. 韩凭夫妇故事的来源与流传. 台湾:中外文学,1980,8(11);又改题为《韩凭夫妇故事源流考》载入《六朝志怪小说考论》,台北:文史哲出版社,1988.
3251. 陈盘. 泰山主生亦主死说."中央研究院历史语言研究所"集刊(第51

本，第3期）. 1980-09.

3252. 〔苏联〕李福清. 紫玉（汉魏六朝小说. 编译）. 莫斯科：文艺出版社，1980.

3253. 孙一珍.《聊斋志异》与《搜神记》. 山西师院学报，1981(2)；中国古代近代文学研究，1981(14).

3254. 段熙仲.《搜神记》与《世说新语》. 南京师院学报，1981(3)；中国古代近代文学研究，1981(17).

3255. 黄耀.《青洪君》：读汪绍楹校注《搜神记》. 香港：抖擞，1981-11(47).

3256. 王国良. 汪氏（汪绍楹）校注本《搜神记》评介：兼谈研究六朝志怪的基本态度与方法. 中国古典小说研究专集（第3集）. 台北：联经出版事业公司，1981.

3257. 孙自强. 干宝的有神论思想和他的某些无神论作品：读《搜神记》偶志. 郑州师专学报，1982(4).

3258. 〔苏联〕李福清编译.《紫玉》是怎样创作的. 苏联妇女（中文版），1981(4)；参考消息，1981-08-03.

3259. 屈育德. 谈谈《搜神记》的民间创作. 民间文学，1982(6).

3260. 王梦鸥. 谈《搜神记》中一篇唐人小说. 东方杂志，1982-09，16(3).

3261. 秋禾. 东晋文学家干宝和他的《搜神记》. 中州古今，1983（创刊号）.

3262. 管汀. 干宝和志怪小说. 光明日报，1983-04-05；中国古代、近代文学研究，1983(4).

3263. 蒋方. 关于干宝：读葛兆光《干宝事迹材料稽录》后. 湘潭大学学报，1984(3).

3264. 刘丽川. 试论《搜神记》中的结果补语. 语文研究 1984(4)；复印报刊资料·语言文字学，1985(1).

3265. 易文玉.《搜神记》琐议. 文苑纵横谈，1984（第9卷）.

3266. 乔力. 社会人类的演进痕迹. 理想恋境的执着追求：《搜神记·女化蚕》与《昨日之歌·蚕马》对读. 名作欣赏，1985(5).

3267. 程毅中. 志怪小说的代表作《搜神记》. 文史知识，1985(6).

3268. 郭广伟，郭杰. 谈《搜神记》的撰集、思想和艺术. 绥化学院学报，1985（增刊1）.

3269. 宋尚斋. 干宝和他的《搜神记》. 中文自学指导，1986(3).

3270. 李孝堂.《搜神记》初探. 齐齐哈尔大学学报，1986(4).

3271. 曹道衡. 晋代作家六考·干宝. 中古文学史论文集. 中华书局，1986.

3272. 曹道衡. 干宝和志怪小说. 中古文学史论文集. 中华书局，1986.

3273. 陈坤德.《搜神记》补语探略. 惠州学院学报,1987(1).

3274. 侯忠义.《搜神记》简论. 中国古代、近代文学研究,1987(2).

3275. 阎子缄. 干宝及其注易. 台湾:东方杂志复刊,1987,21(5).

3276. 王华宝.《搜神记》汪校补正. 古文献研究文集(第2辑). 南京师范大学学报编辑部编. 1987.

3277. 马兴国.《搜神记》在日本的流传及影响. 中国古代、近代文学研究,1988(9).

3278. 胡从经. 异本《搜神记》:袭旧名而创作的小说集. 香港:明报月刊,1988,23(12).

3279. 王国良. 古典文献中的螺精传说试析. 六朝志怪小说考论. 台北:文史哲出版社,1988;又以《古典文献中的螺精传说》为题发表于《汉学研究》,1990-06,8(1).

3280. 姜庆仁. 论《搜神记》的思想意义和艺术特色. 莱阳农学院学报(社会科学版),1989(2).

3281. 李新建.《搜神记》复合词研究:就语义看《搜神记》中联合式复合词的构成. 郑州大学学报,1989(3);复印报刊资料·语言文字学,1989(8).

3282. 骆晓平.《搜神记》所见六朝新词考论. 四川大学学报丛刊(研究生论文选刊:第5集),1989(第45卷).

3283. 广大. 关于《搜神记》的几种传本. 敦煌学辑刊,1990(2).

3284. 李新建.《搜神记》复合词浅探. 商丘师范学院学报,1990(2).

3285. 苏子.《搜神记》中蛇故事. 蛇志,1990(3).

3286. 李新建.《搜神记》复合词研究:就语义看《搜神记》中偏正式复合词的构成. 郑州大学学报,1990(3).

3287. 李新建.《搜神记》复合词研究:就词性看联合式、偏正式复合词的构成. 郑州大学学报,1991(4).

3288. 谢明勋. 从干宝著作谈《搜神记》之著述缘由:葛兆光《干宝事迹材料稽录》说补正. 台湾:中国书目季刊,1991,15(1);六朝小说本事考索. 台北:里仁书局,2003.

3289. 梁仓满. 论蒋神在六朝地位的巩固与提高. 世界宗教研究,1991(3).

3290. 钟云莺.《搜神记》中变态婚姻初探. 台北:孔孟月刊,1991,30(4).

3291. 于洪江. 试论《搜神记》对《三国演义》的影响. 佳木斯教育学院学报,1992(1).

3292. 刘中项,王竹良.《搜神记》在古代小说发展史上的地位. 长沙理工大学学报(社会科学版),1992(2).

3293. 王华宝.《搜神记》校正. 古籍整理研究学刊,1992(3).

3294. 王扬,马远. 简论《搜神记》特点. 宁波大学学报,1992(2);中国古代、近代文学研究,1992(9).

3295. 张觉.《搜神记》校点勘误. 古籍整理研究学刊,1992(3).

3296. 郗凤岐.《搜神记》的介词"以". 首都师范学院学报,1992(3).

3297. 李新建.《搜神记》复音词研究:重叠式和附加式. 郑州大学学报,1992(6).

3298. 张可礼. 干宝系年. 东晋文艺系年. 山东教育出版社,1992.

3299. 蔡妙真. 从《搜神记》看魏晋思想. 台湾:孔孟学报,1992(63).

3300. 余树声.《搜神记四种》序. 宝鸡师院学报,1993(1).

3301. 汪龙麟.《搜神记》异类婚恋故事文化心理透视. 山西大学学报,1993(2).

3302. 马兴国. 日本文学对《搜神记》的吸收与借鉴. 阴山学刊,1993(4).

3303. 李丰楙. 正常与非常:生产、变化说的结构性意义:试论干宝《搜神记》的变化思想. 魏晋南北朝文学与思想学术研讨会论文集(第2辑). 台北:文津出版社,1993.

3304. 郑志明.《搜神记》的神话思维. 魏晋南北朝文学与思想学术研讨会论文集(第2辑). 台北:文津出版社,1993.

3305. 谢明勋. 六朝志怪小说"定伯欺鬼"故事初探. 周氏奖学金第二十届纪念论文集. 周氏奖学金基金会,1994.

3306. 谢明勋. 山精考. 大陆杂志,1994,89(4);六朝志怪小说故事考论(中篇第2章). 台北:里仁书局,1999.

3307. 王健民.《搜神记》:千余年后的思索. 飞碟探索,1994(4).

3308. 郗凤歧.《论语》、《搜神记》介词"以"的比较研究. 北京联合大学学报,1994(4).

3309. 刘庆新. 干宝与《搜神记》. 中州统战,1994(5).

3310. 陈锦.《搜神记》字句正义. 飞碟探索,1994(6).

3311. 刘保今.《搜神记》里的被动句. 德州学院学报,1995(1).

3312. 刘钊.《搜神记全译》指瑕. 吉林大学社会科学学报,1995(1).

3313. 杨国学.《搜神记》:中国最早的人体特异功能集锦之一. 河西学院学报,1995(2).

3314. 李剑锋.《搜神记》与《聊斋志异》中的神仙鬼怪. 松辽学刊,1995(4).

3315. 李剑华. 干宝故里拾趣. 外向经济,1995(6).

3316. 王国良. 东晋初年文史家干宝. 台湾:中国学报,1995.5(35).

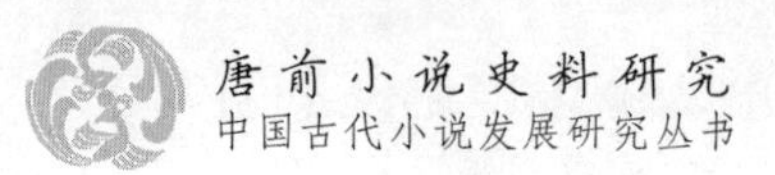

3317. 刘守华.《搜神记》中的魏晋民间故事. 华中师范大学学报,1996(1).
3318. 林忠军. 干宝易学研究. 周易研究,1996(4).
3319. 王枝忠. 关于两部《搜神记》. 固原师专学报,1996(4).
3320. 刘纶鑫.《搜神记》的若干语言特点. 语文研究,1996(4).
3321. 郑志明.《搜神记》的生命观. 第三届魏晋南北朝文学与思想学术研讨会论文集. 台北:文津出版社,1997.
3322. 于石. 干宝评传. 中国历代著名文学家评传续编. 山东教育出版社,1997.
3323. 张谷良. 干宝《搜神记》中"异类恋情"故事试析. 台湾:虎尾科技大学学报,1997.26(2).
3324. 梁光华.《搜神记》的被动句研究. 贵州文史丛刊,1998(1).
3325. 何美荣. 略谈《搜神记》的人民性及其艺术表现. 益阳师专学报,1998(3).
3326. 姜宗妊. 关于《搜神记》作为世界认识方式的评析. 明清小说研究,1998(4).
3327. 薛少春. 关于《搜神记》"饮他酒脯"的"他". 中国语文,1998(5).
3328. 《搜神记》考. 邓瑞全,王冠英主编. 中国伪书综考. 黄山书社,1998.
3329. 刘静敏. 忽如梦觉 犹在枕旁:《搜神记. 焦湖庙》故事之探讨. 国立历史博物馆学报(台湾),1998(9).
3330. 屈慧青.《搜神记》和神人相恋范式的定型. 中国文学研究,1999(2).
3331. 马珏. 变形与解脱:《搜神记》母亲变异现象的审美透视. 山东大学学报,1999(2).
3332. 王晓丽.《搜神记》里的"当"字含义及用法. 昭乌达蒙族师专学报,1999(3).
3333. 李剑锋.《搜神记》中的鬼故事. 民俗研究,1999(4).
3334. 朱迪光.《搜神记》的宗教信仰及其文学价值. 衡阳师范学院学报,1999(4).
3335. 方静娟."问世间情为何物. 直教人生死相许":我看"韩凭夫妇". 中国语文,1999,84(3).
3336. 裘锡圭. 汉简中所见韩朋故事的新资料. 复旦学报,1999(3).
3337. 徐公持. 干宝及其《搜神记》. 魏晋文学史,人民文学出版社,1999.
3338. 唐仲山. 论《搜神记》中的巫术现象及其它. 青海师范大学民族师范学院学报,2000(1).
3339. 吴晓临.《搜神记》介词研究. 西南民族学院学报,2000(1).

3340. 王华宝.《搜神记》校勘札记. 古籍整理研究学刊,2000(2).
3341. 成秀萍.从《搜神记》看魏晋六朝志怪小说作家的潜意识.镇江市高等专科学校学报,2000(3).
3342. 陈劲.由对立走向友善:《搜神记》与《聊斋志异》、《阅微草堂笔记》中人怪关系的探析.攀枝花大学学报,2001(3).
3343. 梁光华.《搜神记》与《世说新语》的"是"字判断句比较研究.贵州文史丛刊,2000(4).
3344. 李剑国.二十卷本《搜神记》考.文献,2000(4);古稗斗筲录:李剑国自选集.南开大学出版社,2004.
3345. 范崇高.《搜神记全译》注释商榷.自贡师范高等专科学校学报,2000(4).
3346. 王文晖.汪校本《搜神记》拾遗五则.文教资料,2000(4).
3347. 张育甄.论《搜神记》中屠龙与历险典型:以李寄杀蛇为例.兴大中文研究生论文集(台湾),2000(第5辑).
3348. 李鹏飞.从《十二真君传》看初唐仙传叙事模式之新变:兼论其与《晋书》、《搜神记》之关联.齐鲁学刊,2000(6).
3349. 刘相雨.《搜神记》和宋代话本小说中女神、女鬼、女妖形象的文化解读.江西师范大学学报,2001(2).
3350. 王尽忠.干宝生平略考:纪念干宝逝世1650周年.中州今古,2001(6).
3351. 谢明勋.《搜神记》之民间文学特性试论.第二届通俗文学与雅正文学全国学术研讨会论文集.台北:新文丰出版社,2001.
3352. 刘魁立.论中国螺女型故事的发展历史进程.民族艺术,2001(1).
3353. 李峰.干宝史学思想钩沉.殷都学刊,2002(1).
3354. 罗之盈.论《搜神记》中非人身份的女性角色.受业集,2001.8(2).
3355. 朱渊清.干宝的《周易》古史观.周易研究,2001(4).
3356. 李剑国.干宝考.文学遗产,2001(2);魏晋南北朝文学与文化论文集.南开大学出版社,2002;古稗斗筲录:李剑国自选集.南开大学出版社,2004.
3357. 王尽忠.干宝故居考察记.中州今古,2002(2).
3358. 田汉云.论干宝的宗教观.扬州大学学报,2002(2).
3359. 方庆云."宗定伯"角色心理分析.国文天地,2002,18(2).
3360. 马雅琴.论《搜神记》诗歌谣谚应用艺术价值.西安电子科技大学学报,2002(3).
3361. 真大成.《搜神记》词语校释琐记.古籍整理研究学刊,2002(4).

3362. 赵振祥. 论干宝《搜神记》的社会新闻性质. 厦门大学学报,2002(4).
3363. 庄战燕. 男性视野中的异类女子:《搜神记》婚恋小说中神女鬼女妖女形象文化透析. 语文学刊,2002(6).
3364. 黄斐. 浅论《搜神记》中的新词. 江西科技师范学院学报,2002(6).
3365. 谢明勋.《羽衣新唱》"羽衣"故事流变及《聊斋志異》"羽衣"故事析论. 第七届清代学术研讨会论文集. 中山大学清代学术中心,2002—06.
3366. 李慧琳. 醉酒的空间情境论:《搜神记》中的醉酒意蕴. 中国文化月刊,2002(265).
3367. 范崇高.《搜神记》释词. 自贡师范高等专科学校学报,2003(1).
3368. 苑汝杰.《搜神记》中的女仙文化. 固原师专学报,2003(2).
3369. 王青. 论中古志怪作品在民间故事类型学中的价值:以《搜神记》为中心. 南京师大学报,2003(2);后改题为《谈〈搜神记〉民间故事类型学中的价值》,收入其《先唐神话、宗教与文学论考》,中华书局,2007.
3370. 周俊勋. 二十卷本《搜神记》的构成及整理. 西南师范大学学报,2003(3).
3371. 武波. 从《搜神记》看志怪小说之"怪". 青海师专学报,2003(4).
3372. 石莹. 浅析《搜神记》中女性形象的美学特质. 黑龙江教育学院学报,2003(5).
3373. 曹道衡,沈玉成. 干宝事迹、干宝《百志诗》、干宝撰《搜神记》表等. 中古文学史料丛考. 中华书局,2003.
3374. 谢明勋. 略谈《搜神记》.(新校)搜神记导读. 台北:世界书局,2003.
3375. 谢明勋. 水鬼渔夫故事析义:以聊斋志异王六郎故事为中心. 广西梧州师范高等专科学校学报,2003(2).
3376. 程蔷.《搜神记》与民间自发宗教. 民族艺术,2004(1).
3377. 竺家宁. 晋代佛经和《搜神记》中的"来/去"—从构词看当时的语言规律. 政大中文学报(台湾),2004(1).
3378. 李传江. 试析《搜神记》中的蛇文化. 盐城师范学院学报,2004(3).
3379. 周俊勋.《搜神记》(二十卷本)语料构成及价值. 北京科技大学学报,2004(3).
3380. 崔达送. 从三种《搜神记》的语言比较看敦煌本的语料价值. 敦煌研究,2004(4).
3381. 王跟国.《搜神记》完成体语气词的用法及其源流. 晋中师范高等专科学校学报,2004(4).
3382. 周昌梅. 在虚实之间:以《搜神记》为例谈六朝志怪小说的文体特征. 孝

感学院学报,2004(5).

3383. 吴晓.论《搜神记》的民间文学特性.兰州学刊,2004(5).

3384. 徐红.《搜神记》同义变换修辞的语义分析.湘南学院学报,2005(6).

3385. 徐红.《搜神记》同义变换的修辞功能及其制约因素.柳州职业技术学院学报,2005(4).

3386. 贺园."天使"的悲剧:《搜神记·女化蚕》的女性主义分析.西安文理学院学报,2005(1).

3387. 裴瑞玲.《搜神记》完成体副词的体意义.雁北师范学院学报,2005(1).

3388. James I. Crump. 丁氏鬼魂出干宝所撰《搜神记》.佛教文化,2005(1).

3389. 陈耀东.干宝籍贯考.嘉兴学院学报,2005(2).

3390. 罗玲云.《搜神记》中的阴阳五行思想.牡丹江教育学院学报,2005(2).

3391. 刘晓惠.从《搜神记》比较句看程度副词隐含的比较意义.晋中师院学报,2005(2).

3392. 刘晓惠.《搜神记》程度副词考察.山西广播电视大学学报,2005(3).

3393. 李剑国.汪绍楹《搜神记佚文》辨正.古典文学知识,2005(4).

3394. 李明.《搜神记》研究札记.天中学刊,2005(4).

3395. 龚舒.从《搜神记》看魏晋神怪题材的世情化倾向.怀化学院学报,2005(4).

3396. 孙园园.《搜神记》兼语句研究.淮北煤炭师范学院学报,2005(5).

3397. 张永刚.《搜神记》之"杂传"论.兰州学刊,2005(5).

3398. 吕思勉.干宝《搜神记》.吕思勉读书札记(增订本中册).上海古籍出版社,2005.

3399. 徐红.《搜神记》同义变换的基本类型.湖北师范学院学报,2006(5).

3400. 徐红.《搜神记》同义变换的主要途径.楚雄师范学院学报,2006(5).

3401. 范崇高.《搜神记》称谓词语札记.四川理工学院学报,2006(1).

3402. 薛栋.《韩朋赋》形成蠡测.河西学院学报,2006(1).

3403. 刘红妮.《搜神记》与《世说新语》疑问句语气助词初探.玉溪师范学院学报,2006(2).

3404. 周昌梅.在史学与文学的边缘:对六朝小说文体的考察:以《搜神记》、《世说新语》为例.青岛师范大学学报,2006(3).

3405. 温静.《搜神记》的疑问句.四川职业技术学院学报,2006(4).

3406. 王恒展.博采异同　遂混虚实:论干宝的小说理论与实践.山东师范大学学报,2006(5).

3407. 马得禹.《搜神记》产生的思想文化背景.甘肃联合大学学报,2006(6).

3408. 杨英.《搜神记》与道教劾鬼术.魏晋南北朝史论文集：中国魏晋南北朝史学会第八届年会暨缪钺先生百年诞辰国际学术研讨会论文集.巴蜀书社，2006.

3409. 周昌梅.小说应“小”：中国传统小说观念的考察：从《搜神记》和《世说新语》的文体异同入手.重庆社会科学，2006(12)；中国古代、近代文学研究，2007(4).

3410. 孙金华.《搜神记》中人称代词及称谓词的时代特征.南京社会科学，2006(12).

3411. 范宁.二十卷本《搜神记》考辨.张国风编.清华学者论文学：《新生报》副刊《语言与文学选粹》.清华大学出版社，2001；范宁古典文学研究文集.重庆出版社，2006；范宁集.中国社会科学出版社，2007.

3412. 李剑国.古小说文献的甄别、使用与整理：以《异苑》与《搜神记》为例.中国社会科学研究院文学研究所中国古代小说研究中心编.中国古代小说研究(第2辑).人民文学出版社，2006.

3413. 阳清.汉魏六朝变异语境与《搜神记》中的怪胎记录.延安大学学报，2007(1).

3414. 王军.《搜神记》中的“有”字句变换考察.安顺学院学报，2007(1).

3415. 王秀芳.《搜神记》疑问代词“何”及其“何”字结构考察.三峡大学学报，2007(增刊1).

3416. 姜丽凤.《搜神记·韩凭夫妇》论析.现代语文(文学研究版)，2007(2).

3417. 姜丽凤.一个智勇兼备的少女形象：《搜神记·李寄》评析.现代语文(文学研究版)，2007(3).

3418. 伏俊琏，杨爱军.韩朋故事考源.敦煌研究，2007(3).

3419. 李和平.浅谈《搜神记》中人妖相恋神话的文化价值.安徽农业大学学报，2007(3).

3420. 李剑锋.《搜神记》之神的婚恋.中华文化画报，2007(5).

3421. 张瑞芳.《搜神记》研究：巫史文化与《搜神记》.西藏民族学院学报，2007(5).

3422. 马得禹.谶纬思想源流及其在《搜神记》中的体现.甘肃联合大学学报，2007(6).

3423. 王淑怡.《搜神记》数量结构研究.安康学院学报，2007(6).

3424. 彭磊.论六朝时代“妖怪”概念之变迁：从《搜神记》中之妖怪故事谈起.海南大学学报，2007(6).

3425. 李鸿.神鬼狐妖画苍生：《聊斋志异》与《搜神记》立异之比较.名作欣

赏,2007(18).

3426. 石莹. 论《搜神记》的女性形象的文化意蕴. 今日科苑,2007(22).

研究生学位论文

3427. 李炳汉.《搜神记》论. 汉城大学 1960 年硕士学位论文.

3428. Roger Bailey, A Study of the 'Sou-shen chi', Indiana University, 1966 (Ph D Dissertation).

3429. 许建新.《搜神记》校注. 台湾师范大学国文研究所 1973 年硕士学位论文.

3430. Kenneth J. DeWoskin. The 'Sou-shen chi' and the 'chih-kuai' tradition: A bibliographic and generic study. Columbia University, 1974. (Ph D Dissertation).

3431. 金克斌. 魏晋志怪小说中的世界:以《搜神记》为中心的研究. 台湾:东海大学历史研究所 1985 年硕士学位论文.

3432. 陈丽卿. 韩凭故事研究. 台湾:中国文化大学中国文学研究所 1987 年硕士学位论文.

3433. 李翠琼.《搜神记》研究. 香港私立能仁学院文学研究所 1987 年硕士学位论文.

3434. 刘苑如.《搜神记》暨《搜神后记》研究:从观念世界与叙事结构考察. 台湾国立政治大学中国文学研究所 1990 年硕士学位论文.

3435. 李剑锋.《搜神记》与《聊斋志异》比较研究. 山东大学中文系 1992 年硕士学位论文.

3436. 试论《搜神记》的神道观. 华南师范大学中文系 2000 年硕士学位论文(??).

3437. 林翠萍.《搜神记》中的动物类型研究:以《搜神记》与《岭南摭怪》之比较研究. 台湾:成功大学中国文学研究所 1996 年硕士学位论文.

3438. 徐红.《搜神记》同义变换修辞论. 湖北大学 1999 硕士学位论文.

3439. 郝明宇.《搜神记》的双音词研究. 东北师范大学 2000 年硕士学位论文.

3440. 刘晓惠.《搜神记》的程度副词研究. 山西大学文学院 2000 年硕士学位论文.

3441. 林淑珍. 论《搜神记》的民间童话质素. 台湾:台南大学国民教育研究所 2002 年硕士学位论文.

3442. 温振兴.《搜神记》连词研究. 山西大学 2003 硕士学位论文.

3443. 吴晓硕.《搜神记》中的民间文学作品研究. 湘潭大学 2003 硕士学位论文.

3444. 吴冠慧.《搜神记》到《聊斋志异》:谈狐狸精形象的塑造与地位的转变. 台湾南投县:暨南国际大学中国语文学系 2003 年学士论文.

3445. 张海霞.《搜神记》的动词考察. 中国人民大学 2003 年硕士学位论文.

3446. 裴瑞玲.《搜神记》完成体研究. 山西大学 2004 硕士学位论文.

3447. 侯兴祥.《搜神记》女性形象研究. 宁夏大学 2004 年硕士学位论文.

3448. 王冠波. 论干宝及其《搜神记》. 内蒙古大学 2004 年硕士学位论文.

3449. 赖采苹.《搜神记》中的动物类型研究:以动物与人类的关系为中心. 台湾国立中正大学中国文学系 2004 年硕士学位论文.

3450. 余作胜.《搜神记》精怪故事研究. 四川师范大学 2005 硕士学位论文.

3451. 张亚南.《搜神记》研究:论《搜神记》的叙事学、文学题材与民俗学价值. 山东大学文史哲研究院 2005 年硕士研究生毕业论文.

3452. 刘秀芬.《搜神记》介词系统及其历史定位. 山西大学 2005 年硕士学位论文.

3453. 赵英敏.《搜神记》篇目考. 中国人民大学 2005 年硕士学位论文.

3454. 杨宇声. 燃犀:浅析《搜神记》的叙事文本. 中山大学 2005 年硕士学位论文.

3455. 亓文香. 从《世说新语》、《搜神记》等看魏晋南北朝物量表示法. 山东大学文学院 2005 年硕士学位论文.

3456. 陈佩玫.《搜神记》的民间故事类型研究:以"地陷为湖"及"羽衣仙女"型故事的演变为主之考察. 台湾:政治大学中国文学研究所 2005 年硕士学位论文.

3457. 吴冬.《搜神记》名词同义词研究. 长春理工大学 2006 年硕士学位论文.

3458. 苗太琴.《搜神记》人称代词研究. 东北师范大学 2006 年硕士学位论文.

3459. 马得禹.《搜神记》与中国古代巫方文化. 兰州大学 2006 年硕士学位论文.

3460. 蔚立娜.《搜神记》经典故事原型及嬗变研究. 辽宁大学 2006 年硕士学位论文.

3461. 杨淑鹏. 干宝与《搜神记》研究. 西北师范大学 2006 年硕士学位论文.

3462. 苏荣彬. 神道设教:《搜神记》感应类故事研究. 台湾:中兴大学中国文学系所 2006 年硕士学位论文.

3463. 张瑞芳.《搜神记》研究. 西藏民族学院 2007 年硕士学位论文.

3464. 谢政伟.《搜神记》句法研究. 安徽大学 2007 年硕士学位论文.

3465. 马克冬.《搜神记》述补结构研究. 西南大学 2007 年硕士学位论文.

3466. 邱金虎.《搜神记》名词研究. 扬州大学 2007 年硕士学位论文.

3467. 王军.《搜神记》"有"字句研究. 贵州大学 2007 年硕士学位论文.

附录：二十卷本以外《搜神记》研究论文

3468. 〔唐〕句道兴.《搜神记》一卷. 向达、王重民等校辑. 敦煌变文集. 人民文学出版社，1957；汪绍楹校注. 搜神后记(附录). 中华书局，1981；潘重规. 敦煌变文集新书. 台北：文津出版社，1994.

3469. 张锡厚. 敦煌写本《搜神记》考辨：兼论二十卷本、八卷本《搜神记》. 文学评论丛刊(第 16 辑). 人民文学出版社，1982.

3470. 项楚. 敦煌本句道兴《搜神记》补校. 文史(总第 26 辑)，1986.

3471. 王国良. 敦煌本《搜神记》考辨. 汉学研究(台湾)，1986，4(2).

3472. 江蓝生. 八卷本《搜神记》语言的时代. 中国语文，1987(4).

3473. 胡从经. 异本《搜神记》：袭旧名而创作的小说集. 香港：明报月刊，1988，23(12)；胡从经书话. 北京出版社，1998.

3474. 项楚. 敦煌本句道兴《搜神记》本事考. 敦煌学辑刊，1990(2)；敦煌文学丛考. 上海古籍出版社，1991.

3475. 程毅中. 句道兴《搜神记》及《孝子传》史话. 唐代小说史话. 文化艺术出版社，1990.

3476. 李伟国. 元明异本《搜神记》三种渊源异同论. 中华文史论丛(第 48 辑). 上海古籍出版社，1991.

3477. 汪维辉. 从词汇史看八卷本《搜神记》语言的时代(上). 汉语史研究集刊. 巴蜀书社，2000(第 3 辑).

3478. 汪维辉. 从词汇史看八卷本《搜神记》的语言时代(下). 汉语史研究集刊. 巴蜀书社，2001(第 4 辑)。

3479. 潘承玉. 八卷本《搜神记》成书时代新考. 文史，2001(4).

3480. 王晓平. 天人羽衣和七夕传说：敦煌本句道兴《搜神记》之一. 阎纯德主编《汉学研究》(第八集). 中华书局，2004.

3481. 王昊. 敦煌志怪小说叙录(句道兴《搜神记》、佛教志怪小说叙录). 敦煌小说及其叙事艺术. 安徽人民出版社，2005.

3482. 王青. 敦煌本《搜神记》与天鹅处女型故事. 台湾：汉学研究，2004(1)；改题为：句道兴《搜神记》与天鹅处女型故事. 敦煌研究，2005(2).

3483. 王锳.《八卷本〈搜神记〉语言的时代》补证.中国语文,2006(1).
3484. 范宁.八卷本《搜神记》考辨.范宁古典文学研究文集.重庆出版社,2006;范宁集.中国社会科学出版社,2007.
3485. 张薇薇.敦煌本《搜神记》语法研究.浙江大学2007年硕士学位论文.

日本论文

3486. 上村幸次.「搜神記」私考.大谷学报21-4,1940-1941.
3487. 小杉一雄."「搜神記」批評附记""「搜神記」著作年代に就いて".史观25,1940-1941.
3488. 上村幸次.「搜神記」の価値について.支那学10,1942.
3489. 西谷登七郎.五行志と廿巻本「搜神記」.广岛大学文学部纪要(通号1),1951-07(广岛大学文学部编).
3490. 小南一郎.《搜神记》的文本.中国文学报(第21期),1951.
3491. 内田道夫.「搜神記」の世界.文化15(3)(通号144),1951-05(东北大学文学会);文化,21卷.1966-10.
3492. 西野贞治.「搜神記」攷.人文研究4(8),1953.8(大阪市立大学文学部编).
3493. 清水荣吉.「搜神記」私记:三种のテキストの対話を中心として.天理大学学报,16卷,1954-12.
3494. 西野贞治.敦煌本「搜神記」について.神田博士还历纪念书志学论集(神田博士还历纪念会),1957.
3495. 西野贞治.敦煌本「搜神記」の説話について.人文研究8(4),1957-04(大阪市立大学大学院文学研究科).
3496. 竹田晃.二十巻本「搜神記」に関する一考察——主として太平広記との関係について.中国文学研究(通号2),1962-01(中国文学の会).
3497. 竹田晃.干宝試論——「晋紀」と「搜神記」の間.东京支那学报(通号11),1965-06(东京支那学会).
3498. 森野繁夫.「搜神記」の篇目.广岛大学文学部纪要24(3),1965-04(广岛大学文学部).
3499. 川口久雄.日本説話文学と外国文学とのかかわり——敦煌本「搜神記」をめぐって.国文学30(2),1965-02(至文堂编).
3500. 小南一郎.「搜神記」の文體.中国文学报(通号21),1966-10(京都大学文学部中国语中国文学研究室编).
3501. 粕谷兴纪.「搜神記」の受容——一佚文をめぐって.万叶(通号77),

1971-09(万叶学会编).

3502. 今枝二郎.「捜神記」(四庫提要訳注). 中国古典研究(通号 19),1973-06(中国古典研究会).

3503. 野口早代子.「捜神記」に見える動物の怪. 国语と教育 9.1980.

3504. 瓜生みゆき. 変化の伝統—「捜神記」に見られる着物を着た動物達—. 汉文学会会报 27.1981.

3505. 多贺浪砂. 干寶「捜神記」と「漢書」「晉書」五行志. 九州中国学会报, 23 卷,1981.

3506. 原田种成.「捜神記」語彙索引—1—. 大东文化大学纪要,人文科学(通号 19). 1981(大东文化大学).

3507. 原田种成.「捜神記」語彙索引—2—. 大东文化大学纪要,人文科学(通号 20). 1982(大东文化大学).

3508. 原田种成.「捜神記」語彙索引—3—. 大东文化大学纪要,人文科学(通号 21). 1983(大东文化大学).

3509. 多贺浪砂.《芸文類聚》所引《「捜神記」》考. 中国文学论集(通号 12), 1983(九州大学中国文学会).

3510. 多贺浪砂.《法苑珠林》所引《捜神記》考. 纯真女子短期大学纯真纪要, 第 25 卷,1984.

3511. 森本哲郎. 神のアルバム——わが「捜神記」—1—オリュンポスのふもと. 诸君 16(1),1984-01(文艺春秋).

3512. 森本哲郎. 神のアルバム——わが「捜神記」—2—ディオニュソスの正体. 诸君 16(2),1984-02(文艺春秋).

3513. 森本哲郎. 神のアルバム——わが「捜神記」—3—死の王国. 诸君 16(3),1984-03(文艺春秋).

3514. 森本哲郎. 神のアルバム——わが「捜神記」—4—芽をふくオシリス. 诸君 16(4),1984-04(文艺春秋).

3515. 森本哲郎. 神のアルバム——わが「捜神記」—5—肉体の悪魔. 诸君 16(5),1984-05(文艺春秋).

3516. 森本哲郎. 神のアルバム——わが「捜神記」—6—エリュトゥラー海の波音. 诸君 16(6),1984-06(文艺春秋).

3517. 森本哲郎. 神のアルバム——わが「捜神記」—7—エーロスとシャクティ. 诸君 16(7),1984-07(文艺春秋).

3518. 森本哲郎. 神のアルバム——わが「捜神記」—8—タントラの宇宙. 诸君 16(8),1984-08(文艺春秋).

3519. 森本哲郎. 神のアルバム——わが「捜神記」—9—ソロモンの柱. 诸君 16(9),1984-09(文艺春秋).

3520. 森本哲郎. 神のアルバム——わが「捜神記」—10—出日本記. 诸君 16(10),1984-10(文艺春秋).

3521. 森本哲郎. 神のアルバム——わが「捜神記」—11—ガリヤラ湖のほとり. 诸君 16(11),1984-11(文艺春秋).

3522. 森本哲郎. 神のアルバム——わが「捜神記」—12—ヴィア　ドロローサ. 诸君 16(12),1984-12(文艺春秋).

3523. 森本哲郎. 神のアルバム——わが「捜神記」—13—黄金の神の座. 诸君 17(1),1985-01(文艺春秋).

3524. 森本哲郎. 神のアルバム——わが「捜神記」—14—イスラムの秘密. 诸君 17(2),1985-02(文艺春秋).

3525. 森本哲郎. 神のアルバム——わが「捜神記」—15—ニジェール川の岸辺で. 诸君 17(3),1985-03(文艺春秋).

3526. 柳瀬喜代志. 童謡考—「捜神記」由"拳陥没為湖"話をめぐって—. 中国诗文论丛 5. 1986.

3527. 森本哲郎. 神のアルバム——わが「捜神記」—16—シュメールの丘. 诸君 17(4),1985-04(文艺春秋).

3528. 森本哲郎. 神のアルバム——わが「捜神記」—17—アッシリアの春. 诸君 17(5), 1985-05(文艺春秋).

3529. 森本哲郎. 神のアルバム——わが「捜神記」—18—泰山鳴動す. 诸君 17(6),1985-06(文艺春秋).

3530. 森本哲郎. 神のアルバム——わが「捜神記」—19—「桃花源」私記. 诸君 17(7),1985-07(文艺春秋).

3531. 森本哲郎. 神のアルバム——わが「捜神記」—20—汨羅(べきら)のほとり. 诸君 17(8),1985-08(文艺春秋).

3532. 森本哲郎. 神のアルバム——わが「捜神記」—21—1の葦の年. 诸君 17(9),1985-09(文艺春秋).

3533. 森本哲郎. 神のアルバム——わが「捜神記」—24—おくのほそ道. 诸君 17(12),1985-12(文艺春秋).

3534. 神田秀夫.「古事記」と「捜神記」. 古事记年报(通号 29),1986(古事记学会).

3535. 柳瀬喜代志.「文選」注引の「捜神記」説話をめぐって——20 卷本《捜神記》再編考. 中国文学研究(通号 15),1989-12(早稲田大学中国文学会).

3536. 柳瀨喜代志."鳬履登朝"譚——二十巻本「捜神記」再編考—. 中国诗文论丛 9,1990.

3537. 牧野和夫. 明刊帯図本受容を繞る可能性についての一報告——「捜神記」について. 实践国文学(通号 38),1990-10(实践国文学会编).

3538. 牧野和夫. 明刊帯図本受容を繞る可能性についての一報告:「捜神記」について. 实践国文学(通号 38),1990-10(实践女子大学).

3539. 冢本あさ子. 日本化された中国説話——「宇治拾遺物語」と「捜神記」. 二松学舍大学人文论丛(通号 45),1990-10(二松学舍大学人文学会).

3540. 洪若英.「捜神記」に現れたる物怪について(福井康顺博士追悼号). 中国学研究 11,1992-03(大正大学).

3541. 大桥由治. 干寶の「捜神記」及び「周易注」における史的素材について. 大东文化大学中国学论集,11 卷. 1992.

3542. 中国文学研究会.「捜神記」訳注—5—. 中国学论集(通号 6),1993-11(中国文学研究会).

3543. 柳瀨喜代志.「淮南子」所出"東海孝婦"話をめぐって——20 巻本「捜神記」再編考. 中国诗文论丛(通号 12). 1993-10(中国诗文研究会).

3544.「捜神記」訳注—4—. 中国学论集(通号 5),1993-07(中国文学研究会).

3545. 大桥由治.「捜神記」訳注—6—. 中国学论集(通号 7),1994-03(中国文学研究会).

3546. 井上美代子译.「捜神記」訳注—8—. 中国学论集(通号 10),1995-05(中国文学研究会).

3547. 山本明子译.「捜神記」訳注—9—. 中国学论集(通号 11),1995-08(中国文学研究会).

3548. 大桥由治. 再生説話から見た「捜神記」の特徴に就いて. 大东文化大学汉学会志(通号 34),1995-03(大东文化大学汉学会).

3549. 山本明子,冢本直美,石田文译.「捜神記」訳注(10). 中国学论集(通号 12),1996-01(中国文学研究会).

3550. 山本明子,冢本直美,井上美代子译.「捜神記」訳注(11). 中国学论集(通号 13),1996-04(中国文学研究会).

3551. 山本明子,冢本直美,井上美代子译.「捜神記」訳注(12). 中国学论集(通号 14),1996-07(中国文学研究会).

3552. 田畑千秋.「搜神記」説話にみる豚妖怪. 国语の研究(通号 23),1996(大分大学国语国文学会).

3553. 山本明子,冢本直美,井上美代子译.「搜神記」訳注(13). 中国学论集(通号 15),1996-11(中国文学研究会).

3554. 山本明子,冢本直美,先坊幸子译.「搜神記」訳注(14). 中国学论集(通号 16). 1997-03(中国文学研究会).

3555. 小南一郎. 干宝「搜神記」の編纂(上). 东方学报(通号 69),1997(京都大学人文科学研究所编).

3556. 大桥由治.「搜神記」と孝子説話について. 大东文化大学汉学会志(通号 36),1997-03(大东文化大学汉学会).

3557. 先坊幸子,砂田公子,高桥京子译.「搜神記」訳注(15). 中国学论集(通号 17),1997-08(中国文学研究会).

3558. 先坊幸子,砂田公子,高桥京子译.「搜神記」訳注(16). 中国学论集(通号 18),1997-12(中国文学研究会).

3559. 搜神记研究会.「搜神記」訳注(18). 中国学论集(通号 20). 1998-07(中国文学研究会).

3560. 先坊幸子,砂田公子,高桥京子译.「搜神記」訳注(17). 中国学论集(通号 19),1998-04(中国文学研究会).

3561. 大桥由治.「搜神記」編纂時における説話の改変について——「風俗通義」との比較を中心として. 东洋文化(通号 80),1998-03(无穷会).

3562. 浅野春二.「搜神記」に見るシャーマニズム的要素. 龙川国文 14,1998(国学院短期大学).

3563. 小南一郎. 干寶「搜神記」の編纂(下). 东方学报 70,1998(京都大学人文科学研究所编).

3564. 大村由纪子. 明末における「搜神記」出版について——当時の知識人の小説評価にむけて. 待兼山论丛 32(文学),1998-12(大阪大学大学院文学研究科编).

3565. 佐野诚子. 二十卷本「搜神記」紫玉条について. 东京大学文学部中国语中国文学研究室纪要 2,1999.

3566. 屋敷信春. 水神説話の伝承—「搜神記」"河伯婿"をめぐって—. 冈村贞雄博士古稀记念中国学论集. 白帝社,1999.

3567.《搜神记》研究会译.「搜神記」訳注(19). 中国学论集(通号 21),1998-11(中国文学研究会).

3568.《搜神记》研究会译.「搜神記」訳注(20). 中国学论集(通号 22),1999-

03(中国文学研究会).

3569. 《搜神记》研究会译.「搜神記」訳注(21). 中国学论集(通号 23),1999-09(中国文学研究会).

3570. 南伸坊.「搜神記」(特集 古典の御利益). 新潮(通号 207),1999-07(新潮社,编).

3571. 《搜神记》研究会译.「搜神記」訳注(22). 中国学论集 (通号 24),1999-12(中国文学研究会).

3572. 《搜神记》研究会译.「搜神記」訳注(23). 中国学论集(通号 25),2000-03(中国文学研究会).

3573. 上野裕人.「搜神記」についての考察.《神奈川高等国语の研究》36,2000.

3574. 大村由纪子.「搜神記」第六・七卷成立過程小考. 中国研究集刊(通号閏 26),2000-06(大阪大学中国学会编).

3575. 浅野春ニ.「搜神記」に見る供物の諸相. 龙川国文 16,2000(国学院短期大学国文学会编).

3576. 《搜神记》研究会译.「搜神記」訳注(24). 中国学论集(26),2000-08(中国文学研究会).

3577. 《搜神记》研究会译.「搜神記」訳注(25). 中国学论集(27),2000-12(中国文学研究会).

3578. 《搜神记》研究会译.「搜神記」訳注(26). 中国学论集(28),2001-03(中国文学研究会).

3579. 《搜神记》研究会译.「搜神記」訳注(27). 中国学论集(29),2001-07(中国文学研究会).

3580. 《搜神记》研究会译.「搜神記」訳注(28). 中国学论集(30),2001-12(中国文学研究会).

3581. 佐野诚子. 五行志と干宝「搜神記」. 东京大学文学部中国语中国文学研究室纪要 4,2001.

3582. 吉永壮介.「三国志演義」に見える異聞の系譜 (一):「搜神記」との関係をめぐって. 艺文研究 82,2002-06(庆应义塾大学艺文学会).

3583. 河野贵美子.「日本霊異記」の予兆歌謡をめぐって——史書五行志「搜神記」「法苑珠林」との関係 (「日本霊異記」の周辺). 说话文学研究(37),2002-06(说话文学会编).

3584. 《搜神记》研究会译.「搜神記」訳注(29). 中国学论集(31),2002-03(中国文学研究会).

3585. 河野贵美子.「搜神記」の語る歴史—史書五行志との関係. 二松 16, 2002(二松学舍大学大学院文学研究科编).

3586. 河野贵美子.「搜神記」所收の再生記事に関す為考察:五行志的記事の展開上變容. 日本中国学会报 54 集,2002.

3587. 《搜神记》研究会译.「搜神記」訳注(30). 中国学论集(32),2002-08(中国文学研究会).

3588. 《搜神记》研究会译.「搜神記」訳注(31). 中国学论集(33),2002-12(中国文学研究会).

3589. 《搜神记》研究会译.「搜神記」訳注(32). 中国学论集(34),2003-05(中国文学研究会).

3590. 《搜神记》研究会译.「搜神記」訳注(33). 中国学论集(35),2003-08(中国文学研究会).

3591. 柴田清继.「日本霊異記」の編纂上「搜神記」.「法苑珠林」. 新世纪日中文学关系. 勉诚出版,2003(和汉比较文学会,中日比较文学学会共编)

3592. 若林建志. 樹木信仰と怪異——「搜神記」の世界. 言语と文化(4), 2004(东洋大学言语文化研究所设置准备委員会编).

3593. 都丸敦生.「搜神記」の怪奇——日本の説話との関係から(特集 アジアの怪)——(中国编). アジア游学(71). 2005-01(勉诚出版编).

3594. 大桥由治. 干寶の天觀と「搜神記」の編纂. 东方宗教(106),2005-11(日本道教学会编).

3595. 小川美江. 漢文教材としての「搜神記」. 人间文化研究・科学报,21. 2005.

3596. 竹田治美.「搜神記」における程度副詞について. 中国文化研究(23), 2007,(天理大学国际文化学部亚洲学科中国语专业研究室).

王嘉《拾遗记》

著 作

3597. 郭模. 王子年《拾遗记》校释. 淡江大学中文系,1974.

3598. 齐治平校注. 拾遗记(古小说丛刊). 中华书局,1981;台北:木铎出版社,1982.

3599. 《拾遗记》十卷.《笔记小说大观》三编本(辑明万历刻本及清嘉庆刻本影印). 台北:新兴书局,1988.

3600. 孟庆祥,商微姝译注. 拾遗记译注. 黑龙江人民出版社,1989.

3601. 拾遗记(据明万历新安程氏刊本程荣《汉魏丛书》本影印). 吉林大学出版社,1992.

3602. 王根林,黄益元,曾光甫校点. 汉魏六朝笔记小说大观·拾遗记. 上海古籍出版社,1999.

3603. 拾遗记(史仲文主编《中国文言小说百部经典》本). 北京出版社,2000.

论　文

3604. 张心澂.《拾遗记》通考. 伪书通考·子部通考. 商务印书馆,1939;1957年修订本;上海书店,1998 年影印本等.

3605. 左海. 拾遗记·博物志·述异记. 齐鲁学报,1941-07(2).

3606. Werner Eichhorn. Wang Chia's 'Shi-i-chi'(王嘉《拾遗记》),ZDMG,102,1952.

3607. 苏丰. 志怪小说家王嘉. 甘肃日报,1961-05-27.

3608. 颜廷亮. 王嘉. 甘肃文艺,1980(5).

3609. 古钟. 拾遗记. 读书,1983(6).

3610. 曹道衡. 十六国文学考略·王嘉. 中古文学史论文集. 中华书局,1986.

3611. 吴俐雯.《拾遗记》对后世文学的影响举例. 大陆杂志,1992,85(2).

3612. 吴俐雯.《拾遗记》的作者探讨. 大陆杂志,1992,85(6).

3613. 薛瑞泽.《拾遗记》中洛阳史事述要. 中州今古,1994(6).

3614. 张侃. 试谈萧绮对《拾遗记》的整理和批评:从小说批评史的角度加以考察. 复旦学报,1995(2).

3615. 薛克翘. 读《拾遗记》杂谈. 南亚研究,1996(Z1).

3616.《拾遗记》考. 邓瑞全,王冠英主编. 中国伪书综考. 黄山书社,1998.

3617. 顿嵩元.《拾遗记》及其作者. 历史文献研究,2002-07(21);黄河科技大学学报,2003(1).

3618. 蓝岚.《拾遗记》及其作者. 天中学刊,2002(3).

3619. 王晶波. 论《拾遗记》的唯美倾向. 西北师大学报,2003(1).

3620. 刘苑如. 欲望尘世/境内蓬莱:《拾遗记》的中国图像. 李丰楙,刘苑如主编. 空间、地域与文化:中国文化空间的书写与阐释. 台北:"中央研究院中国文哲研究所"2002;新文学,2003(1).

3621. 陈丽君.《拾遗记》校勘. 杭州师范学院学报(医学版),2005(4).

3622. 陈丽君.《拾遗记》新词新义考释. 宁波大学学报,2006(2).

研究生学位论文

3623. Lawrence Chapin Foster. The Shih-i-chi and its Relationship to the

Genre known as Chin-kuai hsiao-shuo. University of Washington，1974 (Ph D Dissertation)

3624. 吴俐雯. 王嘉《拾遗记》研究. 台湾：东吴大学中国文学研究所 1992 年硕士学位论文.

3625. 王兴芬. 王嘉与《拾遗记》研究. 西北师范大学 2007 年硕士学位论文.

祖台之《志怪》

著　作

3626. 郑学弢校注. 志怪(《列异传等五种》本). 大众文化艺术出版社，1988.

3627. 志怪(史仲文主编《中国文言小说百部经典》本). 北京出版社，2000.

论　文

3628. 张可礼. 祖台之系年. 东晋文艺系年. 山东教育出版社，1992.

日本论文

3629. 富永一登. 鲁迅《古小说钩沉》校释：祖台之《志怪》. 广岛大学文学部纪要(第 53 卷). 1993-12.

3630. 富永一登. 鲁迅《古小说钩沉》校释：祖台之《志怪》(续). 中国学研究论集(第 8 号). 2001-02.

裴启《语林》

著　作

3631. 周楞伽辑注. 裴启语林(《历代笔记小说丛书》本). 文化艺术出版社，1988.

3632. 王根林，黄益元，曾光甫校点. 汉魏六朝笔记小说大观・裴子语林. 上海古籍出版社，1999.

论　文

3633. 周楞伽. 第一部志人小说：裴启《语林》. 文史知识，1986(1).

3634. 张可礼. 裴启系年. 东晋文艺系年. 山东教育出版社，1992.

3635. 曹道衡，沈玉成. 裴启《语林》. 中古文学史料丛考. 中华书局，2003.

3636. 刘志伟.《语林》与《世说新语》"捉刀"条考论. 文学遗产，2004(5).

3637. 姜广振. 论裴启《语林》一书亡佚的原因. 焦作师范高等专科学校学报，2005(2).

3638. 姜广振. 论裴启《语林》的叙事艺术. 胜利油田师范专科学校学报，2005

(3).

3639. 姜广振.从裴启《语林》一书看魏晋名士任诞之风.绥化学院学报,2005(5).

荀氏《灵鬼志》

著 作

3640. 郑学弢校注.灵鬼志(《列异传等五种》本).大众文化艺术出版社,1988.

戴祚《甄异传》

3641. 《甄异记》一卷.丛书集成新编(第82册).台北:新文丰出版社,1985;中华书局,1991.

3642. 郑学弢校注.甄异传(《列异传等五种》本).大众文化艺术出版社,1988.

3643. 甄异传(史仲文主编《中国文言小说百部经典》本).北京出版社,2000.

陶潜《搜神后记》

著 作

3644. 王国良.《搜神后记》研究.台北:文史哲出版社,1978;王国良.六朝志怪小说考论.台北:文史哲出版社,1988.

3645. 汪绍楹校注.搜神后记(附有《稗海》本《搜神记》和句道兴本《搜神记》).中华书局,1981;台北:里仁书局,1980;木铎出版社,1982;洪氏出版社,1982.

3646. 顾希佳注.搜神记·搜神后记.浙江古籍出版社,1985.

3647. 黄涤明译注.《搜神记》全译.贵州人民出版社,1991.

3648. 王根林,黄益元,曾光甫校点.汉魏六朝笔记小说大观·搜神后记.上海古籍出版社,1999.

3649. 王枝忠.搜神记·搜神后记.春风文艺出版社,1999.

3650. 搜神后记(史仲文主编《中国文言小说百部经典》本).北京出版社,2000.

3651. 李剑国辑校.新辑《搜神记》·新辑《搜神后记》.中华书局,2007.

论 文

3652. 陈寅恪.《桃花源记》旁证.清华学报,1936-01,11(1);金明馆丛稿初编.

上海古籍出版社，1980 等；陶渊明研究资料汇编·陶渊明诗文汇评．中华书局，1962.

3653. 张心澂.《搜神后记》通考．伪书通考·子部通考．商务印书馆，1939；1957 年修订本；上海书店，1998 年影印本等.

3654. 哲笙.《陨盗》是否“最短小说”．文汇报，1983-07-11.

3655. 齐益寿.《桃花源记》并诗管窥．台大中文学报，1985．11(1).

3656. 王达津.《〈搜神后记〉校注》献疑．古籍整理研究学刊，1992(3).

3657. 刘钊．谈《搜神后记》中的“恶”字．古籍整理研究学刊，1995(4).

3658. 白广明.《搜神后记》的作者是陶潜吗．晋阳学刊，1996(2).

3659. 韩春萌.《桃花源记》与小说源流．九江师专学报，1998(1).

3660.《搜神后记》考．邓瑞全，王冠英主编．中国伪书综考．黄山书社，1998.

3661. 朱玉麒．小说前史时期的叙事因素：以《桃花源记》为中心．江苏社会科学，2000(4).

3662. 蔡彦峰.《搜神后记》作者考．九江师专学报，2002(3).

3663. 戴伟华．超越与回归：从《桃花源记》、《游仙窟》到《仙游记》．中国文化研究，2003(2).

3664. 李剑锋．谈陶渊明创作《搜神后记》的三种可能性．九江学院学报，2004(4).

3665. 王毅力.《搜神后记》复音词的构词方式初探．和田师范专科学校学报，2007(1).

3666. 吴国富．寻阳与陶渊明的《搜神后记》．陶渊明寻阳觅踪．江西人民出版社，2007.

3667. 严裕梅，邱昌员．陶渊明《搜神后记》的艺术特色及影响．赣南师范学院学报，2007(5).

3668. 童苏婧．论《搜神后记》的志怪范型．西南农业大学学报，2007(6).

研究生学位论文

3669. 刘苑如.《搜神记》暨《搜神后记》研究：从观念世界与叙事结构考察．台湾政治大学中国文学研究所 1989 年硕士学位论文.

日本论文

3670. 森野繁夫.「搜神後記」の通行本．支那学研究(通号 27)，1962-03(广岛支那学会).

3671. 先坊幸子．六朝「再生説話」と「桃花源」中国中世文学研究(35)，1999-01(广岛大学).

3672. 《搜神后记》研究会译.「搜神後記」訳注(1). 中国学论集(36). 2004-02(中国文学研究会).

3673. 市原里美,田中丸人文,德永阳子等译.《搜神後記》訳注(2). 中国学论集(37),2004-05(中国文学研究会).

3674. 竹中典子,田中丸人文,德永阳子等译.《搜神後記》訳注(3). 中国学论集(38),2004-10(中国文学研究会).

3675. 市原里美,竹中典子,中尾真由美等译.《搜神後記》訳注(4). 中国学论集(39),2005-02(中国文学研究会).

3676. 市原里美,西原千代,横洲由美等译.《搜神後記》訳注(5). 中国学论集(41),2005-12(中国文学研究会).

3677. 《搜神后记》研究会.「搜神後記」訳注(6). 中国学论集(43),2006-09(中国文学研究会).

3678. 《搜神后记》研究会.「搜神後記」訳注(7). 中国学论集(44),2007-01(中国文学研究会).

3679. 《搜神后记》研究会.「搜神後記」訳注(8). 中国学论集(45),2007-03(中国文学研究会).

傅亮等《观世音应验记》

著　作

3680. 〔南朝宋〕傅亮、张演,〔南朝齐〕陆杲撰,孙昌武点校. 观世音应验记三种本. 中华书局,1994.

3681. 董志翘.《观世音应验记》三种译注. 江苏古籍出版社,2002.

日本著作

3682. 牧田谛亮. 六朝古逸《观世音应验记》研究. 平乐寺书店,1970.

论　文

3683. 楼宇烈. 东晋南北朝"志怪小说"中的观世音灵验故事杂谈. 中原文物(魏晋南北朝佛教史及佛教艺术讨论会论文选集),1985.

3684. 孙昌武. 关于日本所存《观世音应验记》. 学林漫录,1991(第13卷).

3685. 孙昌武. 中国文学中的维摩诘与观世音. 社会科学战线,1993(1).

3686. 张瑞芬.《观世音应验记》与《冥祥记》诸书:论六朝"释氏辅教之书"与"志怪"的关系. 台湾:逢甲中文学报,1996(4).

3687. 董志翘.《观世音应验记三种》校点志疑(上). 文教资料,1996(5);古籍整理研究学刊,1996(5).

3688. 董志翘.《观世音应验记三种》校点举误(下). 古籍整理研究学刊,1997(2).

3689. 魏达纯.《观世音应验记》词语拾零. 古汉语研究,1997(3).

3690. 欧阳健. 从《观世音应验记》到《西游记》:从一个方面看神怪小说与宗教的关系. 漳州师范学院学报,1998(2).

3691. 孙昌武. 六朝小说中的观音信仰. 佛学会议论文汇编《佛学与文学:佛教文学与艺术学研讨会论文集》(文学部分). 台北:法鼓文化事业股份有限公司,1998.

3692. 张学锋.《观世音应验记》的发现、研究及在六朝隋唐时期的流布. 传统文化研究(第7辑),1999.

3693. 吴新江. 是"到彦之",不是"刘道产":《观世音应验记》三种误校一例. 文教资料,2000(1).

3694. 董志翘.《观世音应验记三种》校点举误. 中古文献语言论集. 巴蜀书社,2000.

3695. 董志翘.《观世音应验记三种》俗字、俗语零札. 苏州教育学院学报,2002(2).

3696. 范崇高.《观世音应验记》(三种)词语札记. 四川理工学院学报(社会科学版),2004(1).

日本论文

3697. 冢本善隆. 古逸六朝《观世音应验记》研究:晋谢敷、宋傅亮《观世音应验记〉》. 京都大学人文科学研究所创立二十五周年纪念论文集. 京都大学人文科学研究所,1954.

3698. 衣川贤次. 傅亮「光世音應驗記」訳注. 花园大学文学部研究纪要(第29卷). 1997.

3699. 张学锋.「觀世音應驗記」の六朝隋唐时期における录と流布. 古代文化(第51卷第6号)1999.

3700. 衣川贤次. 張演「續光世音應驗記」訳注(上、下). 花园大学文学部研究纪要(第31卷). 1999;(第33卷),2001.

3701. 冢本善隆. 古逸六朝「觀世音應驗記」の出現:晉謝敷. 宋傅亮の「觀世音應驗記」. 京都大学人文科学研究所创立二十五周年纪念论文集,1954.

3702. 张学锋.「観世音応験記」の六朝隋唐時代における著録と流布. 古代文化51(6)(通号485),1999-06(古代学协会编).

刘敬叔《异苑》

著 作

3703. 异苑. 上海国学扶轮社 1915 排印本.
3704. 异苑. 上海涵芬楼 1922 年影印本.
3705. 异苑. 上海博古斋 1922 年影印本.
3706. 异苑. 台湾：艺文出版社，1966.
3707. 异苑. 台北：新文丰出版社，1985.
3708. 范宁校点. 异苑（与程毅中辑校《谈薮》合订）. 中华书局，1996.
3709. 王根林，黄益元，曾光甫校点. 汉魏六朝笔记小说大观・异苑. 上海古籍出版社，1999.
3710. 异苑（史仲文主编《中国文言小说百部经典》本）. 北京出版社，2000.
3711. 异苑（黄运云整理《四库家藏》丛书本）. 山东画报出版社，2004.

论 文

3712. 符济梅. 由《太平广记》探讨刘敬叔及其作品《异苑》. 华夏学报，1979(8).
3713. 张可礼. 刘敬叔系年. 东晋文艺系年. 山东教育出版社，1992.
3714. 洪顺隆. 竹王传说的原始型态演化过程和传播系统：由《异苑》竹王故事的渊源和传播谈起. 第二届国际华学研究会议论文集，1992.
3715. 刘苑如.《异苑》中的怪异书写与谐谑精神研究：以陈郡谢氏家族的相关记载为主要线索. 中国文哲研究集刊，1999-03(14)；又改题为《武人与怪说：〈异苑〉中的怪异书写与谐谑精神》载入其《身体・性别・阶级：六朝志怪的常异论述与小说美学》，台北：中央研究院中国文哲研究所，2002.
3716. 方一新.《异苑》词语校释琐记. 古籍整理研究学刊，2000(1).
3717. 吴新江. 古小说《异苑》校理献疑. 南京师大学报，2000(3).
3718. 潘承玉. 浊秽厕神与窈窕女仙. 绍兴文理学院学报，2000(4).
3719. 谢明勋. "紫姑"故事流变析论：以文献资料之考察为主. 第一届通俗文学与雅正文学全国学术研讨会论文集. 台北：新文丰出版社，2001.
3720. 马衍. 谈刘敬叔的志怪小说集《异苑》. 徐州教育学院学报，2002(3).
3721. 吴新江.《异苑》标点补正. 河海大学学报，2002(1).
3722. 顾农.《异苑》的文学价值与史料价值. 文史知识，2004(7).
3723. 徐清.《异苑》校勘献疑. 杭州师范学院学报，2006(2).

3724. 范宁.《异苑》前言.范宁古典文学论文集.重庆出版社,2006.

3725. 王国良.通行本《异苑》小考.台湾师范大学国文学系主编.潘重规教授百岁诞辰纪念学术研讨会论文集.台北:台湾师范大学国文学系,2006.

3726. 林童照.《异苑》中的天命观念及其意识形态功能.中国石油大学学报,2007(3).

3727. 黄进德主编.南朝文学部·刘敬叔.中华大典·文学典·魏晋南北朝文学分典.凤凰出版社,2007.

研究生学位论文

3728.《异苑》校证.吕春明.台湾:中国文化大学中国文学研究所1985年硕士学位论文.

日本论文

3729. 森野繁夫.「異苑」の通行本.中国中世文学研究(1),1961-12(中国中世文学会).

3730. 富永一登.六朝志怪:「異苑」を中心として.中国文学语学论集·古田敬一教授退官纪念,1985-07.

3731. 大桥由治.《異苑》素描.大东文化大学汉学会志(通号35),1996-03(大东文化大学汉学会).

3732. 大桥由治.「異苑」に於ける音声説話——銅器·墓地·山川と太常職.东方宗教(通号90),1997-10(日本道教学会编).

3733. 大桥由治.「異苑」の夢説話について.大东文化大学汉学会志(通号39),2000-03(大东文化大学汉学会).

3734. 大桥由治.「異苑」訳注(1).大东文化大学纪要,人文科学(39).2001(大东文化大学).

3735. 大桥由治.「異苑」訳注(2).大东文化大学纪要,人文科学(40).2002(大东文化大学).

刘义庆《世说新语》

著　作

3736.〔清〕黄奭辑.《世说》注引晋书一卷.汉学堂丛书.清光绪间.

3737. 沈家本.《世说》注所引书目三卷.沈寄簃先生遗书(乙编).民国间初刊;中国书店1958,1990;中华书局,1963.

3738. 李详笺释.《世说新语》笺释(稿本).1913;李审言文集.李详撰.江苏古

籍出版社,1989.

3739. 影印唐写本残卷《世说新语》(罗振玉四时嘉至轩影印本). 1916;1955年文学古籍出版社、1962年中华书局影印王利器校订影宋本《世说新语》、1982年上海古籍出版社影印思贤讲舍本《世说新语》、1999年中华书局影印金泽文库所藏宋本《世说新语》,均将罗氏影印残卷附于书后.

3740. 世说新语. 商务印书馆,1917.

3741. 〔南朝宋〕刘义庆撰.〔梁〕刘孝标注.〔明〕何良俊撰补.〔明〕王世贞删定.〔明〕张文柱校注.〔明〕凌濛初考订. 世说新语(附《世说新语补》等). 民国六年(1917年)泗州杨氏铅印本.

3742. 何良俊等补,王世贞删,凌濛初考订.《世说新语》(三卷)附《世说新语补》(四卷). 北洋印刷局,1917.

3743. 《世说新语》六卷. 民国间上海扫叶山房石印本.

3744. 〔南朝宋〕刘义庆撰,〔梁〕刘孝标注. 世说新语三卷(《四部备要》铅印本). 上海:中华书局,民国间.

3745. 崔朝庆选注. 世说新语(节本). 长沙:商务印书馆,1928;上海:商务印书馆,1931.

3746. 〔明〕何良俊撰,〔清〕黄汝琳补订.《世说新语补》二十卷附释名一卷. 上海扫叶山房,1929.

3747. 哈佛燕京学社引得编纂处编.《世说新语》引得(附刘注引书引得). 燕京大学图书馆,1933.

3748. 王明标点. 世说新语. 上海新文化书社,1933;长沙:商务印书馆,1935.

3749. 周梦蝶标点注解.《世说新语》二十卷. 上海大达图书馆供应社,1935.

3750. 世说新语(《诸子集成》本). 上海世界书局国学整理社,1935;中华书局,1954年订正版;上海书店,1986.

3751. 世说新语(据日本影宋本影印). 文学古籍刊行社,1955;中华书局,1962. 日藏唐写本《世说新书》残卷附后.

3752. 王利器断句校订. 世说新语. 文学古籍刊行社,1956.

3753. 〔南朝宋〕刘义庆撰,〔梁〕刘孝标注. 宋本《世说新语》注. 世界书局,1957;台北:艺文印书馆,1959;华联出版社,1975.

3754. 郑学弢编选.《世说新语》选读. 江苏师院中文系,1961年油印本.

3755. 杨勇.《世说新语》校笺. 香港大众书局,1969;台北:宏业书局,1969;台北:正文书局,1999;中华书局,2006年修订版等.

3756. 高桥清.《世说新语》索引. 台北:台湾学生书局,1972.

3757. 詹秀惠.《世说新语》语法探究. 台北:台湾学生书局,1973.
3758. 王叔岷.《世说新语》补正. 台北:艺文印书馆,1975.
3759. Richard B. Mather. A new Account of Tales of the World, translated with introduction and notes. University of Minnersota Press, Minneapolis,1976.
3760. 白惟良译注.《世说新语》新释. 高雄:大众书局,1978.
3761. 马实译. 世说新语. 新店:文致出版社,1979.
3762. 〔南朝宋〕刘义庆撰,〔梁〕刘孝标注,〔明〕何良俊补.《世说新语》补(李卓吾批点). 广文书局,1980.
3763. 曾侃侃译注. 世说新语. 台南:大夏出版社,1980;台南:文国书局,1981.
3764. 王进详述疏.《世说新语》粹讲. 国家书店 1981;台北顶渊文化事业有限公司,1984.
3765. 罗若龙编撰. 六朝异闻:《世说新语》. 台北:时报文化出版事业有限公司,1981.
3766. 福建师范大学中文系《世说新语》选注译组选注.《世说新语》选. 福建教育出版社,1981.
3767. 〔清〕王先谦校订.《世说新语》三卷(影印光绪十七年思贤讲舍刻本). 上海古籍出版社,1982. 唐写本《世说新书》残卷附后.
3768. 朴敬姬.《世说新语》人物品鉴之研究. 撰者 1982 年自印.
3769. 余嘉锡撰,周祖谟,余淑宜整理.《世说新语》笺疏. 中华书局,1983;上海古籍出版社 1993 年出版修订本.
3770. 徐震堮.《世说新语》校笺. 中华书局,1984;台北:文史哲出版社,1985;中华书局香港分局,1987.
3771. 王敏政.《世说新语》:中国人的机智. 台北:星光出版社,1985.
3772. 杨牧之,胡友鸣选译. 世说新语. 浙江古籍出版社,1986.
3773. 张撝之,刘德重选注.《世说新语》选注. 上海古籍出版社,1987.
3774. 陈涛译注.《世说新语》选粹. 天津教育出版社,1987.
3775. 黄旭,卢斯光.《世说新语》的机智:乱世中的自处之道. 九龙:文光出版社,1987.
3776. 李自修译注.《世说新语》选译. 河北教育出版社,1989.
3777. 李毓芙注.《世说新语》新注. 山东教育出版社,1989.
3778. 许绍早主编.《世说新语》译注. 吉林教育出版社,1989.
3779. 搜神记·世说新语. 岳麓书社,1989.

3780. 柳士镇，钱南秀译注.《世说新语》选译. 巴蜀书社，1989.
3781. 世说新语. 台湾：智扬出版社，1989.
3782. 朴美龄.《世说新语》中所反映的思想. 文津出版社，1990.
3783. 徐传武注释.《世说新语》选译. 齐鲁书社，1991.
3784. 萧艾译. 白话《世说新语》. 岳麓书社，1991.
3785. 张健. 六朝名士：《世说新语》. 台湾：黎明事业股份有限公司，1991.
3786. 陈仁华译. 品人明镜：《世说新语》白话版. 台北：三重市远流出版社，1991.
3787. 王能宪.《世说新语》研究. 江苏古籍出版社，1992.
3788. 王宁主编. 评析本白话《世说新语·颜氏家训》. 北京广播学院出版社，1992.
3789. 萧艾.《世说》探幽. 湖南出版社，1992.
3790. 张永言主编.《世说新语》辞典. 四川人民出版社，1992.
3791. 郭在贻.《世说新语》词语考释. 浙江古籍出版社，1992.
3792. 柳士镇，钱南秀译注.《世说新语》译注. 台北锦绣出版社，1992.
3793. 张万起编.《世说新语》词典. 商务印书馆，1993.
3794. 李牧华注解. 世说新语. 甘肃人民出版社，1994.
3795. 吴金华.《世说新语》考释. 安徽教育出版社，1994.
3796. 毛德富，段书伟主编. 文白对照全译《世说新语》. 中州古籍出版社，1994.
3797. 宁稼雨.《世说新语》与中古文化. 河北教育出版社，1994.
3798. 张叔宁.《世说新语》整体研究. 南京出版社，1994.
3799. 张振德，宋子然.《世说新语》语言研究. 巴蜀书社，1995.
3800. 藏茂松等编译. 全本白话《世说新语》(文白对照). 新世界出版社，1995.
3801. 张撝之.《世说新语》译注. 上海古籍出版社，1996.
3802. 曲建文，陈桦译注.《世说新语》译注. 北京燕山出版社，1996.
3803. 柳士镇，刘开骅译注.《世说新语》全译. 贵州人民出版社，1996；台北：台湾古籍出版社，1997.
3804. 刘正浩等注译. 新译《世说新语》. 台北：三民书局，1996.
3805. 许绍早，王万庄注译.《世说新语》译注. 吉林文史出版社，1996.
3806. 田秉锷. 圣贤智谋《世说新语》. 华龄出版社，1996.
3807. 王建设编. 魏晋士人的丰姿神韵：《世说新语》导读. 四川教育出版社，1997.

3808. 姚宝元,刘福琪译.世说新语(文白对照全本).天津人民出版社,1997.
3809. 李建中.乱世苦魂:《世说新语》时代的人格悲剧.北京出版社,1998.
3810. 胡友鸣编.名士风度众生相:《世说新语》.中国文联出版公司,1998.
3811. 范子烨.《世说新语》研究.黑龙江教育出版社,1998.
3812. 蒋凡.《世说新语》研究.学林出版社,1998.
3813. 王守华.《世说新语》发微.上海文艺出版社,1998.
3814. 〔日〕井波律子撰,李庆、张荣湄译.中国人的机智:以《世说新语》为中心.学林出版社,1998.
3815. 岳希仁等编.《世说新语》译注.广西师范大学出版社,1998.
3816. 张万起,刘尚慈译注.《世说新语》译注.中华书局,1998.
3817. 世说新语(影印日本金泽文库所藏宋本).中华书局,1999.唐写本《世说新语》残卷附后.
3818. 傅佩荣.洋溢美感的人生:《世说新语》赏析.台北:幼狮文化事业公司,1999.
3819. 宁稼雨.刘义庆与《世说新语》.春风文艺出版社,1999.
3820. 王根林,黄益元,曾光甫校点.汉魏六朝笔记小说大观·世说新语.上海古籍出版社,1999.
3821. 曹瑛,金川注释.世说新语.华夏出版社,2000.
3822. 世说新语(史仲文主编《中国文言小说百部经典》本).北京出版社,2000.
3823. 堵军编.世说新语.延吉:延边人民出版社,2000.
3824. 李兰君缩编,世说新语.中国少年儿童出版社,2000.
3825. 蔡志忠.世说新语:六朝的清谈.三联书店 2001;现代出版社,2006.
3826. 李建中,高文强.日清月朗　千古风流:世说新语.云南人民出版社,2001.
3827. 侯占虎等译.世说新语.北京:博展源图书有限公司,2002.
3828. 朱铸禹汇校集注.《世说新语》汇校集注.上海古籍出版社,2002.
3829. 郭孝儒注译评.《世说新语》注译评.经济日报出版社,2002.
3830. 吴代芳.《世说》新探.中国文联出版社,2002.
3831. 耿朝晖译注.世说新语.青海人民出版社,2002.
3832. 宁稼雨.魏晋士人人格精神:《世说新语》的士人精神史研究.南开大学出版社,2003.
3833. 申家仁.《世说新语》与人生.上海古籍出版社,2003.
3834. 韩晶,任晓彤译注.世说新语.中国社会科学出版社,2003.

3835. 杨勇编.《〈世说新语〉校笺》论文集. 台湾:正文书局有限公司,2003.
3836. 里望译注. 世说新语. 山西古籍出版社,2004.
3837. 李天华.《世说新语》新校. 岳麓书社,2004.
3838. 范子烨编.《世说新语》精粹解读. 中华书局,2004.
3839. 王建设译注.《世说新语》选译新注. 社会科学文献出版社,2004.
3840. 李自修注译.《世说新语》今注今译. 河北人民出版社,2004.
3841. 陈力农绘画,张溦助读,马照谦英译. 绘画《世说新语》. 上海古籍出版社,2004.
3842. 李天华.《世说新语》新校. 岳麓书社,2004.
3843. 王恒编.《世说新语》导读. 海南出版社,2004.
3844. 世说新语(黄钧整理《四库家藏》丛书本). 山东画报出版社,2004.
3845. 范子烨编. 世说新语. 香港:中华书局有限公司,2004.
3846. 梅家玲.《世说新语》的语言与叙事. 台北:里仁书局,2004.
3847. 赵西陆.《世说新语》校释. 北京图书馆出版社,2006.
3848. 刘希龙,李建玲改写. 世说新语. 国际文化出版公司,2005.
3849. 李传印编.《世说新语》经典故事. 海天出版社,2005.
3850. 陈引驰,盛韵注译. 世说新语. 花城出版社,2006.
3851. 陈仁华译解. 品人明镜:《世说新语》1133 个品人故事. 北京:九州出版社,2006.
3852. 鸣柳选注. 品格的第一书:《世说新语》精选. 台北:驿站文化事业出版社,2006.
3853. 许丽雯. 教你看懂《世说新语》. 北京:当代世界出版社,2007.
3854. 刘强.《世说新语》会评. 凤凰出版社,2007.
3855. 骆玉明.《世说新语》精读. 复旦大学出版社,2007.

日本著作

3856. 冈田正之识. 世说新语. 汉文丛书. 1925.
3857. 世说新语(世说叙录一卷世说人名谱一卷). 育德财团昭和四年(1929年).
3858. 古田敬一.《世说新语》佚文. 广岛大学文学部、中国文学研究室,1954.
3859. 古田敬一.《世说新语》校勘表(附佚文). 广岛大学文学部、中国文学研究室,1957 年 3 月油印本;日本京都市中文出版社,1977.
3860. 木村梅雄译. 世说新语. 中国古典文学全集(32)、历代随笔集. 平凡社,1959.

3861. 高桥清.《世说新语》索引. 广岛大学中国古典文学研究室1959年油印、台湾学生书局,1972.
3862. 川胜义雄译. 世说新语. 世界文学大系(71)、中国古小说集. 筑摩书房,1964.
3863. 世说轮讲会.《世说新语》注译解. 东洋文学研究(3—1). 1966.
3864. 森三树三郎,宇都清吉译. 世说新语. 中国古典文学大系. 平凡社,1969.
3865. 八木泽元译. 世说新语(中国古典新书). 明德出版社,1970.
3866. 何良俊.《世说新语》抄. 明德书店,1979.
3867. 目加田诚译. 世说新语(上、中、下). 明治书院(《新释汉文大系》第76—78)1975—1977;竹田晃学习研究社,1983、1984.
3868. 福井文雅.「世説新語」成立の宗教背景. 加贺博士退官纪念中国文史哲学论集. 1980.
3869. 森野繁夫. 六朝評語集一世説新語・世説新語注・高僧伝. 中国中世文学研究会. 1980.
3870. 大矢根文次郎.「世説新語」と六朝文学. 早稻田大学出版部. 1983.
3871. 井波律子. 中国人の機智:「世説新語」を中心として. 中央公论社,1983.
3872. 竹田晃译注. 世説新語(上)(中国の古典21). 学习研究社,1983.
3873. 竹田晃译注. 世説新語(下)(中国の古典22). 学习研究社,1984.
3874. 蔡志忠撰,松冈荣志、木村守译. マンガ「世説新語」. 凯风社,1995.
3875. 竹田晃. 世说新语. 明治书院,2006.

论 文

3876. 刘盼遂. 唐写本《世说新语》跋尾. 清华学报,1925,2(2).
3877. 刘盼遂.《世说新语》校笺. 国学论丛,1928(第1卷第4号).
3878. 刘盼遂.《世说新语校笺》叙. 文学同盟,1928(11).
3879. 刘盼遂.《世说新语校笺》凡例. 文学同盟,1928(13).
3880. 胡道静.《世说新语》选译. 小说世界,1928,17(2).
3881. 傅增湘.《世说》三卷:日本帝室图书寮观书记. 国立北平图书馆月刊,1930(2).
3882. Werner Eichhorn. Zur Chinesischen Kulturgeschiche des 3. und 4. Jahrhunderts. ZDMG. 91,1937.
3883. 李审言.《世说》笺释. 制言,1939(52);李审言文集. 江苏古籍出版社,

1989.

3884. 宗白华.论《世说新语》和晋人的美.星期评论,1940(10);后收入《艺境》、《美学散步》等文集.

3885. 吕叔湘.笔记文选读(《世说新语》二十则).国文杂志,1942(第1卷第3号).

3886. 徐文麐.译《世说新语》八则.国文杂志,1942(第1卷第6号).

3887. 朱建新.《世说新语》之研究.真知学报,1942,1(6).

3888. 程笃原(程炎震).《世说新语》笺证.国立武汉大学文哲季刊,1942,7(2、3).

3889. 沈剑知.《世说新语》校笺.学海,1944,1(1、2、3、6);1944,2(1).

3890. 冯友兰.论风流.哲学评论,1944,9(3);后收入《三松堂学术文集》.

3891. 王利器.跋唐写本《世说新语》残卷.图书季刊,1945(新6卷第1、2期合刊).

3892. 贺昌群.《世说新语》札记.国立中央图书馆馆刊复刊,1947(第1号).

3893. 吉川幸次郎著,纪庸译.《世说新语》之文章.国文月刊,1948(2).

3894. 徐震堮.《世说新语》札记.浙江学报,1948,2(2).

3895. 许世瑛.读《世说新语》:释"身"字.读书通讯,1948(151).

3896. 陈健夫.魏晋清谈与《世说新语》.台湾:台湾新生报,1948-12-02.

3897. 赵罔.《世说新语》刘注义例考.国文月刊,1949(2).

3898. 陈寅恪.书《世说新语·文学类》"钟会撰《四本论》始毕"条后.中山大学学报,1956(3);金明馆丛稿初编.上海古籍出版社,1980.

3899. 易艺五.对《世说新语》中"范巨伯""管宁""周处"三篇思想内容的分析.中学教育,1956(12).

3900. 徐震堮.《世说新语》里的晋宋口语释义.华东师范大学学报,1957(3).

3901. 王佩铮.汉魏南北朝群书校释录要:《世说新语》校释掇琐.华东师范大学学报,1957(4).

3902. 刘叶秋.试论《世说新语》.语文学习,1957(6);古典小说论丛.中华书局,1959;古典小说笔记论丛.南开大学出版社,1985.

3903. 李行健.《世说新语》中"都"和"了"用法的比较.语言学论丛,1958(2).

3904. 乃正.《世说新语》译释.文汇报,1962-03-13.

3905. 易笑侬.《世说新语》中之文章.台北:建设,1961-03,9(10).

3906. 周溶泉,徐应用.《世说新语》:《周处》.语文建设,1963(10).

3907. 周一良.《世说新语》札记.魏晋南北朝史论集.中华书局,1963.

3908. 张舜徽.《世说新语注》释例.广校雠略.中华书局,1963.

3909. Richard B. Mather. Chinese Letters and Scholarship in the Third and Fourth Centuries: the Wen-hsüeh P'ien of the Shishuo-hsin-yü. JAOS. 1963, 84(4).

3910. 许世瑛.《世说新语》中第一身称代词研究. 台北:淡江学报,1963-02(2);收入其《许世瑛先生论文集》第2卷.

3911. 许世瑛. 谈《世说新语》中"相"字的特殊用法和被动词的几种句型. 大陆杂志 1963-11,27(9);收入其《许世瑛先生论文集》第2卷.

3912. 陈直. 读《世说新语》札记. 中华文史论丛(第5辑). 中华书局,1964.

3913. Richard B. Mather, Some Examples of 'Pure Conversation' in the shih-shuo Hsin-yü, Transactions of International Conference of Orientalists in Japan 9, 1964.

3914. 杨勇.《世说新语》刘孝标注释例. 香港:新亚生活,1965,7(16);寿罗香林教授论文集. 香港中文大学,1970;杨勇学术论文集. 中华书局,2006.

3915. 许世瑛.《世说新语》中第二身称代词研究. 台湾:史语所集刊,1965. 12(36);收入其《许世瑛先生论文集》第2卷.

3916. 吕景洲等编.《世说新语》人名索引. 香港:新亚书院中国文学系年刊,1966-06(4).

3917. 杨勇.《世说新语校笺》自序. 香港:新亚生活,1969-10,12(7).

3918. 柳存仁.(评杨勇)世说新语校笺. 香港:中国文化研究所学报,1970-09,3(1).

3919. 杨勇.《世说新语》书名、卷帙、版本考. 香港:东方文化(Journal of Oriental Studies),1970,8(2);杨勇学术论文集. 中华书局,2006.

3920. 杨勇著:《世说新语校笺》. 何敬群. 香港:珠海学报,1971-07(第4卷).

3921. 王久烈.《世说新语》之刘注. 台北:淡江学报,1971(10).

3922. Richard B. Mather. The Fine Art of Coversation: The Yen-Yü P'ien of the shih-shuo Hsin-yu. JAOS. 1971, 91(2).

3923. 静观.(评杨勇)《世说新语》校笺. 香港:明报月刊(总第82期),1972,7(10).

3924. 杨勇. 读静观先生评拙著:《世说新语校笺》后. 香港:明报月刊,1973,8(1).

3925. 傅锡壬.《世说》四科对论语四科的因袭与嬗变. 台北:淡江学报,1974-03(12).

3926. 王叔岷.《世说新语·文学篇》补笺. 新加坡:南洋大学学报(人文社

科),1974-1975,8(8—9).

3927. 林丽真.从《世说新语》看魏晋清谈论辩的主题.台北:书目季刊,1977-03,10(4).

3928. 杜若.一部风趣的短篇小说:《世说新语》.台北:台肥月刊,1977-05,18(5).

3929. 林显庭.《世说新语》所谓的小品.台湾:鹅湖,1977-06,2(12).

3930. 杨美爱.《世说新语》新探:从《世说新语》探魏晋之思想社会与亡国.台湾:弘光护专学报,1978-06(6).

3931. 张忱石."阿大中郎"考(《世说新语·贤媛》).文史,1978(第5辑).

3932. 郑学弢.释"觉"(《世说新语·赏誉》).南开大学学报,1979(1).

3933. 刘兆云.《世说》探源.新疆大学学报,1979(第1、2期合刊).

3934. 郭在贻.《释"觉"》补义.南开大学学报,1979(3).

3935. 郑展华.《释"觉"》补证.南开大学学报,1979(3).

3936. 吕叔湘.古笔记丛翠(《世说新语》选注).随笔丛刊,1979(第1集).

3937. 徐震堮.《世说新语》简论(附《世说新语》词语简释).中华文史论丛(总第11辑,1979第4辑).上海古籍出版社,1979.

3938. 白化文,李明辰.《世说新语》的日本注本.文史,1979(总第6辑).

3939. 郑学弢.释"妪":《世说新语》释词之一.徐州师院学报,1980(2).

3940. 庄正荣.《世说新语》中的称数法.中国语文,1980(3).

3941. 周本淳.《世说新语》原名考略.中华文史论丛,1980(第3辑).

3942. 梁实秋.读马译《世说新语》.世界文学,1980(6).

3943. 晓雨.我国第一部笔记小说:《世说新语》.吉林日报,1980—07—27.

3944. 刘杜.谈谈《世说新语》.福建日报,1980—12—13.

3945. 余嘉锡.《世说新语》辨证.四库提要辨证.中华书局,1980.

3946. 谭家健.漫谈《世说新语》的文学价值和影响.中国古典文学论丛(第1辑).人民文学出版社,1980.

3947. 周一良.《世说》和作者刘义庆的身世考察.中国哲学史研究1981(1);魏晋南北朝史论集续编.北京大学出版社,1991.

3948. 刘兆云.小说、笔记小说与《世说》.新疆大学学报,1981(2).

3949. 梁永昌.《世说新语》字词杂记.华东师范大学学报,1981(3).

3950. 段熙仲.《搜神记》与《世说新语》.南京师大学报,1981.3;中国古代近代文学研究,1981(17).

3951. 周纪彬.读《世说新语》札记.北京师范大学学报,1981(4).

3952. 白化文.《世说新语》札记.学林漫录(第4辑).中华书局,1981.

3953. 朱一玄.朱铸禹先生《世说新语汇集注》序.南开学报,1981(4);朱铸禹.世说新语汇校集注.上海古籍出版社,2002.
3954. 孔繁.从《世说新语》看清谈.文史哲,1981(6).
3955. 萧虹.《世说新语》作者问题商榷:附:刘义庆年谱.台湾:"国立中央图书馆馆刊",1981(第14卷,第1号).
3956. 刘文忠.《世说新语》中的文论概述.中国古代文学理论研究(第3辑).上海古籍出版社,1981.
3957. 杜非.关于《世说新语》的一点补充.文学报,1981-11-05.
3958. 钱南秀.论《世说新语》审美观.江海学刊,1982(2);中国古代、近代文学研究,1982(10).
3959. 郑学弢.读《世说新语·文学篇》札记(一).徐州师院学报,1982(2).
3960. 侯兰笙.《世说新语》中年龄的称数法.兰州大学学报,1982(1).
3961. 许威汉.从《世说新语》看中古语言现象.江西师院学报,1982(2);复印报刊资料·语言文字学,1982(4).
3962. 周生亚.《世说新语》中的复音词问题.吉林大学学报,1982(2).
3963. 叶柏村.《世说新语》中所见魏晋清谈风尚.浙江师院学报,1982(2);中国古代、近代文学研究,1982(10).
3964. 刘凯鸣.《世说新语》里"都"字的用法.中国语文,1982(5).
3965. 段海国.《世说新语》概谈.今昔谈,1982(5).
3966. 李栖.《世说新语》中为何不见陶渊明.东方杂志,1982(第15卷,第12号).
3967. 傅淑芳.试论《世说新语》思想内容的进步性.青海社会科学,1982(4);中国古代、近代文学研究,1982(21).
3968. 刘叶秋.邺下风流在晋多:读《世说新语》散记.文史知识,1983(1);古典小说笔记论丛.南开大学出版社,1985.
3969. 侯兰笙.《世说新语》中表肯定副词的连用式.西北师院学报,1983(1).
3970. 吴代芳.浅论《世说新语》的思想和艺术.贵州文史丛刊,1983(2).
3971. 马宝丰,郭孝儒.《西厢》故事渊源小议:读《世说新语》札记.山西师范大学学报,1983(2).
3972. 谢鼎祥.质而实绮　癯而实腴:读《周处》.承德师专学报,1983(2).
3973. 杨志林.《周处》教学设想.中学语文教学参考(陕西师大),1983(3).
3974. 许庄叔.记陈贞慧四代递藏四色套印本《世说新语》并校.贵阳学刊,1983(3).
3975. 郑学弢.读《世说新语·文学篇》札记(二).徐州师院学报,1983(4).

3976. 周舸岷.从《世说新语》看清谈家的言语修养.浙江师范学院学报,1983(4);复印报刊资料·语言文字学,1983(11).
3977. 周玉成.关于《世说新语》.语文教学之友,1983(6).
3978. 陈骥.《世说新语》与典故.语文教学通讯(山西师院),1983(10).
3979. 吴铁城.《世说新语》浅说.语文教学与研究(华中师院),1983(11).
3980. 蒋天枢.旧校本《世说新语》跋.学林漫录(第7辑).中华书局,1983.
3981. 周一良.刘义庆评传.中国历代著名文学家评传(第一卷).山东教育出版社,1983.
3982. 饶宗颐.关于《世说新语》二三问题:唐君毅先生逝世五周年纪念.唐君毅先生纪念论文集.台北:学生书局,1983.
3983. 柳士镇.《世说新语》中副词"初""定""脱"的用法.镇江师专教学与进修,1984(1).
3984. 马宝丰,郭孝儒.《世说新语》中的"何扬州"究竟是谁:读《世说新语》札记.山西大学学报,1984(1).
3985. 马宝丰,郭孝儒、黄永道.《世说新语》新探.伊犁师范学院学报,1984(2).
3986. 马宝丰,郭孝儒."拄杖头"质疑:读《世说新语》札记.新疆师范大学学报,1984(2).
3987. 吴学芹,毕节.《世说新语》品评人物的尺度.郑州大学学报,1984(2).
3988. 殷绍基.散论《世说新语》与魏晋风度.朝阳师专学报,1984(2).
3989. 郭在贻.《世说新语》词语考释.字词天地 1984(3);郭在贻语言文学论稿.浙江古籍出版社,1992.
3990. 庄正容.《世说新语》中的人称代词.福建师大学报,1984(4);复印报刊资料·语言文字学,1985(2).
3991. 吴开俊.试谈《世说新语》的语言特色.淮阴师范学院学报,1984(4).
3992. 黄镇伟.谈玄·隐逸·山水:读《世说新语》一得.艺谭,1984(4).
3993. 郑学弢.《世说新语》的思想倾向与成书年代.徐州师院学报,1984(4);中国古代、近代文学研究,1985(7).
3994. 孔繁.从《世说新语》看名僧和名士相交游.世界宗教研究,1984(4).
3995. 黄庆发.《世说新语》和它的时代.中学语文教学,1984(6).
3996. 曹道衡.《世说新语笺疏》的特点.读书,1984(12).
3997. 柳士镇.《世说新语》中的动词时态表示法.复印报刊资料·语言文字学,1984(12).
3998. 汤一介.读《世说新语》札记.文献,1984(20).

3999. 赵中忱.微型小说的荟萃:《世说新语》.文论报,1984-10-10.
4000. 殷正林.《世说新语》中所反映的魏晋时期的新词和新义.语言学论丛(第12辑).商务印书馆,1984;王云路、方一新主编.中古汉语研究.商务印书馆,2000.
4001. 徐震堮编.《世说新语》人名索引.世说新语校笺.中华书局,1984.
4002. 马宝丰,郭孝儒.《世说新语》艺术成就管窥.山西师大学报,1985(1).
4003. 侯兰生.《世说新语》中的方位词.西北师院学报,1985(1).
4004. 信应举.《世说新语》所反映的魏晋清谈风貌.郑州大学学报,1985(1).
4005. 杨永泉.《世说新语》中两段话的标点商榷.中国语文通讯,1985(1).
4006. 高先德.谈《世说新语》的词序.南昌师专学报,1985(1).
4007. 吴开俊.谈《世说新语》的景物描写.淮阴师专学报,1985(2).
4008. 刘兆云.《世说》中的文学观点.新疆大学学报,1985(3).
4009. 牟世金.漫说《世说新语》的人物描写及其史料价值.中国古典文学论丛,1985(3).
4010. 刘宁生.《世说新语》、《敦煌变文集》中"着"之比较研究.南京师大学报,1985(4);复印报刊资料·语言文字学,1986(2).
4011. 张涤修.谈《世说新语》的被动句式.复印报刊资料·语言文字学,1985(3).
4012. 马宝丰,郭孝儒.《世说新语》具备小说的特质.全国高等学校文科学报文摘,1985(3).
4013. 刘上生.《世说新语》志人记事分类的文学意义.全国高等学校文科学报文摘,1985(4).
4014. 方北辰.《世说新语笺疏》标点商榷.四川大学学报,1985(4).
4015. 李颖科.试论《世说新语注》.史学史研究,1985(4).
4016. 郑学弢.《世说新语·文学篇》札记(三):余嘉锡先生《世说新语笺疏》拾遗.徐州师范学院学报,1985(4).
4017. 王瑞来.史学名家的劳瘁之作:《世说新语笺疏》述评.中国社会科学,1985(4).
4018. 黄灵庚.《世说新语笺疏》标点琐记.中国语文通讯,1985(5).
4019. 刘坚.《世说新语》词语补释.语文研究,1985(3);复印报刊资料·语言文字学,1985(11).
4020. 马宝丰,郭孝儒.实中有虚,以虚衬实:浅谈《世说新语》人物塑造问题.武汉大学学报,1985(2);中国古代、近代文学研究,1985(13).
4021. 郭豫适.《世说新语》的思想艺术论.赵景深主编.中国古典小说戏曲论

集.上海古籍出版社,1985.

4022. 郭豫适.《世说新语》散论. 1960年作;赵景深主编.中国古典小说戏曲论集.上海古籍出版社,1985;中国古代小说论丛.华东师范大学出版社,1985;半砖园文集.江苏古籍出版社,2001.

4023. 郭豫适.《世说新语》门类小考.中国古代小说论丛.华东师范大学出版社,1985.

4024. 刘叶秋.读《世说新语注》.古典小说笔记论丛.南开大学出版社,1985.

4025. 周舸岷.《世说新语》的语言特征及其影响.浙江师大学报,1986(1).

4026. 柳士镇.《世说新语》句法特点初探.语言研究集刊(江苏省语言学会编),1986(1).

4027. 徐传武.《世说新语》刘注浅探.文献1986(1);中国古代、近代文学研究,1986(3);收入其《古代文学与古代文化》(上册).天津古籍出版社,1997.

4028. 郑学弢.《世说新语》校读脞记.古籍研究,1986(1、2).

4029. 唐异明.评《世说新语》英译本.读书,1986(2).

4030. 裴颜贵.浅谈《世说新语》的语言美.修辞学习,1986(2).

4031. 周舸岷.从《世说新语》看魏晋青少年教育.浙江师范大学学报,1986(3).

4032. 学弢.《世说新语》"容无韵非"解.苏州大学学报,1986(3).

4033. 刘盼遂.《世说新语》选注.文教资料,1986(3).

4034. 蔡镜浩.《世说新语》解诂.淮北煤矿师院学报,1986(3).

4035. 杨露.论《世说新语》中的数量词.北华大学学报,1986(4).

4036. 李启文.《世说新语》"许"字用法初探.广州师院学报,1986(4).

4037. 公略.说品藻:读《世说新语》札记.古籍研究,1986(总第4期).

4038. 范子烨.《世说新语》的语言美.求是学刊,1986(4).

4039. 钱南秀.传神阿堵:《世说新语》塑造人物形象的艺术手法.文学评论,1986(5).

4040. 李启文.《世说新语》中的"许".语文园地,1986(9).

4041. 常振国.以简取繁 以少总多:从《世说新语》学习如何写好短文章.新闻战线,1986(9).

4042. 王利器.《世说新语》佚文.王利器论学杂著.台湾贯雅文化实业有限公司,1986;当代学者自选文库:王利器卷.安徽教育出版社,1999.

4043. 杨勇.读余嘉锡《世说新语笺疏》后叙.香港:中文大学中国文化研究所学报,1986(第17卷).

4044. 曾文梁.《世说新语》列女述纪(上). 台北:辅仁国文学报,1986-06(第2卷).
4045. 宦荣卿.《〈世说新语〉笺疏》标点献疑. 重庆师范学院学报,1987(1).
4046. 吴代芳. 论《世说新语》的语言艺术. 长沙理工大学学报,1987(1).
4047. 范子烨.《世说新语》的比喻艺术. 阅读与写作,1987(2).
4048. 梁建邦.《世说新语》编例谈. 渭南师范学院学报,1987(2).
4049. 关键.《世说新语》的疑问句. 鞍山师范学院学报,1987(3).
4050. 侯忠义.《世说》思想艺术论. 北京大学学报,1987(4);中国古代、近代文学研究,1987(9).
4051. 乐闻.《〈世说新语〉笺疏》纠谬. 读书,1987(11).
4052. 李平.《世说新语》和《百喻经》中的动补结构. 语言学论丛,1987(第14辑).
4053. 熊国平. 试论《世说新语》品藻人物的审美特征. 湘潭大学社会科学学报,1987(增刊1).
4054. 王子兰. 从《世说新语》看两晋妇女之风貌. 湘潭大学社会科学学报,1987(增刊1).
4055. 宁稼雨."世说体"初探. 中国古典文学论丛(第6辑). 人民文学出版社,1987.
4056. 曾文梁.《世说新语》列女述纪(下). 台北:辅仁国文学报,1987-06(第3卷).
4057. 方北辰."三语掾"语事考. 文史,1988(总第29辑).
4058. 鲁丁.《世说新语》记王济事. 史学史研究,1988(1).
4059. 苏宝荣.《世说新语》释词. 河北师范大学学报,1988(1).
4060. 周五纯.《世说新语》中的小说因素. 盐城师范学院学报,1988(2).
4061. 陈本源.《世说新语》中的趋向动词"来""去". 苏州教育学院学报,1988(2).
4062. 张文德.《世说新语词语简释》补正. 宁夏大学学报,1988(2).
4063. 方一新.《世说新语校笺》标点失误举例. 古籍整理研究学刊,1988(2).
4064. 齐援朝.《〈世说新语〉笺疏》专名号的误用. 古籍整理研究学刊,1988(3).
4065. 李平,武显漳. 从《世说新语》及刘注中的曹操联想到《三国演义》中的曹操. 玉溪师范学院学报,1988(3).
4066. 陈慧玲. 由《世说新语》探讨魏晋清谈与隽语之关系. 台湾:中州学报,1988(3).

4067. 尤雅姿.《世说新语》呈现之生活层面. 台湾:兴大中文学报,1988(1).
4068. 汤亚平. 读《世说新语》札记二则. 湘潭大学学报,1988(3).
4069. 章惠康. 评古小说集《世说新语》:兼谈注、笺疏、校笺本. 图书馆,1988(4).
4070. 马宝丰,郭孝儒.《世说新语》的几个问题. 山西师大学报,1988(4).
4071. 高永清,章义和. 吴越文化与《世说新语》. 民间文艺季刊,1988(4);中国古代,近代文学研究,1989(4).
4072. 宁稼雨.《世说新语》是志人小说观念成熟的标志. 天津师大学报,1988(5);中国古代、近代文学研究,1989(2).
4073. 黄庆发.《世说新语》简介(上). 知识杂志 课外学习,1988(6).
4074. 张继红. 从《世说新语》谈志人小说的特点. 山东社会科学,1988(6);中国古代、近代文学研究,1989(4).
4075. 萧艾. 中国文化史上第三大转折时期上流社会的真实写照:《世说语研究》代序. 湘潭大学学报,1988(增刊:古典文学专辑).
4076. 〔日〕松岗荣志,沈小南.《世说新语》原名重考. 思想战线(云南大学学报),1988(5).
4077. 柳士镇.《世说新语》、《晋书》异文语言比较研究. 中州学刊,1988(6);复印报刊资料·语言文字学,1989(1).
4078. 罗毅. 试论《世说新语》中的少儿形象. 湘潭大学学报,1988(增刊:古典文学专辑).
4079. 詹秀惠. 刘义庆《世说》杂纯文学分文观. 孔孟月刊,1988-06.
4080. 张玲. 从《世说新语》看魏晋士风的转变. 史学会刊(台湾东海大学),1988-06.
4081. 廖蔚卿. 论魏晋名士的雅量:《世说新语》杂论之一. 台湾:台大中文学报,1988-11.
4082. 梅家玲.《世说新语》名士言谈中的用典技巧. 台湾:台大中文学报,1988-11(第 2 卷).
4083. 廖蔚卿. 论魏晋名士的雅量:《世说新语》杂论之一. 台湾:台大中文学报,1988-11(第 2 卷).
4084. 程章灿. 从《世说新语》看晋宋文学观念与魏晋美学新风. 南京大学学报,1989(1);美学 1989(4);中国古代、近代文学研究,1989(5).
4085. 刘瑞明.《世说新语》中的词尾“自”和“复”. 中国语文,1989(3).
4086. 马兴国.《世说新语》在日本的流传及影响. 东北师大学报,1989(3).
4087. 方一新.《世说新语校笺》校点拾遗. 温州师范专科学院学报,1989(3).

4088. 凌培.《〈世说新语〉笺疏》句读商榷二则. 湖州师范学院学报，1989(4).
4089. 信应举.《世说新语》释词. 郑州大学学报，1989(4).
4090. 李索.《世说新语》中的"'所'字结构"：兼述与'所'字有关的几种固定格式. 河北师院学报，1989(4).
4091. 张永昊.《世说新语》的审美观. 文史哲，1989(6).
4092. 江兴祐. 从《世说新语》看魏晋士人的生命意识. 兰州：社会科学，1989(6).
4093. 吴其昱，许章真.《世说新语》所引胡语兰阇考. 西域与佛教文史论集. 台北：台湾学生书局，1989.
4094. 张蓓蓓.《世说新语》别解：容止篇. 台北：文史哲学报，1989(第37卷).
4095. 曾文梁. 从《世说新语》看魏晋当时之婚姻现象. 台北：辅仁学志(文学院之部)，1989-06(18).
4096. 尤雅姿.《世说新语》散文之成就. 台湾：兴大中文学报，1989(2).
4097. 徐传武.《世说新语》漫谈. 临沂师专学报，1990(1)；收入其《古代文学与古代文化》(上册). 天津古籍出版社，1997.
4098. 方一新.《世说新语》词语札记. 古汉语研究，1990(1).
4099. 韩惠言.《世说新语》复音词构词方式初探. 固原师专学报，1990(1)；复印报刊资料·语言文字学，1990(8).
4100. 徐守宽，裴彦贵. 从《世说新语》看魏晋南北朝志人小说的几个特点. 黄海学坛，1990(1).
4101. 方一新.《世说新语》词语考释. 汉字文化，1990(1).
4102. 方一新.《世说新语》词语释义. 语文研究，1990(2).
4103. 江兴祐. 论《世说新语》对人的审视及其依据. 杭州大学学报，1990(1)；浙江大学学报，1990(1).
4104. 吴金华.《世说新语》词语考释. 南京师大学报，1990(2).
4105. 周一良，王伊同. 马译《世说新语》商兑. 清华学报，1990(新第20卷第2期).
4106. 张继红. 论《世说新语》独特的文学价值. 东岳论丛，1990(3).
4107. 董晋骞. 论《世说新语》的人物美思想. 社会科学辑刊，1990(3).
4108. 刘兆云.《世说·文学》"孙兴公作庾公诔"条. 新疆大学学报，1990(3).
4109. 吴代芳.《世说》并非历史的实录. 怀化学院学报，1990(4).
4110. 方一新.《世说新语》词义散记. 中国语文，1990(6).
4111. 王建设.《世说新语》语词小札. 中国语文，1990(6).
4112. 周法高. 读《世说新语》小记. 台湾：书目季刊，1990,24(20).

4113. 尤雅姿.《世说新语》修辞艺巧探微. 台湾：兴大中文学报，1990—01(第3卷).

4114. 康韵梅. 试论魏晋清谈的形式和语言：主以《世说新语》为考察范围. 台湾：中国文学研究，1990-05(第4卷).

4115. 曾文梁. 从《世说新语》谈魏晋文人与酒. 台北：辅仁国文学报，1990(第6卷).

4116. 张蓓蓓.《世说新语》别解：任诞篇. 台北：文史哲学报，1990(第38卷).

4117. 吴金华.《世说新语》词语考释(续). 南京师大学报，1991(1).

4118. 吴金华.《世说新语》小札. 南京大学学报，1991(1、2).

4119. 吴金华.《世说新语》校议. 古籍整理研究学刊，1991(2).

4120. 方一新.《世说新语》词语校读札记. 杭州大学学报，1991(4)；复印报刊资料·语言文字学，1992(2).

4121. 韩慧言. 试论《世说新语》中与否定词连用的单音副词. 兰州大学学报，1990(4).

4122. 周纪彬. 读《世说新语》札记. 北京大学学报，1991(1).

4123. 吴代芳.《世说新语》就是历史的实录吗. 信阳师范学院学报，1991(1).

4124. 王能宪. 魏晋时代的画卷：《世说新语》. 古典文学知识，1991(1).

4125. 马宝丰，郭孝儒. 对《世说》二条注疏之管见. 山西师范大学学报，1991(1).

4126. 熊国华. 论《世说新语》品评人物的美学理想. 湘潭大学学报，1991(2).

4127. 徐如根.《论语》、《孟子》与《世说新语》的主系表结构的比较. 古汉语研究，1991(2).

4128. 方一新.《世说新语》解诂. 古籍整理研究学刊，1991(2).

4129. 李静.《世说新语译注》评述. 青海大学学报，1991(2).

4130. 王建设. 试谈泉州话在《世说新语》词语解诂中的作用. 华侨大学学报，1991(2).

4131. 蒋宗许.《世说新语词典》编纂琐谈. 辞书研究，1991(3).

4132. 李索.《世说新语》中的述补结构. 河北师院学报，1991(4).

4133. 方一新.《世说新语校笺》点校补正. 古籍整理与研究 1991(5).

4134. 曹道衡，沈玉成.《世说新语》和南北朝志怪小说. 南北朝文学史，人民文学出版社，1991.

4135. 张洵.《世说新语》的文学特征. 内蒙古电大学刊，1992(1).

4136. 李毓芙.《世说新语》的时代特色. 枣庄师专学报，1992(1)；中国古代、近代文学研究，1992(11).

4137. 蒋宗许.《〈世说新语〉校笺》札记. 古汉语研究 1992 年 2 期;古籍整理研究学刊,1995(4).

4138. 王能宪.《世说新语》在日本的流传与研究. 文学遗产,1992(2);《世说新语》研究. 江苏古籍出版社,1992.

4139. 罗国威.《〈世说新语〉辞典》序. 四川大学学报,1992(3).

4140. 顾汉松. 魏晋士大夫的言谈艺术:读《世说新语》笔记. 修辞学习,1992(6).

4141. 柳士镇.《世说新语》人物言谈中称名与称字的考察. 中华文史论丛(第 50 辑). 上海古籍出版社,1992.

4142. 程湘清.《世说新语》复音词研究. 魏晋南北朝汉语研究. 山东教育出版社,1992.

4143. 何乐士. 从《史记》和《世说新语》的比较看《世说新语》的语法特点. 魏晋南北朝汉语研究. 程湘清主编. 山东教育出版社,1992.

4144. 何乐士. 敦煌变文与《世说新语》若干语法特点比较. 隋唐五代汉语研究. 山东教育出版社,1992.

4145. 杨克定. 从《世说新语》、《搜神记》等书看魏晋时期动词“来”“去”语义表达和语法功能. 魏晋南北朝汉语研究. 程湘清主编. 山东教育出版社,1992.

4146. 张鸿魁,程湘清主编.《世说新语》并列结构的字序. 魏晋南北朝汉语研究. 山东教育出版社,1992.

4147. 方一新.《世说新语》人名辨正. 文学论丛. 杭州大学中文系文学研究所编. 杭州大学出版社,1992.

4148. 王建设. 从口语代词系统的比较看《世说新语》与闽南话的一致性. 第二届闽方言学术研讨会论文集. 暨南大学出版社,1992.

4149. 曾文梁.《世说新语》编撰指向初探. 台北:辅仁国文学报,1992. 6(第 8 卷).

4150. 周一良. 马译《世说新语》商兑之余. 国学研究,1992(1).

4151. 张可礼. 刘义庆系年. 东晋文艺系年. 山东教育出版社,1992.

4152. 骆晓平.《世说新语校笺》标点献疑. 湖北民族学院学报,1993(1).

4153. 钟明立,陈旸斌. 从《世说新语》看六朝口语疑问句和疑问词的特点. 九江师专学报,1993(2).

4154. 李济生.《世说新语》人物应对技巧例析. 演讲与口才,1993(2).

4155. 邸艳姝,徐祝林.《世说新语》的语言艺术. 渤海大学学报,1993(2).

4156. 张建华. 从《世说新语》论两晋名士之人格分裂. 宁夏社会科学,1993

(2).

4157. 张丹飞.论贤媛之"贤":从《贤媛》门看《世说新语》品评妇女的标准.新疆大学学报,1993(3).

4158. 王建设.从《世说新语》的语言现象看闽语的来源.华侨大学学报,1993(3);复印报刊资料·语言文字学,1994(3).

4159. 李建中.魏晋人的"哭":读《世说新语·伤逝》.名作欣赏,1993(3).

4160. 厉建忠.《世说新语》称谓词札记.临沂师范学院学报,1993(4).

4161. 方一新,王云路.《世说新语辞典》(张永言等)读后.中国语文,1993(6).

4162. 杨勇."阿大"为谢安考.台北:《书目季刊》第27卷《王叔岷教授八秩庆寿专号》,1993(4);杨勇学术论文集,中华书局,2006.

4163. 董德志.《世说新语》中的判断句研究.许昌师专学报,1994(1).

4164. 张锦笙.《世说新语》"见"字考略.苏州科技学院学报,1994(1).

4165. 方一新.《世说新语》词语拾诂.杭州大学学报,1994(1).

4166. 吴金华.《世说新语》词语考释(三).南京师大学报,1994(1).

4167. 陈少峰.魏晋佛教的玄学化:以《世说新语》为中心.原学(第1辑).中国广播电视出版社,1994.

4168. 吴金华.《世说新语》笺疑.古籍整理研究学刊,1994(2).

4169. 宁稼雨.《世说新语》审美距离二题.固原师专学报,1994(2).

4170. 张洵.从《世说新语》看魏晋时期的清谈之风.内蒙古电大学刊,1994(2).

4171. 康金声.不以儒家之是非为是非:读《世说探幽》札记.新闻出版交流,1994(3).

4172. 宁稼雨.《世说新语》审美距离.固原师专学报,1994(3).

4173. 田懋勤.《世说新语》札记二则(一)"澧阴"辨.古汉语研究,1994(3).

4174. 张锦笙.中古《世说新语》"A(R)见V"句式析.古汉语研究,1994(4).

4175. 胡光波,齐晓芳.开拓了《世说》研究新领域:评介萧艾《〈世说〉探幽》.湘潭大学社会科学学报,1994(4).

4176. 陈文新."世说"体审美规范的确立:论《世说新语》.学术论坛1994(4);中国古代、近代文学研究,1994(10).

4177. 吴金华.《世说新语》杂说:古籍整理研究丛稿之二.文教资料,1994(4).

4178. 林斤澜.《世说》选粹.雨花,1994(10).

4179. 徐复.《世说新语考释》序.吴金华.世说新语考释.安徽教育出版社,

1994.

4180. 张永言. 马译《世说新语》商兑续貂(一):为纪念吕叔湘先生九十寿辰作. 古汉语研究,1994(4).

4181. 梅家玲.《世说新语》的叙事艺术:兼论其对中国叙事传统的传承与创变. 国家科学委员会研究汇刊:台湾:人文及社会科学,1994,4(1).

4182. 廖卓成. 论《世说新语》的非记言文字. 台湾:世界新闻传播学院人文学报,1994—07(第1卷).

4183. 李世珍.《世说新语》谢家人物小记—遗音既补　雅乐还备话镇西. 台湾:侨光学报,1994—09(第12卷).

4184. 张永言. 马译《世说新语》商兑续貂(二):为纪念吕叔湘先生九十寿辰作. 古汉语研究,1995(1).

4185. 吴开俊. 麈尾、清谈、玄学、纵酒与名士以及文学:读《世说新语》. 淮阴师范学院学报,1995(1).

4186. 罗国威.《世说新语》唐鸿学批注辑要. 古籍整理研究学刊,1995(第1、2期合刊).

4187. 徐虎.《三国志通俗演义》之受影响于《世说新语》试论. 绵阳师范高等专科学校学报,1995(2);明清小说,1996(1).

4188. 高淑清. 唐修《晋书》采撷《世说新语》因由初探. 北华大学学报,1995(2).

4189. 阿黄. 世说新语. 中国图书评论,1995(2).

4190. 刘尚慈. 专书词典的新成果:读两部《世说新语词(辞)典》. 辞书研究,1995(2).

4191. 阿其图. 谈《世说新语注》的文献价值特点. 阴山学刊,1995(2).

4192. 王健秋.《世说》刘注指瑕. 华夏文化,1995(2).

4193. 吴金华.《世说新语》考释续稿. 文教资料,1995(2).

4194. 赵百成.《世说新语》复音词构词法初探. 佳木斯大学社会科学学报,1995(2).

4195. 萧艾. 读《世说》札记. 湘潭大学社会科学学报,1995(2).

4196. 蒋宗许.《世说新语》疑难词句杂说(二):"中古汉语研究"系列. 绵阳师范高等专科学校学报,1995(2).

4197. 张洵. 浅谈《世说新语》的口语化特点. 内蒙古电大学刊,1995(3).

4198. 方一新. 读《世说新语》杂识. 杭州大学学报,1995(3).

4199. 李湛渠.《世说新语》与中国诗话的发展. 淮阴教育学院学报,1995(3).

4200. 法子. 魏晋风度的探究:简评《〈世说新语〉整体研究》. 江海学刊,1995

(4).

4201. 郭豫适.《历代世说精华丛书》总序. 华东师范大学学报,1995(4).

4202. 梅维恒. 评《世说新语辞典》. 学术集林,1995(第 4 卷).

4203. 范子烨.《世说新语》研究. 文献,1995(4).

4204. 尤慎.《世说》句末"不"字的两种特例. 零陵师范高等专科学校学报,1995(4).

4205. 范子烨.《世说新语·文学》"刘真长与殷渊源谈"条辨释. 古籍整理研究学刊,1995(4).

4206. 温孟孚.《世说新语》和魏晋士人心态. 学术交流,1995(5).

4207. 江巨荣. 徐震堮《世说新语校笺》读后. 上海大学学报,1995(5).

4208. 范子烨.《世说新语》新探. 学习与探索,1995(4);中国古代、近代文学研究,1995(11).

4209. 曾文梁. 刘孝标注《世说新语》方法试探. 台北:辅仁国文学报,1995.5(第 11 卷).

4210. 宋国梁. 简约含蓄 隽永传神《世说新语》浅析. 青少年读书指南,1996(1).

4211. 张英基. 从《世说新语》看魏晋名士风度及其心态. 淄博学院学报,1996(1).

4212. 周健自.《世说新语》与我国传统文化精神. 黔南民族师范学院学报,1996(1).

4213. 傅江.《世说新语·贤媛》面面观. 江苏教育学院学报,1996(1).

4214. 王伟深.《世说新语》与潮汕话口语. 韩山师范学院学报,1996(1).

4215. 熊国华.《世说新语》品评人物的审美特征及影响. 广东教育学院学报,1996(1).

4216. 范子烨.《世说新语》的世界. 学术交流,1996(1).

4217. 罗国威.《世说新语》唐鸿学批注辑录. 四川大学学报,1996(1).

4218. 皇甫风平. 佛僧的名士化与名士的佛僧化:从《世说新语》看魏晋时期佛学与玄学的合流. 周口师范学院学报,1996(S1).

4219. 李灵年. 世说体小说的上乘之作:读《舌华录》和《明语林》. 明清小说研究,1996(2).

4220. 陈建裕.《世说新语》中的判断句. 平顶山师专学报,1996(2).

4221. 王玫,钱保文. 理想男性主义的光华:《世说新语》新论. 青海社会科学,1996(2).

4222. 周振甫. 论《世说新语》:《〈世说新语〉今译》前言. 阴山学刊,1996(2).

4223. 董云雯,陈宗胜.《世说新语》中的名词活用. 昭通师范高等专科学校学报,1996(2).
4224. 傅江. 瑶林琼树　啸傲风尘:评《世说新语》中的"竹林七贤". 江苏教育学院学报,1996(3).
4225. 孙秀彬,赵百成.《世说新语》中"魏晋风度"浅说. 佳木斯大学社会科学学报,1996(3).
4226. 李杏华.《世说新语》双音复合词内部形式反映对象特征类分. 古汉语研究,1996(3).
4227. 张海明. 魏晋清谈与《世说新语》的体例. 佳木斯大学社会科学学报,1996(3).
4228. 张跃生. 佛教文化与《世说新语》. 华中理工大学学报,1996(3).
4229. 吴代芳. 一部粗制滥造的《世说》全译本. 郴州师范高等专科学校学报,1996(3).
4230. 子衿.《聊斋志异》与《世说新语》. 蒲松龄研究,1996(3).
4231. 唐明霞.《世说新语》:个性意识的第一次大张扬. 宜宾学院学报,1996(3).
4232. 韩鑫. 从《世说新语》看魏晋文人的审美心理. 学海,1996(3).
4233. 刘尚慈.《世说新语》释词琐记. 中国语文,1996(3).
4234. 子衿.《三国演义》与《世说新语》. 曲靖师范学院学报,1996(4);江苏教育学院学报,1997(2).
4235. 鲁枢元. 精神与性情:读《世说》兼及 M·舍勒. 中州大学学报,1996(4).
4236. 张子正. 论《世说新语》的悲壮美. 唐山师范学院学报,1996(4).
4237. 李雁.《世说新语》叙事艺术个案分析. 山东大学学报,1996(4).
4238. 张蕊青.《世说新语》与《浮生六记》. 明清小说研究,1996(4).
4239. 汪维辉.《世说新语》"如馨地"再讨论. 古汉语研究,1996(4).
4240. 方一新.《世说新语》斠诂. 文史,1996(总第 41 辑).
4241. 张子正. 论《世说新语》的悲恨美. 教育艺术,1996(5).
4242. 张海明. 魏晋清谈与《世说新语》的语言特征. 辽宁大学学报,1996(6).
4243. 〔美〕马瑞志(Richard B. Mather).《世说新语》的世界. 中国古代、近代文学研究,1996(6).
4244. 尤雅姿.《世说新语》所表现之幽默现象及其意义之探究:从美学的观点出发. 台北:文史学报,1996(第 26 卷).
4245. 陈迎辉.《世说新语》的人格美学及其现代推演. 内蒙古工业大学学报,

1997(1).

4246. 段振良.从《世说新语》看魏晋士人的风度观.贵阳师专学报,1997(1).

4247. 叶枫宇.《俗说》作者考辨及与《世说新语》之比较.福建论坛,1997(1).

4248. 张海明.《世说新语》的文体特征及与清谈之关系.文学遗产,1997(1).

4249. 宁稼雨.从《世说新语》到《儒林外史》.明清小说研究,1997(1).

4250. 陈昱.《世说新语》中的女性形象.烟台师范学院学报,1997(1).

4251. 子衿.《世说》中的友谊(一).盐城师范学院学报,1997(1).

4252. 李正春.从《世说新语》看魏晋士人的生命意识.殷都学刊,1997(2).

4253. 方一新.读《世说新语考释》.古籍整理研究学刊,1997(2).

4254. 杨合林.《世说》新读(二则).吉首大学学报,1997(2).

4255. 彭晓霞.《世说新语》语言风格论析.五邑大学学报,1997(2).

4256. 高建新,张维娜.难以"忘情"与魏晋士人的人生伤痛:读《世说新语》札记.语文学刊,1997(3).

4257. 曹扬.从《世说新语》看魏晋士人心态.江苏教育学院学报,1997(3).

4258. 张善庆.清通简淡 空灵玄远:从《世说新语》及其对后世影响谈起.潍坊教育学院学报,1997(3).

4259. 吴代芳.论《世说新语》的真实性及其历史价值.郴州师范高等专科学校学报,1997(3).

4260. 宁稼雨.中国古代文人群体人格的变异:从《世说新语》到《儒林外史》.南开学报,1997(3).

4261. 李宪生,于进海.论《世说新语》中的"对":兼论"对"从上古到中古的词性演变.许昌师专学报,1997(4).

4262. 陈建裕.也谈《世说新语》中的"复"尾.南都学坛,1997(4).

4263. 严艳.玄学思想的全方位渗透:论《世说新语》.湖北三峡学院学报,1997(4).

4264. 吴代芳.论《世说》开始有意为小说.郴州师范高等专科学校学报,1997(4).

4265. 张海明.魏晋清谈与《世说新语》的语言特征(续).辽宁大学学报,1997(6).

4266. 刘仁树.论《世说新语》的艺术成就.中国社会科学院研究生院学报,1997(6).

4267. 李栖.宋初诗话与《世说新语》的关系.台湾:高雄师大学报,1996-04(第7卷).

4268. 徐传武.《世说新语》刘注浅探.古代文学与古代文化(上册).天津古籍

出版社,1997.
4269. 谢佩慈.《世说新语·贤媛》呈现之女性地位新探.台湾:中山中文学刊,1997(第3卷).
4270. 梅家玲.依违于妇德与才性之间:《世说新语·贤媛篇》的女性风貌.台湾:妇女与两性学刊,1997-04(第8卷).
4271. 徐丽真.《世说新语》才性之美析论.台湾:哲学杂志,1997-11(第22卷).
4272. 曹之.《世说新语》编撰考.河南图书馆学刊,1998(1).
4273. 梁光华.《世说新语》"看"字研究.贵州民族学院学报,1998(1).
4274. 刘桂莉.《世说新语》浅论.四川师范学院学报,1998(1).
4275. 蒋宗许.《世说新语》疑难词句杂说.古汉语研究,1998(1).
4276. 子衿.唯有此花开不厌:《世说》中的友谊(二).盐城师范学院学报,1998(1).
4277. 高建新.审美意识觉醒与自然美的全面呈现:读《世说新语》札记.广播电视大学学报,1998(2).
4278. 尹建新.《世说新语》:魏晋风度的写照.华夏文化,1998(2).
4279. 段业辉.《世说新语》疑问句分析.南京师大学报,1998(3).
4280. 卞岐.略论《世说新语》志人特质及其影响.苏州大学学报,1998(3).
4281. 范子烨.马瑞志的英文译注本《世说新语》.文献,1998(3);又以《论马瑞志的英文译注本〈世说新语〉》为题,载《百年学科沉思录:二十世纪古代文学研究回顾与前瞻》,人民文学出版社,1998.
4282. 胡璟.《三国演义》改造《世说新语》的艺术成就.上饶师范学院学报,1998(4).
4283. 殷艳娟.谈《世说新语》中的"都+否定词".钦州师范高等专科学校学报,1998(4).
4284. 方一新.《世说新语》校释札记.杭州大学学报,1998(4).
4285. 范子烨."小说书袋子":《世说新语》的用典艺术.求是学刊,1998(5).
4286. 赵春宁.论《世说新语》人物品评的两极思维模式.内蒙古大学学报,1998(5).
4287. 许尤娜.魏晋人物品鉴的一个新尺度:隐逸:以《世说新语·栖逸篇》为例.台湾:鹅湖,1998-10,24(4).
4288. 吴晓青.从《世说新语》看魏晋的人伦鉴识活动.台湾:台北科技大学学报,1998-09,31(2).
4289. 何忠东.《世说新语》中的儿童话语艺术.常德师范学院学报,1999(1).

4290. 陈迎辉.《世说新语》中名士真实自然行为方式的形而上内涵.内蒙古工业大学学报,1999(1).

4291. 范子烨.论《世说新语》语言的时代风格与审美特征.学术交流,1999(2).

4292. 宁稼雨.《世说新语》的蓝本演变与魏晋文人精神的认识过程.呼兰师专学报,1999(2).

4293. 李琳.漫谈《世说新语》中的阮籍形象.中州今古,1999(2).

4294. 梅国宏,马珏玶.女性主义视野下的《世说新语》.语文学刊,1999(2).

4295. 孟光全.《世说新语》文学四题.内江师范高等专科学校学报,1999(3).

4296. 全星迳.《世说新语》:历史向文学的蜕变.社会科学战线,1999(3).

4297. 梅焕钧.从《世说新语》看魏晋清谈.湖南商学院学报,1999(4).

4298. 刘正国.给魏晋清谈以公正的评价:《世说新语》解读之一.江汉大学学报,1999(4).

4299. 刘新英.《世说新语》:审美视野中个体生命的展现.黎明职业大学学报,1999(4).

4300. 尼玛拉姆.平凡:新的虚构点:评《世说新语》.西藏大学学报(汉文版),1999(4).

4301. 刘正国.论《世说新语》的"志人"特点.武汉教育学院学报,1999(4).

4302. 齐慧源.谈《世说新语》与《陶庵梦忆》.徐州教育学院学报,1999(4).

4303. 陈长义.美言美文 悦性怡情:《世说新语》隽语品析.四川教育学院学报,1999(Z3).

4304. 帅政,孟晖新.论《世说新语》与新闻写作.晋阳学刊,1999(6).

4305. 鲁锦寰.魏晋清谈的变化与政治势力的消长:读《世说新语》札记.华侨大学学报,1999(4).

4306. 徐正英,常佩雨.从《世说新语》看魏晋士人的生命意识.郑州大学学报,1999(6);先唐文学与文学思想考论.上海古籍出版社,2005.

4307. 高淑清.唐修《晋书》缘何采录《世说新语》.社会科学战线,1999(6).

4308. 陈迎辉.《世说新语》的形而上品格.内蒙古大学学报,1999(6).

4309. 王妙纯.《世说新语》中的女性新风貌:从妇女追求情爱谈起.台湾:虎尾技术学院学报,1999(2).

4310. 曾文粱.《世说新语》分门体例初探.台北:辅仁国文学报,1999-03(第14卷).

4311. 宁稼雨.刘义庆的身世境遇与《世说新语》的编纂动因.湖北大学学报,2000(1).

4312. 宁稼雨.《世说新语》中樗蒲的文化精神.盐城师院学报,2000(1).
4313. 宁稼雨.《世说新语》中的流品意识.呼兰师专学报,2000(1).
4314. 温孟孚.论稼轩词人物品题特征及与《世说新语》品题方法之关系.哈尔滨工业大学学报,2000(1).
4315. 刘军.《世说新语》非小说论.哈尔滨工业大学学报,2000(2).
4316. 陈迎辉,董义连.试析《世说新语》编选体例与内容在价值标准上的错位.内蒙古工业大学学报,2000(2).
4317. 范子烨.林下风气:《世说新语》塑造的魏晋新女性.文史知识,2000(2).
4318. 宁稼雨.《世说新语》类目设定的思想旨归何在.天津社会科学,2000(2).
4319. 宁稼雨.时代学风的印记与思考:三部《世说新语》研究著作述评.社会科学,2000(2).
4320. 宁稼雨.《世说新语》成书的社会氛围.东方丛刊,2000(2).
4321. 宁稼雨.《世说新语》书名与类目释义.文献,2000(3).
4322. 宁稼雨.《世说新语》何以不收陶渊明.天中学刊,2000(3).
4323. 宁稼雨.《世说新语》中的围棋文化.人民政协报·学术家园版,2000-01-21.
4324. 汪维辉.唐宋类书好改前代口语:以《世说新语》异文为例.台湾:汉学研究,2000-12,18(2).
4325. 刘强.对历史真实的冲淡与对艺术真实的强化:论《世说新语》的叙事原则.上海师范大学学报,2000(2).
4326. 彭茗玮.从《世说新语》看疑问代词"何"及"何"字结构的运用.池州师专学报,2000(2).
4327. 刘强.阐幽发微　情理并茂:评蒋凡《世说新语研究》.零陵师范高等专科学校学报,2000(2).
4328. 齐慧源.神貌绰约 青蓝并辉:谈《世说新语》与《浮生六记》.徐州师范大学学报,2000(3).
4329. 刘正国.《世说新语》的语言艺术.钦州师范高等专科学校学报,2000(3).
4330. 谭爱娟.从《世说新语》看魏晋人文精神.长沙大学学报,2000(3).
4331. 骆晓平.从《文白对照全译〈世说新语〉》的谬误看编辑的素养.出版发行研究,2000(3).
4332. 张旭华,王宗广."吴四姓"非"东吴四姓"辨:与张承宗先生商榷、许昌师专学报,2000(4).

4333. 梁光华.《搜神记》与《世说新语》的"是"字判断句比较研究. 贵州文史丛刊,2000(4).

4334. 沈光海.《世说新语》三词考补. 湖州师范学院学报,2000(4).

4335. 张勇.《世说新语》人物品评的唯美倾向. 阜阳师范学院学报,2000(4).

4336. 王建设. 从《世说新语》的语言现象看闽语与吴语的关系. 华侨大学学报,2000(4).

4337. 宁稼雨. 从《世说新语》看维摩在家居士观念的影响. 南开学报,2000(4).

4338. 刘强. 二十世纪《世说新语》研究综述. 文史知识,2000(4).

4339. 景圣琪. 从《世说新语》看魏晋南北朝志人小说的特点. 南通师范学院学报,2000(4).

4340. 陈金泉.《世说新语》:中国古典小说写实之滥觞(上、下). 南昌教育学院学报,2000(4);2001(1).

4341. 杨芳.《世说新语》语言的模糊美. 暨南学报,2000(6);郴州师范高等专科学校学报,2000(5).

4342. 齐慧源. 论《聊斋志异》对《世说新语》的继承. 淮阴师范学院学报,2000(6).

4343. 何乐士.《世说新语》的语言特色:《世说新语》与《史记》名词作状语比较. 湖北大学学报,2000(6).

4344. 宁稼雨.《世说新语》中的士族婚姻观念. 中国典籍与文化论丛(第 6 辑). 中华书局,2000.

4345. 宁稼雨.《世说新语》成于众手说详证. 中华文史论丛(第 63 辑). 上海古籍出版社,2000.

4346. 宁稼雨. 从《世说新语》看士族的社会地位和精神归宿. 文学与文化. 南开大学出版社,2000.

4347. 杨勇. 论清谈之起源、原义、语言特色及其影响:兼释拙著《世说新语校笺》修订本《序》. 2000;杨勇学术论文集. 中华书局,2006.

4348. 张万起.《世说新语》复音词问题. 王云路,方一新主编. 中古汉语研究. 商务印书馆,2000.(原载《吕叔湘先生九十华诞纪念文集》,北京商务印书馆,1995,题作《专书词典编写的几个问题》,此为文章第一节修改稿).

4349. 谢明勋."矫柔"与"本心":由管宁、华歆割席断交事论"历史之虚实". 台北:历史月刊,2000(5 月号).

4350. 纪志昌.《世说新语》的史料价值—由人物传记数据的保存来看. 台湾:中国文学研究,2000-05(第 14 卷).
4351. 曾文梁.《世说新语·政事》试析. 台北:辅仁国文学报,2000-07(第 16 卷).
4352. 征程.《世说新语》饮食篇选介. 烹调知识,2001(1).
4353. 刘强. 从《世说新语》看魏晋孝悌之风. 阴山学刊,2001(1).
4354. 钟怡音.《世说新语》中的女性意识. 龙岩师专学报,2001(1).
4355. 游黎.《世说新语》札记. 古籍整理研究学刊,2001(1).
4356. 鲁统彦. 试论《世说新语》的史料价值. 东岳论丛,2001(1).
4357. 蒋绍愚.《世说新语》、《齐民要术》、《洛阳伽蓝记》、《贤愚经》、《百喻经》中的"已""竟""讫""毕". 语言研究,2001(1).
4358. 高淑清.《晋书》取材《世说新语》之管见. 社会科学战线,2001(1).
4359. 萧娅曼. 从《世说新语》看判断词"是"的发展与"非""不"的关系. 西南民族学院学报,2001(2).
4360. 秦卫明. 人物通讯写作对《世说新语》的借鉴. 写作,2001(2).
4361. 陈庆纪. 从"服散"看《世说新语》的道教信仰. 十堰职业技术学院学报,2001(2).
4362. 王柯.《世说新语》"下"字拾义. 古汉语研究,2001(2).
4363. 闫秀平. 论《世说新语》与《红楼梦》的人物塑造. 石油大学学报,2001(2).
4364. 徐国荣. 从《世说新语》看玄言诗的世俗底蕴. 暨南学报,2001(3).
4365. 马连湘. 从《世说新语》复合词的结构方式看汉语造词法在中古的发展. 东疆学刊,2001(3).
4366. 王治理. 从《世说新语》看山水美与人格美之关系. 重庆社会科学,2001(3).
4367. 吴代芳. 论《世说新语》刻画的曹操形象及其发展. 郴州师范高等专科学校学报,2001(4).
4368. 张亚军. 从捃拾《世说新语》谈《晋书》的文学色彩. 齐齐哈尔大学学报,2001(4).
4369. 姜桂芳.《世说新语》受贬斥原因简析. 文史杂志,2001(4).
4370. 李宏伟.《世说新语》修辞技巧初探. 长春理工大学学报,2001(4).
4371. 周崇谦.《世说新语》被动句的历史地位. 张家口职业技术学院学报,2001(4).
4372. 孙海洋,刘龙洲. 从《世说新语》看魏晋时期审美风尚的变迁. 湘潭工学院学报,2001(4).

4373. 张叔宁.今本《世说新语》版本之源流.河海大学学报,2001(4).

4374. 刘湘兰.从《世说新语》看魏晋风度的多层面性.湖南商学院学报,2001(5).

4375. 王美秀.从《世说新语·文学篇》谈清谈与文学的关系.台湾:文理通识学术论坛,2001(5).

4376. 刘湘兰.从《世说新语》看魏晋名士的隐逸思想.湘潭师范学院学报,2001(6).

4377. 刘友朋.《世说新语》人物形象塑造小议.天中学刊,2001(6).

4378. 吴代芳.一部错误百出的荒唐之作:评《为人处世与〈世说新语〉》.郴州师范高等专科学校学报,2001(6).

4379. 龙志国,刘宗永.《世说新语》中的王导.阅读与写作,2001(12).

4380. 宁稼雨.《世说新语》与士族佛学.人民政协报·学术家园版,2001—08—14.

4381. 宁稼雨.从《世说新语》看士族佛学的学术精神.文史论集(第2集).南开大学古籍所编.天津社会科学院出版社,2001.

4382. 范子烨."香"与"味":《世说新语》的语言和人物.中古文人生活研究.山东教育出版社,2001.

4383. 孙永娟.《世说新语》中的文人风情.绥化师专学报,2002(1).

4384. 刘玉屏.《世说新语》"子"的用法考察.齐齐哈尔大学学报,2002(1).

4385. 阮忠勇."情之所钟,正在我辈":从《世说新语》看魏晋士人的尚情特质.浙江海洋学院学报,2002(1).

4386. 崔雪梅.《世说新语》的数量词语与主观量.成都大学学报,2002(1).

4387. 宁稼雨.从《世说新语》看服药的士族精神.南开学报,2002(1).

4388. 尤雅姿.《世说新语》书名异称辨疑.台湾:兴大人文学报(第32期上册),2002.

4389. 陆家尘.《世说新语》两则美谈传千古.文教资料(初中版),2002(1).

4390. 樊露露.立象以尽意:论《世说新语》中的"象".重庆教育学院学报,2002(2).

4391. 谭坤.论《世说新语》的生命意识及其哲学生成.山西师大学报,2002(2).

4392. 阚绪良.《世说新语》词语札记.安徽广播电视大学学报,2002(4);古汉语研究,2004(2).

4393. 刘玉屏.《世说新语》的词缀"阿""子""头".牡丹江师范学院学报,2002

(2).

4394. 吴功正.《世说新语》的特质及其文学史地位.金陵职业大学学报,2002(2).

4395. 孔毅.《世说新语》中所见两晋名士审美风尚三题.南京晓庄学院学报,2002(3).

4396. 倪美玲.《世说新语》的以形写神论.船山学刊,2002(3);名作欣赏,2006(6).

4397. 魏世民.《世说新语》及《注》成书年代考.常州师范专科学校学报,2002(3).

4398. 薛瑞萍.《世说新语》新得:一个小学女教师的两则读书笔记.教育科学论坛,2002(3).

4399. 刘志生.《搜神记》、《世说新语》中的选择问句.长沙电力学院学报,2002(4).

4400. 石云孙.闪光的儿童话语:读《世说新语》札记.安庆师范学院学报,2002(4).

4401. 李海燕.论《世说新语》中的少儿形象.淮北煤师院学报,2002(4).

4402. 熊国华.从《世说新语》看魏晋风度及文化意蕴.广东教育学院学报,2002(4).

4403. 〔美〕马瑞志.《世说新语》法译本审查报告.读书,2002(4).

4404. 张震英.论《世说新语》与晋人之豪爽美.郴州师范高等专科学校学报,2002(4).

4405. 刘强.试论《世说新语》文体的戏剧性特征.上海师范大学学报,2002(5).

4406. 何明星.从宗白华论《世说新语》看散步式美学风格的形成.湖北大学学报,2002(5).

4407. 钟语甫.读《周处》,谈《世说新语》.家庭与家教,2002(5).

4408. 韦江.《世说新语》耐人寻味.文教资料(初中版),2002(5).

4409. 吴志达.野火春风话崛起:评吴代芳教授著《〈世说〉新探》.武汉大学学报,2002(6).

4410. 李湛渠.《世说新语》刘孝标注诗话拾沉.淮阴师范学院学报,2002(6).

4411. 李世忠.从《世说新语》看魏晋时代的官场腐败.河西学院学报,2002(6).

4412. 李荣明.《世说新语》的德性观念.中山大学学报,2002(6).

4413. 薛瑞萍.游云惊龙王羲之:《世说新语》札记.语文知识,2002(10).

4414. 宁稼雨. 正史与《世说新语》:士族文人政治心态对比论. 魏晋南北朝文学与文化论文集. 南开大学中文系. 南开大学出版社,2002.

4415. 宁稼雨.《世说新语》中的"服妖"现象. 中国社会历史评论(第4辑). 南开大学历史学院. 商务印书馆,2002.

4416. 胡小丽.《晋书》与《世说新语》、刘孝标注史料关系初探. 文史(总第59辑),2002(2).

4417. 毛永正.《世说新语》指示代词研究. 语海新探(第5辑):信息网络时代中日韩语文现代化国际学术研讨会论文集. 香港文化教育出版社,2002.

4418. 叶守桓. 余嘉锡《世说新语笺疏》引程炎震说一例之商榷. 台湾:东海中文学报,2002-07(第14卷).

4419. 〔日〕冈村繁.《世说新语》所见词语用典考. 汉魏六朝的思想和文学(第12章). 陆晓光译. 上海古籍出版社,2002.

4420. 王孟蒙. 论《世说新语》对《儒林外史》的影响. 张家口职业技术学院学报,2003(1).

4421. 王德军. 从《世说新语》中的人物品藻看文学批评之方法及用语. 天水师范学院学报,2003(1).

4422. 金安辉.《世说新语》的情理世界与"情志"说. 大连理工大学学报,2003(1).

4423. 汪春泓. 论魏晋时期学术思想之转型:关于《世说新语》一条材料的疏证. 中国典籍与文化,2003(1).

4424. 刘强. 凌濛初《世说新语》鼓吹本考论. 古籍研究,2003(1).

4425. 王德军.《世说新语》中的"形神"观及其影响. 安庆师范学院学报,2003(2).

4426. 马连湘.《世说新语》人物言语交际的联想方式. 社会科学战线,2003(2).

4427. 王秀红.《论语》对《世说新语》的影响. 兰州交通大学学报,2003(2).

4428. 刘庆华.《文心雕龙》为何不提《世说新语》. 文史杂志,2003(2).

4429. 刘雄,刘静松. 从《世说新语·任诞》看魏晋风度. 渝西学院学报,2003(3).

4430. 阮忠勇. 就《世说新语》看玄学对魏晋士风的影响. 浙江海洋学院学报,2003(3).

4431. 钟其鹏. 六朝士人的典范:浅析《世说新语》中的谢安形象. 钦州师范高等专科学校学报,2003(3).

4432. 倪美玲.《世说新语》描容止以现神明论. 青海社会科学,2003(3).
4433. 黄帅.《世说新语》中"看"的用法分析. 井冈山师范学院学报,2003(4).
4434. 聂鸿飞. 从《世说新语》看汉魏六朝时期少年儿童的基本素质. 贵州大学学报,2003(4).
4435. 吴代芳. 秉承师教,老不废学,与时俱进,不断创新:漫谈拙著《〈世说〉新探》的出版,兼论治学之道. 郴州师范高等专科学校学报,2003(4).
4436. 陆静卿.《世说新语·贤媛篇》中所见的古代"高明妇人". 韩山师范学院学报,2003(4).
4437. 王尧美.《世说新语》写阮籍. 蒲松龄研究,2003(4).
4438. 张叔宁."纂缉旧文"与"自造"新文:试论《世说新语》的编撰方式. 明清小说研究,2003(4).
4439. 齐慧源.《三国演义》对《世说新语》材料的援引与重构. 徐州教育学院学报,2003(4).
4440. 李桂娥,高建新. 从《世说新语》看魏晋士人进步的妇女观. 内蒙古大学学报,2003(4).
4441. 蒋宗许. 中华书局《世说新语译注》读后. 中国语文,2003(4).
4442. 侯兴祥,汪晓梅. 从《世说新语·贤媛》看魏晋士人理想中的女性. 龙岩师专学报,2003(5).
4443. 刘伟生. 杜诗用《世说新语》事典情况分析. 株洲工学院学报,2003(6).
4444. 李丽珠. 云兴霞蔚 气象万千:读武忠平的水墨画集《世说新语》. 艺术界,2003(6).
4445. 李文洁.《世说新语·文学》的文学观. 学术界,2003(6).
4446. 李瑄. 论《世说新语》叙事的新变与传承. 社会科学研究,2003(6).
4447. 张法和. 源于《世说新语》的成语. 语文知识,2003(8).
4448. 向悦. 读《世说新语》看魏晋女子风度. 阅读与写作,2003(9).
4449. 李小平.《世说新语》附加式复音词构词法初探. 新疆石油教育学院学报,2003(4).
4450. 刘强."《世说》学"论纲. 学术月刊,2003(11).
4451. 宁稼雨.《世说新语》中的僧人故事与佛教士族化. 文学与文化(第4辑). 南开大学文学院. 南开大学出版社,2003.
4452. 曹道衡,沈玉成.《刘义庆幕中文士》、《刘义庆出镇豫州及南兖州》等二篇. 中古文学史料丛考. 中华书局,2003.
4453. 陈道贵. 对待文献材料应持客观审慎态度:以《世说新语》的引用为例. 学术界,2003(4);中华传统文化与新世纪国际学术研讨会论文集. 三秦出版社,2004.

4454. 高原.器范自然、师友造化的魏晋风度:《世说新语》人与自然一议.中国古代小说戏剧研究丛刊(第1辑).甘肃教育出版社,2003.

4455. 元鹏三.一部《世说新语》尽数魏晋风度.现代语文(高中读书版),2003(17).

4456. 王松泉,王静义.体验阅读乐趣　感受文化熏陶:读《〈世说新语〉三则》.中学语文,2003(24).

4457. 刘强.一则以喜,一则以憾(评朱铸禹《世说新语汇校集注》).读书,2003(9).

4458. 范子烨.《永乐大典》残卷中的《世说新语》佚文.文史(总第63辑),2003(2).

4459. 范子烨.《永乐大典》残卷中的《世说新语》佚文与宋人批注.庆祝卞孝萱先生八十华诞:文史论集.冬青书屋同学会编.凤凰出版社,2003.

4460. 谢奇懿.《世说新语》有无句的否定表现.台湾:东方人文学志,2003,2(1).

4461. 黄丽娟.魏晋名士的幽默:《世说新语.排调》探义.台湾:台中技术学院学报,2003-06,4.

4462. 李小平.《世说新语》重叠式复音词构词法浅探:兼论音节表义.苏州教育学院学报,2004(1).

4463. 张叔宁.刘孝标《〈世说新语〉注》体例探析.商丘师范学院学报,2004(1).

4464. 杨瑞.从《世说新语》看魏晋士风对女性生活的影响.钦州师范高等专科学校学报,2004(1).

4465. 李小平.《世说新语》同义复合词考察.云梦学刊,2004(1).

4466. 举人.《世说新语》(一)、(二)、(三).南京理工大学学报,2004(1、2).

4467. 阚续良.《世说新语》词语札记.古汉语研究,2004(2).

4468. 李小平.《世说新语》偏正式复音词构词法初探.延边教育学院学报,2004(2).

4469. 王同书.端凝飘逸 潇洒自然:《世说》的风度.蒲松龄研究,2004(2).

4470. 阮忠勇.从《世说新语》看魏晋士人之重才.浙江海洋学院学报,2004(2).

4471. 李然.清谈之乐与山水之美:从《世说新语》看魏晋士人的文化休闲活动.中文自学指导,2004(2).

4472. 黄帅.《世说新语》中"箸(著)"的用法分析.楚雄师范学院学报,2004

(2).

4473. 许琰.试论《世说新语》对《论语》的改造运用.兰州交通大学学报,2004(2).

4474. 曹辛华.论刘辰翁的小说评点修辞思想:以《世说新语》评点为例.山东师范大学学报,2004(2).

4475. 吕逸新,徐文明.美在深情:《世说新语》自然审美的意蕴.山东理工大学学报(社会科学版),2004(2).

4476. 李小平.试论汉语词汇在魏晋六朝时的复音化发展:以《论语》、《孟子》、《世说新语》为例.山东科技大学学报,2004(2).

4477. 吴冠宏.魏晋人钟情的生命特质及其殊义试探:以《世说·言语》"支公好鹤"一则为解读释例.东华学报,2004(4).

4478. 齐慧源.《世说新语》的特殊服饰与魏晋服饰文化.徐州教育学院学报,2004(3).

4479. 廖新彬.从《世说新语·任诞》看阮籍.浙江工商职业技术学院学报,2004(3).

4480. 张沈安,高云.《世说新语》对偶句艺术特色探析.沈阳教育学院学报,2004(3).

4481. 李最欣.《新世说》刍议.陕西师范大学继续教育学报,2004(3).

4482. 张晨.《世说新语·文学》之"文学"辨析.东南大学学报,2004(4).

4483. 熊国华.人物品评与《世说新语》的叙事结构.西南师范大学学报,2004(4).

4484. 《〈世说新语〉两则》课内检测与课外迁移.文教资料(初中版),2004(4).

4485. 周小兵.《何氏语林》是否包含《世说》的内容.明清小说研究,2004(4).

4486. 阮忠勇.论《世说新语》中魏晋士人钟情山水的原因.浙江海洋学院学报,2004(4).

4487. 刘伟生.杜诗与《世说新语》关系论略.求索,2004(5).

4488. 潘建国.凌濛初刊刻、评点《世说新语》考述.上海师范大学学报,2004(5).

4489. 〔日〕井上一之撰,李寅生译.略论《世说新语》中"人"的自称词用法.河池学院学报,2004(5).

4490. 刘志利.《世说新语》对艺术创作的评论.鞍山师范学院学报,2004(5).

4491. 倪美玲.《世说新语》"以言语传神明"的美的追求.衡阳师范学院学报,2004(5).

4492. 刘志伟.《语林》与《世说新语》“捉刀”条考论.文学遗产,2004(5).
4493. 刘伟生.论《世说新语》对杜甫杜诗的影响.喀什师范学院学报,2004(5).
4494. 王澧华.唐修《晋书》取材《世说》的是非得失.上海师范大学学报,2004(6).
4495. 钟其鹏.试论《世说新语》中谢安对家族子弟的教育.贵州民族学院学报,2004(6).
4496. 齐慧源.芝兰玉树生阶庭:《世说新语》中神童现象与魏晋家庭教育论略.徐州师范大学学报,2004(6).
4497. 余群.试论《论语》对《世说新语》的影响.学术交流,2004(10).
4498. 薛瑞萍.《世说新语》札记六篇.阅读与写作,2004(10、11).
4499. 刘伟生.生孝死孝与有情无情:《世说》摭谈之一.语文学刊,2004(11).
4500. 陈丽丽.《世说新语》的文论价值及其影响.南阳师范学院学报,2004(11).
4501. 韩军.论古代文学教学中的审美:兼论《世说新语》中的魏晋审美风尚.教育与职业,2004(24).
4502. 耿世诚.《世说新语》两则之比较导读.语文天地,2004(22).
4503. 宁稼雨.从《世说新语》看围棋的文化内涵变异.文学与文化(第5辑).南开大学文学院.南开大学出版社,2004;大连大学学报,2007(2).
4504. 唐翼明.评《世说新语》英译本.魏晋文学与玄学.长江文艺出版社,2004.
4505. 唐翼明.《世说新语》近代校笺注疏择要评议.魏晋文学与玄学.长江文艺出版社,2004.
4506. 曾文梁.《世说新语·伤逝》析.台北:辅仁国文学报,2004-01(增刊:纪念王静芝专号).
4507. 王妙纯.《世说新语·伤逝篇》新探.台湾:国文学报,2004-06(第35卷).
4508. 曾文梁.《世说新语·任诞》析.台北:辅仁国文学报,2004-07(20).
4509. 王建国.《世说新语》何以不收陶渊明:兼与宁稼雨先生商榷.康定民族师范高等专科学校学报,2005(1).
4510. 阮忠勇.从《世说新语》看魏晋书法的审美取向.浙江海洋学院学报,2005(1).
4511. 倪美玲.论《世说新语》的以形写神贵神明:借景物以衬神明.长沙大学学报,2005(1).

4512. 杨莉.论《世说新语》中的女性形象:兼论魏晋士人的女性观.安徽理工大学学报,2005(1).
4513. 杜坚敏.《世说新语》与魏晋人的情感世界.常州信息职业技术学院学报,2005(1).
4514. 张松辉.《世说新语》不是小说.湖南文理学院学报,2005(1).
4515. 于进海.《世说新语》"对"字研究:兼论"对"从上古到中古的词性演变.信阳师范学院学报,2005(1).
4516. 樊露露.论《世说新语》的笑话因素.河南教育学院学报,2005(1).
4517. 张勇.《世说新语》中的"清"范畴.东疆学刊,2005(1).
4518. 刘庆华.从《世说新语》看刘义庆的文学思想.贵州民族学院学报,2005(1).
4519. 刘伟生.杜诗与《世说》精神.中国韵文学刊,2005(1).
4520. 张勇.论《世说新语》的生态文艺思想.阜阳师范学院学报,2005(2).
4521. 鲁统彦.《世说新语》:史学与艺术的交融.学习与探索,2005(2).
4522. 鲁统彦.论《世说新语》的史学特征.首都师范大学学报,2005(2).
4523. 刘强,吴寅.《世说新语》文体考辨.复旦学报,2005(2).
4524. 林伦才,范义臣.东坡词与《世说》精神.重庆工学院学报,2005(2).
4525. 何正兵.《世说新语》:史传的孳生和演化.宜宾学院学报,2005(3).
4526. 赵静莲.《世说新语》总括范围副词试析.株洲师范高等专科学校学报,2005(3).
4527. 宁稼雨.《世说新语》与古代文学的精神史研究.中南民族大学学报,2005(3).
4528. 宁稼雨.《世说新语》中的裸袒之风.中华文化论坛,2005(3).
4529. 宁稼雨.从《世说新语》看人物品藻活动的内涵变异.盐城师范学院学报,2005(3).
4530. 王旭川.明代《世说新语》的研究及影响.上海师范大学学报,2005(3).
4531. 陈瑜.《世说新语》的成书与叙事.洛阳师范学院学报,2005(3).
4532. 李小平.《世说新语》复音副词初探.唐山师范学院学报,2005(3).
4533. 韩国颖.放达自然的世人风流:读《世说新语》札记.作文世界(高中),2005(3).
4534. 刘赛.范子烨《临川王刘义庆年谱》补正二则.黄冈师范学院学报,2005(4).
4535. 高原.器范自然的"魏晋风度":以《世说新语》为例.甘肃联合大学学报,2005(4).

4536. 金前文.《世说新语》题名浅议.遵义师范学院学报,2005(4).

4537. 举人.《世说新语》敬胤注.南京理工大学学报,2005(4).

4538. 王秀红.《世说新语》叙事对时间的模糊处理.太原师范学院学报,2005(4);保定师范专科学校学报,2006(3).

4539. 曾小霞.论《世说新语》中的支道林形象.沧州师范专科学校学报,2005(4).

4540. 张勇.《世说新语》审美范畴摭论.江汉大学学报,2005(5).

4541. 欧阳孙琳.论《世说新语·贤媛》之"贤".武汉理工大学学报,2005(5).

4542. 张小夫.从《世说·文学》看晋宋文学的流变.兰州学刊,2005(5).

4543. 倪晋波.支遁与东晋士人交往初论:以《世说新语》为中心.兰州学刊,2005(6).

4544. 宁稼雨.《世说新语》与人物品藻的范畴演变.文艺理论研究,2005(6).

4545. 杨敏.从《世说新语·容止》看六朝士人的仪表审美.中共成都市委党校学报,2005(6).

4546. 齐慧源.古代剧作对《世说新语》素材的艺术再造.艺术百家,2005(6).

4547. 周勇.从《世说新语》中的王氏看魏晋士风流变.天中学刊,2005(6).

4548. 宋艳.从《世说新语》看魏晋士人的审美追求.语文学刊,2005(7).

4549. 孙晓光.论《世说新语》的语言艺术创新.理论界,2005(7).

4550. 韩筱燕.源自《世说新语》的成语集萃.语文天地,2005(7).

4551. 毛三红.人格形象与审美:读《世说新语·容止》.写作,2005(7).

4552. 潘雁飞.封建社会君臣和谐张力的失衡与重构:《世说新语》"宠礼·元帝正会"考论.广西社会科学,2005(10).

4553. 李柏.浅谈《世说新语》中的女性群体.长春师范学院学报,2005(10).

4554. 冯盈之.从《世说新语》看魏晋人的仪容美追求.语文学刊,2005(11).

4555. 宁稼雨.从"物我两冥"到"不二法门":从《世说新语》看魏晋士人思维方式和处世态度的嬗变.佛学研究(2005 年卷).

4556. 宁稼雨.先秦两汉人物品藻活动的内涵嬗变.文学与文化(第 6 辑).南开大学文学院.南开大学出版社,2005.

4557. 高原.小说中的"绝句":论"诗化小说"《世说新语》的审美特征.中国古代小说戏剧研究丛刊(第 3 辑).甘肃教育出版社,2005.

4558. 康宁."情之所钟.正在我辈":浅谈《世说新语》的文人之"情".中国古代小说戏剧研究丛刊(第 3 辑).甘肃教育出版社,2005.

4559. 武任恒.中国古代著名笔记《世说新语》的社会心理学价值研究.第十届全国心理学学术大会论文摘要集.中国心理学会,2005.

4560. 陈引驰. 由《世说新语·文学篇》略窥其时"文学"之意谓. 复旦大学第二届中国文论国际研讨会论文集. 2005.

4561. 钱南秀.《大东世语》与日本《世说》仿作. 域外汉籍研究集刊(第1辑). 中华书局,2005.

4562. 魏岫明.《世说新语》中"偏指相字"的语用探讨. 台湾:台大中文学报,2005-06(22).

4563. 许瑞娟. 魏晋名士之雅量:以《世说新语·雅量》为探讨中心. 东方人文学志(台湾),2005-06,4(2).

4564. 杨莉. 由士大夫到名士:从《世说新语》看汉末至魏晋士风的嬗变. 乐山师范学院学报,2006(1).

4565. 周冉冉. 从《世说新语》的幽默因素看魏晋时期的思想解放. 乐山师范学院学报,2006(1).

4566. 晓戴. 深情与性灵:读《世说新语》. 当代贵州,2006(1).

4567. 杨淑鹏.《世说新语·贤媛》选录特色探析. 太原师范学院学报,2006(1).

4568. 燕世超. 中国古代生态美学的物性与神性:从《世说新语》看古人的生态智慧. 重庆社会科学,2006(1).

4569. 张灵."林下风气"与"闺房之秀":从《世说新语》看魏晋时期的女性观. 怀化学院学报,2006(1).

4570. 刘红妮.《搜神记》与《世说新语》疑问句语气助词初探. 玉溪师范学院学报,2006(2).

4571. 李小平. 从《世说新语》看魏晋六朝的谦敬称谓. 西南科技大学学报,2006(1).

4572. 李艳,任彦智.《世说新语》中的程度补语研究. 长春大学学报,2006(1).

4573. 王鹏. 写照传神 风雅妙悟:《世说新语》的诗情画意. 蒲松龄研究,2006(1).

4574. 曲艺. 从《世说新语》看魏晋士人对老庄思想的接受. 昭通师范高等专科学校学报,2006(1).

4575. 刘强.《世说新语》与《后汉书》比较研究. 天中学刊,2006(1).

4576. 陈卫星,杜菁锋.《世说新语》书名考论. 天中学刊,2006(1).

4577. 周一良. 关于《世说新语》的作者问题. 清华大学学报,2006(1).

4578. 尹雪华. 也谈《世说新语》的文体. 西华大学学报,2006(2).

4579. 刘伟生. 一往情深,质性自然:从《世说新语·伤逝》看魏晋士人的情感价值与表达. 中北大学学报,2006(2).

4580. 冯青.《世说新语新校》中的校笺商榷. 固原师专学报,2006(2).

4581. 王兴芬.《世说新语》"豪爽"门发微. 固原师专学报,2006(2).

4582. 霍有明,杨文瑞. 一往情深 一往情真:试论《世说新语》中的"情". 陕西师范大学继续教育学报,2006(2).

4583. 冯青.《世说新语新校》中的笺疏商兑. 新余高专学报,2006(2).

4584. 刘强. 从《晋书》看唐代的《世说新语》接受. 上海师范大学学报,2006(2).

4585. 亓文香. 从《世说新语》、《搜神记》等看魏晋南北朝物量表示法:对刘世儒、王绍新先生相关研究的一点异议. 上饶师范学院学报,2006(2).

4586. 崔显艳. 从《世说新语》的体例分析儒家对士人精神的渗透. 兰州教育学院学报,2006(2).

4587. 赵小东,黄宜凤.《世说新语》存在动词"有"引导的兼语句研究. 西昌学院学报,2006(3).

4588. 武任恒.《世说新语》:一部记录古代中国人人格特质的著作:兼与中国人人格"七大"因素对应比较. 心理学探索,2006(3).

4589. 高小慧. 浅论魏晋南北朝女性意识的觉醒:《世说新语》札记. 河南教育学院学报,2006(3).

4590. 陈晓清. 试论"世说"风情. 阜阳师范学院学报,2006(3).

4591. 王新. 试论《世说新语》对史传模式的继承与突破. 徐州教育学院学报,2006(3).

4592. 周昌梅. 在史学与文学的边缘:对六朝小说文体的考察:以《搜神记》、《世说新语》为例. 青岛大学师范学院学报,2006(3).

4593. 高磊,张洪四. 从《文心雕龙》不提《世说新语》看刘勰的文学观. 广西师范学院学报,2006(4).

4594. 杨文瑞. 非必丝与竹 山水有清音:从《世说新语》看山水美的发现和体味. 保定师范专科学校学报,2006(4).

4595. 王一芝,戴忠.《世说新语》中男女角色的审美错位. 江西教育学院学报,2006(4).

4596. 房瑞丽. 刘孝标《世说新语注》简论. 湖南工程学院学报,2006(4).

4597. 孙守让. 文史互济 相得益彰:《世说新语》与历史的真实性. 阅读与写作,2006(4).

4598. 刘强,郭永辉. 当代《世说新语》语言学研究述论. 同济大学学报,2006(4).

4599. 李传书.《世说新语新校》商榷：兼及校勘古籍应注意的一些问题. 古籍整理研究学刊，2006(4).
4600. 刘五一. 从《世说新语》看天中士人文化. 郑州大学学报，2006(4).
4601. 贡树铭.《世说新语》医药情节评述. 中医药文化，2006(4).
4602. 卞东波. 大隐的缺席：陶渊明不入《世说新语》新释. 古典文学知识，2006(4).
4603. 闫海燕.《世说新语》人物品藻中的自然审美现象. 常熟理工学院学报，2006(5).
4604. 李修建. 秀骨清像："世说新语时代"的人物之美. 阴山学刊，2006(5)；美与时代 2006(6).
4605. 马智全.《世说新语》中的曹操形象. 社科纵横，2006(5).
4606. 周昌梅. 从《世说新语》的文体特征看《隋志》的小说观念. 社会科学辑刊，2006(5).
4607. 李瑄.《世说新语》的叙事学分析："雅"—"俗"的审美基本模式. 四川师范大学学报，2006(5).
4608. 张蕊青. 从《世说新语》看宗教与文学的互动和影响. 苏州大学学报，2006(5).
4609. 宁稼雨. 从"得意忘言"到"语默齐致"：从《世说新语·文学》"三语掾"故事看维摩名言观的影响. 文史知识，2006(6).
4610. 龙慧.《世说新语》心理动词研究. 井冈山学院学报，2006(5).
4611. 施红梅. 试论《世说新语》少儿形象的思想内涵. 宿州教育学院学报，2006(6).
4612. 潘润娇. 从《世说新语》看晋人的深情与无情. 天中学刊，2006(6).
4613. 王嘉. 从《世说新语》看魏晋女性个体意识. 当代经理人(下旬刊)，2006(7).
4614. 刘梅. 凌晨风而长啸 托归流而永吟：解读《世说新语》所蕴含的自我意识. 名作欣赏，2006(10).
4615. 罗素珍.《世说新语》与《洛阳伽蓝记》中语气词"也"比较研究. 现代语文(语言研究版)，2006(10).
4616. 马跃敏. 作为生命的艺术系统：《世说新语》的文化精神分析. 名作欣赏，2006(14).
4617. 王庆杰. 历史是一种语境：以《世说新语》为例. 文教资料，2006(21).
4618. 毛丽娜.《世说新语》与《洛阳伽蓝记》程度副词比较研究. 语文学刊，2006(24).

4619. 周昌梅.小说应“小”:中国传统小说观念的考察:从《搜神记》和《世说新语》的文体异同入手.重庆社会科学,2006(12);中国古代、近代文学研究,2007(4).

4620. 乐黛云.晋人之美:反映中国文人生活的最初结集《世说新语》.解放军艺术学院学报,2006(4);中国知识分子的形与神:东方文化集成.昆仑山出版社,2006.

4621. 孔毅.《世说新语》的德行观.魏晋南北朝史论文集:中国魏晋南北朝史学会第八届年会暨缪钺先生百年诞辰国际学术研讨会论文集.巴蜀书社,2006.

4622. 蒋宗许.《世说新语新校》辨误. 古代文献的考证与诠释:2006 年海峡两岸古典文献学国际学术会议论文集.上海古籍出版社,2006.

4623. 程光胜.《世说新语》中的酒文化.第六届国际酒文化学术研讨会论文集.2006.

4624. 冯青.《世说新语》标点正误一则.语文学刊,2007(1).

4625. 刘冠军.周处“转差”的启示:读《世说新语周处年少时》有感.教育科学论坛 2007(1).

4626. 赵丽恒.就《世说新语》看魏晋南北朝的婚姻文化.许昌学院学报,2007(1).

4627. 吴大堂.论《世说新语》中的景物描写.江西教育学院学报,2007(1).

4628. 周远斌.属“小说”类,但非小说:关于《世说新语》的一桩公案.蒲松龄研究,2007(1).

4629. 刘汉生.《史记》与《世说新语》人称代词比较.天中学刊,2007(1).

4630. 丽君.阅读经典《世说新语》(三):杨修逸事.作文世界(初中),2007(1).

4631. 张二平.从《世说新语》看支遁清谈.湖北广播电视大学学报,2007(1).

4632. 田江.对《世说新语》中小人物的新解.文教资料,2007(1).

4633. 刘伟生.清谈之盛与口欲之颠:《世说新语》摭谈.株洲师范高等专科学校学报,2007(1).

4634. 李修建.《世说新语》与魏晋士人形象.保定师范专科学校学报,2007(1).

4635. 甄芸.从《世说新语》看魏晋士人的生命意识.牡丹江师范学院学报,2007(1).

4636. 景楠.试析魏晋风度对魏晋时期女性的影响:从《世说新语·贤媛篇》谈起.社会科学家,2007(增刊 1).

4637. 周毅.从《世说新语》看魏晋时期人物评判的审美取向.廊坊师范学院学报,2007(2).

4638. 王水香.从《世说新语》探析魏晋士人的尚情思想.读与写(教育教学刊),2007(2).

4639. 姜晟颖.以尔性情,成尔人性:《世说新语》中的魏晋风骨.美文(少年散文),2007(2).

4640. 宁稼雨.《世说新语》中士族的经济生活与精神归宿.上海财经大学学报(哲学社会科学版),2007(2).

4641. 举人.汪藻的《世说新语叙录》.南京理工大学学报(社会科学版),2007(2).

4642. 甄静.从《世说新语》看魏晋南朝士人的女性观.贵州文史丛刊,2007(2).

4643. 张立兵.《诗》"经"的解构与文学的张扬:试论《世说新语》引《诗》的特点及其产生原因.社会科学家,2007(2).

4644. 张玉茸.简论《世说新语》中的女性群体.陕西释放大学学报,2007(增刊2).

4645. 查常平.装置、行为的现场与起源:评"世说新语"当代艺术展.大艺术,2007(2).

4646. 王晗.从《世说新语》看魏晋士人的审美文化追求.濮阳职业技术学院学报,2007(2).

4647. 成林.从《世说新语》看魏晋时代家庭伦理观念.南京审计学院学报,2007(2).

4648. 董志翘.《世说新语》疑难词语考索.古汉语研究,2007(2).

4649. 蔡梅娟.《晏子春秋》文体辨析:兼与《世说新语》比较.管子学刊,2007(2).

4650. 杨蕊.浅论《世说新语》之俗.焦作师范高等专科学校学报,2007(2).

4651. 袁济喜.从《世说新语》看思想对话与文学批评.中国文化研究,2007(2).

4652. 齐慧源.《儒林外史》对《世说新语》"贤媛"观的继承与超越.明清小说研究,2007(2).

4653. 杨健.从《世说新语》看东晋琅邪王氏文人心态.牡丹江师范学院学报,2007(3).

4654. 戴道谦.从《世说新语》看魏晋诗人的感伤之情与解脱之径.牡丹江师范学院学报,2007(3).

4655. 王文革.从《世说新语》看魏晋风度的审美本质.华中师范大学学报(人文社会科学版),2007(3).
4656. 董志翘.释《世说新语》"逆风""逆风家".中国语文,2007(3).
4657. 房厚信.从《世说新语》的编撰看刘义庆的女性观.宿州学院学报,2007(3).
4658. 苏建新.逾墙:从《世说新语》到《莺莺传》、《西厢记》.徐州工程学院学报,2007(3).
4659. 宁稼雨.从《世说新语》看魏晋士族婚姻观念变化.广州大学学报,2007(3).
4660. 齐慧源.《世说新语》及世说体小说体例特征审美.徐州教育学院学报,2007(3).
4661. 罗玲云.《郭子》与《语林》、《世说新语》.中国矿业大学学报,2007(3).
4662. 冯青.异文词汇研究与《汉语大词典》编纂:以《世说新语》和《晋书》异文词汇为例.河北科技师范学院学报,2007(3);江汉大学学报,2007(6).
4663. 蒲日材.也谈《世说新语》何以不收陶渊明.天中学刊,2007(3).
4664. 吕菊.《世说新语》早慧现象探究.重庆邮电大学学报,2007(3).
4665. 黄凤玲.从《世说新语》看魏晋女性的家庭角色和地位.双语学习,2007(4).
4666. 彭昊.《世说新语》中士人仪容审美标准探析.怀化学院学报,2007(4).
4667. 樊露露.论《世说新语》的人物关系网:以王述为中心的考察.长大学学报,2007(4).
4668. 袁津琥.从民俗角度解析《世说新语》"土下水上据木必死"的真实涵义.四川烹饪高等专科学校学报,2007(4).
4669. 韩军,李桂娥.传神写照,正在阿堵中:从《世说新语》看魏晋重神的审美风尚.邯郸学院学报,2007(4).
4670. 廖晓宇,项健.从《世说新语》看魏晋文人的生存状态.文学教育(上),2007(4).
4671. 蔡梅娟.《世说新语》与魏晋名士的生存理想.甘肃社会科学,2007(5).
4672. 王立新.试论《世说新语》的艺术成就.重庆交通大学学报,2007(5).
4673. 常红艳.《〈世说新语〉两则》教学案例.语文建设,2007(5).
4674. 白雁南.《世说新语》复音节语气副词的特点和发展.阜阳师范学院学报,2007(5).
4675. 赵雷.《世说新语》研究与魏晋文学史的"原生态"视角.江汉大学学报,

2007(6).

4676. 杨芳芳. 东晋名相王导的人格魅力:浅谈《世说新语》中王导的人物形象. 现代企业教育,2007(6).

4677. 施行功.《世说新语》与蔑视礼教. 齐齐哈尔师范高等专科学校学报,2007(6).

4678. 王馨.《世说新语》中的魏晋士人风貌. 东北农业大学学报,2007(6).

4679. 刘强. 奇书共欣赏:《世说新语》简介. 古典文学知识,2007(6).

4680. 白雁南.《世说新语》同形异类语气副词辨析. 周口师范学院学报,2007(6).

4681. 白雁南.《世说新语》单音节语气副词的继承和发展. 河西学院学报,2007(6).

4682. 张玲. 行品与性品:《世说新语》的文化叙事结构. 高等函授学报,2007(6).

4683. 彭昊. 论《世说新语》人物品评中的"神人"形象. 湖南科技学院学报,2007(7).

4684. 颜丽. 从原型视角看《世说新语》连动结构的层级. 辽宁行政学院学报,2007(8).

4685. 章桉. 魏晋风流与《世说新语》. 求索,2007(9).

4686. 房新宁. 浅析《世说新语》中的人物美. 东南传播,2007(9).

4687. 赵雷.《世说新语》之于魏晋文学史研究的"原生态"视角. 韶关学院学报,2007(11).

4688. 甄静. 论《世说新语》在元明清时期的改编传播. 商丘师范学院学报,2007(11).

4689. 蒋晓薇.《世说新语》"一般地看"同义语义场研究. 湖北广播电视大学学报,2007(12).

4690. 高娴. 论《世说新语》与魏晋士人的在世情怀. 湖北教育学院学报,2007(12).

4691. 郭灿辉. 从《世说新语》看魏晋士人生命意识的二重性. 黑龙江教育学院学报,2007(12).

4692. 李丽君.《世说新语》"清"谈. 名作欣赏,2007(15).

4693. 蒲日材. 情动于中,韵味无穷:谈《世说新语》的情感世界. 名作欣赏,2007(24).

4694. 祁志祥. "雅量"与"任诞":从《世说新语》看魏晋玄学的审美取向及其分裂. 上海市社会科学界第五届学术年会文集(哲学·历史·人文学

科卷). 上海人民出版社,2007.

4695. 黄进德主编. 南朝文学部·刘义庆. 中华大典·文学典·魏晋南北朝文学分典. 凤凰出版社,2007.

研究生学位论文

4696. 马森.《世说新语》研究. 台湾:台湾师范大学中国文学研究所1959年硕士学位论文.

4697. 王富祥.《世说新语》注校正. 台湾:中国文化大学中国文学研究所1966年硕士学位论文.

4698. 詹秀惠.《世说新语》语法探究. 台湾:台湾大学中国文学研究所1971年博士学位论文.

4699. 朴敬姬.《世说新语》中人物品鉴之研究. 台湾:政治大学中国文学研究所1981年硕士学位论文.

4700. 林志孟.《世说新语》人物考. 台湾:中国文化大学中国文学研究所1983年硕士学位论文.

4701. 尤雅姿. 刘义庆及其《世说新语》之散文. 台湾:台湾师范大学中国文学研究所1986年硕士学位论文.

4702. 陈慧玲. 由《世说新语》探讨:魏晋清谈与隽语之关系. 台湾:东吴大学中国文学研究所1987年硕士学位论文.

4703. 金长焕.《世说新语》研究. 汉城大学1987年硕士学位论文.

4704. 方一新.《世说新语》语词研究. 杭州大学1989年博士学位论文.

4705. 朴美铃.《世说新语》中所反映的思想研究. 台湾:中国文化大学中国文学研究所1989年硕士学位论文.

4706. 廖柏森.《世说新语》中人物美学之研究. 台湾:东海大学哲学研究所1990年硕士学位论文.

4707. 寥丽凤.《世说新语》之人物群像与描写技巧研究. 台湾:台湾师范大学中国文学研究所1990年硕士学位论文.

4708. 陈永瑢.《皇明世说新语》之研究. 台湾:高雄师范大学中国文学研究所1990年硕士学位论文.

4709. 梅家玲.《世说新语》的语言艺术. 台湾:台湾大学中国文学研究所1991年博士研究生学位论文.

4710. 王能宪.《世说新语》研究. 北京大学1991年博士学位论文.

4711. 蔡丽玲. 从晚明"世说体"著作的流行论张岱的《快园道古》. 台湾"清华大学文学研究所"1993年硕士学位论文.

4712. 徐丽真.《世说新语》呈现之魏晋士人审美观研究.台湾:政治大学中国文学研究所 1995 年博士学位论文.
4713. 姚琪姝."世说体"小说发展述论.台湾:中兴大学中国文学系 1996 年硕士学位论文.
4714. 范子烨.《世说新语》研究.陕西师范大学 1994 年博士学位论文.
4715. 方碧玉.魏晋人物品评风尚探究:以《世说新语》为例.台湾:中兴大学历史学系 1996 年硕士学位论文.
4716. 陈美惠.《世说新语》所呈现魏晋南北朝之妇女群像研究.台湾:高雄师范大学国文学系 1997 年硕士学位论文.
4717. 李宛怡.由《世说新语》论魏晋名士生命之美.台湾:成功大学艺术研究所 1998 硕士学位论文.
4718. 吴惠玲.《世说新语》之人物美学研究.台湾:台湾师范大学国文学系 1998 年硕士学位论文.
4719. 林琇宽.《世说新语》叙事结构之研究.台湾:中兴大学中国文学系 1999 年硕士学位论文.
4720. 官廷森.晚明世说体著作研究.台湾:政治大学中国文学系 1999 年硕士学位论文.
4721. 曾文梁.《世说新语》研究.台北:辅仁大学中文系 2000 年博士学位论文.
4722. 李淑婷.《世说新语》联绵词研究.台湾:东吴大学中国文学系 2000 年硕士学位论文.
4723. 宁稼雨.士族之魂:《世说新语》中的士人人格精神.南开大学 2000 年博士学位论文.
4724. 吕雅雯.《世说新语》所呈现之魏晋神童群象研究.台湾:中国文化大学中国文学研究所 2001 年硕士学位论文.
4725. 刘玉屏.从《世说新语》看魏晋南北朝时期汉语语法的流变.福建师范大学 2001 年硕士学位论文.
4726. 陈瑜.《世说新语》的叙事研究.华中师范大学 2001 年硕士学位论文.
4727. 李瑄.论《世说新语》的叙事.西南师范大学 2001 年硕士学位论文.
4728. 贺菊玲.《世说新语》语气副词研究.陕西师范大学 2001 年硕士学位论文.
4729. 胡玉华.《世说新语》助动词研究.陕西师范大学 2001 年硕士学位论文.
4730. 胡新华.《世说新语》笺补.武汉大学 2001 年硕士学位论文.

4731. 李桂娥. 黑暗中的微明 跌落中的上扬：从《世说新语》看魏晋妇女"解放". 内蒙古大学 2001 年硕士学位论文.

4732. 陈瑜.《世说新语》的叙事研究. 华中师范大学 2001 年硕士学位论文.

4733. 刘强.《世说新语》文体研究. 上海师范大学 2001 年硕士学位论文.

4734. 王妙纯. 从《世说新语》看东汉至东晋士人之人生观. 台湾：中正大学中国文学系 2002 年硕士学位论文.

4735. 周翊雯. 魏晋时空下的身体展演：《世说新语》之研究. 台湾：中兴大学中国文学系 2002 年硕士学位论文.

4736. 孙世民.《世说新语》反映的魏晋老学. 台湾：彰化师范大学国文学系 2002 年硕士学位论文.

4737. 王立新.《世说新语》人物群像研究. 重庆师范学院 2002 年硕士学位论文.

4738. 卢欣欣.《世说新语》与魏晋美学新风. 郑州大学 2002 年硕士学位论文.

4739. 甄静. 从《世说新语》看魏晋士人的社会生活. 华南师范大学 2003 年硕士学位论文.

4740. 王秀红.《世说新语》叙事研究. 西北师范大学 2003 年硕士学位论文.

4741. 刘春芳.《世说新语》篇章结构语用分析研究. 山西大学 2003 年硕士学位论文.

4742. 白雁南. 浅谈《世说新语》语气副词的特点和发展：兼与《孟子》比较. 陕西师范大学 2003 年硕士学位论文.

4743. 钟怡音.《世说新语》中门阀士人的家族与家族观. 福建师范大学 2003 年硕士学位论文.

4744. 毛永正.《世说新语》宋元话本语法比较研究. 曲阜师范大学 2003 年硕士学位论文.

4745. 郑惠玲. 名教自然与士的自觉：从《世说新语》看魏晋士人的生命观. 台湾：彰化师范大学国文学系在职进修专班 2003 年硕士学位论文.

4746. 郭艳. 试论《世说新语》的文学性. 山西大学 2004 年硕士学位论文.

4747. 曹瑞锋. 东晋士人出处研究：以《世说新语》为主要考察对象. 河北师范大学 2004 年硕士学位论文.

4748. 刁文慧.《世说新语》与心物自然境界. 北京语言大学 2004 年硕士学位论文.

4749. 刘强.《世说》学引论. 复旦大学 2004 年博士学位论文.

4750. 孔祥军.《世说新语》美学思想研究. 扬州大学 2004 年硕士学位论文.

4751. 赵小东.《世说新语》兼语句研究.四川师范大学2004年硕士学位论文.
4752. 郭艳.试论《世说新语》的文学性.山西大学2004年硕士学位论文.
4753. 刘文霞.《世说新语》中的判断句研究.河北师范大学2004年硕士学位论文.
4754. 许秋华.《世说新语》介词及介词结构.东北师范大学2004年硕士学位论文.
4755. 田豆豆.《世说新语》的休闲性及其价值研究.北京师范大学2004年硕士学位论文.
4756. 陶恒.从《世说新语》看魏晋文学的家族性特征.北京师范大学2004年硕士学位论文.
4757. 刁文慧.《世说新语》与心物自然境界.北京语言大学2004年硕士学位论文.
4758. 陈盈君.《世说新语》研究:立言及其儒家经世内涵探析.台湾:东海大学中国文学系2004年硕士学位论文.
4759. 杨同鲁.《世说新语》在宋词中的接受研究:以苏、辛词用典为个案.北京师范大学2005年硕士学位论文.
4760. 江南.《世说新语》之审美精神初探.重庆师范大学2005年硕士学位论文.
4761. 冯栎钧.《世说新语》:"世说体"确立的丰碑.重庆师范大学2005年硕士学位论文.
4762. 蔡言胜.《世说新语》方位词研究.复旦大学2005年博士学位论文.
4763. 李玫莹.《三国志》和《世说新语》谦敬语探索.西南师范大学2005年硕士学位论文.
4764. 高钰京.《世说新语》中实义动词同义现象研究.河南大学2005年硕士学位论文.
4765. 李建华.《晋书》材料源于《世说新语》研究.河南大学2005年硕士学位论文.
4766. 张明.《世说新语》副词研究.东北师范大学2005年硕士学位论文.
4767. 梅光泽.《世说新语》副词研究.安徽师范大学2005年硕士学位论文.
4768. 李柏.《世说新语》人物形象研究.东北师范大学2005年硕士学位论文.
4769. 张云.《世说新语》交际称谓析要.山东大学文史哲研究院2005年硕士学位论文.

4770. 马予超.《世说新语》形容词研究. 四川师范大学2005年硕士学位论文.

4771. 李修建.《世说新语》中魏晋士人形象的美学研究. 中国人民大学2005年硕士学位论文.

4772. 郭丽.《世说新语》的人物美. 中国社会科学院研究生院2005年硕士学位论文.

4773. 华建光.《世说新语》述宾结构研究. 中国人民大学2005年硕士学位论文.

4774. 亓文香. 从《世说新语》、《搜神记》等看魏晋南北朝物量表示法. 山东大学文学院2005年硕士学位论文.

4775. 陈静.《幽明录》、《世说新语》校释研究：以与类书比勘为中心. 浙江大学2005年硕士学位论文.

4776. 周孟贞. 魏晋士人品味风尚研究：以《世说新语》为考察核心. 台湾：彰化师范大学国文学系2005年硕士学位论文.

4777. 詹惠玲. 魏晋时期文人之社群活动：以《世说新语》为主. 台湾：中山大学中国语文学系研究所2005年硕士学位论文.

4778. 张晓明. 从《晋书》看《世说新语》对史传文学的贡献. 首都师范大学2006年硕士学位论文.

4779. 赵欣. 论“魏晋风度”与《世说新语》. 内蒙古大学2006年硕士学位论文.

4780. 朱洁.《世说新语》人称代词研究. 北京语言大学2006年硕士学位论文.

4781. 尹敏.《世说新语》美学思想研究. 贵州大学2006年硕士学位论文.

4782. 郭连锋. 从《世说新语》看魏晋士人的反礼俗倾向. 云南大学2006年硕士学位论文.

4783. 黄崑威. 从名士与名僧的交往看魏晋思想界. 苏州大学2006年硕士学位论文.

4784. 曾静. 浮出男性文本的女性形象：《世说新语》的女性研究. 云南大学2006年硕士学位论文.

4785. 刘赛. 刘义庆文学群体及其文学活动考述. 湖北大学2006年硕士学位论文.

4786. 吴胜男.《世说新语》中“自我”展现之研究. 台湾：台北市立教育大学应用语言文学研究所2006年硕士学位论文.

4787. 陈逸如.《世说新语》呈现之隐逸风气研究. 台湾：高雄师范大学国文教

学硕士班 2006 年硕士学位论文.

4788. 何心蓓.《世说新语》中士人交游网络之研究.台湾:中兴大学中国文学系 2006 年硕士学位论文.

4789. 施锦瑢.从认知发展理论探究《世说新语》中儿童的聪慧形象.台湾:东海大学中国文学系 2006 年硕士学位论文.

4790. 董晔.《世说新语》美学研究.山东大学 2007 年博士学位论文.

4791. 丁建川.《世说新语》名词、动词、形容词研究.山东大学 2007 年博士学位论文.

4792. 王俊飞.《世说新语》儒学思想辨析.兰州大学 2007 年硕士学位论文.

4793. 陶玲.《世说新语》中所展现的魏晋人物美.兰州大学 2007 年硕士学位论文.

4794. 姜肇函.从《世说新语》看魏晋时期女性的生活状况.兰州大学 2007 年硕士学位论文.

4795. 李林红.从《世说新语》和魏晋文献看魏晋人体审美.西北大学 2007 年硕士学位论文.

4796. 王志兵.论《世说新语》中的魏晋士人形象.青岛大学 2007 年硕士学位论文.

4797. 毛丽娜.《世说新语》与《齐民要术》副词比较研究.南京师范大学 2007 年硕士学位论文.

4798. 左凌姣.《世说新语》比较句研究.延边大学 2007 年硕士学位论文.

4799. 张彩琴.《三国志》和《世说新语》时间副词研究.西南大学 2007 年硕士学位论文.

4800. 冯青.《世说新语》与《晋书》异文词汇研究.广西师范大学 2007 年硕士学位论文.

4801. 黄佩思."知其名目,识其所宜":关于《世说新语》称谓语研究.复旦大学 2007 年硕士学位论文.

4802. 康庄.论《世说新语》中的生态智慧.陕西师范大学 2007 年硕士学位论文.

4803. 钟兆惠.从《世说新语》看魏晋人的审美理想.安徽大学 2007 年硕士学位论文.

4804. 赵志清.《世说新语》刘氏注研究.山东大学文史哲研究院 2007 年硕士学位论文.

4805. 范丽花.《世说新语》中魏晋士人饮食文化研究.江南大学 2007 年硕士学位论文.

4806. 张丽.《世说新语》与魏晋文论.中央民族大学2007年硕士学位论文.

4807. 李美娟.从《论语》与《世说新语》看道德的演变.台湾:高雄师范大学国文教学硕士班2007年硕士学位论文.

日本论文

4808. 宇都宫清古.「世説新語」の時代.东方学报,第十册.1939.

4809. 吉川幸次郎.「世説新語」の文章.东洋学报,第十册之一～二号.1939.

4810. 华忱之.関于「世説新語」.斯文24—11,1942.

4811. 村上嘉实.「世説新語」の機智的性格.史林,第29卷第3号.1944.

4812. 村上嘉实.「世説新語」に现れたる個性.羽田博士颂寿纪年论文集,1950(东洋文史研究会).

4813. 古田敬一.類書等所引「世説新語」について.广岛大学文学部纪要(通号3),1953-02(广岛大学文学部).

4814. 冈村繁.「世説」所見話言用典考.广岛大学文学部纪要(通号5),1954-03(广岛大学文学部).

4815. 矢野主税.「世説叙録」の価値について.史学杂志66(9),1957-09(史学会编/山川出版社).

4816. 高桥清.《世说新语》索引.中文研究丛刊(第6辑),日本广岛大学文学部中国文学研究室,1959.

4817. 大矢根文次郎.「世説」と教化性.东洋文学研究(通号8),1960-03(早稻田大学东洋文学会编).

4818. 川胜义雄.江戸時代における「世説」研究の一面:建仁寺高峰和尚の研究をめぐって.东方学(通号20),1960-07(东方学会).

4819. 大矢根文次郎.江戸時代における「世説新語」について.早稻田大学教育学部学术研究,人文・社会・自然(通号9),1961-01(早稻田大学教育学部编).

4820. 大矢根文次郎.「世説」の原拠とその截取改修について.东洋文学研究(通号9),1961-04(早稻田大学东洋文学会编).

4821. 中国中世文学研究会.讀「世説新語」札記:文学篇(一).中国中世文学研究(2),1962-03(中国中世文学会).

4822. 森野繁夫.「世説新語」考異の価値.中国中世文学研究(3),1963-03(中国中世文学会).

4823. 小尾郊一."馨"字について:「世説新語」ノートより.中国中世文学研究(3),1963-03(中国中世文学会).

4824. 松田克之佑.「世説新語」德行篇の德行に关する一考.迹见学园国语科纪要(13),1965-03.

4825.《世说》轮讲会.「世説新語注」訳解(1).东洋文学研究(14),1966(早稻田大学).

4826.《世说》轮讲会.「世説新語注」訳解(2).东洋文学研究(15),1967(早稻田大学).

4827. 大矢根文次郎.「世説新語」の言語篇について.早稻田大学教育学部学术研究,人文社会科学篇(通号17).1968(早稻田大学教育学编).

4828.《世说》轮讲会.「世説新語注」訳解(3).东洋文学研究(通号16),1968-03(早稻田大学东洋文学会编).

4829. 伏见冲敬.唐寫本「世説新書」.书品(通号193),1968-08(东洋书道协会编).

4830. 稻田尹.王謝の系譜——「世説新語」を中心として.鹿儿岛大学文科报告4(国文学・汉文学),1968-10(鹿儿岛大学教养部).

4831. 森三树三郎,宇都宫清吉译.世说新语、颜氏家训.平凡社(中国古典文学大系九),1969.

4832. 大矢根文次郎.「世説新語」の文学・芸・術篇について.东洋文学研究(通号17),1969-03(早稻田大学东洋文学会编).

4833.《世说》轮讲会.「世説新語注」訳解(4).东洋文学研究(通号17),1969-03(早稻田大学东洋文学会编).

4834. 德田武.「大東世語」論-1-服部南郭における「世説新語」.东洋文学研究17,1969.

4835. 德田武.「大東世語」論-2-服部南郭における「世説新語」.中国古典研究(通号16),1969-06(中国古典研究会).

4836. 稻田尹.王謝の系譜-2-「世説新語」を中心として.鹿儿岛大学文科报告5(国文学・汉文学・心理学),1969-10(鹿儿岛大学教养部).

4837. 川胜义雄.「世説新語」の編纂をめぐって——元嘉の治の一面.东方学报(通号41),1970-03(京都大学人文科学研究所编).

4838.《世说》轮讲会.「世説新語注」注解(5).东洋文学研究(通号18),1970-03(早稻田大学东洋文学会编).

4839. 中国中世文学研究会.読「世説新語」札記(文学篇)-2-.支那学研究(通号35),1970-10(广岛支那学会).

4840.《世说》轮讲会.「世説新語注」訳解(6).东洋文学研究(通号19),1971-03(早稻田大学东洋文学会编).

4841. 稻田尹. 王謝の系譜——「世説新語」を中心として—3—. 鹿儿岛大学文科报(通号 7),1971-09(鹿儿岛大学教养部).

4842. 森野繁夫.「世説新語」における評語(一):"詣"字を中心として. 中国中世文学研究(8),1971-09(中国中世文学会).

4843. 村上嘉实. 魏晋における徳の多様性について —「世説新語」の思想. 铃木博士古稀记念东洋学论丛,1972.

4844. 八木泽元. 世説から新書・新語への発展—「世説新語」伝本考. 鸟居久靖先生华甲记念论集(中国の言语と文学). 1972. .

4845. 井波律子. 乱世の感情(1):「世説新語」の人人. 飆風 2. 1972.

4846. 井波律子. 乱世の感情(2):「世説新語」の人人. 飆風 3. 1972.

4847.《世说》轮讲会.「世説新語注」訳解(7). 东洋文学研究(通号 20),1972-03(早稻田大学东洋文学会编).

4848. 羽床正范."けい"康の音楽思想について. 福冈女子短大纪要 5,1972-03(福冈国际大学・福冈女子短期大学).

4849. 森野繁夫.「世説新語」およびその注にみえる評語——"簡"と"率". 东方学(通号 44),1972-07(东方学会).

4850. 稻田尹. 王謝の系譜:「世説新語」を中心として—4—. 鹿儿岛大学文科报告第 1 分册哲学・伦理学・心理学・国文学・汉文学篇 8(1),1972-09(鹿儿岛大学教养部).

4851. 稻田尹. 王謝の系譜:「世説新語」を中心として—5—. 鹿儿岛大学文科报告第 1 分册哲学・伦理学・心理学・国文学・汉文学篇 9(1),1973-10(鹿儿岛大学教养部).

4852. 稻田尹. 王謝の系譜:「世説新語」を中心として—6—. 鹿儿岛大学文科报告第 1 分册哲学・伦理学・心理学・国文学・汉文学篇 10(1),1974-09(鹿儿岛大学教养部).

4853. 八木泽元. 七步詩管窺. 二松学舍大学论集. 昭和 48 年度(1974 年).

4854. 岩槻俊秀. 劉孝標の思想:六朝貴族社会における一寒門人の在り方. 文艺论丛. 1974.

4855. 吉川幸次郎.「世説新語」の文章. 吉川幸次郎全集(第 7 卷). 筑摩书房,1974.

4856. 今滨通隆. 劇談と黙識と——「世説新語」の《言語》観についての一考察. 中国古典研究(通号 20),1975-01(中国古典研究会).

4857. 山冈利一.「世説新語」を中心とする竹林七賢人考(〔甲南女子大学〕创立 10 周年记念号). 甲南女子大学研究纪要(通号 11・12),1975-11

(甲南女子大学).

4858. 八木泽元. 世说新语简说. 新释汉文大系季报(明治书院),第 37 期. 1975.

4859. 冈村繁. 世説新語・との出會い. 新释汉文大系季报(明治书院),第 37 期. 1975.

4860. 渡部武.「世説新語」以前の“世説”伝本をめぐる问题. 安田学园研究纪要,第 17 期. 1976-12.

4861. 丰福建二.「世说」“贤媛篇”と晋书「列女伝」. 小尾博士退休记念中国文学论集,1976.

4862. 谷口铁雄.「世説新語」と王羲之、顾恺之. 新释汉文大系季报(明治书院),第 41 期. 1976.

4863. 森野繁夫. 劉孝標伝. 小尾博士退休记念中国文学论集. 1976.

4864. 稻田尹. 王謝の系譜:「世説新語」を中心として一7一. 鹿儿岛大学文科报告第 1 分册哲学・伦理学・心理学・国文学・汉文学篇(通号 13),1977-09(鹿儿岛大学教养部).

4865. 中世文学研究会.(書評)目加田誠著「世説新語」(明治书院). 中国中世文学研究(12),1977-09(中国中世文学会).

4866. 森野繁夫.「世説新語」における評語:“朗”について. 广岛大学文学部纪要(通号 37),1977-12(广岛大学文学部).

4867. 松冈荣志. 天監年間の劉峻:“世説”注の成立と注者の立場. 中哲文学会报(通号 3),1978(东大中哲文学会编).

4868. 稻田尹. 王謝の系譜:「世説新語」を中心として一8一. 鹿儿岛大学文科报告第 1 分册哲学・伦理学・心理学・国文学・汉文学篇(通号 14),1978(鹿儿岛大学教养部).

4869. 辻井哲雄.「世説新語」における“是”の用法についてのノート(遺稿)(辻井哲雄助教授追悼号). 外国文学研究(通号 22),1978-12(同志社,大学外国文学会编).

4870. 福井文雅.「世説新語」成立の宗教的背景. 加贺博士退官记念中国文史哲学论集. 1979.

4871. 渡边守邦.「ひそめ草」考——中世説話との関連を中心に. 国语国文 48(5),1979-05(京都大学文学部国语国文学研究室编/中央图书出版社).

4872. 稻田尹. 王謝の系譜:「世説新語」を中心として一9一. 鹿儿岛大学文

科报告第1分册哲学・伦理学・心理学・国文学・汉文学篇(通号15),1979-09(鹿儿岛大学教养部).

4873. 岩本宪司、稻田尹. 王謝の系譜:「世説新語」を中心として—10—附总目. 索引. 鹿儿岛大学文科报告第1分册哲学・伦理学・心理学・国文学・汉文学篇(通号16),1980-09(鹿儿岛大学教养部).

4874. 松冈荣志.「世説新語」注の構造と姿勢. 东京学艺大学纪要(人文科学)31,1980.

4875. 今濱通隆. 平安朝文学と「世説」(二). 日本文学研究17,1981-11(梅光女学院大学日本文学会).

4876. 榎本福寿.「世説新語」の手法. 佛教大学研究纪要(通号66),1982-03(佛教大学学会编).

4877. 阿部泰记.「世説新語」の取材資料について——鲁迅説に対する疑問提起. 山口大学文学会志(通号34),1983-12(山口大学文学会).

4878. 松浦崇. 魏晋の人物評語:基礎資料表. 福冈大学总合研究所报61(人文科学编19),1983.

4879. 下川千惠子.「世説新語」に見られる女性觀. 香川中国学会报12卷,1984.

4880. 川越菜穗子. 中國語介詞〈在〉の歴史的考察—「世説新語」を中心に. 京都教育大学国文学会志20,1985.

4881. 驹林麻理子.「世説新語」の機知と「西遊記」の笑い. 东海大学纪要,教养学部15. 1985-03(东海大学出版会).

4882. 久保卓哉.「世説新語」における比喩の諸相. 古田敬一教授退官记念中国文学语学论集. 1985.

4883. 松清秀一. 王勃集・「世説新書」の別字攷(创刊号今井凌雪先生退官记念特辑). 筑波书学1,1986-03(筑波大学).

4884. 冢本宏.「世説新語」に於ける王羲之と王獻之について. 和洋女子大学纪要,第1分册. 文系编26. 1986-03(和洋女子大学编).

4885. 松冈荣志. 伊藤漱平教授退官記念中国学論集:「世说新语」の原名について. 东京:汲古书院,1986.

4886. 矢渊孝良.「世説」の撰者について:「語林」との相違に見る世説撰者の立場. 中国贵族制社会の研究(京都大学人文科学研究所). 1987.

4887. 竹内肇.「世説新語」における人間性の問題. 茨城女子短期大学纪要17,1990-06(茨城女子短期大学).

4888. 井波律子.「世説新語」の悪役たち. 月刊しにか8月号,1990.

4889. 井裕子."視"から"看"へ-「世説新語」の時代を中心にして.奈良女子大学人间文化研究科年报 6,1990.

4890.「世説新語」に見る僧とその記事(1):資料蒐収とその整理.川崎ミチ子.东洋学论丛 16(东洋大学文学部纪要 44),1991.

4891. 川崎ミチコ.「世説新語」に見る僧とその記事——資料蒐収とその整理ー1ー.东洋学论丛(通号 16),1991-03(东洋大学文学部).

4892. 竹内肇.「世説新語」における人間性の問題(二).茨城女子短期大学纪要 18,1991-03 (茨城女子短期大学).

4893. 田渊保夫.王羲之を「世説新語」にみる.立正大学文学部研究纪要 7,1991-03 (立正大学).

4894. 福原启郎.西晉の貴族社会の風潮について:「世説新語」の倹嗇篇と汰侈篇の検討を通して.研究论丛 36,1991-03 (京都外国语大学机关志编集委员会编/京都外国语大学国际言语平和研究所/京都外国语大学).

4895. 冢本宏.王羲之とその交友関係:「世説新語」を中心として(王羲之と十七帖:包世臣十七帖疏证手稿本〈特集〉).书论(通号 28),1992-12(杉村邦彦).

4896. 江巨荣、野原康宏.「世説新語」校箋疏余徐二家說:史實考證を中心に.林香奈译.未名 10 卷,1992.

4897. 向岛成美.世説新語(1).中国语 417,1994.

4898. 向岛成美.世説新語(2).中国语 418,1994.

4899. 向岛成美.世説新語(3).中国语 418,1994.

4900. 松金公正.東晋沙門認識の差異について:「高僧伝」 「世説新語」を中心に.史峰 7,1994-03 (筑波大学).

4901. 小南一郎.「世説新語」の美学ー魏晋の才の情をめぐって.中国中世史研究续编(京都大学学术出版会).1995.

4902. 蒋凡.「世説新語」研究(之一).研究论丛 46,1996-03(京都外国语大学机关志编集委员会编).

4903. 蒋凡.「世説新語」研究(之二).研究论丛 47,1996(京都外国语大学机关志编集委员会编).

4904. 林田慎之助.「世説新語」——志人小说の世界(特集中国古典小说入门 1:志怪小说の世界).月刊しにか8(3),1997-03(大修馆书店编).

4905. 山崎纯一.「世説新語」賢媛篇の女性羣像と左九嬪　鮑令暉について:六朝における"賢媛"の時代相に関する一試論.樱美林大学中国

文学论丛(通号22),1997-03(樱美林大学文学部中文学科编).

4906. 林裕子.「世説新語」にみられる古今同義語.中国语学(通号244),1997-10(日本中国语学会编).

4907. 林田慎之助.「世説新語」の清議と清談.学林(通号28・29),1998-03(中国艺文研究会).

4908. 井上一之.「世説新語」に見える「人」の自称詞用法——指示の間接化が意味するもの.中国诗文论丛(通号17),1998-10(中国诗文研究会).

4909. 长谷川滋成.「世説新語」—貴族の生き方を詠む.国语教育研究41,1998.

4910. 安冈正笃.世説新語.安冈正笃讲话选集.默出版,1998.

4911. 矢渊孝良.〈論考・研究ノート〉袁淑と「世説」:"世説の撰者について"補論.言语文化论丛3,1999-03(金泽大学).

4912. 矢渊孝良.袁淑と《世説》:"世説の選者について"補論.言语文化论丛3,1999-03(金泽大学).

4913. 冢本宏.「世説新語」における王羲之と謝安.和洋女子大学纪要.文系编39,1999-03(和洋女子大学编).

4914. 冢本宏.「世説新語」と王羲之尺牘(特集王羲之の尺牘を問う.书论(通号31),1999-05(杉村邦彦).

4915. 冢本宏.王献之と謝安の関係について:「世説新語」での出会いを中心に(上).和洋国文研究34,1999-03(和洋女子大学国文学会).

4916. 冢本宏.王献之と謝安の関係について:「世説新語」での出会いを中心に(下).和洋国文研究35,2000-03(和洋女子大学国文学会).

4917. HYONO Kazue. The Four Editions of Shi-shuo Xin-yu「世説新語」by the Lings in Wu-xing 呉興.日本中国学会报52, 2000(财团法人学会志刊行センター).

4918. 呉興凌氏刻「世説新語」四種について.日本中国学会报52,2000(日本中国学会编).

4919. 千本英史.小岛孝之著「中世説話集の形成」.国语と国文学77(1)(通号914),2000-01(东京大学国语国文学会编/至文堂).

4920. 冈本洋之介.「世説新語」と先行書.佛教大学大学院纪要(28),2000-03(佛教大学学术委员会编).

4921. 宮岸雄介.劉孝標の史学観——《「世説新語」注》における史料批評をめぐって.富士大学纪要32(2)(通号58),2000-03(富士大学学术研究会编).

4922. 冢本宏.「世説新語」における王義之と支遁. 和洋女子大学纪要. 文系编 40,2000-03(和洋女子大学编).

4923. 李林.「世説新語」関係動詞研究. 中国语学研究开篇 20. 2000.

4924. 龚斌、大立智砂子译.「世説新語」札記八則. 六朝学术学会报 5,2004-03(六朝学术学会编).

4925. 渭川史子.「世説新語」における謝安の評価語研究——王濛との交流. 教育学研究纪要 47(2),2001(中国四国教育学会编).

4926. 神矢法子.「世説新語」惑溺篇 韓寿と賈午の密通譚——風聞としての家父長権の不面目. 中国女性史研究(10),2001-01(中国女性史研究会编).

4927. 冢本宏. 王義之と王導について:「世説新語」を中心として. 和洋女子大学纪要. 文系编 41,2001-03(和洋女子大学编).

4928. 今滨通隆.「日と都といづれぞ遠き」考(続 1)平安朝文学と《世説》. 武藏野日本文学(11),2002-03(武藏野女子大学国文学会编).

4929. 冢本宏. 王義之と阮裕の関係について:「世説新語」と尺牘を中心に. 和洋女子大学纪要. 文系编 42,2002-03(和洋女子大学编).

4930. 今滨通隆.《日と都といづれぞ遠き》考(続 2)平安朝文学と「世説」. 武藏野日本文学(12),2003-03(武藏野女子大学国文学会编).

4931. 冢本宏. 王羲之と王敦及び〔ユ〕亮との関係について:「世説新語」を読む中で. 和洋女子大学纪要文系编 43,2003-03(和洋女子大学编).

4932. 冢本宏.「世説新語」に於ける阮籍の存在について. 和洋国文研究(38),2003-03(和洋女子大学国文学会编/和洋女子大学国文学会).

4933. 土屋聪.「世説」の編纂と劉宋貴族社會. 中国文学论集(33), 2004(九州大学中国文学会).

4934. 今滨通隆."日と都いづれぞ遠き"考(続 3)平安文学と「世説」. 武藏野日本文学(13),2004-03(武藏野大学国文学会).

4935. 冢本宏."ケイ"康の思想について(1)「世説新語」を中心に. 和洋国文研究(39),2004-03(和洋女子大学国文学会编).

4936. 冢本宏."ケイ"康の思想について(2)「世説新語」を中心に. 和洋国文研究(40),2005-03(和洋女子大学国文学会编).

4937. 冢本宏.「世説新語」に於ける王羲之と殷浩及び劉憂との関係. 和洋女子大学纪要,人文系编 45,2005-03(和洋女子大学).

4938. 蔡丽玲."世説体"の著者から見た晚明文学の一側面. 关西大学中国

文学会纪要 27,2006-03(关西大学中国文学会).

4939. 大桥由治.「世説新語」と魏晉文化:説話に見る人物評價の實相(論考). 大东文化大学汉学会志 45,2006-03(大东文化大学).

4940. 八木章好. 魏晋の文人における“狂”について——「世説新語」を中心として. 庆应义塾大学日吉纪要. 言语・文化・コミュニケーション(38), 2007(庆应义塾大学日吉纪要刊行委员会编).

4941. 大桥由治.「世説新語」と魏晉文化——文人と個性. 大东文化大学汉学会志 (46),2007-03(大东文化大学汉学会).

4942. 冢本宏.「世説新語」に於ける王羲之と——及び許詢との関係. 和洋女子大学纪要. 人文系编 47,2007-03(和洋女子大学).

刘义庆《幽明录》

著　作

4943.《幽明录》一卷(《丛书集成新编》第 82 册). 台北:新文丰出版社,1985.

4944. 郑晚晴辑注. 幽明录(历代笔记小说丛书). 文化艺术出版社,1988.

4945. 幽明录(《丛书集成初编》本). 中华书局,1991.

4946. 王根林,黄益元,曾光甫校点. 汉魏六朝笔记小说大观・幽明录. 上海古籍出版社,1999.

4947. 幽明录(史仲文主编《中国文言小说百部经典》本). 北京出版社,2000.

日本著作

4948. 前野直彬,尾上兼英译. 幽明录　游仙窟. 平凡社(《东洋文库》),1965.

论　文

4949. 王国良.《幽明录》研究. 中国古典小说研究专辑 1980(2);又改题为《〈幽明录〉初探》载入《六朝志怪小说考论》,台北:文史哲出版社,1988.

4950. 薛克翘. 读《幽明录》杂谈. 南亚研究,1993(2).

4951. 张贞海. 黄丕烈《幽明錄・后跋》订误. 大陆杂志,1996,92(5).

4952. 陈桂市. 虚幻的真实:《幽明录》、《宣验记》中以梦境为主题的作品. 中国文学(台湾),1997(第 27 卷).

4953. 薛克翘. 读《幽明录》杂谈. 印度文学研究集刊,1999(4).

4954. 邓志强.《幽明录》复音词构词方式举隅. 株洲师范高等专科学校学报,2001(3).

4955. 杜贵晨. 胡粉与绣鞋:从《买粉儿》、《留鞋记》到《胭脂》与《阿秀》. 蒲松龄研究,2001(3).

4956. 王恒展.已始“有意为小说”:《幽明录》散论.蒲松龄研究,2002(4).

4957. 刘仲宇.刘晨阮肇入桃源故事的文化透视.中国道教,2002(6).

4958. 刘传鸿.《〈幽明录〉辑注》释词献疑.池州师专学报,2003(1).

4959. 刘洪强.《聊斋志异·荷花三娘子》本事琐证.玉溪师范学院学报,2005(4).

4960. 荣小措,张晓倩.《幽明录》中的现实境像.商洛师范专科学校学报,2005(S1).

4961. 邓志强.《幽明录》偏正式复音词构成方式的纵向比较.广西社会科学,2005(11).

4962. 邓志强.《幽明录》复音词的结构及中古汉语复音化的发展.株洲师范高等专科学校学报,2006(4).

4963. 邓志强.《幽明录》复音词构词的不平衡性探究.九江学院学报,2006(2).

4964. 孟庆阳.《幽明录》中的婚恋题材小说.宜宾学院学报,2007(3).

研究生学位论文

4965. 陈桂市.《幽明录》、《宣验记》研究.台湾:高雄师范大学国文研究所1987年硕士学位论文.

4966. 邓志强.《幽明录》复音词构词方式研究.华中师范大学2001年硕士学位论文.

4967. 邓亚科.《幽明录》研究.南开大学历史学院2005年硕士研究生学位论文.

4968. 陈静.《幽明录》、《世说新语》校释研究:以与类书比勘为中心.浙江大学2005年硕士学位论文.

4969. 郑佑璋.六朝仙境传说故事探讨:以“王质”及“刘晨阮肇”为中心.国立花莲教育大学民间文学研究所2007年硕士学位论文.

4970. Zhenjun Zhang. Buddhism and the Supermatural Tale in Early Medieval China: A study of Liu Yiqing's (403—404) You ming lu. University of Wisconsin-Madison, 2007 (Ph D Dissertation)

日本论文

4971. 富永一登.鲁迅《古小说钩沉》校释:《幽明录》(第1～8篇).中国学论集(第9～16卷).2002-10,2002-12,2003-04,2003-12,2004-04,2004-12,2005-04,2006-03.

刘义庆《宣验记》

论　文

4972. 陈桂市. 虚幻的真实:《幽明录》、《宣验记》中以梦境为主题的作品. 台湾:中国文学,1997(第 27 卷).

4973. 陈桂市. 乱世的救赎:《宣验记》研究. 台湾:高雄科学技术学院学报,1998.12(28).

研究生论文

4974. 陈桂市.《幽明录》、《宣验记》研究. 台湾:高雄师范大学国文研究所 1987 年硕士学位论文.

郭季产《集异记》

著　作

4975. 〔唐〕谷神子,〔唐〕薛用弱.《博异志·集异记》(附南朝宋郭季产的《集异记》). 中华书局,1980.

论　文

4976. 方诗铭.《集异记》三种. 中央日报,1948-02-20(副刊《俗文学》第 55 期).

东阳无疑《齐谐记》

著　作

4977. 齐谐记(史仲文主编《中国文言小说百部经典》本). 北京出版社,2000.

虞通之《妒记》

4978. 林正三. 虞通之《妒记》研究. 古典文学(第 14 集). 台北:台湾学生书局,1997.

祖冲之《述异记》

著　作

4979. 郑学弢校注. 述异记. 列异传等五种. 大众文化艺术出版社,1988.

4980. 述异记(史仲文主编《中国文言小说百部经典》本). 北京出版社,2000.

论　文

4981. 黄进德主编. 南朝文学分部;祖冲之. 中华大典·文学典·魏晋南朝文学分典. 凤凰出版社,2007.

研究生论文

4982. 洪顺隆.《述异记》研究. 台湾:中国文化大学中国文化研究所 1987 年硕士论文.

日本论文

4983. 森野繁夫. 祖冲之「述异记」について. 中国文学研究,第 24 卷第 20 号. 1960-10.

4984. 鸟羽田重直. 古小说钩沉本「述异记」について. 汉文学会会报,第 22 期. 1976-11(国学院大).

谢绰《宋拾遗》

论　文

4985. 曹道衡、沈玉成. 谢绰《宋拾遗》. 中古文学史料丛考. 中华书局,2003.

4986. 李剑锋. 谢绰《宋拾遗》资料述略与辑佚. 人文述林(第 10 辑). 山东大学出版社,2008.

王琰《冥祥记》

著　作

4987. 王国良.《冥祥记》研究. 台北:文史哲出版社,1999.

论　文

4988. 曹道衡. 王琰和他的《冥祥记》. 文学遗产,1992,(1).

4989. 熊道麟.《冥祥记》研究. 台湾:中国文学,1993,(6).

4990. 张瑞芬.《观世音应验记》与《冥祥记》诸书:论六朝"释氏辅教之书"与"志怪"的关系. 台湾:逢甲中文学报,1996(4).

4991. 王国良. 王琰《冥祥记》小考. 台湾:东吴中文学报,1997(3).

4992. 刘苑如. 众生入佛国 神灵降人间:《冥祥记》的空间与欲望诠释. 台湾:政大中文学报,2004-12(2).

4993. 王青. 晋阳王氏家世门风与《冥祥记》的创作. 中国古代文学文献学国际学术研讨会论文集. 程章灿编. 凤凰出版社,2006.

4994. 吴海勇. 论《冥祥记》"晋司空庐江何充"条源出佛经. 齐鲁学刊,1999

(1).

4995. Ермаков. 论王琰的《冥祥记》和佛教短篇小说. 世界宗教研究,1991(3).

4996. 郑勇. 从《冥祥记》看丧葬习俗. 内江师范学院学报,2007(3).

4997. 郑勇.《冥祥记》补辑. 文献,2007(3).

4998. 黄进德主编. 南朝文学部・王琰. 中华大典;文学典・魏晋南北文学分典. 凤凰出版社,2007.

研究生学位论文

4999. 释氏辅教之书—《冥祥记》研究. 刘家杏. 中兴大学中国文学系所 2006 年硕士研究生学位论文.

日本论文

5000. 庄司格一.「冥祥记」について. 集刊东洋学(22),1969-11(东北大).

陶弘景《周氏冥通记》

著　作

5001.《周氏冥通记》四卷. 丛书集成新编(第 82 册). 台北:新文丰出版社,1985.

论　文

5002. 蒋艳萍.《周氏冥通记》情感基调探析. 求索,2004(4).

5003. 汪维辉. 六世纪汉语词汇的南北差异:以《齐民要术》与《周氏冥通记》为例. 中国语文,2007(2).

任昉《述异记》

著　作

5004. 王轶群校. 述异记. 丛书集成初编本. 中华书局,1985.

5005.《述异记》二卷附提要. 丛书集成新编(第 82 册). 台北:新文丰出版社,1985.

5006. 述异记(据明万历新安程氏刊本程荣《汉魏丛书》本影印). 吉林大学出版社,1992.

5007. 〔清〕东轩主人(沈曾植)辑.《述异记》三卷.《四库全书存目丛书》(第 250 册). 齐鲁书社,1995;《丛书集成续编》本. 上海书店出版社,1994.

论　文

5008. 张心澂.《述异记》通考. 伪书通考・子部通考. 商务印书馆,1939;1957

年修订本;上海书店,1998 年影印本.

5009. 左海.拾遗记・博物志.齐鲁学报,1941(2).

5010. 关德栋.《述异记》的佚文.中央日报(上海),1948-01-30(第 7 版《俗文学》周刊第 52 期).

5011. 谭家健.论任昉.文学评论丛刊(第 16 辑).中国社会科学出版社,1982.

5012. 《述异记》考.邓瑞全,王冠英主编.中国伪书综考.黄山书社,1998.

5013. 曹道衡,沈玉成.《任昉号"五经笥"》、《任昉永明、天监间仕历》、《任昉、二到"山泽游"不当在天监二年》、《任昉书〈萧融墓志〉》等四篇.中古文学史料丛考.中华书局,2003.

5014. 黄进德主编.南朝文学部・任昉.中华大典・文学典・魏晋南北朝文学分典.凤凰出版社,2007.

研究生学位论文

5015. 张顶政.任昉年谱略稿及任昉骈文刍议.四川师范大学 1997 年硕士学位论文.

5016. 郑智佳.《述异记》研究.台湾:中国文化大学中国文学研究所 1999 年硕士学位论文.

5017. 李智会.任昉研究.湖北大学 2007 年硕士学位论文.

5018. 陈伟娜.任昉诗文研究.广西师范大学 2006 年硕士学位论文.

5019. 冯源.任昉诗歌研究.郑州大学 2006 年硕士学位论文.

5020. 张金平.任昉研究.山东大学文史哲研究院 2006 年硕士学位论文.

5021. 杨赛.任昉研究.上海师范大学 2006 年博士学位论文.

5022. 刘静.萧子良与"竟陵八友"研究.华东师范大学 2007 年硕士学位论文.

日本论文

5023. 森野繁夫.任[ボウ]「述異記」について.中国文学报,第 13 册.1960-10.

5024. 中岛长文.「任[ボウ]述異記」考.东方学报,73.2001(京都大学人文科学研究所).

5025. 中岛长文.「任[ボウ]述異記」校本.东方学报,73.2001(京都大学人文科学研究所).

吴均《续齐谐记》

著　作

5026.《续齐谐记》附提要、补正.《丛书集成新编》(第 82 册). 台北:新文丰出版社,1985.

5027. 王国良.《续齐谐记》研究. 台北:文史哲出版社,1987.

5028.《续齐谐记》一卷(《笔记小说大观三编》本). 台北:新兴书局,1988.

5029. 王根林,黄益元,曾光甫校点. 汉魏六朝笔记小说大观·续齐谐记. 上海古籍出版社,1999.

5030. 续齐谐记(《古今逸史精编》5 种本). 重庆出版社,2000.

5031. 续齐谐记(史仲文主编《中国文言小说百部经典》本). 北京出版社,2000.

5032. 林家骊. 吴均集校注(附录"《续齐谐记》辑佚""吴均事迹诗文系年"等). 浙江古籍出版社,2005.

论　文

5033. 张心澂.《续齐谐记》通考. 伪书通考·子部通考. 商务印书馆,1939;1957 年修订本;上海书店,1998.

5034. 关德栋.《正续齐谐记》的佚文. 大晚报(上海),1948—02—9(第 2 版《通俗文学》周刊第 66 期).

5035. 洪湘卿.《续齐谐记》研究. 东吴大学中国文学系刊,1979(5).

5036. 王国良.《续齐谐记》研究. 东吴文史学报,1986(5);六朝志怪小说考论. 台北:文史哲出版社,1988.

5037. 洪念劬. 从"阳羡书生"浅谈佛教对中国魏晋小说的影响. 海洲文献,1981,3(2).

5038. 王国良. 简论王敬伯故事之流传. 六朝志怪小说考论. 台北:文史哲出版社,1988.

5039. 方正己. 从"人鹅同笼"的横向比照到"多圆一心"的纵向包容:破译六朝小说《阳羡书生》的千古之谜. 名作欣赏,1993(5).

5040. 曹道衡. 吴均评传. 中国历代著名文学家评传续编. 山东教育出版社,1997.

5041.《续齐谐记》考. 邓瑞全,王冠英主编. 中国伪书综考. 黄山书社,1998.

5042. 魏世民. 南朝梁七部小说成书年代考(按,指《殷芸小说》、《周氏冥通记》、《续齐谐记》、《迩说》、《古今刀剑录》). 衡阳师范学院学报,2003

(1).

5043. 赵莉萨.《续齐谐记》内容探究. 台湾:东方人文学志,2005(2).

5044. 王耘. 从《外国道人》到《鹅笼书生》:论佛经故事向志怪小说的叙述范式转型. 中国文学研究,2007(4).

5045. 黄进德主编. 南朝文学分部·吴均. 中华大典·文学典·魏晋南北朝文学典. 凤凰出版社,2007.

研究生学位论文

5046. 黄碧琪.《齐谐记》、《续齐谐记》研究. 台湾:高雄师范大学中国文学研究所 1994 年硕士学位论文.

5047. 吴海凤. 吴均诗文校释(按,校释"车辖凤凰""田真兄弟""杨宝""徐景山善画"等四条). 东北师范大学 2007 年硕士学位论文.

殷芸《小说》

著　作

5048. 周楞伽辑注. 殷芸小说. 上海古籍出版社,1984.

5049. 王根林,黄益元,曾光甫校点. 汉魏六朝笔记小说大观·《殷芸小说》. 上海古籍出版社,1999.

5050. 殷芸小说(史仲文主编《中国文言小说百部经典》本). 北京出版社,2000.

论　文

5051. 张心澂.《殷芸小说》通考. 伪书通考·子部通考. 商务印书馆,1939;1957 年修订本;上海书店,1998.

5052. 王重民. 孔子与采桑娘的故事. 华北日报,1948-09-24(第 6 版《俗文学》第 65 期).

5053. 唐兰. 辑《殷芸小说》并跋. 周叔弢先生六十生日纪念论文集. 香港:龙门书店,1951.

5054. 余嘉锡.《殷芸小说》辑证. 余嘉锡论学杂著. 中华书局,1963.

5055. 〔苏联〕李福清编译. 殷芸小说. 莫斯科:文艺出版社,1980.

5056. 周楞伽. 第一个以"小说"作书名的人:殷芸. 今昔谈,1981(2).

5057. 周楞伽. 中州名家殷芸的《小说》. 中州学刊,1984(1).

5058.《殷芸小说》考. 邓瑞全,王冠英主编. 中国伪书综考. 黄山书社,1998.

5059. 黄东阳. 殷芸《小说》简论. 台湾:东吴中文研究集刊,2000(第 7 卷).

5060. 张进德. 殷芸简论. 河南社会科学,2002(5).

5061. 罗宁. 论《殷芸小说》及其反映的六朝小说观念. 明清小说研究，2003(1).

5062. 魏世民. 南朝梁七部小说成书年代考(按，指《殷芸小说》、《周氏冥通记》、《续齐谐记》、《迩说》、《古今刀剑录》). 衡阳师范学院学报，2003(1).

5063. 曹道衡，沈玉成.《殷芸小说》与殷芸事迹. 中古文学史料丛考. 中华书局，2003.

5064. 李艳婷. 从《殷芸小说》看小说文体和地位的意义生成及变化. 张家口师专学报，2004(1).

5065. 武丽霞、罗宁.《殷芸小说》考论. 华中科技大学学报，2004(1).

5066. 范崇高.《殷芸小说》校注琐议. 重庆师范大学学报，2005(1).

5067. 晁成林. 六朝志人小说的审美嬗变：以《殷芸小说》为例. 和田师范专科学校学报，2006(5).

5068. 黄东阳. "骑鹤上扬州"非殷芸《小说》佚文辨正. 文献，2007(4).

5069. 张莉. 论《殷芸小说》的独立意识与大国心态. 西南农业大学学报，2007(6).

5070. 黄进德主编. 南朝文学分部·殷芸. 中华大典·文学典·魏晋南北朝文学分典. 凤凰出版社，2007.

日本论文

5071. 富永一登. 六朝小说考：殷芸「小说」をとして. 中世纪文学研究，第11号. 1976-09.

5072. 中岛长文. 鲁迅《古小说钩沉》校本(6、7、8)《殷芸小说》(一、续、二续). 神户外大论丛，第6号. 1995-11；第1号. 1996-06；第5号和第六号. 1996-10.

萧绎《金楼子》

著　作

5073. 金楼子.《丛书集成初编》本. 商务印书馆(补印本)，1959；中华书局，1985.

5074. 〔清〕谢章鋌校. 金楼子. 台北：世界书局，1962.

5075.《金楼子》六卷. 台北：古今文化出版社，1963.

5076. 金楼子. 台北：艺文印书馆，1965.

5077.《金楼子》六卷附订、四库提要、补正. 丛书集成新编(第21册). 台北：

新文丰出版社股份有限公司，1984.

5078. 钟仕伦.《金楼子》研究. 中华书局，2004.

5079. 吴福通整理，朱维净审阅. 金楼子(《四库家藏》丛书本). 山东画报出版社，2004.

5080. 吴光兴. 萧纲萧绎年谱. 社会科学文献出版社，2006.

论　文

5081. 钟仕伦. 读《金楼子》书后. 四川师范大学学报，1993(4).

5082. 刘晟. 萧绎《金楼子·立言》主旨辨正. 华南师范大学学报，2000(2).

5083. 魏世民. 南北朝时期三部小说成书年代考(按，指《金楼子·志怪篇》、《器准图》、《冤魂志》). 青海师专学报，2002(4).

5084. 钟仕伦. 库本、鲍本《金楼子》疑误举例. 四川师范大学学报，2002(6).

5085. 曹道衡、沈玉成.《萧绎焚书》、《萧绎绘事》、《萧绎、萧纪委太子京尹》等三篇. 中古文学史料丛考. 中华书局，2003.

5086. 杜志强. 萧绎及其《金楼子》研究史述评. 西北师大学报，2004(1).

5087. 杜志强. 萧绎《金楼子》的版本及其写作时间. 文献，2004(1).

5088. 钟仕伦.《梁书》不载《金楼子》考：兼论《梁书》编撰问题. 四川大学学报，2004(3).

5089. 刘洪波.《金楼子》的版本系统. 北华大学学报，2004(4).

5090. 钟仕伦.《金楼子》成书时间考辨. 北京大学学报，2004(5).

5091. 杜志强. 从《金楼子》看萧绎的文论. 河西学院学报，2006(3).

5092. 明月熙. 近二十年《金楼子》研究综述. 今日湖北(理论版)，2007(2).

5093. 黄进德主编. 南朝文学部·萧绎. 中华大典·文学典·魏晋南北朝文学分典. 凤凰出版社，2007.

研究生学位论文

5094. 杜志强. 萧绎及其《金楼子》论稿. 西北师范大学 2002 年硕士学位论文.

5095. 钟仕伦.《金楼子》研究. 四川大学 2002 年博士学位论文.

5096. 陈长华.《金楼子》异文研究. 复旦大学 2004 年硕士学位论文.

5097. 邵曼.《金楼子》研究. 上海师范大学 2005 年硕士学位论文.

5098. 张蓓蓓. 梁元帝与《金楼子》研究. 山东大学 2006 年硕士学位论文.

日本论文

5099. 兴膳宏. 講演 梁元帝蕭繹の生涯と「金樓子」. 六朝学术学会报，2001-03(六朝学术学会编).

5100. 清水凱夫.梁元帝蕭繹「金樓子」中の自序篇について——"不閑什一""大寛小急"の解釋.学林(40),2004-12(中国艺文研究会).

5101. 音成彩.梁元帝「金樓子」について.九州大学东洋史论集(34),2006-04(九州大学文学部东洋史研究会).

颜之推《冤魂志》

著 作

5102. 冥报记(实为颜之推《还冤记》,《涵芬楼秘笈》本).商务印书馆,1921.

5103. Albert E. Dien. The Yüan-hun Chih: A Sixth Century Collection of stories. Wen-lin: Studies in the Chinese Humanities. ed. Chow Tse-tsung, Madison: University of Wisconsin Press, 1968.

5104. Alvin P. Cohen. Tales of Vengeful Souls: A Sixth Century Collection of Chinese Avenging Ghosts Stories. Taipei: Ricci Institute, 1982.

5105. 《还冤记》一卷附提要、辨证.丛书集成新编(第 82 册).台北:新文丰出版社,1985.

5106. 冤魂志(史仲文主编《中国文言小说百部经典》本).北京出版社,2000.

5107. 罗国威校注.冤魂志.巴蜀书社,2001.

5108. 魏世民.南北朝时期三部小说(按,指《金楼子・志怪篇》、《器准图》和《冤魂志》)成书年代考证.青海师专学报,2002(4).

5109. 魏世民.隋朝六部小说成书时代考(按,含《冤魂志》).中国典籍与文化,2002(4).

5110. 张霭堂译注.颜之推全集译注(其中有《冤魂志》).齐鲁书社,2004.

论 文

5111. 王重民.敦煌本《还冤记》跋.写于 1935 年;敦煌古籍叙录.中华书局,1979.

5112. 关德栋.敦煌本的《还冤记》.中央日报,1948-08-06(第 10 版《俗文学》第 77 期).

5113. 周法高.颜之推《还冤记》考证(上、中、下).《大陆杂志》1961-05、06、07,22(第 9、10、11 号).

5114. 缪钺. 颜之推年谱.读史存稿.三联书店,1963.

5115. 〔美〕丁爱博(Albert E. Dien)撰,周昭明译.《冤魂志》考.中华文化复兴月刊,1980,13(10).

5116. 林聪明.敦煌本《还冤记》考校.书目季刊,1981,15(1).

5117. 高国藩. 论敦煌本《冤魂志》. 固原师专学报，1988(4).
5118. 王国良. 颜之推《冤魂志》研究. 台北：文史哲出版社，1995.
5119. 罗国威. 四库全书本《还冤志》提要献疑. 学术集林，1997(第11卷).
5120. 王枝忠. 颜之推与《冤魂志》. 古典文学知识，1997(3).
5121. 缪钺. 颜之推评传. 中国历代著名文学家评传续编. 山东教育出版社，1997.
5122. 梁宗华. 继周孔之道绍家世之业：略论颜之推的家教理论. 民俗研究，2000(4).
5123. 熊清元.《北齐书·颜之推传》的一个校勘问题. 中国史研究，2000(4).
5124. 戴莉. 颜之推的家庭道德教育思想及其对现代家庭教育的启示. 中华女子学院学报，2000(4).
5125. 韩府. 颜之推文章学理论探要. 山西青年管理干部学院学报，2000(4).
5126. 韩国海. 颜之推家庭教育思想述评. 辽宁教育学院学报，2000(6).
5127. 赵心瑞. 略谈颜之推的"教儿婴孩"思想. 大同职业技术学院学报，2001(1).
5128. 曹麦玲. 略析颜之推的家庭教育思想及其对当今家庭教育的启示. 陕西师范大学学报，2001(增刊1).
5129. 潘新和. 讲论文章　修身利行：颜之推语文教育思想初探. 山西青年管理干部学院学报，2000(2).
5130. 代静亚. 颜之推勉学思想初探. 黔东南民族师专学报，2000(2).
5131. 李天凤. 颜之推. 云南师范大学学报(教育科学版)，2001，(3).
5132. 黄去非. 试论颜之推的文章观. 武汉科技大学学报(社会科学版)，2002(2).
5133. 万杰. 从陶渊明到颜之推的路：试析周作人后期的思想变迁. 江西教育学院学报，2002(5).
5134. 秦元. 述国事变迁 观人生沉浮：颜之推《观我生赋》初探. 齐鲁学刊，2003(1).
5135. 谢惠蓉. 颜之推不附时流的养生观. 山东体育学院学报，2003(2).
5136. 秦元. 学以自资 修身利行：颜之推"贵学"思想初探. 理论学刊，2003(2).
5137. 杨建祥. 治家亦须戒巫：读颜之推《治家》有感. 科学与无神论，2003(3).
5138. 王力波. 颜之推文章观形成之思想渊源别探. 中国海洋大学学报（社会科学版)，2003(3).

5139. 何振强. 颜之推的养生之道. 教书育人,2003(6).
5140. 何慧. 试论颜之推的家庭教育观. 宜宾学院学报,2004(1).
5141. 秦学智. 颜之推家庭教育内容论探析. 华北水利水电学院学报,2004(1).
5142. 沈剑娜. 颜之推教育思想及其对家庭教育的启示. 西华师范学院学报,2004(1).
5143. 葛长宏,陈祥福. 家训典范 师道传薪:颜之推的教育思想及对后世的影响. 山东教育,2004(Z2).
5144. 倪嘉. 论颜之推的学习思想. 湖南冶金职业技术学院学报,2004(3).
5145. 周全. 颜之推家庭教育思想述评. 绥化师专学报,2004(3).
5146. 梁运佳. 教育从家庭起步:颜之推家庭教育思想的启示. 内江师范学院学报,2004(3).
5147. 王洪亮. 浅析颜之推的家教思想. 商丘师范学院学报,2004(3).
5148. 王其宝. 共同唱响民族赞歌:读《颜之推全集译注》有感. 理论学习,2004(10).
5149. 竺洪波. 中国古代的庭训:介绍颜之推《颜氏家训・勉学》二则. 作文世界(高中),2004(11).
5150. 博仔. 颜之推与《颜氏家训》. 湖南教育,2004(15).
5151. 李春琴. 颜之推的家庭教育思想及其现代价值. 通化师范学院学报,2005(3).
5152. 沈尔安. 颜之推如何讲养生. 长寿,2005(1).
5153. 沈尔安. 颜之推的养生思想初探. 科学养生,2005(2);现代养生,2005(3).
5154. 马新峰. 颜之推教学思想初探. 安阳师范学院学报,2005(3).
5155. 李晓红. 颜之推儿童教育思想述评及对现代家教的启示. 康定民族师范高等专科学校学报,2005(3).
5156. 钱国旗.《颜氏家训》的社会批判思想:论颜之推对不良士风及学风的揭露和批判. 江海学刊,2005(3).
5157. 念烨. 颜之推德育思想初探. 福建教育学院学报,2005(4).
5158. 刘景荣. 论颜之推的历史教育思想. 学术论坛,2005(10).
5159. 〔日〕小南一郎. 论颜之推《冤魂志》:六朝志怪小说的性格. 中国社会科学研究院文学研究所中国古代小说研究中心编. 中国古代小说研究(第1辑). 人民文学出版社,2005.
5160. 杨红霞. 论颜之推士大夫道德教育及其现代意义. 咸宁学院学报,2006

(1).

5161. 李建国.颜之推与隋唐语文规范.信阳师范学院学报,2006(2).

5162. 周桂英.颜之推的家教思想对现代家庭教育的启示.宜宾学院学报,2006(2).

5163. 颜培建.颜之推在校勘学上的成就.淮北煤炭师范学院学报,2006(4).

5164. 时习之.颜之推《教子》(节选).现代养生,2006(5).

5165. 杨震.颜之推家庭教育思想解读:以《颜氏家训》为视角.哈尔滨学院学报,2006(7).

5166. 高梅.颜之推的家庭教育观.科教文汇(上半月),2006(9).

5167. 王会晓.论颜之推的家庭教育思想及其现实意义.教书育人,2006(26).

5168. 陈秀锦.颜之推的家庭道德教育思想.文教资料,2006(34).

5169. 续晓琼.论颜之推对道家文化的吸收:从《颜氏家训》引《老子》、《庄子》说起.山东省工会管理干部学院学报,2007(1).

5170. 庄庭兰.论颜之推的勉学观.济南大学学报,2007(3).

5171. 阮慧珊.颜之推的家庭教育思想及其现代价值.文教资料,2007(10).

5172. 张学丹.颜之推家庭教育思想及对现代家庭教育的启示.科教文汇(常州),2007(12).

研究生学位论文

5173. 刘明星.《冤魂志》研究.西南大学 2002 年硕士学位论文.

5174. 孙红梅.颜之推文学思想研究.中国社会科学院研究生院 2003 年硕士学位论文.

5175. 王世利.颜之推语言学研究.山东师范大学 2003 年硕士学位论文.

5176. 秦元.论颜之推.山东大学文学与新闻传播学院 2004 年博士学位论文.

5177. 续晓琼.颜之推研究.山东大学文史哲研究院 2007 年硕士学位论文.

5178. 王春辉.颜之推儿童家庭教育思想研究.山东大学 2007 年硕士学位论文.

日本论文

5179. 重松俊章.敦煌本《还冤记》残卷考.史渊(第 17 辑).

5180. 小南一郎.颜之推「冤魂志」をめぐって——六朝志怪小説の性格.东方学(通号 65),1983-01(东方学会).

阳松玠《谈薮》

著　作

5181. 程毅中,程有庆辑校. 谈薮. 中华书局,1996.

论　文

5182. 陈敬介. 阳玠松《谈薮》初探. 台湾:东吴中文研究集刊,1997(4).
5183. 杨德才. 谈锋及南北　用心在士林:从《谈薮》看南北朝士风. 古典文学知识,1998(2).
5184. 侯忠义. 关于《解颐》和《谈薮》. 厦门教育学院学报,2004(1).
5185. 杜泽逊.《谈薮》标注. 四库存目标注(第4册,子部下). 上海古籍出版社,2007.

日本论文

5186. 何旭.「談藪」の研究:資料編. 大东文化大学中国学论集,第14卷. 1996.
5187. 何旭.「談藪」の研究:書名と撰者についての考察を中心として. 大东文化大学中国学论集(23),2005-12(大东文化大学文学研究科中国学专攻).

侯白《启颜录》

著　作

5188. 曹林娣,李泉辑注. 启颜录. 上海古籍出版社,1990.
5189. 启颜录. 周光培编. 唐代笔记小说(1). 河北教育出版社,1994.
5190. 陈尚君辑录校点. 启颜录. 中华野史(第1册). 泰山出版社,2000.
5191. 启颜录(史仲文主编《中国文言小说百部经典》本). 北京出版社,2000.
5192. 启颜录. 郝春文编. 英藏敦煌社会历史文献释录(第3卷). 社会科学文献出版社,2003.

论　文

5193. 张鸿勋. 谈敦煌本《启颜录》. 学林漫录(第11辑). 中华书局,1985.
5194. 曹林娣.《启颜录》及其遗文. 苏州大学学报,1989(Z1).
5195. 程毅中.《启颜录》史话. 唐代小说史话. 文化艺术出版社,1990.
5196. 张继红. 浅论《启颜录》. 齐鲁学刊,1991(6).
5197. 张鸿勋. 敦煌本《启颜录》发现的意义及其文学价值. 1990敦煌学国际

研讨会文集. 辽宁美术出版社，1995；敦煌俗文学研究. 甘肃教育出版社，2002.
5198. 郭娟.《启颜录》初探. 大陆杂志，1997(4).
5199. 黄征. 辑注本《启颜录》匡补. 俗语言研究. 1995(2).
5200. 王国良. 敦煌本《启颜录》考论. 中正大学中国文学系主编. 第五届唐代文化学术研讨会论文集. 台湾高雄：丽文出版公司，2001.
5201. 王昊. 敦煌志人小说叙录(《启颜录》叙录). 敦煌小说及其叙事艺术. 安徽人民出版社，2005.
5202. 董志翘. 辑注本《启颜录》词语注释商兑. 南京师范大学文学院学报，2006(1)；又以《辑注本〈启颜录〉商补》为题收入《古代文献的考证与诠释》：海峡两岸古典文献学国际学术会议论文集. 上海古籍出版社，2006.

侯白《旌异记》

5203. 王基伦.《旌异记》研究. 中国书目季刊，1990，23(4).

敦煌本《孝子传》

5204. 王庆菽校理敦煌本《孝子传》. 敦煌变文集(卷 8). 人民文学出版社，1957.
5205. 项楚. 敦煌本《孝子传》补校. 敦煌研究，1985(3).
5206. 王三庆.《敦煌变文集》中的《孝子传》新探. 敦煌学，1989(第 14 辑).
5207. 程毅中. 敦煌本"孝子传"与睒子故事. 中国文化，1991(2).
5208. 谢明勋. 敦煌本《孝子传》"睒子"故事考索. 敦煌学(第 17 辑). 台北：新文丰出版社，1991.
5209. 曲金良. 敦煌写本《孝子传》及其相关问题. 敦煌研究，1998(2).
5210. 魏文斌，师彦灵，唐晓军. 甘肃宋金墓"二十四孝"图与敦煌遗书《孝子传》. 敦煌研究，1998(3).
5211. 赵超. 日本流传的两种古代《孝子传》. 中国典籍与文化，2004(2).
5212. 何晓薇. 隋前《孝子传》文献初探. 复旦大学 2004 年硕士学位论文.
5213. 王昊. 敦煌志人小说叙录(《孝子传》叙录). 敦煌小说及其叙事艺术. 安徽人民出版社，2005.

日本论文

5214. 黑田彰.「孝子伝」の研究(佛教大学鹰陵文化丛书 5). 京都：思文阁，2001—09.

后　记

忙碌中，五年转瞬即逝。追溯书稿所成之源，大致可以归于四个方面吧。上大学时，山曼老师的“民间文学概论”课深深影响了我，他让我对自己生存其中的民间文化有了一个初步的理性认识，也埋下了关注包括小说在内的民间文学现象的种子；读硕士研究生期间，师从马瑞芳教授研习明清文学，对《聊斋志异》着迷了很久，至今还不时拿出来阅读消遣，保持着对文言小说绵延不断的兴趣；进入博士研究生学习阶段，导师张可礼先生教我认识到材料的重要性和自己文献学修养的欠缺；做老师了，要给研究生讲授魏晋南北朝小说，如果照搬他人的成果，感觉于心不安，便立意以他人成果为线索，追溯原始材料，重新备课。教学相长，是我的老师和学生一起促成了本书的诞生。

本书在综合梳理旧说之外，时发一孔之见。如，在发现张衡《西京赋》、《思玄赋》用典及其《文选》李善注的新材料基础上，推定《汉武故事》中的故事为张衡熟知；佐证《神异经》和《十洲记》并为六朝人伪作；考论《冲波传》为两晋之作；为干宝生年的确定提出两个立论支点、为其《驳招魂葬议》等系年；佐证陶渊明创作《搜神后记》的可能性；纠正已有刘义庆年谱中的数处错误；证孔慎言《神怪志》、《神怪录》皆唐人书，慎言绝非孔氏《志怪》作者；初步推定《宋拾遗》作者谢绰的生卒年；逯钦立《梁诗》卷一五漏辑出自颜之推《颜氏家训》卷上《文章第九》的殷澐诗佚句"飖扬云母舟"等等。这些竹头木屑或许不无可用之日。本书对于唐前小说的四百多条辑佚耗神最多，虽做了初步考订，也难免挂一漏万，张冠李戴，惑伪作真，聊备参考吧。

在学术研究中，第一手材料的重要性是诸多有成就的学者反复强调的，至今仍然是铁的律则。然而一旦深入其中，发现要翻检的书籍材料真是如山如海，头绪繁杂，即使有电子文献的便捷，获取线索后，再去选择版本，核校求证，非积年累月不成。其中甘苦，冷暖自知。《文心雕龙·序志》云："有同乎旧谈者，非雷同也，势自不可异也；有异乎前论者，非苟异也，理自不可同也。"书稿对于前哲时贤的研究成果多有借鉴，皆随文注出，并附录主要参考文献，以示不敢掠美。

关于20世纪以来唐前小说研究论著索引，本着涸泽而渔的初衷，就目所能及东西搜罗至2007年，计五千余条。旁及论文集所收单篇文章；许多论文，所标出处不止一处，以求尽量完备，方便检阅。草稿粗成后，为配合学习，分发从业诸君郑伟、谢勇蝶、田喜梅、胡文娣、田久增、白晓帆、滕延秋、闫本亚等人参与核校补充，多有校正增益。在此基础上又总体修订两次，补益删改多次，个别条目仍有疑问，暂用双问号标出，留待来日查考。本索引所参考的主要来源已于"说明"部分罗列，此外还参考了许多相关杂志、著作，未能一一标出，在此一并致谢。

书稿虽经反复修订，谬误之处在所难免，恳望读者不吝惠正。

李剑锋志于济南玫瑰园寓舍
2010年6月28日定稿